Vijftig tinten grijs

E L James

Vijftig tinten grijs

2012 Prometheus Amsterdam

Eerste druk mei 2012
Tweeëntwintigste druk november 2012

De auteur heeft een eerdere versie van dit verhaal, als reeks en met andere personages, online gepubliceerd als *Master of the Universe*, onder het pseudoniem Snowqueen's Icedragon.

Oorspronkelijke titel *Fifty Shades of Grey*

Omslagontwerp DPS
Foto omslag iStockphoto
Opmaak binnenwerk ZetSpiegel, Best
www.uitgeverijprometheus.nl
ISBN 978 90 446 2184 6

Voor Niall, de meester van mijn universum

Een

Ik zucht. Totaal gefrustreerd kijk ik naar mezelf in de spiegel. Ik haat mijn haar! Het wil gewoon niet zitten. En ik haat Katherine Kavanagh ook, omdat ze zo nodig ziek moest zijn. Ik word gewoon aan deze beproeving onderworpen. Ik zou voor m'n laatste tentamens moeten studeren, die volgende week al zijn. In plaats daarvan probeer ik nu mijn haar in bedwang te krijgen. *Ik moet niet met nat haar gaan slapen. Ik moet niet met nat haar gaan slapen.* Terwijl ik deze mantra herhaal, probeer ik het nog één keer met een borstel te fatsoeneren. Ik rol geërgerd met mijn ogen, kijk hoe dat bleke, bruinharige meisje met blauwe ogen die te groot zijn voor haar gezicht naar me terugstaart, en ik geef het op. De enige optie die ik nog heb, is m'n onhandelbare haar in een paardenstaart te binden en hopen dat ik er een beetje representatief uitzie.

Kate is mijn huisgenote en ze heeft uitgerekend vandaag uitgekozen om te bezwijken aan de griep. Daarom kan ze het interview dat ze heeft geregeld voor het universiteitsblad – met een of andere industriemagnaat van wie ik nog nooit gehoord heb – niet afnemen. Dus ben ik als vrijwilliger aangesteld. Ik moet blokken voor m'n eindexamens, nog een essay schrijven en ik had vanmiddag eigenlijk moeten werken, maar nee – vandaag moet ik 265 kilometer rijden naar hartje Seattle voor een meeting met de mysterieuze directeur van Grey Enterprises Holdings, Inc. Als buitengewoon succesvol ondernemer en voorname begunstiger van de universiteit is zijn tijd erg kostbaar – veel kostbaarder dan de mijne – en toch verleent hij Kate een interview. Een grote prestatie, zegt ze. Ik haat haar buitenschoolse activiteiten.

Kate ligt ineengedoken op de bank in de woonkamer.

'Sorry, Ana. Het kostte me negen maanden om dit interview te regelen. Als ik het moet verschuiven, zijn we zes maanden verder en tegen die tijd zijn we allang afgestudeerd. Als redacteur kan ik dit echt niet afblazen. Alsjeblieft?' smeekt Kate met haar schrapende, hese stem. Hoe krijgt ze het toch voor elkaar? Zelfs nu ze ziek is, ziet ze er beeldschoon uit met haar roodblonde haren, die mooi langs haar gezicht vallen, en haar heldere groene ogen, hoewel die er nu wel bloeddoorlopen uitzien. Ik probeer mijn plotselinge en ongewenste sympathie voor haar te negeren.

'Natuurlijk ga ik, Kate. Ga jij maar terug naar bed. Wil je een paracetamolletje?'

'Graag. Hier heb je de vragen en mijn dictafoon. Gewoon hier drukken om op te nemen. Maak maar aantekeningen, ik schrijf alles wel uit.'

'Ik weet helemaal niets over hem,' zeg ik zacht en ik probeer mijn opkomende paniek te negeren. Dat lukt niet.

'De vragen helpen je er wel doorheen. Ga nou maar, het is een lange rit en ik wil eigenlijk niet dat je te laat komt.'

'Ja. Ik ben weg. Kruip terug in bed. Ik heb soep voor je gemaakt die kun je straks opwarmen.' Ik kijk vertederd naar haar. *Ik zou dit voor niemand anders doen dan voor jou, Kate.*

'Doe ik. Veel succes. En Ana? Bedankt! Je bent mijn reddende engel, zoals altijd.'

Ik zoek m'n spullen bij elkaar, stop ze in mijn handtas, trek nog één keer een zuur gezicht naar haar en loop dan naar de auto. Ongelooflijk dat ik me door Kate heb laten overhalen om dit te doen. Maar goed, Kate kan iedereen tot alles overhalen. Ze wordt vast een fantastische journaliste. Ze is welbespraakt, sterk, overtuigend, beredeneerd, mooi – en ze is m'n aller-, allerbeste vriendin.

Er is weinig verkeer als ik de snelweg vanuit Vancouver, Washington richting Portland pak. Het is nog erg vroeg en ik word pas om twee uur vanmiddag in Seattle verwacht. Gelukkig kon ik de sportievere Mercedes CLK van Kate lenen. Ik geloof niet dat ik met Wanda – m'n oude Volkswagen Kever – ooit op tijd in Seattle zou zijn. De Mercedes rijdt heerlijk en de kilometers vliegen voorbij, want ik trap hem flink op zijn staart.

Mijn bestemming: het hoofdkantoor van meneer Greys bedrijf. Het is een gigantisch, twintig verdiepingen tellend kantoorgebouw. Overal waar je kijkt, zie je glaswerk en staal – de ultieme fantasie van elke architect. GREY HOUSE staat er discreet in stalen letters op de glazen voordeur. Het is kwart voor twee als ik aankom en dat betekent dat ik dus niet te laat ben! Ik voel een golf van opluchting als ik de enorme, en eigenlijk wel intimiderende, wit zandstenen lobby binnenwandel.

Vanachter de imposante zandstenen balie glimlacht een erg aantrekkelijke, goed verzorgde, blonde jonge vrouw vriendelijk naar me. Ik heb nog nooit iemand gezien die zo strak gekleed is. In haar zwarte colbertje en witte blouse ziet ze er perfect uit.

'Ik kom voor meneer Grey. Anastasia Steele in plaats van Katherine Kavanagh.'

'Een momentje alstublieft, mevrouw Steele.' Zelfbewust sta ik tegenover haar als ze haar wenkbrauw iets optrekt. Had ik maar een van Kates nette colberts aangetrokken in plaats van m'n donkerblauwe jasje. Ik heb me uitgesloofd om er goed uit te zien en heb mijn enige rokje aangetrokken, m'n nette bruine knielaarzen en een blauwe trui. Voor mijn doen is dat echt supernetjes. Zo nonchalant mogelijk stop ik een ontsnapte pluk haar achter mijn oor en doe alsof ik me niet geïntimideerd voel.

'Mevrouw Kavanagh wordt inderdaad verwacht. Wilt u hier even tekenen, mevrouw Steele? U moet de laatste lift aan de rechterkant naar de twintigste verdieping nemen.' Ze lacht vriendelijk naar me als ik me inschrijf – *het is vast heel grappig*.

Ze geeft me een pasje waar met heel grote letters BEZOEKER op staat. Ik kan m'n lach niet onderdrukken. Het is natuurlijk overduidelijk dat ik niet meer dan een bezoeker ben. Ik pas hier écht niet tussen. *Niets nieuws onder de zon*, verzucht ik. Ik bedank haar en loop richting de enorme rij liften langs twee veiligheidsagenten, die er in hun strakke zwarte pakken veel netter bij lopen dan ik.

De lift brengt me met een noodvaart naar de twintigste verdieping. De deuren glijden open en ik beland opnieuw in een grote lobby – ook hier is alles glas, staal en wit zandsteen. Ik stuit opnieuw op een zandstenen balie met daarachter weer een jonge blonde vrouw, perfect gekleed in zwart en wit, die opstaat om me te begroeten.

'Mevrouw Steele, wilt u hier even wachten, alstublieft?' Ze wijst naar een zithoek met witleren stoelen.

Achter de zithoek is een ruime vergaderzaal met glazen muren en in het midden een donkere houten tafel, die de ruimte vult, met minstens twintig stoelen eromheen. Daarachter is een plafondhoog raam dat uitkijkt op de skyline van Seattle, richting het water van de Puget Sound. Het uitzicht is adembenemend en een moment lang ben ik totaal verlamd. *Wauw*.

Ik ga zitten, vis de vragen uit m'n tas en loop er even doorheen; vanbinnen vervloek ik Kate omdat ze me niet even een korte biografie heeft gegeven. Ik weet niets over de man die ik moet interviewen. Hij kan negentig zijn, maar net zo goed dertig. De onzekerheid vreet aan me en ik word onrustig. Ik heb me nooit echt op m'n gemak gevoeld bij één-op-één-interviews. Geef mij maar de anonimiteit van een groepsdiscussie waarbij ik zo onopvallend mogelijk ergens achter in de ruimte kan gaan zitten. Eerlijk gezegd zit ik het liefst ergens alleen, opgekruld op een stoel in de universiteitsbibliotheek, met een klassieker als gezelschap. Ik voel er niets voor om te zenuwpezen in een immens bouwwerk van glas en steen.

Ik rol met mijn ogen. *Doe even normaal, Steele*. Aan het gebouw te zien – dat te klinisch en modern is – schat ik dat Grey een veertiger moet zijn. Fit, gebruind en blond, zodat hij goed bij de rest van zijn personeel past.

Er komt weer een nieuwe elegante, perfect geklede blondine door de grote deur rechts. Wat is dat toch met al die perfecte blondjes? Het lijkt hier Stepford wel. Ik haal diep adem en sta op.

'Mevrouw Steele?' vraagt de blondine.

'Ja,' zeg ik schor en ik schraap m'n keel. 'Ja.' Zo, dat klonk al wat overtuigender.

'Meneer Grey komt zo bij u. Zal ik uw jasje aannemen?'

'Ja, graag.' Ik worstel me uit m'n jasje.

'Heeft iemand u al iets te drinken aangeboden?'

'Eh, nee.' Oeps, komt Blondine Nummer Eén nu in de problemen?

Blondine Nummer Twee fronst en gebaart naar de jongedame achter de balie.

'Wilt u thee, koffie, water?' vraagt ze en ze kijkt mij weer aan.

'Een glaasje water, dank u,' prevel ik.

'Olivia, haal jij even een glas water voor mevrouw Steele,' zegt ze streng, waarna Olivia opspringt en naar de andere kant van de lobby snelt.

'Mijn excuses, mevrouw Steele, Olivia is onze nieuwe stagiaire. Gaat u zitten, meneer Grey is over een paar minuten klaar.'

Olivia komt terug met een glas ijskoud water.

'Alstublieft, mevrouw Steele.'

'Dank u.'

Blondine Nummer Twee loopt vastberaden naar de grote balie. Haar hakken klikken luid op de zandstenen vloer. Ze gaat zitten en beide blondines gaan verder met hun werk.

Misschien staat meneer Grey erop dat al z'n medewerkers blond zijn. Ik vraag me doelloos af of dat wel legaal is, wanneer de deur van het kantoor opengaat en een lange, goedgeklede, aantrekkelijke donkere man met korte dreadlocks naar buiten komt zetten. Ik heb echt de verkeerde kleding aan.

Hij draait zich nog even om en roept door de deur: 'Golf! Deze week nog, Grey.'

Ik hoor het antwoord niet. Hij draait zich om, ziet me en glimlacht, waardoor ik de rimpels in de hoeken van zijn donkere ogen zie. Olivia is overeind gesprongen en heeft de liftknop ingedrukt. Dat uit haar stoel springen lijkt haar goed af te gaan. Ze is nerveuzer dan ik!

'Goedemiddag, dames,' zegt de man terwijl hij de lift in stapt.

'Meneer Grey kan u nu ontvangen, mevrouw Steele. Loopt u maar door,' zegt Blondine Nummer Twee. Ik sta een beetje onhandig op en probeer m'n zenuwen te onderdrukken. Ik pak m'n spullen bij elkaar, laat mijn glas water achter en loop naar de kantoordeur die deels openstaat.

'U hoeft niet te kloppen, loop maar gewoon naar binnen,' glimlacht ze vriendelijk.

Ik duw de deur verder open en struikel over mijn eigen voeten, waardoor ik letterlijk het kantoor kom binnenvallen.

Shit, shit, shit! Ik en m'n twee linkervoeten! Ik sta op handen en knieën in de deuropening van meneer Greys kantoor en voel hoe zachte handen me overeind helpen. Ik geneer me dood – waarom ben ik zo onhandig? Lieve help, wat is-ie jong!

'Mevrouw Kavanagh.' Als ik eindelijk weer rechtop sta, steekt hij zijn hand met mooie lange vingers naar me uit. 'Ik ben Christian Grey. Gaat het wel? Wil je misschien zitten?'

Hij is echt jong – en knap, heel knap. Hij is lang, draagt een mooi grijs pak, een wit hemd en een zwarte das. Hij heeft warrig, donker, koperkleurig haar en zijn intense, grijze ogen kijken me schrander aan. Ik ben echt even sprakeloos.

'Eh. Het zit eigenlijk zo...' sputter ik. Als hij ouder dan dertig is, eet ik m'n schoen op. Beduusd plaats ik mijn hand in de zijne. Op het moment dat onze vingers elkaar aanraken, voel ik een vreemde tinteling door me heen gaan. Ik trek m'n hand haastig terug; wat gênant! Zal wel statische energie zijn. Ik knipper met m'n ogen, snel, net als m'n hartslag op dit moment.

'Mevrouw Kavanagh is verhinderd, dus heeft ze mij gestuurd. Ik hoop dat het geen probleem is, meneer Grey.'

'En jij bent?' Zijn stem klinkt warm en ik denk zelfs een beetje geamuseerd, maar zijn uitdrukking verraadt niets. Hij kijkt redelijk geïnteresseerd, dat wel, maar vooral beleefd.

'Anastasia Steele. Ik studeer Engelse literatuur met Kate, eh, Katherine... Met mevrouw Kavanagh aan Washington State University.'

'O, op die manier,' zegt hij. Volgens mij bespeur ik een glimlach, maar ik weet het niet zeker.

'Zullen we gaan zitten?' Hij gebaart naar een witleren, L-vormige bank met knopen.

Zijn kantoor is echt veel te groot voor één persoon. Voor de plafondhoge ramen staat een enorme, moderne donker houten tafel waar makkelijk zes mensen aan zouden kunnen eten. Er staat een bijpassend salontafeltje naast de bank. Verder is alles wit – plafond, vloeren en muren... Behalve de muur bij de deur, waar een mozaïek van kleine schilderijen hangt, 36 stuks, netjes in een vierkant geplaatst. Ze zijn schitterend. Een reeks aardse, vergeten voorwerpen die met zulk detail getekend zijn dat het foto's zouden kunnen zijn. Het samenspel is adembenemend.

'Een lokale kunstenaar. Trouton,' zegt Grey als hij ziet waar ik naar staar.

'Ze zijn mooi. Ze tillen het gewone naar een buitengewoon niveau,' mompel ik, afgeleid door zowel hem als de schilderijen. Hij houdt zijn hoofd wat schuin en kijkt me doordringend aan.

'Daar kan ik het alleen maar mee eens zijn, mevrouw Steele,' antwoordt hij met zachte stem en ik merk dat ik om een of andere onverklaarbare reden bloos.

Afgezien van de schilderijen ziet de rest van het kantoor er koud, kaal en klinisch uit. Ik vraag me af of het een weerspiegeling is van de persoonlijkheid van de adonis die nu elegant in een van de leren stoelen tegenover me ploft. Ik schud die gedachte snel van me af en haal Kates vragen uit m'n tas tevoorschijn. Daarna probeer ik het dictafoontje aan de praat te krijgen. Ik ben weer lekker onhandig bezig en laat het ding twee keer op het salontafeltje vallen. Meneer Grey zegt niets en wacht geduldig af. Ik voel me steeds roder worden. Als ik de moed bij elkaar raap om naar hem op te kijken, zie ik dat hij me in de gaten houdt – zijn ene hand ontspannen in zijn schoot en de andere onder zijn kin terwijl zijn lange wijsvinger over zijn lippen glijdt. Onderdrukt hij een lach?

'Sorry,' stamel ik. 'Ik ben dit niet gewend.'

'Neem alle tijd die u nodig heeft, mevrouw Steele,' zegt hij.

'Vindt u het goed als ik uw antwoorden opneem?'

'Dat vraag je me nu, nadat je zo veel moeite hebt gedaan om de recorder aan de praat te krijgen?'

Ik word rood. Plaagt hij me? Dat hoop ik wel. Ik knipoog naar hem, want ik weet echt even niet wat ik moet zeggen. Ik denk dat hij wel medelijden met me heeft, want hij antwoordt: 'Ja, dat is goed.'

'Heeft Kate, ik bedoel, mevrouw Kavanagh, uitgelegd waar het interview precies voor is?'

'Ja. Het komt in het afstudeernummer van het universiteitsblad, omdat ik dit jaar de diploma's zal uitreiken bij de plechtigheid.'

O! Dat is nieuw voor me en mijn gedachten dwalen even af,

want iemand die niet heel veel ouder is dan ik – nou ja, misschien een jaar of zes, en ja, megasuccesvol, maar toch – gaat mij gewoon mijn diploma overhandigen. Ik frons m'n wenkbrauwen en probeer mijn eigenzinnige aandacht terug te slepen naar de taak die nog voor me ligt.

'Fijn.' Ik slik m'n zenuwen weg. 'Ik heb wat vragen, meneer Grey.' Ik strijk een losgeraakte haarlok achter m'n oor.

'Dat dacht ik al,' zegt hij met een stalen gezicht. Lacht hij me nou uit? Mijn kaken worden vuurrood en ik probeer rechterop te zitten, met mijn schouders naar achteren, zodat ik er groter, intimiderender, uitzie. Ik start de dictafoon en doe m'n best om er zo professioneel mogelijk uit te zien.

'U heeft op erg jonge leeftijd al een enorm imperium opgebouwd. Waar heeft u uw succes aan te danken?' Ik kijk even naar hem op. Z'n glimlach bekent schuld, maar verder lijkt hij een beetje teleurgesteld.

'Zakendoen gaat over mensen, mevrouw Steele, en ik ben erg goed in het beoordelen van mensen. Ik weet hoe ze in elkaar steken, waar ze van groeien en waarvan niet, wat hen inspireert en hoe je hen kunt stimuleren. Ik heb een uitzonderlijk goed team en ik beloon hen royaal.' Hij pauzeert even en vangt mijn blik. 'Ik geloof sterk dat je jezelf tot meester van het project moet maken om van welke onderneming dan ook een succes te maken. Je moet het vanbinnen en vanbuiten kennen, elk detail. Ik werk hard, heel hard zelfs, om dat te bereiken. Ik neem logische beslissingen gebaseerd op feiten. Ik heb een natuurlijk instinct waarmee ik een sterk idee en goede mensen kan spotten en voeden. Onder aan de streep draait het altijd om de juiste mensen.'

'Misschien heeft u gewoon mazzel gehad.' Deze staat niet op het vragenlijstje – ik moest wel, hij is zo arrogant. Even kijkt hij verrast.

'Ik geloof niet in geluk of lotsbeschikkingen, mevrouw Steele. Hoe harder ik werk, hoe meer geluk ik schijn te hebben. Het gaat echt gewoon om de juiste mensen in je team en het efficiënt sturen van hun talenten en energie. Volgens mij was het Harvey Firestone die zei: "De groei en ontwikkeling van mensen is de hoogste roeping van het leiderschap."'

'U klinkt als een controlfreak.' De woorden zijn eruit voor ik er erg in heb.

'O, ik oefen controle uit in alle dingen, mevrouw Steele,' zegt hij, zonder een greintje humor. Ik kijk hem aan en hij houdt mijn blik stevig vast, onbewogen. Mijn hart begint sneller te kloppen en ik bloos alweer.

Hoe komt het dat hij me zo van mijn stuk kan brengen? Komt het door zijn overweldigende knapheid? De vurigheid waarmee hij me aankijkt? Of is het de manier waarop hij met z'n wijsvinger over z'n onderlip streelt? *Laat hem daarmee stoppen.*

'Bovendien verwerf je enorm veel macht door jezelf er stiekem van te verzekeren dat het hebben van controle jou aangeboren is,' gaat hij verder met een zachte stem.

'Vindt u dat u enorm veel macht heeft?' *Controlfreak.*

'Ik heb meer dan veertigduizend mensen in dienst, mevrouw Steele. Dat brengt een zekere mate van verantwoordelijkheid met zich mee, macht, als je het zo wilt noemen. Als ik plotseling bedenk dat ik geen interesse meer heb in de telecommunicatiebranche en m'n bedrijf van de hand doe, komen twintigduizend mensen na een maand of wat in de problemen omdat zij hun hypotheek niet meer kunnen aflossen.'

Mijn mond valt open. Ik ben verbijsterd door zijn gebrek aan bescheidenheid.

'Heeft u geen raad van bestuur waaraan u verantwoording moet afleggen?' vraag ik.

'Ik ben eigenaar van mijn bedrijf. Ik hoef aan niemand verantwoording af te leggen.' Hij trekt zijn wenkbrauwen op. Ik bloos. Natuurlijk zou ik al deze dingen weten als ik wat research had gedaan. Maar *mijn hemel*, wat is hij arrogant! Ik probeer het gesprek over een andere boeg te gooien.

'En heeft u interesses buiten uw werk?'

'Ik heb allerlei interesses, mevrouw Steele.' Ik bespeur een glimlach op zijn gezicht. 'Erg uiteenlopend.' En om redenen die ik niet kan plaatsen, sta ik in de fik. Zijn ogen fonkelen door wat er zich in zijn hoofd afspeelt.

'Maar als u zo hard werkt, wat doet u dan om te relaxen?'

'Relaxen?' Hij lacht en ontbloot zijn perfect witte tanden. Mijn adem stokt. Hij is echt knap. Dat zou verboden moeten worden.

'Nou, om te "relaxen" zoals jij het zegt, ga ik zeilen, vliegen en geef ik me over aan allerlei fysieke inspanningen.' Hij schuift in z'n stoel. 'Ik ben erg rijk, mevrouw Steele en ik heb dure hobby's, waarmee ik mijn geld verkwist.'

Ik kijk snel op Kates vragenlijst om zo snel mogelijk van onderwerp te kunnen veranderen.

'U investeert in industrie. Waarom precies?' vraag ik. Waarom voel ik me zo ongemakkelijk bij hem?

'Ik bouw graag dingen. Ik wil graag weten hoe dingen werken: hoe ze in elkaar zitten, hoe je moet bouwen en afbreken. En ik heb een voorliefde voor schepen. Wat moet ik daar nog meer over zeggen?'

'Het klinkt alsof u met uw hart praat in plaats van u te baseren op logica en feiten.'

Zijn mond vertrekt en hij kijkt me onderzoekend aan.

'Misschien. Al zijn er mensen die zouden zeggen dat ik geen hart heb.'

'Waarom?'

'Omdat ze me te goed kennen.' Zijn lip krult tot een spottende glimlach.

'Zouden uw vrienden zeggen dat u makkelijk in de omgang bent?' Zodra ik de vraag stel, heb ik al spijt. Dit staat niet op Kates lijstje.

'Ik ben erg op m'n privacy gesteld, mevrouw Steele. Ik doe m'n uiterste best om mijn privacy te beschermen en ik geef niet vaak een interview,' gaat hij verder.

'Waarom dit interview dan wel?'

'Omdat ik begunstiger ben van de universiteit. En hoe hard ik ook m'n best deed om van haar af te komen, mevrouw Kavanagh liet me maar niet met rust. Ze bleef mijn pr-mensen lastigvallen en ik bewonder dat soort volhardendheid.'

Daar weet ik alles van. Kates volhardendheid is precies waarom ik hier nu ongemakkelijk aan het kronkelen ben, terwijl ik eigenlijk voor m'n tentamens moet leren.

'U investeert ook in landbouwtechnologie. Waar komt die interesse vandaan?'

'Geld kun je niet eten, mevrouw Steele, en er zijn te veel mensen op deze planeet die niet genoeg te eten hebben.'

'Dat klinkt erg filantropisch. Is dat een passie van u? Hongerige mensen op de wereld te eten geven?'

Hij haalt z'n schouders op, neutraal.

'Het is een berekenende branche,' mompelt hij, maar ik denk dat dit niet de waarheid is. Ik kan er geen touw aan vastknopen – de hongerigen te eten geven? Ik zie daar de financiële voordelen niet van, alleen de voldoening die het ideaal geeft. Ik concentreer me op de volgende vraag, uit het veld geslagen door zijn houding.

'Heeft u een filosofie? En zo ja, wat is die dan?'

'Nee, die heb ik niet echt. Ik leef wel naar een principe – dat van Carnegie: "Een man die erin slaagt om zijn eigen geest volledig te bezitten, mag bezit nemen van al het andere waar hij recht op heeft." Ik ben erg gedreven. Ik houd van controle – over mezelf en anderen.'

'Dus u wilt dingen bezitten?' *Je bent echt een controlfreak.*

'Ik wil het verdienen ze te bezitten en, inderdaad, uiteindelijk wil ik ze bezitten.'

'U klinkt als de ultieme consument.'

'Dat ben ik ook.' Hij lacht, maar niet gemeend. In mijn ogen staat deze uitspraak lijnrecht tegenover eten geven aan hongerende mensen op aarde. Ik kan niet anders dan vermoeden dat we het hier eigenlijk over iets heel anders hebben, maar ik tast in het duister over wat... Geen idee. Ik slik. Is het zo warm hierbinnen of ligt het aan mij? Ik wou dat dit interview voorbij was. Kate zal nu toch wel genoeg materiaal hebben? Ik lees de volgende vraag.

'U bent geadopteerd. In hoeverre heeft dit u gevormd tot wat u nu bent?' Oeps, dit is wel erg persoonlijk. Ik kijk hem aan en hoop dat hij zich niet beledigd voelt. Hij trekt rimpels in zijn voorhoofd.

'Dat zou ik niet weten.'

Mijn interesse is meteen gewekt.

'Hoe oud was u toen u geadopteerd werd?'

'Dat soort vragen moet u aan het bevolkingsregister stellen, mevrouw Steele,' zegt hij op een strenge toon. Ik bloos, alweer.

Shit. Natuurlijk – als ik zou hebben geweten dat ik dit interview zou doen, had ik dit soort dingen nagetrokken. Ik ga snel verder.

'U heeft uw gezinsleven moeten opofferen voor uw werk.'

'Dat is geen vraag.' Hij is kortaf.

'Sorry.' Ik schaam me dood. Door hem voel ik me net een stout kind. Ik probeer het nog eens. 'Heeft u uw gezinsleven moeten opofferen voor uw werk?'

'Ik heb een gezin. Ik heb een broer, een zus en twee lieve ouders. Ik hoef mijn familie niet verder uit te breiden.'

'Bent u homo, meneer Grey?'

Hij haalt diep adem en ik krimp ineen. *O shit, nee hè!* Waarom heb ik de vraag niet even gescand voordat ik hem oplas? Hoe leg ik hem uit dat ik de vragen alleen maar oplees? Die nieuwsgierigheid van Kate ook altijd!

'Nee, Anastasia. Ik ben niet homoseksueel.' Hij trekt zijn wenkbrauwen op, een kille blik in zijn ogen.

'Mijn excuses. Dat is wat hier, eh, staat.' Het is de eerste keer dat hij m'n naam heeft uitgesproken. Mijn hart slaat sneller en mijn kaken worden weer vuurrood. Zenuwachtig duw ik mijn losgeraakte haar achter m'n oren.

Hij houdt zijn hoofd scheef.

'Zijn dit niet jouw vragen?'

Het bloed trekt uit mijn hoofd weg. *O nee.*

'Eh... nee. Kate – mevrouw Kavanagh – heeft de vragen opgesteld.'

'Zijn jullie collega's bij het universiteitsblad?' *O shit.* Ik heb niets te maken met het universiteitsblad. Dat is háár buitenschoolse activiteit, niet het mijne. Mijn gezicht staat in de fik.

'Nee. Ze is m'n huisgenote.'

Hij wrijft nadenkend over zijn kin, z'n ogen peilen me.

'Heb jij je als vrijwilliger opgeworpen voor dit interview?' vraagt hij, zijn stem dodelijk zacht.

Wacht eens even, wie moet hier wie interviewen? Zijn ogen branden in m'n vel en dwingen me de waarheid te vertellen.

'Ik ben opgetrommeld. Kate is ziek.' Mijn stem is zwak en verontschuldigend.

'Dat verklaart genoeg.'

Er wordt op de deur geklopt en Blondine Nummer Twee komt binnen.

'Meneer Grey, het spijt me u te moeten onderbreken, maar uw volgende vergadering begint over twee minuten.'

'We zijn hier nog niet klaar, Andrea. Wil jij de volgende vergadering afzeggen?'

Andrea staart hem aarzelend aan en staat er wat verloren bij. Hij draait zich langzaam naar haar toe en trekt zijn wenkbrauwen op. Ze kleurt felroze. *Gelukkig maar. Ik ben dus niet de enige.*

'Zoals u wilt, meneer Grey,' stamelt ze en ze loopt weg. Hij fronst en richt zijn aandacht weer op mij.

'Waar waren we gebleven, mevrouw Steele?'

O, we zijn weer terug bij 'mevrouw Steele', ja?

'Ik hoop niet dat ik u van uw werk afhoud.'

'Ik wil meer over jou weten. Dat lijkt me wel zo fair.' Zijn grijze ogen kijken me nieuwsgierig aan. *Shit, shit, shit! Waar gaat dit over?* Hij zet zijn ellebogen op de armleuningen en plaatst zijn vingers voor zijn mond. Zijn mond... leidt me erg af... Ik slik.

'Ik heb niet veel te vertellen,' zeg ik, en ik bloos weer.

'Wat zijn de plannen na je afstuderen?'

Ik haal m'n schouders op, verbaasd door zijn interesse. *Naar Seattle verhuizen met Kate, een leuk appartementje zoeken, een baan vinden.* Eigenlijk heb ik nog niet echt verder dan m'n laatste tentamen gedacht.

'Ik heb nog geen plannen gemaakt, meneer Grey. Ik ga me eerst concentreren op m'n laatste tentamens.' Waar ik nu voor zou moeten studeren in plaats van me ongemakkelijk te voelen in jouw paleisachtige, protserige, steriele kantoor terwijl je me aanstaart met die doordringende blik...

'Wij hebben hier een uitstekend programma voor trainees,' zegt hij zachtjes. Ik snap 'm niet. Biedt hij me nou een baan aan?

'Nou, ik zal het onthouden,' zeg ik beduusd. 'Maar ik weet niet zeker of ik hier wel zou passen.' Nee toch! Denk ik wéér hardop.

'Waarom zegt u dat?' Hij lijkt geïntrigeerd en lacht speels.

'Dat lijkt me toch wel duidelijk, of niet?' *Ik ben ongecoördineerd, zie eruit als een schooier en ik ben niet blond.*

'Voor mij niet,' zegt hij zacht. Zijn blik is intens, alle humor is weg en diep in mijn maag voel ik mijn spieren samentrekken. Ik ruk mezelf los van zijn blik en staar naar m'n knobbelige handen. *Wat gebeurt er?* Ik moet weg – nu. Ik leun naar voren om de dictafoon te pakken.

'Zal ik je een rondleiding geven?' vraagt hij.

'U heeft het vast al druk genoeg, meneer Grey. En ik heb nog best een lange rit voor de boeg.'

'Rijd je nu nog terug naar de universiteit in Vancouver?' Hij klinkt verrast, een beetje bezorgd zelfs. Hij kijkt uit het raam. Het is gaan regenen. 'Nou, rijd voorzichtig dan.' Hij klinkt streng, autoritair. Wat interesseert hem dat? 'Heb je alles wat je nodig had?' voegt hij er nog aan toe.

'Ja meneer,' antwoord ik en ik stop de dictafoon in m'n tas. Hij knijpt zijn ogen samen, op zoek naar iets.

'Bedankt voor het interview, meneer Grey.'

'Graag gedaan,' zegt hij, beleefd als altijd.

Ik sta op en hij steekt zijn hand uit.

'Tot onze volgende ontmoeting, mevrouw Steele.' Het klinkt als een uitdaging. Of een dreigement. Ik weet het niet zeker. De volgende keer? Wanneer zouden wij elkaar moeten ontmoeten dan? Ik schud zijn hand nog een keer. Vreemd, die tinteling is er weer. Het zullen de zenuwen wel zijn.

'Meneer Grey,' knik ik. Hij beweegt zich met de soepelheid en elegantie van een atleet naar de deur en houdt deze wagenwijd voor me open.

'Ik wilde er even zeker van zijn dat je door de deur komt, mevrouw Steele.' Hij lacht een beetje. Natuurlijk doelt hij op mijn minder elegante entree van net. Ik bloos.

'Dat is erg attent van u, meneer Grey,' zeg ik kortaf en zijn glimlach vergroot. *Ik ben blij dat je zo om mij kunt lachen*, denk ik en ik wandel de lobbyruimte binnen. Ik ben verbaasd als hij me naar buiten volgt. Zijn gedrag ontgaat ook Andrea en Olivia niet.

'Had je een jas aan?' vraagt Grey.

'Ja.' Olivia springt op en haalt m'n jasje, dat Grey uit haar handen pakt voordat zij het aan mij kan geven. Hij houdt het jasje voor me open en belachelijk bewust van mezelf schud ik het aan. Heel even legt Grey zijn handen op m'n schouders. Ik hap naar adem. Als hij het gemerkt heeft, kan hij dat goed verbergen. Met zijn wijsvinger duwt hij de liftknop in en we wachten samen op de lift – in mijn geval ongemakkelijk, in het zijne kalm en beheerst. De deuren gaan open en ik haast me naar binnen, als een wanhopige ontsnappingspoging. *Ik wil hier echt weg!* Ik draai me naar hem om. Hij staat nonchalant in de deuropening met één hand tegen de muur geleund. Hij is wel echt heel erg knap. Verwarrend. Zijn brandende grijze ogen staren me aan.

'Anastasia', is zijn vaarwel.

'Christian,' antwoord ik en godzijdank gaan de liftdeuren dicht.

Twee

Mijn hart bonst in m'n keel. De lift komt aan op de begane grond en ik haast me naar buiten zodra de deuren opengaan. Ik struikel nog een keer, maar gelukkig lig ik dit keer niet spartelend op de smetteloze zandstenen vloer. Ik sprint naar de glazen deuren en dan sta ik weer in die heerlijke, bevrijdende, schone, vochtige buitenlucht van Seattle. Ik gooi mijn hoofd naar achteren en geniet van de verfrissende regen op m'n gezicht. Ik sluit mijn ogen, haal diep adem en probeer mijn evenwicht – of wat er nog van over is – terug te vinden.

Er is geen man die ooit zoveel bij me teweeg heeft weten te brengen als Christian Grey zojuist en ik snap er niets van. Is het zijn uiterlijk? Zijn voorkomen? Rijkdom? Macht? Ik begrijp mijn irrationele reactie totaal niet. Opgelucht haal ik diep adem. Waar ging het in hemelsnaam allemaal over? Ik leun tegen een van de stalen pilaren van het gebouw en probeer vastberaden tot rust te komen en m'n gedachten te ordenen. Ik schud mijn hoofd. Holy shit – wat *gebeurde* er? Langzaam stabiliseert mijn hartslag zich en als ik weer normaal kan ademhalen, loop ik naar de auto.

Terwijl ik de stad achter me laat, speel ik het interview nog eens af in mijn hoofd. Ik heb me een beetje idioot gedragen en schaam me. Ik reageer vast weer overdreven op iets wat ik me inbeeld. Goed, dus hij is erg knap, vol zelfvertrouwen, autoritair en zelfverzekerd, maar aan de andere kant is hij ook arrogant en ondanks zijn goede manieren heeft hij te veel eigendunk en is hij kil. Tenminste, zo komt hij over. Er gaat een rilling over m'n rug. Hij mag dan wel arrogant zijn, maar niet zonder reden – hij heeft nu al zoveel bereikt in zijn leven. Hij liet duidelijk merken dat hij geen zin had in mijn gestuntel, maar waarom zou hij ook? Ik erger me er nog aan dat Kate me geen korte biografie heeft meegegeven.

Als ik richting de snelweg rijd, dwalen mijn gedachten verder af. Mensen die zo gedreven zijn om te slagen, maken echt indruk op me. Sommige antwoorden die hij gaf waren zo cryptisch – alsof hij iets te verbergen had. En Kates vragen dan – vreselijk! Over adoptie en of hij homo is... dat ik dat echt gezegd heb – wat erg! *Laat me door de grond zakken, nu!* Elke keer als ik aan die vraag terugdenk, schaam ik me weer dood. En het is allemaal Kates schuld!

Ik kijk op de snelheidsmeter. Ik rijd voorzichtiger dan ik normaal zou doen. Het is de herinnering aan die twee indringende grijze ogen en die strenge stem die me zegt voorzichtig te rijden. Ik schud mijn hoofd en bedenk dat Grey overkomt als iemand die twee keer zo oud is als in werkelijkheid.

Vergeet het, Ana, spreek ik mezelf toe. Ik besluit dat het toch best een interessante ervaring was, maar dat ik er niet in moet blijven hangen. *Zet het uit je hoofd*. Ik hoef hem nooit meer tegen te komen. Ik word al vrolijk bij de gedachte. Ik zet de stereo aan, draai de volumeknop open en ga heerlijk naar achteren zitten luisteren naar indierock, terwijl ik het gaspedaal helemaal intrap. Eenmaal op de snelweg besef ik dat ik net zo snel mag rijden als ik zelf wil.

Kate en ik wonen in een kleine buurt met duplexappartementen, niet ver van de universiteitscampus in Vancouver. Ik heb geluk gehad – Kates ouders hebben het appartement voor haar gekocht en ik betaal superweinig huur. Het is al vier jaar onze thuishaven. Als ik de auto parkeer, voel ik gewoon al dat Kate binnen staat te popelen om een gedetailleerd verslag te krijgen. En ze is erg volhardend. Nou, alles staat natuurlijk al op de dictafoon. Hopelijk hoef ik niet veel meer te vertellen dan wat er in het interview gezegd werd.

'Ana! Je bent terug!' Kate zit in de woonkamer, omringd door boeken. Ze heeft duidelijk de hele dag gestudeerd – ze heeft haar roze flanellen pyjama met lieve konijntjes nog wel aan. Die gebruikt ze eigenlijk alleen als het uit is met een vriendje, als ze ziek is of gewoon als ze een depressieve bui heeft. Ze stormt op me af en geeft me een stevige knuffel.

'Ik begon me al zorgen te maken. Ik dacht dat je eerder terug zou zijn.'

'O, ik vind juist dat ik er nog vrij kort over gedaan heb, want het interview liep uit.' Ik zwaai de dictafoon door de lucht.

'Ana, ik ben je zo ontzettend dankbaar. Ik weet het, ik sta bij je in het krijt. Hoe is het gegaan? Hoe was hij?' O nee – daar gaan we: de inquisitie van Katherine Kavanagh.

Ik weet niet goed wat ik moet antwoorden. Wat moet ik zeggen?

'Ik ben blij dat het voorbij is en dat ik hem nooit meer hoef te zien. Hij was behoorlijk intimiderend, eigenlijk.' Ik haal m'n schouders op. 'Hij is erg gefocust, intens. En jong. Heel erg jong.'

Kate gaapt me onschuldig aan. Ik frons mijn voorhoofd.

'Kijk niet zo onschuldig. Waarom heb je me geen biografie gegeven? Hij deed er ontzettend lullig over dat ik me niet had voorbereid.'

Kate slaat een hand voor haar mond. 'Jeetje, Ana. Het spijt me, ik heb er niet bij stilgestaan.'

Ik zucht.

'Hij was overwegend beleefd, formeel, een beetje stijf – alsof hij ouder is dan zijn leeftijdgenoten. Hij praat ook helemaal niet als een twintiger. Hoe oud ís hij eigenlijk?'

'27. Jeetje, Ana, het spijt me. Ik had jou beter moeten briefen, maar ik was zo in paniek! Geef me het dictafoontje maar, dan schrijf ik het interview meteen uit.'

'Je ziet er al wat beter uit. Heb je de soep opgegeten?' vraag ik, opgelucht dat ik van onderwerp kan veranderen.

'Ja, en het was heerlijk, zoals gewoonlijk. Ik voel me veel beter,' lacht ze dankbaar. Ik kijk op m'n horloge.

'Ik moet gaan, ik kan nog net op tijd zijn voor m'n werk bij Clayton's.'

'Ana, straks ben je uitgeput.'

'Dat komt wel goed. Later!'

Ik werk al sinds het begin van mijn studie bij Clayton's. Het is de grootste onafhankelijke doe-het-zelfzaak in de regio en na vier jaar werken weet ik over ongeveer alles wat we verkopen wel iets te vertellen – hoewel ik zelf ironisch genoeg geen doe-het-zelver ben. Dat laat ik aan m'n vader over. Ik ben veel meer een opgekropen-in-een-lekkere-stoel-bij-de-open-haard-met-een-boek-soort meisje. Ik ben blij dat ik nog op tijd ben voor m'n werk, zodat ik aan iets anders dan Christian Grey kan denken. We hebben het druk – het zomerseizoen is net begonnen en iedereen is aan het klussen in huis. Mevrouw Clayton is blij me te zien.

'Ana! Ik dacht dat je het vandaag niet ging halen?'

'Mijn afspraak duurde niet zo lang als ik dacht. Ik kan nog een paar uurtjes werken vandaag.'

'Ik ben echt blij je te zien!'

Ze stuurt me naar de opslagkamer om de schappen bij te vullen en al snel ga ik op in mijn werk.

Als ik later die dag thuiskom, zit Katherine met haar koptelefoon op achter haar laptop te werken. Ze heeft nog steeds een roze neus, maar ze is blijkbaar erg op dreef want ze typt als een bezetene. Ik ben helemaal op – uitgeput door de lange rit, het slopende interview en het ren- en vliegwerk bij Clayton's. Ik plof neer op de bank en denk aan het essay dat ik moet afmaken en aan al het studeerwerk dat ik vandaag niet kon doen, omdat ik opgezadeld was met... *hem.*

'Ik kan hier echt wat leuks van maken, Ana. Goed gedaan! Ongelooflijk dat je zijn aanbod voor een rondleiding hebt afgeslagen. Hij wilde duidelijk graag meer tijd met je doorbrengen.' Ze kijkt me even plagerig aan.

Ik bloos en mijn hart begint opeens sneller te slaan. Dat kan toch niet de reden zijn? Hij wilde me gewoon laten zien dat hij heer en meester was van zijn domein. Ik merk dat ik op mijn lip bijt en hoop dat Kate er niets van merkt. Ik denk het niet, ze gaat helemaal op in haar transcriptie.

'Ik begrijp trouwens wat je bedoelde met formeel. Heb je ook nog aantekeningen gemaakt?' vraagt ze.

'Eh, nee. Niet echt.'

'Geeft niet. Ik kan hier ook nog wel een goed artikel van maken. Jammer dat we niet wat eigen foto's van hem hebben. Hij is echt walgelijk knap, vind je niet?'

Ik bloos.

'Zoiets.' Ik doe m'n best om zo ongeïnteresseerd mogelijk te klinken. Ik geloof dat het lukt.

'Ah, kom op, Ana – zelfs jij bent niet immuun voor zijn uiterlijk.' Ze trekt een perfecte wenkbrauw naar me op.

Shit! Ik leid haar af met vleierij, dat werkt altijd.

'Jij had vast veel meer uit dit interview gehaald.'

'Dat betwijfel ik, Ana. Kom op zeg, hij bood je ongeveer een baan aan! En als je bedenkt dat ik het interview op het allerlaatste moment aan je heb opgedrongen, heb je het prima gedaan.' Ze kijkt me hoopvol aan. Ik vlucht naar de keuken.

'Dus, wat vind je nou écht van hem?' Verdorie, ze houdt maar niet op. Waarom moet ze erover blijven doorgaan? *Bedenk iets – snel.*

'Hij is erg gedreven, beheerst, arrogant – eng eigenlijk, en toch heel charismatisch. Ik begrijp wel dat mensen door hem gefascineerd raken,' voeg ik er eerlijkheidshalve aan toe, terwijl ik om de deur kijk, hopend dat ze hierdoor eindelijk eens haar kop houdt.

'Jij, gefascineerd door een man? Dat is nieuw,' snuift ze.

Ik zoek wat ingrediënten voor een broodje bij elkaar, zodat ze mijn gezicht niet meer kan zien.

'Waarom wilde je weten of hij homo was? Dat was trouwens het meest gênante moment. Ik voelde me er vreselijk bij en hij werd behoorlijk pissig van de vraag.' Ik krimp ineen bij de herinnering.

'Als hij in tijdschriften staat, hangt er nooit iemand aan zijn arm.'

'Het was onaangenaam. Alles eigenlijk. Ik ben blij dat ik hem nooit meer hoef te zien.'

'O, Ana, zo erg kan het niet geweest zijn. Ik heb het idee dat hij je nogal leuk vond.'

Me nogal leuk vond? Nu houdt ze me voor de gek.

'Wil je een broodje?'

'Graag.'

Die avond praten we niet meer over Christian Grey, tot mijn grote opluchting. Na het eten kan ik eindelijk met Kate aan de eettafel zitten werken. Terwijl zij haar artikel schrijft, werk ik aan mijn essay over *Tess of the d'Urbervilles*. Jezus, is die vrouw even op de verkeerde plek en op het verkeerde tijdstip in de verkeerde eeuw geboren! Tegen de tijd dat ik klaar ben, is het middernacht en ligt Kate allang in bed. Totaal uitgeput schommel ik naar mijn kamer, trots dat ik zo veel werk heb weten te verzetten, en dat voor een maandag.

Ik nestel me in mijn witte bed met ijzeren spijlen en wikkel me in mijn moeders lapjesdeken. Ik sluit mijn ogen en val meteen in slaap. Die nacht droom ik over donkere plaatsen, kale, koude witte vloeren en grijze ogen.

De rest van de week stort ik me volledig op mijn tentamens en mijn baan bij Clayton's. Kate is ook druk. Ze is bezig de laatste editie van het universiteitsblad samen te stellen voor ze het moet afstaan aan de nieuwe redacteur en ook zij blokt voor haar examens. Op woensdag voelt ze zich al veel beter en hoef ik gelukkig niet langer naar haar roze-flanel-met-te-veel-konijnen-pyjama te kijken. Ik bel mijn moeder in Georgia om te horen hoe het met haar gaat, maar ook zodat ze me succes kan wensen met mijn tentamens. Ze vertelt me vervolgens over haar allernieuwste bedrijvigheid, kaarsen maken – m'n moeders leven bestaat uit het starten van dit soort bedrijfjes. Eigenlijk verveelt ze zich gewoon en heeft ze iets nodig om de tijd te doden, maar ze heeft de aandachtspanne van een goudvis. Volgende week is het weer iets anders. Ik maak me wel eens zorgen om haar. Ik hoop dat ze geen extra hypotheek heeft afgesloten voor dit laatste plan. En ik hoop dat Bob – haar relatief nieuwe, maar veel oudere echtgenoot – een oogje in het zeil houdt nu ik daar niet meer ben. Hij lijkt wel een stuk stabieler dan Echtgenoot Nummer Drie.

'Hoe gaat het met jou, Ana?'

Ik aarzel even, waardoor ik mams volledige aandacht heb.

'Goed hoor.'

'Ana? Heb je iemand ontmoet?' *Wauw... hoe doet ze dat toch?* De opwinding in haar stem is duidelijk te horen.

'Nee, mam, er is niks. Je bent de eerste die het hoort als het wel zo is.'

‘Ana, je moet er echt eens vaker uit. Ik maak me zorgen om je.’

‘Mam, dat is nergens voor nodig. Hoe gaat het met Bob?’ Zoals altijd is afleiding de beste tactiek.

Later die avond bel ik Ray, mijn stiefvader, mams Echtgenoot Nummer Twee. De man die ik als mijn vader beschouw en de man wiens naam ik draag. Het is een kort gesprek. Eigenlijk is het zelfs niet meer dan een eenzijdig gebrom als antwoord op mijn voorzichtige vragen. Ray is geen prater. Maar hij leeft nog, kijkt nog steeds naar voetbal op tv en anders gaat hij bowlen, vliegvissen of maakt hij meubels. Ray is een bekwame timmerman en de reden dat ik het verschil ken tussen een handboor en een handzaag. Het lijkt erop dat alles goed met hem gaat.

Op vrijdagavond zijn Kate en ik net aan het bespreken wat we die avond gaan doen – we willen even weg van de boeken, van ons werk en van het universiteitsblad – als de deurbel gaat. Mijn lieve vriend José staat op de stoep met een fles champagne onder z’n arm.

‘José! Wat leuk!’ Ik geef hem snel een knuffel. ‘Kom binnen.’

José was de eerste persoon die ik ontmoette toen ik bij de universiteit aankwam die er net zo verloren en eenzaam uitzag als ik. We herkenden een soort geestverwantschap in elkaar en sinds die dag zijn we bevriend. We hebben niet alleen hetzelfde gevoel voor humor, maar we ontdekten ook dat Ray en de pa van José in dezelfde legereenheid hadden gezeten. Onze vaders zijn daarom ook goede vrienden geworden.

José doet een technische studie en is de eerste van z’n familie die het zo ver heeft geschopt. Hij is echt superslim, maar zijn passie is fotografie. José heeft oog voor mooie composities.

‘Ik heb nieuws.’ Hij grijnst, zijn donkere ogen twinkelen.

‘Vertel – je hebt nog een week uitstel gekregen voor je eruit geschopt wordt,’ plaag ik, en hij trekt een fronsend gezicht.

‘De Portland Place Gallery gaat volgende maand mijn foto’s tentoonstellen.’

‘Dat is geweldig – gefeliciteerd!’ Ik ben echt blij voor hem en knuffel hem nog een keer. Kate straalt ook.

‘Goed gedaan, man! Dat zou in het blad moeten komen. Er gaat niets boven lastminutewijzigingen op een vrijdagavond,' zegt ze spottend.

'Zullen we het vieren? Ik wil graag dat je meegaat naar de opening.' José kijkt me betekenisvol aan en ik bloos. 'Jullie allebei natuurlijk,' voegt hij er snel aan toe en hij werpt Kate een zenuwachtige blik toe.

José en ik zijn goede vrienden, maar diep vanbinnen weet ik dat hij meer wil. Hij is lief en grappig, maar ik val gewoon niet op hem. José is meer de broer die ik nooit had. Katherine plaagt me vaak dat ik het vriendje-willen-gen mis, maar het ligt anders – ik ben gewoon nog niemand tegengekomen die... nou, tot wie ik me aangetrokken voel, ook al verlangt een deel van mij wel naar die momenten met knikkende knieën, hart-in-m'n-keel, vlinders-in-m'n-buik en slapeloze nachten.

Soms vraag ik me af of er iets mis is met mij. Misschien heb ik te veel tijd doorgebracht in het gezelschap van mijn literaire helden en zijn mijn verwachtingen en idealen daardoor veel te hoog geworden. Maar in werkelijkheid is er gewoon nog nooit iemand geweest die me dat gevoel gaf.

Tot erg kort geleden, fluistert het nog zwakke stemmetje van mijn onderbewustzijn. NEE! Ik wis de gedachte meteen. Ik moet er niet aan denken, zeg, niet na dat gênante interview. *Bent u homo, meneer Grey?* Ik huiver bij de herinnering aan die vraag. Ik weet dat ik sindsdien bijna elke nacht over hem heb gedroomd, maar dat is vast om die verschrikkelijke ervaring uit mijn systeem te wissen, hoop ik.

Ik kijk hoe José de fles champagne opent. Hij is lang en door zijn spijkerbroek en T-shirt lijkt hij één grote spierbundel met een gebruind lichaam, donker haar en brandende donkere ogen. Ja, José is best lekker, maar ik denk dat hij de boodschap ondertussen wel begrepen heeft: we zijn gewoon vrienden. De kurk vliegt met een plop uit de fles en José lacht.

Op zaterdag in de winkel werken is zwaar. We worden bestormd door doe-het-zelvers die staan te popelen om hun huis op te knappen. Meneer en mevrouw Clayton, John en Patrick – de andere twee parttimers – en ik moeten ontzettend hard rennen en vliegen. Maar rond lunchtijd is het even windstil en mevrouw Clayton vraagt me om wat bestellingen te controleren, terwijl ik achter de kassa discreet mijn bagel opeet. Ik ga helemaal op in mijn taak. Ik controleer of de catalogusnummers, benodigdheden en bestelbonnen met elkaar overeenkomen; mijn ogen schieten van het scherm naar het bestelboek om te kijken of de nummers kloppen. En dan, om een of andere reden, kijk ik even op... en kijk ik recht in de onbevreesde grijze ogen van Christian Grey die me aanstaart.

Hartverzakking.

'Mevrouw Steele. Wat een aangename verrassing.' Hij vertrekt geen spier en kijkt me intens aan.

O mijn god! Wat heeft *hij* hier te zoeken? Komt-ie een beetje doen alsof hij een buitenmens is met warrig haar, crèmekleurige grofgebreide trui, jeans en wandelschoenen? Ik denk dat mijn mond is opengevallen en ik kan geen woord uitbrengen, want mijn hersenen zijn tijdelijk uitgeschakeld.

'Meneer Grey,' fluister ik, meer krijg ik er niet uit. Er speelt een kleine glimlach om zijn lippen en zijn ogen lichten op alsof hij geniet van een of ander binnenpretje.

'Ik was in de buurt,' zegt hij alsof hij verantwoording wil afleggen. 'Ik wil mijn voorraad wat aanvullen. Wat fijn u weer te zien, mevrouw Steele.' Zijn stem klinkt warm en zwaar als gesmolten pure chocolade met karamel fudge... of zoiets.

Ik schud mijn hoofd om weer bij zinnen te komen. Mijn hart gaat als een gek tekeer en ik kan niet anders dan blozen, terwijl hij me blijft aanstaren. Ik ben helemaal van m'n stuk gebracht nu hij voor me staat. Het beeld dat ik van hem had, doet hem geen eer aan. Hij is niet gewoon knap – hij is het toonbeeld van mannelijke schoonheid, adembenemend, en hij is hier. Hier in Clayton's IJzerhandel. Stel je voor. Eindelijk herstellen mijn cognitieve functies zich en maken ze contact met de rest van mijn lichaam.

'Ana. Mijn naam is Ana,' protesteer ik. 'Waar kan ik u mee van dienst zijn, meneer Grey?'

Hij lacht naar me en weer lijkt het alsof hij iets in zijn schild voert. Het is zo verwarrend. Ik haal diep adem en haal mijn ik-werk-hier-al-jaren-gezicht boven. *Ik kan dit.*

'Ik heb een paar dingen nodig. Om te beginnen, wil ik graag

een paar kabelbinders,' zegt hij met een blik die koel overkomt en toch ook geamuseerd.

Kabelbinders?

'We hebben verschillende lengtes op voorraad. Wilt u ze zien?' mompel ik aarzelend en bijna onhoorbaar. *Doe normaal, Steele.*

Een kleine frons verschijnt in zijn perfecte wenkbrauw. 'Graag. Gaat u voor, mevrouw Steele,' zegt hij. Ik probeer nonchalant over te komen als ik achter de toonbank vandaan kom, maar eigenlijk ben ik heel hard bezig niet over m'n eigen voeten te vallen – m'n benen gaan alle kanten op. Ik ben zo blij dat ik vanochtend mijn mooiste spijkerbroek heb aangedaan.

'Ze liggen bij de elektrische apparaten, gang acht.' Mijn stem klinkt net iets te opgewekt. Ik kijk even naar hem op, maar daar heb ik meteen spijt van. Allemachtig, wat is hij knap!

Ik bloos.

'Na u,' zegt hij zacht, gebarend met zijn mooi gemanicuurde hand en lange vingers.

Met m'n hart zo diep in m'n keel dat ik bijna stik – alsof het probeert via mijn mond naar buiten te komen – loop ik richting gang acht. *Waarom is hij in Portland? Waarom is hij hier bij Clayton's?* En uit een kleine ondergewaardeerde hoek in m'n hersenpan – waarschijnlijk aan de basis van mijn medulla oblongata, waar m'n onderbewustzijn zich bevindt – komt een gedachte naar boven: *hij is hier voor jou.* Echt niet! Ik veeg het meteen van tafel. Wat zou deze knappe, machtige, ontwikkelde man met mij moeten? Het idee is te absurd voor woorden.

'Bent u voor zaken in Portland?' vraag ik met een piepstemmetje, alsof mijn vinger tussen de deur geklemd zit of zo. *Verdomme. Doe alsof je neus bloedt, Ana!*

'Ik heb een bezoek gebracht aan de landbouwafdeling van de universiteit. Die zit in Vancouver. Ik financier op dit moment wat onderzoek dat zij doen naar gewasrotatie en bodemwetenschap,' zegt hij droogjes. *Zie je wel? Niet voor jou*, zegt mijn onderbewustzijn spottend en luid en duidelijk. Ik schaam me voor mijn dwaze, oncontroleerbare gedachten.

'Allemaal onderdeel van uw plan om de wereld te eten te geven?' plaag ik.

'Zoiets, ja,' valt hij bij en z'n lippen vormen een halfbakken lach.

Hij staart naar de selectie kabelbinders die we hier verkopen. Wat gaat hij daar in hemelsnaam mee doen? Ik zie echt geen doe-het-zelver in hem. Hij laat z'n vingers over de verschillende pakjes gaan en om onverklaarbare reden kan ik er niet naar kijken. Hij bukt en kiest een pakje.

'Deze zijn wel geschikt,' zegt hij met zijn o-zo-geheimzinnige lachje en ik bloos.

'Verder nog iets?'

'Ik heb nog afdekplakband nodig.'

Afdekplakband?

'Bent u aan het schilderen?' De woorden zijn eruit voor ik mezelf kan tegenhouden. Daar huurt hij toch gewoon mensen voor in?

'Nee, dat niet,' zegt hij met een grijns en ik heb het eigenaardige gevoel dat hij me uitlacht.

Ben ik zo grappig dan? Zie ik er grappig uit?

'Loop maar mee,' mompel ik gegeneerd. 'Afdekplakband ligt op de schilderafdeling.'

Ik kijk over m'n schouder en hij volgt.

'Werkt u hier al lang?' Zijn stem klinkt laag en ik voel zijn grijze ogen in m'n rug prikken. Ik kleur nog feller rood. Wat gebeurt er met me? Ik voel me weer veertien – onhandig zoals altijd en ongemakkelijk. *Ogen naar voren, Steele!*

'Vier jaar,' stamel ik en we bereiken ons doel. Om mezelf bezig te houden, pak ik de twee maten afdekplakband die we hebben uit het rek.

'Die wil ik,' zegt Grey terwijl hij rustig naar de breedste rol wijst, die ik hem geef. Onze vingers raken elkaar kortstondig en die tinteling is er weer, het schiet door me heen alsof ik een blootliggende stroomkabel heb aangeraakt. Ik snak ongewild naar adem, voel het door m'n hele lichaam stromen, zelfs naar dat donkere en onontdekte plekje onder in mijn buik. Wanhopig graai ik om me heen, op zoek naar mijn evenwicht.

'Anders nog iets?' Mijn stem klinkt schor en hijgerig. Zijn pupillen worden iets groter.

'Wat touw, denk ik.' Zijn stem klinkt zoals de mijne, schor.

'Dan moeten we hierheen.' Ik houd mijn hoofd omlaag om mijn gebloos te verbergen en loop naar het gangpad.

'Welke soort zoekt u? We hebben synthetisch en natuurlijk vezeltouw... gevlochten touw... kabeltouw...' Ik stop door zijn gezichtsuitdrukking, zijn ogen worden donkerder. Lieve help!

'Ik wil graag vierenhalve meter natuurlijk vezeltouw.'

Snel en met trillende vingers meet ik vierenhalve meter af, me heel bewust van zijn brandende grijze blik. Ik durf hem niet aan te kijken. Man! Kan het nóg zelfbewuster. Ik haal mijn stanleymes uit de kontzak van m'n spijkerbroek, snijd het touw af, rol het netjes op en leg er een knoop in. Het is een wonder dat ik daarna al m'n vingers nog heb.

'Bent u vroeger padvinder geweest?' vraagt hij, en het plezier is af te lezen aan zijn sensueel gevormde lippen. *Niet naar z'n mond kijken!*

'Georganiseerde groepsactiviteiten zijn niet echt mijn ding, meneer Grey.'

Hij trekt een wenkbrauw op.

'Wat is jouw ding dan wel, Anastasia?' vraagt hij met een zachte stem en weer die geheimzinnige lach. Ik gaap hem aan zonder dat ik een woord kan uitbrengen. *Probeer rustig te blijven, Ana*, smeekt mijn gemartelde onderbewustzijn me op haar knieën.

'Boeken,' fluister ik, maar mijn onderbewustzijn schreeuwt: *Jij! Jij bent mijn ding!* Ik fluit haar meteen terug, ik schaam me dood dat mijn psyche er ideeën boven haar stand op na houdt.

'Wat voor boeken?' Hij houdt zijn hoofd schuin. *Waarom is hij zo geïnteresseerd?*

'O, u weet wel. Gewoon. Klassiekers. Vooral Britse literatuur.'

Hij wrijft over zijn kin met z'n lange wijsvinger en duim terwijl hij mijn antwoord overdenkt. Of misschien is hij verveeld en probeert hij dat te verbergen.

'Heeft u nog iets anders nodig?' Ik moet van onderwerp veranderen – die vingers op dat gezicht zijn zo verleidelijk.

'Dat weet ik niet. Wat zou je kunnen aanraden?'

Wat zou ik aanraden? Ik weet niet eens wat je van plan bent.

'Voor een doe-het-zelver?'

Hij knikt, grijze ogen vol pretlichtjes. Ik bloos en mijn ogen dwalen op eigen initiatief af naar zijn comfortabele spijkerbroek.

'Een overall,' antwoord ik en ik besef dat ik niet langer nadenk over wat er uit m'n mond komt.

Hij trekt een wenkbrauw op en kijkt me geamuseerd aan, alweer.

'U wilt uw kleren toch niet vernielen.' Ik maak een vaag gebaar naar zijn jeans.

'Die kan ik natuurlijk ook gewoon uitdoen,' lacht hij zelfgenoegzaam.

'Eh.' Ik voel me vuurrood worden. Ik heb denk ik de kleur van het communistisch manifest. *Stop met praten. Stop* NU *met praten!*

'Ik neem wel een overall. Het zou vreselijk zijn als m'n kleding stuk zou gaan,' zegt hij droogjes.

Ik zet de gedachte aan hem zonder spijkerbroek uit mijn hoofd.

'Verder nog iets?' piep ik terwijl ik hem de blauwe overall geef.

Hij negeert mijn vraag.

'Hoe staat het met het artikel?'

Eindelijk stelt hij me een normale vraag, zonder al die toespelingen en dubbele bodems... een vraag die ik kan beantwoorden. Ik klamp me eraan vast alsof het een reddingsboei is en vertel de waarheid.

'Ik ben niet degene die het schrijft, dat doet Katherine. Mevrouw Kavanagh. Mijn huisgenote is de schrijfster. Ze is er erg blij mee. Ze is redacteur van het universiteitsblad en ze was er kapot van dat ze het interview niet zelf kon doen.' Ik kan weer ademhalen – eindelijk, een normaal gespreksonderwerp. 'Ze had alleen nog graag wat origineel fotomateriaal van u willen hebben.'

Grey trekt een wenkbrauw op.

'Wat voor foto's wil ze hebben?'

Oké. Ik had niet op dit antwoord gerekend. Ik schud mijn hoofd, want ik zou het echt niet weten.

'Nou, ik ben in de buurt. Dus, morgen, misschien...' denkt hij hardop.

'U bent bereid een fotoshoot te doen?' Mijn stem piept weer. Kate is me eeuwig dankbaar als ik dit voor elkaar krijg. *En misschien zie je hem dan morgen weer*, fluistert het donkere stemmetje vanuit m'n achterhoofd verleidelijk. Ik zet het idee uit mijn hoofd – hoe kun je dat nou denken...

'Kate zal er blij mee zijn, als we nog een fotograaf kunnen vinden natuurlijk.' Ik ben zo blij, dat ik breeduit naar hem lach. Zijn lippen gaan uit elkaar, alsof hij gure lucht inademt en hij knippert met zijn ogen. Een fractie van een seconde staat hij er een beetje verloren bij, de aarde wankelt om haar as en de tektonische platen verschuiven.

Ach gossie. Zo ziet Christian Grey er dus verloren uit.

'Laat me maar weten of het morgen kan.' Hij trekt zijn portefeuille. 'Mijn visitekaartje. M'n mobiele nummer staat erop. Je moet me dan wel voor tien uur bellen morgenochtend.'

'Oké!' Ik kijk hem blij aan. Kate gaat gillen!

'ANA!'

Opeens komt Paul tevoorschijn aan de andere kant van de gang. Hij is meneer Claytons jongste broer. Ik wist dat hij terug was uit Princeton, maar ik had niet verwacht hem te zien vandaag.

'Eh, een momentje graag, meneer Grey.' Grey fronst zijn voorhoofd als ik bij hem wegloop.

Paul is altijd mijn maatje geweest en het is bij dit bizarre gesprek met de rijke, machtige, buitengewoon aantrekkelijke controlfreak Grey fijn om met iemand te praten die normaal is. Paul geeft me onverwacht een heel dikke knuffel.

'Hallo Ana, wat heerlijk om je te zien!' zegt hij uitbundig.

'Hoi Paul, hoe gaat het met je? Ben je thuis voor de verjaardag van je broer?'

'Jep. Je ziet er goed uit, Ana, erg goed.' Hij grijnst terwijl hij me van top tot teen opneemt. Hij laat me los, maar laat een bezitterige arm over m'n schouders hangen. Ik schuifel wat ongemakkelijk met mijn voeten. Het is leuk om Paul te zien, maar hij doet altijd zo overdreven familiair.

Wanneer ik even naar Christian Grey opkijk, zie ik dat hij ons als een havik in de gaten houdt; zijn ogen donker en onderzoekend, zijn mond hard en onbewogen. Waar hij eerst de vreemdgeïnteresseerde klant was, is hij nu iemand anders – koud en afstandelijk.

'Paul, ik ben net bezig met een klant. Ik zal hem je even voorstellen,' zeg ik in een poging de vijandigheid in Greys ogen te bedaren. Ik sleep Paul mee en ze bekijken elkaar eens goed. Er hangt opeens een ijskoude sfeer.

'Eh, Paul, dit is Christian Grey. Meneer Grey, dit is Paul Clayton. Zijn broer is de eigenaar van deze zaak.' En om onverklaarbare redenen heb ik het gevoel dat ik meer moet uitleggen.

'Ik ken Paul al sinds ik hier begon te werken, maar we zien elkaar niet zo vaak. Hij is thuis vanuit Princeton, waar hij bedrijfskunde studeert.' Ik ben aan het ratelen... *Stop, nu!*

'Meneer Clayton.' Christian steekt zijn hand naar voren, zijn blik onleesbaar.

'Meneer Grey.' Paul schudt zijn hand. 'Wacht eens – toch niet dé Christian Grey? Van Grey Enterprises Holdings?' Paul verandert in minder dan een nanoseconde van nors naar ontzagvol. Grey glimlacht beleefd zonder dat zijn ogen meedoen.

'Wauw, is er iets waar ik u mee kan helpen?'

'Anastasia heeft alles onder controle, meneer Clayton. Ze is erg behulpzaam geweest.' Zijn gezichtsuitdrukking is koel, maar zijn woorden... het is alsof hij iets totaal anders zegt. Heel mysterieus.

'Geweldig,' antwoordt Paul. 'Spreek je later, Ana.'

'Oké, Paul.' Hij verdwijnt richting de opslagruimte. 'Heeft u nog iets nodig, meneer Grey?'

'Nee, ik heb alles.' Zijn stem klinkt kort en koud. Shit... heb ik hem beledigd? Ik haal diep adem en loop naar de kassa. *Wat is er met hem aan de hand?*

Ik scan het touw, de overall, het afdekplakband en de kabelbinders.

'Dat is dan 43 dollar bij elkaar, alstublieft.' Ik kijk op naar Grey en wou dat ik dat niet had gedaan. Hij volgt elke beweging die ik maak, zijn grijze ogen intens en mysterieus. Het maakt me onzeker.

'Wilt u er een tas bij?' vraag ik, terwijl ik zijn creditcard aanneem.

'Graag, Anastasia.' Zijn tong streelt mijn naam en mijn hart gaat weer als een gek tekeer. Ik kan bijna niet ademen. Ik stop gehaast zijn aankopen in een plastic tas.

'Bel je me voor de fotoshoot?' Opeens is hij weer helemaal zakelijk. Ik knik, niet in staat om iets te zeggen en geef hem zijn creditcard terug.

'Goed. Tot morgen, misschien.' Hij loopt weg, maar houdt dan stil. 'O – en, Anastasia? Ik ben blij dat mevrouw Kavanagh het interview niet kon afnemen.' Hij lacht en loopt dan weer doelgericht de winkel uit en zwaait de plastic tas over zijn schouder. Er is niet veel meer van me over dan een trillende wirwar van vrouwelijke hormonen. Ik blijf nog een paar minuten naar de gesloten deur staren waar hij doorheen is gelopen, voordat ik terug op Aarde ben.

Oké – ik vind hem leuk. Zo, ik heb het aan mezelf toegegeven. Ik kan me niet langer voor mijn gevoel verbergen. Ik heb me nog nooit zo gevoeld. Ik vind hem aantrekkelijk, erg aantrekkelijk. Maar het heeft geen zin, ik weet het, zucht ik vol bitterzoet verlangen. Het was gewoon toeval dat hij hier was. Ach, ik kan hem vast ook wel van een afstand bewonderen. Dat kan geen kwaad. En als ik een fotograaf vind, dan kan ik daar morgen al een goed begin mee maken. Verheugd bijt ik op mijn lip en grinnik als een schoolmeisje. Ik moet Kate bellen en een fotoshoot regelen.

Drie

Kate is extatisch.

'Maar wat deed hij bij Clayton's?' De nieuwsgierigheid straalt door de telefoon. Ik zit ergens achter in de voorraadruimte en probeer mijn stem zo normaal mogelijk te laten klinken.

'Hij was in de buurt.'

'Dat is dan wel héél toevallig, Ana. Denk je niet dat hij daar was om jou te zien?' speculeert ze. Mijn hart maakt een sprongetje bij die gedachte, maar het gevoel is slechts van korte duur. De saaie en teleurstellende realiteit is dat hij hier voor zaken was.

'Hij was op bezoek bij de landbouwafdeling van de universiteit. Hij financiert een of ander onderzoek,' breng ik uit.

'O, dat is waar ook. Hij heeft de afdeling 2,5 miljoen dollar geschonken.'

Wauw.

'Hoe weet je dat?'

'Ana, ik ben journaliste en ik heb een profiel geschreven over de man. Ik hoor dat soort dingen te weten.'

'Oké, Sherlock, niet naast je schoenen lopen. Dus, gaan we voor de foto's?'

'Natuurlijk wil ik dat! De vraag is alleen: wie gaat ze maken en waar?'

'We zouden hem over de locatie kunnen laten beslissen. Hij zegt dat hij in de buurt verblijft.'

‘Kun jij hem bereiken?’

‘Ik heb zijn mobiele nummer.’

Kate hapt even naar adem.

‘De rijkste, meest ongrijpbare, meest mysterieuze vrijgezel in de hele staat Washington heeft jou gewoon zijn mobiele nummer gegeven?’

‘Eh... ja.’

‘Ana! Hij vindt je leuk. Geen twijfel mogelijk.’

‘Kate, hij probeert gewoon aardig te zijn.’ Maar terwijl ik de woorden uitspreek, weet ik dat ze niet waar zijn – Christian Grey doet niet aan *aardig*. Hij doet aan beleefd, misschien. En een klein stemmetje fluistert: *Misschien heeft Kate wel gelijk*. Ik krijg overal kriebels als ik bedenk dat hij me misschien, heel misschien, echt leuk vindt. Tenslotte zei hij wel dat hij blij was dat Kate het interview niet had afgenomen. Ik word helemaal blij van de gedachte dat hij me dan toch misschien een beetje leuk vindt. Dan brengt Kate me weer naar de realiteit.

‘Ik weet niet wie we de shoot moeten laten doen. Levi, de huisfotograaf, kan niet. Hij is het weekend bij zijn ouders in Idaho Falls. Hij zal wel balen als hij hoort dat hij daardoor zijn kans om een van Amerika’s belangrijkste ondernemers te fotograferen heeft laten schieten.’

‘Hmm... Wat denk je van José?’

‘Goed idee! Vraag jij hem maar – voor jou doet hij alles. Daarna bel je Grey en vraag je hem waar hij ons wil hebben.’ Ik vind Kate irritant gemakzuchtig doen over José.

‘Ik vind dat jij hem moet bellen.’

‘Wie, José?’ Kate snuift.

‘Nee, Grey.’

‘Ana, jij bent degene die een relatie met hem heeft.’

‘Relatie?’ piep ik naar haar en m’n stemgeluid is een paar octaven hoger dan normaal. ‘Ik ken die vent amper.’

‘Je hebt hem tenminste al ontmoet,’ zegt ze bitter. ‘En het lijkt erop dat hij jou beter wil leren kennen. Ana, bel hem nou gewoon op,’ zegt ze kortaf en ze hangt op. Soms is ze zo bazig! Ik steek mijn tong uit naar m’n mobiel.

Ik bel José en spreek net een boodschap in als Paul de ruimte binnenkomt, op zoek naar schuurpapier.

'Het is redelijk druk daarbuiten, Ana,' zegt hij zonder bijbedoelingen.

'O, het spijt me,' mompel ik en ik haast me naar de deur.

'En, hoe ken jij Christian Grey eigenlijk?' Pauls stem klinkt onovertuigend nonchalant.

'Ik moest hem interviewen voor het universiteitsblad. Kate voelde zich niet lekker.' Ik haal m'n schouders op en probeer net als hij zo gewoon mogelijk te klinken.

'Christian Grey bij Clayton's. Stel je voor,' snuift Paul verwonderd. Hij schudt vol ongeloof zijn hoofd. 'Maar goed, wil je vanavond misschien wat gaan drinken?'

Telkens als hij thuis is, vraagt hij me mee uit. En ik zeg altijd nee. Het is een ritueel geworden. Ik heb het nooit een goed idee gevonden om uit te gaan met de broer van mijn baas en daarnaast is Paul wel knap, op een gezonde *boy next door*-manier, maar hij is beslist geen literaire held. Zelfs niet met wat fantasie. *En Grey dan?* vraagt mijn onderbewustzijn. In gedachten trek ik een wenkbrauw op, die ik meteen weer terugfluit.

'Heb je geen familie-etentje met je broer of zo?'

'Dat is morgen.'

'Misschien een andere keer, Paul. Ik moet vanavond studeren, volgende week heb ik mijn laatste tentamens.'

'Ana, een dezer dagen zeg je ja.' Hij lacht terwijl ik de winkelvloer op vlucht.

'Maar ik fotografeer locaties, Ana, geen mensen,' klaagt José.

'José, alsjeblieft?' smeek ik. Ik ijsbeer door de woonkamer met m'n mobiel tegen mijn oor aan gedrukt, terwijl ik uit het raam naar de ondergaande zon kijk.

'Geef mij die telefoon eens.' Kate grist hem uit mijn handen en gooit haar zijdezachte roodblonde haar over haar schouder.

'Luister eens, José Rodriguez, als je wilt dat ons blad over de opening van jouw tentoonstelling schrijft, dan doe je morgen die fotoshoot voor ons, gesnopen?' Kate kan geweldig hard optreden.

'Goed. Ana belt je terug over de locatie en het tijdstip. We zien je morgen.' En ze klapt de telefoon dicht.

'Klaar. Het enige wat we nu nog moeten doen is beslissen waar en wanneer. Bel hem.' Ze steekt de telefoon naar me uit. Mijn maag protesteert.

'Bel Grey, nu!'

Ik trek een pruillip naar Kate en vis zijn kaartje uit m'n broekzak. Ik haal diep adem en toets, met trillende handen, het nummer in.

Hij neemt op na de tweede toon. Zijn stem klinkt kort, kalm en koud.

'Grey.'

'Eh... meneer Grey? Met Anastasia Steele.' Ik ben zo zenuwachtig, ik herken m'n eigen stem niet. Er valt een korte stilte. Ik beef vanbinnen.

'Mevrouw Steele. Wat fijn om van u te horen.' Zijn stem is veranderd. Hij is verrast, denk ik, en hij klinkt zo... warm – *verleidelijk* zelfs. Mijn adem stokt en ik bloos. Ik realiseer me opeens dat Kate me met open mond zit aan te kijken en ik loop de keuken in om haar kritische blik te vermijden.

'Eh, we willen graag een afspraak maken voor een fotoshoot voor het artikel.' *Ademen, Ana, ademen.* Ik haal kort adem. 'Morgen als dat kan. Welke locatie zou u het beste schikken, meneer?'

Ik kan zijn sfinxachtige glimlach bijna door de telefoon heen horen.

'Ik verblijf in Hotel Heathman in Portland. Zullen we om halftien morgenochtend afspreken?'

'Prima, dan zien we u daar!' Ik guts van het zweet en hijg – als een klein meisje, niet als een volwassen vrouw die oud genoeg is om te drinken en te stemmen.

'Ik kijk ernaar uit, mevrouw Steele.' Ik stel me de omsluierde gloed in zijn grijze ogen voor. *Hoe kunnen een paar woorden je hoofd zo op hol brengen?* Ik hang op. Kate staat nu ook in de keuken en staart me volledig ontzet aan.

'Anastasia Rose Steele. Je vindt hem leuk! Ik heb je nog nooit zo... zo... aangedaan gezien! Je bloost gewoon.'

'Ach, Kate, ik bloos toch altijd. Dat gebeurt me de hele dag door, doe niet zo idioot,' zeg ik kort. Ze knippert verbaasd met haar ogen, normaal reageer ik niet eens op dit soort dingen. Ik voeg er dus snel aan toe: 'Ik vind hem gewoon... intimiderend, dat is het.'

'Het Heathman, ik had het kunnen weten,' zegt Kate zacht. 'Ik zal de manager bellen en een ruimte voor de shoot regelen.'

'Ik begin vast met het avondeten. Daarna moet ik weer studeren.' Ik kan mijn irritatie niet verbergen als ik de kastjes opentrek en met het eten begin.

Die nacht ben ik rusteloos. Ik lig te woelen en te draaien en droom van brandende grijze ogen, overalls, lange benen, lange vingers en donkere, heel donkere plaatsen waar nog niemand is geweest. Ik word 's nachts twee keer wakker met een bonzend hart. *O, wat zal ik er geweldig uitzien morgen met zo weinig slaap achter de kiezen*, snauw ik naar mezelf. Ik sla met mijn vuist op mijn kussen en probeer te kalmeren.

Het Heathman staat in hartje Portland. Het indrukwekkende bruine gebouw werd nog net voor de beurscrash van de jaren twintig gebouwd. José, Travis en ik zitten in mijn Kever en Kate komt met haar CLK omdat we niet allemaal in mijn auto passen. Travis is Josés vriend en loopjongen, hij is mee voor de verlichting. Kate heeft een gratis kamer voor de fotoshoot kunnen regelen in ruil voor een vermelding in het artikel. Als ze aan de receptioniste vertelt dat we hier zijn om Christian Grey, de directeur, te fotograferen, wordt de kamer meteen bevorderd tot suite. Een gewone suite blijkbaar, want kennelijk heeft meneer Grey de grootste suite van het hotel zelf al. Een overenthousiaste marketingmedewerker leidt ons naar de suite. Hij is vreselijk jong en om een of andere reden ook vreselijk zenuwachtig. Ik denk dat Kates schoonheid en autoritaire gedrag hem afleiden, want hij is als was in haar handen. De kamers zijn elegant, rustig en luxe ingericht.

Het is negen uur. We hebben dus nog een halfuurtje om alles klaar te zetten en Kate weet duidelijk precies wat ze wil.

'José, ik denk dat we die muur moeten gebruiken als achtergrond, wat vind jij?' Ze wacht niet eens op zijn antwoord. 'Travis, haal jij de stoelen weg? Ana, zou jij kunnen vragen of ze wat drankjes brengen? En laat Grey weten waar we zitten.'

Ja, baas. Ze is zo dominant. Ik rol met m'n ogen, maar doe wat ze vraagt.

Een halfuur later wandelt Christian Grey onze suite binnen.

Hou me vast! Hij draagt een witte blouse met open kraag en een grijze flanellen broek die losjes op zijn heupen hangt. Zijn warrige haar is nog vochtig van het douchen. Mijn mond wordt droog als ik naar hem kijk... hij is zo verdomde *lekker*. Grey wordt gevolgd door een man van midden dertig, met een kort kapsel en een stoppelbaardje. Hij draagt een donker pak met bijpassende das en staat stil in de hoek van de kamer. Zijn kastanjebruine ogen kijken ons uitdrukkingsloos aan.

'Mevrouw Steele, fijn dat we elkaar weer zien.' Grey steekt zijn hand naar me uit. Ik schud hem de hand en m'n ogen knipperen snel. O jee... hij is echt, heel erg... Ik raak zijn hand aan en voel die heerlijke schok weer door me heen jagen. Het verlicht me, maakt me aan het blozen en mijn onregelmatige ademhaling moet wel hoorbaar zijn.

'Meneer Grey, dit is Katherine Kavanagh,' breng ik moeizaam uit en ik wuif naar Kate, die op ons afloopt en hem recht in de ogen kijkt.

'De beruchte Katherine Kavanagh. Aangenaam.' Hij schenkt haar een kleine glimlach en ziet er oprecht geamuseerd uit. 'Ik neem aan dat u zich beter voelt? Anastasia vertelde dat u vorige week ziek was.'

'Ik ben weer beter, meneer Grey, dank u.' Ze schudt hem zonder blikken of blozen stevig de hand. Ik stel mezelf gerust met de gedachte dat Kate op de beste privéscholen van de staat Washington heeft gezeten. Haar familie is gefortuneerd en ze is ontzettend zelfbewust opgegroeid. Ze is niet zo snel onder de indruk van iemand en dat bewonder ik in haar.

'Bedankt dat u hiervoor tijd vrij wilde maken.' Ze glimlacht professioneel en beleefd naar hem.

'Geen dank,' antwoordt hij en hij richt zijn blik op mij, en ik bloos weer. Shit.

'Dit is José Rodriguez, onze fotograaf,' zeg ik en ik lach naar José, die lief naar me teruglacht. Zijn ogen koelen af als hij van mij naar Grey kijkt.

'Meneer Grey,' knikt hij.

'Meneer Rodriguez.' Greys gezichtsuitdrukking verandert ook als hij José keurend aankijkt.

'Waar wilt u mij hebben?' vraagt Grey hem, met een kleine dreigende ondertoon. Maar Katherine is niet van plan om José de touwtjes in handen te geven.

'Meneer Grey – wilt u hier plaatsnemen? Stap voorzichtig over de kabels. Hierna doen we nog een paar staande poses.' Ze leidt hem naar een stoel die tegen de muur staat opgesteld.

Travis zet de lichtapparatuur aan, waardoor hij Grey eventjes verblindt en hij mompelt een verontschuldiging. Travis en ik kijken van een afstandje hoe José foto's staat te schieten. Hij neemt een aantal foto's uit de losse hand, vraagt Grey om zus en zo te draaien, zijn arm te verleggen, hem weer neer te leggen. Daarna neemt hij er nog een paar met de camera op zijn statief, terwijl Grey zit en poseert, natuurlijk en geduldig, twintig minuten lang. Mijn wens is uitgekomen: ik kan Grey ongestoord van niet zo veraf bewonderen. Onze ogen vinden elkaar tot twee keer toe en ik moet mezelf echt losrukken van zijn dromerige blik.

'Genoeg gezeten.' Katherine laat weer van zich horen. 'Mogen we ook een paar staande foto's maken, meneer Grey?' vraagt ze.

Hij staat op en Travis haast zich om de stoel te verplaatsen. Josés Nikon klikt weer aan één stuk door.

'Ik denk dat we wel genoeg materiaal hebben,' roept José vijf minuten later.

'Fantastisch,' zegt Kate. 'Nogmaals bedankt, meneer Grey.' Ze schudt zijn hand en José volgt haar voorbeeld.

'Ik kijk uit naar het artikel, mevrouw Kavanagh,' zegt Grey wanneer hij aan de deur staat en dan draait hij zich naar mij om. 'Loopt u even met me mee, mevrouw Steele?' vraagt hij.

'Ja hoor,' zeg ik, helemaal van m'n à propos. Ik kijk eventjes bezorgd naar Kate, die haar schouders ophaalt. Achter haar rug zie ik José chagrijnig kijken.

'Prettige dag gewenst allemaal,' zegt Grey, terwijl hij de deur voor me openhoudt.

O mijn god... waar gaat dit over? Wat wil hij? Ik wacht vol zenuwen in de hotelgang terwijl Grey naar buiten wandelt, gevolgd door meneer Kort-Koppie.

'Ik bel je nog, Taylor,' mompelt hij tegen Kort-Koppie. Taylor loopt de gang door en Grey kijkt me met zijn brandende grijze blik aan. *Shit... heb ik iets verkeerd gedaan?*

'Ik vroeg me af of je met mij samen koffie zou willen drinken.'

Mijn hart stoot m'n keel in. Een date? *Christian Grey vraagt mij mee op een date.* Hij vraagt of je koffie wilt. *Misschien denkt hij dat je nog niet wakker bent*, valt mijn onderbewustzijn me spottend aan. Ik schraap mijn keel en probeer mijn zenuwen onder controle te krijgen.

'Ik moet iedereen naar huis rijden,' zeg ik verontschuldigend, terwijl ik zenuwachtig in mijn handen knijp.

'Taylor!' roept hij en ik schrik. Taylor, die bijna aan het eind van de gang was, draait zich om en loopt op ons af.

'Wonen ze allemaal in de buurt van de universiteit?' vraagt Grey zacht. Ik knik, te verbaasd om iets te zeggen.

'Taylor kan hen brengen. Hij is mijn chauffeur. We hebben hier een grote terreinwagen, dus hij kan de foto-uitrusting ook vervoeren.'

'Meneer Grey?' vraagt Taylor wanneer hij bij ons staat, zonder iets van emoties prijs te geven.

'Zou je alsjeblieft de fotograaf, zijn assistent en mevrouw Kavanagh een lift kunnen geven?'

'Natuurlijk, meneer,' antwoordt Taylor.

'Zo. Kunnen we nu koffie gaan drinken?' Grey lacht naar me alsof het een uitgemaakte zaak is.

Ik frons naar hem.

'Eh, meneer Grey, dit is echt, eh – nou, ziet u, Taylor hoeft hen niet naar huis te brengen.' Ik werp een snelle blik op Taylor, die er stoïcijns en uitdrukkingsloos bij blijft staan. 'Ik ruil wel van auto met Kate als u een ogenblikje heeft.'

Grey lacht een verblindende, ontwapenende, natuurlijke, alle-tanden-bloot, geweldige lach. *O god...* en hij opent de deur van de suite voor me. Ik schiet langs hem naar binnen en stuit op Katherine en José, die in een hevige discussie verwikkeld zijn.

'Ana, ik weet echt zeker dat hij je leuk vindt,' zegt ze zomaar uit het niets. José heeft een woeste en afkeurende blik in zijn ogen. 'Maar ik vertrouw hem niet,' zegt ze erbij. Ik steek mijn hand op in de hoop dat ze stopt met praten. Wonder boven wonder doet ze dat ook.

'Kate, als jij de Kever neemt, mag ik jouw auto dan lenen?'

'Waarom?'

'Christian Grey heeft me gevraagd of ik zin heb om koffie met hem te drinken.'

Haar mond valt open. Kate is sprakeloos. Ik geniet van het moment. Ze grijpt m'n arm vast en sleept me langs de woonkamer de slaapkamer in.

'Ana, ik voel dat er iets met hem is.' Ik hoor dat bij haar allerlei alarmbellen afgaan. 'Hij is ongelooflijk knap, eens, maar volgens mij is hij gevaarlijk. Zeker voor iemand als jij.'

'Wat bedoel je, iemand als ik?' vraag ik beledigd.

'Iemand die zo onschuldig is als jij, Ana. Je weet wat ik bedoel,' zegt ze licht geïrriteerd. Ik bloos.

'Kate, het is maar koffie. Bovendien beginnen de tentamens deze week en moet ik studeren. Ik blijf niet te lang.'

Ze perst haar lippen op elkaar alsof ze mijn verzoek overweegt. Uiteindelijk vist ze haar autosleutels uit haar zak en geeft ze aan mij. Ik geef haar de mijne.

'Ik zie je later. Blijf niet te lang weg of ik stuur een reddingsteam op pad om je te zoeken.'

'Dank je.' Ik omhels haar.

Als ik de suite uit stap staat Christian Grey te wachten. Hij leunt nonchalant tegen de muur en ziet er zo uit als een model dat voor een of ander chique glossy poseert.

'Zo, op naar de koffie,' zeg ik zo rood als een biet.

Hij grijnst.

'Na u, mevrouw Steele.' Hij gaat rechtop staan en houdt zijn arm voor zich uit om me voor te laten. Ik wandel met knikkende knieën door de gang, mijn buik vol vlinders en mijn hart onregelmatig bonzend in m'n keel. *Ik ga koffiedrinken met Christian Grey... en ik haat koffie.*

We wandelen samen door de brede hotelgang naar de lift. *Wat moet ik tegen hem zeggen?* Ik ben verlamd door vrees. Waar gaan we het over hebben? Wat heb ik in hemelsnaam met hem gemeen? Zijn warme, zachte stem doet me uit m'n dagdroom opschrikken.

'Hoe lang ken je Katherine Kavanagh al?'

O, een makkelijke vraag om mee te beginnen.

'Sinds ons eerste jaar aan de universiteit. Ze is een erg goede vriendin.'

'Hmm,' antwoordt hij, neutraal. Waar denkt hij aan?

Hij drukt op de liftknop en bijna meteen staat die voor onze neus. De deuren glijden open en we kijken recht op een stelletje dat elkaar vol passie omhelst. Verrast en gegeneerd laten ze elkaar abrupt los. Ze durven ons niet meer aan te kijken. Grey en ik stappen de lift in.

Het kost me moeite om met een uitgestreken gezicht voor me uit te kijken, dus staar ik maar naar de vloer en voel m'n wangen lichtrood worden. Als ik voorzichtig door mijn wimpers naar Grey gluur, zie ik dat er iets van een lach om zijn lippen speelt, maar het is moeilijk te zeggen. Het jonge stelletje zegt niets en in pijnlijke stilte zakken we naar de begane grond. Er speelt zelfs geen goedkoop fluitmuziekje in de lift om ons af te leiden.

De deuren gaan open en tot mijn grote verbazing pakt Grey mijn hand vast met zijn lange, koele vingers. Ik voel een schok door me heen gaan en mijn hart begint meteen nog sneller te slaan. Hij leidt me naar buiten en achter ons horen we het stelletje opeens keihard giechelen. Grey grijnst.

'Wat is dat toch met liften?' zegt hij zacht.

We wandelen door de ruime, drukke lobby naar de uitgang van het hotel, maar Grey vermijdt de draaideur. Ik vraag me af of hij dat doet zodat hij m'n hand niet hoeft los te laten.

Het is een fijne zondag in mei. De zon schijnt en er is niet veel verkeer. Grey slaat links af en struint naar de hoek van de straat, waar we wachten tot de lichten op groen springen. Hij heeft nog steeds m'n hand vast. *Christian Grey houdt midden op straat mijn hand vast.* Niemand heeft ooit mijn hand vastgehouden. Ik voel me duizelig en mijn hele lichaam tintelt. Ik probeer die stomme grijns van m'n gezicht te vegen voordat hij mijn hoofd in tweeën splijt. *Probeer rustig te blijven, Ana*, smeekt mijn onderbewustzijn. Het licht springt op groen en we steken over.

We wandelen vier straten verder en komen bij het Portland Koffiehuis, waar Grey mijn hand loslaat, zodat hij de deur voor me kan openhouden.

'Zoek jij maar een tafeltje uit, dan haal ik het drinken. Wat wil je hebben?' vraagt hij, beleefd als altijd.

'Ik neem... eh – Engelse thee, niet te sterk.'

Hij trekt zijn wenkbrauwen op.

'Geen koffie?'

'Ik ben niet zo'n koffiemens.'

Hij lacht.

'Oké, slappe thee. Zoete?'

Ik ben even beduusd. Was dat een liefkozing? Gelukkig breekt mijn onderbewustzijn die gedachte meteen af. *Nee, muts – hij vraagt of je zoete thee wilt. Je weet wel, met suiker.*

'Nee, dank u.' Ik staar naar mijn knokige handen.

'Iets te eten?'

'Nee, dank u.' Ik schud mijn hoofd en hij wandelt naar de balie.

Ik blijf naar hem staren terwijl hij aanschuift in de rij. Ik zou de hele dag zo naar hem kunnen kijken... Hij is lang, gespierd en slank. En de manier waarop die broek op zijn heupen hangt... *Houd me tegen!* Hij haalt zijn lange, sierlijke vingers een paar keer door zijn inmiddels droge, maar nog steeds warrige haar. *Hmm, daar heb ik ook wel zin in.* De gedachte duikt ongevraagd in me op en mijn gezicht wordt vuurrood. Ik bijt op mijn lip en kijk weer naar mijn handen, niet tevreden met de manier waarop mijn gedachten een loopje met me nemen.

'Waar zit je aan te denken?' Grey is terug en laat me schrikken.

Ik word roder dan rood! *O, ik dacht gewoon aan mijn handen die door je haar gaan en ik vroeg me af of je haar lekker zacht aanvoelt.* Ik schud mijn hoofd. Hij heeft een dienblad vast, dat hij op het ronde tafeltje van berkenfineer zet. Hij geeft me een kop en een schotel, een kleine theepot en een bordje met daarop een theezakje: Twinings English Breakfast – mijn favoriet. Hij heeft koffie genomen met in het melkschuim een prachtig bladvormpje. *Hoe doen ze dat toch?* vraag ik me zinloos af. Hij heeft ook een bosbessenmuffin voor zichzelf gekocht. Grey schuift het dienblad opzij, gaat tegenover me zitten en slaat zijn lange benen over elkaar.

Hij ziet er zo op z'n gemak uit, zo goed in zijn vel, ik ben jaloers. Kijk mij nou, ik ben klungelig en ongecoördineerd, bijna niet eens in staat om van A naar B te komen zonder plat op m'n bek te gaan.

'Mag ik meegenieten?' onderbreekt hij mijn gedachten.

'Dit is mijn lievelingsthee.' Mijn stem klinkt zwak en hijgerig. Ik kan haast niet geloven dat ik met Christian Grey in een koffiehuis in Portland zit. Hij fronst. Hij weet dat ik iets voor hem achterhoud. Ik doe het theezakje in de theepot en vis het er bijna meteen weer uit met m'n lepeltje. Terwijl ik het theezakje op het schoteltje leg, kijkt Grey me vragend aan, zijn hoofd schuin.

'Ik houd van slappe zwarte thee,' verklaar ik mompelend.

'Ik zie wat je bedoelt. Is hij jouw vriendje?'

Wat... waar?

'Wie?'

'De fotograaf. José Rodriguez.'

Ik lach, zenuwachtig, maar nieuwsgierig. Waar haalt hij dat vandaan?

'Nee, José is een goede vriend van me, meer niet. Waarom dacht u dat we bij elkaar horen?'

'De manier waarop je naar hem lachte, en hij naar jou.' Zijn blik haakt zich vast in de mijne. Hij verwart me zo enorm! Ik wil wegkijken, maar ik kan niet – ik ben betoverd.

'Hij is meer een soort broer voor me,' fluister ik.

Grey knikt licht en lijkt tevreden met mijn antwoord. Hij kijkt naar zijn bosbessenmuffin en haalt het papiertje er behendig af met zijn lange vingers. Ik kijk gefascineerd toe.

'Wil je ook een hapje?' vraagt hij en die geheimzinnige lach is weer terug.

'Nee, dank u.' Ik frons en staar weer naar m'n handen.

'En de jongen die ik gisteren ontmoette, in de winkel? Hij is ook niet jouw vriendje?'

'Nee. Paul is gewoon een vriend. Dat zei ik gisteren toch ook?' O, dit wordt een beetje raar. 'Waarom vraagt u dat?'

'Je lijkt zenuwachtig als er mannen om je heen zijn.'

Jezus, dat is echt persoonlijk! *Ik ben alleen zenuwachtig als jij in de buurt bent, Grey.*

'Je intimideert me.' Ik kleur hoogrood, maar ik geef mezelf toch een schouderklopje omdat ik zo open ben. Ik tuur opnieuw naar m'n handen en hoor hoe hij diep inademt.

'Dat is ook de bedoeling.' Hij knikt. 'Je bent erg eerlijk. Kijk nou niet weer naar beneden. Ik zie je gezicht graag.'

O. Ik kijk hem steels aan en hij werpt me een bemoedigende blik toe.

'Het geeft me ongeveer een idee waar je aan zou kúnnen denken,' zegt hij. 'Je bent één groot vraagteken voor me, mevrouw Steele.'

Een vraagteken? Ik?

'Ik ben te lezen als een open boek.'

'Ik vind dat je erg gesloten bent,' mompelt hij.

Is dat zo? *Wauw... hoe heb ik dat voor elkaar gekregen.* Ik sta paf. *Ik gesloten! Echt niet!*

'Behalve wanneer je bloost natuurlijk, en dat gebeurt vaak. Ik wou gewoon dat ik wist waarom je zo bloosde.' Hij stopt een klein stukje muffin in z'n mond en begint langzaam te kauwen, terwijl hij zijn ogen op mij gericht houdt. En alsof erom gevraagd wordt, bloos ik. *Shit!*

'Heeft u altijd van die persoonlijke opmerkingen?'

'Ik besefte niet dat ik dat deed. Heb ik je beledigd?' Hij klinkt verrast.

'Nee,' antwoord ik eerlijk.

'Gelukkig.'

'Maar u bent zelf erg autoritair,' zeg ik een beetje uit wraak.

Hij trekt zijn wenkbrauwen op en, als ik me niet vergis, bloost hij ook een klein beetje.

'Ik ben het gewend om mijn zin te krijgen, Anastasia,' zegt hij zachtjes. 'Zonder uitzonderingen.'

'Daar twijfel ik niet aan. Waarom heeft u me nog niet gevraagd om u bij de voornaam te noemen?' Mijn brutaliteit verrast me. Waarom is dit gesprek zo serieus geworden? Op deze manier had ik het me niet voorgesteld. Ik kan haast niet geloven dat ik me zo vijandig opstel. Het lijkt wel alsof hij me wil afschrikken.

'De enige mensen die mijn voornaam gebruiken, zijn mijn familie en beste vrienden. Dat wil ik graag zo houden.'

O. Hij heeft nog steeds niet gezegd: 'Noem me maar Christian.'

Hij is écht een controlfreak. Er is geen andere uitleg mogelijk en ik bedenk dat ik misschien beter af was geweest als Kate het interview had gedaan. Twee controlfreaks bij elkaar. En daarbij is ze zo goed als blond – nou ja, roodblond –, net als alle andere vrouwen bij hem op kantoor. *En ze is mooi*, herinnert mijn onderbewustzijn me. Ik vind het niet leuk om te denken aan Christian met Kate samen. Ik nip van m'n thee en Christian bijt nog een stukje van zijn muffin.

'Ben je enig kind?' vraagt hij.

Jeetje... wéér een ander onderwerp.

'Ja.'

'Vertel me eens over je ouders.'

Waarom wil hij dit weten? Het is zo *saai*.

'Mijn moeder woont in Georgia met haar nieuwe man, Bob. Mijn stiefvader woont in Montesano.'

'Je vader?'

'Die stierf toen ik nog een baby was.'

'Het spijt me,' zegt hij en er verschijnt eventjes een bezorgde blik op zijn gezicht.

'Ik kan me hem niet meer herinneren.'

'En je moeder is hertrouwd?'

Ik snuif.

'Zo zou je het kunnen zeggen.'

Hij fronst naar me.

'Je geeft het niet gratis weg, of wel?' zegt hij droogjes. Hij wrijft over zijn kin alsof hij diep nadenkt.

'Jij ook niet.'

'Je hebt me al een keer geïnterviewd en ik kan me toch een paar heel indringende vragen herinneren.' Hij kijkt me zelfgenoegzaam aan.

Holy shit. Hij is de 'homovraag' nog niet vergeten. Ik schaam me diep. De komende jaren heb ik intensieve therapie nodig om me te verlossen van de schaamte die ik voel, telkens als ik me dat moment voor de geest haal. Ik begin te ratelen over m'n moeder – alles om díe herinnering te blokkeren.

'Mijn moeder is geweldig. Ze is hopeloos romantisch. Ze zit al aan haar vierde echtgenoot.'

Christian trekt verrast een wenkbrauw op.

'Ik mis haar,' ga ik verder. 'Ze heeft Bob nu. Ik hoop dat hij haar in de gaten kan houden en de brokken lijmt wanneer haar halfbakken plannetjes niet lopen zoals gepland.' Ik glimlach bij de gedachte aan m'n lieve moeder, die ik al zo lang niet meer heb gezien. Christian kijkt me intens aan en neemt af en toe een slokje van zijn koffie. Ik mag echt niet naar z'n mond kijken, het maakt me zenuwachtig. Die lippen.

'Kun je het goed vinden met je stiefvader?'

'Natuurlijk. Ik ben bij hem opgegroeid. Hij is de enige vader die ik ooit gekend heb.'

'En wat is hij voor iemand?'

'Ray? Hij is... gesloten.'

'Is dat het enige?' vraagt Grey verrast.

Ik haal m'n schouders op. Wat verwacht hij van me, mijn levensverhaal?

'Gesloten, net als zijn stiefdochter,' oppert Grey.

Ik rol nog net niet met m'n ogen naar hem.

'Hij houdt van voetbal – vooral Europees voetbal – en bowlen en vliegvissen en meubels maken. Hij is timmerman. Heeft in het leger gezeten.' Ik zucht.

'Heb je bij hem gewoond?'

'Ja. Mijn moeder ontmoette Echtgenoot Nummer Drie toen ik vijftien was. Ik ben toen bij Ray blijven wonen.'

Hij fronst alsof hij er niets van begrijpt.

'Wilde je niet bij je moeder wonen?' vraagt hij.

Ik bloos. *Dat gaat hem echt niks aan.*

'Echtgenoot Nummer Drie woonde in Texas. Mijn thuis was in Montesano. En... weet je, mijn moeder was net hertrouwd.' Ik stop. M'n moeder praat nooit over Echtgenoot Nummer Drie. Waar wil Grey heen met dit gesprek? Dit gaat hem écht niks aan. *Maar ik kan dat spel ook spelen.*

'Vertel me eens over jouw ouders,' vraag ik.

Hij trekt zijn schouders op.

'Mijn vader is een advocaat, mijn moeder kinderarts. Ze wonen in Seattle.'

O... hij is duidelijk van goede afkomst. Ik begin te dromen over een succesvol stel dat drie kinderen adopteert waarvan er een tot een mooie man uitgroeit die in z'n eentje de zakenwereld verovert. Hoe is hij zo geworden? Zijn ouders zijn vast trots op hem.

'Wat doen je broers en zussen?'

'Elliot zit in de bouw en mijn kleine zus woont in Parijs. Ze leert voor chef-kok bij een of andere beroemde Fransman.' Zijn ogen worden donker van irritatie. Hij wil duidelijk niet over zijn familie of zichzelf praten.

'Ik hoor dat Parijs mooi is,' mompel ik. Waarom wil hij niet over z'n familie praten? Is het omdat hij geadopteerd is?

'Het is prachtig. Ben je er wel eens geweest?'

'Ik ben nog nooit van het Amerikaanse continent af geweest.' Terug naar de koetjes en kalfjes dus. Wat heeft hij te verbergen?

'Wil je er graag heen?'

'Naar Parijs?' piep ik. Verwarrend – wie wil er nou niet naar Parijs? 'Natuurlijk,' geef ik toe. 'Maar ik wil vooral een keer naar Engeland reizen.'

Hij houdt zijn hoofd schuin en streelt met zijn wijsvinger over zijn onderlip... *Daar gaat-ie weer.*

'Want?'

Ik knipper snel met m'n ogen. *Concentreer je, Steele.*

'Het is het geboorteland van Shakespeare, Austen, de gezusters Brontë, Thomas Hardy. Ik wil de plaatsen zien die die mensen hebben geïnspireerd om zulke geweldige boeken te schrijven.'

Door al het gepraat over boeken herinner ik me opeens dat ik eigenlijk nog moet studeren. Ik kijk op m'n horloge.

'Ik kan beter gaan, ik moet nog studeren.'

'Voor je tentamens?'

'Ja. Die beginnen dinsdag.'

'Waar staat mevrouw Kavanaghs auto geparkeerd?'

'Op de parkeerplaats van het hotel.'

'Ik loop met je mee terug.'

'Bedankt voor de thee, meneer Grey.'

Hij lacht weer met zijn vreemde ik-heb-een-vet-groot-geheim-lachje.

'Geen probleem, Anastasia. Graag gedaan. Kom,' commandeert

hij en hij steekt zijn hand naar me uit. Ik pak zijn hand verward vast en volg hem naar buiten.

We slenteren terug naar het hotel en ik zou willen zeggen dat het in vriendschappelijke stilte is. Hij lijkt in ieder geval onveranderd, kalm en beheerst. Ik daarentegen probeer te bevatten wat er net gebeurd is in het koffiehuis. Het voelt alsof ik gesolliciteerd heb, maar ik weet niet goed waarnaar.

'Draag je altijd spijkerbroeken?' vraagt hij uit het niets.

'Meestal wel.'

Hij knikt. We zijn terug op het kruispunt tegenover het hotel. Mijn hersenen werken op volle toeren. *Wat een vreemde vraag...* En ik ben me ervan bewust dat onze tijd samen beperkt is. Dit is het. Dit was het en ik heb het compleet verknald, ik weet het zeker. Misschien heeft hij wel een vriendin.

'Heeft u een vriendin?' flap ik eruit. *Shit – heb ik dat echt net hardop gezegd?*

Hij lacht halfbakken en kijkt me aan.

'Nee, Anastasia. Ik doe niet aan vriendinnen,' zegt hij zacht.

O... wat bedoelt hij daarmee? Hij is niet homofiel. Of misschien wel – shit! Dan heeft hij tijdens het interview tegen me gelogen. En even denk ik dat hij me een uitleg zal geven, iets wat die cryptische omschrijving duidelijk maakt – maar dat doet hij niet. Ik moet gaan. Ik moet m'n gedachten ordenen. Ik moet bij hem uit de buurt zijn. Ik loop naar voren en struikel halsoverkop de weg op.

'Shit, Ana!' roept Grey. Hij trekt zo hard aan m'n hand dat ik tegen hem aan val, net wanneer er een fietser voorbijscheurt die me op een haar na raakt en ongestoord verder tegen de richting van de eenrichtingsstraat in blijft fietsen.

Het gebeurt allemaal zo snel – het ene moment val ik, het volgende lig ik in zijn armen en houdt hij me stevig vast. Ik adem de schone geur in die om hem heen hangt. Hij ruikt naar pas gewassen lakens en een of andere dure douchegel. *Lieve help*, ik word bedwelmd. Ik adem diep in.

'Gaat het?' fluistert hij. Hij houdt me met één arm vast en drukt me stevig tegen zich aan terwijl de vingers van zijn andere hand mijn gezicht zachtjes onderzoekend strelen. Zijn duim wrijft langs mijn onderlip en zijn adem stokt. Hij staart in m'n ogen en ik houd zijn brandende blik vast, heel even, maar het lijkt een eeuwigheid te duren... uiteindelijk wordt mijn aandacht naar zijn prachtige mond getrokken. *O mijn god.* En voor het eerst in 21 jaar wil ik gekust worden. Ik wil zijn mond op de mijne voelen.

Vier

Kus me, verdomme! Mijn hele lichaam smeekt hem, maar ik kan me niet bewegen. Ik word verlamd door een vreemd, ongekend verlangen, bevangen door zijn charme. Ik kijk omhoog naar Christian Greys mond, in trance, en hij kijkt omlaag naar mij, zijn ogen worden donkerder. Hij ademt luider dan normaal en ik ben gewoon gestopt met ademen. *Je hebt me in je armen. Kus me, alsjeblieft.* Hij sluit zijn ogen, ademt diep in en schudt zachtjes met zijn hoofd alsof hij mijn stille vraag wil beantwoorden. Wanneer hij zijn ogen opnieuw opent, heeft hij een andere blik, hij kijkt me vastberaden aan.

'Anastasia, je moet bij me uit de buurt blijven. Ik ben niet de man voor jou,' fluistert hij. *Wat? Waar komt dat vandaan?* Dat kan ik echt wel zelf bepalen. Ik frons naar hem en vanbinnen weet ik dat ik ben afgewezen.

'Ademen, Anastasia, ademen. Ik help je staan en daarna laat ik je los,' zegt hij zacht en hij duwt me zachtjes van zich af.

Mijn lichaam heeft een stoot adrenaline gekregen van de bijna-aanrijding met de fietser of de bijna-kus met Christian, waardoor ik me opgefokt en zwak tegelijk voel. NEE! schreeuw ik vanbinnen, terwijl hij zich van me losmaakt en mij met lege handen achterlaat. Zijn handen liggen op mijn schouders en hij houdt me op armlengte vast, afwachtend. En het enige waar ik aan kan denken, is dat ik gekust wilde worden, dat ik dat megaduidelijk had laten merken, en dat hij het niet heeft gedaan! *Hij wil me niet.* Hij wil me echt niet. Ik heb deze koffieochtend royaal verkloot.

'Het gaat wel,' adem ik als ik mijn stem weer kan gebruiken. 'Dank je,' breng ik vernederd uit. Hoe komt het dat ik het gebeuren tussen ons zo fout heb ingeschat? Ik moet hier weg zien te komen.

'Waarvoor?' Hij fronst. Zijn handen liggen nog op mijn schouders.

'Dat je me hebt gered,' fluister ik.

'Die idioot reed tegen de richting in. Ik ben blij dat ik er was. Ik wil er niet aan denken wat er met je had kunnen gebeuren. Wil je even bijkomen in het hotel?' Hij laat me los, zet zijn handen in zijn zij en ik heb het gevoel dat ik me vreselijk heb aangesteld.

Ik schud de gedachte van me af. Ik wil gewoon gaan. Al mijn vage, onuitgesproken verwachtingen zijn de kop ingedrukt. Hij wil me niet. *Wat bezielde me?* snauw ik mezelf toe. *Wat zou Christian Grey met jou willen?* Mijn onderbewustzijn drijft de spot met me. Ik sla mijn armen om me heen en zie tot mijn grote opluchting dat het licht op groen is gesprongen. Ik wandel snel naar de overkant, me ervan bewust dat Grey achter me loopt. Bij de ingang draai ik me even naar hem om, maar ik kan hem niet in de ogen kijken.

'Bedankt voor de thee en de fotoshoot,' zeg ik.

'Anastasia... ik...' Hij stopt en de kwelling in zijn stem wekt mijn aandacht, dus kijk ik toch weer naar hem. Zijn grijze ogen kijken triest, terwijl hij met z'n hand door zijn haar gaat. Hij ziet er verscheurd en gefrustreerd uit, zijn gezichtsuitdrukking leeg, zijn beheersing en controle lijken volledig verdampt.

'Wat, Christian?' zeg ik kortaf omdat hij... niets zegt. Ik wil gewoon gaan. Ik moet mijn breekbare, gewonde ego weer oplappen.

'Veel succes met je tentamens,' mompelt hij.

Huh? Is dat waarom hij er zo verloren uitziet? Dit is het grote afscheid? Succes wensen met m'n tentamens?

'Bedankt.' Ik kan de sarcastische ondertoon niet verbergen. 'Tot ziens, meneer Grey.' Ik draai me resoluut om, even verbaasd dat ik niet struikel, en zonder hem nog een blik te gunnen, verdwijn ik richting de ondergrondse garage.

Zodra ik veilig in de donkere, koude betonnen garage met helle verlichting sta, leun ik tegen de muur en leg mijn hoofd in mijn handen. Wat bezielde me toch? Ongevraagde en onwelkome tranen wellen op in mijn ogen. *Waarom huil ik?* Ik zak op de grond in elkaar, boos op mezelf om deze nutteloze reactie. Ik trek mijn knieën op om me zo klein mogelijk te maken. Misschien wordt die onzinnige pijn dan ook minder. Ik leg m'n hoofd op mijn knieën en laat de irrationele tranen de vrije loop. Ik huil om het verlies van iets wat ik niet eens gehad heb. *Hoe belachelijk.* Rouwen om iets wat nooit geweest is – mijn neergeslagen hoop, mijn neergeslagen dromen, mijn zure verwachtingen.

Ik ben zelf eigenlijk nog nooit afgewezen. Oké, ik werd wel altijd als laatste gekozen bij basketbal of volleybal op school – maar dat begreep ik wel – rennen en tegelijk iets anders doen zoals dribbelen of een bal gooien is niet mijn ding. Ik ben een gevaar voor mezelf op het sportveld.

Op romantisch vlak heb ik eigenlijk nog nooit echt iets ondernomen. Ik ben mijn hele leven al superonzeker – ik ben te bleek, te dun, te slordig, ongecoördineerd, de lijst is oneindig. Dus ik hield bewonderaars altijd op een afstand. Die jongen bij scheikunde vond mij toen wel leuk, maar ik werd nooit warm of koud van iemand – tot ik Christian Grey tegen het lijf liep. Misschien moet ik me meer openstellen voor mannen zoals Paul Clayton en José Rodriguez, al denk ik niet dat zij ooit in het donker hebben zitten janken. Misschien heb ik dat gewoon nodig, een stevig potje huilen.

Stop! Stop nu! – schreeuwt mijn onderbewustzijn me toe. Metaforisch staat ze over me heen gebogen, handen over elkaar op één been, terwijl het andere been me schopt. *Stap in de auto, ga naar huis, ga studeren. Vergeet hem... Nu!* En stop met dat belachelijke gezwelg in zelfmedelijden.

Ik haal diep adem en sta op. *Verman jezelf, Steele.* Ik loop naar Kates auto en veeg de tranen uit m'n gezicht. Ik zet hem uit mijn hoofd. Ik noteer het als ervaring en concentreer me verder op mijn examens.

Als ik thuiskom, zit Kate achter haar laptop aan de eettafel. Haar welkomstlach vervaagt meteen bij het zien van mijn gezicht.

'Ana, wat is er?'

O nee... Niet de Katherine Kavanagh-inquisitie. Ik schud mijn hoofd op een en-nu-opzouten-Katherine-Kavanagh-manier – maar dat had ik net zo goed tegen een blinde kunnen doen.

'Je hebt gehuild.' Soms heeft ze de uitzonderlijke gave om de meest voor de hand liggende dingen te constateren. 'Wat heeft die eikel met je gedaan?' gromt ze en haar gezicht verstrakt – jemig, wat is ze eng.

'Niets, Kate.' Dat is juist het probleem. Mijn gezicht laat een wrang lachje los.

'Waarom heb je dan gehuild? Je huilt nooit,' zegt ze met een zachtere stem. Ze staat op, haar groene ogen kijken me heel bezorgd aan. Kate slaat haar armen om me heen en houdt me vast. Ik moet iets zeggen waardoor ze me met rust zal laten.

'Ik ben bijna aangereden door een fietser.' Het is het beste wat ik kan verzinnen en het leidt haar aandacht heel even af van... hem.

'Jemig, Ana – is alles goed met je? Heb je je pijn gedaan?' Ze bekijkt me van top tot teen.

'Nee. Christian heeft me gered,' fluister ik. 'Maar ik was er helemaal ondersteboven van.'

'Dat geloof ik graag. Hoe was het koffiedrinken? Ik weet dat je niet van koffie houdt.'

'Ik heb theegedronken. Het was oké, niets bijzonders. Ik weet niet waarom hij me mee gevraagd heeft.'

'Hij vindt je leuk, Ana.' Ze laat haar armen vallen.

'Nu niet meer. Ik denk niet dat ik hem nog zal zien.' Yes, het lukt me om het nonchalant te laten klinken.

'O?'

Shit. Ik heb haar interesse gewekt. Ik loop de keuken in, zodat ze m'n gezicht niet kan zien.

'Ach ja... hij is een beetje te hoog gegrepen voor me, Kate,' zeg ik zo droog mogelijk.

'Wat bedoel je?'

'O, Kate, dat is toch duidelijk.' Ik draai me om en Kate kijkt me aan vanuit de deuropening.

'Voor mij niet,' zegt ze. 'Oké, hij is rijker dan jij, maar dat is niet zo moeilijk. Hij is gewoon rijker dan de meeste mensen in Amerika.'

'Kate, hij is...' Ik trek m'n schouders op.

'Ana! In godsnaam – hoe vaak moet ik het je nog vertellen? Je bent echt superknap,' onderbreekt ze me. O nee. Daar gaat ze weer.

'Kate, alsjeblieft. Ik moet studeren.' Ik kap haar af. Ze fronst haar voorhoofd.

'Wil je het artikel zien? Het is klaar. José heeft geweldige foto's gemaakt.'

Heb ik echt een visueel aandenken aan de mooie Christian-*Ik-Wil-Je-Niet*-Grey nodig?

'Tuurlijk.' Ik tover een lach op mijn gezicht en loop rustig naar haar laptop. En daar is hij dan. Hij staart me aan in zwart-wit, hij staart me aan en vindt me niet goed genoeg.

Ik doe alsof ik het artikel lees, maar de hele tijd zoeken mijn ogen in zijn foto naar de reden waarom hij niet de man voor mij is – in zijn eigen woorden. En dan wordt het opeens zo klaar als een klontje. Hij is te overweldigend knap. Onze werelden verschillen te veel. Ik zie mezelf te dicht tegen de zon aan vliegen, zoals Icarus die naar beneden stortte en verbrandde. Ik snap opeens wat hij bedoelde. Hij is niet de juiste man voor me. Dit is wat hij bedoelde en het maakt de afwijzing makkelijker te aanvaarden... bijna. Hier kan ik mee leven. Ik begrijp het.

'Erg goed, Kate,' weet ik uit te brengen. 'Ik ga studeren.' Ik ga voorlopig niet meer aan hem denken, zweer ik plechtig aan mezelf, en ik begin mijn aantekeningen te lezen.

Pas als ik in bed lig en probeer te slapen, laat ik de gedachten over die vreemde ochtend de revue weer passeren. Ik blijf terugkomen bij zijn uitspraak 'ik doe niet aan vriendinnen'. Waarom heb ik daar niet eerder bij stilgestaan, toen ik in zijn armen lag en ik hem met m'n hele lichaam smeekte me te kussen? Hij heeft het me toen meteen duidelijk gemaakt. Hij wil me niet als zijn vriendin. Ik ga op m'n zij liggen. Het kan ook betekenen dat hij celibatair is. Ik sluit mijn ogen en zink weg. Misschien bewaart hij zijn maagdelijkheid. *Maar dan niet voor jou.* Mijn slaperige onderbewustzijn geeft me nog net een fijne snauw voordat ze zich op mijn dromen kan botvieren.

Die nacht droom ik van grijze ogen en blaadjespatronen in melk, en loop ik door griezelig tl-verlichte plaatsen, en ik weet niet of ik ergens heen ren of juist ergens vandaan... het is gewoon niet duidelijk.

Ik leg m'n pen neer. Klaar! Mijn laatste tentamen is achter de rug. Ik heb een lach zo breed als de Cheshire Cat uit *Alice in Wonderland*. Het is volgens mij de eerste keer die week dat ik gelachen heb. Het is vrijdag en vanavond gaan we feesten, écht feesten. Misschien word ik wel dronken! Ik werp een blik naar de andere kant van de aula, waar Kate nog druk aan het schrijven is. Ze heeft nog vijf minuten. Dit is het dan, het einde van mijn academische carrière. Ik hoef nooit meer in rijen met aan tafeltjes zwoegende studenten te zitten. In gedachten doe ik sierlijke radslagen, goed wetende dat dat de enige plek is waar ik ooit sierlijke radslagen zal maken. Kate stopt met schrijven en legt haar pen neer. Ook zij lacht als de Cheshire Cat.

Samen rijden we in haar Mercedes terug naar het appartement. We weigeren om te praten over ons laatste examen. Kate maakt zich meer zorgen over wat ze vanavond aan moet. Ik probeer mijn huissleutel uit mijn handtas te vissen.

'Ana, er is een pakketje voor je bezorgd.' Kate staat op de stoep bij de voordeur en heeft een postpakket vast. *Vreemd*. Ik heb helemaal niets besteld bij Amazon of zo. Kate geeft me het pakje en pakt mijn sleutels om de deur open te doen. Het is geadresseerd aan 'Mevrouw Anastasia Steele'. Er staat geen retouradres of naam op. Misschien is het van m'n moeder of Ray.

'Het komt van m'n ouders.'

'Maak open!' Kate loopt opgewonden naar de keuken om de fles hoera-de-examens-zijn-afgelopen-champagne te halen.

Ik open het pakketje en vind daarin een open leren doos met daarin drie vrijwel identieke, oude, met stof gekafte boeken in perfecte staat en een gewoon wit kaartje. Op het kaartje staat in zwarte inkt in een net, schuin handschrift geschreven:

> *Waarom heb je me niet verteld dat er gevaar was? Waarom heb je me niet gewaarschuwd?*
> *Dames weten waartegen ze zich moeten beschermen, want zij lezen boeken die hen over misleiding vertellen...*

Ik herken het citaat uit *Tess*. Ik ben overrompeld, ironisch genoeg heb ik net drie uur lang bij mijn laatste tentamen geschreven over de boeken van Thomas Hardy. Misschien is er geen ironie in het verhaal... maar is het zo gepland. Ik bekijk de boeken goed, drie versies van *Tess of the d'Urbervilles*. Ik open de voorflap van een van de boeken. Er staat in een oud lettertype gedrukt:

London: Jameſ R. Oſgood, Mcllvaine and Co., 1891.

O mijn god – dit zijn de eerste drukken! Ze moeten een fortuin waard zijn en ik weet meteen wie ze gestuurd heeft. Kate staart over mijn schouders naar de boeken. Ze pakt het kaartje.

'Eerste drukken,' fluister ik.

'Dat meen je niet.' Kate zet grote ogen op van ongeloof. 'Grey?'

Ik knik.

'Ik kan niemand anders bedenken.'

'Wat bedoelt hij met het kaartje?'

'Geen idee. Ik denk dat het een waarschuwing is – echt, hij blijft me waarschuwen om uit zijn buurt te blijven. Ik heb geen idee waarom. Het is niet dat ik hem vreselijk achternaloop of zo.' Ik frons.

'Ik weet dat je niet over hem wilt praten, Ana, maar hij vindt je echt heel erg leuk. Waarschuwingen of niet.'

De afgelopen week heb ik amper aan Christian Grey durven denken. Oké, zijn grijze ogen achtervolgen me nog steeds in mijn dromen, en ik weet dat het nog een eeuwigheid zal duren voor ik het gevoel van zijn armen om me heen en zijn heerlijke geur uit mijn geheugen heb gewist... Waarom stuurt hij me dit? Hij zei dat hij niet de juiste man voor me was.

'Ik heb één eerste druk van *Tess* gevonden die in New York voor veertienduizend dollar te koop staat. Maar de jouwe zijn in veel betere conditie. Die zijn vast veel meer waard.' Kate raadpleegt haar beste vriend Google.

'Die quote – Tess zegt dit tegen haar moeder nadat Alec d'Urberville zijn stoute zin met haar heeft gehad.'

'Ik weet het,' zegt Kate mijmerend. 'Wat probeert hij te zeggen?'

'Ik weet het niet en het kan me ook niet schelen. Ik kan dit niet van hem aannemen. Ik zal de boeken terugsturen met een even raadselachtig citaat uit een obscuur deel van het boek.'

'Het stukje waar Angel Clare zegt dat hij moet oprotten?' vraagt Kate met een uitgestreken gezicht.

'Ja, dat stukje.' Ik giechel. Ik houd van Kate; ze is zo loyaal en ze steunt me altijd. Ik pak de boeken weer in en leg ze op de eettafel. Kate geeft me een glaasje champagne.

'Op het einde van onze tentamens en ons nieuwe leven in Seattle,' grijnst ze.

'Op het einde van onze tentamens, ons nieuwe leven in Seattle en geweldige resultaten.' We toosten en drinken.

De bar is luid en hectisch, vol bijna-afgestudeerden die allemaal dronken willen worden. José doet met ons mee. Hij studeert volgend jaar pas af, maar hij is helemaal in de stemming om te feesten en om de stemming er ook bij ons in te brengen, koopt hij een grote kan margaritamix om onze nieuwgevonden vrijheid te vieren. Wanneer ik mijn vijfde glas naar binnen giet, voel ik dat het geen goed plan is geweest boven op de champagne.

'En, wat nu, Ana?' roept José boven het lawaai uit.

'Kate en ik verhuizen naar Seattle. Kates ouders hebben er een appartement voor ons gekocht.'

'*Dios mío*, dát is het leven! Maar je komt toch terug voor mijn tentoonstelling?'

'Natuurlijk, José, ik zou het voor geen goud willen missen.' Ik lach en hij doet zijn arm om m'n middel en trekt me naar zich toe.

'Het betekent veel voor me dat je er zult zijn, Ana,' fluistert hij in m'n oor. 'Nog een margarita?'

'José Luis Rodriguez – je probeert me toch niet dronken te voeren? Want ik denk namelijk dat het werkt.' Ik giechel. 'Ik denk dat ik beter een biertje kan drinken. Ik haal wel een kan voor ons.'

'Meer drank, Ana!' buldert Kate.

Kate kan drinken als een paard. Ze zit met haar arm om Levi heen, een van onze medestudenten Engels en haar vaste fotograaf bij het universiteitsblad. Hij heeft zijn pogingen om foto's te maken van de dronken gekte om ons heen opgegeven. Hij heeft alleen nog oog voor Kate. Ze ziet er natuurlijk weer ongelooflijk goed uit met haar kleine topje, krappe jeans, hoge hakken en haar opgestoken haar, met een paar lokken die langs haar gezicht vallen. Zelf ben ik meer het type voor All Stars-gympjes en een gewoon T-shirt, maar ik heb wel mijn meest flatterende jeans aangetrokken. Ik maak me los uit Josés arm en sta op van tafel. Wow. M'n hoofd tolt. Ik moet de stoel vastgrijpen om niet te vallen. Cocktails met tequila zijn dus echt geen goed idee.

Ik ga naar de bar, en besluit dat ik meteen maar even naar het toilet ga nu ik toch op mijn benen sta. *Slim van je, Ana.* Ik waggel door de massa. Natuurlijk staat er een rij, maar het is tenminste kalm en fris in de gang. Ik pak mijn mobiel om de tijd te doden. *Hmm... Wat is het laatste nummer dat ik gebeld heb?* Was dat José? En daarvoor, een nummer dat ik niet herken. O ja. Grey. Ik denk dat dit zijn nummer is. Ik giechel. Ik heb geen idee hoe laat het is, misschien maak ik hem wel wakker. Misschien kan hij me dan vertellen waarom hij me die boeken en die cryptische boodschap heeft gestuurd. Als hij wil dat ik bij hem wegblijf, dan moet hij me met rust laten. Ik onderdruk een dronken grijns en kies zijn nummer. Hij neemt op na twee keer bellen.

'Anastasia?' Hij klinkt verrast me te horen. Ik ben eerlijk gezegd ook verrast dat ik hem bel. Dan gaat er een belletje rinkelen in mijn bezoedelde hersenpan... hoe weet hij dat ik het ben?

'Waarom heb je me die boeken gestuurd?' vraag ik met dubbele tong.

'Anastasia, is alles goed met je? Je klinkt zo vreemd.' Zijn stem zit vol bezorgdheid.

'Ik ben niet degene die vreemd doet, dat ben jij.' Zo – daar kan hij het mee doen, de alcohol heeft me moed ingebracht.

'Anastasia, ben je dronken?'

'Gaat jou niks aan.'

'Ik ben – nieuwsgierig. Waar ben je?'

'In een bar.'

'Welke bar?' Hij klinkt boos.

'Een bar in Portland.'

'Hoe ga je naar huis?'

'Ik vind wel een manier.' Dit gesprek gaat niet zoals ik verwacht had.

'In welke bar ben je?'

'Waarom heb je me die boeken gestuurd, Christian?'

'Anastasia, waar ben je? Ik wil het nu weten.' Zijn toon is zo... dictatoriaal, zoals gebruikelijk bij Christian de controlfreak. Ik stel me hem voor als een filmregisseur van vroeger die rondloopt in een rijbroek en door een ouderwetse megafoon brult terwijl hij een rijzweep vasthoudt. Ik moet hardop lachen door die gedachte.

'Je bent zo... dominant,' giechel ik.

'Ana, waar ben je, verdomme?'

Christian Grey vloekt. Ik giechel weer. 'Ik ben in Portland... da's best ver van Seattle vandaan.'

'Waar in Portland?'

'Goedenavond, Christian.'

'Ana!'

Ik hang op. Ha! Maar nu heeft hij me nog steeds niets verteld over die boeken. Ik frons mijn voorhoofd. Missie niet geslaagd. Ik ben echt best dronken – mijn hoofd tolt onhandig terwijl ik aanschuif in de rij. Het doel vanavond was dronken worden en dat is duidelijk wel gelukt. Zo voelt dat dus – *misschien niet meteen voor herhaling vatbaar*. De rij is opgeschoven en ik ben aan de beurt. Ik staar een beetje wezenloos voor me uit naar de poster die aan de toiletdeur hangt met tips over veilige seks. Shit, heb ik echt net Christian Grey opgebeld? Fuck! Mijn telefoon gaat over en ik schrik me rot. Ik slaak een gil.

'Hoi,' zeg ik timide in de hoorn. Hier had ik niet op gerekend.

'Ik kom je halen,' zegt hij en hij hangt op. Alleen Christian Grey zou zo kalm en dreigend tegelijk kunnen klinken.

Holy shit. Ik trek m'n spijkerbroek op. Mijn hart bonst. Hij komt me halen? *O nee.* Ik moet overgeven... nee... het gaat wel. Wacht eens even. Hij speelt gewoon een spelletje met me. Ik heb hem niet eens verteld waar ik ben. Hij gaat me nooit vinden. Bovendien duurt het uren om vanuit Seattle hiernaartoe te komen en dan zijn wij allang weg. Ik was mijn handen en kijk in de spiegel. Ik heb een blos op mijn wangen en het lijkt alsof ik niet zo scherp ben. *Hmm... tequila.*

Ik wacht ongeveer een eeuw aan de bar op de kan met bier en ga uiteindelijk terug naar onze tafel.

'Wat was je lang weg,' zegt Kate berispend. 'Waar bleef je nou?'

'Ik stond in de rij voor het toilet.'

José en Levi zijn in een verhitte discussie verwikkeld over ons lokale honkbalteam. José pauzeert zijn tirade om het bier uit te schenken en ik neem een grote teug.

'Kate, ik denk dat ik even naar buiten ga om frisse lucht te scheppen.'

'Ana, jij kan echt niet tegen alcohol.'

'Ik ben zo terug.'

Ik wring mezelf weer door de massa heen. Ik begin me misselijk te voelen, mijn hoofd tolt en ik wankel op m'n voeten. Meer dan normaal gesproken.

Ik adem de koele avondlucht in en besef dan pas hoe dronken ik ben. Mijn zicht is niet meer zoals het hoort en ik zie alles dubbel zoals in oude herhalingen van Tom & Jerry-tekenfilms. Ik denk dat ik moet overgeven. Waarom heb ik mezelf zo laten gaan?

'Ana.' José is me naar buiten gevolgd. 'Gaat 't?'

'Ik denk dat ik gewoon iets te veel gedronken heb.' Ik lach zwakjes naar hem.

'Ik ook,' zegt hij en zijn donkere ogen kijken me diep aan. 'Heb je hulp nodig?' vraagt hij en hij komt dichterbij. Hij legt zijn armen om me heen.

'José, het gaat wel. Ik heb alles onder controle.' Ik probeer hem een beetje weg te duwen.

'Ana, alsjeblieft,' fluistert hij en hij trekt me in zijn armen, houdt me stevig vast.

'José, wat doe je?'

'Je weet dat ik je leuk vind, Ana, alsjeblieft.' Met zijn ene hand onder op mijn rug houdt hij me tegen zijn lichaam en met zijn andere houdt hij mijn kin vast. *O fuck, hij wil me kussen.*

'Nee, José, stop – nee.' Ik duw hem weg, maar hij is zo sterk dat het me niet lukt. Zijn hand grijpt nu in mijn haar en hij houdt mijn hoofd vast.

'Alsjeblieft, Ana, *cariña*,' fluistert hij tegen m'n lippen aan. Zijn adem is zacht en ruikt veel te zoet – naar margarita en bier. Hij plant kusjes op mijn wang en daalt zo af naar mijn mondhoek. Ik voel me paniekerig, dronken en ik wil de controle terug. Dit is verstikkend.

'José, nee,' smeek ik. *Dit wil ik niet.* Je bent mijn vriend en ik denk dat ik moet overgeven.

'Ik geloof dat de dame nee heeft gezegd,' komt een zachte stem uit het donker. Holy shit! Het is Christian Grey. Hoe kan dat nou weer? José laat me los.

'Grey,' zegt hij kort. Ik kijk angstvallig naar Christian. Hij kijkt woedend naar José, hij is woest. Oeps. Mijn maag maakt een opwaartse beweging en ik buig voorover, mijn lichaam kan de alcohol niet langer aan en ik kots heel spectaculair op de grond.

'Gatver – *dios mío*, Ana!' José springt vol walging achteruit. Grey pakt mijn haar vast en haalt het naar achter. Hij leidt me voorzichtig naar een bloembak op het parkeerterrein. Ik bedenk, heel dankbaar, dat het vrij donker is.

'Als je weer moet overgeven, doe het dan hier. Ik houd je vast.' Hij heeft een arm om m'n schouders geslagen en met de andere houdt hij m'n haar bij elkaar, zodat het niet in m'n gezicht hangt. Ik probeer hem opzij te duwen, maar ik geef weer over... en nog een keertje. *O shit... hoe lang gaat dit duren?* Zelfs als mijn maag helemaal leeg is, moet ik nog kokhalzen. Ik beloof mezelf stilletjes dat ik nooit meer dronken word. Dit is te verschrikkelijk voor woorden. Uiteindelijk stopt het.

Mijn handen rusten op de stenen bloembak en trillen helemaal. Overvloedig kotsen is uitputtend. Grey laat me los en geeft me een zakdoek. Echt iets voor hem om een vers gewassen linnen zakdoek te hebben met zijn initialen erop geborduurd. CTG. Ik wist niet dat je ze zo nog kon kopen. Ik vraag me af waar de T voor staat, terwijl ik mijn mond afveeg. Ik durf hem niet aan te kijken. Ik word overspoeld door schaamte en walg van mezelf. Ik word liever opgeslokt door de azalea's in de bloembak dan hier te zijn.

José wacht nog steeds bij de ingang van de bar en houdt ons

in de gaten. Ik kreun en leg mijn hoofd in mijn handen. Dit is echt het meest vreselijke moment van m'n leven. Mijn hoofd tolt nog steeds terwijl ik een nog erger moment probeer te bedenken – maar ik kan alleen het moment van Christians afwijzing bedenken – en dit is zo veel tinten donkerder qua vernedering. Ik neem een risico en werp snel een blik op hem. Hij kijkt me aan, zijn gezicht is beheerst en neutraal. Daarna kijk ik naar José, die zich dood lijkt te schamen en, net als ik, geïntimideerd lijkt door Grey. Ik staar hem aan. Ik heb wel een aantal woorden die ik vuil zou willen maken aan mijn zogenaamde vriend, maar geen enkele daarvan durf ik uit te spreken waar Christian Grey, directeur, bij staat. *Ana, wie houd je nou voor de gek? Hij heeft je net de straat en de lokale flora onder zien kotsen. Wil je nu nog doen alsof je je als een dame kunt gedragen?*

'Ik, eh... zie je binnen wel,' brengt José moeizaam uit, maar we negeren hem allebei en hij sluipt de bar weer in. Ik blijf alleen achter met Grey. Shit, shit, shit. Wat moet ik zeggen? Me verontschuldigen voor het telefoontje.

'Het spijt me,' mompel ik terwijl ik naar de zakdoek staar, waar mijn vingers verwoed mee bezig zijn. *Het voelt zo zacht aan.*

'Waar heb je spijt van, Anastasia?'

O shit, hij wil me door het stof zien gaan.

'Het telefoontje. Overgeven. Ach, de lijst is eindeloos,' zeg ik en ik voel mijn wangen rood worden. *Mag ik alsjeblieft nu doodgaan?*

'Iedereen heeft dit wel eens meegemaakt, nou ja, misschien niet zo dramatisch als jij,' zegt hij droogjes. 'Je moet je grenzen kennen, Anastasia. Ik bedoel, ik ben iemand die zijn grenzen ook graag verkent, maar dit gaat echt te ver. Doe je dit vaker zo?'

Mijn hoofd zoemt van de alcohol en irritatie. Wat gaat hem dat aan? Ik heb hem niet gevraagd om hier te komen. Hij klinkt als een man op leeftijd die me een standje geeft. Een deel van mij zou willen zeggen dat als ik elke avond dronken wil worden, dat mijn beslissing is en dat hij daar niets over te zeggen heeft – maar ik durf niet. Niet nadat ik net voor zijn neus heb overgegeven. Waarom staat hij er eigenlijk nog?

'Nee,' zeg ik schuldbewust. 'Ik ben nog nooit dronken geweest en op dit moment voel ik niet de drang om het ooit nog te worden.'

Ik begrijp gewoon niet waarom hij hier is. Ik begin me slap te voelen. Hij merkt mijn duizeligheid op en grijpt me vast voor ik val. Hij hijst me in zijn armen, dicht tegen zijn borst aan als een klein kind.

'Kom, ik breng je thuis,' zegt hij zacht.

'Ik moet Kate op de hoogte brengen.' *Allemachtig, ik lig weer in zijn armen.*

'Mijn broer vertelt het haar wel.'

'Wat?'

'Mijn broer Elliot praat met mevrouw Kavanagh.'

'O?' Ik begrijp het niet.

'Hij was bij me toen je me belde.'

'In Seattle?' Ik ben verward.

'Nee. Ik zit in het Heathman.'

Nog steeds? Waarom?

'Hoe heb je me gevonden?'

'Ik heb je mobieltje opgespoord, Anastasia.'

O, natuurlijk, echt iets voor hem. Hoe kan dat? Is dat wel legaal? *Stalker*, fluistert mijn onderbewustzijn door de wolk tequila heen die nog steeds in m'n hoofd drijft, maar gek genoeg, omdat hij het is, vind ik het niet erg.

'Had je een jasje of handtas mee?'

'Eh... ja, beide. Christian, alsjeblieft. Ik moet het Kate vertellen, anders wordt ze bezorgd.' Zijn lippen persen zich samen en hij zucht diep.

'Als het dan echt moet.'

Hij zet me neer, pakt mijn hand en leidt me de bar binnen. Ik voel me zwak, nog steeds dronken, gegeneerd, uitgeput, vernederd en op een vreemde manier ongelooflijk opgewonden. Hij houdt m'n hand stevig vast – wat een verwarrende gevoelens tegelijk. Ik heb minstens een week nodig om al die emoties te verwerken.

Binnen is het lawaaierig en druk. De muziek is begonnen, dus het is nu stampvol op de dansvloer. Kate is niet bij ons tafeltje en José is verdwenen. Levi ziet er eenzaam en verlaten uit in z'n eentje.

'Waar is Kate?' roep ik boven de muziek uit. Mijn hoofd begint te bonken op het ritme van de muziek.

'Aan het dansen,' roept Levi en ik zie dat hij kwaad is. Hij kijkt achterdochtig naar Christian. Ik wring me in m'n zwarte jasje en hang m'n handtas over m'n hoofd zodat die op m'n heup hangt. Ik ben klaar om te gaan, zodra ik Kate gesproken heb.

Ik raak Christians arm aan en roep in zijn oor: 'Ze is aan het dansen.' Ik raak zachtjes zijn haar aan met mijn neus en adem zijn schone, frisse geur in. *Hmmm.* Al die verboden, onbekende gevoelens die ik geprobeerd heb te ontkennen, gieren nu door mijn lijf. Ik bloos en ergens diep vanbinnen voel ik hoe mijn spieren zich opgewonden opspannen.

Hij rolt met z'n ogen, pakt mijn hand weer vast en leidt me naar de bar. Hij wordt meteen geholpen, Controlfreak Grey doet natuurlijk niet aan wachten. Gaat alles hem zo makkelijk af? Ik kan niet horen wat hij bestelt. Hij geeft me een groot glas ijskoud water aan.

'Drinken,' roept hij bevelend.

De lichten draaien en bewegen op de muziek, waardoor de bar en de klanten dan weer in kleur, dan weer in schaduw gehuld zijn. Grey wordt groen, dan blauw, dan wit en dan weer demonisch rood. Hij kijkt me dwingend aan en ik neem voorzichtig een slokje.

'Helemaal leegdrinken,' roept hij.

Hij kan zo dominant zijn. Hij gaat met z'n handen door zijn warrige haar en ziet er gefrustreerd uit. Kwaad zelfs. Wat is zijn probleem? Behalve dan dat hij in het midden van de nacht is opgebeld door een stomdronken meisje waardoor hij denkt dat hij haar moet redden. En dan blijkt hij haar inderdaad te moeten redden van haar over-verliefde vriend. Vervolgens ziet hij haar vlak voor zijn neus ontzettend hard overgeven. *O, Ana... hoe ga je hier ooit overheen komen?* Mijn onderbewustzijn tut-tut naar me en staart me afwijzend aan vanachter haar strenge leesbril. Ik wiebel een beetje en hij legt zijn hand op m'n schouder om me te helpen. Ik doe wat me gezegd wordt en drink het hele glas leeg. Het maakt me misselijk. Hij neemt het glas van me aan en zet het op de bar. Ik merk wazig op wat hij draagt: een los, wit linnen shirt, lekkere spijkerbroek, zwarte All Stars-gympen en een donker krijtstreepjasje. De bovenste knoopjes van zijn shirt staan open en ik zie een paar borstharen. In mijn wankele hoofd ziet hij er echt lekker uit.

Hij pakt mijn hand opnieuw vast. *O jee* – hij leidt me de dansvloer op. Shit, ik kan niet dansen. Hij voelt mijn aarzeling en er speelt een geamuseerde grijnslach om zijn lippen. Hij trekt me mee en ik val weer in zijn armen. Hij begint te bewegen en ik laat me meevoeren. Jeetje, hij kan echt goed dansen! En ik kan haast niet geloven dat ik meega in zijn beweging. Dat komt vast omdat ik dronken ben. Hij houdt me stevig vast, mijn lichaam tegen het zijne... als hij me niet zo goed vast zou houden, zou ik vast flauwvallen. Ergens achter in mijn hoofd hoor ik mijn moeders veel herhaalde waarschuwing: *vertrouw nooit een man die kan dansen.*

Hij leidt ons door de dansende massa naar de andere kant van de dansvloer, waar we Kate en Elliot, Christians broer, vinden. De muziek dreunt maar door, hard en heftig, in de bar en in mijn hoofd. *Kate is zich aan het uitsloven.* Ze danst alsof haar leven ervan afhangt en dat doet ze alleen als ze iemand leuk vindt, heel leuk. Het betekent meestal dat we de dag erna met z'n drieën ontbijten. *Kate!*

Christian leunt naar Elliot en roept iets in zijn oor. Ik hoor niet wat hij zegt. Elliot is lang, heeft brede schouders, blond krullend haar en lichte ogen met pretlichtjes. Ik kan de kleur niet goed zien met die flikkerende lichten. Elliot grijnst en trekt Kate naar zich toe, wat ze helemaal niet erg lijkt te vinden... *Kate!* Zelfs in mijn beschonken toestand ben ik gechoqueerd. Ze heeft hem nog maar net ontmoet. Ze knikt als antwoord op wat Elliot zegt, grijnst naar me en zwaait. Christian trekt ons in rap tempo de dansvloer af.

Maar nu heb ik haar nog niet gesproken. Gaat het wel met haar? Ik kan al raden waar het naartoe gaat met die twee. *Ik moet haar de les even lezen over veilige seks.* Ergens hoop ik gewoon dat ze de posters op de toiletdeur zal lezen. Mijn gedachten tuimelen door mijn hoofd en vechten tegen het dronken gevoel. Het is hier zo warm, zo luid, zo kleurrijk... te licht. Mijn hoofd begint te tollen en ik voel de vloer op me afkomen. Het laatste wat ik hoor voor ik flauwval in Christian Greys armen is zijn harde vloek.

'Fuck!'

Vijf

Het is erg stil. De lichten zijn gedimd. Het is lekker comfortabel en warm in dit bed. Hmm... Ik doe mijn ogen open en heel even voel ik me volledig rustig en sereen. Ik geniet van de vreemde, onbekende omgeving. Ik heb geen idee waar ik ben. Het hoofdeinde van het bed heeft de vorm van een gigantische zon. Het voelt vreemd genoeg vertrouwd aan. De kamer is groot en gezellig ingericht in bruin, goud en beige. Ik heb het ergens eerder gezien. Waar? Mijn benevelde geest worstelt zich door mijn recente visuele herinneringen. Goeie god. Ik ben in het Heathman... in een suite. Ik heb in eenzelfde kamer gestaan met Kate. Deze ziet er groter uit. O shit. Ik ben in Christian Greys suite. Hoe ben ik hier beland?

Losse flarden herinneringen aan de vorige avond duiken langzaam op. Het drinken, *o nee, het drinken*, het telefoontje, *o nee, het telefoontje*, het overgeven, *o nee, het overgeven*. José en dan Christian. *O nee.* In gedachten krimp ik ineen. Ik kan me niet herinneren hoe ik hier gekomen ben. Ik heb m'n shirtje, m'n bh en m'n slipje nog aan. Geen sokken. Geen spijkerbroek. *Holy shit.*

Ik kijk naar het nachtkastje. Er staat een glas sinaasappelsap met twee pilletjes ernaast. Paracetamol. Als controlfreak denkt hij natuurlijk aan alles. Ik ga zitten en neem de pilletjes in. Eigenlijk voel ik me niet eens zo slecht, waarschijnlijk minder slecht dan ik verdien. De sinaasappelsap smaakt goddelijk, dorstlessend en verfrissend. Er gaat niets boven versgeperste sinaasappelsap tegen een droge mond.

Er wordt op de deur geklopt. Mijn hart bonst in mijn keel en ik lijk mijn stem verloren te hebben. Hij opent de deur zonder mijn antwoord af te wachten en wandelt naar binnen.

O nee hè, hij heeft gesport. Hij draagt een grijze joggingbroek die op zijn heupen hangt, op die ene manier ja, en een grijs mouwloos shirt dat donker van het zweet is, net als zijn haar. *Christian Greys zweet; het idee heeft een vreemd effect op me.* Ik haal diep adem en sluit mijn ogen. Ik voel me als een kleuter; als ik mijn ogen sluit, doe ik alsof ik er niet ben.

'Goeiemorgen, Anastasia. Hoe voel je je?'

O nee hè.

'Beter dan ik verdien,' prevel ik.

Ik kijk hem kort aan. Hij plaatst een grote boodschappentas op een stoel en neemt de uiteinden van de handdoek die rond zijn nek hangt vast. Hij staart me aan met zijn donkere, grijze ogen en zoals gewoonlijk weet ik totaal niet wat hij denkt. Hij kan zijn gevoelens en gedachten zo goed verbergen.

'Hoe ben ik hier beland?' Mijn stem klinkt zwak, schuldbewust.

Grey gaat op de rand van het bed zitten. Hij is zo dichtbij dat ik hem zou kunnen aanraken, ruiken. Hmmm, lekker... zweet en douchegel en Christian. Het is als een cocktail die meteen naar je hoofd stijgt – zoveel beter dan een margarita, en ik spreek uit ervaring nu.

'Nadat je was flauwgevallen, wilde ik geen risico lopen met mijn leren autostoelen door helemaal naar je appartement te rijden. Dus heb ik je hierheen gebracht,' zegt hij alsof het de gewoonste zaak van de wereld is.

'Heb je me in bed gestopt?'

'Ja.' Zijn blik is onbewogen.

'Heb ik nog een keer overgegeven?' Mijn stem klinkt zachter.

'Nee.'

'Heb je me uitgekleed?' fluister ik.

'Ja.' Hij trekt veelbetekenend een wenkbrauw op en ik bloos hevig.

'We hebben toch niet...?' fluister ik met een droge mond, zo bang om het antwoord te horen dat ik de vraag niet eens durf af te maken. Ik staar naar mijn handen.

'Anastasia, je was in coma. Necrofilie is niet mijn ding. Ik heb mijn vrouwen graag bij bewustzijn en ontvankelijk,' zegt hij droogjes.

'Het spijt me zo.'

Zijn mond vormt een wrang lachje.

'Het was een erg onderhoudende avond. Een die ik niet snel zal vergeten.'

Ik ook niet – o, hij lacht me gewoon uit, de klootzak. Ik heb hem toch niet gevraagd om mij te komen halen? Het lijkt wel of ik de schurk in dit verhaal ben.

'Je had me niet hoeven opsporen met dat James Bond-spul dat je ontwikkelt voor de hoogste bieder,' snauw ik naar hem. Hij staart me verbaasd aan en het lijkt wel alsof hij zich tegelijk een beetje gekwetst voelt.

'Ten eerste kun je die technologie overal op internet vinden. Ten tweede investeert of produceert mijn bedrijf geen bewakingsapparatuur, en ten derde, als ik je niet was komen halen, dan was jij waarschijnlijk wakker geworden in het bed van die fotograaf. En van wat ik me daarvan kan herinneren, liep je niet echt warm voor zijn aanhoudende avances,' zegt hij giftig.

Zijn aanhoudende avances! Ik kijk Christian aan. Zijn ogen lijken wel vuur te spuwen en verdrietig tegelijk. Ik probeer op mijn lip te bijten, maar toch kan ik mijn gegiechel niet inhouden.

'Uit welke middeleeuwse kroniek ben jij ontsnapt? Je klinkt als een hoffelijke ridder.'

Zijn humeur verandert op slag. Zijn ogen worden zachter en zijn blik wordt warm. Ik zie een glimlach in wording om zijn mooi gevormde lippen.

'Anastasia, dat denk ik niet. Een donkere ridder misschien.' Zijn lach klinkt spottend en hij schudt zijn hoofd. 'Heb je gisteravond überhaupt iets gegeten?' informeert hij beschuldigend. Ik schud van niet. Welke grens heb ik nu weer overschreden? Hij klemt zijn kaken op elkaar, maar zijn blik verraadt niets.

'Je moet eten. Daarom was je zo ziek. Echt, Anastasia, dat is regel nummer één als je gaat drinken.' Hij gaat met zijn handen door zijn haar en ik weet dat hij het doet omdat hij zich ergert.

'Blijf je me overal uitbranders voor geven?'

'Doe ik dat?'

'Dat denk ik.'

'Je mag blij zijn dat het daarbij blijft.'

'Wat bedoel je?'

'Als je de mijne zou zijn, zou je een week lang niet op je billen kunnen zitten na wat je gisteren hebt uitgespookt. Je hebt niets gegeten, werd dronken en hebt jezelf in gevaar gebracht.' Hij sluit zijn ogen, een spoor van angst op zijn gezicht, en er gaat een kleine rilling door hem heen. Als hij zijn ogen weer opent, kijkt hij me aan. 'Ik wil er niet aan denken wat er met je had kunnen gebeuren.'

Ik kijk hem nors aan. Wat is zijn probleem? Wat maakt hem dat uit? Als ik de zijne zou zijn... *Nou, dat is dus niet zo.* Al zou ik dat ergens wel willen. De gedachte gaat dwars door de irritatie die ik voel omdat hij zo autoritair doet heen. Ik bloos om de eigengereidheid van mijn onderbewustzijn – ze doet haar vreugdedansje in een rood hoelarokje bij de gedachte de zijne te zijn.

'Dat was wel goed gekomen. Kate was er ook.'

'En de fotograaf?' snauwt hij naar me.

Hmm... onze José. Ooit zal ik hem weer onder ogen moeten komen.

'José ging gewoon iets te ver.' Ik haal mijn schouders op.

'Nou, de volgende keer dat hij te ver gaat, zou iemand hem eens wat manieren moeten bijbrengen.'

'Je brengt nogal graag discipline bij,' sis ik.

'O, Anastasia, je moest eens weten.' Zijn ogen worden kleiner en hij grijnst onheilspellend. Het is ontwapenend. Het ene moment ben ik verward en boos, het volgende staar ik naar zijn heerlijke lach. *Wauw...* ik ben betoverd. Zijn lach is dan ook erg zeldzaam. Ik ben helemaal de draad van zijn verhaal kwijt.

'Ik ga een douche nemen. Of wil jij eerst?' Hij houdt zijn hoofd schuin en grijnst nog steeds. Mijn hart slaat weer sneller en mijn medulla oblongata laat het na om de impuls te geven om adem te halen. Zijn grijns wordt breder en hij reikt zijn hand uit om met zijn duim over mijn wang en onderlip te strelen.

'Ademen, Anastasia,' fluistert hij en dan staat hij op. 'Het ontbijt wordt over vijftien minuten gebracht. Je zult wel uitgehongerd zijn.' Hij gaat naar de badkamer en doet de deur dicht.

Ik laat de adem die ik heb ingehouden weer gaan. Waarom is hij zo vreselijk lekker? Nu wil ik bij hem onder de douche gaan staan. Ik ben nog nooit zo weg van iemand geweest. De hormonen gieren door m'n lichaam. Mijn huid tintelt op de plekjes waar zijn duim me streelde, mijn mond, mijn onderlip. Ik wil kronkelen van behoeftig, pijnlijk... ongemak. Ik begrijp zijn reactie niet. *Hmm... verlangen.* Dit is verlangen. Zo voelt dat.

Ik ga achteroverliggen op de zachte donskussens. *Als jij de mijne zou zijn.* Wat ik al niet zou doen om dat te zijn. Hij is de enige man die ooit mijn bloed op deze manier door m'n lijf heeft laten stromen. Toch kwelt hij me; hij is lastig, gecompliceerd en verwarrend. Het ene moment wijst hij me af, het andere moment stuurt hij me gigantisch dure boeken en vervolgens spoort hij me als een rasechte stalker op. Desondanks heb ik de nacht in zijn suite doorgebracht en voel ik me veilig. Beschermd. Hij geeft genoeg om mij om me te komen redden van een of ander ingebeeld gevaar, dat vervolgens werkelijkheid blijkt te zijn. Hij is helemaal geen donkere ridder, maar een prins op een prachtig wit paard... Een klassieke romantische held – Sir Gawain of Lancelot.

Ik klauter uit bed en zoek in paniek naar m'n spijkerbroek. Hij komt uit de badkamer, nat en glinsterend van de douche, nog niet geschoren, met alleen een handdoek om zijn middel. En daar sta ik dan met m'n blote benen ongemakkelijk te stuntelen. Hij lijkt verbaasd om me uit bed te zien.

'Als je je spijkerbroek zoekt, die heb ik met de was meegestuurd.' Zijn blik is donker als gesteente. 'Er zaten spetters braaksel op.'

'O.' Ik word vuurrood. Wáárom brengt hij me toch altijd zo uit evenwicht?

'Ik heb Taylor een nieuwe broek en een paar schoenen laten halen. Ze zitten in een tas op die stoel daar.'

Schone kleren. Wat een onverwachte meevaller.

'Eh... ik ga douchen,' stamel ik. 'Dank je.' Wat moet ik anders zeggen? Ik pak de tas en schiet de badkamer in, weg van de geladen nabijheid van de naakte Christian. Michelangelo's *David* is er niets bij.

De badkamer is heet en beslagen door zijn douche. Ik trek m'n kleren uit en stap snel de douche in, verlangend naar het wassende water. Het stort over me heen en ik houd mijn gezicht verwelkomend omhoog. Ik wil Christian Grey. Ik wil hem zo ontzettend graag. Zo is het gewoon. Voor het eerst in mijn leven wil ik met iemand naar bed. Ik wil zijn handen en zijn mond op mijn lichaam voelen.

Hij zei dat hij zijn vrouwen graag bij bewustzijn heeft. *Dan zal hij wel niet celibatair zijn.* Maar hij heeft nog niets geprobeerd, in tegenstelling tot José en Paul. Ik begrijp het niet. Wil hij me? Vorige week wilde hij me niet zoenen. Vindt hij me weerzinwekkend? Toch ben ik hier en hij heeft me hier gebracht. Ik weet niet wat hij van plan is. Wat denkt hij? *Je hebt de hele nacht in zijn bed geslapen en hij heeft je niet aangeraakt. Denk even logisch na, Ana.* Mijn onderbewustzijn steekt haar lelijke, spottende kop weer op. Ik negeer haar.

Het water is warm en verzachtend. *Hmm...* ik zou wel uren onder deze douche in zijn badkamer willen blijven. De douchegel ruikt naar hem. Het ruikt heerlijk. Ik wrijf het over mijn hele lichaam en fantaseer dat hij dat doet – dat hij zijn hemels geurende douchegel over mijn lichaam wrijft, over mijn borsten, over mijn buik, tussen mijn dijen met zijn slanke handen. *Lieve hemel.* Mijn hart begint weer sneller te slaan. Dit voelt zo... lekker.

'Het ontbijt is er.' Hij klopt op de deur en laat me schrikken.

'Oké,' stamel ik als ik op gruwelijke wijze uit mijn erotische dagdroom gerukt word.

Ik kom onder de douche vandaan en pak twee handdoeken. Ik wikkel als een echte filmster mijn haar in de ene. Ik droog mezelf snel af en probeer daarbij het aangename gevoel van de handdoek op mijn overgevoelige huid te negeren.

Ik kijk in de tas met spijkerbroek. Blijkbaar heeft Taylor niet alleen een nieuwe spijkerbroek en All Stars gekocht, maar ook een lichtblauw shirt, sokken en ondergoed. Goh. Een schone bh en slip – nou ja, ik doe ze eigenlijk geen eer aan door ze op zo'n aardse en alledaagse manier te omschrijven. Het is exclusieve lingerie van Europees ontwerp, van lichtblauw, mooi afgewerkt kant. Wauw.

Ik ben onder de indruk en enigszins ontmoedigd door dit ondergoed. Het is ook nog eens precies mijn maat. Niet dat ik daaraan twijfelde. Ik stel me voor hoe Kort-Koppie het ondergoed voor me koopt in een of andere lingeriewinkel. Ik vraag me af wat er nog meer in zijn taakomschrijving staat.

Ik kleed me snel aan. Alles past perfect. Ik wrijf mijn haar hardhandig droog en probeer het onder controle te krijgen, maar zoals gewoonlijk wil het niet meewerken. De enige optie die rest, is het bij elkaar te binden met een elastiekje. Ik zoek wel in m'n handtas, als ik die kan vinden. Ik adem diep in. Tijd om meneer Verwarrend onder ogen te komen.

Tot mijn opluchting is de slaapkamer leeg. Ik zoek snel m'n handtas – maar die ligt hier niet. Ik adem nog een keertje diep in en loop dan de woonkamer van de suite binnen. Die is gigantisch. Er is een weelderige zithoek, vol met luxe gestoffeerde banken en zachte kussens, een grote salontafel met een grote stapel glossy boeken, een studeerhoekje met de nieuwste iMac, een gigantisch plasmascherm aan de muur en Christian die aan een eettafel aan de andere kant van de kamer zit en een krant leest. Het is zo groot als een tennisbaan of zo. Niet dat ik ooit heb getennist, maar ik heb een paar keer naar Kate gekeken. *Kate!*

'O shit, Kate,' mopper ik. Christian kijkt me aan.

'Ze weet dat je hier bent en dat je nog leeft. Ik heb Elliot gesms't,' zegt hij met een spoortje humor in zijn stem.

O nee. Ik herinner me haar vurige danspassen van de avond ervoor. Ze heeft Christians broer vast helemaal verleid met haar gebruikelijke moves! Wat zal ze denken als ze hoort dat ik de nacht hier heb doorgebracht? Ik ben nog nooit ergens blijven logeren. Zij is nog steeds bij Elliot. Ze heeft zoiets nog maar twee keer eerder gedaan en beide keren moest ik nadat het weer uit was een week lang naar die afgrijselijke roze pyjama kijken. Ze zal wel denken dat ik ook een onenightstand heb gehad.

Christian staart me gebiedend aan. Hij draagt een witte linnen blouse met losse kraag en manchetten.

'Ga zitten,' commandeert hij en hij wijst naar een plaats aan tafel. Ik loop door de kamer en ga tegenover hem zitten, zoals me gezegd is. De tafel staat vol met eten.

'Ik wist niet wat je lekker vindt, dus ik heb het hele ontbijtmenu besteld.' Hij lacht scheef en verontschuldigend.

'Een beetje overdreven,' zeg ik, overrompeld door zo veel keuze, al heb ik best trek.

'Je hebt gelijk,' zegt hij schuldbewust.

Ik kies voor pannenkoeken, siroop, geklutste eieren en spek. Christian probeert een glimlach te onderdrukken terwijl hij zijn eiwitomelet verder opeet. Het eten is heerlijk!

'Thee?' vraagt hij.

'Alsjeblieft.'

Hij geeft me een kleine theepot met heet water aan en op het schoteltje ligt een zakje Twinings English Breakfast-thee. Jemig, hij weet nog welke thee ik graag drink.

'Je haar is nog erg nat,' wijst hij me terecht.

'Ik kon de haardroger niet vinden,' antwoord ik gegeneerd. Niet dat ik gezocht heb.

Christian perst zijn lippen samen, maar zegt niets.

'Bedankt dat je die kleren voor me hebt geregeld.'

'Graag gedaan, Anastasia. Die kleur staat je goed.'

Ik bloos en kijk naar m'n handen.

'Weet je, je zou toch eens moeten leren een compliment te accepteren.' Hij klinkt vermanend.

'Laat me je geld geven voor de kleren.'

Hij kijkt me aan alsof ik hem beledigd heb. Ik ga snel verder.

'Je hebt me die boeken al gegeven, die ik natuurlijk niet kan aannemen. Maar deze kleren... laat me je alsjeblieft terugbetalen.' Ik lach onzeker naar hem.

'Anastasia, maak je geen zorgen. Ik kan het betalen.'

'Daar gaat het niet om. Waarom zou jij ze voor mij moeten kopen?'

'Omdat ik dat kan.' Zijn ogen fonkelen, een verdorven blik.

'Dat wil niet zeggen dat je het ook moet doen,' antwoord ik stilletjes terwijl hij een wenkbrauw optrekt. Zijn ogen twinkelen, en opeens voel ik dat we het over iets heel anders hebben, maar ik heb geen idee waarover. O, dat is waar ook...

'Waarom heb je me die boeken gestuurd, Christian?' Mijn stem is zacht. Hij legt zijn bestek neer en kijkt me diep aan, zijn grijze ogen brandend door een of ander ondoorgrondelijk gevoel. Houd me tegen – mijn mond wordt droog.

'Nou, toen je bijna werd overreden door die fietser – en ik je vasthield en je naar me opkeek – zo van "kus me, kus me, Christian"', hij pauzeert en haalt zijn schouders iets op, 'vond ik dat ik je een excuus en een waarschuwing verschuldigd was.' Hij gaat met zijn handen door zijn haar. 'Anastasia, ik doe niet aan hartjes en bloemen, ik ben niet romantisch. Ik heb nogal eigenaardige voorkeuren. Het is beter voor je als je bij me uit de buurt blijft.' Hij sluit verslagen zijn ogen. 'Maar er is iets bijzonders aan jou, waardoor ik niet bij je weg kan blijven. Ik denk dat je dat al wel doorhebt.'

Mijn eetlust verdwijnt als sneeuw voor de zon. *Hij kan niet uit m'n buurt blijven!*

'Doe het dan niet,' fluister ik.

Hij hapt naar adem, ogen wijd opengesperd.

'Je weet niet wat je zegt.'

'Leg het me dan uit.'

We staren elkaar aan, geen van ons twee raakt het eten nog aan.

'Je bent dus niet celibatair?' hijg ik.

Zijn ogen lichten geamuseerd op.

'Nee, Anastasia, dat ben ik niet.' Hij pauzeert, zodat ik de informatie op me in kan laten werken en ik word rood. Mijn spraakwaterfilter is weer stuk. Ik kan niet geloven dat ik dat net hardop gezegd heb.

'Wat zijn je plannen voor de komende paar dagen?' vraagt hij met een lage stem.

'Vanmiddag moet ik werken vanaf twaalf uur. Hoe laat is het?' Plotselinge paniek.

'Het is iets na tien uur; je hebt tijd genoeg. En morgen?' Zijn ellebogen steunen op de tafel en zijn kin rust op zijn eindeloos lange vingers.

'Kate en ik gaan beginnen met inpakken. We verhuizen volgend weekend naar Seattle en ik werk de hele week bij Clayton's.'

'Heb je al woonruimte in Seattle?'

'Ja.'

'Waar?'

'Ik kan me het adres niet zo herinneren. In het Pike Market District.'

'Dat is niet ver bij mij vandaan.' Hij lacht voorzichtig. 'Waar ga je werken in Seattle?'

Waar wil hij heen met al die vragen? De inquisitie van Christian Grey is bijna net zo irritant als de inquisitie van Katherine Kavanagh.

'Ik heb gesolliciteerd op een aantal traineeplaatsen. Ik wacht nog op reactie.'

'Heb je bij mijn bedrijf gesolliciteerd, zoals ik had voorgesteld?'

Ik bloos... *Natuurlijk niet.*

'Eh, nee.'

'Wat is er dan mis met mijn onderneming?'

'Met je onderneming of met je *onderneming*?' spot ik.

Hij lacht een klein beetje.

'Drijf jij de spot met mij, mevrouw Steele?' Hij houdt zijn hoofd schuin en ik denk dat hij er plezier in heeft, maar ik kan het niet met zekerheid zeggen. Ik bloos en staar naar mijn onaangeroerde ontbijt. Ik durf hem niet in de ogen te kijken als hij op die manier tegen me praat.

'Ik zou graag op die lip van je bijten,' fluistert hij donker.

O hemel. Ik ben me er totaal niet van bewust dat ik op mijn onderlip bijt. Mijn mond valt open als ik naar adem wil snakken en tegelijk slikken. Dat is ongetwijfeld de meest sexy opmerking die iemand ooit tegen me heeft gemaakt. Mijn hartritme stijgt naar ongekende hoogtes en ik denk dat ik hijg. Jemig, mijn hele lichaam rilt, natte bende, en hij heeft me niet eens aangeraakt. Ik kronkel op m'n stoel en ontmoet zijn donkere blik.

'Waarom niet?' daag ik hem stilletjes uit.

'Omdat ik je niet aanraak, Anastasia – niet voordat jij me jouw schriftelijke toestemming hebt gegeven om dat te doen.' Er speelt een klein lachje om zijn lippen.

Wat?

'Wat bedoel je daarmee?'

'Precies wat ik zeg.' Hij zucht en schudt zijn hoofd naar me, vermakelijk en tegelijk ook teleurgesteld. 'Ik moet het je laten zien, Anastasia. Hoe laat ben je klaar met werken vanavond?'

'Rond acht uur.'

'We zouden vanavond of aankomende zaterdag naar Seattle kunnen gaan om bij mij thuis te dineren. Dan zal ik je op de hoogte brengen van alles. De keus is aan jou.'

'Waarom kun je het me niet gewoon nu vertellen?' Ik klink kribbig.

'Omdat ik nu geniet van m'n ontbijt en van jouw gezelschap. Zodra je weet wat ik je wil vertellen, wil je me waarschijnlijk nooit meer zien.'

Holy shit. Ontvoert hij blanke kindjes om hen god weet waar als slaaf te verkopen? Maakt hij deel uit van een of andere criminele organisatie? Het zou wel verklaren waarom hij zo rijk is. Is hij diepgelovig? Is hij impotent? Dat vind ik moeilijk te geloven, dat zou hij me nu ook kunnen bewijzen. *Jeetje.* Ik bloos als ik denk aan alle mogelijkheden. Ik kom er nergens mee. Ik wil het mysterie rond Christian Grey het liefst zo snel mogelijk ontcijferen. Als het betekent dat zijn geheim zo schokkend is dat ik hem niet meer wil kennen, dan zal dat eerlijk gezegd een opluchting zijn. *Lieg jezelf niet voor* – schreeuwt mijn onderbewustzijn me toe – *het zou behoorlijk erg moeten zijn voor jij de benen neemt.*

'Vanavond.'

Hij trekt een wenkbrauw op.

'Je bent net Eva; zo ongedurig om van de boom der wijsheid te eten.' Hij lacht zelfgenoegzaam.

'Drijft u de spot met mij, meneer Grey?' vraag ik lief. *Arrogante eikel.*

Hij knijpt zijn ogen tot spleetjes en pakt zijn BlackBerry. Hij drukt op één knop.

'Taylor. Ik heb Charlie Tango nodig.'

Charlie Tango? Wie is dat nou weer?

'Uit Portland, rond twintig uur dertig... Nee, stand-by op Escala... De hele avond.'

De hele avond!

'Ja. Op oproepbasis morgenochtend. Ik vlieg wel van Portland naar Seattle.'

Vliegen?

'Stand-bypiloot vanaf tweeëntwintig uur dertig.' Hij legt de telefoon neer. Geen alsjeblieft of dankjewel.

'Doen mensen altijd alles wat jij hun opdraagt?'

'Als ze hun baan willen houden wel,' zegt hij bloedserieus.

'En als ze niet voor jou werken?'

'Ach, Anastasia, ik heb erg veel overredingskracht. Eet je ontbijt. En dan zet ik je thuis af. Ik pik je om acht uur op bij Clayton's. We vliegen naar Seattle.'

Ik knipper met m'n ogen.

'Vliegen?'

'Ja. Ik heb een helikopter.'

Ik gaap hem aan. Mijn tweede date met Christian o-zo-mysterieus Grey. Van koffie naar helikoptervluchten. Wauw.

'We gaan naar Seattle met een helikopter?'

'Ja.'

'Waarom?'

Hij grijnst verdorven. 'Omdat ik dat kan. Eet je ontbijt op.'

Hoe kan ik nou een hap door m'n keel krijgen? Ik ga per helikopter naar Seattle met Christian Grey. En hij wil op mijn lip bijten... ik kronkel bij de gedachte.

'Eet op,' zegt hij dwingender. 'Anastasia, ik kan er niet tegen als mensen voedsel verspillen... dus eet.'

'Ik kan dit echt niet allemaal op,' zeg ik, terwijl ik kijk naar wat er allemaal nog op tafel staat.

'Eet je bord dan leeg. Als je gisteren goed gegeten had, zou je hier niet zijn en zou ik niet zo snel open kaart spelen.' Zijn mond vormt een sombere lijn. Hij ziet er kwaad uit.

Ik frons en concentreer me op mijn inmiddels koude eten. *Ik ben te opgewonden om te eten, Christian. Begrijp je dat dan niet?* verklaart mijn onderbewustzijn. Maar ik durf die gedachten niet hardop uit te spreken, zeker niet als hij er zo beteuterd bij zit. *Hmm*, net een klein jongetje. Grappig.

'Wat is er zo grappig?' vraagt hij. Ik schud mijn hoofd, durf het hem niet te vertellen en blijf naar m'n eten kijken. Pas wanneer ik het laatste stukje pannenkoek heb ingeslikt, kijk ik hem aan. Hij neemt me aandachtig op.

'Goed gedaan, meisje,' zegt hij. 'Zodra je je haar hebt gedroogd, breng ik je thuis. Ik wil niet dat je ziek wordt.' Er schuilt een onuitgesproken belofte in zijn woorden. *Wat bedoelt hij?* Ik ga van tafel en vraag me heel even af of ik daar toestemming voor zou moeten vragen, maar verwerp die gedachte. Het lijkt me gevaarlijk om dit precedent te scheppen. Ik loop richting zijn slaapkamer maar bedenk me opeens iets.

'Waar heb jij vannacht geslapen?' Hij zit nog steeds aan de ontbijttafel. Ik zie nergens lakens of dekens liggen – misschien heeft hij ze al laten opruimen.

'In mijn bed,' zegt hij doodleuk, zijn gezicht weer uitgestreken.

'O.'

'Ja, voor mij was het ook nieuw.' Hij lacht.

'Geen... seks hebben.' Zo – ik heb het woord uitgesproken. Ik bloos – natuurlijk.

'Nee.' Hij schudt zijn hoofd en fronst alsof hij aan iets onprettigs denkt. 'Met iemand slapen.' Hij neemt zijn krant erbij en leest verder.

Wat heeft dat in hemelsnaam te betekenen? Hij heeft nog nooit met iemand geslapen? Is hij nog maagd? Ergens betwijfel ik dat. Ik staar hem vol ongeloof aan. Hij is de meest bevreemdende persoon die ik ooit heb ontmoet. En dan dringt het tot me door dat ik in één bed heb geslapen met Christian Grey, ik kan mezelf wel schoppen – ik zou er een moord voor hebben begaan om hem te zien slapen. Hem kwetsbaar te zien. Ik kan me dat laatste moeilijk inbeelden. Ach, blijkbaar wordt alles vanavond onthuld.

In zijn slaapkamer ga ik op zoek naar een haardroger. Ik vind er een in een ladekast. Met m'n vingers probeer ik m'n haar zo goed mogelijk droog te krijgen. Als ik klaar ben, loop ik de badkamer binnen. Ik wil m'n tanden poetsen. Ik laat mijn oog vallen op Christians tandenborstel. Die wil ik wel in m'n mond stoppen. *Hmm...* Ik werp een schuldbewuste blik over m'n schouder en voel aan de haartjes van de tandenborstel. Ze zijn nog nat. Hij heeft hem vast net gebruikt. Ik spuit er wat tandpasta op en poets m'n tanden in sneltreintempo. Ik voel me zo ondeugend. Heel opwindend.

Ik stop mijn vuile T-shirt, bh en onderbroek in het tasje dat Taylor heeft meegebracht en loop terug de woonkamer in om mijn jasje en handtas te zoeken. Yes, er zit een elastiekje in m'n tas. Christian kijkt naar me terwijl ik m'n haar bij elkaar bind, zijn gezichtsuitdrukking onleesbaar. Ik voel hoe zijn ogen me volgen, terwijl ik ga zitten en wacht tot hij klaar is. Hij belt met zijn BlackBerry.

'Ze willen er twee? ...Hoeveel gaat dat kosten? ...Goed, en welke veiligheidsmaatregelen hebben we getroffen? ...En ze gaan via Suez? ...Hoe veilig is Ben Sudan? ...En wanneer komen ze aan in Darfur? ...Goed, doen we het zo. Houd me op de hoogte.' Hij hangt op.

'Klaar voor vertrek?'

Ik knik. Ik vraag me af waar dat gesprek over ging. Hij doet een blauw krijtstreepjasje aan, pakt zijn autosleutels en gaat naar de deur.

'Na u, mevrouw Steele,' zegt hij, terwijl hij de deur voor me openhoudt. Hij ziet er erg elegant uit.

Ik wacht, een fractie te lang, en neem hem helemaal in me op. En dan te bedenken dat ik met hem geslapen heb vannacht en dat hij er nog steeds is na al die tequila en al dat gekots. Sterker nog, hij wil met me naar Seattle. Waarom ik? Ik begrijp het niet. Ik loop naar de deur en herinner me zijn woorden – *er is iets aan jou* – ik kan je vertellen dat het gevoel wederzijds is, meneer Grey, en ik moet en zal ontdekken wat het is.

We wandelen in stilte door de gang naar de lift. Terwijl we wachten kijk ik hem voorzichtig door mijn wimpers aan en zie dat hij me bekijkt vanuit zijn ooghoeken. Ik lach en zijn lippen trekken een beetje.

De lift komt aan en we stappen in. We zijn alleen. Opeens, om onverklaarbare redenen, waarschijnlijk omdat we zo dicht bij elkaar staan in deze gesloten ruimte, verandert de sfeer tussen ons. De lucht is geladen met een elektrische, opwindende verwachting. Ik begin sneller te ademen en m'n hart gaat tekeer. Hij draait zich naar me toe, zijn ogen zo donker als leisteen. Ik bijt op mijn lip.

'Jezus, vergeet het papierwerk,' gromt hij. Hij duikt op me af en duwt me tegen de liftwand. Voor ik het besef, houdt hij mijn handen boven mijn hoofd vast en duwt hij me tegen de muur met zijn heupen. Holy shit! Met zijn andere hand grijpt hij m'n paardenstaart vast en trekt hem naar beneden zodat mijn gezicht omhoogkijkt en ik voel zijn lippen op de mijne. Het is net niet pijnlijk. Ik kreun in zijn mond en geef zijn tong een opening. Hij maakt er gretig gebruik van en zijn tong verkent behendig mijn mond. Ik ben nog nooit op deze manier gekust. Mijn tong streelt de zijne en onze tongen voeren een soort trage, erotische dans uit die volledig om aanraking en gevoel draait, zinnenprikkelend. Hij brengt zijn hand omhoog om mijn kin vast te nemen en houdt me stevig op m'n plaats. Ik ben hulpeloos, met mijn handen vastgeklemd, mijn gezicht in zijn hand en zijn heupen die me tegen de muur duwen. Zijn erectie drukt tegen mijn buik. *O hemel*... Hij wil me. Christian Grey, Griekse god, wil mij en ik wil *hem*, hier... nu, in de lift.

'Je. Bent. Zo. Lekker,' mompelt hij hortend en stotend.

De lift stopt, de deuren glijden open en in een oogwenk rukt hij zich van me los, en ik hang nog tegen de wand. Drie mannen in pak kijken ons aan en stappen grijnzend de lift binnen. Mijn hart bonst uit m'n lijf, het lijkt wel of ik net een marathon gelopen heb. Ik wil naar voren buigen en met m'n handen op m'n knieën bijkomen... maar dat zou te veel opvallen.

Ik kijk naar Christian. Hij ziet er zo beheerst en kalm uit, alsof hij de kruiswoordpuzzel uit de krant aan het invullen was. *Wat oneerlijk*. Doet mijn aanwezigheid hem dan helemaal niets? Hij kijkt me van opzij aan en ademt diep uit. Aha, het doet hem echt wel wat – en mijn superkleine innerlijke godin doet een voorzichtig overwinningsdansje. De zakenmannen stappen op de eerste verdieping uit. Wij moeten nog één verdieping verder.

'Je hebt je tanden gepoetst,' zegt hij en hij staart me aan.

'Ik heb jouw tandenborstel gebruikt,' hijg ik.

Hij lacht zachtjes. 'O, Anastasia Steele, wat moet ik toch met jou beginnen?'

We komen aan op de begane grond en de liftdeuren gaan open. Hij pakt m'n hand en trekt me naar buiten.

'Wat is dat toch met liften?' mompelt hij meer tegen zichzelf dan tegen mij, terwijl we door de lobby wandelen. Ik heb moeite om hem bij te houden omdat mijn verstand heel erg vorstelijk uitgespreid ligt over de vloer en de wanden van lift nummer drie van het Heathman.

Zes

Christian opent de deur voor me aan de passagierskant van de zwarte Audi MPV en ik klim erin. Het is echt een groot bakbeest. Hij heeft niets meer gezegd over onze gepassioneerde uitbarsting in de lift. Moet ik wat zeggen? Moeten we erover praten of doen alsof het nooit gebeurd is? Het lijkt bijna onecht, mijn eerste fatsoenlijke alle-remmen-los-kus. Naarmate de tijd verstrijkt, schrijf ik het toe aan iets mythisch, zoals een legende van koning Arthur of de verloren stad Atlantis. Het is nooit gebeurd en heeft nooit bestaan. *Misschien heb ik het me allemaal ingebeeld.* Nee. Ik raak mijn lippen aan, die nog steeds opgezwollen zijn door zijn kus. Het is wel degelijk gebeurd. Ik ben een andere vrouw. Ik wil deze man, wanhopig graag, en hij wil mij.

Ik werp een blik op hem. Christian is zijn gewone beleefde, iets afstandelijke zelf.

Heel verwarrend.

Hij start de motor en rijdt achteruit de parkeerplaats uit. Hij zet de stereo aan. De auto wordt gevuld met de tederste, meest magische stemmen van twee zingende vrouwen. O wauw... mijn gevoelens liggen al overhoop, dus dit heeft een verdubbelend effect. Het geeft heerlijke rillingen over m'n rug. Christian rijdt Southwest Park Avenue op. Hij rijdt vol vertrouwen, soepel en met gemak.

'Waar luisteren we naar?'

'Naar "Het Bloemenduet" van Delibes, uit de opera *Lakmé*. Vind je het mooi?'

'Christian, het is prachtig.'

'Dat is het ook.' Hij grijnst en kijkt me aan. En heel eventjes lijkt hij zijn leeftijd eer aan te doen: jong, zorgeloos en uitermate knap. Kan ik hem zo bereiken? Met muziek? Ik leun achterover en luister naar de hemelse stemmen die me bespelen en verleiden.

'Mag ik het nog een keer luisteren?'

'Natuurlijk.' Christian drukt op een knop en de muziek streelt me opnieuw. Het is een zachte, trage, zoete, trefzekere aanslag op mijn gehoor.

'Houd je van klassieke muziek?' vraag ik. Ik wil graag meer inzicht in zijn persoonlijke voorkeuren.

'Mijn smaak is erg uiteenlopend, Anastasia. Ik luister naar alles, van Thomas Tallis tot Kings of Leon. Het hangt af van m'n bui. Jij?'

'Bij mij ook. Al weet ik niet wie Thomas Tallis is.'

Hij kijkt me kort aan en richt zijn blik dan weer op de weg.

'Ik zal het je een keertje laten horen. Het is een zestiende-eeuwse Britse componist. Tudorperiode, kerkkoormuziek.' Christian grijnst naar me. 'Ik weet het, klinkt erg zwaar op de hand, maar het is ook echt magisch, Anastasia.'

Hij drukt weer een knop in en de Kings of Leon beginnen te zingen. Hmm... Dit ken ik. 'Sex on Fire'. Heel toepasselijk. De muziek wordt onderbroken door het geluid van een rinkelende telefoon die door de luidsprekers knalt. Christian drukt een knop in op het stuur.

'Grey,' zegt hij kortaf. Hij is zo vinnig.

'Meneer Grey, u spreekt met Welch. Ik heb de informatie die u nodig heeft.' Een onbekende, schelle stem komt door de luidsprekers.

'Goed gedaan. E-mail het me maar. Wilde je verder nog iets zeggen?'

'Nee, meneer.'

Hij drukt op de knop, het gesprek is afgelopen en de muziek is terug. Geen 'tot ziens' of 'dankjewel'. Ik ben zo opgelucht dat ik nooit serieus heb overwogen om voor hem te komen werken. Ik huiver bij de gedachte alleen al. Hij gaat gewoon te autoritair en koud met zijn medewerkers om. De muziek wordt weer onderbroken door de telefoon.

'Grey.'

'De geheimhoudingsovereenkomst is per e-mail opgestuurd, meneer Grey.' Een vrouwenstem.

'Mooi zo. Dat was alles, Andrea.'

'Prettige dag, meneer.'

Christian hangt op door de knop op het stuur in te drukken. De muziek speelt heel even voordat de telefoon weer overgaat. Jeetje, is dit zijn leven – voortdurend lastiggevallen worden door telefoontjes?

'Grey,' zegt hij kort.

'Hé Christian, heb je nog geneukt?'

'Hallo, Elliot – de telefoon staat op de luidspreker en ik ben niet alleen in de auto,' zucht Christian.

'Wie heb je bij je?'

Christian rolt met z'n ogen.

'Anastasia Steele.'

'Hoi, Ana!'

Ana!

'Hallo, Elliot.'

'Ik heb al veel over jou gehoord,' zegt Elliot met hese stem. Christian fronst zijn voorhoofd.

'Geloof geen woord van wat Kate zegt.'

Elliot lacht.

'Ik breng Anastasia thuis.' Christian legt de nadruk op mijn volledige naam. 'Zal ik je oppikken?'

'Tuurlijk.'

'Tot zo.' Christian hangt op en de muziek is terug.

'Waarom wil je me per se Anastasia noemen?'

'Omdat het jouw naam is.'

'Ik vind Ana leuker.'

'O, is dat zo?' zegt hij zacht.

We zijn bijna bij mijn appartement. Het was geen lange rit.

'Anastasia,' mijmert hij. Ik kijk hem geërgerd aan, maar hij negeert mijn blik. 'Wat er gebeurd is in de lift – dat zal niet nog eens gebeuren, tenzij het voorbedacht is.'

Hij parkeert de auto voor onze woning. Ik realiseer me nu pas dat hij me niet gevraagd heeft waar ik woon – toch weet hij het. Maar goed, hij heeft me die boeken gestuurd, dus natuurlijk weet hij waar ik woon. Dat valt te verwachten van een mobiel tracerende, helikopter bezittende stalker.

Waarom wil hij me niet meer kussen? Mijn lip pruilt bij het idee. Zijn achternaam zou Cryptisch moeten zijn, niet Grey. Hij stapt uit en loopt met zijn lange benen lichtvoetig naar mijn kant van de auto om de deur te openen, altijd een heer – behalve dan gedurende zeldzame, kostbare momenten in liften. Ik bloos bij de herinnering aan zijn mond op de mijne en de gedachte dat ik hem niet kon aanraken, sijpelt bij me naar binnen. Ik wilde mijn vingers door zijn weelderige, warrige haar halen, maar ik kon mijn handen niet bewegen. Als ik eraan terugdenk raak ik gefrustreerd.

'Ik vond het leuk wat er gebeurde in de lift,' mompel ik terwijl ik uitstap. Ik weet niet zeker of ik hem nou naar adem hoor snakken of niet, maar ik negeer het en loop naar de voordeur.

Kate en Elliot zitten aan onze eettafel. De boeken van veertienduizend dollar zijn verdwenen. Gelukkig. Ik heb plannen voor die boeken. Kate heeft de meest on-Kate-achtige belachelijke grijns op haar gezicht en ze ziet er sexy warrig uit. Christian volgt me naar de woonkamer. Kate bekijkt hem vol wantrouwen, ondanks haar ik-heb-een-geweldige-nacht-gehad-blik.

'Hoi, Ana.' Ze staat op om me te omhelzen en bekijkt me dan van top tot teen. Ze fronst en draait zich naar Christian toe.

'Goedemorgen, Christian,' zegt ze een beetje vijandelijk.

'Mevrouw Kavanagh,' antwoordt hij op zijn stijve formele manier.

'Christian, ze heet Kate,' protesteert Elliot.

'Kate.' Christian knikt beleefd en kijkt naar Elliot, die opstaat om me ook te omhelzen.

'Hoi, Ana.' Hij lacht, zijn blauwe ogen twinkelen en ik mag hem meteen. Hij lijkt duidelijk in niets op Christian, maar het zijn dan ook geadopteerde broers.

'Hoi, Elliot.' Ik lach naar hem en ben me ervan bewust dat ik op m'n lip bijt.

'Elliot, we moeten gaan,' zegt Christian rustig.

'Tuurlijk.' Hij draait zich om naar Kate, neemt haar in zijn armen en geeft haar een uiterst lange kus.

Jezusmina... huur een kamer. Ik staar gegeneerd naar m'n voeten. Ik kijk naar Christian en ik zie dat hij me aandachtig bekijkt. Ik knijp m'n ogen naar hem samen. Waarom kun jij me niet op die manier kussen? Elliot blijft maar doorgaan en houdt Kate vast in een dramatische omhelzing zodat haar haar de grond raakt terwijl hij haar hand kust.

'Later, schatje,' grijnst hij.

Kate smelt gewoon. Dat heb ik haar nog nooit zien doen. De woorden 'bevallig' en 'onderdanig' komen in me op. Onderdanige Kate. Jeetje, Elliot moet wel echt goed zijn. Christian rolt met z'n ogen en staart me aan, zijn uitdrukking onleesbaar, al ziet hij er de lol misschien wel van in. Hij stopt een lok haar die zich heeft weten te bevrijden uit mijn paardenstaart achter m'n oor. Mijn adem stokt wanneer hij me aanraakt en ik leun met mijn hoofd een klein beetje tegen zijn vingers aan. Zijn ogen worden zachter en hij gaat met z'n duim over mijn onderlip. Het bloed giert door m'n lijf. En dan is zijn aanraking vliegensvlug weer weg.

'Later, schatje,' zegt hij zacht en ik moet lachen omdat het zo ongewoon is voor hem om zulke dingen te zeggen. Al weet ik dat hij die woorden oneerbiedig uitspreekt, de liefkozing doet iets met me, diep vanbinnen.

'Ik haal je om acht uur op.' Hij loopt naar de voordeur en gaat naar buiten. Elliot volgt hem naar de auto, draait zich dan om en werpt een handkus naar Kate. Ik voel een onaangename steek van jaloezie door me heen gaan.

'En, heb je het gedaan?' vraagt Kate terwijl de twee mannen in de auto stappen en wegrijden. Haar brandende nieuwsgierigheid is duidelijk hoorbaar.

'Nee,' zeg ik bits en ik hoop dat het de vragenstroom zal stoppen. We gaan terug naar binnen. 'Jij duidelijk wel.' Ik kan mijn afgunst niet verbergen. Kate weet altijd hoe ze een man moet bespelen. Ze is onweerstaanbaar, mooi, sexy, grappig, gewaagd... alles wat ik niet ben. De grijns waarmee ze antwoordt is aanstekelijk.

'En vanavond zie ik hem weer.' Ze klapt in haar handen en

springt op en neer als een klein kind. Ze kan haar opwinding en blijdschap niet verbergen en ik kan niet anders dan gelukkig zijn voor haar. Een gelukkige Kate... dit wordt erg interessant.

'Christian neemt me vanavond mee naar Seattle.'

'Seattle?'

'Ja.'

'Misschien ga je het dan wél doen?'

'O, dat hoop ik wel.'

'Je vindt hem dus leuk?'

'Ja.'

'Leuk genoeg om...?'

'Ja.'

Ze trekt haar wenkbrauw op.

'Wauw. Ana Steele, eindelijk valt ze voor een man en dan blijkt het Christian Grey te zijn – een knappe, sexy miljardair.'

'Tuurlijk, alles draait om geld,' spot ik en we schieten in de lach.

'Is dat een nieuwe blouse?' vraagt ze en ik vertel haar alle niet boeiende details van mijn nacht.

'Heeft hij je al gezoend?' vraagt ze terwijl ze koffie zet.

Ik bloos.

'Eén keer.'

'Eén keer!' proest ze uit.

Ik knik, een beetje beschaamd.

'Hij is erg gereserveerd.'

Ze fronst.

'Vreemd.'

'Ik denk niet dat vreemd helemaal het juiste woord is,' zeg ik.

'We moeten ervoor zorgen dat je er vanavond gewoon onweerstaanbaar uitziet,' zegt ze vastbesloten.

O nee... dat klinkt tijdrovend, vernederend en pijnlijk.

'Ik moet over een uur op het werk zijn.'

'Daar kan ik het wel mee doen. Kom op.' Kate pakt mijn hand en trekt me haar slaapkamer in.

De tijd kruipt voorbij bij Clayton's, ook al is het vrij druk. Omdat het zomerseizoen begonnen is, moet ik na sluitingstijd twee uur lang de rekken aanvullen. Het is werk waar je niet al te veel bij moet nadenken en algauw leiden m'n gedachten me af. Daar heb ik de hele dag nog geen kans toe gezien.

Dankzij Kates onvermoeibare en naar mijn idee opdringerige instructies zijn mijn benen en oksels perfect gladgeschoren, mijn wenkbrauwen geëpileerd en ben ik helemaal opgepoetst. Het was een heel onaangename ervaring. Maar ze heeft me ervan verzekerd dat dit is wat mannen tegenwoordig verwachten. Wat verwacht hij nog? Ik moet Kate ervan overtuigen dat dit is wat ik wil. Om een of andere bizarre reden vertrouwt ze hem niet, misschien omdat hij zo stijf en formeel is. Ze zegt dat ze niet precies weet wat haar probleem is, maar ik moest haar beloven dat ik haar een sms zou sturen zodra we aankomen in Seattle. Ik heb maar niets verteld over de helikopter, ze zou hysterisch worden.

Ik heb natuurlijk ook nog een issue met José af te handelen. Hij heeft me drie sms'jes gestuurd en ik heb zeven gemiste oproepen van hem. Hij heeft me ook twee keer thuis gebeld. Kate heeft zich op de vlakte gehouden over waar ik was. Hij heeft waarschijnlijk wel begrepen dat ze me dekt. Maar ik heb besloten om hem nog even te laten sudderen. Ik ben nog veel te kwaad op hem.

Christian zei iets over geschreven toestemming en ik weet niet of hij dat als grap bedoelde of dat ik echt iets moet ondertekenen. Het is te frustrerend om alsmaar te moeten gissen. En naast alle angst die ik voel, kan ik me bijna niet inhouden, ik ben zo opgewonden en zenuwachtig. Vanavond is het zover! Ben ik hier, na al die tijd, echt klaar voor? Mijn innerlijke godin kijkt me aan en tapt ongeduldig met haar voet op de grond. Zij is er al jaren klaar voor en het maakt niet uit wat dat precies inhoudt met Christian Grey, maar ik begrijp nog steeds niet wat hij in me ziet... timide Anastasia Steele – ik snap er niks van.

Hij is stipt op tijd natuurlijk en staat op me te wachten als ik bij Clayton's naar buiten kom. Hij stapt achter uit de Audi om de deur voor me open te houden en schenkt me een warme glimlach.

'Goedenavond, mevrouw Steele,' zegt hij.

'Meneer Grey.' Ik knik beleefd naar hem en ga achterin zitten. Taylor rijdt.

'Hallo Taylor,' zeg ik.

'Goedenavond, mevrouw Steele.' Zijn stem klinkt beleefd en

professioneel. Christian stapt aan de andere kant in en grijpt mijn hand vast. Hij knijpt er zachtjes in, maar ik voel het door m'n hele lichaam.

'Hoe was het op je werk?' vraagt hij.

'Het duurde erg lang,' antwoord ik. Mijn stem klinkt schor, te laag en vol verlangen.

'Ja, voor mij is het ook een lange dag geweest.'

'Wat heb je gedaan?' weet ik uit te brengen.

'Ik heb een flinke wandeling gemaakt met Elliot.' Zijn duim streelt mijn knokkels en mijn hart maakt een sprongetje. Hoe doet hij dat toch met me? Hij raakt maar een klein gedeelte van me aan en de hormonen jagen door m'n lichaam.

De rit naar de heliport duurt niet lang en voor ik het weet, zijn we er. Ik vraag me af waar de legendarische helikopter is. We bevinden ons in een dichtbebouwd stuk van de stad en zelfs ik weet dat helikopters plaats nodig hebben om te landen en op te stijgen. Taylor parkeert, klimt uit de auto en opent de deur voor me. Christian staat meteen naast me en pakt mijn hand weer vast.

'Klaar?' vraagt hij. Ik knik en wil zeggen *overal voor*, maar ik krijg niets uit mijn mond omdat ik te zenuwachtig en te opgewonden ben.

'Taylor.' Hij knikt kort naar zijn chauffeur en we lopen het gebouw binnen, recht op een aantal liften af. *Liften!* De herinnering aan onze kus vanochtend achtervolgt me. Ik heb de hele dag aan niets anders gedacht achter de kassa bij Clayton's. Meneer Clayton moest tot twee keer toe mijn naam roepen om me terug op aarde te krijgen. Te zeggen dat ik afgeleid was, is echt veel te zwak uitgedrukt. Christian kijkt naar me met een kleine glimlach om zijn lippen. Ha! Hij denkt aan hetzelfde.

'Het zijn maar drie verdiepingen,' zegt hij droogjes en in zijn ogen dansen pretlichtjes. Is hij telepathisch aangelegd of zo? Heel luguber!

Ik probeer met een uitgestreken gezicht de lift in te lopen. De deuren gaan dicht en daar is het weer, die vreemde elektrische spanning tussen ons, waar ik verslaafd aan begin te raken. Ik sluit mijn ogen in een nutteloze poging dat gevoel te negeren. Hij knijpt harder in mijn hand en vijf seconden later gaan de deuren alweer open op het dak van het gebouw. En daar staat hij dan, een witte helikopter met de naam Grey Enterprises Holdings, Inc. in het blauw en daarnaast het bedrijfslogo. *Dit valt vast onder misbruik van bedrijfsmateriaal.*

Hij leidt me naar een klein kantoortje waar een oude man achter zijn bureau zit.

'Dit is uw vluchtplan, meneer Grey. Alle technische controles zijn uitgevoerd. Het toestel is klaar voor vertrek, meneer. U bent vrij om te gaan.'

'Dank je, Joe.' Christian schenkt hem een warme lach.

Goh? Iemand die beleefd behandeld wordt door Christian. Misschien is hij geen medewerker. Ik staar de oude man vol bewondering aan.

'Kom, we gaan,' zegt Christian en we lopen naar de helikopter. Van dichtbij lijkt hij nog groter dan ik dacht. Ik verwachtte een tweezitstoestel, maar er is plaats voor minimaal zeven personen. Christian opent de deur en leidt me naar een van de plaatsen vooraan.

'Ga zitten – niks aanraken,' beveelt hij terwijl ook hij naar binnen klimt.

Hij gooit de deur hard achter zich dicht. Ik ben blij dat het hier wat verlicht is, ik zie bijna niets in de kleine cockpit. Ik ga op mijn toegewezen stoel zitten en Grey snoert me in de veiligheidsgordels. Het is een vierpuntsgordel en alle riemen komen samen op één centraal punt. Hij trekt de riemen zo hard aan dat ik amper kan bewegen. Hij is erg dichtbij en zó geconcentreerd bezig. Kon ik maar voorover leunen, dan zou ik met mijn neus in zijn haar zitten. Hij ruikt schoon, fris, hemels, maar ik zit zo stevig vastgesnoerd, dat ik niet kan bewegen. Hij kijkt naar me en lacht, alsof hij geniet van zijn gebruikelijke binnenpretje. Hij is zo tergend dichtbij. Ik houd mijn adem in terwijl hij een van de bovenste gordels aantrekt.

'Je zit veilig ingesnoerd, er is geen ontsnappen aan,' fluistert hij, zijn ogen zijn vurig. 'Ademen, Anastasia,' voegt hij er zachtjes aan toe. Hij streelt mijn wang en gaat met zijn lange vingers langs mijn kin, die hij tussen zijn duim en wijsvinger vasthoudt. Hij leunt naar voren en plant een kort, onschuldig kusje op mijn lippen. Ik ben buiten zinnen, helemaal ondersteboven van de opwindende, onverwachte aanraking van zijn lippen.

'Ik vind dit harnas wel prettig,' fluistert hij.

Wat?

Hij gaat naast me zitten, maakt zichzelf vast in zijn stoel en begint dan aan een langdurige procedure waarbij meters worden gecontroleerd, knopjes ingedrukt en schakelaars worden aangezet op het wonderlijke paneel met wijzerplaten en lichtjes en schakelaars voor ons. Er verschijnen kleine flikkerende lichtjes op verschillende wijzerplaten en dan licht het hele paneel op.

'Zet je bescherming op,' zegt hij en hij wijst naar een hoofdtelefoon voor mij. Ik zet hem op en propellers beginnen te draaien. Het geluid is oorverdovend. Hij zet zijn hoofdtelefoon op en drukt nog wat knopjes in.

'Ik ga alleen even door de controleprocedure heen.' Christians stem klinkt nu door mijn hoofdtelefoon. Ik draai me naar hem toe en glimlach.

'Weet je waar je mee bezig bent?' vraag ik. Hij draait zich naar me toe en lacht.

'Ik ben al vier jaar volledig gekwalificeerd piloot, Anastasia. Je bent in goede handen.' Hij heeft een wolfachtige grijns op zijn gezicht. 'Althans, gedurende de vlucht,' voegt hij eraan toe en hij knipoogt naar me.

Hij knipoogt... Christian!

'Ben je er klaar voor?'

Ik knik, ogen wijd opengesperd.

'Goed, toren. PDX, dit is Charlie Tango Golf-Golf Echo Hotel, klaar voor vertrek. Graag bevestiging, over.'

'Charlie Tango – je hebt toestemming om te vertrekken. PDX na signaal, ga naar één vier duizend, richting nul één nul, over.'

'Roger, toren, Charlie Tango klaar, over en sluiten. Daar gaan we,' voegt hij eraan toe en de helikopter gaat langzaam en soepel de lucht in.

Portland verdwijnt voor onze ogen, terwijl we door het Amerikaanse luchtruim vliegen, ook al blijft mijn maag achter in Oregon. Wauw! Al de stadslichten krimpen tot lieve twinkellichtjes onder ons. Het lijkt wel alsof je vanuit een vissenkom naar buiten kijkt.

Als we eenmaal hoger vliegen, is er niets meer te zien. Het is pikkedonker, zelfs de maan werpt geen licht op onze route. Hoe kan hij nou zien waar we heen gaan?

'Eng, hè?' Christians stem klinkt in mijn oren.

'Hoe weet je dat we de juiste kant op gaan?'

'Hier.' Hij wijst naar een van de meters, die een elektronisch kompas laat zien. 'Dit is een EC135 Eurocopter. Een van de veiligste in zijn klasse. Hij is uitgerust voor nachtvluchten.' Hij blikt naar me en glimlacht.

'Er is een heliplatform op het gebouw waar ik woon. Daar gaan we naartoe.'

Natuurlijk is er een heliplatform op zijn woning. Ik ben echt geen partij voor hem. De lampjes op het instrumentenpaneel verlichten zijn gezicht zachtjes. Hij is gefocust en kijkt voortdurend naar de verschillende displays voor hem. Ik kijk hem aan en neem stiekem zijn gelaatstrekken in me op. Hij heeft een prachtig profiel. Rechte neus, vierkante kaaklijn – ik zou graag met mijn tong langs zijn kaaklijn gaan. Hij heeft zich niet geschoren en zijn stoppelbaard maakt dat idee extra aanlokkelijk. Hmm... Ik zou graag willen weten hoe ruw dat voelt onder mijn tong, mijn vingers, tegen mijn gezicht.

'Als je 's nachts vliegt, dan vlieg je blind. Je moet vertrouwen op de instrumenten,' onderbreekt hij mijn erotische fantasie.

'Hoe lang duurt de vlucht?' weet ik ademloos uit te brengen. Ik was heus niet aan seks aan het denken, nee, écht niet.

'Minder dan een uur, we hebben wind mee.'

Hmm, minder dan een uur naar Seattle... Dat is niet slecht. Daarom vliegen we.

Ik moet dus nog minder dan een uur wachten op de grote onthulling. Alle spieren van m'n buik trekken zich samen. Ik ben serieus getroffen door vlinders. Ze groeien weelderig in mijn buik. Goeie genade, wat heeft hij voor mij in petto?

'Gaat 't, Anastasia?'

'Ja.' Mijn antwoord is kort en bondig en wordt door m'n zenuwen heen geperst.

Ik denk dat hij glimlacht, maar het is moeilijk te zeggen in deze duisternis. Christian draait nog een knop om.

'PDX, dit is Charlie Tango, nu op één vier duizend, over.' Hij wisselt informatie uit met de verkeerscontrole. Het klinkt allemaal erg professioneel. Ik denk dat we van Portlands luchtruim in dat van Seattle International Airport komen.

'Begrepen, Sea-Tac, stand-by, over en sluiten.'

'Kijk, daar.' Hij wijst naar een lichtpuntje in de verte. 'Dat is Seattle.'

'Maak je altijd op deze manier indruk op vrouwen? "Laten we met m'n helikopter gaan vliegen"?' vraag ik, oprecht geïnteresseerd.

'Ik heb nog nooit een meisje meegenomen in de helikopter, Anastasia. Dit is ook nieuw voor mij.' Zijn toon klinkt stil en serieus.

O, dat was een onverwacht antwoord. Dit is ook nieuw voor hem? O, bedoelt hij het samen slapen misschien?

'Ben je onder de indruk?'

'Ik heb ontzag voor je, Christian.'

Hij glimlacht.

'Ontzag?' En eventjes gedraagt hij zich weer naar zijn leeftijd.

Ik knik.

'Je bent gewoon zo... bekwaam.'

'Nou, dank u wel, mevrouw Steele,' zegt hij beleefd. Ik denk dat hij blij is, maar ik weet het niet zeker.

We vliegen in stilte de donkere nacht in. Het lichtpunt dat Seattle moet voorstellen, wordt steeds groter.

'Sea-Tac-toren aan Charlie Tango. Vluchtplan naar Escala in werking. Voer uit. En stand-by. Over.'

'Dit is Charlie Tango, begrepen, Sea-Tac. Ik ben stand-by, over en sluiten.'

'Je geniet hier duidelijk van,' zeg ik zacht.

'Wat?' Hij kijkt me verward aan in het schemerlicht van de instrumenten.

'Vliegen,' antwoord ik.

'Het vergt controle en concentratie... hoe zou ik daar niet van kunnen houden? Al is mijn favoriet thermiekvliegen.'

'Thermiekvliegen?'

'Exact. Zweefvliegen voor de leek. Zweefvliegtuigen en helikopters – ik kan beide besturen.'

'O.' *Dure hobby's*. Ik herinner me dat hij er iets over heeft verteld tijdens het interview. Ik houd van lezen en af en toe naar de bioscoop gaan. Hier kan ik echt niet over meepraten.

'Charlie Tango, bent u daar, over.' De stem van de luchtverkeersleider onderbreekt mijn gedachten. Christian antwoordt, hij klinkt gecontroleerd en zelfverzekerd.

Seattle komt dichterbij. We zijn nu aan de rand van de stad. Wauw! Het ziet er fenomenaal uit. Seattle *by night*, vanuit de lucht...

'Ziet er goed uit, vind je niet?' zegt Christian stilletjes.

Ik knik enthousiast. Het ziet eruit alsof het een andere wereld is – onwerkelijk – en ik waan me op een gigantische filmset; misschien een van Josés favoriete films, *Blade Runner*. De herinnering aan José die me probeerde te kussen, achtervolgt me nog steeds. Ik begin het een beetje gemeen van mezelf te vinden dat ik hem nog niet heb teruggebeld. *Hij kan wel wachten tot morgen... vast wel.*

'We zijn er over vijf minuten,' zegt Christian, en opeens pompt het bloed als een gek door me heen en voel ik mijn adrenalinepeil omhoogschieten. Hij begint weer tegen de verkeersleiding te praten, maar ik hoor niets meer. O hemel... Ik denk dat ik ga flauwvallen. Mijn lot ligt in zijn handen.

We vliegen nu tussen de gebouwen door en in de verte zie ik een wolkenkrabber met een heliplatform. Boven op het gebouw staat in wit geverfde letters ESCALA. Het komt steeds dichterbij, groter en groter... net als mijn angst. *O god, ik hoop dat ik hem niet teleurstel.* Hij vindt vast dat ik ergens tekortschiet. Ik wou dat ik naar Kate geluisterd had en een van haar jurken had geleend, maar ik voel me goed in mijn zwarte spijkerbroek en ik draag een mintgroen shirt met daarboven Kates zwarte jasje. Ik zie er goed genoeg uit. Ik grijp de stoelleuning steeds harder vast. *Ik kan dit. Ik kan dit.* Ik herhaal deze mantra terwijl de wolkenkrabber dichterbij komt.

De helikopter vertraagt en Christian zet hem neer op het platform boven op het gebouw. Mijn hart bonst in m'n keel. Ik weet niet of het de opgewondenheid is voor wat nog moet komen, of opluchting dat we veilig zijn aangekomen, of angst dat ik zal falen op wat voor manier dan ook. Hij schakelt de motor uit en het geluid van de propellerbladen sterft weg tot ik alleen nog mijn eigen gehijg hoor. Christian zet z'n hoofdtelefoon af en pakt ook de mijne van m'n hoofd.

'We zijn er,' zegt hij zacht.

Zijn blik is zo intens, half in de schaduw en half in het felle witte licht van het landingsplatform. Donkere ridder en lichte ridder, het is een gepaste metafoor voor Christian. Hij ziet er vermoeid uit. Zijn kaken zijn op elkaar geklemd en zijn ogen samengeknepen. Hij doet zijn gordel af en maakt ook mij los. Zijn gezicht is slechts enkele centimeters verwijderd van het mijne.

'Je hoeft niets te doen wat je niet wilt doen. Dat weet je, toch?' Hij klinkt zo oprecht, wanhopig zelfs, zijn grijze ogen vol compassie. Daar verrast hij me mee.

'Ik zou nooit iets doen wat ik niet wil, Christian.' En terwijl ik de woorden uitspreek, geloof ik er niet echt in, want op dit moment zou ik waarschijnlijk alles doen voor de man die nu naast me zit. Maar het werkt. Het stelt hem gerust.

Hij kijkt me een moment omzichtig aan en ondanks zijn lengte weet hij zich op elegante wijze naar de deur te bewegen en hem te openen. Hij springt naar buiten en wacht op mij, neemt mijn hand terwijl ik naar beneden klim. Er staat hier veel wind en ik voel me niet echt gemakkelijk, wetende dat we minstens dertig verdiepingen hoog staan op een open plek. Christian slaat zijn arm om m'n middel en trekt me dicht tegen zich aan.

'Kom,' roept hij boven het lawaai van de wind uit. Hij sleept me mee naar een lift en nadat hij een code heeft ingevoerd, zwaait de deur open. Het is warm binnen en de lift is volledig met gespiegeld glas afgewerkt. Ik zie Christian oneindig veel keren om me heen, overal waar ik kijk. En het geweldige is dat hij me ook oneindig vasthoudt. Christian voert nog een code in, de deuren sluiten en de lift gaat naar beneden.

Even later staan we in een spierwitte foyer. In het midden staat een ronde, donkerhouten tafel met daarop een ongelooflijk grote bos witte bloemen. De muren hangen vol met schilderijen. Hij opent een dubbele deur en het witte thema gaat door in de brede gang naar de ingang van een gigantische kamer. Het is de woonkamer, extra hoog plafond. 'Gigantisch' dekt niet eens de lading.

De verste buitenmuur bestaat volledig uit glas en geeft toegang tot een balkon dat over heel Seattle uitkijkt.

Aan de rechterkant staat een indrukwekkende bank in U-vorm waar je makkelijk met z'n tienen op kunt zitten. De bank staat tegenover een spiksplinternieuwe, roestvrijstalen – of platina, wat weet ik er tenslotte van – moderne open haard. Er brandt een laag vuurtje in. Rechts naast ons, naast de ingang, is de keuken. Helemaal wit met donkerhouten werkbladen en een grote ontbijtbar voor zes personen.

Vlak bij de keuken, voor de glazen muur, staat een eettafel met zestien stoelen. En netjes in de hoek zie ik een zwart blinkende vleugelpiano staan. Tuurlijk... hij speelt waarschijnlijk ook piano. Aan de muren hangt kunst in alle vormen en maten. Dit appartement ziet er eigenlijk meer uit als een kunstgalerie dan een woning.

'Mag ik je jas aannemen?' vraagt Christian. Ik schud mijn hoofd. Ik heb het nog koud van de wind op het heliplatform.

'Wil je wat drinken?' vraagt hij. Ik knipper met m'n ogen naar hem. Na gisteravond? *Grapje zeker?* Even overweeg ik een margarita te vragen – maar ik durf het niet.

'Ik ga een glas witte wijn drinken. Doe je mee?'

'Ja, graag,' stamel ik.

Ik voel me niet op m'n plaats in deze enorme ruimte. Ik loop naar de glazen muur en zie dat de onderste helft als een harmonica openschuift naar het balkon. Seattle straalt levendig op de achtergrond. Ik loop terug naar de keuken – dat duurt enkele seconden, zo ver is het lopen – en Christian opent een fles wijn. Hij heeft zijn jas uitgedaan.

'Lust je Pouilly Fumé?'

'Ik weet niets over wijn, Christian. Ik weet zeker dat het lekker zal zijn.' Mijn stem klinkt zacht en aarzelend. Mijn hart bonkt in mijn keel. Ik wil weglopen. Hij is serieus rijk. Serieus overdreven Bill Gates-achtig rijk. Wat doe ik hier? *Je weet precies wat je hier doet* – snauwt mijn onderbewustzijn. Ja, ik wil in Christian Greys bed zijn.

'Hier.' Hij geeft me het glas wijn. Zelfs de glazen zien er rijk uit... zwaar, modern kristal. Ik neem een slokje en de wijn smaakt licht, fris en heerlijk.

'Je bent erg stil en je bloost niet eens. Ik geloof dat ik je nog nooit zo bleek heb gezien, Anastasia,' zegt hij. 'Heb je zin in eten?'

Ik schud mijn hoofd. Niet in eten.

'Wat woon je groot.'

'Groot?'

'Groot.'

'Het is wel groot, ja,' beaamt hij en zijn ogen lichten op van plezier. Ik neem nog een slokje wijn.

'Speel je?' Ik wijs met m'n kin naar de piano.

'Ja.'

'Goed?'

'Ja.'

'Natuurlijk. Is er iets wat je niet kunt?'

'Ja... een paar dingen.' Hij neemt een slokje van z'n wijn. Hij wendt zijn ogen niet van me af. Ik voel hoe ze me volgen terwijl ik deze enorme kamer rondkijk. Kamer is het verkeerde woord. Het is geen kamer, het is een statement.

'Wil je zitten?'

Ik knik, hij pakt m'n hand en leidt me naar de crèmekleurige bank. Wanneer ik ga zitten, bedenk ik dat ik me voel zoals Tess Durbeyfield als ze het nieuwe huis bekijkt dat toebehoort aan de beruchte Alec d'Urberville. Ik glimlach bij de gedachte.

'Wat is er zo grappig?' Hij gaat naast me zitten en kijkt me aan. Hij laat zijn hoofd op zijn hand rusten, met zijn elleboog op de leuning van de bank.

'Waarom heb je me juist *Tess of the d'Urbervilles* gegeven?' vraag ik. Christian staart me een moment aan. Ik denk dat mijn vraag hem verrast.

'Nou, je zei dat je van Thomas Hardy hield.'

'Is dat de enige reden?' Zelfs ik kan de teleurstelling in mijn stem horen. Hij perst zijn lippen samen.

'Het leek toepasselijk. Ik zou je tot een of ander onbereikbaar ideaal kunnen verheffen zoals Angel Clare of je vernederen zoals Alec d'Urberville,' zegt hij en zijn ogen zien er donker en gevaarlijk uit.

'Als er maar twee keuzes zijn, dan kies ik voor de vernedering.' Ik fluister en staar hem aan. Mijn onderbewustzijn kijkt vol ontzag toe. Hij snakt naar adem.

'Anastasia, niet op je lip bijten. Het leidt me af. Je weet niet wat je zegt.'

'Daarom ben ik hier.'

Hij fronst.

'Ja. Wil je me even excuseren?' Hij verdwijnt door een grote deur aan de andere kant van de kamer. Hij blijft een paar minuten weg en keert terug met een document in zijn handen.

'Dit is een geheimhoudingsverklaring.' Hij trekt zijn schouders op en ziet er een beetje gegeneerd uit. 'Mijn advocaat dringt erop aan.' Hij geeft het me. Ik ben verbijsterd. 'Als je voor optie nummer twee, vernedering, kiest, dan moet je dit tekenen.'

'En als ik niets wil tekenen?'

'Dan is het optie één, de grote idealen van Angel Clare, nou ja, voor het grootste gedeelte van het boek dan.'

'Wat betekent deze overeenkomst?'

'Het betekent dat je niets bekend mag maken over ons. Niets, tegen niemand.'

Ik staar hem vol ongeloof aan. Holy shit. Dit is erg, heel erg, en nu wil ik helemaal weten wat het is.

'Goed. Ik teken.'

Hij geeft me een pen.

'Ga je het niet eens lezen?'

'Nee.'

Hij fronst zijn voorhoofd.

'Anastasia, je moet altijd alles lezen voor je het tekent,' berispt hij me.

'Christian, wat jij niet begrijpt, is dat ik nooit tegen wie dan ook over ons zou praten. Zelfs niet tegen Kate. Dus het doet er niet toe of ik dit teken of niet. Als het zoveel voor je betekent, of je advocaat... aan wie jíj het duidelijk wel vertelt... dan is dat prima. Ik teken wel.'

Hij staart me aan en knikt bedenkelijk.

'Goed punt, raak gesproken, mevrouw Steele.'

Ik zet mijn handtekening in het groot op de stippellijn van beide kopieën en geef er een aan hem. Het andere vouw ik op en stop ik in m'n handtas. Dan neem ik een flinke teug wijn. Ik klink zoveel moediger dan hoe ik me op dit moment voel.

‘Betekent dit dat je vannacht de liefde met me zal bedrijven, Christian?’ *Holy shit! Heb ik dat net gezegd?* Zijn mond valt open, maar hij herstelt zich snel.

‘Nee, Anastasia, dat betekent het niet. Ten eerste, ik vrij niet. Ik neuk... hard. Ten tweede volgt er nog een heleboel papierwerk en ten derde weet je nog helemaal niet waar je in bent beland. Je kunt nog steeds de benen nemen. Kom, ik wil je mijn speelkamer laten zien.’

Mijn mond valt open. *Hard neuken!* Holy shit, dat klinkt zo... geil. Maar waarom gaan we naar een speelkamer kijken? Het is me een raadsel.

‘Wil je op je Xbox spelen?’ vraag ik. Hij lacht hardop.

‘Nee, Anastasia, geen Xbox, geen PlayStation. Kom.’ Hij staat op en steekt zijn hand naar me uit. Ik laat me terug de gang in leiden. Aan de rechterkant van de dubbele deur waarlangs we zijn binnengekomen, is nog een deur, die naar een trap leidt. We gaan naar de tweede verdieping en slaan rechtsaf. Grey haalt een sleutel uit z’n zak, opent nog een deur, en ademt diep in.

‘Je kunt op elk moment weggaan. De helikopter is stand-by om je naar huis te brengen wanneer je maar wilt. Je mag ook vannacht blijven en morgenochtend vertrekken. Wat je ook beslist, het is goed.’

‘Doe die stomme deur nou gewoon open, Christian.’

Hij opent de deur en stapt opzij om me binnen te laten. Ik kijk hem nog één keer aan. Ik wil zo ontzettend graag weten wat er in die kamer staat. Ik adem diep in en loop naar binnen.

En het lijkt alsof ik opeens terug naar de zestiende eeuw en de Spaanse Inquisitie ben gereisd.

O mijn god!

Zeven

Het eerste wat me opvalt, is de geur: leer, hout en boenwas met een vleugje citroen. Het ruikt aangenaam en de verlichting is zacht, subtiel. De lichtbron kan ik niet zien. Die zit achter de kroonlijst in de kamer en verspreidt een sfeervolle gloed. De muren en het plafond hebben een diepe bordeauxrode kleur, waardoor je je in deze grote kamer in een baarmoeder waant. De vloer is van oud, gelakt hout. Aan de muur tegenover de deur hangt een groot houten kruis in de vorm van een x. Het is van hoogglanzend mahoniehout en aan elk uiteinde hangen boeien. Erboven, aan het plafond, hangt een groot ijzeren rooster van minstens tweeënhalve vierkante meter, waaraan allerlei soorten touwen, kettingen en glinsterende ketens hangen. Bij de deur zijn twee lange, gepolijste, sierlijk uitgesneden palen – een beetje zoals trapspijlen maar langer – als gordijnroeden aan de muur bevestigd. Daaraan hangt een angstaanjagende collectie peddels, lange zwepen, rijzwepen en vreemde attributen met pluimen.

Naast de deur staat een grote mahoniehouten ladekast. De laden zijn smal, alsof ze ontworpen zijn om monsters te bewaren in een stoffig, oud museum. Even vraag ik me af wat er eigenlijk écht in die laden zit. *Wil ik dat weten?* In de verste hoek staat een bloedrode, leren bank en aan de muur ernaast zie ik een gepolijst houten rek bevestigd dat lijkt op een rek voor biljartkeus, maar als ik goed kijk, zie ik dat er roedes van verschillende lengtes en breedtes in staan. In de hoek daartegenover staat een stevige, twee meter lange tafel – gepolijst hout met poten die in een ingewikkeld patroon zijn uitgesneden. Er staan twee bijpassende stoelen onder.

Maar de kamer wordt gedomineerd door een bed. Het is een enorm groot tweepersoonsbed: een sierlijk bewerkt rococo hemelbed met een vlakke bovenkant. Het ziet er eind-negentiendeeeuws uit. Onder de hemel zie ik nog meer glanzende kettingen en ketens. Er ligt geen beddengoed op... alleen een matras bekleed met rood leer met daarop aan één kant een stapel rode satijnen kussens.

Op een paar passen van het voeteneinde van het bed staat een grote bloedrode Chesterfield-bank, gewoon midden in de kamer tegenover het bed. Wat een vreemde opstelling... een bank die naar het bed toe gekeerd staat. Ik moet om mezelf lachen: ik vind de bank raar, terwijl dat nou juist het normaalste meubelstuk in de kamer is. Ik kijk omhoog naar het plafond: overal hangen karabijnhaken met willekeurige tussenruimtes. Ergens vraag ik me af waar die voor zijn. Gek genoeg doet de kamer door al het hout, de donkere muren, de sfeerverlichting en het wijnrode leer vrij vriendelijk en romantisch aan... Ik weet dat het allesbehalve waar is. Dit is Christians versie van vriendelijk en romantisch.

Ik draai me om en zie dat hij me nauwlettend in de gaten houdt, zoals ik al verwachtte. Aan zijn gezichtsuitdrukking is niets af te lezen. Ik loop verder de kamer in en hij volgt me. Het ding met veren intrigeert me. Ik raak het aarzelend aan. Het is van suède en lijkt op een kleine kat met die negen staarten, maar dan voller, en er zitten heel kleine plastic kraaltjes aan de uiteinden.

'Dat is een strengenzweep.' Christians stem is rustig en zacht.

Een strengenzweep... hmm. Ik geloof dat ik in shock verkeer. Mijn onderbewustzijn is verdwenen, uit haar evenwicht geslagen of gewoon bezweken en heeft het loodje gelegd. Ik ben verdoofd. Ik kan waarnemen en registreren, maar ik kan mijn gevoelens hierover niet uiten, omdat ik in shock ben. Ik zoek naar de gepaste reactie voor als je erachter komt dat een potentiële minnaar een compleet gestoorde sadist of masochist is. *Angst... ja...* dat gevoel lijkt het meest te overheersen. Ik herken het nu. Maar gek genoeg ben ik niet bang voor hem. Ik denk niet dat hij mij pijn zou doen, in elk geval niet zonder mijn instemming. Er spelen zo veel vragen door mijn hoofd. Waarom? Hoe? Wanneer? Hoe vaak? Wie? Ik loop naar het bed en laat mijn handen over het fraaie houtsnijwerk van een van de stijlen gaan. Het is stevig en getuigt van uitstekend vakmanschap.

'Zeg iets,' beveelt Christian, zijn stem bedrieglijk zacht.

'Doe jij dit met mensen of doen zij het met jou?'

Zijn mond krult op, geamuseerd, misschien zelfs opgelucht.

'Mensen?' Hij knippert een paar keer met zijn ogen, terwijl hij zijn antwoord overdenkt. 'Ik doe dit met vrouwen die dat willen.'

Ik begrijp het niet.

'Als je vrijwilligers hebt, wat doe ik hier dan?'

'Omdat ik dit heel graag met jou wil doen.'

'O,' ik snak naar adem. *Waarom?*

Aarzelend loop ik naar de verste hoek van de kamer, klop op de beklede bank die er staat en laat mijn vingers over het leer gaan. *Hij houdt ervan vrouwen pijn te doen.* Wat een deprimerende gedachte.

'Dus je bent een sadist?'

'Ik ben een Dominant.' Zijn grijze ogen zijn priemend en intens.

'Wat betekent dat?' fluister ik.

'Dat betekent dat ik wil dat je jezelf vrijwillig aan mij overgeeft, in alle opzichten.'

Ik kijk hem afkeurend aan en probeer dit idee tot me door te laten dringen.'Waarom zou ik dat doen?'

'Om mij te behagen,' fluistert hij terwijl hij zijn hoofd scheef houdt. Ik zie een fractie van een glimlach.

Hem behagen! Hij wil dat ik hem behaag! Ik geloof dat mijn mond openvalt. *Christian Grey behagen.* En ik besef op dat moment dat dát precies is wat ik wil. Ik wil hem heel erg behagen. Een openbaring.

'Simpel gezegd wil ik dat jij mij wilt behagen,' zegt hij zachtjes. Zijn stem is hypnotiserend.

'Hoe doe ik dat?' Mijn mond is droog en ik zou willen dat ik meer wijn had. Oké, ik snap het behaaggedeelte, maar ik weet nog niet wat ik moet met die boudoirachtige, middeleeuwse martelconstructie. Wil ik het wel weten?

'Ik heb regels en ik *wíl* dat jij je daaraan houdt. Ze zijn voor jouw bestwil en voor mijn genot. Als je die regels naar mijn tevredenheid naleeft, zal ik je belonen. Als je dat niet doet, zal ik je straffen en zul je het leren,' fluistert hij en vanuit mijn ooghoek zie ik het rek met de roedes.

'En waar is dit allemaal voor?' Ik maak een algemeen handgebaar naar de kamer.

'Dat maakt deel uit van het stimulatiepakket, beloning én straf.'

'Dus jij komt aan je trekken door mij jouw wil op te leggen.'

'Het gaat om het winnen van jouw vertrouwen en respect, zodat jij toelaat dat ik je mijn wil opleg. Ik haal veel genoegdoening, genot zelfs, uit jouw onderwerping. Hoe meer jij je onderwerpt, hoe groter mijn genot – een heel eenvoudige rekensom.'

'Oké, en wat zit er voor mij in?'

Hij haalt zijn schouders op en kijkt bijna verontschuldigend.

'Mij,' zegt hij kortweg.

O mijn god. Christian haalt zijn hand door zijn haar en kijkt me aan.

'Je laat niet veel los, Anastasia,' mompelt hij, geërgerd. 'Laten we weer naar beneden gaan, dan kan ik me beter concentreren. Het leidt me erg af als jij hierbinnen bent.' Hij steekt zijn hand naar me uit. Ik twijfel nu of ik die zal pakken.

Kate zei al dat hij gevaarlijk was. Ze had ontzettend gelijk. *Hoe wist ze dat?* Hij is een gevaar voor mijn gezondheid, omdat ik weet dat ik ja zal zeggen. Iets in mij wil het eigenlijk ook niet. Een deel van mij wil gillend wegrennen uit deze kamer en alles waar het voor staat. Ik ben hier zó niet op mijn plek.

'Ik zal je geen pijn doen, Anastasia.' Zijn grijze ogen smeken me en ik weet dat hij de waarheid spreekt. Ik pak zijn hand en hij leidt me de deur uit.

'Als je het doet, wil ik je wat laten zien.' In plaats van weer naar beneden te gaan, gaat hij rechtsaf zijn zogenaamde 'speelkamer' uit en loopt een gang in. We komen langs verschillende deuren tot we bij de laatste deur zijn. Het geeft toegang tot een slaapkamer met een groot tweepersoonsbed, helemaal wit... alles, meubels, muren en beddengoed. De kamer is steriel en kil, maar biedt door de glazen wand het meest geweldige uitzicht op Seattle.

'Dit wordt jouw kamer. Je mag hem inrichten zoals jij dat wilt.'

'Mijn kamer? Verwacht je dat ik bij je intrek?' Ik kan de afschuw in mijn stem niet verbergen.

'Niet fulltime. Ik stel voor van vrijdagavond tot en met zondag. Dat moeten we nog bespreken, onderhandelen. Als je dit wilt doen,' voegt hij eraan toe. Zijn stem is kalm en voorzichtig.

'En dan slaap ik hier?'

'Ja.'

'Niet met jou.'

'Nee. Ik heb je al gezegd dat ik nooit met iemand slaap, behalve dan met jou als je stomdronken bent.' Zijn ogen kijken berispend.

Mijn lippen persen zich samen. Ik kan het niet rijmen. De vriendelijke, zorgzame Christian die me te hulp schiet als ik dronken ben en me teder vasthoudt terwijl ik overgeef in de azalea's, en het monster met een speciale kamer vol zwepen en kettingen.

'Waar slaap jij?'

'Mijn kamer is beneden. Kom, je zult wel honger hebben.'

'Gek genoeg heb ik geen trek meer,' mompel ik kribbig.

'Je moet wat eten, Anastasia,' vermaant hij. Hij pakt mijn hand en leidt me terug naar beneden.

Weer terug in de onmogelijk grote kamer begin ik me heel erg onrustig te voelen. Ik sta op de rand van een afgrond en moet beslissen of ik wel of niet ga springen.

'Ik begrijp heel goed dat ik je vraag om een heel duistere weg in te slaan, Anastasia, daarom wil ik dat je er heel goed over nadenkt. Je zult wel vragen hebben,' zegt hij terwijl hij mijn hand loslaat en de open keuken inloopt.

Ja, echt wel. Maar waar moet ik beginnen?

'Je hebt je geheimhoudingsverklaring getekend. Je kunt me alles vragen wat je wilt en ik geef antwoord.'

Ik sta bij de ontbijtbar en kijk hoe hij de koelkast opendoet en er een schaal met verschillende soorten kaas uit haalt en twee grote trossen groene en blauwe druiven. Hij zet de schaal op het aanrecht en begint een stokbrood aan te snijden.

'Ga zitten.' Hij wijst naar een van de krukken aan de ontbijtbar en ik gehoorzaam. Als ik dit toch ga doen, moet ik daar maar meteen aan wennen. Ik realiseer me opeens dat hij al zo bazig is sinds ik hem heb ontmoet.

'Je had het over papierwerk.'

'Ja.'

'Wat voor papierwerk?'

'Naast de geheimhoudingsverklaring is er een overeenkomst waarin staat wat we wel en niet zullen doen. Ik moet weten wat jouw grenzen zijn en jij moet de mijne kennen. We moeten hier allebei mee instemmen, Anastasia.'

'En als ik het nou niet wil doen?'

'Dat is ook goed,' zegt hij voorzichtig.

'Maar dan hebben we geen enkele vorm van relatie meer?' vraag ik.

'Nee.'

'Waarom?'

'Dit is de enige soort relatie waar ik belangstelling voor heb.'

'Waarom?'

Hij haalt zijn schouders op.

'Dit is wie ik ben.'

'Hoe ben je zo geworden?'

'Waarom is iemand zoals hij is? Daar is moeilijk antwoord op te geven. Waarom houden sommige mensen van kaas en vinden andere mensen het niet lekker? Hou jij van kaas? Mevrouw Jones – mijn huishoudster – heeft dit neergezet voor het avondeten.' Hij pakt grote witte borden uit een kast en zet er een voor mij neer.

We hebben het over kaas... Dat ga je niet menen.

'Wat zijn de regels waar ik me aan moet houden?'

'Ik heb ze opgeschreven. We lopen er na het eten wel doorheen.'

Eten. Hoe kan ik nu eten?

‘Ik heb echt geen trek,’ fluister ik.

‘Je zult eten,’ zegt hij eenvoudigweg. *Dominante Christian. Alles wordt me duidelijk*. ‘Wil je nog een glas wijn?’

‘Ja, graag.’

Hij schenkt wijn in mijn glas en komt naast me zitten. Ik neem haastig een slokje.

‘Pak wat te eten voor jezelf, Anastasia.’

Ik pak een klein trosje druiven. Dat kan ik wel op. Hij knijpt zijn ogen samen.

‘Ben je al lang zo?’ vraag ik.

‘Ja.’

‘Is het makkelijk om vrouwen te vinden die dit willen doen?’

Hij trekt een wenkbrauw op en kijkt me aan.

‘Je zou versteld staan,’ zegt hij droog.

‘Waarom ik dan? Ik begrijp het echt niet.’

‘Dat heb ik je al gezegd, Anastasia. Er is iets bijzonders met jou. Ik kan niet bij je weg blijven.’ Hij glimlacht ironisch. ‘Zoiets als een mot bij een kaars.’ Zijn stem wordt donkerder. ‘Ik verlang heel sterk naar je, vooral nu, nu je weer op je lip bijt.’ Hij haalt diep adem en slikt.

Mijn maag maakt een salto: hij wil me... op een verknipte manier, dat klopt, maar deze mooie, vreemde, perverse man verlangt naar me.

‘Volgens mij gebruik je die uitdrukking verkeerd,’ mompel ik. Ik ben de mot en hij is de kaars en ik zal me branden. Dat weet ik zeker.

‘Eet!’

‘Nee. Ik heb nog niets getekend, dus ik geniet nog even van mijn vrije wil, als je het niet erg vindt.’

Zijn ogen worden zachter en zijn lippen krullen op in een glimlach.

‘Zoals u wilt, mevrouw Steele.’

‘Hoeveel vrouwen?’ flap ik eruit – ik ben zó nieuwsgierig.

‘Vijftien.’

O... niet zoveel als ik dacht.

‘Lange periodes?’

‘Sommige wel, ja.’

'Heb je wel eens iemand pijn gedaan?'

'Ja.'

Holy shit.

'Erg?'

'Nee.'

'Ga je mij pijn doen?'

'Hoe bedoel je?'

'Ga je mij fysiek pijn doen?'

'Ik zal je straffen als dat nodig is en dat zal pijn doen.'

Ik voel me licht in mijn hoofd en neem nog een slok wijn. Alcohol – dat zal me moed geven.

'Ben jij wel eens geslagen?' vraag ik.

'Ja.'

O... dat had ik niet verwacht. Voordat ik door kan vragen over deze openbaring, onderbreekt hij mijn gedachtegang.

'Laten we dit in mijn werkkamer bespreken. Ik wil je iets laten zien.'

Dit is vreselijk moeilijk te verwerken allemaal. Ik dacht gek genoeg dat ik een nacht vol ongekende passie zou doorbrengen in het bed van deze man en nu zijn we aan het onderhandelen over deze bizarre regeling.

Ik volg hem naar zijn werkkamer, een ruime kamer met weer een raam van vloer tot plafond dat uitkomt op het balkon. Hij gaat op het bureau zitten, gebaart dat ik op een leren stoel voor hem moet gaan zitten en geeft me een vel papier.

'Dit zijn de regels. We kunnen ze nog aanpassen. Ze horen bij de overeenkomst, die je ook mag hebben. Lees deze regels, dan kunnen we ze bespreken.'

REGELS

Gehoorzaamheid:

De Onderdanige volgt onmiddellijk en snel alle instructies van de Dominant op, zonder aarzeling of terughoudendheid. De Onderdanige stemt in met alle seksuele handelingen die de Dominant geschikt en aangenaam acht, met uitzondering van handelingen die worden genoemd onder harde grenzen (Bijlage 2). Dit doet ze met enthousiasme en zonder aarzeling.

Slapen:
De Onderdanige zorgt dat ze minimaal acht uur per nacht slaapt wanneer ze niet bij de Dominant is.
Eten:
De Onderdanige eet regelmatig om haar gezondheid en welzijn op peil te houden en houdt zich daarbij aan een lijst met voorgeschreven voedingsmiddelen (Bijlage 4). De Onderdanige eet geen tussendoortjes tussen de maaltijden, met uitzondering van fruit.
Kleding:
Gedurende de looptijd van het contract draagt de Onderdanige alleen kleding die is goedgekeurd door de Dominant. De Dominant verstrekt een kledingbudget aan de Onderdanige en de Onderdanige zal daar gebruik van maken. De Dominant vergezelt de Onderdanige op ad-hocbasis om kleding te kopen. Als de Dominant dat wenst, draagt de Onderdanige gedurende de looptijd van het contract alle accessoires die de Dominant voorschrijft, in aanwezigheid van de Dominant en op enig ander moment dat geschikt wordt geacht door de Dominant.
Lichaamsbeweging:
De Dominant zorgt dat de Onderdanige vier keer per week de beschikking heeft over een personal trainer voor sessies van een uur op tijdstippen die de personal trainer en de Onderdanige in onderling overleg afspreken. De personal trainer rapporteert aan de Dominant over de vooruitgang van de Onderdanige.
Persoonlijke hygiëne/schoonheid:
De Onderdanige zorgt dat zij te allen tijde schoon en geschoren en/of onthaard is. De Onderdanige bezoekt een schoonheidssalon naar keuze van de Dominant, op momenten die worden bepaald door de Dominant, en ondergaat daar elke behandeling die de Dominant geschikt acht. Alle kosten worden gedragen door de Dominant.
Persoonlijke veiligheid:
De Onderdanige mag niet overmatig drinken, roken, drugs gebruiken of zichzelf onnodig in gevaar brengen.
Persoonlijke kwaliteiten:
De Onderdanige zal geen seksuele relaties aangaan met een andere persoon dan de Dominant. De Onderdanige gedraagt zich te allen tijde op respectvolle en bescheiden wijze. Zij moet erkennen dat haar gedrag een directe weerslag heeft op de Dominant. Zij wordt aanspra-

kelijk gehouden voor alle wandaden, wangedrag en misdragingen die zij uitvoert als zij niet in het gezelschap van de Dominant is.

Het niet naleven van het bovenstaande leidt onverwijld tot straf, waarvan de aard wordt bepaald door de Dominant.

Jezusmina.

'Harde grenzen?' vraag ik.

'Ja. Wat jij niet wilt doen en wat ik niet wil doen moeten we vastleggen in onze overeenkomst.'

'Ik weet niet of ik wel kleedgeld wil aannemen. Dat voelt niet goed.' Ik verschuif ongemakkelijk op mijn stoel, het woord 'hoer' komt in me op.

'Ik wil overvloedig geld aan je uitgeven. Laat me alsjeblieft kleding voor je kopen. Het kan zijn dat je me moet vergezellen naar gelegenheden en ik wil dat je goed gekleed gaat. Ik weet zeker dat je salaris, als je een baan hebt, niet toereikend is voor het type kleding dat ik wil dat je draagt.'

'Ik hoef ze niet te dragen als ik niet bij je ben?'

'Nee.'

'Oké.' *Zie het maar als een uniform.*

'Ik wil niet vier keer per week trainen.'

'Anastasia, ik wil dat je soepel en sterk bent en uithoudingsvermogen hebt. Geloof me, daar moet je voor trainen.'

'Maar toch niet vier keer per week. Wat dacht je van drie?'

'Ik wil dat je het vier keer doet.'

'Ik dacht dat dit een onderhandeling was?'

Hij tuit zijn lippen naar me.

'Goed punt, mevrouw Steele, raak gesproken. Wat dacht je van drie dagen één uur en één dag een halfuur?'

'Drie dagen, drie uur. Ik krijg de indruk dat jij me wel in beweging houdt als ik hier ben.'

Hij glimlacht verdorven en zijn ogen gloeien alsof hij opgelucht is. 'Ja, dat klopt. Oké, afgesproken. Weet je zeker dat je geen stageplaats wilt bij mijn bedrijf? Je kunt erg goed onderhandelen.'

'Nee, dat lijkt me geen goed plan.' Ik kijk naar zijn regels. *Ontharen! Wat ontharen? Alles? Gatver.*

'Grenzen dus. Dit zijn de mijne.' Hij geeft me nog een vel papier.

HARDE GRENZEN

Geen handelingen die te maken hebben met spelen met vuur.
Geen handelingen die te maken hebben met urineren of ontlasting en de producten daarvan.
Geen handelingen die te maken hebben met naalden, messen, piercings of bloed.
Geen handelingen die te maken hebben met gynaecologische, medische instrumenten.
Geen handelingen die te maken hebben met kinderen of dieren.
Geen handelingen die permanente littekens achterlaten op het lichaam.
Geen handelingen die te maken hebben met ademcontrole.
Geen handelingen die te maken hebben met direct contact van het lichaam met elektrische stroom (ongeacht of dit wisselstroom of gelijkstroom is), vuur of vlammen.

Gatver. Die moeten dus worden opgeschreven! Natuurlijk – ze zien er allemaal erg verstandig en, eerlijk gezegd, noodzakelijk uit... er is toch niemand bij zijn volle verstand die dit soort dingen doet? Ik voel me een beetje onpasselijk worden.

'Is er iets wat je hieraan toe wilt voegen?' vraagt hij vriendelijk.

Shit. Ik heb geen idee. Ik weet niet meer wat ik moet zeggen. Hij kijkt me aan en trekt een rimpel in zijn voorhoofd.

'Is er iets wat je niet wilt doen?'

'Ik weet het niet.'

'Hoe bedoel je dat je het niet weet?'

Ik kronkel ongemakkelijk op mijn stoel en bijt op mijn lip.

'Ik heb zoiets nog nooit gedaan.'

'Nou, is er iets wat je liever niet doet als je seks hebt?'

Voor het eerst in ongeveer een eeuwigheid bloos ik.

'Vertel het me, Anastasia. We moeten eerlijk tegen elkaar zijn, anders werkt dit niet.'

Ik ga weer ongemakkelijk verzitten en staar naar mijn knobbelige vingers.

'Vertel,' beveelt hij.

'Nou... ik heb nog nooit seks gehad, dus ik weet het niet.' Mijn stem is klein. Ik kijk voorzichtig naar hem op en hij staart me met open mond aan, bevroren en bleek – heel erg bleek.

'Nooit?' fluistert hij. Ik schud mijn hoofd.

'Ben je nog maagd?' hijgt hij. Ik knik en krijg weer een kleur. Hij sluit zijn ogen en lijkt tot tien te tellen. Als hij ze weer opendoet, is hij boos en kijkt me dreigend aan.

'Waarom heb je me dat verdomme niet gezegd?' gromt hij.

Acht

Christian haalt zijn handen door zijn haar en ijsbeert door zijn werkkamer. Twee handen, dat betekent dubbele ergernis. Zijn gebruikelijke betonnen zelfbeheersing lijkt iets te zijn uitgegleden.

'Ik begrijp niet waarom je me dat niet hebt verteld,' zegt hij verwijtend.

'Het kwam nooit ter sprake. Ik heb niet de gewoonte mijn seksuele status te bespreken met iedereen die ik tegenkom. Ik bedoel, we kennen elkaar amper.' Ik staar naar mijn handen. Waarom voel ik me schuldig? Waarom is hij zo kwaad? Ik kijk voorzichtig naar hem op.

'Nou, je weet nu al veel meer over mij,' valt hij uit. Zijn mond is vertrokken tot een harde streep. 'Ik wist dat je weinig ervaring had, maar máágd!' Hij zegt het alsof het een heel vies woord is. 'Jezus, Ana, ik heb je net alles laten zien,' brult hij. 'God vergeef me. Ben je wel eens gekust, behalve door mij?'

'Natuurlijk wel.' Ik doe mijn best om er beledigd uit te zien. *Oké... misschien twee keer.*

'En er was geen enkele aardige jongeman die je het hoofd op hol heeft gebracht? Ik begrijp het gewoon niet. Je bent eenentwintig, bijna tweeëntwintig. Je bent mooi.' Weer haalt hij zijn hand door zijn haar.

Mooi. Ik kleur van plezier. Christian Grey vindt mij mooi. Ik strengel mijn vingers ineen en terwijl ik daarnaar staar, probeer ik mijn sullige grijns te verbergen. *Misschien is hij bijziend.* Mijn onderbewustzijn steekt haar slaperige kop op. Waar was ze toen ik haar nodig had?

'En je bespreekt serieus wat ik wil doen, terwijl je geen ervaring hebt.' Zijn wenkbrauwen trekken samen. 'Hoe heb je seks ontweken? Vertel het me, alsjeblieft.'

Ik haal mijn schouders op.

'Niemand heeft me ooit, je weet wel...' Niemand raakte me op die manier, alleen jij. En dan blijk je een of ander monster te zijn. 'Waarom ben je zo kwaad op me?' fluister ik.

'Ik ben niet kwaad op jou, ik ben kwaad op mezelf. Ik nam aan dat je gewoon...' Hij zucht. Hij kijkt me ernstig aan en schudt dan zijn hoofd. 'Wil je weg?' vraagt hij vriendelijk.

'Nee, tenzij jij wilt dat ik ga,' prevel ik. *O nee... ik wil niet weg.*

'Natuurlijk niet. Ik vind het fijn dat je er bent.' Hij fronst terwijl hij dat zegt en kijkt dan op zijn horloge. 'Het is al laat.' Hij draait zich om en kijkt naar me. 'Je bijt op je lip.' Zijn stem is hees en hij kijkt me veelbetekenend aan.

'Sorry.'

'Je hoeft je niet te verontschuldigen. Maar ik wil er ook graag op bijten, hard.'

Mijn adem stokt... hoe kan hij nou zoiets tegen me zeggen en verwachten dat het geen effect op me heeft.

'Kom mee,' zegt hij zacht.

'Wat doen?'

'We gaan de situatie nu meteen rechtzetten.'

'Wat bedoel je? Welke situatie?'

'Jouw situatie. Ana, ik ga de liefde met je bedrijven. Nu.'

'O.' De grond is onder mijn voeten weggeslagen. *Ik ben een situatie*. Ik houd mijn adem in.

'Tenminste als je dat wilt, bedoel ik. Ik wil me niet opdringen.'

'Ik dacht dat jij niet vrijde. Ik dacht dat je hard neukte.' Ik slik. Mijn mond is opeens heel droog.

Hij schenkt me een verdorven grijns. Het effect daarvan gaat door mijn lichaam naar beneden, *daarheen.*

'Ik kan een uitzondering maken, of het misschien combineren. We zien wel. Ik wil echt heel graag met je vrijen. Ga alsjeblieft met me naar bed. Ik wil dat onze regeling slaagt, maar je moet dan wel een idee hebben van waar je aan begint. We kunnen vanavond met je training beginnen – met de grondbeginselen. Dat houdt niet in dat ik nu opeens romantisch en verliefd ga doen. Het is een middel om een doel te bereiken en ik wil het graag. Jij ook, hoop ik.' Zijn grijze blik is intens.

Ik krijg een kleur... *lieve help*... wensen komen dus toch uit.

'Maar ik heb niets gedaan van wat jij verlangt in je lijst met regels.' Mijn stem klinkt zwoel, aarzelend.

'Vergeet de regels. Vergeet al die details voor vanavond. Ik wil jou. Ik verlang al naar je sinds je mijn kantoor binnen kwam vallen en ik weet dat jij mij ook wilt. Als je dat niet deed, zou je hier niet rustig zitten praten over straf en harde grenzen. Alsjeblieft, Ana, breng deze nacht met me door.' Hij steekt zijn hand naar me uit. Zijn ogen zijn helder en glanzen... van opwinding. Ik leg mijn hand in de zijne. Hij trekt me omhoog in zijn armen, zodat ik zijn hele lichaam tegen me aan voel. Zijn snelle actie verrast me. Hij strijkt met zijn vingers langs de achterkant van mijn nek, windt mijn paardenstaart rond zijn pols en trekt er zachtjes aan, zodat ik naar hem opkijk. Hij kijkt me aan.

'Je bent een dappere jonge vrouw,' fluistert hij. 'Ik heb ontzag voor je.'

Zijn woorden werken als een soort aansteker: de vlammen schieten door mijn bloed. Hij buigt zich naar voren en kust teder mijn lippen, en zuigt op mijn onderlip.

'Ik wil in deze lip bijten,' mompelt hij tegen mijn mond en voorzichtig trekt hij eraan met zijn tanden. Ik kreun en hij lacht.

'Alsjeblieft, Ana, laat me met je vrijen.'

'Ja,' fluister ik. Daarom ben ik hier. Zijn glimlach is triomfantelijk. Hij laat me los, pakt mijn hand en leidt me door het appartement.

Zijn slaapkamer is enorm groot. De ramen, die tot aan het plafond reiken, kijken uit over de verlichte hoogbouw van Seattle. De muren zijn wit en het meubilair is pastelblauw. Het reusachtige bed is zeer modern en gemaakt van ruw, grijs hout, zoals drijfhout, met vier hoekstijlen maar geen hemel. Aan de muur erboven hangt een prachtig schilderij van de zee.

Ik tril als een espenblad. Dit is het dan. Eindelijk, na al die tijd, ga ik het doen, met niemand minder dan Christian Grey. Mijn ademhaling is oppervlakkig en ik kan mijn ogen niet van hem afhouden. Hij doet zijn horloge af, legt het boven op een ladekast die past bij het bed en trekt zijn jasje uit, dat hij op een stoel legt. Hij draagt een wit linnen overhemd en een spijkerbroek. Hij is bloedstollend mooi. Zijn donkere, koperkleurige haar zit door de war, zijn overhemd hangt los – zijn grijze ogen stralen vrijpostig. Hij trekt zijn All Stars uit en buigt voorover om zijn sokken één voor één uit te trekken. De voeten van Christian Grey... wauw... wat is dat toch met blote voeten? Hij draait zich om en kijkt me aan. Zijn gezichtsuitdrukking is zacht.

'Ik neem aan dat je niet aan de pil bent.'

Wat! Shit.

'Dat dacht ik al.' Hij doet de bovenste la van het kastje open en haalt er een pakje condooms uit. Hij kijkt me doordringend aan.

'Bereid je voor,' mompelt hij. 'Wil je de gordijnen dicht?'

'Dat maakt me niet uit,' fluister ik. 'Ik dacht dat je niemand in jouw bed liet slapen.'

'Wie zegt dat we gaan slapen?' mompelt hij zacht.

'O.' *Goeie genade.*

Hij komt langzaam naar me toe, vol zelfvertrouwen, sexy en met vurige ogen. Mijn hart begint te bonken. Mijn bloed giert door mijn lichaam. Dik en heet verlangen welt op in mijn buik. Hij staat voor me en kijkt me recht in mijn ogen. *Hij is zo ongelooflijk sexy.*

'Zullen we dit jasje maar even uittrekken?' zegt hij zacht, terwijl hij de revers pakt en mijn jasje voorzichtig van mijn schouders trekt. Hij legt het op de stoel.

'Weet je wel hoe hevig ik naar je verlang, Ana Steele?' fluistert hij. Mijn ademhaling hapert. Ik kan mijn ogen niet van de zijne afhouden. Hij tilt zijn arm op en strijkt teder met zijn vingers langs mijn wang naar mijn kin.

'Heb je enig idee wat ik met je ga doen?' voegt hij eraan toe, terwijl hij mijn kin streelt.

De spieren in mijn diepste, donkerste binnenste trekken zich op de meest zalige manier samen. De pijn is zo zoet en scherp dat ik mijn ogen dicht wil doen, maar ik ben gehypnotiseerd door zijn grijze ogen die mij hartstochtelijk aankijken. Hij buigt zich voorover en kust me. Zijn lippen zijn eisend, stevig en traag, en kneden de mijne. Hij begint mijn blouse open te knopen, terwijl hij vederlichte kusjes geeft op mijn kaak, mijn kin en mijn mondhoeken. Langzaam trekt hij mijn blouse uit en laat hem op de grond vallen. Hij doet een stap achteruit en kijkt naar me. Ik heb de pastelblauwe, perfect passende bh aan. *Godzijdank.*

'O, Ana,' zucht hij. 'Je hebt zo'n prachtige huid, licht en perfect. Ik wil elke centimeter kussen.'

Ik bloos. *O mijn god...* Waarom zei hij dat hij niet kon vrijen? Ik doe alles als hij dat wil. Hij pakt mijn haarelastiekje en trekt het los. Hij kijkt hoe mijn haar naar beneden rond mijn schouders valt.

'Ik hou van brunettes,' zegt hij zachtjes. Hij doet zijn handen in mijn haar en houdt mijn hoofd aan weerszijden vast. Zijn kus is eisend, zijn tong en lippen verleiden de mijne. Ik kreun en mijn tong ontmoet aarzelend de zijne. Hij slaat zijn armen om me heen en trekt me stevig tegen zijn lichaam aan. Eén hand houdt hij in mijn haar, de andere hand gaat langs mijn ruggengraat naar mijn middel en omlaag naar mijn achterwerk. Zijn hand kromt zich rond mijn billen en knijpt zachtjes. Hij houdt me tegen zijn heupen en ik voel zijn erectie, die hij rustig tegen me aan drukt.

Ik kreun nogmaals in zijn mond. Ik kan de ongebreidelde gevoelens – of zijn het hormonen? – die door mijn lichaam razen nauwelijks in bedwang houden. Ik verlang zo vreselijk naar hem. Als ik zijn bovenarmen vastpak voel ik zijn biceps. Hij is verrassend sterk... gespierd. Voorzichtig ga ik met mijn handen naar zijn gezicht en zijn haar. *Allemachtig.* Het is zo zacht en onstuimig. Ik trek er zachtjes aan en hij kreunt. Hij duwt me behoedzaam naar het bed tot ik het tegen de achterkant van mijn knieën voel. Ik denk dat hij me erop wil duwen, maar dat doet hij niet. Hij laat me los en gaat opeens op zijn knieën zitten. Met beide handen grijpt hij mijn heupen en beweegt zijn tong rond mijn navel en gaat dan teder verder naar mijn heup en via mijn buik naar mijn andere heup.

'Ah,' kreun ik.

Het is zo onverwacht om hem op zijn knieën voor me te zien zitten en zijn mond op me te voelen, en geil. Ik heb mijn handen nog in zijn haar en ik trek er zachtjes aan, terwijl ik mijn te luide ademhaling onder controle probeer te krijgen. Hij kijkt naar me op door onmogelijk lange wimpers en zijn ogen zijn gloeiend, rookkleurig grijs. Zijn handen gaan omhoog en maken de knoop van mijn spijkerbroek los. Hij trekt langzaam de rits naar beneden. Zonder oogcontact te verliezen, strelen zijn handen me onder de tailleband en bewegen naar mijn achterwerk. Zijn handen glijden langzaam naar beneden langs mijn billen, naar mijn dijen en trekken tegelijkertijd mijn spijkerbroek uit. Ik kan niet wegkijken. Hij stopt en likt aan zijn lippen, zonder het oogcontact te onderbreken. Hij buigt voorover en steekt zijn neus tussen mijn dijen, helemaal aan de bovenkant. Ik voel hem. *Daar.*

'Je ruikt zo heerlijk,' zegt hij zacht en hij sluit zijn ogen. Zijn gezichtsuitdrukking straalt puur genot uit en ik verkramp bijna. Hij reikt omhoog, trekt het dekbed van het bed en duwt mij zachtjes zodat ik op het matras val.

Nog steeds op zijn knieën, pakt hij mijn voet en maakt mijn All Stars los. Hij trekt mijn schoen en sok uit. Ik richt mezelf op op mijn ellebogen om te kijken wat hij doet. Ik hijg... vol verlangen. Hij tilt mijn voet op bij de hak en haalt de nagel van zijn duim over mijn wreef. Het doet bijna pijn, maar ik voel de beweging weerkaatsen in mijn onderbuik. Mijn adem stokt. Zonder zijn ogen van me af te houden, streelt hij met zijn tong over mijn wreef en daarna met zijn tanden. *Shit.* Ik kreun... hoe kan ik dat nou *daar* voelen? Ik val terug op het bed en steun. Ik hoor hem zacht grinniken.

'O Ana, als je eens wist wat ik allemaal met je zou kunnen doen,' fluistert hij. Hij trekt mijn andere schoen en sok uit, gaat dan staan en trekt mijn spijkerbroek uit. Ik lig op zijn bed, gekleed in mijn bh en slipje en hij kijkt naar me.

'Je bent erg mooi, Anastasia Steele. Ik kan niet wachten tot ik in je zit.'

Holy shit. Zijn woorden. Hij is zo verleidelijk. Ik ben helemaal ondersteboven.

'Laat me zien hoe je met jezelf speelt.'

Wat? Ik kijk afkeurend.

'Niet verlegen zijn, Ana, laat het me zien,' fluistert hij.

Ik schud mijn hoofd.

'Ik weet niet wat je bedoelt.' Mijn stem is hees. Ik herken hem bijna niet, doorspekt met verlangen.

'Hoe laat je jezelf klaarkomen? Dat wil ik zien.'

Ik schud mijn hoofd.

'Niet,' mompel ik. Hij trekt zijn wenkbrauwen op en is even verbaasd. Zijn ogen worden donker en hij schudt zijn hoofd vol ongeloof.

'Nou, dan moeten we maar eens kijken wat we daaraan kunnen doen.' Zijn stem is zacht en uitdagend, een heerlijke sensuele dreiging. Hij maakt de knopen van zijn spijkerbroek los en trekt zijn broek traag naar beneden, terwijl zijn ogen de hele tijd in de mijne kijken. Hij buigt zich over me heen, grijpt mijn enkels en trekt snel mijn benen uit elkaar. Dan kruipt hij op het bed, tussen mijn benen. Hij hangt boven me. Ik kronkel van verlangen.

'Stil blijven liggen,' mompelt hij. Hij buigt voorover en kust de binnenkant van mijn dijbeen. Zijn kussen gaan omhoog over het dunne kant van mijn slipje.

O... ik kan niet stil blijven liggen. Hoe kan ik nou niet bewegen? Ik kronkel onder hem.'We moeten nog wel even oefenen om je stil te houden, schatje.' Hij trekt een spoor van kussen over mijn buik en steekt zijn tong in mijn navel. Hij gaat nog verder omhoog en kust me over mijn bovenlichaam. Mijn huid staat in brand. Ik ben in een roes, te warm, te koud en ik grijp in het laken dat onder me ligt. Hij gaat naast me liggen en zijn hand gaat van mijn heup naar mijn middel en naar mijn borst. Hij kijkt op me neer met een ondoorgrondelijke blik en legt teder zijn hand om mijn borst.

'Ze zijn op mijn hand gemaakt, Anastasia,' zegt hij zacht. Hij steekt zijn wijsvinger in de cup van mijn bh en trekt deze zachtjes naar beneden, zodat mijn borst eruit komt en de beugel en de stof van de cup hem omhoog duwen. Zijn vinger gaat naar mijn andere borst en herhaalt de beweging. Mijn borsten zwellen op en mijn tepels worden hard onder zijn aanhoudende blik. Ze zijn opgebonden door mijn eigen bh.

'Heel mooi,' fluistert hij waarderend en mijn tepels worden nog harder.

Hij blaast heel zachtjes over mijn ene borst terwijl zijn hand naar de andere gaat en zijn duim langzaam over de bovenkant van mijn tepel rolt, die zo uitrekt. Ik kreun en voel de zoete sensatie helemaal in mijn onderbuik. Ik ben zo nat. *O, alsjeblieft*, smeek ik vanbinnen terwijl mijn vingers het laken steviger vastgrijpen. Zijn lippen sluiten zich rond mijn andere tepel en als hij eraan zuigt, verkramp ik bijna.

'Laten we eens kijken of we je zo kunnen laten klaarkomen,' fluistert hij, terwijl hij zijn trage, sensuele aanval voortzet. Mijn tepels worden volledig onder handen genomen door zijn bedreven vingers en lippen en elk zenuwuiteinde staat in vuur en vlam, zodat mijn hele lichaam zingt door deze heerlijke kwelling. Hij houdt gewoon niet op.

'O... alsjeblieft,' smeek ik. Ik trek mijn hoofd naar achteren en mijn mond staat open, terwijl ik kreun en mijn benen verstijven. Goeie god, wat gebeurt er met me?

'Laat je gaan, schatje,' zegt hij zacht. Zijn tanden sluiten zich rond mijn tepel en zijn duim en vinger trekken hard. Ik stort in onder zijn handen en mijn lichaam trekt zich samen en barst uiteen in duizend stukjes. Hij kust me, diep, waarbij zijn tong in mijn mond mijn kreten opvangt.

O mijn god. Dat was fenomenaal. Nu begrijp ik waar iedereen zich altijd zo druk om maakt. Hij kijkt me aan met een tevreden glimlach op zijn gezicht en het kan niet anders dan dat mijn gezicht alleen maar dankbaarheid en ontzag uitstraalt.

'Je bent erg gevoelig,' zegt hij zachtjes. 'Dat moet je onder controle leren houden en het wordt erg leuk om je dat te leren.' Hij kust me nogmaals.

Mijn ademhaling hort en stoot nog terwijl ik bijkom van mijn orgasme. Zijn hand gaat naar mijn middel en mijn heupen en kromt zich dan om mijn intieme delen... *Goeie god.* Zijn vinger glijdt onder het dunne kant en draait langzaam om me heen – *daar*. Even sluit hij zijn ogen en zijn ademhaling hapert.

'Je bent zo heerlijk nat. God, ik wil je.' Hij steekt zijn vinger in me en ik schreeuw het uit terwijl hij dat steeds weer opnieuw doet. Hij legt zijn hand over mijn clitoris en ik schreeuw het weer uit. Hij duwt zijn vinger steeds harder bij me naar binnen. Ik kreun.

Opeens gaat hij rechtop zitten, trekt mijn slipje uit en gooit het op de vloer. Hij trekt zijn boxershort uit en zijn erectie springt eruit. *Allemachtig*... Hij leunt naar voren naar zijn nachtkastje en pakt een foliepakje. Dan komt hij tussen mijn benen zitten, die hij nog verder uit elkaar spreidt. Hij zit op zijn knieën en doet een condoom over zijn aanzienlijke lid. *O nee... Gaat dat? Hoe?*

'Maak je geen zorgen,' zegt hij zacht, terwijl hij me in mijn ogen kijkt. 'Ook jij wordt wijder.' Hij leunt naar voren met zijn handen aan weerszijden van mijn hoofd, zodat hij boven me hangt en kijkt me in mijn ogen. Zijn kaak is gespannen en zijn ogen branden. Pas nu merk ik dat hij zijn overhemd nog aanheeft.

'Wil je dit echt doen?' vraagt hij zacht.

'Alsjeblieft,' smeek ik.

'Trek je knieën op,' beveelt hij zachtjes en ik gehoorzaam hem, graag en snel. 'Nu ga ik u neuken, mevrouw Steele,' zegt hij beheerst, terwijl hij de kop van zijn erectie tegen de ingang van mijn geslacht houdt. 'Hard,' fluistert hij en hij stoot bij me naar binnen.

'Aargh!' Ik schreeuw het uit als ik diep vanbinnen een vreemde, stekende sensatie voel wanneer hij mijn maagdelijkheid doorbreekt. Hij stopt en kijkt op me neer. Zijn ogen glanzen van triomfantelijke extase.

Zijn mond staat iets open en zijn ademhaling is ruw. Hij kreunt.

'Je bent zo nauw. Gaat het?'

Ik knik. Mijn ogen zijn wijd opengesperd en mijn handen liggen op zijn onderarmen. Ik voel me zo vol. Hij blijft stilhouden en laat me wennen aan het indringende, overweldigende gevoel van hem in mij.

'Ik ga bewegen, schatje,' zegt hij even later zachtjes. Zijn stem klinkt gespannen.

O.

Met verfijnde traagheid trekt hij zich terug. Hij sluit zijn ogen, kreunt en stoot weer in me. Ik schreeuw het nogmaals uit en hij stopt.

'Meer?' fluistert hij met schorre stem.

'Ja,' hijg ik. Hij doet het nog een keer en stopt weer.

Ik kreun, mijn lichaam aanvaardt hem... O, dit wil ik.

'Nog een keer?' fluistert hij.

'Ja.' Het is een smeekbede.

En hij beweegt, maar deze keer stopt hij niet meer. Hij steunt op zijn ellebogen, zodat ik zijn gewicht boven op me voel dat me naar beneden drukt. Hij beweegt eerst langzaam en gaat traag in en uit me. Naarmate ik gewend raak aan het vreemde gevoel, beginnen mijn heupen voorzichtig naar hem toe te bewegen. Hij versnelt. Ik kreun en hij blijft stoten, steeds sneller, zonder genade, in een niet-aflatend ritme en ik ga erin mee, beweeg mee met zijn stoten. Hij pakt mijn hoofd tussen zijn handen en kust me ruw, waarbij zijn tanden weer aan mijn onderlip trekken. Hij verschuift en diep vanbinnen voel ik iets in me opbouwen, net als eerder. Ik begin te verstijven terwijl hij door blijft stoten. Mijn lichaam trilt en kromt zich. Ik glans van het zweet. *O mijn god...* Ik wist niet dat het zo zou voelen... ik wist niet dat het zo lekker kon zijn. Mijn gedachten vervagen... er is slechts één gevoel... alleen hij... alleen ik... o, alsjeblieft... ik verstijf.

'Kom klaar voor mij, Ana,' fluistert hij ademloos en bij zijn woorden val ik uiteen. Tijdens mijn climax explodeer ik rondom hem en versplinter ik in een miljoen stukjes onder hem. Als hij klaarkomt schreeuwt hij mijn naam en stoot hard, daarna houdt hij stil en stort zich in mij leeg.

Ik hijg nog steeds en probeer mijn ademhaling en bonzende hart onder controle te krijgen. Mijn gedachten zijn een ongebreidelde wanorde. *Wauw... dat was geweldig.* Ik doe mijn ogen open en hij heeft zijn voorhoofd tegen het mijne aan gedrukt, zijn ogen zijn gesloten en zijn ademhaling is schokkerig. Christian opent zijn ogen en kijkt me aan met een donkere, maar zachte blik. Hij zit nog in me. Hij buigt zich voorover en kust me zachtjes op mijn voorhoofd. Dan trekt hij zich langzaam uit mij terug.

'Oeh.' Ik huiver bij het vreemde gevoel.

'Heb ik je pijn gedaan?' vraagt Christian. Hij ligt naast me en steunt op een elleboog. Hij doet een losse streng van mijn haar achter mijn oor. Ik moet grijnzen, heel breed.

'Vraag jíj of je me pijn hebt gedaan?'

'Ik zie de ironie,' glimlacht hij schamper. 'Ik meen het. Is alles oké?' Zijn ogen zijn intens, vragend, eisend zelfs.

Ik strek me naast hem uit. Mijn lichaam voelt slap en mijn ledematen voelen als pudding, maar ik ben ontspannen, heel ontspannen. Ik grijns naar hem. Ik kan niet stoppen met grijnzen. Nu begrijp ik waar iedereen zich altijd zo druk om maakt. Twee orgasmen... die elkaar opvolgen, zoals de centrifuge van een wasmachine, ongelooflijk. Ik wist niet waar mijn lichaam toe in staat was, dat het zo strak opgewonden kon zijn en zo heftig uit elkaar kon barsten, zo bevredigend. Het genot was onbeschrijfelijk.

'Je bijt op je lip en je hebt me nog geen antwoord gegeven.' Hij fronst. Ik grijns ondeugend naar hem. Hij ziet er prachtig uit met zijn verwarde haar, gloeiende grijze ogen en zijn ernstige, duistere gezichtsuitdrukking.

'Dat zou ik graag nog een keer willen doen,' fluister ik. Even denk ik een glimp van opluchting in zijn blik te zien, voordat de luiken weer dichtgaan. Hij kijkt me aan met half geloken ogen.

'Is dat zo, mevrouw Steele?' zegt hij droog. Hij buigt zich voorover en kust me heel teder op mijn mondhoek. 'Je bent een veeleisend type, of niet? Draai je op je buik.'

Ik kijk hem even met half toegeknepen ogen aan en draai me dan om. Hij maakt mijn bh los en strijkt met zijn hand over mijn rug naar mijn billen.

'Je hebt echt een prachtige huid,' mompelt hij. Hij verschuift zodat een van zijn benen zich tussen de mijne duwt en hij ligt half over mijn rug heen. Ik voel de knopen van zijn overhemd tegen me aan drukken, terwijl hij mijn haar uit mijn gezicht haalt en mijn blote schouder kust.

'Waarom heb je je overhemd aan?' vraag ik. Hij stopt. Een moment later trekt hij zijn overhemd uit en gaat weer op me liggen. Ik voel zijn warme huid tegen de mijne. *Hmm...* het voelt hemels. Zijn licht behaarde borst kietelt mijn rug.

'Dus je wilt dat ik je nog een keer neuk?' fluistert hij in mijn oor en hij trekt een spoor van vederlichte kusjes rond mijn oor en in mijn nek.

Zijn hand gaat naar beneden en streelt over mijn middel, mijn heupen en langs mijn dijbeen naar de achterkant van mijn knie. Hij duwt mijn knie omhoog en mijn adem stokt... *mijn god, wat doet hij nu?* Hij schuift zijn lichaam tussen mijn benen, tegen mijn rug aan gedrukt en zijn hand gaat langs mijn dijbeen omhoog naar mijn billen. Hij streelt langzaam mijn bil en laat zijn vingers vervolgens naar beneden glijden tussen mijn benen.

'Ik ga je van achteren nemen, Anastasia,' zegt hij zacht. Met zijn andere hand grijpt hij het haar in mijn nek en maakt een vuist. Hij trekt zachtjes aan mijn haar, zodat hij me op mijn plaats houdt. Ik kan mijn hoofd niet bewegen. Ik zit vast onder hem, hulpeloos.

'Je bent van mij,' fluistert hij. 'Alleen van mij. Vergeet dat niet.' Zijn stem is bedwelmend en zijn woorden zijn onstuimig en verleidelijk. Ik voel zijn groeiende erectie tegen mijn dijbeen.

Zijn lange vingers gaan onderlangs en masseren zachtjes mijn clitoris, in een traag cirkelende beweging. Zijn adem voelt zacht tegen mijn gezicht, terwijl hij zachtjes aan mijn kaak knabbelt.

'Je ruikt goddelijk.' Hij snuffelt achter mijn oor. Zijn hand wrijft tegen me aan, en maakt rondgaande bewegingen. In een reflex beginnen mijn heupen te draaien, een tegenbeweging tegen zijn hand, terwijl een extreem genot door mijn aderen stroomt als adrenaline.

'Houd je stil,' beveelt hij met zachte, maar dwingende stem. Traag steekt hij zijn duim in me en draait hem steeds rond, tegen de voorkant van mijn vagina aan. Het effect is overweldigend: al mijn energie richt zich op dit ene kleine plekje in mijn lichaam. Ik kreun.

'Vind je dit lekker?' vraagt hij zacht, terwijl zijn tanden zachtjes in mijn oor bijten. Hij begint zijn duim langzaam te bewegen, erin, eruit, erin, eruit... en zijn vingers blijven draaien.

Ik sluit mijn ogen en probeer mijn ademhaling onder controle te houden. Ik probeer de wanordelijke, chaotische gevoelens die zijn vingers in mij ontketenen, in mij op te nemen, terwijl mijn hele lichaam in vuur en vlam staat. Ik kreun weer.

'Je bent zo snel zo nat, je reageert zo lekker snel. O, Anastasia, daar hou ik van. Dat vind ik heerlijk,' fluistert hij.

Ik wil mijn benen aanspannen, maar ik kan me niet bewegen. Hij houdt me naar beneden gedrukt, terwijl hij blijft bewegen in een constant, traag, kronkelend ritme. Het is niet normaal meer zo lekker. Ik kreun weer en opeens beweegt hij.

'Doe je mond open,' beveelt hij en hij steekt zijn duim in mijn mond. Mijn ogen schieten open, wild knipperend.

'Proef jezelf,' hijgt hij tegen mijn oor. 'Zuig, schatje.' Zijn duim drukt op mijn tong en mijn mond sluit zich rond hem, terwijl ik heftig zuig. Ik proef het zilte op zijn duim en de vage metaalsmaak van bloed. *Goeie genade*. Dit is fout, maar jezus, wat is het erotisch.

'Ik wil je mond neuken, Anastasia, en dat ga ik binnenkort ook doen.' Zijn stem is hees, ruw en zijn ademhaling is ongecoördineerd.

Mijn mond neuken! Ik kreun en bijt op zijn duim. Zijn adem stokt en hij trekt harder aan mijn haar. Het doet pijn en ik laat hem los.

'Stout, lief meisje,' fluistert hij en dan reikt hij naar voren naar het nachtkastje en pakt een foliepakje. 'Blijf stil liggen, niet bewegen,' beveelt hij als hij mijn haar loslaat.

Hij scheurt het folie open, terwijl ik zwaar ademhaal en mijn bloed door mijn aderen zingt. Ik wacht gespannen af. Hij buigt voorover en zijn gewicht ligt weer op me. Hij pakt mijn haar, zodat mijn hoofd stil blijft. Ik kan me niet bewegen. Op een onweerstaanbare manier houdt hij me zo in zijn greep en hij staat op het punt om me nog een keer te nemen.

'We doen het deze keer heel langzaam, Anastasia,' hijgt hij.

Heel traag komt hij in me, heel langzaam, totdat hij zich in mij begraven heeft. Hij rekt me uit, vult me, genadeloos. Ik kreun luid. Het voelt dieper deze keer, verrukkelijk. Ik kreun weer en met opzet draait hij met zijn heupen en trekt zich terug, wacht even en komt dan weer in me. Hij herhaalt deze beweging keer op keer. Het maakt me gek – zijn geprikkel, het opzettelijk langzame stoten en het tussenliggende gevoel van vol zijn, is overweldigend.

'Je voelt zo goed,' steunt hij en ik begin vanbinnen te sidderen. Hij trekt zich terug en wacht. 'O nee, schatje, nog niet,' mompelt hij en als het sidderen ophoudt, herhaalt hij dat hele zalige proces opnieuw.

'O, alsjeblieft,' smeek ik. Ik weet niet of ik nog meer aankan. Mijn lichaam is heel strak opgewonden en snakt naar verlossing.

'Ik wil dat je rauw wordt, schatje,' zegt hij zacht en hij gaat door met zijn zoete, ontspannen marteling, naar achteren, naar voren.

'Iedere keer dat jij je morgen beweegt, wil ik dat je voelt dat ik hier ben geweest. Alleen ik. Je bent van mij.'

Ik kreun.

'Alsjeblieft, Christian,' fluister ik.

'Wat wil je, Anastasia? Zeg het.'

Ik kreun weer. Hij trekt zich terug en gaat langzaam weer in me, waarbij hij nogmaals met zijn heupen draait.

'Zeg het,' fluistert hij.

'Jou, alsjeblieft.'

Hij voert het ritme iets op en zijn ademhaling wordt onregelmatig. Mijn binnenste komt weer tot leven en Christian neemt het ritme over.

'Jij. Bent. Zo. Lekker,' zegt hij tussen elke stoot door. 'Ik. Verlang. Zo. Hevig. Naar. Jou.'

Ik kreun.

'Jij. Bent. Van. Mij. Kom voor me klaar, schatje,' gromt hij.

Zijn woorden zijn mijn verlossing en duwen me over de rand. Mijn lichaam trekt zich rond hem samen en ik kom klaar, terwijl ik luid een vervormde versie van zijn naam in het matras uitschreeuw. Christian volgt met twee harde stoten en verstart. Hij stort zichzelf in mij leeg wanneer hij zijn verlossing vindt. Hij valt boven op me neer, met zijn gezicht in mijn haren.

'Jezus. Ana,' zucht hij. Hij trekt zich onmiddellijk uit me terug en rolt naar zijn kant van het bed. Ik trek mijn benen op naar mijn borst, volkomen uitgeblust en val onmiddellijk, als bewusteloos, in een diepe slaap.

Als ik wakker word, is het nog donker. Ik heb geen idee hoe lang ik heb geslapen. Ik rek me uit onder het dekbed en voel pijn, een heerlijke pijn. Christian is nergens te bekennen. Ik ga rechtop zitten en staar naar het uitzicht over de stad voor me. Er zijn minder lichten aan in de wolkenkrabbers en er hangt een vleugje morgenrood in het oosten. Ik hoor de muziek. De zangerige noten van de piano, een droevige en zoete weeklacht. Bach, denk ik, maar ik weet het niet zeker.

Ik wikkel het dekbed om me heen en loop zachtjes door de gang naar de grote kamer. Christian zit aan de piano en gaat volledig op in de muziek die hij speelt. Zijn gezichtsuitdrukking is droevig en eenzaam, zoals de muziek. Hij speelt fantastisch. Ik leun tegen de muur bij de ingang en luister in vervoering. Hij is een heel talentvol musicus. Hij zit naakt achter de piano en zijn lichaam baadt in het warme licht van de lamp naast de piano. De rest van de grote kamer is donker en daardoor lijkt het alsof hij in zijn eigen, afzonderlijke bron van licht zit, onaantastbaar... eenzaam, in een luchtbel.

Ik loop zachtjes naar hem toe, betoverd door de prachtige, melancholische muziek. Ik kijk als gehypnotiseerd naar zijn lange, vaardige vingers wanneer die de toetsen vinden en met gevoel bespelen en denk eraan hoe diezelfde vingers mijn lichaam kundig hebben bespeeld en gestreeld. Ik krijg een kleur en mijn adem stokt bij de herinnering. Ik druk mijn dijen tegen elkaar. Hij kijkt op. Zijn ondoorgrondelijke grijze ogen zijn helder en aan zijn gezichtsuitdrukking is niets af te lezen.

'Sorry,' fluister ik. 'Ik wilde je niet storen.'

Er verschijnt een frons op zijn gezicht.

'Dat moet ik eigenlijk tegen jou zeggen,' zegt hij zacht. Hij stopt met spelen en legt zijn handen op zijn benen.

Ik zie nu dat hij een pyjamabroek aanheeft. Hij haalt zijn vingers door zijn haar en staat op. Zijn broek hangt op die ene manier op zijn heupen... *lieve help*. Mijn mond wordt droog als hij nonchalant om de piano heen naar mij toe loopt. Hij heeft brede schouders, smalle heupen en zijn buikspieren golven wanneer hij loopt. Hij is echt oogverblindend mooi.

'Jij hoort in bed te liggen,' vermaant hij.

'Dat was een prachtig stuk. Bach?'

'De transcriptie is van Bach, maar het is oorspronkelijk een hoboconcert van Alessandro Marcello.'

'Het was prachtig, maar erg droevig, een heel melancholische melodie.'

Zijn lippen krullen op in een halve glimlach.

'Naar bed,' beveelt hij. 'Anders ben je morgenochtend uitgeput.'

'Ik werd wakker en jij was er niet.'

'Ik heb moeite om in slaap te komen en ik ben er niet aan gewend om met iemand samen te slapen,' zegt hij. Ik kan zijn stemming niet peilen. Hij lijkt wat melancholiek, maar dat is moeilijk te zeggen in het donker. Misschien was het de teneur van het stuk dat hij speelde. Hij slaat zijn arm om me heen en brengt me zachtjes terug naar de slaapkamer.

'Hoe lang speel je al? Je speelt prachtig.'

'Sinds mijn zesde.'

'O.' Christian als zesjarig jongetje... in mijn hoofd ontstaat een beeld van een mooi klein jongetje met koperkleurig haar en grijze ogen en mijn hart smelt – een kind met borstelige haren dat van onmogelijk droevige muziek houdt.

'Hoe voel je je?' vraagt hij als we terug zijn in de kamer. Hij doet een bedlampje aan.

'Ik voel me prima.'

We kijken tegelijkertijd naar het bed. Er zit bloed op de lakens. Het bewijs van het verlies van mijn maagdelijkheid. Ik bloos, gegeneerd. Ik trek het dekbed dichter om me heen.

'Nou, dan heeft mevrouw Jones in ieder geval iets om over na te denken,' prevelt Christian terwijl hij voor me staat. Hij legt zijn hand onder mijn kin, tilt mijn hoofd op en kijkt naar me. Zijn ogen zijn intens terwijl hij mijn gezicht bestudeert. Ik besef dat ik zijn blote borst niet eerder heb gezien. Instinctief strek ik mijn hand uit om met mijn vingers door het lichte, donkere haar op zijn borst te gaan om te kijken hoe het aanvoelt. Onmiddellijk stapt hij achteruit, buiten mijn bereik.

'Ga in bed liggen,' zegt hij scherp. 'Ik kom naast je liggen.' Zijn stem wordt zachter. Ik laat mijn hand vallen en frons. Ik geloof niet dat ik zijn bovenlichaam ooit heb aangeraakt. Hij doet een ladekast open en haalt er een T-shirt uit dat hij snel aantrekt.

'Bed,' beveelt hij weer. Ik klim het bed weer in en probeer niet te denken aan het bloed. Hij komt naast me liggen en trekt me in zijn armen, waarbij hij zijn armen om mij heen slaat zodat ik met mijn gezicht van hem af lig. Teder kust hij mijn haar en hij haalt diep adem.

'Slaap, lieve Anastasia,' mompelt hij. Ik sluit mijn ogen, maar ik blijf een zekere melancholie voelen, door de muziek of door zijn gemoedstoestand. Christian Grey heeft een verdrietige kant.

Negen

Licht vult de kamer en wekt me uit een diepe slaap. Ik rek me uit en doe mijn ogen open. Het is een prachtige ochtend in mei en Seattle ligt aan mijn voeten. Wauw, wat een uitzicht. Naast me ligt Christian Grey in diepe slaap verzonken. Wauw, wat een uitzicht. Het verbaast me dat hij nog in bed ligt. Hij ligt met zijn gezicht naar me toe en ik krijg een ongekende kans om hem eens goed te bekijken. Zijn mooie gezicht ziet er jonger en ontspannen uit als hij slaapt. Zijn fraai gevormde, vooruitstekende lippen staan iets uit elkaar en zijn glanzende, schone haar is een prachtige wanorde. Het kan toch niet legaal zijn om er zo goed uit te zien? Ik denk aan zijn kamer boven... misschien is hij niet eens legaal. Ik schud mijn hoofd. Ik moet over zo veel dingen nadenken. Het is verleidelijk om mijn hand uit te steken en hem aan te raken, maar net als een klein kind is hij zo lief als hij slaapt. Ik hoef me geen zorgen te maken over wat ik zeg, wat hij zegt en welke plannen hij heeft, vooral zijn plannen met mij.

Ik zou wel de hele dag naar hem kunnen kijken, maar ik heb behoeften. Ik moet naar de wc. Ik glijd uit bed, vind zijn witte overhemd op de vloer en trek hem aan. Ik ga een deur door in de veronderstelling dat het de badkamer is, maar ik sta in een grote inloopkast die net zo groot is als mijn slaapkamer. Rijen vol dure maatpakken, overhemden, schoenen en dassen. Hoe kan iemand nou zo veel kleding nodig hebben? Ik tut-tut afkeurend. Al moet ik toegeven dat Kates kledingkast zich hiermee zou kunnen meten. Kate! *O nee*. Ik heb de hele avond niet aan haar gedacht. Ik had haar moeten sms'en. Shit. Ze zal wel boos op me zijn. Ik vraag me even af hoe het met haar en Elliot zal gaan.

Als ik terugkom in de slaapkamer ligt Christian nog te slapen. Ik probeer de andere deur. Dat is de badkamer en ook die is groter dan mijn slaapkamer. Waarom heeft één man zo veel ruimte nodig? Ik zie twee wastafels. Heel ironisch. Als hij nooit met iemand slaapt, moet een daarvan nooit zijn gebruikt.

Ik kijk naar mezelf in de reusachtige spiegel boven de wastafels. Zie ik er anders uit? Ik voel me anders. Ik heb wat pijn als ik eerlijk ben en mijn spieren... jemig, het is alsof ik nog nooit van mijn leven lichaamsbeweging heb gehad. *Je doet in je leven ook niet aan lichaamsbeweging*. Mijn onderbewustzijn is weer wakker. Ze staart me aan met getuite lippen en tapt met haar voet. *Dus... Je hebt met hem geslapen en hem je maagdelijkheid gegeven, een man die niet van je houdt. Eigenlijk heeft hij erg vreemde ideeën over jou en hij wil een soort perverse seksslavin van je maken.*

BEN JE GEK GEWORDEN? Ze schreeuwt tegen me.

Ik deins terug als ik in de spiegel kijk. Ik moet dit allemaal verwerken. Echt. Ik val voor een man die mooier is dan mooi, die rijker is dan Croesus en die een Rode Kamer van Pijn heeft die op me wacht. Ik huiver. Het duizelt me en ik ben in de war. Mijn haar is zoals gebruikelijk onhandelbaar. Pas-geneukt-haar staat me niet. Ik probeer met mijn vingers orde aan te brengen in de chaos, maar dat mislukt jammerlijk en ik geef het op. Misschien zitten er nog elastiekjes in mijn tas.

Ik ben uitgehongerd. Ik ga terug naar de slaapkamer. De schone slaper ligt nog te slapen, dus ik laat hem achter en ga naar de keuken.

O nee... Kate. Mijn tas staat nog in Christians werkkamer. Ik haal hem en pak mijn mobiele telefoon eruit. Drie sms'jes.

Gaat het, Ana
Waar ben je, Ana
Verdomme, Ana

Ik bel Kate. Als ze niet opneemt, laat ik een kruiperig bericht voor haar achter om haar te laten weten dat ik nog leef en niet ben bezweken voor Blauwbaard, nou ja, niet op een manier waar zij zich zorgen over hoeft te maken – *of misschien is dat wel gebeurd.* Jeetje, dit is allemaal zo verwarrend. Ik moet mijn gevoelens voor Christian Grey ordenen en een plaats geven. Dat is een onmogelijke opgave. Ik schud verslagen mijn hoofd. Ik moet even alleen zijn, weg van hier, om na te denken.

Ik vind gelukkig twee elastiekjes in mijn tas en maak snel twee vlechten in mijn haar. Goed zo! Hoe meisjesachtiger ik eruitzie, hoe veiliger ik misschien ben voor Blauwbaard. Ik pak mijn iPod uit de tas en doe de oortjes van mijn koptelefoon in. Niets fijner dan muziek bij het koken. Ik steek hem in het borstzakje van Christians overhemd, zet het volume hard en begin te dansen.

Mijn god, wat heb ik een trek.

Ik raak geïntimideerd door zijn keuken. Die is zo strak en modern en geen van de kastjes heeft handvatten. Het duurt een paar seconden voordat ik doorheb dat ik op de deurtjes van de keukenkastjes moet drukken om ze te openen. Misschien moet ik ontbijt voor Christian maken. De vorige keer at hij een omelet... hm, gisteren dus, in het Heathman. Jemig, er is sindsdien zoveel gebeurd. Ik kijk in de koelkast, waar ik genoeg eieren vind, en ik besluit dat ik pannenkoeken met spek wil. Ik begin beslag te maken en dans lekker door de keuken.

Het is fijn om bezig te zijn. Zo krijg ik wat tijd om na te denken, maar niet te veel. De muziek die in mijn oren tettert, helpt ook om niet te diep na te denken. Ik ben hierheen gekomen om de nacht door te brengen in het bed van Christian Grey en dat is gelukt, ook al laat hij niemand in zijn bed toe. Ik glimlach: missie volbracht. Meer dan volbracht. Ik grijns. Heel veel meer dan volbracht en ik word afgeleid door de herinnering aan gisteravond. Zijn woorden, zijn lichaam, zijn vrijen... Ik sluit mijn ogen terwijl mijn lichaam nageniet van de herinnering en de spieren diep in mijn buik zich heerlijk samentrekken. Mijn onderbewustzijn kijkt me afkeurend aan... *Neuken, niet vrijen* – schreeuwt ze tegen me als een harpij. Ik negeer haar, maar diep vanbinnen weet ik dat ze gelijk heeft. Ik schud mijn hoofd en concentreer me op waar ik mee bezig ben.

Er staat een ultramodern fornuis. Ik geloof dat ik snap hoe het werkt. Ik moet de pannenkoeken ergens warm houden en begin aan de bacon. Amy Studt zingt in mijn oor over buitenbeentjes. Dit nummer betekende vroeger heel veel voor me, omdat ik een buitenbeentje ben. Ik heb nooit ergens bij gehoord en nu... Nu moet ik nadenken over een oneerbaar voorstel van koning Buitenbeentje in eigen persoon. Waarom is hij toch zo? Zit het in zijn genen of is het zijn opvoeding? Het is zo anders dan wat ik gewend ben.

Ik leg de bacon onder de grill en terwijl die bakt, kluts ik wat eieren. Ik draai me om en Christian zit op een van de barkrukken aan de ontbijtbar. Hij leunt op de bar, zijn hoofd ondersteund door zijn handen. Hij draagt nog steeds het T-shirt waar hij in sliep. Pas-geneukt-haar staat hem werkelijk erg goed, net zoals zijn designstoppelbaard. Hij ziet er zowel geamuseerd als ontdaan uit. Ik verstijf, bloos, dan herstel ik me en trek de koptelefoon uit mijn oren. Mijn knieën knikken nu ik hem zie.

'Goedemorgen, mevrouw Steele. U bent erg energiek vanochtend,' zegt hij droogjes.

'Ik heb goed geslapen,' stotter ik als verklaring. Zijn lippen proberen zijn glimlach te verbergen.

'Hoe zou dat nou komen?' Hij pauzeert en fronst. 'Ik ook, nadat ik weer naar bed was gegaan.'

'Heb je honger?'

'Enorm,' zegt hij met een intense blik in zijn ogen en ik geloof niet dat hij het over eten heeft.

'Pannenkoeken, spek en eieren?'

'Klinkt heerlijk.'

'Ik weet niet waar je placemats liggen.' Ik haal mijn schouders op en probeer uit alle macht om er niet uit te zien alsof ik van de wijs ben gebracht.

'Dat doe ik wel. Maak jij het eten maar. Wil je dat ik wat muziek op zet, zodat je verder kunt gaan met... eh... dansen?'

Ik staar naar mijn vingers in de wetenschap dat ik paars aanloop.

'Houd alsjeblieft niet op vanwege mij. Het is leuk om naar te kijken.' Hij spreekt met spottende geamuseerdheid.

Ik tuit mijn lippen. Leuk hè? Mijn onderbewustzijn lacht me vierkant uit. Ik draai me om en ga verder met het klutsen van de eieren. Ik klop waarschijnlijk iets harder dan nodig is. Een tel later staat hij naast me. Hij trekt zachtjes aan mijn vlecht.

'Ik vind deze geweldig,' fluistert hij. 'Ze zullen je niet beschermen.' *Hmm, Blauwbaard...*

'Hoe heb jij je eieren het liefst?' vraag ik wrang. Hij glimlacht.

'Flink geklutst en geklopt.' Hij glimlacht zelfgenoegzaam.

Ik draai me weer om naar waar ik mee bezig was en probeer mijn glimlach te verbergen. Het is moeilijk om kwaad op hem te blijven. Vooral als hij zo ongebruikelijk speels doet. Hij doet een lade open en haalt er twee zwarte placemats voor de ontbijtbar uit. Ik giet het eiermengsel in een pan, haal de bacon onder de grill vandaan, keer hem om en leg hem er weer onder.

Als ik me weer omdraai, staat er sinaasappelsap op tafel en is hij koffie aan het zetten.

'Wil je thee?'

'Ja, graag. Als je dat hebt.'

Ik vind twee borden en zet ze op de opwarmplaat van het fornuis. Christian opent een kastje en pakt er Twinings English Breakfast-thee uit. Ik tuit mijn lippen.

'Ik was een beetje een uitgemaakte zaak, of niet?'

'Is dat zo? Ik weet niet zeker of we er al uit zijn gekomen, mevrouw Steele,' zegt hij.

Wat bedoelt hij daar nou mee? Onze onderhandelingen? Onze, eh... relatie... wat die dan ook voorstelt? Hij is ook zó cryptisch. Ik serveer het ontbijt op de verwarmde borden en zet ze op de placemats. Ik kijk in de koelkast en vind daar ahornsiroop.

Ik kijk naar Christian en hij wacht tot ik ga zitten.

'Mevrouw Steele.' Hij gebaart naar een van de barkrukken.

'Meneer Grey.' Ik knik ter erkenning. Ik klim erop en krimp iets ineen als ik ga zitten.

'Hoeveel pijn heb je eigenlijk?' vraagt hij als hij gaat zitten.

Ik krijg een kleur. *Waarom stelt hij van die persoonlijke vragen?*

'Ik heb eerlijk gezegd geen vergelijkingsmateriaal,' zeg ik snibbig tegen hem. 'Wilde je je medeleven betuigen?' vraag ik hem liefjes. Volgens mij probeert hij een glimlach te onderdrukken, maar dat weet ik niet zeker.

'Nee. Ik vroeg me af of we verder moesten gaan met je basistraining.'

'O.' Ik staar hem verstomd aan, terwijl mijn ademhaling stokt en alles binnen in me samentrekt. *O... dat is zo lekker*. Ik onderdruk mijn kreun.

'Eet, Anastasia.' Ik weet weer niet of ik nog wel trek heb... meer... meer seks... ja, graag.

'Dit is overigens heerlijk.' Hij grijnst naar me.

Ik neem een hapje van de omelet, maar ik proef amper iets. Basistraining! *Ik wil je mond neuken*. Maakt dat deel uit van de basistraining?

'Stop met op je lip bijten. Het leidt me erg af en ik weet toevallig dat je niets aanhebt onder mijn overhemd, wat zorgt voor nog meer afleiding.'

Ik doop mijn theezakje in de kleine theepot die Christian me heeft gegeven. Mijn gedachten tollen door mijn hoofd.

'Wat voor basistraining had je in gedachten?' vraag ik met een iets te hoge stem die verraadt dat ik zo natuurlijk, ongeïnteresseerd en kalm mogelijk wil klinken, terwijl mijn hormonen flink huishouden in mijn lichaam.

'Nou, omdat het pijn doet, denk ik dat we het maar bij mondelinge vaardigheden moeten houden.'

Ik verslik me in mijn thee en staar hem met wijd opengesperde ogen en open mond aan. Hij klopt me vriendelijk op mijn rug en geeft me wat sinaasappelsap. Ik kan niet raden wat hij denkt.

'Als je tenminste wilt blijven,' voegt hij eraan toe. Ik sla mijn ogen naar hem op en probeer mijn evenwicht te hervinden. Aan zijn gezichtsuitdrukking is niets af te lezen. Het is zo frustrerend.

'Ik wil vandaag graag blijven, als je dat goed vindt. Morgen moet ik werken.'

'Hoe laat moet je morgen op je werk zijn?'

'Negen uur.'

'Ik zorg dat je morgen om negen uur op je werk bent.'

Ik frons. *Wil hij dat ik nog een nacht blijf?*

'Ik moet vanavond naar huis. Ik heb schone kleding nodig.'

'We kunnen hier wel wat voor je kopen.'

Ik heb geen geld om kleding te kopen. Zijn hand komt omhoog en hij pakt mijn kin. Hij knijpt erin zodat mijn lip loskomt uit de greep van mijn tanden. Ik was me er niet eens van bewust dat ik op mijn lip beet.

'Wat is er?' vraagt hij.

'Ik moet vanavond thuis zijn.'

Zijn mond is een harde streep.

'Goed, vanavond,' stemt hij in. 'Eet nu je ontbijt op.'

Mijn gedachten en mijn maag zijn van slag. Mijn eetlust is verdwenen. Ik staar naar mijn half opgegeten ontbijt. Ik heb gewoon geen honger.

'Eet, Anastasia. Gisteravond heb je niets gegeten.'

'Ik heb echt geen honger,' fluister ik.

Zijn ogen knijpen samen.

'Ik wil heel graag dat je je ontbijt opeet.'

'Wat heb jij toch met eten?' flap ik eruit. Zijn wenkbrauwen trekken samen.

'Ik heb je toch gezegd dat ik er niet van houd om eten te verspillen. Eet,' zegt hij vinnig. Zijn ogen zijn donker en gekweld.

Jemig. Waar gaat dit over? Ik pak mijn vork en begin langzaam te eten. Ik probeer te kauwen. Ik moet eraan denken om niet zoveel op mijn bord te leggen als hij zo raar doet over eten. Zijn gezichtsuitdrukking wordt zachter terwijl ik langzaam mijn ontbijt naar binnen werk. Ik zie dat hij zijn bord leegeet. Hij wacht tot ik klaar ben en ruimt dan mijn bord af.

'Jij hebt gekookt, ik ruim af.'

'Dat is heel democratisch.'

'Ja.' Hij fronst. 'Doorgaans niet mijn stijl. Als ik hiermee klaar ben, gaan we in bad.'

'O, oké.' *O god... Ik ga liever onder de douche.* Mijn mobiel gaat en onderbreekt mijn dagdroom. Het is Kate.

'Hoi.' Ik loop naar de glazen deuren van het balkon, weg van hem.

'Ana, waarom heb je me gisteravond niet ge-sms't?' Ze is boos.

'Het spijt me. Er gebeurde van alles.'

'Gaat het?'

'Ja, prima.'

'Heb je het gedaan?' Ze is aan het vissen. Ik rol met mijn ogen als ik de verwachting in haar stem hoor.

'Kate, ik wil dit niet door de telefoon bespreken.' Christian kijkt naar me.

'Je hebt het gedaan... Ik hoor het aan je.'

Hoe kan dat nou? Ze bluft en ik kan er niet over praten. Ik heb die stomme overeenkomst getekend.

'Kate, alsjeblieft.'

'Hoe was het? Alles goed met je?'

'Ik zei toch dat het goed met me gaat.'

'Was hij lief?'

'Kate, alsjeblieft!' Ik kan mijn ergernis niet verbergen.

'Ana, ik wil alles weten. Ik wacht al bijna vier jaar op deze dag.'

'Ik zie je vanavond wel.' Ik hang op.

Dat wordt nog een lastige opgave. Ze is zo vasthoudend en ze wil het weten, alle details, en ik kan het haar niet vertellen omdat ik iets heb ondertekend. Hoe heette dat ook alweer? Een geheimhoudingsverklaring. Ze zal uit haar dak gaan en terecht. Ik moet een plan bedenken. Ik loop terug en zie hoe Christian zich gracieus door zijn keuken beweegt.

'Dekt de geheimhoudingsverklaring alles?' vraag ik voorzichtig.

'Waarom?' Hij draait zich om en kijkt me aan, terwijl hij de Twinings opbergt. Ik krijg een kleur.

'Nou, ik zit met wat vragen, je weet wel, over seks.' Ik staar naar mijn vingers. 'En ik wil dat graag aan Kate vragen.'

'Je kunt het aan mij vragen.'

'Christian, met alle respect...' Mijn stem wordt zachter. *Dat kan ik niet aan jou vragen.* Dan krijg ik jouw partijdige, superperverse en verwrongen wereldbeeld ten aanzien van seks. Ik wil een onpartijdige mening. 'Het gaat alleen over techniek. Ik zal niets zeggen over de Rode Kamer van Pijn.'

Zijn wenkbrauwen gaan omhoog.

'Rode Kamer van Pijn? Het gaat vooral om genot, Anastasia. Geloof me,' zegt hij. 'Bovendien,' zijn toon is scherper, 'speelt jouw kamergenote op-elkaar-liggertje met mijn broer. Ik heb echt liever niet dat je het doet.'

'Weet je familie van je... eh, voorkeuren?'

'Nee. Dat gaat hen niets aan.' Hij slentert naar me toe tot hij voor me staat.

'Wat wil je weten?' vraagt hij, terwijl hij zijn hand optilt en met zijn vingers zachtjes over mijn wang naar mijn kin strijkt. Hij duwt mijn hoofd achterover zodat hij me recht in mijn ogen kan kijken. Ik kronkel vanbinnen. Ik kan niet liegen tegen deze man.

'Op dit moment niets specifieks,' fluister ik.

'Nou, we kunnen beginnen met: hoe vond je het gisteravond?' Zijn ogen branden, vol nieuwsgierigheid. *Hij wil het echt graag weten. Wauw.*

'Heerlijk,' zeg ik zwoel.

Zijn lippen gaan iets omhoog.

'Dat vond ik ook,' mompelt hij. 'Ik had nog nooit vanilleseks gehad. Er is veel voor te zeggen. Maar misschien komt dat omdat het met jou is.' Hij strijkt met zijn duim over mijn onderlip.

Ik adem diep in. *Vanilleseks?*

'Kom, we gaan in bad.' Hij buigt zich voorover en kust me. Mijn hart maakt een sprongetje en onder in mijn lichaam welt het verlangen op... helemaal *daar.*

De badkuip is een wit stenen, diep en ovaal ding, erg design allemaal. Christian buigt voorover en vult het met de kraan in de betegelde wand. Hij giet wat duur uitziende badolie in het water. Het schuimt, terwijl het bad zich vult en ruikt naar zoete, zwoele jasmijn. Hij staat naar me te kijken, zijn ogen donker, doet dan zijn T-shirt uit en gooit het op de vloer.

'Mevrouw Steele.' Hij steekt zijn hand naar me uit.

Ik sta in de deuropening met wijd opengesperde ogen en ben op mijn hoede. Mijn armen heb ik om mijn lichaam geslagen. Ik stap naar voren en bewonder stiekem zijn lichaam. Hij is gewoon zo lekker. Mijn onderbewuste is in katzwijm en valt ergens achter in m'n hoofd flauw. Ik pak zijn hand en hij verzoekt me in het bad te stappen, terwijl ik nog steeds zijn overhemd aanheb. Ik doe wat hij van me vraagt. Daar moet ik maar aan wennen als ik zijn bizarre aanbod aan ga nemen... *als!* Het water is heerlijk warm.

'Draai je naar me toe,' beveelt hij met zachte stem. Ik doe wat me is opgedragen. Hij kijkt me aandachtig aan.

'Ik weet dat die lip heerlijk is. Daar kan ik over meepraten. Maar wil je ophouden met erop bijten?' zegt hij met opeengeklemde kaken. 'Als je erop kauwt, krijg ik zin om je te neuken en je hebt pijn, oké?'

Mijn adem stokt en ik laat automatisch mijn lip los, geschrokken.

'Precies,' daagt hij me uit. 'Je snapt 't.' Hij kijkt me dreigend aan. Ik knik verwoed. *Ik had geen idee dat ik zo veel effect op hem had.*

'Goed zo.' Hij buigt voorover en haalt mijn iPod uit het borstzakje en legt het bij de wastafel.

'Water en iPods – geen slimme combinatie,' prevelt hij. Hij pakt de zoom van zijn witte overhemd, tilt het over mijn hoofd en gooit het op de vloer. Hij doet een stap achteruit en kijkt naar me. *Hallo, ik ben naakt, hoor.* Ik kleur donkerrood en staar naar beneden naar mijn handen op mijn buik. Ik wil wanhopig graag in het warme water en schuim verdwijnen, maar ik weet dat dat niet is wat hij wil.

'Hé,' waarschuwt hij me. Ik kijk naar hem op en hij houdt zijn hoofd scheef. 'Anastasia, je bent een heel mooie vrouw, in alle opzichten. Laat je hoofd niet hangen alsof je je schaamt. Je hebt niets om je voor te schamen en het is een waar genoegen om hier te staan en naar je te kijken.' Hij pakt mijn kin vast met zijn hand en tilt mijn hoofd op, zodat ik in zijn ogen kijk. Ze zijn zacht en warm, verhit zelfs. Hij staat zo dichtbij. Ik zou hem gewoon kunnen aanraken.

'Nu mag je gaan zitten.' Hij onderbreekt mijn verwarde gedachten en ik ga snel het warme, aangename water in. Oeh... het prikt, dat verrast me, maar het ruikt ook heerlijk en de aanvankelijke pijn ebt al snel weg. Ik ga achteroverliggen en sluit even mijn ogen, terwijl ik ontspan in de kalmerende warmte. Als ik ze weer opendoe, staat hij naar me te kijken.

'Waarom kom je er niet bij?' vraag ik, dapper, geloof ik. Mijn stem is hees.

'Dat ga ik doen. Schuif maar naar voren,' beveelt hij.

Hij trekt zijn pyjamabroek uit en klimt achter me in het bad. Het water komt omhoog als hij gaat zitten en hij trekt me tegen zijn borst aan. Hij legt zijn lange benen over de mijne, met zijn knieën gebogen en zijn enkels bij de mijne, en trekt dan zijn voeten uit elkaar, zodat hij mijn benen spreidt. Mijn ademhaling stokt van verrassing. Hij heeft zijn neus in mijn haar en ademt diep in.

'Je ruikt zo lekker, Anastasia.'

Ik voel een rilling door mijn lijf gaan. *Ik zit naakt in bad met*

Christian Grey. Hij is naakt. Als iemand mij gisteren toen ik wakker werd in zijn hotelsuite had verteld dat ik dit zou gaan doen, had ik het nooit geloofd.

Hij pakt een flacon douchezeep van de ingebouwde plank naast het bad en knijpt wat zeep op zijn hand. Hij wrijft zijn handen tegen elkaar zodat er een zachte, schuimende massa ontstaat, legt zijn handen rond mijn nek en begint de zeep over mijn nek en schouders te wrijven waarbij hij me stevig masseert met zijn lange, sterke vingers. Ik kreun. Het is fijn om zijn handen op mij te voelen.

'Lekker?' Ik kan zijn glimlach bijna horen.

'Hmm.'

Hij gaat langs mijn armen naar beneden en dan eronder over mijn onderarmen, terwijl hij me zachtjes wast. Ik ben zo blij dat Kate erop stond dat ik me zou scheren. Zijn handen glijden naar mijn borsten en ik adem diep in wanneer zijn vingers eromheen draaien en zachtjes beginnen te kneden, heel vastberaden. Mijn lichaam buigt zich instinctief en duwt mijn borsten in zijn handen. Mijn tepels zijn gevoelig. Heel gevoelig, ongetwijfeld door zijn niet zo zachtzinnige behandeling van gisteravond. Hij blijft niet lang hangen en glijdt met zijn handen naar beneden naar mijn middel. Mijn ademhaling versnelt en mijn hart klopt als een bezetene. Zijn groeiende erectie duwt tegen mijn achterste. Het is enorm opwindend om te weten dat hij zich zo voelt door mijn lichaam. *Ha... niet je verstand*, spot mijn onderbewustzijn. Ik schud de onwelkome gedachte van mij af.

Hij stopt en pakt een washandje, terwijl ik hijgend tegen hem aan zit, vol verlangen... behoeftig. Mijn handen rusten op zijn stevige, gespierde dijbenen. Hij knijpt nog wat zeep op het washandje, buigt zich voorover en wast me tussen mijn benen. Ik houd mijn adem in. Zijn vingers stimuleren mij vaardig door het washandje heen. Het is hemels en mijn heupen beginnen in hun eigen ritme te bewegen en duwen tegen zijn hand. Terwijl mijn zintuiglijke gevoelens het overnemen, gooi ik mijn hoofd achterover. Mijn ogen draaien naar binnen, mijn mond ontspant zich en ik kreun. De druk bouwt zich langzaam en onverbiddelijk op binnen in mij... *o mijn god.*

'Voel het, schatje,' fluistert Christian in mijn oor. Hij bijt zachtjes met zijn tanden in mijn oorlelletje. 'Voel het voor mij.' Zijn benen houden de mijne vast tegen de zijkant van het bad en houden me gevangen, zodat hij gemakkelijk toegang heeft tot mijn meest intieme lichaamsdeel.

'O... alsjeblieft,' fluister ik. Ik probeer mijn benen te strekken, terwijl mijn lichaam verstijft. Ik ben seksueel onderworpen aan deze man en hij laat me niet bewegen.

'Volgens mij ben je nu schoon genoeg,' mompelt hij en hij stopt. *Wat! Nee! Nee! Nee!* Mijn ademhaling is onregelmatig.

'Waarom stop je?' hijg ik.

'Omdat ik andere plannen met je heb, Anastasia.'

Wat... lieve help... maar... ik was... dat is niet eerlijk.

'Draai je om. Ik moet ook gewassen worden,' zegt hij zacht.

O! Als ik me naar hem omdraai zie ik met een schok dat hij zijn harde lid stevig vast heeft. Mijn mond valt open.

'Ik wil dat je mijn favoriete en meest gekoesterde lichaamsdeel goed leert kennen, misschien wel beste vriendjes wordt. Ik ben er erg aan gehecht.'

Hij is zo groot en wordt nog groter. Zijn erectie steekt boven het water uit en het water klotst rond zijn heupen. Ik kijk naar hem op en kijk recht in zijn verdorven grijns. Hij geniet van de uitdrukking van verbijstering op mijn gezicht. Ik besef dat ik staar. Ik slik. *Dat heeft in mij gezeten!* Het lijkt onmogelijk. Hij wil dat ik hem aanraak. *Hmm*... goed, kom maar op.

Ik lach naar hem en pak de douchezeep. Ik knijp wat op mijn hand. Ik doe net als hij en wrijf de zeep in mijn handen totdat deze schuimt. Mijn ogen blijven in de zijne kijken. Mijn lippen een beetje uit elkaar om beter te kunnen ademen... heel opzettelijk bijt ik zachtjes op mijn onderlip en lik dan met mijn tong over de plaats waar mijn tanden waren. Zijn ogen staan ernstig en donker en worden groter wanneer mijn tong over mijn onderlip strijkt. Ik buig naar voren en leg een van mijn handen om hem heen. Ik spiegel de manier waarop hij zichzelf vasthoudt. Zijn ogen sluiten zich even. Wauw... het voelt veel steviger dan ik had verwacht. Ik knijp en hij legt zijn hand over de mijne.

'Zo,' fluistert hij en hij beweegt zijn hand op en neer terwijl hij mijn vingers stevig vasthoudt. Mijn vingers grijpen hem iets steviger vast. Hij doet zijn ogen weer dicht en zijn adem stokt in zijn keel. Als hij zijn ogen weer opent, is zijn blik smeulend grijs. 'Zo ja, schatje.'

Hij laat mijn hand los en laat me alleen verdergaan. Hij sluit zijn ogen wanneer ik op en neer ga over zijn lid. Hij buigt zijn heupen een beetje naar mijn hand en in een reflex pak ik hem steviger vast. Een lage kreun welt op uit het binnenste van zijn keel. *Mijn mond neuken... hmm.* Ik herinner me hoe hij zijn duim in mijn mond stak en me vroeg om er hard op te zuigen. Zijn mond valt open terwijl zijn ademhaling versnelt. Ik buig voorover, terwijl hij zijn ogen gesloten heeft, en leg mijn lippen om hem heen. Voorzichtig zuig ik eraan en haal mijn tong over het uiteinde.

'Whoa... Ana.' Zijn ogen schieten open en ik zuig harder.

Hmm... hij is hard en zacht tegelijk, als staal omhuld met fluweel en verrassend lekker: zilt en glad.

'Jezus,' kreunt hij en hij doet zijn ogen weer dicht.

Ik beweeg naar beneden en duw hem in mijn mond. Hij kreunt weer. *Ha!* Mijn innerlijke godin is verrukt. Ik kan dit. *Ik* kan *hem* neuken met mijn mond. Ik draai weer met mijn tong rond het uiteinde en hij brengt zijn heupen omhoog. Zijn ogen zijn nu open en gloeien verhit. Hij heeft zijn tanden op elkaar wanneer hij weer beweegt en ik duw hem dieper in mijn mond, waarbij ik mezelf ondersteun op zijn dijbenen. Ik voel hoe zijn benen zich aanspannen onder mijn handen. Hij pakt mijn vlechtjes vast en begint nu echt te bewegen.

'O... schatje... dat is zo lekker,' mompelt hij. Ik zuig harder en haal mijn tong over de kop van zijn indrukwekkende erectie. Ik doe mijn lippen over mijn tanden en leg mijn mond stevig om hem heen. Zijn adem sist tussen zijn tanden door en hij kreunt.

'Jezus. Hoe diep kun je?' fluistert hij.

Hmm... Ik trek hem dieper mijn mond in, zodat ik hem tegen de achterkant van mijn keel kan voelen en dan weer terug naar de voorkant. Mijn tong danst rond zijn eikel. Dit is mijn eigen lolly met Christian Grey-smaak. Ik zuig nog harder en duw hem steeds dieper, terwijl mijn tong rondjes blijft draaien. *Hmm...* Ik wist niet dat genot bezorgen zo opwindend kon zijn, terwijl ik hem lichtjes zie kronkelen van verlangen. Mijn innerlijke godin danst de merengue en maakt salsabewegingen.

'Anastasia, ik ga klaarkomen in je mond,' waarschuwt zijn hijgende stem. 'Als je dat niet wilt, moet je nu stoppen.' Hij stoot weer met zijn heupen, zijn ogen staan wijd open, behoedzaam en vol geil verlangen – verlangen naar mij. Verlangen naar mijn mond... *O hemel.*

Holy shit. Zijn handen grijpen mijn haar nu stevig vast. Ik kan dit. Ik duw nog harder en in een moment van buitengewoon zelfvertrouwen leg ik mijn tanden bloot. Dat duwt hem over de rand. Hij schreeuwt het uit en houdt dan stil en ik voel een warme, zilte vloeistof door mijn keel glijden. Ik slik het snel door. Gatver... Dit weet ik nog zo net niet. Maar één blik op hem en het kan me niets meer schelen: ik heb hem in stukjes uiteen laten spatten in het bad. Ik zit achterover en kijk naar hem. Een triomfantelijke, voldane glimlach trekt aan mijn mondhoeken. Zijn ademhaling is onregelmatig. Hij doet zijn ogen open en kijkt me aan.

'Heb je geen neiging om te kokhalzen?' vraagt hij verbaasd. 'Jezus, Ana... dat was lekker... echt heel lekker. Onverwacht, dat wel.' Hij fronst. 'Weet je, je blijft me verbazen.'

Ik glimlach en bijt bewust op mijn lip. Hij kijkt me veelbetekenend aan.

'Heb je dat wel eens eerder gedaan?'

'Nee.' En ik kan het niet helpen dat ik me een beetje trots voel bij die ontkenning.

'Fijn,' zegt hij zelfvoldaan en, volgens mij, opgelucht. 'Weer een primeur, mevrouw Steele.' Hij kijkt me waarderend aan. 'Je krijgt een 10 voor mondelinge vaardigheden. Kom, we gaan naar bed, ik ben je een orgasme schuldig.'

Orgasme! Nog een!

Snel klautert hij uit bad en gunt me een eerste volledige blik op de goddelijk gevormde adonis die Christian Grey heet. Mijn innerlijke godin is gestopt met dansen en staart ook, met open mond terwijl ze lichtjes kwijlt. Zijn erectie is getemd, maar nog steeds aanzienlijk... wauw. Hij slaat een kleine handdoek om zijn middel die het belangrijkste bedekt en houdt een grotere, zachte witte handdoek voor me op. Terwijl ik uit bad stap, pak ik zijn uitgestoken hand. Hij wikkelt me in de handdoek, trekt me in zijn armen en kust me ruw, waarbij hij zijn tong in mijn mond duwt. Ik verlang ernaar om mijn armen om hem heen te slaan... om hem aan te raken... maar hij heeft mijn armen gevangen in de handdoek. Al snel verlies ik mezelf in zijn kus. Hij wiegt mijn hoofd terwijl zijn tong mijn mond verkent en ik krijg het gevoel dat hij zijn dankbaarheid uit: misschien voor mijn eerste keer pijpen? *Whoa.*

Hij trekt zich terug en met zijn handen aan weerszijden van mijn gezicht kijkt hij me doordringend aan. Hij ziet er wat verloren uit.

'Zeg ja,' fluistert hij hartstochtelijk.

Ik frons en begrijp het niet.

'Waarop?'

'Ja op onze regeling. Dat je van mij bent. Alsjeblieft, Ana,' fluistert hij smekend, waarbij hij de nadruk legt op het laatste woord en mijn naam. Hij kust me weer, teder en vol passie, voordat hij naar achteren stapt en me aankijkt. Hij knippert iets met zijn ogen. Hij pakt mijn hand en brengt me terug naar zijn slaapkamer. Het duizelt me en ik volg hem gedwee. Verbluft. *Hij wil dit echt.*

In zijn slaapkamer kijkt hij op me neer wanneer we bij zijn bed staan. 'Vertrouw je me?' vraagt hij opeens. Ik knik en mijn ogen staan wijd open van het plotselinge besef dat ik hem inderdaad vertrouw. *Wat gaat hij nu met me doen?* Er loopt een elektrische sensatie door me heen.

'Braaf meisje,' zegt hij buiten adem terwijl zijn duim over mijn onderlip strijkt. Hij stapt zijn kast in en komt terug met een zilvergrijze zijden stropdas.

'Houd je handen vóór je en tegen elkaar aan,' beveelt hij, terwijl hij de handdoek van me aftrekt en op de grond gooit.

Ik doe wat hij vraagt en hij bindt mijn polsen samen met de stropdas, waar hij een stevige knoop in legt. Zijn ogen glanzen van opwinding. Hij trekt aan de knoop. Die zit goed vast. *Hij moet wel een goede padvinder geweest zijn om deze knopen te kennen.* Wat nu? Mijn hartslag gaat door het plafond en pompt razendsnel. Hij haalt zijn vingers langs mijn vlechtjes.

'Je ziet er zo jong uit hiermee,' zegt hij zacht en hij stapt naar voren. Instinctief ga ik naar achteren totdat ik het bed tegen mijn knieholtes aan voel. Hij laat zijn handdoek vallen, maar ik kan mijn ogen niet van zijn gezicht afhouden. Zijn gezicht drukt een puur en brandend verlangen uit.

'O, Anastasia, wat zal ik eens met je doen?' fluistert hij terwijl hij me op het bed legt. Hij gaat naast me liggen en tilt mijn handen boven mijn hoofd.

'Houd je handen daar en beweeg ze niet, begrepen?' Zijn ogen branden in de mijne, adembenemend intens. Deze man wil ik niet boos zien... nooit.

'Geef antwoord,' eist hij met zachte stem.

'Ik zal mijn handen niet bewegen.' Ik ben ademloos.

'Braaf meisje,' zegt hij en hij likt opzettelijk langzaam over zijn lippen. Ik ben gehypnotiseerd door zijn tong wanneer hij die langzaam over zijn bovenlip haalt. Hij kijkt me aan en ziet mijn waarderende blik. Hij buigt voorover en geeft me een snelle, kuise kus op mijn lippen.

'Ik ga je overal kussen, mevrouw Steele,' zegt hij zachtjes en hij duwt mijn kin omhoog zodat hij goed bij mijn keel kan. Zijn lippen glijden langs mijn keel en kussen, zuigen en happen zich een weg naar het kuiltje onder aan mijn nek. Mijn lichaam staat onder hoogspanning... overal. Mijn huid is overgevoelig geworden door de recente ervaring in bad. Mijn verhitte bloed verzamelt zich onder in mijn buik, tussen mijn benen, *daarbeneden*. Ik kreun.

Ik wil hem aanraken. Ik beweeg mijn handen en omdat ze vastgebonden zijn, raak ik nogal onhandig zijn haar aan. Hij stopt met kussen en kijkt me aan, terwijl hij zijn hoofd schudt en een tuttend geluid maakt. Hij pakt mijn handen en legt ze weer boven mijn hoofd.

'Beweeg je handen niet, anders moeten we weer helemaal opnieuw beginnen,' zegt hij licht berispend. O, waarom pest hij me zo?

'Ik wil je aanraken.' Mijn stem is buiten adem en ongecontroleerd.

'Dat weet ik,' mompelt hij. 'Houd je handen boven je hoofd,' beveelt hij met krachtige stem.

Hij pakt mijn kin weer vast en begint mijn keel te kussen zoals daarnet. O... zo frustrerend. Zijn handen gaan over mijn lichaam en over mijn borsten terwijl zijn lippen bij het kuiltje onder aan mijn nek komen. Hij draait eromheen met het puntje van zijn neus en gaat dan tergend langzaam verder met zijn mond naar beneden, achter zijn handen aan, over mijn borstbeen naar mijn borsten. Teder kust hij mijn borsten, hapt erin en zuigt zachtjes aan mijn tepels. *Allemachtig.* Mijn heupen beginnen uit zichzelf te draaien en te bewegen in het ritme van zijn mond op mij. Ik probeer er wanhopig aan te blijven denken dat ik mijn handen boven mijn hoofd moet houden.

'Blijf stil liggen,' waarschuwt hij. Zijn adem is warm tegen mijn huid. Als hij bij mijn navel is, steekt hij zijn tong erin en gaat dan met zijn tanden zachtjes happend over mijn buik. Mijn lichaam kromt zich omhoog.

'Hmm. Je bent zo zoet, mevrouw Steele.' Zijn neus glijdt over de lijn tussen mijn buik en mijn schaamhaar, terwijl hij me zachtjes bijt en plaagt met zijn tong. Plotseling gaat hij rechtop zitten, knielt bij mijn voeten, pakt mijn enkels en spreidt mijn benen wijd uit elkaar.

Holy shit. Hij pakt mijn linkervoet, buigt mijn knie en brengt mijn voet naar zijn mond. Terwijl hij mijn reactie goed in zich opneemt, kust hij teder één voor één mijn tenen en bijt zachtjes in de kussentjes ervan. Als hij bij mijn kleine teen komt, bijt hij harder en mijn lichaam trekt jammerend samen. Hij glijdt met zijn tong over mijn wreef en ik kan niet langer naar hem kijken. Het is te gevoelig. Ik ga ontploffen. Ik knijp mijn ogen dicht en probeer alle gevoelens die hij veroorzaakt in mij op te nemen en te beheersen. Hij kust mijn enkel en trekt een spoor van kussen over mijn kuit naar mijn knie en stopt vlak daarboven. Dan begint hij met mijn rechtervoet en herhaalt het hele opwindende, fantastische proces.

'O, alsjeblieft,' kreun ik als hij in mijn kleine teen bijt en dit diep in mijn buik resoneert.

'Alles op zijn tijd, mevrouw Steele,' zucht hij.

Deze keer stopt hij niet bij mijn knie, maar gaat hij door over de binnenkant van mijn dijbeen, waarbij hij tegelijkertijd mijn dijen uit elkaar duwt. Ik weet wat hij gaat doen en een deel van mij wil hem wegduwen. Ik geneer me dood. Hij gaat me *daar* kussen! Ik weet het zeker. En een deel van mij geniet van de gespannen verwachting. Hij gaat naar mijn andere knie en trekt een spoor van kussen over mijn dijbeen. Hij kust, likt en zuigt en zit dan tussen mijn benen terwijl hij zijn neus op en neer beweegt over mijn geslacht, heel zachtjes, heel voorzichtig. Ik kronkel... *Houd me tegen.*

Hij stopt en wacht tot ik weer tot rust kom. Dat doe ik en ik til mijn hoofd op om naar hem te kijken. Mijn mond staat open terwijl mijn bonkende hart moeite heeft te kalmeren.

'Weet je wel hoe betoverend je ruikt, mevrouw Steele?' mompelt hij en terwijl zijn ogen de mijne blijven aankijken, duwt hij zijn neus in mijn schaamhaar en ademt in.

Ik kleur diep rood over m'n hele lichaam en voel me slap worden. Ik sluit onmiddellijk mijn ogen. Ik kan er niet naar kijken!

Hij blaast zachtjes over mijn intieme delen. *O mijn god...*

'Dit vind ik leuk.' Hij trekt zachtjes aan mijn schaamhaar. 'Misschien moeten we dit maar zo houden.'

'O... alsjeblieft,' smeek ik.

'Hmm, ik vind het fijn als je me smeekt, Anastasia.'

Ik kreun.

'Voor wat hoort wat is doorgaans niet mijn stijl, mevrouw Steele,' fluistert hij terwijl hij zachtjes over me heen blaast. 'Maar je hebt me vandaag genot geschonken en je verdient een beloning.' Ik hoor de verdorven grijns in zijn stem en terwijl mijn lichaam zingt op zijn woorden begint zijn tong langzaam rondjes te draaien om mijn clitoris en houden zijn handen mijn dijbenen naar beneden gedrukt.

'Aargh!' Ik kreun terwijl mijn lichaam buigt en zich samentrekt bij de aanraking van zijn tong.

Hij draait zijn tong steeds maar rond, telkens weer en blijft me kwellen. Ik verlies mezelf en elk atoom van mij is gespitst op dat kleine, krachtige plekje bovenaan, tussen mijn dijbenen. Mijn benen verstijven en hij steekt zijn vinger in me. Ik hoor zijn grommende kreun.

'O, schatje. Wat heerlijk dat je zo nat van me wordt.'

Hij beweegt zijn vinger in een grote cirkel, rekt me uit en trekt aan me, terwijl zijn tong zijn bewegingen spiegelt, steeds maar rond. Ik kreun. Dit is te veel... Mijn lichaam smeekt om verlossing en ik kan er niet meer omheen. Ik laat het gaan en verlies alle samenhang wanneer mijn orgasme me overvalt en mijn binnenste zich steeds maar weer samentrekt. *Goeie genade.* Ik schreeuw het uit en de wereld verdwijnt uit zicht, omdat de kracht van mijn hoogtepunt alles wegvaagt.

Ik hijg en hoor vaag het scheuren van folie. Heel langzaam komt hij in me en begint te bewegen. O... god. Het voelt pijnlijk, zoet, brutaal en teder tegelijk.

'Hoe voelt dit?' zucht hij.

'Goed. Lekker,' hijg ik. En hij begint heel snel, hard en groot te bewegen, waarbij hij telkens weer in me stoot, onverbiddelijk, en me steeds verder duwt totdat ik weer op het randje ben. Ik jammer.

'Kom voor me klaar, schatje.' Zijn stem klinkt scherp, hard en ruw in mijn oor en ik explodeer om hem heen terwijl hij snel in mij pompt.

'Godzijdank,' fluistert hij en hij stoot nog één keer hard en kreunt terwijl hij zijn hoogtepunt bereikt en zich in me drukt. Dan ligt hij stil en zijn lichaam is als verstijfd.

Hij valt op me neer en zijn hele gewicht drukt me in de matras. Ik leg mijn vastgebonden handen rond zijn nek en houd hem zo goed en zo kwaad als mogelijk vast. Op dat moment weet ik dat ik alles zou doen voor deze man. Ik ben van hem. Het wonder dat hij mij heeft leren kennen, is mooier dan ik me kon voorstellen. En hij wil nog verder gaan, veel verder, naar een plaats die ik me in mijn onschuld niet voor kan stellen. *O... wat zal ik doen?*

Hij steunt op zijn ellebogen en kijkt op me neer met intens grijze ogen.

'Zie je hoe goed we bij elkaar passen?' mijmert hij. 'Als jij je aan mij geeft, wordt het nog veel beter. Geloof me, Anastasia, ik kan je meenemen naar plaatsen waarvan je het bestaan niet eens vermoedt.' Zijn woorden weerspiegelen mijn gedachten. Hij strijkt met zijn neus langs de mijne. Ik ben nog duizelig van mijn buitengewone lichamelijke reactie op hem en kijk hem verdwaasd aan, op zoek naar samenhangende gedachten.

Plotseling worden we ons allebei bewust van stemmen in de gang bij zijn slaapkamerdeur. Het duurt even voordat ik kan verwerken wat ik hoor.

'Maar als hij nog in bed ligt, is hij vast ziek. Hij ligt om deze tijd nooit in bed. Christian slaapt nooit uit.'

'Mevrouw Grey, alstublieft.'

'Taylor. Je kunt me niet weghouden bij mijn zoon.'

'Mevrouw Grey, hij is niet alleen.'

'Hoe bedoel je dat hij niet alleen is?'

'Er is iemand bij hem.'

'*O...?*' Zelfs ik hoor het ongeloof in haar stem.

Christian knippert en kijkt me aan met wijd opengesperde ogen vol geluimde afschuw.

'Shit! Dat is mijn moeder.'

Tien

Hij trekt zich plotseling uit me terug. Ik huiver. Hij gaat rechtop op het bed zitten en gooit het gebruikte condoom in een prullenbak.

'Kom, we moeten ons aankleden – tenminste, als je mijn moeder wilt ontmoeten.' Hij grijnst, springt van het bed en trekt zijn spijkerbroek aan. Zonder ondergoed! Ik ga met moeite overeind zitten, omdat ik nog steeds ben vastgebonden.

'Christian – ik kan me niet bewegen.'

Zijn grijns wordt breder en hij leunt naar voren om de das los te maken. Het weefpatroon heeft een afdruk gemaakt rond mijn polsen. Het is... sexy. Hij kijkt me aan. Hij is geamuseerd en zijn ogen glinsteren vrolijk. Hij kust snel mijn voorhoofd en kijkt me stralend aan.

'Weer een primeur,' stelt hij vast, maar ik heb geen idee waar hij het over heeft.

'Ik heb hier geen schone kleding.' Plotselinge paniek maakt zich van mij meester. En vanwege wat ik net heb ervaren, is de paniek overweldigend. Zijn moeder! *Holy shit.* Ik heb geen schone kleren en zij heeft ons praktisch op heterdaad betrapt. 'Misschien moet ik maar hier blijven.'

'Echt niet, niets daarvan,' dreigt Christian. 'Je kunt iets van mij aantrekken.' Hij heeft een wit T-shirt aangetrokken en haalt zijn hand door zijn pas-geneukt-haar. Ondanks mijn bezorgdheid verlies ik alle rationaliteit. Zijn schoonheid is onthutsend.

'Anastasia, zelfs als je een zak aantrekt, zie je er nog geweldig uit. Maak je alsjeblieft geen zorgen. Ik wil graag dat je mijn moeder ontmoet. Kleed je aan. Ik ga alvast naar haar toe om haar gerust te stellen.' Zijn mond perst zich samen. 'Ik verwacht je over vijf minuten in de woonkamer, anders kom ik je halen en sleep ik je deze kamer uit, ongeacht wat je aanhebt. Mijn T-shirts liggen in deze la. Mijn overhemden hangen in de kast. Zoek maar wat uit.' Hij kijkt me even veelbetekenend aan en verlaat dan de kamer.

Lieve help. Christians moeder. Dit is veel meer dan waar ik op had gerekend. Als ik haar leer kennen, helpt dat misschien om een klein stukje van de puzzel op zijn plaats te leggen. Het kan me helpen begrijpen waarom Christian is zoals hij is... Opeens wil ik haar graag leren kennen. Ik pak mijn blouse van de vloer en constateer met vreugde dat deze de nacht heeft overleefd zonder al te veel kreukels. Ik vind mijn blauwe bh onder het bed en kleed me snel aan. Maar als ik iets vreselijk vind, dan is het wel geen schoon slipje aan te hebben. Ik kijk in Christians ladekast en vind zijn boxershorts. Nadat ik een strakke, grijze Calvin Klein-boxershort heb aangetrokken, doe ik mijn spijkerbroek en All Stars aan.

Ik pak mijn jasje en duik de badkamer in, waar ik mijn te stralende ogen en verhitte gezicht bekijk. En mijn haar! Goeie god... pas-geneukt-vlechten staan me ook al niet. Ik zoek in het badkamerkastje naar een borstel en vind een kam. Daar moet ik het maar mee doen. Ik bind snel mijn haar naar achteren terwijl ik met wanhoop naar mijn kleding kijk. Misschien moet ik het aanbod van Christian voor kleding maar aannemen. Mijn onderbewustzijn tuit haar lippen en vormt het woord 'hoer'. Ik negeer haar. Terwijl ik mijn jasje aantrek, en blij ben dat de manchetten het patroon van zijn stropdas bedekken, kijk ik nog een laatste keer bezorgd in de spiegel. Zo moet het maar. Ik ga naar de woonkamer.

'Daar is ze dan.' Christian staat op van de bank.

Zijn gezichtsuitdrukking is warm en waarderend. De vrouw met zandkleurig haar naast hem draait zich om en kijkt me stralend aan met een glimlach van oor tot oor. Ook zij staat op. Ze is keurig gekleed in een camelkleurige wolgeweven jurk met bijpassende schoenen. Ze ziet er verzorgd, elegant en mooi uit en vanbinnen ga ik dood omdat ik weet dat ik er zo slordig uitzie.

'Moeder, dit is Anastasia Steele. Anastasia, dit is Grace Trevelyan-Grey.'

Dr. Trevelyan-Grey steekt haar hand naar me uit. *T... van Trevelyan?*

'Wat leuk om je te ontmoeten,' zegt ze. Als ik me niet vergis, klinkt er verwondering en misschien zelfs verbazing door in haar stem en haar hazelnootkleurige ogen hebben een warme gloed. Ik schud haar de hand en kan alleen maar glimlachen en haar hartelijkheid beantwoorden.

'Dr. Trevelyan-Grey,' zeg ik zacht.

'Je mag me Grace noemen.' Ze grijnst en Christian fronst. 'Ik ben meestal dr. Trevelyan en mevrouw Grey is mijn schoonmoeder.' Ze knipoogt. 'Hoe hebben jullie elkaar eigenlijk leren kennen?' Ze kijkt vragend naar Christian, niet in staat haar nieuwsgierigheid te verbergen.

'Anastasia heeft me geïnterviewd voor het universiteitsblad van WSU omdat ik daar deze week de diploma-uitreiking doe.'

O shit ja. Dat was ik vergeten.

'Studeer je deze week af?' vraagt Grace.

'Ja.'

Mijn mobiel gaat. *Dat is vast Kate.*

'Excuseer me even.' Hij ligt in de keuken. Ik loop erheen en reik over de ontbijtbar zonder naar het nummer te kijken.

'Kate.'

'*Dios mío!* Ana!' *Shit nee, het is José.* Hij klinkt wanhopig. 'Waar ben je? Ik probeer je de hele tijd te bereiken. Ik moet je zien. Ik wil je mijn excuses aanbieden voor mijn gedrag van vrijdag. Waarom heb je me niet teruggebeld?'

'José, luister, het komt nu niet gelegen.' Ik kijk bezorgd naar Christian, die me aandachtig staat op te nemen met een uitdrukkingsloos gezicht, terwijl hij wat tegen zijn moeder zegt. Ik draai mijn rug naar hem toe.

'Waar ben je? Kate laat niets los,' zegt hij klagend.

'Ik ben in Seattle.'

'Wat doe je in Seattle? Ben je bij hem?'

'José, ik bel je later nog wel terug. Ik kan nu niet met je praten.' Ik hang op.

Nonchalant loop ik terug naar Christian en zijn moeder. Grace is goed op dreef.

'... en Elliot belde om te zeggen dat je er was – ik heb je al twee weken niet gezien, lieverd.'

'O ja, is dat zo, heeft Elliot dat gedaan?' zegt Christian terwijl hij me onbewogen aankijkt.

'Ik dacht dat we misschien samen konden lunchen, maar ik zie dat je andere plannen hebt en ik wil je dag niet in de war sturen.' Ze pakt haar lange crèmekleurige jas op en draait zich naar hem toe, terwijl ze hem haar wang aanbiedt. Hij kust haar, kort en lief. Ze raakt hem niet aan.

'Ik moet Anastasia terugbrengen naar Portland.'

'Natuurlijk, lieverd. Anastasia, het was me een waar genoegen. Ik hoop dat we elkaar nog eens zien.' Ze steekt haar hand naar me uit en haar ogen gloeien. We schudden elkaar de hand.

Taylor verschijnt vanuit... *waar eigenlijk?*

'Mevrouw Grey?' vraagt hij.

'Dank je, Taylor.' Hij begeleidt haar de kamer uit en door de dubbele deuren naar de hal. Was Taylor hier al de hele tijd? Hoe lang was hij hier al? Waar was hij?

Christian kijkt naar me.

'Dus de fotograaf heeft gebeld?'

Shit.

'Ja.'

'Wat wilde hij?'

'Zijn excuses aanbieden, je weet wel, voor vrijdag.'

Christian knijpt zijn ogen samen.

'Ik begrijp het,' zegt hij eenvoudig.

Taylor verschijnt weer.

'Meneer Grey, er is een probleem met de Darfur-zending.'

Christian geeft hem een kort knikje.

'Is Charlie Tango terug op Boeing Field?'

'Ja, meneer.'

Taylor knikt naar me.

'Mevrouw Steele.'

Ik glimlach voorzichtig naar hem terug en hij draait zich om en gaat weg.

'Woont hij hier? Taylor?'

'Ja.' Zijn toon is kortaf. *Wat heeft hij nou?*

Christian loopt naar de keuken en pakt zijn BlackBerry. Ik neem aan dat hij zijn e-mail bekijkt. Zijn mond vertrekt tot een dunne streep en hij belt een nummer.

'Ros, wat is er aan de hand?' zegt hij kortaf. Hij luistert en kijkt mij beschouwend aan, terwijl ik midden in de grote kamer sta en me afvraag wat ik met mezelf aan moet. Ik ben me buitengewoon bewust van mezelf en voel me niet op mijn plaats.

'Ik wil geen enkele bemanning risico laten lopen. Nee, annuleren... We droppen wel vanuit de lucht... Prima.' Hij hangt op. De warmte is uit zijn ogen verdwenen. Hij ziet er dreigend uit en na één snelle blik op mij gaat hij zijn werkkamer in. Even later komt hij weer terug.

'Dit is het contract. Lees het en we bespreken het volgend weekend. Ik stel voor dat je wat onderzoek doet, zodat je weet waar het om gaat.' Hij pauzeert. 'Tenminste, als je instemt. En ik hoop echt dat je dat doet,' voegt hij eraan toe op zachtere en bezorgde toon.

'Onderzoek?'

'Je zult versteld staan van wat je allemaal op internet kunt vinden,' zegt hij.

Internet! Ik heb geen computer, alleen Kates laptop en die bij Clayton's maar die kan ik niet gebruiken, al helemaal niet voor dit soort 'onderzoek'.

'Wat is er?' vraagt hij, terwijl hij zijn hoofd scheef houdt.

'Ik heb geen computer. Ik gebruik meestal de computers op school. Ik kijk wel of ik Kates laptop kan gebruiken.'

Hij overhandigt me een bruine envelop.

'Ik weet zeker dat ik je er wel een kan... eh, lenen. Pak je spullen. We rijden terug naar Portland en gaan onderweg wel ergens lunchen. Ik moet me aankleden.'

'Ik moet even bellen,' mompel ik. Ik wil alleen Kates stem even horen. Hij fronst.'De fotograaf?' Hij heeft zijn kaken op elkaar geklemd en zijn ogen schieten vuur. Ik kijk hem met half toegeknepen ogen aan. 'Ik houd niet van delen, mevrouw Steele. Onthoud dat maar.' Zijn rustige, koele toon is een waarschuwing en met één lange, kille blik op mij gaat hij terug naar de slaapkamer

Allemachtig. *Ik wilde alleen Kate even bellen.* Ik wil achter hem aan gaan, maar zijn plotselinge ontoeschietelijkheid heeft me verlamd. Wat is er gebeurd met de vrijgevige, ontspannen en glimlachende man met wie ik nog geen halfuur geleden heb gevreeën?

'Klaar?' vraagt Christian als we bij de dubbele deuren naar de hal staan.

Ik knik onzeker. Hij heeft zijn afstandelijke, beleefde en gespannen persoonlijkheid weer aangenomen en zijn masker weer opgezet. Hij heeft een leren koerierstas bij zich. Waar heeft hij die voor nodig? Misschien blijft hij in Portland. Dan denk ik opeens aan de diploma-uitreiking. O ja... daar is hij ook bij. Hij draagt een zwartleren jack. In die kleding ziet hij er beslist niet uit als een multi-multimiljonair, miljardair of wat voor -air dan ook. Hij ziet eruit als een jongen uit een foute buurt, misschien een rockster die zich altijd misdraagt, of een catwalkmodel. Ik zucht vanbinnen en zou willen dat ik ook maar één tiende van zijn zelfverzekerdheid had. Hij is zo rustig en beheerst. Ik frons en denk aan zijn uitbarsting over José... Nou ja, het lijkt alsof hij zo is.

Taylor drentelt rond op de achtergrond.

'Morgen dan,' zegt hij tegen Taylor, die knikt.

'Ja, meneer. Welke auto neemt u, meneer?'

Hij kijkt even naar mij.

'De R8.'

'Goede reis, meneer Grey. Mevrouw Steele.' Taylor kijkt me vriendelijk aan, hoewel er misschien iets van medelijden in zijn ogen verborgen ligt.

Hij denkt ongetwijfeld dat ik ben bezweken voor de twijfelachtige seksuele gewoonten van meneer Grey. Nog niet. Alleen zijn uitzonderlijke seksuele gewoonten, of misschien is seks voor iedereen wel zo. Ik keur de gedachte af. Ik heb geen vergelijkingsmateriaal en ik kan het Kate niet vragen. Dat is iets wat ik met Christian moet bespreken. Het is volkomen logisch dat ik met iemand moet praten – en ik kan niet met hem praten als hij het ene moment open en het andere moment afstandelijk is.

Taylor houdt de deur voor ons open en begeleidt ons. Christian drukt op de liftknop.

'Wat is er, Anastasia?' vraagt hij. Hoe weet hij dat ik over iets loop te piekeren? Hij pakt mijn kin vast.

'Stop met op je lip bijten, of ik neuk je in de lift en het kan me niet schelen wie er verder nog in stapt.'

Ik bloos, maar er ligt een zweem van een glimlach om zijn lippen. Zijn humeur lijkt eindelijk weer om te slaan.

'Christian, ik zit ergens mee.'

'O?' Ik heb zijn volledige aandacht.

De lift komt. We lopen naar binnen en Christian drukt op de 'G'.

'Nou...' Ik krijg een kleur. *Hoe moet ik dit zeggen?* 'Ik moet met Kate praten. Ik heb zo veel vragen over seks en jij bent te betrokken. Als je wilt dat ik al die dingen doe, hoe weet ik dan...?' Ik pauzeer en zoek naar de juiste woorden. 'Ik heb gewoon geen vergelijkingsmateriaal.'

Hij rolt met zijn ogen.

'Praat dan met haar, als het per se moet.' Hij klinkt geïrriteerd. 'Zorg dat ze niets tegen Elliot zegt.'

Ik word nijdig over zijn insinuatie. *Zo is Kate niet.*

'Dat zou ze nooit doen en ik zou jou niets vertellen van wat zij mij over Elliot vertelt – als ze me al iets zou vertellen,' voeg ik er snel aan toe.

'Maar het verschil is dat ik niets over zijn seksleven wil weten,' zegt Christian droogjes. 'Elliot is een nieuwsgierige eikel. Maar vertel alleen over wat we tot nu toe hebben gedaan,' waarschuwt hij. 'Kate zou me waarschijnlijk aan m'n ballen ophangen als ze wist wat ik met je wilde doen,' voegt hij er zo zachtjes aan toe dat ik niet zeker weet of ik dat wel had moeten horen.

'Oké,' stem ik toe en ik glimlach naar hem, opgelucht. De gedachte aan Kate met de ballen van Christian is niet iets waar ik lang bij stil wil staan.

Zijn lippen krullen omhoog en hij schudt zijn hoofd.

'Hoe sneller ik jouw overgave heb, hoe beter het is. Dan kunnen we ophouden met dit hele gedoe,' mompelt hij.

'Ophouden met wat voor gedoe?'

'Dat jij me steeds uitdaagt.' Hij buigt voorover, pakt mijn kin en plaatst een snelle, lieve kus op mijn lippen terwijl de liftdeuren opengaan. Hij pakt mijn hand en leidt me de ondergrondse parkeergarage in.

Ik hem uitdagen... hoezo?

Naast de lift staat de zwarte Audi 4x4, maar het is de gestroomlijnde, zwarte sportauto die openbliept als hij de sleutel erop richt. Het is zo'n auto waar een langbenige blondine, met alleen een sjerp om, op de motorkap hoort te liggen.

'Leuke auto,' mompel ik droogjes.

Hij kijkt op en grijnst.

'Dat weet ik,' zegt hij en voor één kort moment is de lieve, jonge, zorgeloze Christian weer terug. Mijn hart smelt. Hij is zo opgewonden. *Jongens en hun speelgoed.* Ik rol met mijn ogen naar hem, maar kan mijn glimlach niet verbergen. Hij opent het portier voor me en ik stap erin. Whoa... wat laag. Hij loopt gracieus om de auto heen en vouwt zijn lange gestalte elegant naast me op. *Hoe krijgt hij dat voor elkaar?*

'Wat voor auto is dit?'

'Dit is een Audi R8 Spyder. Het is een mooie dag. We kunnen het dak naar beneden doen. Daarin ligt een honkbalpetje. Er horen er zelfs twee in te liggen.' Hij wijst naar het dashboardkastje. 'En een zonnebril, als je die wilt.'

Hij start de auto en achter ons ronkt de motor. Hij zet zijn tas in de ruimte achter onze stoelen, drukt op een knop en het dak schuift langzaam open. Met een druk op de knop worden we omhuld door Bruce Springsteen.

'Iedereen houdt van Bruce.' Hij grijnst naar me en rijdt de auto het parkeervak uit en de steile helling op, waar we even wachten tot het hek omhoog gaat.

Het volgende moment zijn we buiten in de heldere meimorgen van Seattle. Ik open het dashboardkastje en pak de honkbalpetjes. De Mariners. Houdt hij van honkbal? Ik geef hem een pet en hij zet hem op. Ik haal mijn haar door de achterkant van de mijne en trek de klep naar beneden.

Mensen staren naar ons als we door de straten rijden. Even denk ik dat ze naar hem kijken... en dan denkt een heel paranoïde deel van mij dat iedereen naar mij kijkt, omdat ze weten wat ik de afgelopen twaalf uur heb gedaan. Maar uiteindelijk besef ik dat het om de auto gaat. Christian lijkt zich er niet van bewust te zijn en is in gedachten verzonken.

Er is weinig verkeer en we zitten al snel op de snelweg naar het zuiden. De wind waait over onze hoofden heen. Bruce zingt over in vuur en vlam staan en zijn verlangens. Wat toepasselijk. Ik krijg een kleur wanneer ik naar de tekst luister. Christian kijkt naar me. Hij heeft zijn Ray-Ban op, zodat ik niet kan zien wat hij denkt. Zijn mond vertrekt iets en hij legt zijn hand op mijn knie, waar hij zachtjes in knijpt. Mijn adem stokt.

'Heb je zin in eten?' vraagt hij.

Niet in eten.

'Niet echt.'

Zijn mond verstrakt weer tot die harde lijn.

'Je moet eten, Anastasia,' zegt hij berispend. 'Ik weet een leuk tentje in de buurt van Olympia. We stoppen daar wel.' Hij knijpt weer in mijn knie en legt zijn hand dan weer terug op het stuur, terwijl hij het gaspedaal verder indrukt. Ik word tegen de achterkant van mijn stoel gedrukt. Man, deze auto is snel.

Het restaurant is klein en intiem, een houten chalet midden in een bos. De inrichting is rustiek: willekeurige stoelen en tafels met gekleurde tafelkleden en veldbloemen in kleine vaasjes. CUISINE SAUVAGE staat er veelbelovend boven de deur.

'Ik ben hier al lang niet meer geweest. Ze hebben hier geen kaart. Ze bereiden wat ze hebben gevangen of geplukt.' Zijn wenkbrauwen gaan omhoog in spottende afschuw en ik moet lachen. De serveerster komt onze bestelling voor drankjes opnemen. Ze krijgt een kleur als ze Christian ziet. Ze vermijdt oogcontact met hem en verstopt zich achter haar lange blonde pony. Ze vindt hem leuk! *Ik ben niet de enige!*

'Twee glazen pinot grigio,' zegt Christian op autoritaire toon. Ik knijp mijn lippen geërgerd op elkaar.

'Wat is er?' vraagt hij vinnig.

'Ik wilde een cola light,' fluister ik.

Hij knijpt zijn grijze ogen samen en schudt zijn hoofd.

'De pinot grigio hier is goed te doen. Hij past goed bij de maaltijd, wat we dan ook krijgen,' zegt hij geduldig.

'Wat we dan ook krijgen?'

'Ja.' Hij lacht zijn verblindende glimlach-met-scheefgehoudenhoofd en mijn maag maakt een salto om mijn milt heen. Ik kan niet anders dan zijn geweldige glimlach beantwoorden.

'Mijn moeder vond je aardig,' zegt hij droogjes.

'Echt waar?' Zijn woorden maken dat ik een kleur van genoegen krijg.

'Ja, echt wel. Ze heeft altijd gedacht dat ik homo was.'

Mijn mond valt open en ik herinner me *die vraag... van het interview. O wat erg!*

'Waarom dacht ze dat je homo was?' fluister ik.

'Omdat ze me nooit met een meisje heeft gezien.'

'O... ook niet een van de vijftien?'

Hij glimlacht.

'Dat heb je onthouden. Nee, geen van de vijftien.'

'O.'

'Weet je, Anastasia, ook voor mij is het een weekend vol primeurs geweest,' zegt hij rustig.

'Is dat zo?'

'Ik heb nooit eerder met iemand geslapen, ik heb nooit eerder seks gehad in mijn bed, ik heb nooit eerder met een meisje in Charlie Tango gevlogen en ik heb nooit eerder een vrouw aan mijn moeder voorgesteld. Wat doe je toch met me?' Zijn ogen branden en de intensiteit beneemt mij de adem.

De serveerster komt terug met onze glazen wijn. Ik neem onmiddellijk een slokje. Wordt hij nu wat opener of zegt hij het zomaar?

'Ik heb echt genoten van dit weekend,' zeg ik zacht. Hij knijpt zijn ogen samen.

'Stop met op die lip te bijten,' gromt hij. 'Ik ook,' voegt hij eraan toe.

'Wat is vanilleseks?' vraag ik. Alles om mijzelf af te leiden van de intense, brandende, sexy blik waarmee hij naar me kijkt. Hij lacht.

'Gewone rechttoe-rechtaan seks, Anastasia. Zonder speeltjes of extra's.' Hij haalt zijn schouders op. 'Weet je wel... of, nou ja, eigenlijk weet je dat niet, maar dat betekent het dus.'

'O.' Ik vond dat we chocoladefudgeseks met een kersje erbovenop hebben gehad. Maar ach, wat weet ik er nou van?

De serveerster brengt ons soep. We kijken er allebei wat vertwijfeld naar.

'Brandnetelsoep,' zegt de serveerster voordat ze zich omdraait en weer wegbeent de keuken in. Ik geloof niet dat ze het leuk vindt dat Christian haar negeert. Ik proef voorzichtig. Het is erg lekker. Christian en ik kijken elkaar tegelijkertijd opgelucht aan. Ik giechel en hij houdt zijn hoofd scheef.

'Wat een heerlijk geluid,' zegt hij zacht.

'Waarom heb je nog nooit eerder vanilleseks gehad? Heb je altijd gedaan... eh, wat je doet?' vraag ik geïntrigeerd.

Hij knikt langzaam.

'Min of meer.' Hij klinkt behoedzaam. Hij fronst even en lijkt verwikkeld te zijn in een innerlijke strijd. Dan kijkt hij op, vastberaden. 'Een van de vriendinnen van mijn moeder heeft me verleid toen ik vijftien was.'

'O.' *Holy shit, dat is jong!*

'Ze had nogal bijzondere voorkeuren. Ik ben zes jaar lang haar Onderdanige geweest.' Hij haalt zijn schouders op.

'O.' Mijn hersenen zijn als bevroren, overdonderd door deze bekentenis.

'Dus ik weet wat erbij komt kijken, Anastasia.' Zijn ogen gloeien vol begrip.

Ik kijk hem aan en ben niet in staat om iets te zeggen. Zelfs mijn onderbewustzijn houdt zich stil.

'Ik heb niet echt een standaardintroductie in seks gehad.'

Nieuwsgierigheid krijgt de overhand.

'Dus je hebt nooit een vriendinnetje gehad op de middelbare school?'

'Nee.' Hij schudt zijn hoofd om zijn antwoord kracht bij te zetten.

De serveerster ruimt onze soepkommen af en onderbreekt ons even.

'Waarom niet?' vraag ik als ze weg is.

Hij glimlacht veelbetekenend.

'Wil je dat echt weten?'

'Ja.'

'Dat wilde ik niet. Zij was alles wat ik wilde en nodig had. Bovendien zou ze me verrot hebben geslagen.' Hij glimlacht liefdevol bij de herinnering.

O, dit is echt veel te veel informatie – maar ik wil meer weten.

'Ze was dus een vriendin van je moeder. Hoe oud was ze dan?'

Hij glimlacht zelfgenoegzaam. 'Oud genoeg om beter te weten.'

'Zie je haar nog steeds?'

'Ja.'

'Heb je nog... eh...?' Ik krijg een kleur.

'Nee.' Hij schudt zijn hoofd en schenkt me een toegeeflijke glimlach. 'Ze is een heel goede vriendin.'

'O. Weet je moeder ervan?'

Hij kijkt me aan met een blik van 'doe niet zo stom'.

'Natuurlijk niet.'

De serveerster komt terug met hertenvlees, maar ik heb geen trek meer. Wat een onthulling. *Christian de Onderdanige... Holy shit.* Ik neem een grote teug pinot grigio. Hij heeft natuurlijk gelijk – de wijn is heerlijk. Jemig, al die onthullingen. Dat is erg veel om over na te denken. Ik heb tijd nodig om dit te verwerken; als ik weer alleen ben, niet nu ik word afgeleid door zijn aanwezigheid. Hij is erg overweldigend, een erg alfamannetje, en nu heeft hij ook nog eens deze bom laten vallen. *Hij weet hoe het is.*

'Maar dat was toch zeker niet de hele tijd?' Ik ben in de war.

'Eigenlijk wel, hoewel ik niet de hele tijd bij haar was. Het was... moeilijk. Ik zat natuurlijk nog gewoon op school en ging daarna studeren. Eet je eten op, Anastasia.'

'Ik heb echt geen honger, Christian.' *Ik ben helemaal duizelig van je bekentenis.*

Zijn gezichtsuitdrukking verhardt. 'Eet,' zegt hij zachtjes, te zachtjes.

Ik kijk hem aan. Deze man is seksueel misbruikt als jongen en zijn toon is erg dreigend.

'Geef me nog even,' prevel ik zachtjes. Hij knippert een paar keer met zijn ogen.

'Oké,' mompelt hij en hij gaat verder met eten.

Zo zal het worden als ik teken: hij deelt de bevelen uit. Ik frons. *Wil ik dat wel?* Ik pak mijn mes en vork en snijd voorzichtig in het hertenvlees. Het is erg lekker.

'Gaat onze, eh... relatie er zo uitzien?' fluister ik. 'Dat jij me bevelen geeft?' Ik kan het niet opbrengen om hem aan te kijken.

'Ja,' zegt hij zacht.

'Ik begrijp het.'

'Sterker nog, je gaat willen dat ik dat doe,' voegt hij eraan toe met zachte stem.

Daar heb ik ernstige twijfels over. Ik snijd nog een stukje hertenvlees af en houd het bij mijn mond.

'Het is een grote stap,' prevel ik en ik eet.

'Dat is zo.' Hij sluit even zijn ogen. Als hij ze weer opent, zijn ze groot en ernstig. 'Anastasia, je moet je gevoel volgen. Doe onderzoek, lees het contract – ik bespreek met alle liefde alle aspecten ervan. Ik ben tot vrijdag in Portland als je er al eerder over wilt praten.' Zijn woorden overspoelen me. 'Bel me – misschien kunnen we samen eten – woensdagavond bijvoorbeeld? Ik wil heel graag dat dit wat wordt. Eigenlijk heb ik nog nooit iets zo graag gewild. Ik wil dat het slaagt.'

Zijn brandende eerlijkheid en verlangen worden weerspiegeld in zijn ogen. Daar begrijp ik dus helemaal niets van. *Waarom ik?* Waarom niet een van de vijftien? O nee... Ben ik dat – een getal? Nummer zestien van vele anderen

'Wat is er met de vijftien gebeurd?' flap ik eruit

Verbaasd trekt hij zijn wenkbrauwen op en dan berust hij. Hij schudt zijn hoofd.

'Verschillende dingen, maar het komt uiteindelijk allemaal neer op...' Hij pauzeert. Volgens mij kan hij de juiste woorden niet vinden. 'Onverenigbaarheid.' Hij haalt zijn schouders op.

'En denk je dat ik wel verenigbaar met jou ben?'

'Ja.'

'Dus je gaat niet meer met hen om?'

'Nee, Anastasia, inderdaad. Ik ben monogaam in mijn relaties.'

O… *dat is nieuw.*

'Ik begrijp het.'

'Doe onderzoek, Anastasia.'

Ik leg mijn mes en vork neer. Ik kan niet meer eten.

'Is dat alles? Is dat alles wat je eet?'

Ik knik. Hij kijkt afkeurend, maar besluit niets te zeggen. Ik slaak een lichte zucht van verlichting. Mijn maag is van streek door al deze nieuwe informatie en ik voel me wat licht in mijn hoofd door de wijn. Ik kijk toe hoe hij alles verslindt wat op zijn bord ligt. Hij eet als een paard. Hij doet vast aan sport om zo goed in vorm te blijven. De herinnering aan hoe zijn pyjamabroek op zijn heupen hing, komt spontaan in mij op. Dat beeld leidt me volledig af. Ik kronkel ongemakkelijk. Hij kijkt me aan en ik krijg een kleur.

'Ik zou er alles voor overhebben om te weten wat je nu denkt,' mompelt hij. Ik bloos nog dieper.

Hij schenkt me een verdorven glimlach.

'Ik kan er wel naar raden,' zegt hij plagend.

'Ik ben blij dat je mijn gedachten niet kunt lezen.'

'Je gedachten niet, Anastasia, maar je lichaam, dát heb ik sinds gisteren vrij goed leren kennen.' Zijn stem is suggestief. Hoe kan hij zo snel van humeur veranderen? Hij is zo veranderlijk… Het is moeilijk om hem bij te houden.

Hij gebaart naar de serveerster en vraagt om de rekening. Zodra hij heeft betaald, staat hij op en steekt zijn hand uit.

'Kom.' Hij pakt mijn hand en brengt me terug naar de auto. Dit contact, huid tegen huid, is wat zo onverwacht aan hem is, normaal en intiem. Ik kan dit gewone, tedere gebaar niet rijmen met wat hij wil doen in die kamer… de Rode Kamer van Pijn.

Als we van Olympia naar Vancouver rijden, zwijgen we, allebei verzonken in onze eigen gedachten. Als hij voor mijn appartement parkeert, is het vijf uur 's middags. Het licht is aan – Kate is thuis. Waarschijnlijk is ze aan het inpakken, tenzij Elliot er nog is. Hij zet de motor uit en ik besef dat ik hem moet verlaten.

'Wil je binnenkomen?' vraag ik. Ik wil niet dat hij weggaat. Ik wil onze tijd samen rekken.

'Nee. Ik moet aan 't werk,' zegt hij eenvoudig, terwijl hij me met een ondoorgrondelijke blik aankijkt.

Ik staar naar mijn handen en strengel mijn vingers ineen. Plotseling voel ik me emotioneel worden. Hij gaat weg. Hij buigt zich naar me toe en pakt een van mijn handen, die hij langzaam naar zijn mond brengt. Teder kust hij de rug van mijn hand, een heel ouderwets, lief gebaar. Mijn hart maakt een sprongetje.

'Dank je voor dit weekend, Anastasia. Het was... fantastisch. Woensdag? Ik haal je op van je werk, van waar dan ook,' zegt hij zacht.

'Woensdag,' fluister ik.

Hij kust nogmaals mijn hand en legt hem terug in mijn schoot. Hij stapt de auto uit, loopt eromheen naar mijn kant en opent het portier aan de passagierszijde. Waarom voel ik me opeens beroofd? Ik krijg een brok in mijn keel. Hij mag me zo niet zien. Ik tover een glimlach op mijn gezicht, stap uit de auto en loop het pad op in de wetenschap dat ik nu Kate onder ogen zal moeten komen. Daar zie ik als een berg tegen op. Ik draai me halverwege om en kijk naar hem. Kop op, Steele, berisp ik mezelf.

'O... trouwens, ik draag jouw ondergoed.' Ik glimlach naar hem en trek de tailleband omhoog van de boxershort die ik draag, zodat hij hem kan zien. Christians mond valt open, geschokt. Wat een geweldige reactie. Mijn humeur verandert onmiddellijk en ik loop parmantig het huis binnen. Een deel van mij wil in de lucht springen van blijdschap. *YES!* Mijn innerlijke godin is verrukt.

Kate is in de woonkamer en stopt haar boeken in kratten.

'Je bent terug. Waar is Christian? Hoe gaat het met je?' Haar stem is koortsachtig, bezorgd, en ze springt op, pakt mijn schouders en analyseert grondig mijn gezicht voordat ik haar ook maar heb kunnen begroeten.

Shit... Ik krijg nu te maken met Kates volharding en vasthoudendheid en ik heb een getekend juridisch stuk waarin staat dat ik niets mag zeggen. Dat is geen gezonde combinatie.

'Nou, hoe was het? Ik moest de hele tijd aan je denken, althans toen Elliot weg was.' Ze grijnst ondeugend.

Ik kan niet anders dan glimlachen om haar bezorgdheid en brandende nieuwsgierigheid, maar ik voel me opeens verlegen. Ik bloos. Het was heel intiem. Alles. Nu ik gezien heb wat Christian te verbergen heeft. Maar ik moet haar wat informatie geven, want anders laat ze me niet met rust.

'Het was fijn, Kate. Heel fijn, denk ik,' zeg ik rustig en ik probeer mijn verlegen lach die alles zegt te verbergen.

'Dat denk je?'

'Ik heb toch geen vergelijkingsmateriaal?' Ik haal verontschuldigend mijn schouders op.

'Heeft hij je klaar laten komen?'

Allemachtig. Ze is zo bot. Ik kleur felrood.

'Ja,' mompel ik, geërgerd.

Kate trekt me naar de bank en we gaan zitten. Ze pakt mijn handen vast.

'Dat ís fijn.' Kate kijkt me vol ongeloof aan. 'Het was je eerste keer. Wauw, Christian moet echt weten wat hij doet.'

O Kate, je moest eens weten.

'Mijn eerste keer was afschuwelijk,' gaat ze verder, terwijl ze een tragikomisch gezicht trekt.

'O?' Mijn belangstelling is gewekt, iets wat ze me nooit eerder heeft verteld.

'Ja, Steve Patron. Middelbare school, populaire eikel.' Ze huivert. 'Hij was ruw. Ik was er niet klaar voor. We waren allebei dronken. Je kent het wel, de typische tienerramp na het eindexamenbal. Gatver – het heeft maanden geduurd voordat ik besloot om het nog een keer te proberen. En niet met hem, die laffe rotzak. Ik was te jong. Je hebt er goed aan gedaan om te wachten.'

'Kate, dat klinkt vreselijk.'

Kate kijkt weemoedig.

'Ja, het duurde bijna een jaar voordat ik mijn eerste orgasme had door penetratie en jij... meteen al?'

Ik knik verlegen. Mijn innerlijke godin zit in de lotushouding en ziet er sereen uit. Alleen heeft ze een geslepen, zelfingenomen lach op haar gezicht.

'Ik ben blij voor je dat het met iemand was die weet waar hij mee bezig is.' Ze knipoogt naar me. 'Wanneer zie je hem weer?'

'Woensdag. We gaan samen eten.'

'Dus je vindt hem nog steeds leuk?'

'Ja. Maar ik ben niet zeker van... de toekomst.'

'Waarom?'

'Hij is gecompliceerd, Kate. Je weet wel – hij leeft in een heel andere wereld dan ik.' Goed excuus. Geloofwaardig ook. Veel beter dan – *hij heeft een Rode Kamer van Pijn en hij wil mij tot zijn seksslavin maken.*

'Laat het alsjeblieft niet stuklopen op geld, Ana. Elliot zei dat het erg ongebruikelijk is dat Christian met iemand uitgaat.'

'Zei hij dat?' Mijn stem is enkele octaven hoger.

Te duidelijk, Steele! Mijn onderbewustzijn kijkt naar me, zwaait met haar lange, magere vinger en verandert dan in de weegschaal van vrouwe Justitia om me eraan te herinneren dat hij me kan vervolgen als ik te veel vertel. *Ha... wat gaat hij dan doen – me al mijn geld afhandig maken?* Ik moet niet vergeten om 'sancties voor inbreuk op een geheimhoudingsverklaring' te googelen naast de rest van mijn 'onderzoek'. Het is net alsof ik huiswerk heb gekregen. Misschien krijg ik wel een cijfer. Ik krijg een kleur als ik denk aan mijn 10 voor het badexperiment van vanochtend.

'Ana, wat is er?'

'Ik moet denken aan iets wat Christian zei.'

'Je ziet er anders uit,' zegt Kate liefdevol.

'Ik voel me anders. Het doet zeer,' beken ik.

'Zeer?'

'Een beetje.' Ik krijg een kleur.

'Dat heb ik ook. Mannen,' zegt ze met afkeurende spot. 'Beesten zijn het.' We moeten allebei lachen.

'Doet het zeer bij jou?' roep ik uit.

'Ja... overmatig gebruik.'

Ik giechel.

'Vertel me over Elliot, de overmatige gebruiker,' vraag ik als ik ben opgehouden met giechelen. O, ik voel hoe ik me voor het eerst ontspan sinds ik in de rij bij de bar stond... vóór het telefoongesprek waar dit allemaal mee begon – toen ik meneer Grey van een afstand bewonderde. Een gelukkige, ongecompliceerde tijd.

Kate bloost. *O hemel...* Katherine Agnes Kavanagh verandert opeens in Anastasia Rose Steele. Ze kijkt me met omfloerste ogen aan. Ik heb haar nog nooit zo op een man zien reageren. Mijn mond valt bijna tot op de grond open. *Waar is Kate, wat heb je met haar gedaan?*

'O, Ana,' zegt ze dwepend. 'Hij is gewoon zo... alles. En als we... o... echt heerlijk.' Ze kan geen fatsoenlijke zin meer formuleren, zo erg heeft ze het te pakken.

'Volgens mij probeer je me te vertellen dat je hem leuk vindt.'

Ze knikt en grijnst als een idioot.

'En ik zie hem zaterdag weer. Hij komt ons helpen verhuizen.' Ze slaat haar handen in elkaar, springt van de bank en danst pirouetjes naar het raam. Verhuizen. Shit, dat was ik helemaal vergeten, zelfs met de verhuisdozen om ons heen.

'Wat aardig van hem,' zeg ik waarderend. Dan kan ik hem ook leren kennen. Misschien kan hij me meer inzicht geven in zijn vreemde, verontrustende broer.

'Wat heb je gisteravond gedaan?' vraag ik. Ze houdt haar hoofd scheef, trekt haar wenkbrauwen omhoog en kijkt me aan alsof ik niet spoor.

'Ongeveer hetzelfde als wat jij hebt gedaan, alleen hebben wij eerst gegeten.' Ze grijnst naar me. 'Gaat het echt wel goed met je? Je ziet er wat overweldigd uit.'

'Ik voel me overweldigd. Christian is heel intens.'

'Ja, ik kon wel zien dat hij dat is. Maar was hij lief voor je?'

'Ja,' stel ik haar gerust. 'Ik heb enorme honger, zal ik wat maken?'

Ze knikt en pakt nog twee boeken op om in te pakken.

'Wat wil je doen met de boeken van veertienduizend dollar?' vraagt ze.

'Ik geef ze aan hem terug.'

'Echt waar?'

'Het is echt een veel te overdreven cadeau. Ik kan het niet aannemen, vooral nu niet.' Ik grijns naar Kate en ze knikt.

'Ik begrijp het. Er zijn twee brieven voor je gekomen en José heeft stipt ieder uur gebeld. Hij klonk wanhopig.'

'Ik bel hem wel,' mompel ik ontwijkend. Als ik Kate over José vertel, vermoordt ze hem. Ik pak de brieven van de eettafel en maak ze open.

'Hé, ik heb sollicitatiegesprekken! Volgende week, in Seattle, voor een stageplaats!'

'Bij welke uitgever?'

'Bij allebei!'

'Ik zei toch al dat je cijfergemiddelde deuren voor je zou openen, Ana.'

Kate heeft natuurlijk al een stageplaats geregeld bij *The Seattle Times*. Haar vader kent iemand die weer iemand anders kent.

'Wat vindt Elliot ervan dat je weggaat?' vraag ik.

Kate loopt de keuken in en voor de eerste keer vanavond is ze somber.

'Hij begrijpt het. Een deel van mij wil niet weg, maar het is verleidelijk om twee weken in de zon te liggen. Bovendien houdt mam eraan vast, omdat ze denkt dat dit onze laatste echte familievakantie is voordat Ethan en ik de wereld van de betaalde arbeid in stappen.'

Ik ben nog nooit uit de vs weg geweest. Kate gaat twee weken naar Barbados met haar ouders en haar broer, Ethan. Dan ben ik Kate-loos in ons nieuwe appartement. Dat zal vreemd zijn. Ethan heeft de wereld rondgereisd sinds hij vorig jaar is afgestudeerd. Ik vraag me even af of ik hem nog zal zien voordat ze met vakantie gaan. Hij is zo'n aardige jongen. De telefoon gaat en haalt me abrupt uit mijn dagdroom.

'Daar heb je José.'

Ik zucht. Ik weet dat ik met hem moet praten. Ik pak de telefoon.

'Hallo.'

'Ana, je bent terug!' José schreeuwt tegen me, vol opluchting.

'Daar lijkt het wel op, hè?' Mijn stem druipt van het sarcasme en ik rol met mijn ogen.

Hij is even stil.

'Kan ik je zien? Het spijt me van vrijdagavond. Ik was dronken... en jij... nou ja. Ana – vergeef me alsjeblieft.'

'Natuurlijk vergeef ik je, José. Maar waag dat niet nog eens. Je weet dat ik je niet op die manier leuk vind.'

Hij zucht hard, verdrietig.

'Ik weet het, Ana. Ik dacht alleen dat als ik je kuste, je gevoelens misschien zouden veranderen.'

'José, ik ben erg gek op je en je betekent heel veel voor me. Je bent als de broer die ik nooit heb gehad. Dat zal niet veranderen. Dat weet je best.' Ik vind het vreselijk om hem teleur te stellen, maar het is de waarheid.

'Hoor je nu bij hem?' Zijn toon is vol minachting.

'José, ik hoor bij niemand.'

'Maar je hebt de nacht met hem doorgebracht.'

'Dat gaat je niks aan!'

'Is het vanwege zijn geld?'

'José! Hoe durf je!' schreeuw ik, van mijn stuk gebracht door zijn onbeschaamdheid. 'Ana,' zegt hij klagend en verontschuldigend tegelijkertijd. Ik kan zijn kleinzielige jaloezie nu even niet hebben. Ik weet dat hij gekwetst is, maar ik heb mijn handen al vol aan Christian Grey.

'Misschien kunnen we morgen even koffiedrinken of zo. Ik bel je wel.' Ik ben vergevingsgezind. Hij is mijn vriend en ik ben erg gek op hem. Maar op dit moment heb ik hier geen trek in.

'Oké, morgen. Bel je me?' De hoop in zijn stem is hartverscheurend.

'Ja... dag, José.' Ik hang op en wacht niet op zijn antwoord.

'Waar ging dat allemaal over?' vraagt Katherine met haar handen op haar heupen. Ik besluit dat eerlijkheid het langst duurt. Ze ziet er nu koppiger uit dan ooit.

'Hij probeerde me vrijdag te versieren.'

'José? Én Christian Grey? Ana, je feromonen maken zeker overuren. Wat dacht die idioot wel niet?' Ze schudt haar hoofd vol walging en gaat weer verder met het inpakken van kratten.

Drie kwartier later onderbreken we het inpakken voor de specialiteit van het huis: mijn lasagne. Kate opent een fles wijn en we zitten tussen de dozen te eten, terwijl we goedkope rode wijn slobberen en slechte tv-programma's kijken. Dit is het normale leven. Het is zo ontnuchterend en aangenaam na de laatste achtenveertig uur van... gekte. Ik eet weer mijn eerste ongehaaste, vredige maaltijd zonder gezeur. *Wat heeft hij toch met eten?* Kate ruimt de borden af en ik pak in de woonkamer verder in. Alles wat er nu nog staat, zijn de bank, de tv en de eettafel. Meer hebben we niet nodig, toch? Alleen alles uit de keuken en onze slaapkamers moet nog worden ingepakt en we hebben de rest van de week nog. *Klaar is Kees!*

De telefoon gaat weer. Het is Elliot. Kate knipoogt naar me en huppelt haar slaapkamer in alsof ze veertien is. Ik weet dat ze haar afscheidsrede moet schrijven, maar Elliot is blijkbaar belangrijker. Wat hebben die Grey-mannen toch? Hoe komt het dat ze totaal verwarrend, overweldigend en onweerstaanbaar zijn? Ik neem nog een teug wijn.

Ik zap langs de tv-zenders, maar vanbinnen weet ik dat ik het voor me uit schuif. Het contract brandt een felrood gat in de zijkant van mijn tas. Heb ik de kracht en de middelen om het vanavond te lezen?

Ik leg mijn hoofd in mijn handen. José en Christian willen allebei iets van me. José wordt een makkie. Maar Christian... Christian vereist een totaal andere aanpak en inzicht. Een deel van mij wil wegrennen en zich verstoppen. Wat moet ik doen? Zijn brandende grijze ogen en die intens smeulende blik verschijnen op mijn netvlies en mijn lichaam spant zich bij die gedachte. Mijn adem stokt. Hij is hier niet eens en ik raak toch opgewonden. Dat kan toch niet alleen om seks gaan? Ik herinner me zijn vriendelijke geplaag van vanochtend bij het ontbijt, zijn blijdschap toen ik zo verrukt was over de tocht in de helikopter, hoe hij piano speelde, die mooie, gevoelige en o-zo-droevige muziek.

Hij is zo gecompliceerd. En nu weet ik een beetje waarom dat is. Een jonge man, beroofd van zijn tienerjaren, seksueel misbruikt door een kwaadaardige Mrs. Robinson-figuur... geen wonder dat hij zo snel volwassen is geworden. Mijn hart vult zich met droefheid bij de gedachte aan wat hij heeft moeten doormaken. Ik ben te naïef om precies te weten wat dat was, maar het onderzoek kan misschien wat duidelijkheid brengen. Maar wil ik dat echt wel weten? Wil ik die wereld verkennen waar ik niets van af weet? Het is zo'n grote stap.

Als ik hem niet had leren kennen, verkeerde ik nog steeds in zoete en gezegende onwetendheid. Mijn gedachten dwalen af naar vannacht en vanochtend... en de ongelooflijke, sensuele seksualiteit die ik heb ervaren. Wil ik daar afscheid van nemen? *Nee!* schreeuwt mijn onderbewustzijn... mijn innerlijke godin knikt met stille, zenachtige instemming.

Kate komt de woonkamer weer in met een grijns van oor tot oor. *Misschien is ze verliefd.* Ik staar naar haar. Ze heeft zich nog nooit zo gedragen.

'Ana, ik ga naar bed. Ik ben nogal moe.'

'Ik ook, Kate.'

Ze geeft me een knuffel.

'Ik ben blij dat je weer heelhuids terug bent. Er is iets met Christian,' voegt ze er rustig, verontschuldigend aan toe. Ik glimlach geruststellend naar haar en denk intussen... *Hoe weet zij dat nou?* Hierdoor wordt ze een geweldige journaliste, door haar onwankelbare intuïtie.

Ik pak mijn tas en loop lusteloos mijn slaapkamer in. Ik ben moe van alle vleselijke inspanningen van de afgelopen dag en door het absolute, allesomvattende dilemma dat ik het hoofd moet bieden. Ik ga op mijn bed zitten, haal behoedzaam de bruine envelop uit mijn tas en draai hem rond in mijn handen. Wil ik echt wel weten hoe verdorven Christian is? Het is zo intimiderend. Ik haal diep adem en met mijn hart in mijn keel scheur ik de envelop open.

Elf

Er zitten verschillende papieren in de envelop. Ik vis ze er met kloppend hart uit, ga achteroverzitten op mijn bed en begin te lezen.

OVEREENKOMST

Aangegaan op ______ 2011 ('de aanvangsdatum')

TUSSEN

Dhr. CHRISTIAN GREY, 301 Escala, Seattle, WA 98889

('de Dominant')

Mevr. ANASTASIA STEELE, 1114 SW Green Street, Appartement 7, Haven Heights, Vancouver, WA 98888

('de Onderdanige')

DE PARTIJEN KOMEN HET VOLGENDE OVEREEN

1 Hieronder staan de bepalingen van een bindende overeenkomst tussen de Dominant en de Onderdanige.

GRONDBEPALINGEN

2 Het gronddoel van deze overeenkomst is om de Onderdanige haar sensualiteit en grenzen op een veilige wijze te laten verkennen, met respect voor en inachtneming van haar behoeften, haar grenzen en haar welzijn.

3 De Dominant en de Onderdanige komen overeen en erkennen dat alles wat gebeurt krachtens de bepalingen van deze overeenkomst met wederzijdse instemming en vertrouwelijk is en

overeenstemt met de overeengekomen grenzen en veiligheidsprocedures die in deze overeenkomst worden bepaald. Er kunnen schriftelijk aanvullende grenzen en veiligheidsprocedures worden overeengekomen.

4 De Dominant en de Onderdanige garanderen beiden dat zij niet lijden aan enige seksueel overdraagbare, ernstige, besmettelijke of levensbedreigende aandoening, met inbegrip van onder meer hiv, herpes en hepatitis. Indien bij een partij gedurende de termijn (zoals hieronder gedefinieerd) of een verlengde termijn van deze overeenkomst de diagnose wordt gesteld, of indien hij of zij zich bewust wordt van een dergelijke aandoening, verplicht hij of zij zich ertoe om de ander hiervan onmiddellijk in kennis te stellen, in elk geval voorafgaand aan elke vorm van fysiek contact tussen de partijen.

5 Naleving van de bovengenoemde garanties, afspraken en verplichtingen (en alle aanvullende grenzen en veiligheidsprocedures die zijn overeengekomen krachtens clausule 3 hierboven) is van essentieel belang voor deze overeenkomst. Elke inbreuk daarop maakt deze overeenkomst met onmiddellijke ingang nietig en iedere partij stemt ermee in dat hij of zij volledig aansprakelijk is jegens de andere partij voor het gevolg van een inbreuk.

6 Alles in deze overeenkomst moet worden gelezen en geïnterpreteerd in het licht van het gronddoel en de grondbepalingen van clausules 2-5 hierboven.

ROLLEN

7 De Dominant neemt de verantwoordelijkheid voor het welzijn en de juiste training, begeleiding en disciplinering van de Onderdanige. Hij bepaalt de aard van die training, begeleiding en disciplinering en de tijd en plaats van uitvoering daarvan, overeenkomstig de overeengekomen bepalingen, beperkingen en veiligheidsprocedures die in deze overeenkomst worden genoemd of die extra worden overeengekomen krachtens clausule 3 hierboven.

8 Indien de Dominant zich op enig moment niet houdt aan de overeengekomen bepalingen, beperkingen en veiligheidsprocedures die in deze overeenkomst worden genoemd of die extra worden overeengekomen krachtens clausule 3 hierboven, mag

de Onderdanige deze overeenkomst onmiddellijk beëindigen en de dienst van de Dominant verlaten zonder kennisgeving.

9 Overeenkomstig die bepaling en clausule 2-5 hierboven, moet de Onderdanige de Dominant in alles dienen en gehoorzamen. In overeenstemming met de overeengekomen bepalingen, beperkingen en veiligheidsprocedures die in deze overeenkomst worden bepaald of die extra worden overeengekomen krachtens clausule 3 hierboven, zal zij de Dominant, zonder vragen of aarzelen, al het genoegen bieden dat hij kan verlangen en aanvaardt zij, zonder vragen of aarzelen, zijn training, begeleiding en disciplinering in ongeacht welke vorm.

AANVANG EN TERMIJN

10 De Dominant en Onderdanige gaan deze overeenkomst aan op de aanvangsdatum, waarbij zij zich volledig bewust zijn van de aard daarvan en zich ertoe verplichten om zich zonder uitzondering te houden aan de voorwaarden daarvan.

11 Deze overeenkomst is van kracht voor een periode van drie kalendermaanden vanaf de aanvangsdatum ('de termijn'). Bij afloop van de termijn zullen de partijen bespreken of deze overeenkomst en de regelingen die zij hebben getroffen krachtens deze overeenkomst naar tevredenheid zijn en of er is voldaan aan de behoeften van beide partijen. Elke partij mag voorstellen om deze overeenkomst te verlengen, op basis van aanpassingen van de bepalingen daarvan of de afspraken die zij krachtens de overeenkomst hebben gemaakt. Indien er geen overeenstemming over verlenging wordt bereikt, wordt deze overeenkomst beëindigd en staat het beide partijen vrij om hun leven afzonderlijk te hervatten.

BESCHIKBAARHEID

12 De Onderdanige stelt zich gedurende de termijn elke week ter beschikking van de Dominant, van vrijdagavond tot en met zondagmiddag, op tijdstippen die door de Dominant worden gespecificeerd ('de gereserveerde tijd'). Andere gereserveerde tijd kan wederzijds ad hoc worden overeengekomen.

13 De Dominant behoudt zich het recht voor om de Onderdanige op ongeacht welk moment en om ongeacht welke reden uit zijn dienst te ontslaan. De Onderdanige mag op ongeacht

welk moment verzoeken om haar vrijlating, welk verzoek wordt gehonoreerd naar goeddunken van de Dominant en alleen op basis van de rechten van de Onderdanige krachtens clausules 2-5 en 8 hierboven.

LOCATIE

14 De Onderdanige stelt zichzelf beschikbaar gedurende de gereserveerde tijd en overeengekomen extra tijd op locaties die worden bepaald door de Dominant. De Dominant zorgt ervoor dat alle reiskosten die de Onderdanige voor dat doeleinde maakt, door de Dominant worden vergoed.

DIENSTVERRICHTINGEN

15 De volgende dienstverrichtingen zijn besproken en overeengekomen en zullen door beide partijen worden nageleefd gedurende de termijn. Beide partijen aanvaarden dat er bepaalde kwesties naar voren kunnen komen die niet zijn opgenomen in de bepalingen van deze overeenkomst of de dienstverrichtingen, of dat er over bepaalde kwesties opnieuw moet worden onderhandeld. In die omstandigheden kunnen er nadere bepalingen worden voorgesteld in de vorm van een amendement. Alle verdere bepalingen of amendementen moeten worden overeengekomen, gedocumenteerd en ondertekend door beide partijen en hierop zijn de grondbepalingen van de bovenstaande clausules 2-5 van toepassing.

DOMINANT

15.1 Voor de Dominant is de gezondheid en veiligheid van de Onderdanige te allen tijde een prioriteit. De Dominant zal op geen enkel moment van de Onderdanige eisen, verlangen, toestaan of verzoeken om in handen van de Dominant deel te nemen aan de activiteiten die zijn gespecificeerd in bijlage 2 of aan enige handeling die een van de partijen onveilig acht. De Dominant zal geen handeling ondernemen of laten ondernemen die ernstig letsel of enig risico voor het leven van de Onderdanige kan veroorzaken. De resterende subclausules van de onderhavige clausule 15 moeten worden gelezen in het licht van deze bepaling en de grondbepalingen die zijn overeengekomen in clausules 2-5 hierboven.

15.2 De Dominant aanvaardt de Onderdanige als de zijne, om

haar te bezitten, te beheersen, te domineren en te disciplineren gedurende de termijn. De Dominant mag het lichaam van de Onderdanige op ongeacht welk moment gedurende de gereserveerde tijd of alle overeengekomen extra tijd gebruiken op elke wijze die hij geschikt acht, seksueel of anderszins.
15.3 De Dominant verstrekt aan de Onderdanige alle benodigde training en begeleiding met betrekking tot hoe zij de Dominant op de juiste wijze dient.
15.4 De Dominant zorgt voor een stabiele en veilige omgeving waarin de Onderdanige haar plichten in dienst van de Dominant kan uitvoeren.
15.5 De Dominant mag de Onderdanige zo nodig straffen om ervoor te zorgen dat de Onderdanige zich volledig bewust is van haar rol van ondergeschikte ten opzichte van de Dominant en om onaanvaardbaar gedrag te ontmoedigen. De Dominant mag de Onderdanige naar eigen goeddunken slaan, spanken, zweepslagen geven of anderszins lichamelijk straffen voor het doeleinde van discipline, voor zijn eigen persoonlijke genoegen of om enige andere reden die hij niet hoeft te verstrekken.
15.6 Bij de training en disciplinering zorgt de Dominant ervoor dat er geen permanente merktekens op het lichaam van de Onderdanige worden aangebracht en evenmin verwondingen die medische zorg behoeven.
15.7 Bij de training en disciplinering zorgt de Dominant ervoor dat de straf en de instrumenten voor het doeleinde van disciplinering veilig zijn, niet zodanig worden gebruikt dat deze ernstige schade toebrengen en op geen enkele wijze de grenzen overschrijden die in deze overeenkomst zijn gedefinieerd en gespecificeerd.
15.8 In gevallen van ziekte of letsel zorgt de Dominant voor de Onderdanige en zorgt hij voor haar gezondheid en veiligheid en stimuleert en regelt, indien nodig, medische zorg wanneer de Dominant dit nodig acht.
15.9 De Dominant zorgt dat hij in goede gezondheid verkeert en verkrijgt zo nodig medische zorg om een risicovrije omgeving te behouden.
15.10 De Dominant zal zijn Onderdanige niet uitlenen aan een andere Dominant.

15.11 De Dominant mag de Onderdanige in bedwang houden, boeien of vastbinden op ongeacht welk moment gedurende de gereserveerde tijd of overeengekomen extra tijd om ongeacht welke reden en gedurende langere tijdsperiodes, met de juiste inachtneming van de gezondheid en veiligheid van de Onderdanige.

15.12 De Dominant zorgt ervoor dat alle instrumenten die worden gebruikt voor het doeleinde van training en disciplinering te allen tijde in een schone, hygiënische en veilige staat worden gehouden.

ONDERDANIGE

15.13 De Onderdanige aanvaardt de Dominant als haar Meester, met dien verstande dat zij nu het eigendom van de Dominant is, met wie kan worden omgegaan zoals het de Dominant behaagt gedurende de termijn in het algemeen, maar in het bijzonder gedurende de gereserveerde tijd en alle extra overeengekomen gereserveerde tijd.

15.14 De Onderdanige is gehoorzaam aan de regels ('de regels') die worden genoemd in bijlage 1 bij deze overeenkomst.

15.15 De Onderdanige dient de Dominant op elke wijze die de Dominant geschikt acht en zet zich ervoor in om de Dominant te allen tijde naar haar beste vermogen te behagen.

15.16 De Onderdanige onderneemt alle nodige maatregelen om haar goede gezondheid te behouden en verzoekt om medische zorg wanneer dit nodig is, waarbij zij de Dominant te allen tijde op de hoogte houdt van eventuele gezondheidsproblemen die kunnen optreden.

15.17 De Onderdanige zorgt ervoor dat zij zich orale contraceptie verschaft en zorgt ervoor dat zij deze inneemt zoals en wanneer dit voorgeschreven is om zwangerschap te voorkomen.

15.18 De Onderdanige aanvaardt zonder vragen alle disciplinaire maatregelen die de Dominant nodig acht en denkt te allen tijde aan haar status en rol ten opzichte van de Dominant.

15.19 De Onderdanige mag zichzelf niet seksueel aanraken of genot bezorgen zonder toestemming van de Dominant.

15.20 De Onderdanige onderwerpt zich aan alle seksuele activiteiten die de Dominant verlangt en doet dit zonder aarzeling of tegenwerping.

15.21 De Onderdanige aanvaardt zweepslagen, slagen met de hand, caning of slagen met peddels of elke andere straf die de Dominant besluit toe te dienen en doet dit zonder aarzeling, vraag of klacht.

15.22 De Onderdanige mag de Dominant niet recht in de ogen kijken, behalve wanneer zij hier specifieke instructies voor krijgt. De Onderdanige houdt haar ogen neergeslagen en gedraagt zich rustig en respectvol in de aanwezigheid van de Dominant.

15.23 De Onderdanige gedraagt zichzelf altijd op respectvolle wijze tegenover de Dominant en spreekt hem alleen aan als meneer, meneer Grey of een andere titel die de Dominant kan aangeven.

15.24 De Onderdanige raakt de Dominant niet aan zonder zijn uitdrukkelijke toestemming om dit te doen.

ACTIVITEITEN

16 De Onderdanige neemt geen deel aan activiteiten of seksuele handelingen die een van de partijen onveilig acht of activiteiten die worden beschreven in bijlage 2.

17 De Dominant en de Onderdanige hebben de activiteiten besproken die zijn vermeld in bijlage 3 en hebben in bijlage 3 hun overeenkomst hierover schriftelijk vastgelegd.

STOPWOORDEN

18 De Dominant en de Onderdanige erkennen dat de Dominant dingen van de Onderdanige kan verlangen die niet kunnen worden gedaan zonder het oplopen van lichamelijke, mentale, emotionele, spirituele of andere schade op het moment dat deze van de Onderdanige worden verlangd. In dergelijke omstandigheden mag de Onderdanige gebruikmaken van een stopwoord ('het/de stopwoord(en)'). Er worden twee stopwoorden gebruikt, afhankelijk van de ernst van de eisen.

19 Het stopwoord 'geel' wordt gebruikt om de Dominant erop te wijzen dat de Onderdanige haar grens van volharding bijna heeft bereikt.

20 Het stopwoord 'rood' wordt gebruikt om de Dominant erop te wijzen dat de Onderdanige geen verdere eisen meer verdraagt. Als dit woord wordt gezegd, stopt de Dominant onmiddellijk met zijn handelingen.

AFSLUITING

21 Wij, ondergetekenden, hebben de bepalingen van deze overeenkomst volledig gelezen en begrepen. Wij aanvaarden vrijwillig de bepalingen van deze overeenkomst en erkennen deze door middel van onze handtekeningen hieronder.

____

De Dominant: Christian Grey
Datum

____

De Onderdanige: Anastasia Steele
Datum

BIJLAGE 1

REGELS

Gehoorzaamheid:
De Onderdanige volgt onmiddellijk en snel alle instructies van de Dominant op, zonder aarzeling of terughoudendheid. De Onderdanige stemt in met alle seksuele handelingen die de Dominant geschikt en aangenaam acht, met uitzondering van handelingen die worden genoemd onder harde grenzen (Bijlage 2). Dit doet ze met enthousiasme en zonder aarzeling.
Slapen:
De Onderdanige zorgt dat ze minimaal acht uur per nacht slaapt wanneer ze niet bij de Dominant is.
Eten:
De Onderdanige eet regelmatig om haar gezondheid en welzijn op peil te houden en houdt zich daarbij aan een lijst met voorgeschreven voedingsmiddelen (Bijlage 4). De Onderdanige eet geen tussendoortjes tussen de maaltijden, met uitzondering van fruit.
Kleding:
Gedurende de looptijd van het contract draagt de Onderdanige alleen kleding die is goedgekeurd door de Dominant. De Dominant verstrekt een kledingbudget aan de Onderdanige en de Onderdanige zal daar gebruik van maken. De Dominant vergezelt de Onderdanige op ad-hocbasis om kleding te kopen. Als de Dominant dat wenst, draagt de Onderdanige gedurende de

looptijd van het contract alle accessoires die de Dominant voorschrijft, in aanwezigheid van de Dominant en op enig ander moment dat geschikt wordt geacht door de Dominant.
Lichaamsbeweging:
De Dominant zorgt dat de Onderdanige vier keer per week de beschikking heeft over een personal trainer voor sessies van een uur op tijdstippen die de personal trainer en de Onderdanige in onderling overleg afspreken. De personal trainer rapporteert aan de Dominant over de vooruitgang van de Onderdanige.
Persoonlijke hygiëne/schoonheid:
De Onderdanige zorgt dat zij te allen tijde schoon en geschoren en/of onthaard is. De Onderdanige bezoekt een schoonheidssalon naar keuze van de Dominant, op momenten die worden bepaald door de Dominant, en ondergaat daar elke behandeling die de Dominant geschikt acht. Alle kosten worden gedragen door de Dominant.
Persoonlijke veiligheid:
De Onderdanige mag niet overmatig drinken, roken, drugs gebruiken of zichzelf onnodig in gevaar brengen.
Persoonlijke kwaliteiten:
De Onderdanige zal geen seksuele relaties aangaan met een andere persoon dan de Dominant. De Onderdanige gedraagt zich te allen tijde op respectvolle en bescheiden wijze. Zij moet erkennen dat haar gedrag een directe weerslag heeft op de Dominant. Zij wordt aansprakelijk gehouden voor alle wandaden, wangedrag en misdragingen die zij uitvoert als zij niet in het gezelschap van de Dominant is.

Het niet naleven van het bovenstaande leidt onverwijld tot straf, waarvan de aard wordt bepaald door de Dominant.

BIJLAGE 2

HARDE GRENZEN

Geen handelingen die te maken hebben met spelen met vuur.
Geen handelingen die te maken hebben met urineren of ontlasting en de producten daarvan.

Geen handelingen die te maken hebben met naalden, messen, piercings of bloed.
Geen handelingen die te maken hebben met gynaecologische, medische instrumenten.
Geen handelingen die te maken hebben met kinderen of dieren.
Geen handelingen die permanente littekens achterlaten op het lichaam.
Geen handelingen die te maken hebben met ademcontrole.
Geen handelingen die te maken hebben met direct contact van het lichaam met elektrische stroom (ongeacht of dit wisselstroom of gelijkstroom is), vuur of vlammen.

BIJLAGE 3
ZACHTE GRENZEN
Te bespreken en overeen te komen tussen beide partijen:

Welke van de volgende handelingen zijn acceptabel voor de Onderdanige:

- Masturbatie
- Cunnilingus
- Fellatio
- Het doorslikken van sperma
- Vaginale penetratie
- Vaginaal fisten
- Anale penetratie
- Anaal fisten

Stemt de Onderdanige in met het gebruik van:

- Vibrators
- Buttplugs
- Dildo's
- Andere vaginale/anale speeltjes

Welke vorm van bondage is acceptabel voor de Onderdanige:

- Handen vóór het lichaam gebonden
- Handen achter de rug gebonden
- Enkels gebonden
- Knieën gebonden
- Ellebogen gebonden
- Polsen gebonden aan enkels
- Vastbinden met spreidstang
- Vastbinden aan vaste voorwerpen, meubilair enz.
- Vastbinden met touw
- Vastbinden met tape
- Vastbinden met leren boeien
- Vastbinden met handboeien/metalen ketenen
- Ophanging

Stemt de Onderdanige in geblinddoekt te worden?

Stemt de Onderdanige in gekneveld te worden?

Wat is de algemene houding van de Onderdanige tegenover het aanvaarden van pijn? Hierbij staat 1 voor 'heel erg fijn' en 5 voor 'absoluut niet fijn': 1 – 2 – 3 – 4 – 5

Hoeveel pijn is de Onderdanige bereid te ervaren? Hierbij staat 1 voor 'veel' en 5 voor 'weinig tot geen': 1 – 2 – 3 – 4 – 5

Welke van onderstaande vormen van pijn/straf/disciplinering zijn acceptabel voor de Onderdanige?

- Slaan met vlakke hand
- Zweepslagen
- Bijten
- Genitale klemmen
- Hete was
- Slaan met een peddel
- Ranselen

- Tepelklemmen
- IJs
- Overige pijnigingsmethoden

Jezusmina. Ik kan het niet eens opbrengen de lijst met voedingsmiddelen te bekijken. Ik slik, mijn mond droog en ik lees het nogmaals.

Mijn hoofd tolt. Hoe kan ik hier nou mee instemmen? En het is blijkbaar in mijn voordeel om mijn sensualiteit, mijn grenzen, te verkennen – op een veilige wijze – o, hou toch op! Ik lach minzaam. In alles dienen en gehoorzamen. In alles! Ik schud ongelovig mijn hoofd. Nu ik erover nadenk – bevat de huwelijksgelofte niet diezelfde woorden... gehoorzamen? Dat brengt me van de wijs. Is dat nog steeds de tekst voor trouwende stelletjes? Het zijn maar drie maanden. Zijn er daarom zoveel geweest? Houdt hij ze niet lang? Of hebben ze er na drie maanden genoeg van? Elk weekend? Dat is te veel. Dan zie ik Kate nooit, of vrienden die ik eventueel maak bij mijn nieuwe werk, als ik tenminste wat vind. Misschien moet ik één weekend per maand voor mezelf hebben. Misschien als ik ongesteld ben. Dat klinkt... praktisch. Hij is mijn Meester! Hij mag met me doen wat hij wil! Holy shit.

Ik huiver bij de gedachte dat ik zweepslagen krijg. Spanking is waarschijnlijk niet zo erg, maar wel vernederend. En vastbinden? Nou ja, hij heeft wel mijn handen bij elkaar gebonden. Dat was... nou ja, geil, erg geil, dus misschien is dat niet zo erg. Hij leent me niet uit aan een andere Dominant. Dat is hem geraden ook. Dat zou echt onaanvaardbaar zijn. Waarom denk ik hier überhaupt over na?

Ik mag hem niet in zijn ogen kijken. Dat is toch vreemd? De enige manier waarop ik ooit een kans heb om te zien wat hij denkt. Ach, wie wil ik voor de gek houden? Ik weet nooit wat hij denkt, maar ik vind het fijn om hem in de ogen te kijken. Hij heeft prachtige ogen: innemend, intelligent, diep en donker, vol Dominante geheimen. Ik denk aan zijn intense, omfloerste blik en druk kronkelend mijn dijbenen tegen elkaar.

En ik mag hem niet aanraken. Dat verbaast me niets. En die bizarre regels... Nee, nee, ik doe dit niet. Ik leg mijn hoofd in mijn handen. Dit is geen manier om een relatie te hebben. Ik heb slaap nodig. Ik ben uitgeput. Alle fysieke ondeugendheden waar ik in de afgelopen vierentwintig uur mee te maken heb gehad, waren eerlijk gezegd afmattend. En geestelijk... man, dit is erg veel om te verwerken. Een ware geestelijke marteling, zoals José het zou noemen. Misschien lijkt dit, als ik het morgenochtend lees, geen slechte grap meer.

Ik sta op en kleed me snel om. Misschien moet ik Kates roze flanellen pyjama lenen. Ik wil iets knuffeligs en troostends om me heen. Ik ga naar de badkamer in mijn T-shirt en onderbroek en poets mijn tanden.

Ik staar naar mezelf in de badkamerspiegel. *Je bent hier toch niet serieus over aan het nadenken...* Mijn onderbewustzijn klinkt verstandig en rationeel, niet sarcastisch zoals gebruikelijk. Mijn innerlijke godin springt op en neer en klapt in haar handen als een vijfjarige. *Laten we dit alsjeblieft doen... anders eindigen we alleen met een berg katten en je klassieke romans om je gezelschap te houden.*

De enige man tot wie ik mij ooit aangetrokken heb gevoeld en hij komt met een stomme overeenkomst, een strengenzweep en een wereld vol problemen. Nou ja, ik heb dit weekend tenminste wel mijn zin gekregen. Mijn innerlijke godin stopt met springen en lacht sereen. *O ja...* vormen haar lippen, terwijl ze zelfvoldaan naar me knikt. Ik bloos bij de gedachte aan zijn handen en mond op mij en zijn lichaam in het mijne. Ik sluit mijn ogen en voel de bekende, heerlijke samentrekking van mijn spieren heel diep vanbinnen. Dat wil ik steeds maar weer doen. Misschien kan ik alleen tekenen voor de seks... zou hij dat pikken? Ik denk van niet.

Ben ik onderdanig? Misschien kom ik wel zo over. Misschien heb ik hem bij het interview op het verkeerde been gezet. Ik ben verlegen, dat wel... maar onderdanig? Ik laat Kate de baas over me spelen – is dat hetzelfde?

En die zachte grenzen, jemig. Daar kan ik met mijn verstand niet bij, maar ik weet dat ze bespreekbaar zijn.

Ik ga terug naar mijn kamer. Dit is te veel om over na te denken. Ik moet een helder hoofd hebben – een frisse ochtendblik op het probleem. Ik doe de verontrustende stukken in mijn rugzak. Morgen... morgen is er weer een dag. Ik stap in bed, doe het licht uit en lig naar het plafond te staren. O, ik wou dat ik hem nooit had ontmoet. Mijn innerlijke godin schudt haar hoofd. Zij en ik weten allebei dat dat een leugen is. Ik heb me nog nooit zo levend gevoeld als nu.

Ik doe mijn ogen dicht en val in een diepe slaap met af en toe een droom over hemelbedden en boeien en intense, grijze ogen.

Kate maakt me de volgende ochtend wakker.

'Ana, ik roep je de hele tijd. Lag je in coma of zo?'

Mijn ogen gaan met tegenzin open. Ze is niet alleen opgestaan – ze heeft ook al hardgelopen. Ik kijk naar mijn wekker. Het is acht uur 's ochtends. Allemachtig, ik heb negen uur geslapen.

'Wat is er?' mompel ik slaperig.

'Er is hier een man die iets komt bezorgen. Je moet ervoor tekenen.'

'Wat?'

'Kom op. Het is groot. Het ziet er interessant uit.' Ze hopt opgewonden van de ene voet op de andere en snelt weer terug de woonkamer in. Ik stap uit bed en pak mijn ochtendjas die aan de achterkant van mijn deur hangt. In onze woonkamer staat een goedgeklede jongeman met een staartje, hij houdt een grote doos vast.

'Hoi,' zeg ik.

'Ik zet wel thee voor je.' Kate stuift weg naar de keuken.

'Mevrouw Steele?'

En ik weet meteen van wie het pakket is.

'Ja,' antwoord ik voorzichtig.

'Ik heb hier een pakket voor u, maar ik moet het installeren en u laten zien hoe u het gebruikt.'

'Werkelijk? Op dit tijdstip?'

'Ik volg alleen mijn instructies op, mevrouw.' Hij glimlacht op een charmante maar professionele ik-laat-me-door-jou-niet-tegenhouden-wijze.

Noemde hij me daarnet nou mevrouw? Ben ik in één nacht tien

jaar ouder geworden? Als dat zo is, komt dat door die overeenkomst. Mijn mond trekt samen van afschuw.

'Goed, wat is het?'

'Het is een MacBook Pro.'

'Natuurlijk.' Ik rol met mijn ogen.

'Deze zijn nog niet in de winkel te koop, mevrouw. Dit is de allernieuwste van Apple.'

Waarom verbaast dat me niet? Ik zucht diep.

'Installeer hem maar hier op de eettafel.'

Ik loop de keuken in, naar Kate.

'Wat is het?' vraagt ze nieuwsgierig, vrolijk en vol leven. Zij heeft ook goed geslapen.

'Het is een laptop van Christian.'

'Waarom stuurt hij je een laptop? Je weet toch dat je de mijne kunt gebruiken.' Ze kijkt afkeurend.

Niet voor wat hij in gedachten heeft.

'O, ik heb hem te leen. Hij wilde dat ik hem uit zou proberen.' Mijn smoes klinkt zwak, maar Kate knikt instemmend. O hemel... Ik heb Katherine Kavanagh om de tuin geleid. Voor het eerst. Ze geeft me mijn thee.

De MacBook is gestroomlijnd, zilverkleurig en erg mooi. Hij heeft een heel groot scherm. Christian Grey houdt van groot – ik denk aan zijn woonkamer en in feite zijn hele appartement.

'Hij heeft het nieuwste besturingssysteem en een volledig pakket met programma's, plus een harde schijf van 1,5 terabyte, zodat u meer dan genoeg ruimte hebt en 32 gigabyte RAM. Waar gaat u hem voor gebruiken?'

'Eh... e-mail.'

'E-mail!' Hij snakt naar adem en trekt zijn wenkbrauwen op met een lichtelijk misselijke uitdrukking op zijn gezicht.

'En misschien internetonderzoek?' Ik haal verontschuldigend mijn schouders op.

Hij zucht.

'Nou, deze heeft een volledig draadloos netwerk en ik heb hem geïnstalleerd met alle gegevens van uw Me-account. Dit schatje is klaar voor gebruik, nagenoeg overal op deze planeet.' Hij kijkt er verlangend naar.

'Me-account?'

'Uw nieuwe e-mailadres.'

Heb ik een e-mailadres?

Hij wijst naar een pictogram op het scherm en praat maar door, maar ik hoor alleen maar ruis. Ik heb geen idee wat hij zegt en om eerlijk te zijn interesseert het me ook niet. Zeg me gewoon hoe ik hem aan en uit moet zetten. De rest ontdek ik zelf wel. Ik gebruik immers al vier jaar Kates computer. Kate fluit en is onder de indruk als ze de laptop ziet.

'Dit is de nieuwe generatie techniek.' Haar wenkbrauwen gaan omhoog als ze naar me kijkt. 'De meeste vrouwen krijgen bloemen of misschien sieraden,' zegt ze veelbetekenend, terwijl ze een glimlach probeert te onderdrukken.

Ik kijk haar afkeurend aan, maar kan mijn gezicht niet in de plooi houden. We krijgen allebei de slappe lach en de computerman staat ons verdwaasd aan te kijken. Hij rondt af en vraagt me om een handtekening op de pakbon.

Wanneer Kate hem uitlaat, ga ik met mijn kop thee zitten en open het e-mailprogramma. Er is een e-mail van Christian. Mijn hart maakt een sprongetje. Ik heb een e-mail van Christian Grey. Zenuwachtig open ik hem.

Van: Christian Grey
Onderwerp: Uw nieuwe computer
Datum: 22 mei 2011, 23:15
Aan: Anastasia Steele

Beste mevrouw Steele,

Ik ga ervan uit dat u goed hebt geslapen. Ik hoop dat u deze laptop op nuttige wijze gebruikt, zoals wij hebben besproken.
Ik kijk uit naar ons etentje op woensdag.
Ik beantwoord voor die tijd graag eventuele vragen, via e-mail, indien u dat wenst.

Christian Grey
Directeur, Grey Enterprises Holdings, Inc.

Ik klik op 'beantwoorden'.

Van: Anastasia Steele
Onderwerp: Uw nieuwe computer (te leen)
Datum: 23 mei 2011, 08:20
Aan: Christian Grey

Dank u, om een of andere vreemde reden heb ik erg goed geslapen, meneer.
Ik had begrepen dat ik deze computer te leen heb en dat hij dus niet van mij is.
Ana

Vrijwel onmiddellijk volgt er een reactie.

Van: Christian Grey
Onderwerp: Uw nieuwe computer (te leen)
Datum: 23 mei 2011, 08:22
Aan: Anastasia Steele

De computer is aan u geleend. Voor onbepaalde tijd, mevrouw Steele.
Uit uw toon maak ik op dat u de documentatie die ik u heb gegeven, hebt gelezen.
Heeft u tot nu toe al vragen?

Christian Grey
Directeur, Grey Enterprises Holdings, Inc.

Ik kan alleen maar grijnzen.

Van: Anastasia Steele
Onderwerp: Leergierige geesten
Datum: 23 mei 2011, 08:25
Aan: Christian Grey

Ik heb veel vragen, maar die zijn niet geschikt voor e-mail en sommige mensen moeten werken voor hun levensonderhoud.

Ik wil geen computer voor onbepaalde tijd en heb die ook niet nodig.
Tot later. Fijne dag. Meneer.
Ana

Weer antwoordt hij onmiddellijk en ik moet erom lachen.

Van: Christian Grey
Onderwerp: Uw nieuwe computer (nogmaals te leen)
Datum: 23 mei 2011, 08:26
Aan: Anastasia Steele

Later, schatje.
PS Ook ik werk voor mijn levensonderhoud.

Christian Grey
Directeur, Grey Enterprises Holdings, Inc.

Ik zet de computer uit en grijns als een idioot. Hoe kan ik de speelse Christian nou weerstaan? Ik kom nog te laat op mijn werk. Nou ja, het is mijn laatste week – meneer en mevrouw Clayton zullen het wel door de vingers willen zien. Ik ren de douche in en kan mijn grote grijns niet kwijtraken. Hij heeft me gemaild. Ik voel me als een klein en onbezonnen kind. En alle zorgen over de overeenkomst verdwijnen. Terwijl ik mijn haar was, probeer ik te bedenken wat ik hem via e-mail zou kunnen vragen. Het is vast beter om die dingen persoonlijk te bespreken. Stel je voor dat iemand zijn account hackt? Ik krijg een kleur bij de gedachte. Ik kleed me snel aan, schreeuw Kate haastig gedag en ga naar mijn werk voor mijn laatste week bij Clayton's.

José belt om elf uur.

'Hoi, gaan we nog koffiedrinken?' Hij klinkt als de oude José. José mijn vriend en geen... hoe noemde Christian hem? Vriendje. Gatver.

'Prima. Ik ben op mijn werk. Lukt het je om hier om ongeveer twaalf uur te zijn?'

'Tot dan.'

Hij hangt op en ik ga verder met het aanvullen van de verfkwasten, terwijl ik nadenk over Christian Grey en zijn overeenkomst.

José is stipt op tijd. Hij komt de winkel binnen als een dartelende puppy met bruine ogen.

'Ana.' Hij lacht zijn oogverblindende Latijns-Amerikaanse tandenlach en ik kan al niet meer boos op hem zijn.

'Hoi, José.' Ik omhels hem. 'Ik ben uitgehongerd. Ik zeg even tegen mevrouw Clayton dat ik ga lunchen.'

Wanneer we naar de plaatselijke lunchroom lopen, haal ik mijn arm door die van José. Ik ben zo blij met zijn... gewoonheid. Iemand die ik ken en begrijp.

'Hé, Ana,' zegt hij. 'Heb je me echt vergeven?'

'José, je weet toch dat ik nooit lang kwaad op je kan blijven.'

Hij grijnst.

Ik kan niet wachten tot ik thuis ben. De verleiding om Christian te mailen is groot en misschien kan ik wel aan mijn onderzoeksproject beginnen. Kate is de deur uit, dus ik zet de nieuwe laptop aan en open mijn e-mail. Natuurlijk is er een bericht van Christian in het postvak IN. Ik stuiter bijna van mijn stoel van blijdschap.

Van: Christian Grey
Onderwerp: Werken voor levensonderhoud
Datum: 23 mei 2011, 17:24
Aan: Anastasia Steele

Beste mevrouw Steele,
Ik hoop dat u een goede dag op uw werk hebt gehad.

Christian Grey
Directeur, Grey Enterprises Holdings, Inc.

Ik klik op 'beantwoorden'.

Van: Anastasia Steele
Onderwerp: Werken voor levensonderhoud
Datum: 23 mei 2011, 17:48
Aan: Christian Grey

Meneer... ik heb een heel goede dag op mijn werk gehad.
Dank u.
Ana

Van: Christian Grey
Onderwerp: Aan het werk!
Datum: 23 mei 2011, 17:50
Aan: Anastasia Steele

Mevrouw Steele,
Ik ben blij dat u een goede dag hebt gehad.
Maar terwijl u e-mailt, doet u geen onderzoek.

Christian Grey
Directeur, Grey Enterprises Holdings, Inc.

Van: Anastasia Steele
Onderwerp: Lastpost
Datum: 23 mei 2011, 17:53
Aan: Christian Grey

Meneer Grey, houd op met mij te mailen, dan kan ik met mijn huiswerk beginnen.
Ik wil graag nog een 10.
Ana

Ik sla mijn armen om me heen.

Van: Christian Grey
Onderwerp: Ongeduldig
Datum: 23 mei 2011, 17:55
Aan: Anastasia Steele

Mevrouw Steele,
Houd op met mij te mailen en doe uw huiswerk.
Ik geef graag nog een 10.
De eerste was zó dik verdiend. ;)

Christian Grey
Directeur, Grey Enterprises Holdings, Inc.

Christian Grey heeft me zojuist een knipoogsmiley gestuurd... O hemel. Ik start Google op.

Van: Anastasia Steele
Onderwerp: Internetonderzoek
Datum: 23 mei 2011, 17:59
Aan: Christian Grey

Meneer Grey,
Wat is volgens u de beste zoekterm?
Ana

Van: Christian Grey
Onderwerp: Internetonderzoek
Datum: 23 mei 2011, 18:02
Aan: Anastasia Steele

Mevrouw Steele,
Begin altijd met Wikipedia.
En geen e-mail meer, tenzij u vragen hebt. Begrepen?

Christian Grey
Directeur, Grey Enterprises Holdings, Inc.

Van: Anastasia Steele
Onderwerp: Bazig!
Datum: 23 mei 2011, 18:04
Aan: Christian Grey

Ja... Meneer.
U bent zo bazig.
Ana

Van: Christian Grey
Onderwerp: De baas
Datum: 23 mei 2011, 18:06
Aan: Anastasia Steele

Anastasia, je moest eens weten.
Nou ja, misschien heb je nu wel een flauw vermoeden.
Ga aan het werk.

Christian Grey
Directeur, Grey Enterprises Holdings, Inc.

Ik typ 'Onderdanige' in Wikipedia.

Een halfuur later voel ik me lichtelijk onpasselijk en geschokt tot in het diepst van mijn ziel. Wil ik deze dingen echt weten? Jemig, is dit wat hij doet in de Rode Kamer van Pijn? Ik zit naar het scherm te staren en een deel van mij, een erg nat en belangrijk deel van mij – dat ik pas net heb leren kennen –, is echt opgewonden. O hemel, sommige van die dingen zijn GEIL. Maar is het iets voor mij? Holy shit... zou ik dit kunnen? Ik heb ruimte nodig. Ik moet nadenken.

Twaalf

Voor het eerst in mijn leven ga ik vrijwillig hardlopen. Ik vind mijn lelijke, nooit gebruikte hardloopschoenen, een joggingbroek en een T-shirt. Ik doe mijn haar in vlechten en bloos bij de herinnering die ze oproepen. Ik plug mijn iPod in. Ik kan niet langer achter dat wonder van moderne technologie zitten en nog meer verontrustende informatie bekijken of lezen. Ik moet wat van die overtollige, zenuwslopende energie kwijt. Eerlijk gezegd speelt het door mijn hoofd om naar het Heathman te rennen en seks te eisen van de controlfreak. Maar dat is acht kilometer en ik geloof niet dat ik in staat ben meer dan één kilometer te rennen, laat staan acht en hij kan me natuurlijk afwijzen, wat meer dan vernederend zou zijn.

Kate loopt net terug vanaf haar auto wanneer ik de deur uit loop. Ze laat haar tassen bijna vallen als ze me ziet. Ana Steele met hardloopschoenen aan. Ik zwaai en blijf niet staan voor de inquisitie. Ik heb echt wat tijd voor mezelf nodig. Snow Patrol tettert in mijn oren en ik ga op weg in de opaalblauwe avondschemering.

Ik loop door het park. *Wat moet ik doen?* Ik verlang naar hem, maar op zijn voorwaarden? Ik weet het gewoon niet. Misschien moet ik onderhandelen over wat ik wil. Misschien moet ik dat belachelijke contract regel voor regel doorlopen en zeggen wat aanvaardbaar is en wat niet. Mijn onderzoek heeft uitgewezen dat het juridisch niet kan worden afgedwongen. Dat weet hij vast wel. Ik vermoed dat het alleen maar de parameters van de relatie bepaalt.

Het laat zien wat ik van hem kan verwachten en wat hij van mij verwacht – mijn totale overgave. Ben ik bereid om hem dat te geven? Ben ik daar zelfs wel toe in staat?

Eén vraag blijft door mijn hoofd spoken – waarom is hij zo? Is dat omdat hij zo jong werd verleid? Ik weet het gewoon niet. Hij is nog steeds een groot vraagteken voor me.

Ik stop naast een grote spar en leg mijn handen op mijn knieën. Mijn ademhaling is zwaar en ik zuig mijn longen vol kostbare lucht. O, dit voelt goed, louterend. Ik voel mijn vastberadenheid toenemen. Ja. Ik moet hem vertellen wat goed is en wat niet. Ik moet hem mijn gedachten mailen en dan kunnen we die op woensdag bespreken. Ik neem een diepe teug zuiverende lucht en jog dan terug naar het appartement.

Kate heeft gewinkeld zoals alleen zij dat kan: kleding voor haar vakantie op Barbados. Vooral bikini's en bijpassende pareo's. Ze zal er in alles fantastisch uitzien, maar toch wil ze dat ik ga zitten en commentaar lever terwijl zij ze één voor één aanpast. Er zijn maar zoveel manieren waarop je 'Je ziet er geweldig uit, Kate' kunt zeggen. Ze heeft een mooi slank figuur waar je jaloers op zou worden. Ik weet dat ze het niet expres doet, maar ik sleep mijn zielige, zwetende lijf met oud T-shirt, joggingbroek en hardloopschoenen naar mijn kamer onder het voorwendsel dat ik nog wat dozen moet inpakken. Kan ik me nog beroerder voelen? Ik neem de fantastische gratis technologie met me mee en zet de laptop op mijn bureau. Ik stuur Christian een e-mail.

Van: Anastasia Steele
Onderwerp: In shock van WSUV
Datum: 23 mei 2011, 20:33
Aan: Christian Grey

Oké, ik heb genoeg gezien.
Het was aangenaam je gekend te hebben.
Ana

Ik klik op 'verzenden', sla mijn armen om me heen en lach om mijn eigen grapje. Zou hij dit net zo grappig vinden? *O shit*, waarschijnlijk niet. Christian Grey staat niet bekend om zijn gevoel voor humor. Maar ik weet dat het er is, ik heb het meegemaakt. Misschien ben ik te ver gegaan. Ik wacht op zijn antwoord.

Ik wacht... en wacht. Ik kijk naar mijn wekker. Er zijn tien minuten verstreken.

Om mezelf af te leiden van de ongerustheid die opborrelt in mijn buik, begin ik met wat ik tegen Kate had gezegd dat ik zou doen – mijn kamer inpakken. Ik begin mijn boeken in een krat te stoppen. Tegen negen uur heb ik nog niets gehoord. *Misschien is hij niet thuis*. Ik tuit kregelig mijn lippen en doe de oortjes van mijn iPod-koptelefoon in, luister naar Snow Patrol en ga achter mijn bureau zitten om het contract nog een keer te lezen en mijn opmerkingen op te schrijven.

Ik weet niet waarom ik opkijk, misschien omdat ik vanuit mijn ooghoeken een beweging opmerk, maar als ik opkijk, staat hij in de deuropening van mijn kamer en neemt me aandachtig op. Hij draagt zijn grijze flanellen broek en een wit linnen blouse en speelt zachtjes met de autosleutels tussen zijn vingers. Ik zet mijn koptelefoon af en verstijf. *Fuck!*

'Goedenavond, Anastasia.' Zijn stem is koel en zijn gezichtsuitdrukking is volledig nietszeggend en ondoorgrondelijk. Het vermogen tot spreken laat me in de steek. Kate heeft hem er gewoon in gelaten zonder mij te waarschuwen! Vaag besef ik dat ik nog steeds mijn joggingbroek aanheb en niet heb gedoucht, getsie. En hij ziet er weer overweldigend lekker uit. Zijn broek hangt weer op die ene manier op zijn heupen en bovendien staat hij hier in mijn kamer.

'Ik vond dat je e-mail een persoonlijk antwoord verdiende,' verklaart hij droogjes.

Ik doe mijn mond open en weer dicht, twee keer. De grap heeft zich tegen me gekeerd. Ik had nooit van mijn leven, of in welk parallel universum dan ook, verwacht dat hij de boel de boel zou laten en hierheen zou komen.

'Mag ik gaan zitten?' vraagt hij. Zijn ogen dansen nu vol humor. *Godzijdank, misschien ziet hij de grap ervan in?*

Ik knik. Het vermogen tot spreken blijft weg. *Christian Grey zit op mijn bed.*

'Ik vroeg me al af hoe je kamer eruit zou zien,' zegt hij.

Ik kijk rond en zoek een ontsnappingsroute. Nee, ik heb alleen maar de deur of het raam. Mijn kamer is functioneel, maar gezellig – schaars wit rieten meubilair en een tweepersoonsbed met witte ijzeren spijlen en een lapjesdeken, gemaakt door mijn moeder toen ze in haar traditionele Amerikaanse quiltfase zat. Alles is voornamelijk pastelblauw met crème.

'Het is hier erg sereen en vredig,' zegt hij. *Niet nu... niet nu jij hier bent.*

Uiteindelijk weet mijn hersenstam weer waar hij voor bedoeld is. Ik adem in.

'Hoe...?'

Hij lacht naar me. 'Ik zit nog in het Heathman.'

Dat weet ik.

'Wil je iets drinken?' De beleefdheid wint het van al het andere dat ik wil zeggen.

'Nee, dank je, Anastasia.' Hij lacht een oogverblindende, scheve lach en houdt zijn hoofd iets scheef.

Nou, ik heb misschien wel een borrel nodig.

'Dus het was *fijn* mij gekend te hebben?'

Goeie god, is hij *beledigd*? Ik staar naar mijn vingers. Hoe kan ik mezelf hieruit praten? Als ik hem zeg dat het een grapje was, denk ik niet dat hij onder de indruk is.

'Ik dacht dat je via e-mail zou antwoorden.' Ik spreek met een klein, zielig stemmetje.

'Bijt je nu expres op je onderlip?' vraagt hij duister.

Ik kijk hem met toegeknepen ogen aan, mijn adem stokt en ik laat mijn lip los.

'Ik was me er niet van bewust dat ik op mijn lip beet,' zeg ik zachtjes.

Mijn hart gaat tekeer. Ik voel de aantrekkingskracht, die heerlijke, geladen elektriciteit tussen ons die de ruimte helemaal statisch maakt. Hij zit erg dicht bij me, met donkergrijze omfloerste ogen, zijn ellebogen steunen op zijn knieën en zijn benen staan iets uit elkaar. Hij leunt naar voren en trekt langzaam een van mijn vlechten los, waarbij zijn vingers mijn haar loskammen. Mijn ademhaling is oppervlakkig en ik kan me niet bewegen. Ik kijk als gehypnotiseerd toe hoe zijn hand naar mijn tweede vlecht gaat en het elastiek eruit haalt. Hij maakt de vlecht los met zijn lange, vaardige vingers.

'Dus je besloot wat lichaamsbeweging te nemen,' zegt hij. Zijn stem is zacht en melodieus. Zijn vingers doen teder mijn haar achter mijn oor. 'Waarom dan, Anastasia?' Zijn vingers strelen langs mijn oor en heel zacht en ritmisch trekt hij aan mijn oorlelletje. Dat is erg opwindend.

'Ik had tijd nodig om na te denken,' fluister ik. Ik ben een en al konijn-koplampen, mot-kaars, vogel-slang... en hij weet precies wat hij met me doet.

'Nadenken waarover, Anastasia?'

'Jou.'

'En toen besloot je dat het fijn was om me te hebben leren kennen? Bedoel je me leren kennen in de Bijbelse zin van het woord?'

O shit. Ik bloos.

'Ik wist niet dat je de Bijbel kende.'

'Ik zat op zondagsschool, Anastasia. Daar heb ik veel geleerd.'

'Ik heb in de Bijbel anders nooit iets gelezen over tepelklemmen. Misschien kreeg jij les uit een moderne vertaling.'

Zijn lippen krullen op tot een flauwe glimlach en mijn ogen worden naar zijn mond getrokken.

'Nou, ik dacht dat ik maar langs moest komen om je eraan te herinneren hoe *fijn* het was om me te hebben leren kennen.'

Lieve help. Ik staar hem met open mond aan en zijn vingers gaan van mijn oor naar mijn kin.

'Wat heeft u daarop te zeggen, mevrouw Steele?'

Hij kijkt me doordringend aan en de uitdaging ligt in zijn blik verborgen. Zijn lippen zijn iets vaneen – hij wacht, opgekruld als een slang, om toe te slaan. Acuut, vloeibaar en gloeiend verlangen ontbrandt diep in mijn buik. Ik onderneem preventieve actie en werp mezelf op hem. Op de een of andere manier verplaatst hij zich, ik weet niet hoe, en in een oogwenk lig ik op het bed, vastgepind onder hem met mijn armen uitgestrekt boven mijn hoofd, terwijl zijn vrije hand mijn gezicht vasthoudt en zijn mond de mijne vindt.

Zijn tong is in mijn mond en eist me bezitterig op en ik geniet van de kracht die hij gebruikt. Ik voel hem tegen mijn hele lichaam aan. Hij verlangt naar míj en dat doet vreemde, heerlijke dingen met mijn binnenste. Niet naar Kate in haar kleine bikini's, niet naar een van de vijftien, niet naar die akelige Mrs. Robinson. Naar mij. Deze mooie man wil mij. Mijn innerlijke godin straalt zo fel dat ze heel Portland zou kunnen verlichten. Hij stopt met kussen en als ik mijn ogen open, zie ik dat hij naar me kijkt.

'Vertrouw je me?' zegt hij met een zucht.

Ik knik met wijd opengesperde ogen, terwijl mijn hart dwars door m'n ribben heen bonkt en mijn bloed door mijn lichaam dondert.

Uit zijn broekzak haalt hij zijn zilvergrijze stropdas tevoorschijn... dé zilvergrijze geweven das die lichte afdrukken op mijn huid achterlaat. Hij is snel. Hij zit boven op me en bindt mijn polsen samen, maar deze keer bindt hij het andere uiteinde aan een van de witte ijzeren spijlen aan het hoofdeinde van mijn bed. Hij trekt eraan en controleert of hij goed vastzit. Ik kan geen kant meer op. Ik lig letterlijk vast aan mijn bed en ben enorm opgewonden.

Hij glijdt van me af en gaat naast het bed staan. Hij kijkt me aan met donkere ogen vol verlangen. Zijn blik is triomfantelijk en opgelucht tegelijk.

'Dat is beter,' zegt hij met een verdorven, alwetende glimlach. Hij buigt zich voorover en begint een van mijn sneakers los te maken. O nee... nee... mijn voeten. Nee. Ik heb net hardgelopen.

'Nee,' protesteer ik en ik probeer hem weg te schoppen.

Hij stopt.

'Als je je verzet, bind ik ook je voeten vast. Anastasia, als je ook maar één geluid maakt, snoer ik je mond. Houd je stil. Katherine zit waarschijnlijk te luisteren in de kamer hiernaast.'

Mond snoeren! Kate! Ik houd mijn mond.

Hij trekt snel mijn schoenen en sokken uit en trekt langzaam mijn joggingbroek naar beneden. *O, wat voor slipje heb ik eigenlijk aan?* Hij tilt me op en trekt de sprei en het dekbed onder me vandaan en legt me weer neer. Nu lig ik op de lakens.

'En nu.' Hij likt langzaam over zijn onderlip. 'Je bijt op je lip, Anastasia. Je weet wat dat met me doet.' Hij legt zijn lange wijsvinger op mijn mond, als waarschuwing.

O hemel. Ik kan mezelf nauwelijks in bedwang houden en ben hulpeloos, terwijl ik kijk hoe hij zich gracieus door mijn kamer beweegt. Dat is een koppig afrodisiacum. Langzaam, bijna tergend, trekt hij zijn schoenen en sokken uit, maakt zijn broek los en trekt zijn overhemd over zijn hoofd uit.

'Volgens mij heb je al te veel gezien.' Hij grinnikt sluw. Hij gaat weer schrijlings over me heen zitten en trekt mijn T-shirt omhoog. Ik denk dat hij het uit gaat trekken, maar hij rolt het op tot aan mijn nek en trekt het dan over mijn hoofd, zodat hij mijn mond en neus kan zien, maar mijn ogen bedekt zijn. En omdat het dubbelgevouwen is, kan ik er helemaal niets doorheen zien.

'Mmm,' verzucht hij waarderend. 'Het wordt steeds beter. Ik ga iets te drinken halen.'

Hij buigt zich voorover en kust me, zijn lippen teder op de mijne en dan verplaatst zijn gewicht zich van het bed af. Ik hoor het stille gekraak van mijn kamerdeur. Iets te drinken halen. *Waar? Hier? Portland? Seattle?* Ik span me in om hem te horen. Ik hoor wat laag gerommel en ik weet dat hij met Kate praat – o nee... *hij is vrijwel naakt.* Wat gaat ze zeggen? Ik hoor vaag een knallend geluid. Wat is dat? Hij komt terug en de deur kraakt weer. Ik hoor zijn voeten op de slaapkamervloer en er tinkelt ijs tegen een glas dat gevuld is met vloeistof. Wat voor drank is dat? Hij doet de deur dicht en schuifelt rond terwijl hij zijn broek uittrekt. Die valt op de vloer en ik weet dat hij naakt is. Hij gaat weer schrijlings boven op me zitten.

'Heb je dorst, Anastasia?' vraagt hij plagend.

'Ja,' zucht ik, want mijn mond is opeens uitgedroogd. Ik hoor het ijs tegen het glas tinkelen en hij buigt zich voorover en kust me, waarbij hij een heerlijke, frisse vloeistof in mijn mond laat lopen. Het is witte wijn. Dat is zo onverwacht, zo *heet*, hoewel het koud is en Christians lippen koel zijn.

'Meer?' fluistert hij.

Ik knik. Het smaakt nog goddelijker omdat het uit *zijn* mond komt. Hij buigt voorover en ik drink nog een slok van zijn lippen... *O mijn god.*

'Laten we niet te ver gaan. We weten immers dat jij niet zo goed tegen alcohol kunt, Anastasia.'

Ik kan er niets aan doen. Ik grijns en hij buigt voorover om me nog een heerlijke slok te geven. Hij verschuift en komt naast me liggen, met zijn erectie tegen mijn heup aan. O, ik wil hem in me voelen.

'Is dit *fijn*?' vraagt hij, maar ik hoor de scherpte in zijn stem.

Ik verstrak. Hij beweegt het glas, buigt zich voorover en kust me, terwijl hij een klein stukje ijs in mijn mond doet, samen met wat wijn. Hij trekt langzaam en nonchalant een spoor van koele kussen over het midden van mijn lichaam, vanaf de onderkant van mijn keel, tussen mijn borsten door, over mijn borst, naar mijn buik. Hij legt een stukje ijs in mijn navel in een plasje koude wijn. Het brandt helemaal door tot diep binnen in mijn buik. Wauw.

'Nu moet je stil blijven liggen,' fluistert hij. 'Anastasia, als je beweegt, ligt er allemaal wijn in je bed.'

Mijn heupen buigen zich automatisch.

'O nee. Als u de wijn morst, krijgt u straf, mevrouw Steele.'

Ik kreun en vecht wanhopig tegen de neiging om mijn heupen op te tillen, terwijl ik aan mijn boeien trek. O nee... *alsjeblieft.*

Met een vinger trekt hij de cups van mijn bh naar beneden, zodat mijn borsten eruit omhoogkomen, naakt en kwetsbaar. Hij buigt zich voorover en sabbelt en trekt met koude lippen om de beurt aan een van mijn tepels. Ik vecht tegen mijn lichaam dat reageert en zich probeert te krommen.

'Hoe *fijn* is dit?' verzucht hij, terwijl hij over een van mijn tepels blaast.

Ik hoor nog meer getinkel van ijs en dan voel ik het rond mijn rechtertepel, terwijl hij met zijn lippen aan de linkertepel trekt. Ik kreun en probeer uit alle macht niet te bewegen. Het is een zoete kwelling.

'Als je de wijn morst, laat ik je niet klaarkomen.'

'O... alsjeblieft... Christian... Meneer... Alstublieft.' Hij maakt me knettergek. Ik hóór hem glimlachen.

Het ijs in mijn navel smelt. Ik heb het meer dan warm – warm en koud tegelijk, vol verlangen. Ik wil hem in me voelen. Nu.

Zijn koele vingers trekken een traag spoor over mijn buik. Mijn huid is overgevoelig, mijn heupen buigen zich automatisch en de nu warmere vloeistof uit mijn navel loopt over mijn buik.

Christian reageert snel en likt het op met zijn tong, terwijl hij me kust en zachtjes bijt en zuigt.

'O jee, Anastasia, je hebt je bewogen. Wat zal ik nu met je doen?'

Ik hijg luid. Ik kan me alleen maar concentreren op zijn stem en zijn aanraking. Dat is de enige werkelijkheid. Niets doet er nog toe, ik merk niets anders meer op. Zijn vingers kruipen mijn slipje in en ik word beloond met zijn ongecontroleerde, scherpe ademteug.

'O, schatje,' mompelt hij en hij duwt twee vingers bij me naar binnen.

Mijn adem stokt.

'Je bent zo snel klaar voor me,' zegt hij. Hij beweegt zijn vingers kwellend langzaam, erin, eruit, en ik duw me tegen hem aan, terwijl ik mijn heupen optil.

'Je bent een gulzig meisje,' zegt hij zacht en berispend. Hij draait zijn duim rond mijn clitoris en duwt hem dan naar beneden.

Ik kreun luid wanneer mijn lichaam samentrekt onder zijn kundige vingers. Hij doet zijn arm omhoog en duwt het T-shirt over mijn hoofd, zodat ik hem kan zien. Ik knipper in het zachte licht van mijn nachtlampje. Ik verlang ernaar om hem aan te raken.

'Ik wil je aanraken,' hijg ik.

'Dat weet ik,' mompelt hij. Hij buigt zich voorover en kust me, terwijl zijn vingers nog ritmisch in mij bewegen en zijn duim rondgaat en duwt. Zijn andere hand haalt mijn haar naar achteren en houdt mijn hoofd op zijn plaats. Zijn tong weerspiegelt de bewegingen van zijn vingers en eist me op. Mijn benen beginnen te verstijven wanneer ik tegen zijn hand duw. Hij verslapt zijn aanraking, zodat ik weer weg ben van de rand. Dat doet hij steeds weer. Het is zo frustrerend... *O, alsjeblieft, Christian*, schreeuw ik in mijn hoofd.

'Dit is je straf, zo dichtbij en toch zo veraf. Is dit *fijn*?' zucht hij in mijn oor. Ik jammer, uitgeput, terwijl ik aan mijn boeien trek. Ik ben hulpeloos, verloren in een erotische kwelling.

'Alsjeblieft,' smeek ik en dan toont hij zich genadig.

'Hoe zal ik je neuken, Anastasia?'

O... mijn lichaam begint te huiveren. Hij houdt weer op.

'Alsjeblieft.'

'Wat wil je, Anastasia?'

'Jou... nu,' schreeuw ik.

'Zal ik je zo neuken? Of zo? Of misschien toch zo? De keuzes zijn legio,' hijgt hij tegen mijn lippen. Hij trekt zijn hand terug en pakt een in folie verpakt pakje van het nachtkastje. Hij knielt tussen mijn benen en trekt heel langzaam mijn slipje uit, terwijl hij met glanzende ogen naar me kijkt. Hij doet het condoom om. Ik kijk gefascineerd, gebiologeerd toe.

'Hoe *fijn* is dit?' zegt hij, terwijl hij zichzelf streelt.

'Ik bedoelde het als grapje,' jammer ik. *Neuk me alsjeblieft, Christian.*

Hij trekt zijn wenkbrauwen op terwijl zijn hand op en neer gaat over zijn indrukwekkende lid.

'Een grapje?' Zijn stem is dreigend zacht.

'Ja. 'Alsjeblieft, Christian,' smeek ik hem.

'Moet je nu lachen?'

'Nee,' sis ik.

Ik sta stijf van seksueel geladen verlangen. Hij kijkt me even aan en schat mijn verlangen in. Dan pakt hij me plotseling vast en draait me om. Dat overvalt me en omdat mijn handen vastgebonden zijn, moet ik mezelf ondersteunen met mijn ellebogen. Hij duwt mijn knieën omhoog op het bed, zodat mijn billen de lucht in steken en hij slaat er met vlakke hand op, hard. Voordat ik kan reageren, duikt hij in me. Ik schreeuw het uit – van de klap en van zijn plotselinge aanval – en ik kom onmiddellijk klaar, steeds maar weer en val onder hem in stukjes uiteen, terwijl hij heerlijk in mij blijft pompen. Hij stopt niet. Ik ben leeg. Ik kan hier niet tegen... en hij stoot maar door en maar door... dan bouwt het zich bij mij weer op... dat kan toch niet... echt niet...

'Kom, Anastasia, nog een keer,' gromt hij tussen opeengeklemde tanden door en ongelooflijk genoeg reageert mijn lichaam en trekt zich rond hem samen wanneer ik weer een hoogtepunt bereik en zijn naam uitschreeuw. Ik val weer in heel kleine stukjes uiteen en Christian stopt en laat zich eindelijk gaan, in stille verlossing. Hij valt boven op me en ademt zwaar.

'Hoe *aangenaam* was dat?' vraagt hij met opeengeklemde kaken.

O mijn god.

Ik lig hijgend en uitgeput op bed met mijn ogen dicht, terwijl hij zich langzaam uit me terugtrekt. Hij staat meteen op en kleedt zich aan. Als hij is aangekleed, klimt hij terug op het bed en maakt teder mijn boeien los en trekt mijn T-shirt uit. Ik buig mijn vingers en wrijf over mijn polsen. Ik lach om de afdruk van het weefsel van de stropdas op mijn polsen. Ik trek mijn bh weer goed, terwijl hij het dekbed en de sprei over me heen trekt. Ik kijk hem volledig verdwaasd aan en hij glimlacht zelfgenoegzaam naar me.

'Dat was erg aangenaam,' fluister ik en ik glimlach koket.

'Daar heb je dat woord weer.'

'Houd je dan niet van dat woord?'

'Nee. Daar heb ik helemaal niets mee.'

'O – ik weet het niet... het lijkt toch een heel gunstige uitwerking op je te hebben.'

'Ben ik nu opeens een gunstige uitwerking? Kunt u mijn ego nog dieper kwetsen, mevrouw Steele?'

'Volgens mij is er helemaal niets mis met jouw ego.' Maar wanneer ik dat zeg, voel ik dat mijn woorden overtuiging missen. Er komt een ongrijpbare gedachte in mij op die voorbijdrijft en verloren gaat voordat ik haar kan pakken.

'Zou je denken?' Zijn stem is zacht. Hij ligt naast me, geheel gekleed, en ondersteunt zijn hoofd met zijn elleboog, terwijl ik alleen mijn bh maar aanheb.

'Waarom vind je het niet fijn om aangeraakt te worden?'

'Daar hou ik gewoon niet van.' Hij buigt voorover en plaatst een zachte kus op mijn voorhoofd. 'Dus die e-mail was als grapje bedoeld.'

Ik glimlach verontschuldigend en haal mijn schouders op.

'Ik snap het. Dus je overweegt mijn voorstel nog steeds?'

'Je oneerbare voorstel... ja, inderdaad. Maar er zijn wel wat dingen waar ik mee zit.'

Hij grijnst naar me alsof hij opgelucht is.

'Het zou me tegenvallen als dat niet zo was.'

'Ik wilde ze naar je mailen, maar je hebt me min of meer onderbroken.'

'Coïtus interruptus.'

'Zie je wel, ik wist wel dat je ergens vanbinnen gevoel voor humor had.' Ik glimlach.

'Niet alles is grappig, Anastasia. Ik dacht dat je nee zei, zonder het te willen bespreken.' Zijn stem wordt zachter.

'Ik weet het nog niet. Ik heb nog niets besloten. Doe je mij een halsband om?'

Hij trekt zijn wenkbrauwen op.

'Je hebt je onderzoek gedaan. Ik weet het niet, Anastasia. Ik heb nog nooit iemand een halsband omgedaan.'

O... moet ik daar verbaasd over zijn? Ik weet zo weinig van die scene... Ik weet het niet.

'Heb jij een halsband om gehad?' fluister ik.

'Ja.'

'Bij Mrs. Robinson?'

'Mrs. Robinson!' Hij lacht hard en vrijuit en hij ziet er zo jong en zorgeloos uit met zijn hoofd achterover. Zijn lach werkt aanstekelijk.

Ik grijns naar hem terug.

'Ik zal haar zeggen dat jij dat zei. Dat vindt ze vast geweldig.'

'Spreek je haar dan nog regelmatig?' Ik kan de schrik in mijn stem niet verbergen.

'Ja.' Hij is nu weer ernstig.

O... een deel van mij is opeens gek van jaloezie. Ik schrik van de diepte van mijn gevoelens.

'Ik begrijp het.' Mijn stem is gespannen. 'Dus jij hebt iemand met wie je je alternatieve levensstijl kunt bespreken, maar ik mag dat niet.'

Hij fronst.

'Zo heb ik het eigenlijk nooit bekeken. Mrs. Robinson maakte deel uit van die levensstijl. Ik heb je toch al gezegd dat ze nu een goede vriendin is. Als je wilt, kan ik je wel voorstellen aan een van mijn vroegere Onderdanigen. Dan kun je met haar praten.'

Wat? Probeert hij me nou expres van streek te krijgen?

'Bedoel jij dít als grapje?'

'Nee, Anastasia.' Hij schudt verbijsterd zijn hoofd.

'Nee – ik doe dit zelf wel, dankjewel,' val ik tegen hem uit, terwijl ik het dekbed optrek tot aan mijn kin.

Hij staart me verrast aan, verloren op zee.

'Anastasia, ik...' Hij kan de woorden niet vinden. Dat is de eerste keer voor hem, volgens mij. 'Ik wilde je niet beledigen.'

'Ik ben niet beledigd. Ik ben ontzet.'

'Ontzet?'

'Ik wil niet praten met een van je ex-vriendinnen... slavin... Onderdanige... of hoe je ze dan ook noemt.'

'Anastasia Steele, ben je jaloers?'

Ik krijg een dieprode kleur.

'Blijf je hier?'

'Ik heb morgenochtend een ontbijtbespreking in het Heathman. Bovendien heb ik je al gezegd dat ik niet met vriendinnen, slavinnen, Onderdanigen of wie dan ook slaap. Vrijdag en zaterdag waren uitzonderingen. Dat zal niet meer gebeuren.' Ik hoor de vastberadenheid in zijn zachte, hese stem.

Ik tuit mijn lippen.

'Nou, ik ben nu moe.'

'Schop je me eruit?' Hij trekt zijn wenkbrauwen op, geamuseerd en ietwat verbijsterd.

'Ja.'

'Dat is dan weer een eerste keer.' Hij kijkt me veelbetekenend aan. 'Dus er is niets wat je nu wilt bespreken? Over het contract.'

'Nee,' antwoord ik kregelig.

'God, wat zou ik jou nu graag een goed pak slaag willen geven. Je zou je een stuk beter voelen, en ik ook.'

'Dat soort dingen mag je niet zeggen... Ik heb nog niets ondertekend.'

'Een man mag toch wel dromen, Anastasia.' Hij buigt zich voorover en pakt mijn kin. 'Woensdag?' mompelt hij en hij kust me vluchtig op mijn lippen.

'Woensdag,' stem ik in. 'Ik laat je er wel even uit. Als je even kunt wachten.' Ik ga rechtop zitten en pak mijn T-shirt, terwijl ik hem opzij duw. Hij gaat met tegenzin het bed af.

'Kun je me mijn joggingbroek even geven?'

Hij raapt hem van de vloer en geeft hem aan me.

'Ja, mevrouw.' Hij probeert tevergeefs zijn glimlach te verbergen.

Ik kijk hem met toegeknepen ogen aan en trek de broek aan. Mijn haar is een puinhoop en ik weet dat ik te maken krijg met de inquisitie van Katherine Kavanagh zodra hij weg is. Ik pak een elastiekje, loop naar de kamerdeur en open hem om te kijken of Kate er is. Ze is niet in de woonkamer. Ik geloof dat ik haar aan de telefoon hoor in haar kamer. Christian volgt me naar buiten. Op het korte stukje van de slaapkamer naar de voordeur komen en gaan mijn gedachten en gevoelens, terwijl ze steeds veranderen. Ik ben niet meer boos op hem. Opeens voel ik me onverdraaglijk verlegen. Ik wil niet dat hij weggaat. Voor het eerst wens ik dat hij *normaal* was – ik verlang naar een normale relatie waarvoor geen overeenkomst van tien bladzijden, een strengenzweep en karabijnhaken aan het plafond van zijn speelkamer nodig zijn.

Ik doe de deur voor hem open en kijk naar mijn handen. Dit is de eerste keer dat ik seks heb gehad in mijn eigen huis en zoals dat gaat met seks in mijn belevingswereld, was het weer behoorlijk lekker. Maar nu voel ik me als een leeg vat dat hij naar eigen goeddunken kan vullen. Mijn onderbewustzijn schudt haar hoofd. *Jij wilde naar het Heathman rennen voor seks en nu kreeg je het thuisbezorgd.* Ze kruist haar armen en tapt met haar voet met een watzeur-je-nou-uitdrukking op haar gezicht. Christian stopt in de deuropening en pakt mijn kin, zodat ik hem recht in zijn ogen moet kijken. Hij trekt zijn wenkbrauwen op.

'Gaat het?' vraagt hij teder, terwijl zijn duim zachtjes over mijn onderlip streelt.

'Ja,' antwoord ik, hoewel ik het eerlijk gezegd niet zo zeker weet. Ik voel alles anders worden. Ik weet dat ik gekwetst zal worden als ik dit met hem ga doen. Hij is niet in staat, niet geïnteresseerd en niet bereid om me meer te bieden... en ik wil meer. *Veel meer.* De opwelling van jaloezie die ik daarnet voelde, vertelt me dat ik diepere gevoelens voor hem heb dan ik aan mezelf wilde toegeven.

'Woensdag,' bevestigt hij, terwijl hij zich vooroverbuigt om me zacht te kussen. Er verandert iets wanneer hij me kust. Zijn lippen op de mijne worden dwingender, zijn hand gaat van mijn kin naar de zijkant van mijn hoofd en hij legt zijn andere hand aan de andere kant. Zijn ademhaling versnelt. Hij verdiept de kus en leunt tegen me aan. Ik leg mijn handen op zijn armen. Ik wil ze door zijn haar halen, maar ik weersta die neiging, want ik weet dat hij dat niet fijn zal vinden. Hij leunt met zijn voorhoofd tegen het mijne, zijn ogen zijn gesloten en zijn stem is gespannen.

'Anastasia,' fluistert hij. 'Wat doe je toch met me?'

'Ik kan hetzelfde aan jou vragen,' fluister ik terug.

Hij haalt diep adem, kust mijn voorhoofd en gaat weg. Hij slentert nadrukkelijk over het pad naar zijn auto, terwijl hij zijn hand door zijn haar haalt. Als hij het autoportier opendoet, kijkt hij op en schenkt me zijn adembenemende glimlach. Mijn glimlach naar hem is zwak, omdat ik volledig van de kaart ben. En ik moet weer denken aan Icarus die te dicht bij de zon zweefde. Ik doe de voordeur dicht wanneer hij in zijn sportauto stapt. Ik voel de onbedwingbare neiging om te huilen. Mijn hart is in de greep van een verdrietige en eenzame stemming. Ik storm terug naar mijn kamer, doe de deur dicht en leun ertegenaan, terwijl ik mijn gevoelens probeer te beredeneren. Dat lukt niet. Ik glijd op de vloer, leg mijn hoofd in mijn handen en de tranen beginnen te stromen.

Kate klopt zachtjes op de deur.

'Ana?' fluistert ze. Ik doe de deur open. Eén blik is genoeg en ze slaat haar armen om me heen.

'Wat is er aan de hand? Wat heeft die griezelige knappe klootzak gedaan?'

'O, Kate, niets wat ik niet wilde.'

Ze trekt me op mijn bed en we gaan zitten.

'Je hebt vreselijk sekshaar.'

Ondanks mijn schrijnende verdriet moet ik lachen.

'Het was goede seks, helemaal niet vreselijk.'

Kate glimlacht.

'Dat is al beter. Waarom huil je? Jij huilt nooit.' Ze pakt mijn borstel van het nachtkasje, gaat achter me zitten en begint langzaam de klitten uit mijn haar te borstelen.

'Ik denk alleen dat onze relatie helemaal nergens toe leidt.' Ik staar naar mijn vingers.

'Ik dacht dat je zei dat je hem woensdag weer zou zien?'

'Dat klopt. Dat was ons oorspronkelijke plan.'

'Maar waarom is hij vandaag dan hierheen gekomen?'
'Ik had hem een e-mail gestuurd.'
'Waarin je hem vroeg om langs te komen?'
'Nee, waarin ik zei dat ik hem niet meer wilde zien.'
'En dan komt hij langs? Ana, dat is geniaal.'
'Het was eigenlijk een grapje.'
'O. Nu snap ik het niet meer.'
Geduldig vertel ik over de inhoud van mijn e-mail zonder verder iets te verraden.
'Dus jij dacht dat hij via e-mail zou antwoorden.'
'Ja.'
'Maar in plaats daarvan komt hij hierheen.'
'Ja.'
'Volgens mij is hij stapelverliefd op je.'
Ik frons. *Christian stapelverliefd op mij? Echt niet.* Hij is alleen maar op zoek naar een nieuw speeltje – een praktisch nieuw speeltje waarmee hij naar bed kan en waar hij onuitspreekbare dingen mee kan doen. Mijn hart is pijnlijk verkrampt. Dit is de werkelijkheid.
'Hij kwam hiernaartoe om met me te neuken, meer niet.'
'Wie zegt dat romantiek niet meer bestaat?' fluistert ze, verschrikt. Ik heb Kate gechoqueerd. Ik dacht dat dat onmogelijk was. Ik haal verontschuldigend mijn schouders op.
'Hij gebruikt seks als wapen.'
'Hij neukt je tot overgave?' Ze schudt afkeurend haar hoofd. Ik knipper met mijn ogen en voel hoe een blos zich over mijn gezicht verspreidt. *O... recht in de roos, Katherine Kavanagh, Pulitzer Prize-winnend journaliste.*
'Ana, ik begrijp het niet. Je hebt toch net met hem gevreeën?'
'Nee, Kate, wij vrijen niet, wij neuken – in Christians termen. Hij doet niet aan liefde.'
'Ik wist wel dat er iets vreemds aan hem was. Hij heeft bindingsproblemen.'
Ik knik alsof ik het ermee eens ben. Vanbinnen kwijn ik weg. O, Kate... ik zou willen dat ik je alles kon vertellen, alles over die vreemde, trieste, perverse jongen, en dan kon jij me zeggen dat ik hem moest vergeten. Laat me geen domme dingen doen.

'Ik denk dat het allemaal wat overweldigend is,' mompel ik. *Dat is nog zacht uitgedrukt.*

Omdat ik het niet meer over Christian wil hebben, vraag ik haar naar Elliot. Katherines hele gedrag verandert bij het noemen van zijn naam. Ze licht op vanbinnen en straalt helemaal.

'Hij komt zaterdagochtend hierheen om te helpen inladen.' Ze omhelst de haarborstel. Jeetje, ze heeft het flink te pakken. En ik voel een bekende, vage steek van jaloezie. Kate heeft een normale man gevonden en ze ziet er zo gelukkig uit.

Ik draai me om en omhels haar.

'O, dat wilde ik nog zeggen. Je vader belde toen jij... eh, bezig was. Blijkbaar is Bob geblesseerd geraakt, dus je moeder en hij kunnen niet naar de diploma-uitreiking komen. Maar je vader komt donderdag hierheen. Hij wil dat je hem belt.'

'O... mijn moeder belt me nooit. Gaat het met Bob?'

'Ja. Bel haar morgenochtend maar. Het is nu al laat.'

'Dank je, Kate. Het gaat nu wel weer. Ik bel Ray morgenochtend ook wel. Ik denk dat ik maar gewoon naar bed ga.'

Ze glimlacht, maar in haar ooghoeken zie ik zorgrimpeltjes.

Als ze weg is, ga ik zitten en lees ik de overeenkomst nog een keer door, terwijl ik ondertussen nog meer aantekeningen maak. Als ik klaar ben, zet ik de laptop aan om te antwoorden.

Er zit een e-mail van Christian in mijn postvak IN.

Van: Christian Grey
Onderwerp: Vanavond
Datum: 23 mei 2011, 23:16
Aan: Anastasia Steele

Mevrouw Steele,
Ik kijk ernaar uit om uw opmerkingen over het contract te ontvangen.
Tot die tijd, slaap lekker, schatje.

Christian Grey
Directeur, Grey Enterprises Holdings, Inc.

Van: Anastasia Steele
Onderwerp: Punten
Datum: 24 mei 2011, 00:02
Aan: Christian Grey

Beste meneer Grey,
Hier is mijn lijst met punten. Ik kijk ernaar uit om deze uitgebreider te bespreken tijdens ons diner op woensdag.
De getallen verwijzen naar de clausules:
2: Ik snap niet waarom dit alleen in MIJN voordeel is, d.w.z. om MIJN sensualiteit en grenzen te verkennen. Ik weet zeker dat ik daar geen tien bladzijden tellende overeenkomst voor nodig heb! Dit is beslist in JOUW voordeel.
4: Zoals je weet, ben jij mijn enige sekspartner. Ik gebruik geen drugs en ik heb geen bloedtransfusies gehad. Ik ben waarschijnlijk veilig. Hoe zit het met jou?
8: Ik mag er op elk moment uitstappen als ik denk dat jij je niet aan de afgesproken grenzen houdt. Goed – daar kan ik mee leven.
9: Je gehoorzamen in alles? Zonder aarzeling jouw disciplinering aanvaarden? Hier moeten we over praten.
11: Een proefperiode van één maand. Niet drie.
12: Ik kan mezelf niet elk weekend vastleggen. Ik heb ook een eigen leven, of dat ga ik krijgen. Misschien drie van de vier?
15.2: Mijn lichaam gebruiken zoals jij dat geschikt acht, seksueel of anderszins – gelieve 'of anderszins' te definiëren.
15.5: De hele strafclausule. Ik weet niet zeker of ik wel zweepslagen wil krijgen of lichamelijk wil worden gestraft. Ik weet zeker dat dit inbreuk maakt op clausules 2-5. En ook 'om enige andere reden'. Dat is gewoon gemeen. En je zei dat je geen sadist was.
15.10: Alsof mij uitlenen aan iemand anders ooit een optie zou zijn. Maar ik ben blij dat het hier zwart op wit staat.
15.14: De regels. Straks meer hierover.
15.19: Mijzelf aanraken zonder jouw toestemming. Wat is het probleem hiermee? Je weet dat ik dat toch niet doe.
15.21: Straf – zie clausule 15.5 hierboven.
15.22: Mag ik je niet in je ogen kijken? Waarom niet?
15.24: Waarom mag ik je niet aanraken?

Regels:
Slapen – ik stem in met zes uur. Eten – ik eet geen voedsel van een voorgeschreven lijst. De lijst met voedingsmiddelen gaat of ik ga – hiermee staat of valt de afspraak. Kleding – zolang ik jouw kleding alleen hoef te dragen als ik bij jou ben... oké. Lichaamsbeweging – we waren het eens geworden over drie uur, hier staat nog steeds vier.
Zachte grenzen:
Kunnen we die allemaal bespreken? Geen fisten in welke vorm dan ook. Wat is ophangen? Genitale klemmen – grapje zeker.
Kun je me laten weten wat we afspreken voor woensdag? Ik werk die dag tot vijf uur 's middags.
Goedenacht.
Ana

Van: Christian Grey
Onderwerp: Punten
Datum: 24 mei 2011, 0:07
Aan: Anastasia Steele

Mevrouw Steele,
Dat is een lange lijst. Waarom bent u nog wakker?

Christian Grey
Directeur, Grey Enterprises Holdings, Inc.

Van: Anastasia Steele
Onderwerp: Werken tot in de kleine uurtjes
Datum: 24 mei 2011, 00:10
Aan: Christian Grey

Meneer,
Misschien kunt u zich nog herinneren dat ik deze lijst aan het opstellen was, toen ik werd afgeleid en het bed in werd gesleurd door een passerende controlfreak.
Goedenacht.
Ana

Van: Christian Grey
Onderwerp: Stop met werken tot in de kleine uurtjes
Datum: 24 mei 2011, 00:12
Aan: Anastasia Steele

GA NAAR BED, ANASTASIA.

Christian Grey
Directeur, Grey Enterprises Holdings, Inc.

O... schreeuwerige hoofdletters! Ik zet de laptop uit. Hoe kan hij me nou intimideren als hij bijna tien kilometer verderop zit? Ik schud mijn hoofd. Met een hart dat nog steeds erg zwaar aanvoelt, stap ik in bed en ik val onmiddellijk in een diepe, onrustige slaap.

Dertien

De dag daarop bel ik mijn moeder als ik terugkom van m'n werk. Het was vandaag relatief rustig bij Clayton's, dus ik had veel te veel tijd om na te denken. Ik ben onrustig, nerveus over mijn confrontatie met Meneer Controlfreak morgen en in mijn achterhoofd ben ik bang dat mijn reactie op het contract misschien te negatief was. Straks blaast-ie alles af.

Mijn moeder loopt over van berouw, het spijt haar zó dat ze het niet gaat redden om bij mijn diploma-uitreiking te zijn. Bob heeft een of andere gescheurde gewrichtsband waardoor hij overal naartoe moet hinkelen. Echt, hij is net zo'n brokkenmaker als ik. Hij komt er zeker weer helemaal bovenop, maar voorlopig moet hij rust houden en moet mijn moeder hem op zijn zielige wenken bedienen.

'Ana, lieverd, het spijt me zo,' jammert m'n moeder door de telefoon.

'Maakt niet uit, mama. Ray komt toch.'

'Ana, je klinkt een beetje afwezig – is alles wel goed, schatje?'

'Ja, mama.' *O, je moest eens weten.* Ik heb een obsceen rijke kerel ontmoet die een of andere rare, kinky relatie met me wil waarin ik niets in te brengen heb.

'Heb je iemand ontmoet?'

'Nee, mama.' Daar ga ik nu dus echt niet op in.

'Nou, lieverd, ik zal aan je denken donderdag. Ik hou van je... dat weet je toch, liefje?'

Ik doe mijn ogen dicht. Haar lieve woorden geven me een warm gevoel vanbinnen.

'Ik ook van jou, mama. Doe Bob de groeten, en wens hem beterschap.'

'Doe ik, lieverd. Daag.'

'Daag.'

Ik ben mijn slaapkamer binnengedrenteld met de telefoon. Doelloos zet ik het coole apparaat aan en open het e-mailprogramma. Er is een e-mail van Christian van gisteravond laat, of vanochtend heel vroeg, het is maar hoe je het bekijkt. M'n hartslag gaat meteen omhoog en ik hoor het bloed suizen in mijn oren. Holy shit... hij heeft vast nee gezegd – dat zal het zijn – of misschien heeft-ie ons etentje afgezegd. Die gedachte is zo pijnlijk. Ik verdring het snel en open het bericht.

Van: Christian Grey
Onderwerp: Uw bedenkingen
Datum: 24 mei 2011 01:27
Aan: Anastasia Steele

Beste mevrouw Steele,
Nadat ik uw bezwaren grondiger heb bestudeerd, wil ik graag uw aandacht vestigen op de volgende definitie van onderdanig.
onderdanig [on-der-daa-nig] – *bijvoeglijk naamwoord*
1. Neigt naar of is klaar zich over te geven; biedt geen weerstand, zeer gedwee; *onderdanige bedienden.*
2. van grote onderworpenheid getuigend; *onderdanige gehoorzaamheid.*
Oorsprong: ca. 1580-90; onderdaan + -ig
Synoniemen: 1. meegaand, inschikkelijk, plooibaar, volgzaam.
2. passief, gelaten, geduldig, gedwee, tam, nederig. *Antoniemen: 1.* rebels, ongehoorzaam.
Gelieve hieraan te denken als we elkaar woensdag zien.

Christian Grey
Directeur, Grey Enterprises Holdings, Inc.

Ik ben eerst opgelucht. Hij is tenminste bereid om mijn bezwaren te bespreken, en hij wil me nog steeds morgen zien. Ik denk even na en antwoord.

Van: Anastasia Steele
Onderwerp: Mijn bedenkingen? En uw bedenkelijke voorwaarden dan?
Datum: 24 mei 2011 18:29
Aan: Christian Grey

Meneer,
Graag wil ik uw aandacht vestigen op de datering: 1580-90. Met alle respect, ik wil u erop wijzen dat wij leven in het jaar 2011. En er is sindsdien gelukkig veel veranderd.
Mag ik verder, met het oog op onze afspraak morgen, de volgende definitie onder úw aandacht brengen:
compromis [kom-pro-mi̲] – *zelfstandig naamwoord*
1. minnelijke schikking tussen meerdere partijen; overeenkomst waarbij partijen conflicterende claims, principes etc. bijstellen door wederzijds de eisen aan te passen, schikking tussen partijen waarbij ieder van beiden iets toegeeft, syn. *tussenoplossing, middenweg.*
2. het resultaat van zo'n schikking. 3. iets wat tussen twee verschillende dingen in ligt: *een splitlevelhuis is een compromis tussen een bungalow en een huis met meerdere verdiepingen.*
4. handeling waarbij men een deel van zijn beginselen prijsgeeft, of zijn eer en goede naam in gevaar brengt of verdacht maakt, etc.: *een compromis in integriteit van iemand.*
Ana

Van: Christian Grey
Onderwerp: Hoe bedoel je Mijn voorwaarden?
Datum: 24 mei 2011 18:32
Aan: Anastasia Steele

Goed punt, en zoals altijd, goed gebracht, mevrouw Steele. Ik kom u morgen om 19.00 uur ophalen bij uw appartement.

Christian Grey
Directeur, Grey Enterprises Holdings, Inc.

Van: Anastasia Steele
Onderwerp: 2011 – Vrouwen kunnen autorijden
Datum: 24 mei 2011 18:40
Aan: Christian Grey

Meneer,
Ik heb een auto. En een rijbewijs.
Ik rijd liever zelf ergens heen.
Waar kunnen wij elkaar treffen?
In uw hotel om 19.00 uur?
Ana

Van: Christian Grey
Onderwerp: Koppige jonge dames
Datum: 24 mei 2011 18:43
Aan: Anastasia Steele

Geachte mevrouw Steele,
Ik refereer aan mijn e-mail gedateerd 24 mei 2011, verzonden om 1.27 uur en de daarin opgenomen definitie.
Denkt u dat u ooit gewoon kunt doen wat er wordt gezegd?

Christian Grey
Directeur, Grey Enterprises Holdings, Inc.

Van: Anastasia Steele
Onderwerp: Eigengereide mannen
Datum: 24 mei 2011 18:49
Aan: Christian Grey

Meneer Grey,
Ik wil graag zelf rijden.
AUB.
Ana

Van: Christian Grey
Onderwerp: Geërgerde mannen
Datum: 24 mei 2011 18:52
Aan: Anastasia Steele

Goed dan.
Mijn hotel om 19.00 uur.
Ik zie je in de Marble Bar.

Christian Grey
Directeur, Grey Enterprises Holdings, Inc.

Zelfs per e-mail is hij knorrig. Snapt hij dan niet dat ik er misschien snel vandoor moet kunnen? Niet dat mijn Kever snel is... maar toch – ik moet een manier hebben om weg te kunnen.

Van: Anastasia Steele
Onderwerp: Toch niet zo eigengereide mannen
Datum: 24 mei 2011 18:55
Aan: Christian Grey

Dank je.
Ana x

Van: Christian Grey
Onderwerp: Ergerlijke vrouwen
Datum: 24 mei 2011 18:59
Aan: Anastasia Steele

Graag gedaan.

Christian Grey
Directeur, Grey Enterprises Holdings, Inc.

Ik bel Ray, die net op het punt staat om een voetbalwedstrijd tussen de Sounders en een of ander team uit Salt Lake City te kijken, dus ons gesprek is gelukkig kort. Hij komt donderdag met de auto naar mijn diploma-uitreiking. Hij wil me na afloop mee uit eten nemen. M'n hart zwelt terwijl ik met Ray praat, en ik voel een enorme brok in m'n keel. Hij is mijn rots in de branding, hij is er altijd voor me geweest, dwars door al mijn moeders romantische escapades heen. We hebben een speciale band en die koester ik. Hij is dan wel mijn stiefvader, maar hij heeft me altijd behandeld als z'n eigen kind, en ik sta te trappelen om hem weer te zien. Het is al veel te lang geleden. Juist nu heb ik zijn rustige kracht nodig, die mis ik. Misschien kan ik mijn innerlijke Ray oproepen voor die afspraak morgen.

Kate en ik storten ons op het inpakken en drinken samen een fles goedkope rode wijn. Als ik eindelijk naar bed ga, nadat ik bijna m'n hele kamer ingepakt heb, voel ik me tot rust gekomen. Alles in dozen stoppen was niet alleen fysiek inspannend, maar ook een welkome afleiding, en nu ben ik bekaf. Ik snak naar een goede nachtrust. Ik kruip lekker onder de dekens en val snel in slaap.

Paul is even terug uit Princeton en staat op het punt om in New York als trainee bij een financieel bedrijf te beginnen. Hij loopt de hele dag als een hondje achter me aan in de winkel om te vragen of ik met hem uit wil. Heel irritant.

'Paul, voor de honderdste keer, ik heb vanavond al een afspraakje.'

'Niet waar, dat zeg je maar, om mij te ontwijken. Je zoekt altijd excuses om mij te ontlopen.'

Ja... je zou denken dat het kwartje een keer zou vallen.

'Paul, ik heb het nooit een goed idee gevonden om met de broer van mijn baas uit te gaan.'

'Maar vrijdag is je laatste dag hier. En morgen werk je niet.'

'En vanaf zaterdag zit ik in Seattle en jij verhuist binnenkort naar New York. Veel verder dan dat kunnen we niet uit elkaar gaan wonen, zelfs al zouden we willen. Bovendien heb ik echt een afspraakje vanavond.'

'Met José?'

'Nee.'

'Wie dan?'

'Jeetje, Paul.' Ik zucht geërgerd. Hij kan het niet loslaten. 'Christian Grey.' Ik kan de irritatie in m'n stem niet onderdrukken. Maar het werkt wel. Pauls mond valt open en hij gaapt me met stomme verbazing aan. Moet je nou zien – alleen zijn *naam* maakt mensen al sprakeloos.

'Jij hebt een afspraakje met Christian Grey?' zegt hij eindelijk, als hij bekomen is van de schok. Ongeloof klinkt door in zijn stem.

'Ja.'

'O.' Paul ziet er verbouwereerd uit, ontdaan zelfs, en diep vanbinnen vind ik het knap beledigend dat hij verbaasd is. Mijn innerlijke godin is het helemaal met me eens. Zij maakt een ordinair, vunzig gebaar naar hem met haar middelvinger.

Paul negeert me verder en stipt om vijf uur vlieg ik naar buiten.

Kate heeft me twee jurken en twee paar schoenen geleend, voor vanavond en voor de diploma-uitreiking morgen. Ik wou dat ik meer om kleren gaf en meer aandacht aan m'n uiterlijk besteedde, maar kleren zijn gewoon niet mijn ding. *Wat is jouw ding dan wel, Anastasia?* Christians gefluisterde vraag blijft me achtervolgen. Ik schud mijn hoofd en probeer mijn zenuwen onder controle te krijgen. Voor vanavond kies ik voor de strakke, pruimkleurige jurk. Die is ingetogen en nog enigszins zakelijk – ik kom immers om te onderhandelen over een contract.

Ik douche, scheer m'n benen en m'n oksels, was m'n haar en ben een dik halfuur druk met föhnen totdat m'n haar in zachte golven op mijn borsten en rug valt. Ik steek er een kam in om het aan één kant uit m'n gezicht te houden en doe mascara en een beetje lipgloss op. Ik draag bijna nooit make-up – het intimideert me. Geen van mijn literaire heldinnen hoefde zich druk te maken om make-up – misschien zou ik er meer over weten als dat wel zo was. Ik trek de bijpassende pruimkleurige hoge hakken aan en om halfzeven ben ik klaar.

'En?' vraag ik Kate.

Ze grijnst.

'Jeetje, je hebt echt je best gedaan, Ana.' Ze knikt goedkeurend. 'Je ziet er sexy uit.'

'Sexy! Ik probeer er ingetogen en zakelijk uit te zien.'

'Ja, dat ook, maar vooral sexy. Die jurk staat je echt geweldig, hij past bij de kleur van je ogen en je haar. En zoals het op je lichaam valt.' Ze grijnst spottend.

'Kate!' zeg ik afkeurend.

'Ik zeg je alleen de waarheid, Ana. Het geheel – het ziet er gewoon heel goed uit. Hou die jurk maar. Dan eet-ie straks uit je hand.'

Mijn mond perst zich samen. *O, je moest eens weten hoe ver je ernaast zit.*

'Wens me succes.'

'Succes? Bij een date?' Ze fronst niet-begrijpend.

'Ja, Kate.'

'Nou, succes dan maar.' Ze geeft me een knuffel en ik ga.

In de auto moet ik m'n schoenen uitdoen – Wanda, mijn zeeblauwe Kever, is niet gebouwd op vrouwen met hoge hakken. Om precies twee minuten voor zeven arriveer ik bij het Heathman en geef ik m'n sleutels af zodat ze m'n auto kunnen parkeren. De parkeerwacht kijkt schuins naar mijn Kever, maar ik negeer hem. Ik haal diep adem en bereid me mentaal voor op de strijd. Dan loop ik de lobby in.

Christian leunt ontspannen tegen de bar met een glas witte wijn. Hij is in z'n gebruikelijke outfit: wit linnen blouse, zwarte spijkerbroek, zwarte das en een zwart jasje. Z'n haar zit even warrig als altijd. Ik zucht. Natuurlijk ziet hij er oogverblindend uit. Ik blijf een paar seconden bij de ingang van de bar staan, en staar naar hem, genietend van het uitzicht. Hij werpt een blik, een nerveuze blik zowaar, op de ingang en verstijft als hij me ziet. Hij knippert een paar keer met z'n ogen en dan breidt een luie, sexy glimlach zich langzaam uit over z'n hele gezicht; ik ben sprakeloos en smelt vanbinnen. Met uiterste zelfbeheersing slaag ik erin niet op m'n lip te bijten, en dan loop ik naar hem toe, in de wetenschap dat ik, Anastasia Steele uit Klunsdorp, op hoge hakken loop. Hij komt me elegant tegemoet gelopen.

'Je ziet er adembenemend uit,' zegt hij zachtjes terwijl hij zich vooroverbuigt om m'n wang te kussen. 'Een jurk, mevrouw Steele, goedgekeurd.' Met z'n hand om mijn arm leidt hij me naar een tafeltje achterin en hij wenkt de ober.

'Wat wil je drinken?'

M'n lippen krullen in een snelle, stiekeme glimlach terwijl ik op de bank bij het tafeltje schuif – nou, hij vraagt het tenminste nog.

'Ik wil graag hetzelfde als wat jij drinkt.' Zie je wel! Ik kan best lief zijn en me gedragen. Geamuseerd bestelt hij nog een glas sancerre en gaat tegenover me zitten.

'Ze hebben hier een uitstekende wijnselectie,' zegt hij. Hij plant z'n ellebogen op tafel en zet zijn vingertoppen tegen elkaar ter hoogte van zijn mond. Zijn ogen lichten op met een onleesbare emotie. En daar is het weer... die bekende aantrekkingskracht en lading die van hem uitgaan, die ergens diep binnen in me aanhaken. Ik schuif ongemakkelijk heen en weer onder zijn intense blik, m'n hart gaat tekeer. Ik moet kalm blijven.

'Ben je zenuwachtig?' vraagt hij zachtjes.

'Ja.'

Hij leunt voorover.

'Ik ook,' fluistert hij samenzweerderig. Ik sla mijn ogen op en kijk hem aan. *Hij? Zenuwachtig? Onmogelijk.* Ik knipper met mijn ogen en hij lacht naar me met die schattige scheve glimlach. De ober brengt de wijn en zet wat gemengde noten en een bakje olijven neer.

'Dus, hoe gaan we dit aanpakken?' vraag ik. 'Lopen we mijn punten één voor één langs?'

'Ongeduldig als altijd, mevrouw Steele.'

'Oké, we kunnen het ook over het weer hebben, als je dat liever hebt.'

Hij glimlacht en reikt met zijn slanke vingers naar het bakje olijven. Hij stopt er een in zijn mond, en mijn ogen blijven hangen aan zijn mond, de mond die me overal gekust heeft... overal. Ik bloos.

'Ik vond het weer vandaag niet iets om over naar huis te schrijven.' Hij grijnst zelfgenoegzaam.

'Drijft u de spot met mij, meneer Grey?'

'Jazeker, mevrouw Steele.'

'U weet dat het contract wettelijk geen stand kan houden?'

'Daar ben ik van op de hoogte, mevrouw Steele.'

'En wanneer was je van plan me dat te vertellen?'

Hij fronst. 'Jij denkt dat ik je zou dwingen iets te doen wat je niet wilt en vervolgens net zou doen alsof ik een rechtsgeldig dwangmiddel heb?'

'Nou... eh, ja.'

'Je hebt geen erg hoge pet van me op, of wel?'

'Je hebt mijn vraag nog niet beantwoord.'

'Anastasia, het maakt niet uit of dat contract rechtsgeldig is of niet. Het gaat om een regeling tussen jou en mij – wat ik van jou verlang en wat je van mij kunt verwachten. Als je dat niet prettig vindt, dan teken je niet. Als je het wel tekent en achteraf tot de conclusie komt dat je het niet fijn vindt, dan zijn er voldoende ontsnappingsclausules. Je kunt er altijd onderuit. En zelfs als dit contract wel rechtsgeldig zou zijn, denk je dan dat ik je voor het gerecht zou slepen wegens contractbreuk?'

Ik neem een grote slok wijn. M'n onderbewuste tikt me dwingend op m'n schouder. Hoofd erbij houden, Ana. *Niet te veel drinken.*

'Dit soort relaties is gebaseerd op eerlijkheid en vertrouwen,' vervolgt hij. 'Als je mij niet vertrouwt – en dan bedoel ik dat ik precies weet hoeveel invloed ik op je heb, hoe ver ik met je kan gaan, hoe ver ik je kan brengen –, als je niet eerlijk tegen me kunt zijn, dan kunnen we hier helemaal niet aan beginnen.'

Lieve help, we zijn wel meteen bij de kern van de zaak aangeland. *Hoe ver hij me kan brengen.* Holy shit. Wat houdt dat in?

'Dus het is heel simpel, Anastasia. Vertrouw je me of niet?' Zijn ogen branden vurig.

'Had je ook dit soort gesprekken met eh... die vijftien anderen?'

'Nee.'

'Waarom niet?'

'Omdat dat allemaal vrouwen waren van wie ik van tevoren wist dat zij Onderdanige waren. Zij wisten wat ze uit een relatie met mij wilden halen en in grote lijnen ook wat ik van hen verwachtte. Met hen was het meer een kwestie van afstemmen van de zachte grenzen, dat soort dingen.'

'Is er een winkel voor dit soort mensen? De Onderdanigenkorf of zo?'

Hij lacht. 'Niet echt.'

'Hoe heb je ze dan ontmoet?'

'Wil je het daar echt over hebben? Of zullen we het over de

kern van de zaak hebben? Jouw bedenkingen, zoals je ze noemt.'
Ik slik. *Vertrouw ik hem?* Is dat waar het hier om draait – vertrouwen? Maar dat moet dan van twee kanten komen, toch? Ik herinner me zijn halve toeval toen ik José belde.

'Heb je trek?' vraagt hij en hij haalt me uit m'n gedachten.

O nee... eten.

'Nee.'

'Heb je vandaag al iets gegeten?'

Ik staar hem aan. *Eerlijkheid...* Shit, hij zal niet blij zijn met mijn antwoord.

'Nee,' zeg ik met een klein stemmetje. Hij knijpt z'n ogen halfdicht. 'Je moet wat eten, Anastasia. Waar wil je eten, hier of op mijn kamer?'

'Volgens mij moeten we op een openbare plek blijven, op neutraal terrein.' Z'n glimlach is sardonisch. 'Denk je dat ik me daardoor laat tegenhouden?' zegt hij zachtjes, als sensuele waarschuwing. M'n ogen worden groot en ik moet weer slikken.

'Dat hoop ik.'

'Kom, ik heb een privéruimte geboekt. Geen publiek.' Hij glimlacht raadselachtig naar me, staat op en reikt me z'n hand.

'Neem je wijn mee,' zegt hij zacht.

Ik leg mijn hand in de zijne, schuif van de bank en sta naast hem. Hij laat m'n hand los en leidt me bij m'n elleboog terug door de bar en dan de brede trap op naar een tussenverdieping. Een jongeman, strak gekleed in Heathman-uniform, komt op ons af.

'Meneer Grey, deze kant op alstublieft.'

We volgen hem door een pluchen zitkamer naar een intieme eetkamer. *Maar één afgezonderde tafel.* De ruimte is klein, maar weelderig ingericht. Onder een flonkerende kroonluchter staat een tafel, gedekt met een gesteven tafellaken, kristallen glazen, zilveren bestek en een boeket witte rozen. De houten lambrisering geeft de kamer een ouderwetse, stijlvolle uitstraling. De ober schuift mijn stoel naar achteren en ik ga zitten. Hij legt een servet op mijn schoot. Christian gaat tegenover me zitten. Ik kijk stiekem naar hem.

'Niet op je lip bijten,' fluistert hij.

Ik frons m'n wenkbrauwen. Verdomme. Ik heb het niet eens door.

'Ik heb al besteld. Ik hoop dat je dat niet erg vindt?'

Eerlijk gezegd vind ik het prima. Ik weet niet of ik nog in staat ben om beslissingen te nemen.

'Nee, dat is prima,' zeg ik instemmend.

'Fijn om te horen dat je ook volgzaam kunt zijn. Oké, waar waren we gebleven?'

'De kern van de zaak.' Ik neem nog een grote slok wijn. Echt heerlijk. Christian Grey weet wat lekker is. Mijn gedachten dwalen af naar de laatste slok wijn die hij me gaf, in bed. Ik bloos bij die gedachte.

'Ja, je bedenkingen.' Hij vist een papiertje uit zijn zak. Mijn e-mail.

'Artikel 2. Akkoord. Dat is in het belang van ons allebei. Ik pas de tekst aan.'

Ik knipper met m'n ogen. Holy shit... we gaan al mijn punten doorlopen, één voor één. Ik voel me een stuk minder zeker met hem tegenover me. Hij ziet er zo ernstig uit. Ik drink mezelf nog een beetje moed in. Christian gaat verder.

'Mijn seksuele gezondheid. Nou, mijn vorige partners hebben zich allemaal laten testen, en ik laat me elk halfjaar testen op alles. Ik heb nog nooit iets gehad. Drugs, heb ik nooit gedaan. Sterker nog, ik ben absoluut antidrugs. In mijn bedrijven geldt een zerotolerancebeleid. Iedereen die voor mij werkt, wordt steekproefsgewijs onderzocht op drugs.'

Wauw... Uit de hand gelopen controlfreakerigheid. Ik knipper gechoqueerd met mijn ogen.

'Bloedtransfusie, heb ik nog nooit gehad... Is je vraag daarmee beantwoord?'

Ik knik, uiterlijk onbewogen.

'Over je volgende punt hebben we het al gehad. Je kunt er op elk moment vanaf, Anastasia. Ik zal je niet tegenhouden. Maar als je wegloopt – dan is het voorbij. Hou daar rekening mee.'

'Oké,' zeg ik zachtjes. Als ik wegloop, is het voorbij. Dat idee doet onverwacht pijn.

De ober brengt het voorgerecht. Hoe kan ik in godsnaam nu eten? Allemachtig – hij heeft oesters besteld.

'Ik hoop dat je van oesters houdt?' Christians stem is zacht.

'Ik heb ze nog nooit gegeten.' Echt nooit.

'Echt? Nou... ' Hij pakt een oester. 'Je hoeft hem alleen maar in je keel te laten glijden en door te slikken. Dat lijkt me voor jou geen probleem.' Zijn blik kruist de mijne en ik weet precies waar hij op doelt. Ik word knalrood. Hij grijnst, knijpt wat citroensap over zijn oester en kiept hem naar binnen.

'Hmm, heerlijk. De zilte smaak van de zee.' Hij grijnst naar me. 'Toe maar,' zegt hij bemoedigend.

'Dus ik hoef niet te kauwen?'

'Precies, Anastasia.' Ik zie pretlichtjes in z'n ogen. Hij ziet er opeens heel jong uit.

Ik bijt op m'n onderlip en zie de uitdrukking op zijn gezicht veranderen. Hij kijkt me streng aan. Ik reik over de tafel en neem voor het eerst van m'n leven een oester. Oké... daar gaat-ie dan. Ik knijp er wat citroensap over en zet de schelp aan m'n lippen. Ik doe m'n hoofd achterover en de oester glijdt naar binnen, door m'n keelgat, ik proef de zee, zout, het bijtende zuur van de citroen, en iets vlezigs... verrassend. Ik lik m'n lippen af en zie dat hij me aandachtig gadeslaat, z'n ogen geloken.

'En?'

'Ik lust er nog wel een,' zeg ik droogjes.

'Goed zo,' zegt hij trots.

'Heb je die oesters expres gekozen? Ze staan toch bekend om hun lustopwekkende werking?'

'Nee, het is gewoon het eerste gerecht op het menu. En ik heb geen afrodisiacum nodig als ik bij jou in de buurt ben. Ik denk dat je dat nu wel weet, en ik denk dat jij hetzelfde op mij reageert,' zegt hij simpelweg. 'Dus, waar waren we?' Hij kijkt even naar mijn e-mail terwijl ik nog een oester neem.

Hij reageert hetzelfde op mij. Ik heb effect op hem... goh.

'Mij in alles gehoorzamen. Ja, dat wil ik. Ik heb dat nodig. Beschouw het als een rollenspel, Anastasia.'

'Maar ik ben bang dat je me pijn zult doen.'

'Pijn doen? Op wat voor manier?'

'Fysiek.' *En emotioneel.*

'Denk je echt dat ik dat zou doen? Verder gaan dan jij aankunt?'

'Je zei dat je al eens iemand pijn gedaan had.'

'Ja, dat is waar. Maar dat is lang geleden.'

'Hoe dan?'

'Ik had haar aan het plafond van mijn speelkamer gehangen. Dat was ook een van je vragen, toch? Ophanging – daar zijn die karabijnhaken in de speelkamer voor. Bondage. Een van de touwen zat te strak.'

Ik hou m'n hand omhoog om hem te stoppen.

'Genoeg. Meer hoef ik niet te weten. Dus mij ga je niet aan het plafond ophangen?'

'Niet als je dat echt niet wilt. Je kunt er een harde grens van maken.'

'Oké.'

'En gehoorzamen, denk je dat dat je gaat lukken?'

Zijn intense blik boort zich in de mijne. De tijd tikt langzaam voorbij.

'Ik kan het proberen,' fluister ik.

'Goed.' Hij glimlacht. 'Dan nu de periode. Eén maand in plaats van drie, dat is niks. En al helemaal niet als je iedere maand een weekend zonder mij wilt. Ik denk niet dat ik zo lang bij je weg kan blijven. Ik kan me nu al moeilijk beheersen.' Hij pauzeert even.

Hij kan niet bij me wegblijven? Hè?

'Wat dacht je van een half weekend per maand voor jezelf – en dan krijg ik die week een doordeweekse avond ter compensatie?'

'Oké.'

'En laten we het alsjeblieft drie maanden lang proberen. Als je er niks aan vindt, kun je er op elk moment onderuit.'

'Drie maanden?' Ik heb het gevoel dat ik geen nee kan zeggen. Ik neem nog een flinke slok wijn en trakteer mezelf op nog een oester. Ik zou dit best lekker kunnen gaan vinden.

'Dat eigendomsgedoe, dat is gewoon de term. Dat heeft te maken met het gehoorzaamheidsprincipe. Om jou het juiste referentiekader te geven en zodat je snapt waar het mij om gaat. En begrijp goed dat ik met je doe wat ik wil als je tegen mijn wensen ingaat als Onderdanige. Het is iets wat je niet alleen lijdzaam moet ondergaan, je moet het verwelkomen. Daarom moet je me ook vertrouwen. Ik ga je neuken, waar, wanneer en hoe ik maar wil. Ik zal je straffen, want je zult fouten maken. Ik ga je trainen om het mij naar de zin te maken. Maar ik weet ook dat je dit nog nooit hebt gedaan. We beginnen dus rustig aan, en ik zal je helpen. We bouwen langzaam op naar verschillende scenario's. Ik wil dat je me vertrouwt, maar ik besef ook dat ik dat vertrouwen moet verdienen, dus daar ga ik m'n best voor doen. Het "of anderszins" in die clausule – dat is ook bedoeld om te zorgen dat je de juiste richting op denkt; het betekent dat alles mag.'

Hij praat erover met zo veel overgave, fascinerend. Hij is hier duidelijk door geobsedeerd, dit is wie hij is... ik kan m'n ogen niet van hem afhouden. Hij wil dit echt heel graag. Hij valt stil en kijkt me aan.

'Ben je er nog?' fluistert hij met zijn volle, warme, verleidelijke stem. Hij neemt een slokje wijn en zijn blik houdt de mijne vast.

De ober verschijnt in de deuropening en Christian geeft een subtiel knikje om de ober te laten weten dat hij mag afruimen.

'Wil je nog wat wijn?'

'Ik moet nog rijden.'

'Water?'

Ik knik.

'Met bubbels of zonder?'

'Met, graag.'

De ober loopt weg.

'Je bent erg stil,' fluistert Christian.

'En jij praat veel over dit onderwerp.'

Hij glimlacht.

'Straf. De scheidslijn tussen genot en pijn is flinterdun, Anastasia. Het zijn twee kanten van dezelfde medaille, het ene bestaat niet zonder het andere. Ik kan je laten voelen hoe lekker pijn is. Je zult me nu nog niet geloven, maar dat bedoel ik nou met vertrouwen. Ja, ik ga je pijn doen, maar nooit zoveel dat je het niet aankunt. Het komt steeds weer aan op vertrouwen. *Vertrouw* je me, Ana?'

Ana!

'Ja, dat wel,' antwoord ik spontaan, zonder nadenken... omdat het waar is – ik *vertrouw* hem inderdaad.

'Nou,' reageert hij opgelucht. 'De rest van dit gedoe draait om de details.'

‘Belangrijke details.’

‘Oké, laten we ze doornemen.’

Mijn hoofd duizelt van al zijn gepraat. Ik had Kates dictafoon mee moeten nemen, dan had ik het later nog eens kunnen afluisteren. Het is zoveel allemaal, zo veel informatie, zoveel om te verwerken. De ober verschijnt met onze hoofdgerechten: kabeljauw, asperges en aardappeltjes met hollandaisesaus. Ik heb zelden zo weinig trek gehad.

‘Ik hoop dat je van vis houdt,’ zegt Christian vriendelijk.

Ik prik wat in m’n eten en neem een grote slok van m’n water. Ik wens vurig dat het wijn was.

‘De regels. Zullen we het daarover hebben? Met die clausule over eten valt of staat de overeenkomst?’

‘Ja.’

‘Kan ik die dan aanpassen naar minstens drie maaltijden per dag?’

‘Nee.’ Ik laat me dus echt niet omlullen. Niemand gaat mij vertellen wat ik moet eten. Hoe ik neuk, oké, maar wat ik eet... nee, echt niet.

Hij tuit z’n lippen.

‘Ik moet zeker weten dat je geen honger lijdt.’

Ik frons. *Waarom?*

‘Dan moet je me maar vertrouwen.’

Hij staart me even aan en ontspant zich dan.

‘Touché, mevrouw Steele,’ zegt hij zachtjes. ‘Ik geef toe op de punten eten en slaap.’

‘Waarom mag ik je niet aankijken?’

‘Dat is een Meester/slaaf-ding. Daar wen je wel aan.’

O ja?

‘Waarom mag ik je niet aanraken?’

‘Daarom.’ Z’n mond vormt een koppige streep.

‘Heeft het te maken met Mrs. Robinson?’

Hij kijkt me aan met een mengeling van verbazing en amusement.

‘Waarom denk je dat?’ En dan snapt-ie het. ‘Je denkt dat ik door haar getraumatiseerd ben?’

Ik knik.

'Nee, Anastasia. Zij staat hier los van. Bovendien zou Mrs. Robinson er nooit mee instemmen.'

O... maar ik moet dat wel. Ik trek een pruillip.

'Dus 't heeft niets met haar te maken.'

'Nee. En ik wil ook niet dat jij jezelf aanraakt.'

Wat? O ja, die bepaling over niet masturberen.

'Uit nieuwsgierigheid... waarom?'

'Omdat ik al je genot wil.' Z'n stem is schor maar gedecideerd.

O... Daar heb ik geen antwoord op. Aan de ene kant is het net zo geweldig om te horen als 'ik wil op die lip bijten', maar aan de andere kant is het zo ontzettend egoïstisch. Ik frons en neem een hapje kabeljauw, terwijl ik me voor de geest probeer te halen welke concessies hij gedaan heeft. Het eten, het slapen, ik mag hem in de ogen kijken. Hij zal het langzaamaan opbouwen, en de zachte grenzen hebben we nog niet besproken. Ik weet alleen niet of ik dat wel aankan onder het eten.

'Veel om over na te denken, hè?'

'Ja.'

'Wil je het nog over de zachte grenzen hebben nu?'

'Niet tijdens het eten.'

Hij glimlacht. 'Teergevoelig?'

'Zoiets.'

'Je hebt niet veel gegeten.'

'Ik heb genoeg gehad.'

'Drie oesters, vier hapjes kabeljauw, één asperge, geen aardappelen, geen noten, geen olijven en de rest van de dag heb je ook niks gehad. Je zei dat ik je kon vertrouwen.'

Jemig. Hij houdt de score bij!

'Alsjeblieft, Christian, dit soort gesprekken heb ik niet dagelijks.'

'Ik wil graag dat je fit en gezond bent voor me, Anastasia.'

'Weet ik.'

'En op dit moment wil ik die jurk van je afstropen.'

Ik slik. *Kates jurk van me afstropen.* Ik voel het diep in mijn buik samentrekken. Spieren waar ik nu iets bekender mee ben, trekken samen bij zijn woorden. Maar ik kan hier niet aan toegeven. Hij zet zijn sterkste wapen weer in. Hij is zo goed in seks – dat weet ik zelfs.

'Dat vind ik geen goed plan,' mompel ik zachtjes. 'We hebben nog geen dessert gehad.'

'Wil je een nagerecht?' snuift hij.

'Ja.'

'Jij zou het dessert kunnen zijn,' mompelt hij suggestief.

'Ik weet niet of ik zoet genoeg ben.'

'Anastasia, je bent heerlijk zoet. Ik weet er alles van.'

'Christian. Je gebruikt seks als wapen. Dat is echt oneerlijk,' fluister ik terwijl ik naar m'n handen kijk. Dan kijk ik hem recht in zijn ogen. Zijn wenkbrauwen gaan omhoog van verbazing en ik zie dat hij mijn woorden tot zich door laat dringen. Hij strijkt bedachtzaam langs zijn kin.

'Je hebt gelijk. Dat is zo. Je gebruikt wat je kent, Anastasia. Maar dat doet niets af aan hoeveel ik naar je verlang. Ik wil je. Hier. Nu.'

Alleen al z'n stem is zo verleidelijk. Ik raak meteen buiten adem – mijn bloed jaagt verhit door m'n aderen, mijn huid tintelt.

'Ik wil iets proberen,' zegt hij nauwelijks hoorbaar.

Ik frons. Hij heeft net al een wagonlading ideeën over me uitgestort die ik moet overdenken en nu dit.

'Als je mijn Onderdanige zou zijn, zou je hier helemaal niet over hoeven denken. Dan was het makkelijk voor je.' Zijn stem is zacht, verleidelijk. 'Al die beslissingen – al die vermoeiende gedachteprocessen die eraan voorafgaan. Al dat gedoe van "is dit wel de juiste beslissing? Moet dat hier? Kan dit nu?" Je zou je totaal niet druk hoeven maken over die details. Dat zou ik voor je doen, als je Meester. En op dit moment, Anastasia, weet ik zeker dat je mij wilt.'

Ik frons nog dieper. Hoe kan-ie dat weten?

'Dat weet ik omdat...'

Holy shit, hij beantwoordt mijn onuitgesproken vraag. Is hij soms ook nog paranormaal begaafd?

'...je lichaam je verraadt. Je drukt je dijen tegen elkaar aan, je bloost en je ademhaling is anders.'

Oké, dit wordt me te veel.

'Hoe weet je dat van mijn dijen?' vraag ik zacht en vol ongeloof. Ze zijn nota bene onzichtbaar onder tafel.

'Ik voelde het tafellaken bewegen en verder is het een beredeneerde gok, gebaseerd op jarenlange ervaring. Ik heb gelijk, of niet?'

Ik bloos en sla mijn ogen neer. Daar heb ik dus last van in dit spel van verleiding. Hij is de enige die alles weet en de regels snapt. Ik ben gewoon te naïef en onervaren. Mijn enige referentiekader is Kate, en die laat zich door geen enkele man de wet voorschrijven. Al mijn andere rolmodellen zijn fictie. Elizabeth Bennet zou verontwaardigd zijn, Jane Eyre te bang, en Tess zou ervoor bezwijken, net als ik.

'Ik heb m'n kabeljauw nog niet op.'

'Je hebt liever koude vis dan mij?'

Ik sla mijn ogen op en kijk hem boos aan. Zijn dwingende behoefte staat te lezen in het gesmolten zilver van zijn ogen.

'Ik dacht dat je het fijn vond als ik mijn bord leeg at.'

'Op dit moment, mevrouw Steele, kan dat eten me geen fuck schelen.'

'Christian. Dit is gewoon niet eerlijk. Je speelt vals.'

'Weet ik. Doe ik altijd.'

Mijn innerlijke godin trekt een gezicht. Toe maar, spoort ze me aan – speel het spelletje maar mee en versla die seksgod op z'n eigen terrein. *Kan ik dat wel?* Oké dan. Wat moet ik doen? Mijn onervarenheid zit me in de weg, als een molensteen om m'n nek. Ik prik nog een asperge aan m'n vork, kijk Christian diep in z'n ogen en bijt op mijn lip. Dan leg ik het topje van de koude asperge tegen m'n mond en zuig het langzaam naar binnen.

Christians pupillen verwijden minimaal, maar ik merk het.

'Anastasia. Wat doe je?'

Ik bijt het topje eraf.

'Ik eet een asperge.'

Christian verschuift op zijn stoel.

'U speelt met me, mevrouw Steele.'

Ik speel de onschuld zelve.

'Ik eet alleen m'n bord leeg, meneer Grey.'

Uitgerekend op dit moment klopt de ober aan en komt ongevraagd binnen. Hij werpt een snelle blik op Christian, die hem verstoord aankijkt, maar dan zijn toestemming geeft. De ober ruimt af. Zijn komst heeft de betovering verbroken. En ik grijp dit kleine moment van helderheid met beide handen aan. Ik moet weg. Als ik blijf, kan deze afspraak maar op één manier eindigen en ik moet even bij mezelf te rade gaan na zo'n intens gesprek. Mijn lichaam mag dan wel smachten naar zijn aanraking, mijn verstand komt in opstand. Ik heb een beetje afstand nodig om na te denken over alles wat hij gezegd heeft. Ik heb nog steeds geen besluit genomen, en zijn aantrekkingskracht en seksuele vaardigheden maken het er niet makkelijker op.

'Wil je nog een dessert?' vraagt Christian, beleefd als altijd, maar zijn pupillen zijn nog steeds groot en donker.

'Nee, dank je. Ik moest maar eens gaan.' Ik houd mijn ogen neergeslagen.

'Gaan?' Hij kan zijn verbazing niet verbergen.

De ober verlaat gehaast de kamer.

'Ja.' Het is de juiste beslissing. Als ik hier blijf, samen met hem in deze ruimte, gaat hij me neuken. Ik sta doelbewust op. 'We hebben morgen allebei die diploma-uitreiking.'

Automatisch gaat Christian ook staan, uit jarenlange, ingesleten beleefdheid.

'Ik wil niet dat je weggaat.'

'Alsjeblieft... laat me gaan.'

'Waarom?'

'Omdat je me zoveel te denken hebt gegeven... en ik een beetje afstand nodig heb.'

'Ik kan je dwingen om te blijven,' dreigt hij.

'Ja, dat zou je makkelijk kunnen doen, maar dat wil ik niet.'

Hij haalt z'n hand door z'n haar en kijkt me onderzoekend aan.

'Weet je, toen je mijn kantoor binnenviel voor dat interview was je een en al "ja, meneer", "nee, meneer". Ik dacht dat je een geboren Onderdanige was. Maar eerlijk gezegd betwijfel ik of er ook maar een greintje onderdanigheid in dat heerlijke lijf van je zit, Anastasia.' Hij komt al pratend langzaam op me af, ik hoor de spanning in zijn stem.

'Daar zou je wel eens gelijk in kunnen hebben,' zucht ik.

'Ik wil de kans krijgen om uit te zoeken of het misschien toch zo is,' zegt hij zachtjes terwijl hij op me neerkijkt. Zijn hand komt omhoog en streelt mijn gezicht, zijn duim volgt de contour van mijn onderlip. 'Ik weet geen andere manier, Anastasia. Dit is wie ik ben.'

'Weet ik.'

Hij buigt zich voorover om me te kussen, maar aarzelt vlak voordat zijn lippen de mijne raken. Zijn ogen zoeken de mijne, ze zijn vol verlangen, maar vragen of het goed is. Ik bied hem mijn lippen aan en hij kust me. En omdat ik niet weet of ik hem ooit nog eens zal kussen, laat ik me gaan – mijn handen gaan als vanzelf naar zijn haar, grijpen het, trekken hem naar me toe, mijn mond opent zich, mijn tong omstrengelt de zijne. Met zijn ene hand grijpt hij mijn nek en als hij mijn respons voelt, kust hij me nog heftiger. Zijn andere hand glijdt langs mijn rug naar beneden, tot onder aan mijn ruggengraat en trekt me tegen zijn lichaam aan.

'Kan ik je niet overhalen om toch te blijven?' fluistert hij tussen het zoenen door.

'Nee.'

'Blijf vannacht bij me.'

'Zonder je aan te raken? Nee.'

Hij kreunt.

'Onmogelijk meisje.' Hij trekt zich terug en staart me aan. 'Waarom heb ik het gevoel dat je afscheid aan het nemen bent?'

'Omdat ik zo wegga.'

'Dat bedoel ik niet en dat weet je best.'

'Christian, ik moet hierover nadenken. Ik weet niet of ik klaar ben voor het soort relatie dat jij wilt.' Hij sluit zijn ogen en leunt met zijn voorhoofd tegen het mijne zodat we allebei kunnen uithijgen. Na een paar seconden kust hij me op m'n slaap, haalt diep adem met z'n neus in mijn haar en laat me dan los terwijl hij achteruit stapt.

'Zoals u wenst, mevrouw Steele,' zegt hij, uiterlijk onbewogen. 'Ik zal u naar de lobby begeleiden.' Hij steekt zijn hand naar me uit. Ik buig voorover, grijp m'n tasje en leg mijn hand in de zijne. *Holy shit, misschien is het nu wel echt voorbij.* Braaf loop ik met 'm mee de brede trap af naar de lobby. Mijn hoofdhuid prikt, m'n bloed pompt. Misschien is dit ons laatste vaarwel. Als ik nee zeg...

Ik voel een steek in m'n hart. Wat een ommezwaai. Dat een moment van helderheid zo veel verschil kan maken.

'Heb je je parkeerkaartje?'

Ik rommel in m'n tasje en geef hem het kaartje, dat hij vervolgens aan de portier geeft. Ik gluur omhoog naar hem terwijl we staan te wachten.

'Bedankt voor het etentje,' zeg ik zacht.

'Het genoegen was zoals gewoonlijk geheel aan mijn kant, mevrouw Steele,' zegt hij beleefd, maar hij ziet eruit alsof hij diep in gedachten is, ver weg.

Ik kijk naar hem op en prent zijn prachtige profiel in mijn geheugen. Het idee dat ik hem nooit meer zal zien achtervolgt me, onwelkom, te pijnlijk om lang over na te denken. Hij draait zich plotseling om en kijkt me doordringend aan.

'Dit weekend verhuis je naar Seattle. Als je de juiste beslissing neemt, zie ik je dan zondag?' Hij klinkt aarzelend.

'Dat zien we nog wel. Misschien,' zeg ik. Even ziet hij er opgelucht uit, dan fronst hij.

'Het is fris geworden buiten, heb je een jasje bij je?'

'Nee.'

Geërgerd schudt hij zijn hoofd en hij trekt zijn colbert uit.

'Hier. Ik wil niet dat je kou vat.' Ik knipper met m'n ogen als hij het ophoudt en terwijl ik m'n armen naar achteren doe, moet ik denken aan die keer in zijn kantoor toen hij m'n jas om mijn schouders legde – de eerste keer dat ik hem ontmoette – en het effect dat hij toen op me had. Er is niets veranderd; sterker nog, het is erger geworden. Z'n jasje is warm, veel te groot en ruikt naar hem... heerlijk.

Mijn auto wordt voorgereden. Christians mond valt open.

'Is dat jouw auto?' vraagt hij ontzet. Hij pakt m'n hand en leidt me naar buiten. De parkeerwachter springt uit de auto, geeft me de sleutels, en Christian drukt de man wat geld in z'n handen.

'Mag dat ding wel de weg op?' Hij kijkt me bozig aan.

'Ja.'

'En red je het hiermee naar Seattle?'

'Ja. Natuurlijk.'

'Veilig?'

'Ja,' snauw ik geïrriteerd. 'Ik weet heus wel dat ze oud is. Maar ze is van mij en ze rijdt. M'n stiefvader heeft d'r voor me gekocht.'

'O, Anastasia, dat kunnen we beter.'

'Hoe bedoel je?' Dan valt het kwartje. 'Je koopt géén nieuwe auto voor me.'

Hij kijkt me dreigend aan, z'n kaak strak.

'Dat zullen we nog wel eens zien,' zegt hij gespannen. Hij grimast terwijl hij de deur aan de bestuurderskant openmaakt en me naar binnen helpt. Ik doe m'n schoenen uit en draai het raampje naar beneden. Hij kijkt me aan met een moeilijk te lezen blik, zijn ogen zijn zwart.

'Rij voorzichtig,' zegt hij zacht.

'Dag, Christian.' Mijn stem breekt van de plotseling opwellende, ingehouden tranen – *ja hoor, ik ga hier niet zitten huilen*. Ik slaag erin een klein glimlachje te produceren.

Terwijl ik optrek, knijpt mijn hart zich samen, de tranen wellen op en ik onderdruk een snik. Algauw biggelen de tranen over mijn wangen, en ik begrijp zelf niet waarom ik huil. Ik heb voet bij stuk gehouden. Hij heeft alles uitgelegd. Hij is duidelijk geweest. Hij wil mij, maar ik wil meer, en zo is het gewoon. Voor mij is het belangrijk dat hij mij op dezelfde manier wil als ik hem. En diep vanbinnen weet ik dat dat niet mogelijk is. Ik voel me ontdaan.

Ik weet niet eens in welk hokje ik hem moet plaatsen. Als ik hierin meega... wordt hij dan mijn 'vriendje'? Kan ik hem dan aan mijn vrienden voorstellen? Gaan we dan samen uit, naar de kroeg, de film of de bowlingbaan? Eigenlijk denk ik van niet. Hij wil niet dat ik hem aanraak en hij wil niet dat ik blijf slapen. Ik weet dat ik dit eerder ook niet gewend was, maar in de toekomst wil ik het wel. En de toekomst die hij voor ogen heeft, is echt heel anders.

Stel dat ik toch ja zeg, en over drie maanden zegt hij nee, omdat-ie het zat is om me te kneden tot iets wat ik niet ben? Hoe zal ik me dan voelen? Dan heb ik drie maanden emotioneel geïnvesteerd en allerlei dingen gedaan waarvan ik niet eens zeker weet of ik ze wel wil doen. En stel dat hij dan nee zegt, einde verhaal... Zou ik die totale afwijzing aankunnen? Waarschijnlijk is het slimmer om nu een stap terug te doen en mijn gevoel van eigenwaarde te bewaren.

Maar de gedachte dat ik hem nooit meer zal zien is afgrijselijk. Hoe heeft hij zo snel zo'n onuitwisbare indruk op me kunnen maken? Het kan niet alleen aan de seks liggen... toch? Ongeduldig veeg ik de tranen uit m'n ogen. Ik wil me helemaal niet bezighouden met mijn gevoelens voor hem. Wat ik daar tegenkom maakt me bang. *Wat moet ik nou doen?*

Ik parkeer voor ons appartement. Geen lichten aan. Dan zal Kate wel weg zijn. Ik ben opgelucht. Ik wil niet dat ze me weer ziet huilen. Terwijl ik me uitkleed, schakel ik het gave apparaat in vanuit de slaapstand en zie een bericht van Christian in m'n postvak IN.

Van: Christian Grey
Onderwerp: Deze avond
Datum: 25 mei 2011 22:01
Aan: Anastasia Steele

Ik begrijp niet waarom je er vanavond vandoor bent gegaan. Ik hoop oprecht dat ik al je vragen naar tevredenheid heb beantwoord. Ik weet dat ik veel ter afweging bij je heb neergelegd en ik hoop ten zeerste dat je mijn voorstel serieus zal overwegen. Ik wil zo graag dat het gaat lukken. We zullen het langzaamaan doen.
Vertrouw me.

Christian Grey
Directeur, Grey Enterprises Holdings, Inc.

Zijn e-mail maakt me weer aan het huilen. Ik ben geen fusie. Ik ben geen overname. Maar als je dit leest, dan krijg je wel die indruk. Ik antwoord niet. Ik weet gewoon niet meer wat ik tegen hem moet zeggen. Onhandig trek ik m'n pyjama aan, sla zijn jasje om me heen en kruip in bed. Ik staar in het donker en denk aan alle keren dat hij me tegen zichzelf heeft gewaarschuwd.

Anastasia, je kunt beter uit m'n buurt blijven. Ik ben niet de juiste man voor jou.

Ik doe niet aan vriendinnen.

Ik ben niet zo'n rozengeur-en-maneschijn-type.
Ik doe niet aan de liefde bedrijven.
Ik weet niet beter.

En terwijl ik geluidloos in mijn kussen huil, klamp ik me vast aan die laatste gedachte. Ik weet ook niet beter. Misschien kunnen we samen een nieuwe koers uitstippelen.

Veertien

Christian staat over me heen met een gevlochten leren rijzweepje in zijn hand. Hij draagt een oude, verwassen spijkerbroek met scheuren en verder niks. Hij petst langzaam met het zweepje in z'n handpalm en kijkt op me neer. Hij glimlacht triomfantelijk. Ik kan me niet bewegen. Ik ben naakt en geketend, mijn armen en benen wijd, vastgebonden aan de vier posten van een breed hemelbed. Hij leunt voorover en strijkt met het topje van de zweep over mijn voorhoofd, en naar beneden langs mijn neus, zodat ik de leerlucht ruik, en over mijn hijgende, open mond. Hij duwt het lusje in mijn mond, zodat ik het vette, gladde leer kan proeven.

'Zuigen,' commandeert hij met zachte stem. Mijn mond sluit zich om het lusje en ik doe wat hij zegt.

'Genoeg,' snauwt hij.

Ik hijg als hij het zweepje uit m'n mond trekt en met het lusje over mijn kin, mijn nek en het kuiltje onder aan mijn hals strijkt. Daar maakt hij langzaam een cirkeltje en dan vervolgt hij zijn weg naar beneden en glijdt met het topje over mijn borstbeen naar mijn navel. Ik hijg en kronkel, me afzettend tegen de touwen die in mijn polsen en enkels snijden. Hij omcirkelt mijn navel met het puntje van de zweep en vervolgt dan zijn pad naar beneden, door mijn schaamhaar, naar mijn clitoris. Hij verkoopt me een pets en het lusje raakt mijn gevoeligste plekje hard en ik kom heerlijk klaar, schreeuwend van genot.

Abrupt word ik wakker, snakkend naar adem. Ik ben nat van het zweet en voel de naschokken van mijn orgasme nog door mijn lijf trekken. Goeie genade. Ik ben totaal gedesoriënteerd. *Wat is er verdomme gebeurd?* Ik ben alleen in m'n slaapkamer. Wat? Waarom? Ik schiet geschokt overeind... wauw. Het is ochtend. Ik werp een blik op m'n wekker – acht uur. Ik hou m'n hoofd in m'n handen. Ik wist niet dat ik in mijn dromen seks kon hebben. Zou het komen door wat ik gegeten heb? Misschien dank ik mijn eerste erotische droom aan die oesters en mijn zoektocht op internet. Het is verbijsterend. Ik had geen idee dat ik in mijn slaap kon klaarkomen.

Kate huppelt door de keuken als ik binnen strompel.

'Ana, gaat het? Je ziet er raar uit. Heb je Christians jasje aan?'

'Ja, hoor, prima.' Shit, ik had in de spiegel moeten kijken. Ik ontwijk haar scherpe groene ogen. Ik sta nog te wankelen van wat er net gebeurd is.

'Ja, dit is Christians jasje.'

Ze fronst haar wenkbrauwen.

'Heb je wel geslapen?'

'Niet heel goed.'

Ik zet koers richting ketel. Ik heb dringend een kop thee nodig.

'Hoe was het etentje?'

Daar gaan we weer.

'We hebben oesters gegeten, met als hoofdgerecht kabeljauw, dus een beetje vissig.'

'Gatver... Ik haat oesters en ik vind het helemaal niet interessant wat jullie gegeten hebben. Hoe was het met Christian? Waar hebben jullie het over gehad?'

'Hij was attent.' Ik aarzel.

Wat kan ik zeggen? Hij is niet seropositief, hij is geobsedeerd door rollenspellen, wil dat ik al zijn bevelen opvolg, hij heeft ooit iemand pijn gedaan door haar aan het plafond van zijn speelkamer te hangen, en hij stond op het punt me te neuken in de privé-eetkamer. Dat is het wel, in een notendop. Ik probeer wanhopig iets te bedenken over mijn ontmoeting met Christian wat ik wel met Kate kan bespreken.

'Hij heeft Wanda afgekeurd.'

‘Wie niet, Ana? Dat is niks nieuws. Waarom ben je zo terughoudend? Kom op, meis, vertel op.’

‘O, Kate, we hebben het over van alles gehad. Je weet wel – hoe kieskeurig hij is qua eten. En o ja, hij vond je jurk prachtig.’ Het water kookt, dus ik zet een pot thee. ‘Wil jij thee? En wil je je toespraak voor straks op me uitproberen?’

‘Ja, graag. Ik heb er gisteren bij Lilah nog aan zitten schaven. Ik haal ’m even. En ja, lekker, thee.’ Kate rent de keuken uit.

Pfiew, Katherine Kavanagh op een dwaalspoor. Knap werk, al zeg ik het zelf. Ik snijd een bagel door en stop hem in de broodrooster. Ik bloos als ik terugdenk aan mijn levensechte droom. Waar kwam dat in godsnaam vandaan?

Ik had gisteravond moeite om in slaap te komen. M’n hoofd tolde van alle mogelijkheden. Ik ben totaal in de war. Christians idee van een relatie heeft meer weg van een vacaturetekst. Vaste uren, strikte taakomschrijving en een behoorlijk strenge boeteclausule. Dat is niet bepaald wat ik in gedachten had bij mijn eerste liefdesrelatie – maar ja, Christian doet gewoon niet aan liefde en romantiek. Als ik tegen hem zeg dat ik meer wil, zegt hij waarschijnlijk nee... en daarmee zet ik alles op het spel wat hij me wél biedt. Daar maak ik me de meeste zorgen over, want ik wil hem niet kwijtraken. Maar ik weet echt niet of ik het trek om zijn Onderdanige te zijn – dat gedoe met die roedes en die zwepen staat me tegen. Fysiek ben ik een lafaard en ik doe alles om pijn te vermijden. Ik denk terug aan mijn droom... *zou het zo gaan?* Mijn innerlijke godin springt op en neer en roept zwaaiend met haar cheerleaderpompons enthousiast ‘ja’.

Kate komt de keuken weer binnenlopen met haar laptop. Ik concentreer me op m’n bagel en luister geduldig terwijl ze haar eindtoespraak oefent.

Ik ben aangekleed en klaar voor vertrek als Ray arriveert. Ik doe de voordeur open en zie hem op de veranda staan in z’n slecht aangemeten pak. Ik voel een golf van dankbaarheid en liefde voor deze ongecompliceerde man en ik omhels hem stevig. Voor mij een ongewoon vertoon van affectie. Hij staat perplex.

‘Hai, Annie, ook leuk om jou weer te zien,’ mompelt hij terwijl hij me optilt in een stevige knuffel. Hij zet me weer neer, legt z'n handen op m'n schouders, kijkt me onderzoekend aan en fronst zijn voorhoofd. 'Alles goed, kindje?'

'Tuurlijk, pap. Kan een dochter niet gewoon blij zijn om haar vader te zien?'

Hij glimlacht en ik zie de kraaienpootjes rond zijn donkere ogen. Dan lopen we samen naar binnen.

'Je ziet er goed uit,' zegt hij.

'Van Kate geleend.' Ik werp een blik op mijn halterjurkje van grijze chiffon.

Hij fronst.

'Waar is Kate?'

'Die is al op de campus. Ze moet een toespraak houden, dus ze moest er eerder zijn.'

'Moeten wij ook niet eens gaan?'

'Pap, we hebben nog een halfuur. Wil je thee? En vertel me eens hoe het met iedereen in Montesano is? Hoe was de rit hierheen?'

Ray rijdt het parkeerterrein van de universiteit op en we volgen de stroom mensen met her en der de zwart met rode toga's richting het sportauditorium.

'Succes, Annie. Je ziet er vreselijk nerveus uit. Moet jij nog iets doen?'

Holy shit... waarom moet Ray uitgerekend vandaag zo opmerkzaam zijn?

'Nee, pap. Gewoon een belangrijke dag.' *En ik ga hem weer zien.*

'Precies, mijn kleine meisje heeft haar master gehaald. Ik ben zo trots op je, Annie.'

'Wat lief... dank je, pap.' Ik houd zó van hem.

Het auditorium zit bomvol. Ray is bij de andere ouders en belangstellenden op de tribune gaan zitten, terwijl ik me een weg baan naar mijn plek. Ik heb m'n zwarte toga aan en m'n afstudeerhoed op en dat voelt prettig, lekker anoniem. Er is nog niemand te zien op het podium, maar ik kan mijn zenuwen bijna niet in bedwang houden. Mijn hart bonst en ik haal oppervlakkig adem. Hij is hier ergens. Ik vraag me af of Kate nu met hem staat te praten, of hem zelfs ondervraagt. Ik zoek mijn stoel tussen de andere studenten waarvan de achternaam met een S begint. Ik zit op de tweede rij, waardoor ik nog meer opga in de massa. Ik kijk achterom en zie Ray zitten, hoog op de tribune. Ik wuif naar hem. Hij is niet op z'n gemak en beantwoordt mijn gebaar met een soort halve zwaai, half saluut. Ik draai me weer om en wacht.

De zaal loopt snel vol en het opgewonden geroezemoes wordt steeds luider. De rij voor me is nu vol. Twee meisjes gaan elk aan een kant van mij zitten. Ik ken ze niet. Ze zijn van een andere faculteit. Maar zij kennen elkaar duidelijk heel goed en kwekken luid opgewonden met elkaar, voor mij langs.

Om precies elf uur komt de rector magnificus vanachter het podium tevoorschijn, gevolgd door de drie leden van de raad van bestuur en dan de hoogleraren, allemaal in toga. Alle studenten gaan staan en klappen voor de docenten. Sommige docenten knikken en zwaaien, anderen kijken verveeld voor zich uit. Professor Collins, mijn begeleider en lievelingsdocent, ziet er, zoals gewoonlijk, uit alsof hij net uit bed gerold is. Als laatste nemen Kate en Christian plaats op het podium. Het grijze maatpak van Christian steekt af bij de rest. De kopertinten in zijn haar lichten op in het lamplicht. Hij ziet er zo serieus en volwassen uit. Hij doet de knoop van z'n jasje los om te gaan zitten en dan zie ik zijn das. *O mijn god... die das!* In een reflex wrijf ik over mijn polsen. Ik kan mijn ogen niet van hem afhouden. Hij heeft die das natuurlijk expres omgedaan. Ik knijp m'n lippen samen. Het publiek gaat zitten en het applaus verstomt.

'Moet je hem zien!' sist een van de meisjes naast me enthousiast naar haar vriendin.

'Lekker ding!'

Ik bevries. Ik weet vrij zeker dat ze het niet over professor Collins hebben.

'Dat zal Christian Grey wel zijn.'

'Is hij vrijgezel?'

Mijn nekharen gaan overeind staan.

'Volgens mij niet,' mompel ik.

'O.' De meisjes kijken me verbaasd aan.

'Ik denk dat hij homo is,' mompel ik.

'Wat jammer,' verzucht een van de meisjes.

Terwijl de rector magnificus opstaat en de aftrap voor de ceremonie geeft met zijn toespraak, zie ik hoe Christians ogen zoekend over de menigte glijden. Ik zak wat verder onderuit in mijn stoel en probeer mezelf zo klein mogelijk te maken. Jammer maar helaas; nog geen seconde later vinden zijn ogen me. Hij staart naar me, uiterlijk onbewogen en totaal ondoorgrondelijk. Ik ga verzitten, schuif ongemakkelijk heen en weer. Zijn blik biologeert me en ik voel hoe ik langzaam rood word. Onuitgenodigd komt mijn droom van vanochtend weer naar boven en onwillekeurig trekken de spieren in mijn buik zich samen. Ik adem diep in. Ik zie een glimp van een glimlach over zijn lippen spelen en weer verdwijnen. Heel even sluit hij zijn ogen en als hij ze weer opent, kijkt hij onverschillig voor zich uit. Hij werpt een snelle blik op de rector en staart vervolgens recht vooruit, zijn ogen strak gericht op het WSUV-embleem boven de ingang. Hij kijkt me niet meer aan. De rector dreunt maar door, en Christian kijkt nog steeds niet naar me. Hij blijft strak voor zich uit staren.

Waarom wil hij me niet aankijken? Is hij van gedachten veranderd? Ik word overspoeld door een golf van twijfel. Misschien betekende mijn actie van gisteravond, dat weglopen, ook wel het einde voor hem. Hij heeft geen zin meer om te wachten tot ik eindelijk een besluit neem. O nee, straks heb ik het echt verknald. Ik denk aan zijn e-mail van gisteravond. Misschien is hij boos omdat ik geen antwoord gestuurd heb.

Plotseling barst de zaal uit in applaus. Mevrouw Katherine Kavanagh heeft plaatsgenomen achter de microfoon. De rector gaat zitten en Kate schudt haar prachtige lange haar achterover terwijl ze haar papieren op de katheder legt. Ze neemt er de tijd voor, kennelijk totaal niet onder de indruk van de duizend mensen die haar aanstaren. Als ze zover is, glimlacht ze, richt haar blik op de geboeide menigte en begint beheerst en welbespraakt aan haar toespraak. Ze is kalm en grappig. De meisjes naast mij barsten precies op tijd in lachen uit bij haar eerste grap. *O, Katherine Kavanagh, je hebt een uitstekend gevoel voor humor.* Op dat moment ben ik zo trots op haar dat mijn gedachten voor de verandering eens niet afdwalen naar Christian. Ik luister aandachtig, ook al heb ik deze toespraak eerder gehoord. Ze bespeelt het publiek meesterlijk.

Haar thema is 'Wat wacht ons na de studie?' Inderdaad, wat wacht ons. Christian kijkt met opgetrokken wenkbrauwen naar Kate – van verbazing, vermoed ik. Ja, het had zomaar Kate kunnen zijn die het interview kwam doen. En het had zomaar Kate kunnen zijn aan wie hij nu onbehoorlijke voorstellen deed. Mooie Kate en mooie Christian, een mooi stel. En, net als de twee meisjes naast me, zou ik hem kunnen bewonderen van een afstand. Ik weet dat Kate hem geen blik waardig zou keuren. Wat noemde ze 'm ook alweer? Een engerd. Ik word ongemakkelijk bij de gedachte aan een confrontatie tussen Kate en Christian. Ik moet toegeven dat ik niet weet op wie van de twee ik zou moeten wedden.

Kate eindigt haar speech met een laatste gebaar en spontaan gaat iedereen staan, ze klappen en juichen, haar eerste staande ovatie. Ik lach stralend naar haar en juich haar toe, en ze grijnst terug naar me. *Goed gedaan, Kate.* Ze gaat zitten en het publiek ook. Dan staat de rector magnificus op om Christian te introduceren... *Holy shit*, Christian gaat ook een toespraak houden. De rector refereert kort aan Christians prestaties: directeur van een bijzonder succesvol eigen bedrijf, een echte selfmade man.

'...en tevens een van de grootste weldoeners van onze universiteit. Mag ik uw aandacht en een warm applaus voor Christian Grey.'

De rector schudt Christian de hand, en er klinkt een beleefd applaus. Mijn hart bonst in m'n keel. Hij loopt op de katheder af en kijkt de zaal rond. Hij ziet er zo overtuigd van zichzelf uit, net als Kate. De twee meisjes naast me leunen verrukt naar voren. Sterker nog, volgens mij schuiven de meeste vrouwen in het publiek naar het puntje van hun stoel, en een paar mannen ook. Hij begint, zijn stem zacht, afgemeten en betoverend.

'Ik ben het bestuur van de universiteit bijzonder erkentelijk dat zij mij gevraagd hebben om hier vandaag te spreken. Dat betekent veel voor me. Ik wil deze gelegenheid dan ook aangrijpen om u iets te vertellen over het fantastische werk dat het Instituut voor Milieuwetenschappen aan deze universiteit verricht. Dit instituut heeft zich ten doel gesteld om economisch en ecologisch verantwoorde, duurzame landbouwmethodes te ontwikkelen voor derdewereldlanden; ons uiteindelijke doel is om bij te dragen aan het uitbannen van honger en armoede over de hele wereld. Meer dan een miljard mensen, voornamelijk in de Afrikaanse Sahara en ten zuiden daarvan, Zuid-Azië en Latijns-Amerika, leven onder de armoedegrens. De landbouw functioneert niet of nauwelijks in deze delen van de wereld en dit leidt tot ecologische rampen en sociale ontwrichting. Ik weet uit eigen ervaring hoe het is om echt honger te lijden. Daarom is deze zoektocht voor mij een heel persoonlijke reis...'

Mijn mond valt open van verbazing. *Wat?* Christian kent honger van dichtbij... *Holy shit.* Nou, dat verklaart een hoop. Ik denk terug aan het interview; dus hij meende het écht toen hij zei dat hij het wereldvoedselprobleem wilde oplossen. Wanhopig probeer ik me te herinneren wat Kate ook alweer in haar artikel had gezet. Geadopteerd op vierjarige leeftijd, geloof ik. Ik kan me niet voorstellen dat Grace hem ooit honger heeft laten lijden, dus het moet daarvoor al geweest zijn, toen-ie nog heel klein was. Ik slik. Mijn hart trekt samen bij de gedachte aan een hongerige peuter met grijze ogen. Wat afschuwelijk. Wat voor soort leven leidde hij voordat de Greys hem redden?

Pure woede welt in me op. Christian, de arme, verknipte, perverse weldoener – al weet ik zeker dat hij zichzelf niet zo ziet en elke vorm van sympathie of medelijden meteen zou afwijzen. Abrupt barst iedereen in applaus uit en staat op. Ik doe mee, ook al heb ik de helft van de speech gemist. Aan de ene kant houdt-ie zich bezig met al die goede doelen en runt hij een gigantisch bedrijf en tegelijkertijd zit-ie achter mij aan. Het is ongelooflijk. Ik herinner me flarden van gesprekken over Darfur... en nu valt er van alles op z'n plaats. *Voedsel.*

Glimlachend neemt hij het warme applaus in ontvangst – zelfs Kate klapt mee, en dan gaat hij weer zitten. Hij kijkt nadrukkelijk niet mijn kant op. Ik worstel met deze nieuwe informatie over hem.

Een van de bestuursleden staat op en daarmee begint het lange, saaie proces van het ophalen van de bul. Er moeten er meer dan vierhonderd uitgereikt worden en het duurt meer dan een uur voordat ik mijn naam hoor. Ik baan me een weg naar het podium, langs de twee giechelende meisjes. Christian kijkt op me neer. Zijn blik is warm, maar op z'n hoede.

'Gefeliciteerd, mevrouw Steele,' zegt hij terwijl hij mijn hand schudt en er zacht in knijpt. Zijn greep is zacht, bijna teder. Ik voel de spanning van zijn huid tegen de mijne. 'Heb je problemen met je laptop?'

Ik frons en neem de bul van hem aan.

'Nee.'

'Dan negeer je mijn e-mails dus wél.'

'Ik heb alleen een e-mail over fusie en overname gezien.'

Hij kijkt me niet-begrijpend aan.

'Later,' zegt hij en ik moet doorlopen, want ik hou de hele rij op.

Ik loop terug naar mijn stoel. E-mails? Meervoud? Dan heeftie er dus nog een gestuurd. Wat stond daarin?

Het duurt nog een vol uur voordat de diploma-uitreiking voorbij is. Er komt geen eind aan. Eindelijk verlaten de rector en het onderwijzend personeel onder luid applaus het podium, voorgegaan door Christian en Kate. Christian kijkt me niet aan, ook al probeer ik met al mijn mentale wilskracht zijn blik te trekken. Mijn innerlijke godin is niet blij.

Terwijl ik opsta en wacht tot onze rij naar het gangpad schuifelt, hoor ik Kate roepen. Ze komt van achter het podium mijn kant op.

'Christian vraagt naar je,' roept ze. De twee meisjes naast me draaien zich om en staren me met open mond aan.

'Hij heeft mij gestuurd om je te halen,' vervolgt ze.

O...

'Je toespraak was geweldig, Kate.'

'Ik geloof het ook, ja.' Ze straalt. 'Kom je? Hij kan nogal z'n zin doordrijven.' Ze rolt met haar ogen en ik grijns.

'Je weet nog niet half hoe erg. Maar ik kan Ray niet zo lang alleen laten.' Ik kijk omhoog naar Ray en hou vijf vingers omhoog om aan te geven dat ik over vijf minuten naar hem toe kom. Hij knikt, steekt z'n duim op en ik volg Kate richting podium. In de gang daarachter staat Christian te praten met de rector en twee docenten. Hij kijkt op als hij me uit een ooghoek ziet naderen.

'Pardon, heren,' hoor ik hem mompelen. Hij komt naar me toe en glimlacht snel naar Kate.

'Bedankt,' zegt hij, en voor ze antwoord kan geven, leidt hij me bij m'n elleboog naar wat een herenkleedkamer blijkt te zijn. Hij checkt of de ruimte leeg is en doet vervolgens de deur achter ons op slot.

Holy shit, wat is hij van plan? Ik kijk op naar hem terwijl hij zich boos naar me omdraait.

'Waarom heb je me niet teruggemaild? Of ge-sms't?' Hij is boos. Ik snap er niks van.

'Ik ben vandaag niet in de buurt van m'n computer geweest, en ik heb m'n telefoon uitstaan.' Shit, heeft-ie geprobeerd te bellen? Ik probeer dezelfde afleidingstactiek als bij Kate. 'Fantastische speech trouwens.'

'Dank je.'

'Nu begrijp ik je gedoe over eten opeens.'

Getergd haalt hij een hand door z'n haar.

'Anastasia, daar wil ik het nu niet over hebben.' Hij sluit zijn ogen en ziet er gepijnigd uit. 'Ik maakte me zorgen over je.'

'Zorgen? Hoezo?'

'Omdat je in dat levensgevaarlijke wrak naar huis ging.'

'Wat? Mijn auto is helemaal niet levensgevaarlijk. Hij is prima in orde. José geeft 'm regelmatig een beurt.'

'José, de fotograaf?' Christians knijpt z'n ogen samen, z'n blik ijzig. *O shit.*

'Ja, die Kever was eerst van zijn moeder.'

'Ja, en daarvoor waarschijnlijk van zijn grootmoeder en z'n overgrootmoeder. Dat ding is gewoon niet veilig.'

'Ik rijd er anders al drie jaar mee. Het spijt me als je je zorgen maakte. Waarom heb je me niet even gebeld?' Jemig, wat een overdreven reactie zeg.

Hij haalt diep adem.

'Anastasia, ik wil een antwoord van je. Ik kan niet tegen die onzekerheid, dat wachten. Het maakt me gek.'

'Christian, ik... luister, ik ben hier met m'n stiefvader en die wacht op me.'

'Morgen. Uiterlijk morgen wil ik je antwoord.'

'Oké. Ik laat het je morgen weten.'

Hij doet een stap terug, kijkt me koeltjes aan en ontspant z'n schouders.

'Blijf je voor de borrel?' vraagt hij.

'Ik weet niet of Ray daar zin in heeft.'

'Je stiefvader? Ik zou hem graag ontmoeten.'

O nee... waarom?

'Ik weet niet of dat wel zo'n goed idee is.'

Christian doet de deur van het slot, zijn lippen onverzettelijk op elkaar geklemd.

'Schaam je je voor mij?'

'Nee natuurlijk niet!' Nu is het mijn beurt om getergd te klinken. 'Hoe moet ik je in godsnaam voorstellen aan mijn vader? "Pap, dit is de man die me ontmaagd heeft en graag een bdsm-relatie met me wil beginnen?" Je bent niet gekleed op hardlopen.'

Christian kijkt me eerst boos aan, maar moet dan lachen. En ondanks het feit dat ik kwaad ben op hem, grijns ik terug.

'Wees maar niet bang, ik kan ook in dit pak behoorlijk snel rennen. Zeg maar gewoon dat ik een van je vrienden ben, Anastasia.'

Hij doet de deur open en ik stap de gang in. Mijn hoofd tolt. De rector, de drie bestuursleden, vier professoren en Kate staren me allemaal aan als ik ze haastig voorbijloop. *Shit.* Ik laat Christian achter bij de faculteitsmensen en ga op zoek naar Ray.

Zeg maar gewoon dat ik een van je vrienden ben. Een vriend met voorrechten, sputtert mijn onderbewuste. Ik weet 't echt wel, hoor. Ik schud die vervelende gedachte van me af. Hoe ga ik hem voorstellen aan Ray? De zaal is nog steeds halfvol, Ray zit nog op z'n plek. Hij ziet me, wuift en baant zich een weg naar beneden.

'Hé, Annie. Gefeliciteerd!' Hij slaat een arm om me heen.

'Wil je wat drinken in de tent buiten?'

'Tuurlijk. Dit is jouw feestje. Ga maar voor.'

'Het hoeft niet, hoor, niet als je geen zin hebt.' *Zeg alsjeblieft nee...*

'Annie, ik heb net tweeënhalf uur geluisterd naar allerlei geklets. Ik kan wel een borrel gebruiken.'

Ik geef hem een arm en we slenteren met de rest van de mensenmassa mee de warme middagzon in. We lopen langs de rij voor de officiële fotograaf.

'O, dat doet me eraan denken...' Ray haalt een digitale camera uit z'n zak. 'Eentje voor het nageslacht, Annie.' Ik rol met m'n ogen terwijl hij een foto van me neemt.

'Kan ik dan nu eindelijk die toga uit en die rare hoed af? Ik voel me een beetje achterlijk.'

Zo zie je er ook uit... Mijn onderbewuste is op haar hatelijkst vandaag. *Ga je Ray nou nog voorstellen aan de man met wie je neukt?* Ze staart me vijandig aan over haar strenge bril. *Hij zal wel trots op je zijn.* Soms heb ik echt een hekel aan haar.

De feesttent is gigantisch en bomvol – studenten, ouders, docenten, vrienden, allemaal gezellig aan de praat. Ray geeft me een glas champagne, of iets wat daarvoor door moet gaan. De goedkope bubbelwijn is niet gekoeld en erg zoet. Ik moet aan Christian denken... *Dit gaat hij niet lekker vinden.*

'Ana!' Ik draai me om en Ethan Kavanagh tilt me op in een enorme omhelzing. Hij draait met me rond, zonder een druppel wijn te morsen – knap werk.

'Gefeliciteerd!' Zijn groene pretogen lachen me toe.

Wat een verrassing. Zijn asblonde haar krult slordig en sexy om zijn gezicht. Hij is net zo mooi als Kate. Ze lijken als twee druppels water op elkaar.

'Wow – Ethan! Wat leuk dat je er bent. Pap, dit is Ethan, de broer van Kate. Ethan, dit is mijn vader, Ray Steele.' Ze schudden elkaar de hand. Mijn vader neemt Ethan Kavanagh koeltjes op.

'Sinds wanneer ben jij terug uit Europa?' vraag ik.

'Een week geleden of zo, maar ik wilde m'n zusje verrassen,' zegt hij samenzweerderig.

'Ach, wat lief van je.' Ik grijns.

'Ze mocht die toespraak houden, dus dat wou ik niet missen.' Hij is duidelijk supertrots op z'n zusje.

'Ja, het was een waanzinnige speech.'

'Absoluut,' zegt Ray instemmend.

Ethan heeft zijn arm om mijn middel als ik opkijk in de ijzige grijze ogen van Christian Grey. Kate staat naast hem.

'Hallo, Ray.' Kate kust Ray op beide wangen. Ray wordt vuurrood. 'Heb je al kennisgemaakt met Ana's vriendje? Dit is Christian Grey.'

Holy shit... Kate! Fuck! Ik voel het bloed uit m'n hoofd wegtrekken.

'Meneer Steele, wat fijn om u te ontmoeten,' zegt Christian zonder een krimp te geven. Z'n toon is warm, hij trekt zich nul komma nul aan van Kates woorden. Hij steekt zijn hand uit en godzijdank beantwoordt Ray, die niet laat merken – bonuspunten! – dat deze verrassingsaanval hem bijna vloert, het gebaar.

En bedankt, Katherine Kavanagh. Ik ben woedend. M'n onderbewuste is intussen van d'r stokje gegaan geloof ik.

'Meneer Grey,' prevelt Ray. Van z'n gezicht valt niks af te lezen, behalve dat z'n grote bruine ogen misschien ietsje groter zijn geworden. Ze glijden over m'n gezicht met zo'n blik van en-wanneer-was-je-van-plan-me-dit-te-vertellen? Ik bijt op m'n lip.

'En dit is mijn broer, Ethan Kavanagh,' zegt Kate tegen Christian.

Christian richt z'n arctische blik op Ethan, die z'n arm nog steeds om me heen heeft.

'Meneer Kavanagh.'

Ze schudden elkaar de hand. Christian strekt een hand uit naar mij.

'Ana, schatje,' mompelt hij en ik val bijna om bij die liefkozende term. Christian glimlacht ijzig naar Ethan, ik stap naar voren zodat Ethans arm van m'n middel glijdt en ga braaf naast Christian staan. Kate grijnst naar me. Ze weet precies waar ze mee bezig is, het sekreet!

'Ethan, mam en pap wilden je nog wat vragen.' Kate sleurt Ethan mee.

'En, hoe lang kennen jullie elkaar al?' Ray kijkt met een uitgestreken gezicht van Christian naar mij.

Mijn spraakvermogen laat me hopeloos in de steek. Ik wou dat de grond me verzwolg. Christian slaat zijn arm om me heen. Terloops streelt hij met z'n duim over m'n blote rug en legt dan zijn hand om mijn schouder.

'Een paar weken,' zegt hij zonder aarzelen. 'We hebben elkaar leren kennen toen Anastasia me kwam interviewen voor het universiteitsblad.'

'Nooit geweten dat je voor het universiteitsblad werkte, Ana.' Rays stem is licht vermanend, z'n irritatie voelbaar. *Shit.*

'Kate was ziek,' mompel ik. Meer kan ik niet uitbrengen.

'Prima speech trouwens, meneer Grey.'

'Bedankt. Ik begrijp dat u een fanatiek visser bent?'

Ray trekt z'n wenkbrauwen op en glimlacht – een echte, gemeende gepatenteerde glimlach en dat komt niet vaak voor bij Ray Steele – en dan steken de mannen van wal met hun visserspraat. Ze hebben samen zoveel te bespreken dat ik me al snel te veel voel. Hij is buitengewoon charmant tegen m'n vader en windt hem helemaal om z'n vinger... *net als bij jou*, zegt m'n onderbewuste kattig tegen me. Zijn macht kent geen grenzen. Ik excuseer mezelf en ga op zoek naar Kate.

Ze staat met haar ouders te praten, die zoals altijd ontzettend vriendelijk zijn en me enthousiast begroeten. We staan een poosje gezellig te praten, vooral over hun aanstaande vakantie in Barbados en onze verhuizing.

'Kate, hoe kon je me verraden tegenover Ray?' sis ik als we even een paar woorden kunnen wisselen zonder dat er iemand meeluistert.

'Omdat ik wist dat je er zelf nooit voor zou uitkomen en omdat ik iets wilde doen aan Christians bindingsangst.' Kate lacht me liefjes toe.

Ik kijk vuil terug. *Ik ben degene die me niet aan hém wil binden, gek!*

'Hij heeft er totaal geen problemen mee, Ana. Maak je niet druk. Moet je 'm zien – Christian kan z'n ogen niet van je afhouden.' Ik kijk op en zie zowel Ray als Christian naar me kijken. 'Hij houdt je als een havik in de gaten.'

'Ik moet nu even Ray, of Christian, gaan redden. Ik weet niet welke van de twee. Maar hier is het laatste woord nog niet over gesproken, Katherine Kavanagh!' zeg ik boos.

'Ana, ik heb je alleen maar geholpen,' roept ze me achterna.

'Hallo.' Ik glimlach beide mannen toe terwijl ik me bij hen voeg.

Het lijkt of het goed gaat. Christian heeft een binnenpretje en m'n vader ziet er ongelooflijk ontspannen uit gegeven de omstandigheden. Hij houdt niet zo van sociaal doen. *Waar zouden ze het nog meer over gehad hebben behalve vissen?*

'Ana, waar zijn de toiletten?'

'Daarvoor ergens, de tent uit en dan links.'

'Ik kom zo terug. Vermaken jullie jezelf maar even.'

Ray loopt naar buiten. Ik kijk nerveus op naar Christian. We poseren even voor de fotograaf, die een foto maakt van ons samen.

'Dank u, meneer Grey.' De fotograaf haast zich verder. Ik ben verblind door de flits.

'Dus je hebt m'n vader ook voor je gewonnen?'

'Ook?' Christians ogen vonken en hij trekt vragend een wenkbrauw op. Ik bloos. Hij tilt z'n hand op en volgt de lijn van mijn wang met z'n vingers.

'O, ik wou dat ik wist wat je nu dacht, Anastasia,' fluistert hij met diepe stem terwijl hij m'n kin in z'n holle hand houdt en zo m'n hoofd achterover dwingt tot we elkaar recht in de ogen kijken.

M'n adem stokt. Hoe kan hij zo'n sterk effect op me hebben, zelfs in zo'n tent vol mensen?

'Op dit moment denk ik: leuke das,' zeg ik zachtjes.

Hij grinnikt.

'Sinds kort een van mijn favorieten.'

Ik kleur diep rood.

'Je ziet er prachtig uit, Anastasia. Die halterjurk staat je geweldig, en zo kan ik je rug strelen, je mooie huid voelen.'

Het is alsof we plotseling alleen zijn in de ruimte. Alleen wij tweeën. Mijn hele lijf is ineens alert, elke zenuwcel ontvankelijk, terwijl die aantrekkingskracht me in zijn richting trekt en als een elektrische lading tussen ons knettert.

'Je weet dat het geweldig zal zijn, toch, schatje?' fluistert hij. Ik sluit m'n ogen terwijl ik vanbinnen ontrafel en smelt.

'Maar ik wil meer,' fluister ik.

'Meer?' Hij kijkt me niet-begrijpend aan, terwijl zijn ogen zwart worden. Ik knik en slik. *Nu weet hij het.*

'Meer,' zegt hij nog eens zacht. Hij proeft het woord – één klein, simpel woordje, barstensvol belofte. Hij strijkt met z'n duim over m'n onderlip. 'Je wilt rozengeur en maneschijn.'

Ik knik weer. Hij knippert een paar keer met z'n ogen en ik zie de innerlijke strijd weerspiegeld in zijn blik.

'Anastasia.' Z'n stem is zacht. 'Dat ken ik niet.'

'Ik ook niet.'

Hij schenkt me een klein glimlachje.

'Je weet nog zo weinig,' zegt hij bijna onhoorbaar.

'En jij kent alleen foute dingen.'

'Fout? Voor mij niet.' Hij schudt z'n hoofd. Hij ziet er zo oprecht uit. 'Probeer het,' fluistert hij. Een provocatie, hij daagt me uit en hij houdt z'n hoofd schuin en lacht zijn betoverende, scheve glimlach.

Ik snak naar adem; ik ben Eva in het Paradijs en hij is de slang, en ik kan hem niet weerstaan.

'Oké,' fluister ik.

'Wat?' Nu heb ik zijn volle, onverdeelde aandacht. Ik slik.

'Oké. Ik zal het proberen.'

'Je zegt ja?' Z'n ongeloof ligt er dik bovenop.

'Behoudens de zachte grenzen, ja. Ik ga het proberen,' zeg ik met een klein stemmetje. Christian sluit zijn ogen en trekt me naar zich toe in een omhelzing.

'Jezus, Ana, je bent zo onvoorspelbaar. Je bent adembenemend.' Hij doet een stap terug, en daar is Ray plotseling weer, en het omgevingslawaai zwelt langzaam aan en dringt m'n hoofd binnen. We zijn niet alleen. *Holy shit, ik heb net ja gezegd. Ik word z'n Onderdanige.* Christian glimlacht breed naar Ray en z'n ogen dansen van vreugde.

'Annie, zullen we wat gaan eten?'

'Oké.' Ik kijk verward op naar Ray, terwijl ik m'n balans probeer te hervinden. *Wat heb je nou gedaan?* krijst m'n onderbewuste naar me. Ondertussen doet mijn innerlijke godin een rijtje flikflaks dat niet zou misstaan in het programma van het Russische olympische turnteam.

'Eet je een hapje mee, Christian?' vraagt Ray.

Christian! Ik kijk naar hem op en smeek hem woordeloos om nee te zeggen. Ik heb tijd nodig om na te denken... wat heb ik in godsnaam?

'Dank u, meneer Steele, maar ik heb andere plannen. Fijn om u ontmoet te hebben.'

'Insgelijks,' reageert Ray. 'Zorg goed voor m'n kleine meisje.'

'O, dat zal ik zeker doen, meneer Steele.'

Ze schudden elkaar de hand. Ik voel me misselijk. Ray heeft geen idee wat Christian met me van plan is. Christian pakt m'n hand, brengt hem naar z'n lippen en kust teder mijn knokkels terwijl zijn brandende ogen recht in de mijne kijken.

'Later, mevrouw Steele,' zegt hij heel zachtjes, zijn stem vol beloftes.

M'n buik krult bij de gedachte. *Wacht even... later?*

Ray leidt me bij m'n elleboog naar de ingang van de tent.

'Degelijke jongeman, lijkt me. En behoorlijk bemiddeld ook. Je had het slechter kunnen treffen, Annie. Maar ik begrijp niet waarom ik via Katherine achter zijn bestaan moest komen,' zegt hij berispend.

Ik haal verontschuldigend m'n schouders op.

'Nou ja, een man die iets van vliegvissen weet en de sport zelf beoefent kan bij mij niet stuk natuurlijk.'

Godbewaarme – Ray keurt 'm goed. Hij moest eens weten.

Ray levert me rond zonsondergang weer thuis af.

'Je moet je moeder bellen,' zegt hij.

'Ga ik doen. Fijn dat je er was, pap.'

'Ik zou het voor geen goud hebben willen missen, Annie. Ik ben zo trots op je.'

O nee. Ik ga niet emotioneel worden. Ik voel een grote brok in m'n keel en ik omhels hem uit alle macht. Verrast slaat hij z'n armen om me heen om me terug te knuffelen, en ik kan er niks aan doen, maar de tranen staan in m'n ogen.

'Hé, Annie, lieverdje,' zegt Ray troostend. 'Grote dag vandaag hè? Zal ik even mee naar binnen gaan en thee voor je zetten?'

Ik lach door m'n tranen heen. Thee is Rays wondermiddel. Ik herinner me hoe mijn moeder altijd over hem klaagde, dat als het erop aankwam Ray een prima kop thee kon zetten, maar dat echte liefde en aandacht niet z'n sterkste punt waren.

'Nee, pap, laat maar, het gaat alweer. Het was echt fijn om je weer te zien. Ik kom je snel opzoeken als ik eenmaal een beetje m'n plek heb gevonden in Seattle.'

'Succes met je sollicitatiegesprekken. Laat me even weten hoe het gegaan is.'

'Doe ik, pap.'

'Hou van je, Annie.'

'Ik ook van jou, pap.'

Hij glimlacht met een warme, liefdevolle blik in z'n bruine ogen en stapt weer in z'n auto. Ik zwaai hem uit, terwijl hij de schemering in rijdt en dan loop ik lusteloos terug naar ons appartement.

Het eerste wat ik doe is m'n mobiel checken. Hij moet opgeladen worden, dus ik moet eerst m'n oplader ergens opdiepen en het ding in het stopcontact hangen voordat ik m'n sms'jes kan openen. Vier gemiste oproepen, een voicemail, en twee sms'jes. Drie gemiste oproepen van Christian... geen voicemailberichten. Een gemiste oproep van José en een voicemail van hem om me te feliciteren met m'n bul.

Ik open de sms'jes.

Ben je veilig thuisgekomen?
Bel me

Allebei van Christian. Waarom heeft hij de vaste lijn niet gebeld? Ik loop naar m'n slaapkamer en zet mijn laptop aan.

Van: Christian Grey
Onderwerp: Vanavond
Datum: 25 mei 2011 23:58
Aan: Anastasia Steele

Ik hoop dat je het gered hebt in dat barrel van je.
Laat me even weten of je veilig thuisgekomen bent.

Christian Grey
Directeur, Grey Enterprises Holdings, Inc.

Jemig... waarom maakt hij zich zo druk over mijn Kever? Wanda bewijst me al drie jaar trouwe dienst en José heeft haar altijd keurig onderhouden voor me. Christians volgende e-mail is van vandaag.

Van: Christian Grey
Onderwerp: Zachte grenzen
Datum: 26 mei 2011 17:22
Aan: Anastasia Steele

Wat moet ik hier nog meer over zeggen?
Te allen tijde bereid tot overleg.
Je zag er zo mooi uit vandaag.

Christian Grey
Directeur, Grey Enterprises Holdings, Inc.

Ik wil hem zien. Ik klik op 'beantwoorden'.

Van: Anastasia Steele
Onderwerp: Zachte grenzen
Datum: 26 mei 2011 19:23
Aan: Christian Grey

Ik kan vanavond naar je toe komen voor overleg, als je wilt.
Ana

Van: Christian Grey
Onderwerp: Zachte grenzen
Datum: 26 mei 2011 19:27
Aan: Anastasia Steele

Ik kom wel naar jou toe. Ik meende wat ik zei, ik vind het niet prettig dat je in die auto rijdt.
Ik ben zo bij je.

Christian Grey
Directeur, Grey Enterprises Holdings, Inc.

O help... hij komt er nu aan. Ik moet in elk geval één ding klaarleggen voor hem – die eerste drukken van Thomas Hardy die nog in de huiskamer liggen. Die kan ik niet aannemen. Ik wikkel ze in bruin pakpapier en krabbel dan een direct citaat van *Tess* op de verpakking:

> Ik stem in met de voorwaarden, Angel; want jij weet het beste hoe ik gestraft moet worden, alleen – alleen – maak het alsjeblieft niet erger dan ik kan verdragen!

Vijftien

‘Hoi,’ zeg ik pijnlijk verlegen als ik de deur opendoe. Christian staat voor de deur in z’n spijkerbroek en leren jack.

‘Hai,’ zegt hij en z’n gezicht licht op in een stralende glimlach. Ik neem even de tijd om het uitzicht te bewonderen. O hemel, hij ziet er sexy uit in leer.

‘Kom binnen.’

‘Mag ik?’ vraagt hij geamuseerd. Hij heeft een fles champagne meegenomen. ‘Ik dacht dat we je afstuderen konden vieren. Niets kan tegen een goeie fles Bollinger op.’

‘Interessante woordkeus,’ merk ik droogjes op.

Hij grijnst. ‘Ik vind je heerlijk ad rem, Anastasia.’

‘Ik heb alleen maar theekopjes. We hebben alle glazen al ingepakt.’

‘Theekopjes? Klinkt prima.’

Ik loop de keuken in. Ik ben nerveus, vlinders zwermen in m’n buik. Het voelt alsof er een panter of een lynx in de huiskamer rondsluipt, volstrekt onvoorspelbaar en roofdierachtig.

‘Wil je er ook een schoteltje onder?’

‘Alleen een kopje is goed genoeg, Anastasia,’ roept Christian afwezig vanuit de woonkamer.

Als ik terugkom zie ik hem naar het bruine pak boeken staren. Ik zet de kopjes op tafel.

‘Die zijn voor jou,’ mompel ik angstig.

Shit... dit wordt vast ruzie.

'Hmm, dat dacht ik wel. Toepasselijk citaat.' Gedachteloos traceert hij de letters met z'n slanke wijsvinger. 'Ik dacht dat ik d'Urberville was, niet Angel. Jij koos voor de onderwerping.' Hij werpt me een korte, wolfachtige grijns toe. 'Net wat voor jou om iets te vinden wat zo goed bij de omstandigheden past.'

'Het is ook een dringend verzoek,' fluister ik. *Waarom ben ik zo zenuwachtig?* Mijn mond is droog.

'Een verzoek? Aan mij? Dat ik je niet te hard aanpak?'

Ik knik.

'Ik heb deze boeken voor jou gekocht,' zegt hij zacht, z'n blik onbewogen.

'Ik zal je minder hard aanpakken, als je ze van me aanneemt.'

Ik slik krampachtig.

'Christian, ik kan ze niet aannemen, het is gewoon te veel.'

'Zie je, dit is nou precies wat ik bedoel, altijd dat tegen me ingaan. Ik heb ze voor jou gekocht, en daarmee is de kous af. Het is heel simpel. Jij hoeft hier niet over na te denken. Als Onderdanige hoor je me alleen maar dankbaar te zijn. En gewoon aan te nemen wat ik voor je koop omdat ik dat wil.'

'Maar ik was nog geen Onderdanige toen je ze voor me kocht,' fluister ik.

'Nee... maar intussen heb je wel ja gezegd, Anastasia.' Zijn ogen staan behoedzaam.

Ik zucht. Dit ga ik niet winnen, dus dan maar over op plan B.

'Dus, die boeken zijn van mij en ik kan ermee doen wat ik wil?'

Hij kijkt me achterdochtig aan, maar knikt dan.

'Ja.'

'In dat geval wil ik ze graag doneren aan een goed doel, het liefst aan een organisatie die zich inzet voor Darfur, aangezien dat je aan het hart gaat. Dan kunnen zij de boeken veilen.'

'Als dat is wat je wilt.' Z'n mond wordt een rechte lijn. Hij is teleurgesteld.

Ik bloos.

'Ik zal erover nadenken,' mompel ik. Ik wil hem niet teleurstellen, en ik hoor zijn woorden echoën in mijn hoofd. *Ik wil dat jij me wilt behagen.*

'Niet nadenken, Anastasia. Niet over dit soort dingen.' Zijn toon is zacht, maar serieus.

Hoe kan ik nou niet nadenken? *Door net te doen of je een auto bent, of een van zijn vele andere bezittingen.* Mijn onderbewuste komt onverwacht venijnig uit de hoek. Ik negeer haar. O, kunnen we niet alles terugdraaien? Ik weet niet wat ik moet doen. Ik staar met neergeslagen ogen naar m'n handen. Hoe red ik me uit deze ongemakkelijke situatie?

Christian zet de champagnefles op tafel en gaat voor me staan. Hij legt z'n hand onder m'n kin en tilt m'n gezicht op. Hij kijkt met een ernstige blik op me neer.

'Ik ga nog veel meer spullen voor je kopen, Anastasia. Wen er maar vast aan. Ik kan het me veroorloven. Ik heb geld zat.' Hij leunt voorover en geeft me een snel, kuis kusje. 'Alsjeblieft.' Hij laat me los.

Hoer, zegt mijn onderbewuste geluidloos tegen me.

'Dan voel ik me zo goedkoop,' mompel ik.

Christian haalt geërgerd z'n hand door z'n haar.

'Dat is niet de bedoeling. Je zoekt er veel te veel achter, Anastasia. Praat jezelf geen dingen aan op basis van wat anderen van je zouden kunnen denken. Verspilde moeite. Dat komt omdat je bedenkingen hebt over ons akkoord; dat is niet meer dan normaal. Je weet gewoon niet waar je aan begint.'

Ik frons en probeer zijn woorden tot me door te laten dringen.

'Hé, stop daarmee,' commandeert hij zacht, en hij trekt met z'n duim een beetje aan m'n kin, zodat mijn onderlip tussen m'n tanden uit glijdt.

'Niets aan jou is goedkoop, Anastasia. Ik wil niet dat je zo over jezelf denkt. Ik heb alleen maar een paar oude boeken voor je gekocht, omdat ik dacht dat ze een speciale betekenis voor je zouden kunnen hebben, dat is alles. Laten we aan de champagne gaan.' Z'n blik verzacht en ik lach aarzelend naar hem. 'Dat is beter,' prevelt hij. Hij pakt de champagne op, verwijdert het folie en het ijzerdraad en draait deskundig aan de fles in plaats van de kurk. De fles opent met een beschaafd plofje. Met geoefende finesse, waardoor er geen druppel verloren gaat, schenkt Christian de theekopjes halfvol.

'Roze,' mompel ik verrast.

'Bollinger Grande Année Rosé 1999, een uitstekend jaar,' zegt hij genietend.

'Geserveerd in theekopjes.'

Hij grijnst.

'Ja, theekopjes. Gefeliciteerd met je bul, Anastasia.' We klinken onze kopjes en hij neemt een slok, maar ik kan me niet aan de indruk onttrekken dat dit eigenlijk over mijn capitulatie gaat.

'Dank je,' zeg ik zacht, en ik neem een slokje. Natuurlijk smaakt het heerlijk. 'Zullen we het over de zachte grenzen hebben?'

Hij glimlacht en ik bloos.

'Altijd even happig.' Christian neemt me bij de hand en leidt me naar de bank. Hij gaat zitten en trekt me naast zich.

'Je stiefvader is een heel zwijgzaam type.'

O... geen zachte grenzen, nee? Maar ik wil het juist graag uit de weg ruimen; die angstige verwachting knaagt aan me.

'Hij at uit je hand,' zeg ik pruilerig.

Christian lacht zachtjes.

'Alleen maar omdat ik iets van vissen weet.'

'Hoe wist je dat hij van vissen houdt?'

'Had jij me verteld. Toen we gingen koffiedrinken.'

'O... echt?' Ik neem nog een slokje. Wauw, hij herinnert zich elk detail. Hmm... deze champagne is echt héél lekker. 'Heb je die wijn op de receptie geproefd?'

Christian trekt een gezicht.

'Ja. Dat was echt bocht.'

'Ik moest aan je denken toen ik het proefde. Hoe komt het dat je zoveel van wijn weet?'

'Ik weet er helemaal niet zoveel van, Anastasia, ik weet alleen heel goed wat ik lekker vind.' Z'n ogen glimmen zilverachtig en ik voel het bloed naar m'n wangen stijgen. 'Nog een beetje?' vraagt hij, doelend op de champagne.

'Ja lekker.'

Christian staat gracieus op en haalt de fles. Hij schenkt m'n kopje vol. Probeert hij me aangeschoten te laten worden? Ik kijk achterdochtig naar hem.

'Het ziet er behoorlijk kaal uit hier. Ben je klaar voor de verhuizing?'

'Min of meer.'
'Moet je morgen werken?'
'Ja, m'n laatste dag bij Clayton's.'
'Ik had je best willen helpen verhuizen, maar ik heb beloofd om m'n zusje van het vliegveld te halen.'
O... dit is nieuw voor me.
'Mia komt zaterdag heel vroeg terug uit Parijs. Ik ga morgen terug naar Seattle, maar ik heb begrepen dat Elliot jullie twee een handje komt helpen.'
'Ja, Kate kan niet wachten.'
Christian fronst. 'Ja, Kate en Elliot, wie had dat verwacht?' mompelt hij, en om de een of andere reden ziet hij er niet bepaald enthousiast uit.
'En wat ga je doen om werk te vinden in Seattle?'
Wanneer gaan we het over de grenzen hebben? Waar stuurt hij op aan?
'Ik heb een paar gesprekken voor een traineeplek.'
'En wanneer was je van plan mij hierover in te lichten?' Hij trekt een wenkbrauw op.
'Eh... ik vertel het je nu.'
Hij knijpt z'n ogen samen.
'Waar?'
Op de een of andere manier, misschien wel omdat hij zich er anders weer mee gaat bemoeien, wil ik niet dat hij het weet.
'Een paar uitgeverijen.'
'Is dat wat je wil, een baan bij een uitgeverij?'
Ik knik voorzichtig.
'En?' Hij kijkt me geduldig aan, hij wil meer horen.
'En wat?'
'Doe niet zo typisch, Anastasia, bij welke uitgeverijen?' smaalt hij.
'Een paar kleinere,' mompel ik.
'Waarom mag ik niet weten welke?'
'Ongepaste beïnvloeding.'
Hij fronst.
'Ja, nu doe jíj typisch.' Hij moet lachen. 'Typisch? Ik? Mijn god, je weet precies hoe je me moet uitdagen. Drink je glas leeg, dan

kunnen we het over die grenzen hebben.' Hij vist nog een exemplaar van mijn e-mail uit z'n zak, en een kopie van de lijst. Heeft hij die soms standaard bij zich? Volgens mij zat er ook een in dat jasje van hem dat ik nog heb. Shit, dat moet ik niet vergeten. Ik drink m'n kopje leeg.

Hij werpt een vlugge blik op me.

'Nog een beetje?'

'Graag.'

Hij glimlacht met dat ontzettend zelfvoldane glimlachje van hem, staat met de champagnefles in de aanslag en pauzeert dan.

'Heb je wel iets gegeten?'

O nee hè... begint-ie weer.

'Ja. Ik heb een driegangenmenu gehad, met Ray.' Ik rol met m'n ogen. De champagne maakt me baldadig.

Hij leunt naar voren, pakt m'n kin en kijkt me doordringend aan.

'Als je dat nog een keer doet, leg ik je over de knie.'

Wat?

'O,' zucht ik, en ik zie de opwinding in zijn ogen.

'Ja, o,' reageert hij en doet mijn stem na. 'Daar begint het mee, Anastasia.'

Mijn hart hamert in m'n borst en de vlinders in mijn buik fladderen omhoog naar mijn dichtgeknepen keel. *Waarom is dit sexy?*

Hij vult m'n theekopje, en ik drink het bijna in een teug leeg. Door zijn opmerking ben ik meteen weer bij de les. Ik kijk naar hem op.

'Heb ik nu je aandacht, ja?'

Ik knik.

'Geef antwoord.'

'Ja... je hebt m'n aandacht.'

'Goed zo,' glimlacht hij veelbetekenend. 'Seksuele handelingen. De meeste hiervan hebben we al gedaan.'

Ik schuif wat dichterbij op de bank en kijk naar de lijst.

BIJLAGE 3

ZACHTE GRENZEN

Te bespreken en overeen te komen tussen beide partijen:

Welke van de volgende handelingen zijn acceptabel voor de Onderdanige:

- Masturbatie
- Cunnilingus
- Fellatio
- Het doorslikken van sperma
- Vaginale penetratie
- Vaginaal fisten
- Anale penetratie
- Anaal fisten

'Geen vuistneuken, had je gezegd. Nog iets anders waar je bezwaar tegen hebt?' vraagt hij zacht.

Ik slik.

'Ik loop ook niet echt warm voor anale penetratie.'

'Hm. Ik ga akkoord met niet fisten, maar je kont zou ik wel heel graag de mijne willen maken, Anastasia. Maar daar zullen we nog even mee wachten. Bovendien kunnen we daar niet zomaar in duiken.' Hij grijnst ironisch. 'Je kont moet eerst getraind worden.'

'Getraind?' fluister ik.

'O ja. Dat moet zorgvuldig voorbereid worden. Anale penetratie kan echt heel lekker zijn, geloof me maar. Maar als we het proberen en jij vindt het niks, dan hoeven we het niet meer te doen.' Hij kijkt grijzend op me neer.

Ik kijk op naar hem. Hij denkt dat ik ervan zal genieten? Hoe weet hij dat het lekker is?

'Heb jij daar ervaring mee?' fluister ik.

'Ja.'

O mijn god. Ik snak naar adem.

'Met een man?'

'Nee. Ik heb nog nooit seks gehad met een man. Niet mijn ding.'

'Mrs. Robinson?'

'Ja.'

Holy shit... hoe? Ik frons. Hij gaat naar het volgende punt op de lijst.

'Verder... zaad doorslikken. Nou, daar krijg je een tien voor.' Ik voel het bloed naar m'n wangen stijgen en mijn innerlijke godin smakt met haar lippen, apetrots.

'Dus.' Hij kijkt grijnzend op me neer. 'Slikken is oké?'

Ik knik, maar durf hem niet in de ogen te kijken. Ik drink snel m'n kopje leeg.

'Meer?' vraagt hij.

'Meer.' En terwijl hij me bijschenkt, moet ik opeens terugdenken aan ons gesprek eerder vandaag. Meer... Heeft hij het daarover, of alleen over de champagne? Of is die champagne zijn idee van 'meer'?

'Seksspeeltjes?' vraagt hij.

Ik haal m'n schouders op en scan de lijst.

Stemt de Onderdanige in met het gebruik van:

- Vibrators
- Dildo's
- Buttplugs
- Andere vaginale/anale speeltjes

'Anaalplug? Is dat wat ik denk dat het is?' Ik trek m'n neus op van afkeer.

'Ja,' glimlacht hij. 'Dat houdt verband met die anale penetratie waar we het net over hadden. Training.'

'O... en wat valt er onder "overig"?'

'Kralen, eitjes... dat soort dingen.'

'Eitjes,' reageer ik geschrokken.

'Geen echte eitjes.' Hij lacht hardop en kijkt me hoofdschuddend aan.

Ik tuit m'n lippen naar hem.

'Ik ben blij dat je me zo grappig vindt.' Het lukt me niet om m'n gekrenkte gevoelens verborgen te houden.

Hij stopt abrupt met lachen.

'Mijn excuses, mevrouw Steele. Sorry,' zegt hij. Hij doet z'n best om er berouwvol uit te zien, maar z'n ogen twinkelen nog van plezier. 'Heb je een bezwaar tegen speeltjes?'

'Nee,' zeg ik bits.

'Anastasia,' zegt hij sussend. 'Het spijt me. Echt. Ik wil je niet uitlachen. Ik heb zo'n gesprek gewoon nog nooit in zo veel detail hoeven voeren. Je bent zo onervaren. Sorry.' Z'n ogen zijn groot en grijs, z'n blik oprecht.

Ik ontdooi lichtelijk en neem nog een slokje champagne.

'Oké – bondage,' zegt hij terwijl hij verdergaat met de lijst. Ik kijk naar de lijst en mijn innerlijke godin stuitert opgewonden op en neer, als een kleuter wie een ijsje beloofd is.

Welke vorm van bondage is acceptabel voor de Onderdanige:

- Handen vóór het lichaam gebonden
- Handen achter de rug gebonden
- Enkels gebonden
- Knieën gebonden
- Ellebogen gebonden
- Polsen gebonden aan enkels
- Vastbinden met spreidstang
- Vastbinden aan vaste voorwerpen, meubilair enz.
- Vastbinden met touw
- Vastbinden met tape
- Vastbinden met leren boeien
- Vastbinden met handboeien/metalen ketenen
- Ophanging

'Over ophanging hebben we het al gehad. En ik vind het prima als je dat als harde grens stelt. Het kost sowieso behoorlijk veel tijd, en ik heb je steeds maar kort tot mijn beschikking. Nog andere dingen?'

'Niet lachen, maar wat is een spreidstang?'

'Ik zal niet lachen. En ik heb al twee keer sorry gezegd.' Hij kijkt me kriegel aan. 'Laat me het niet nog een keer hoeven zeggen,' waarschuwt hij. Ik krimp zichtbaar ineen geloof ik... o, wat is hij toch bazig. 'Een spreidstang is een stang met manchetten aan het eind voor je polsen of je enkels. Leuk speelgoed.'

'Oké... Maar dat knevelen... Ik ben bang dat ik dan geen adem kan krijgen.'

'Ík zou het nog veel enger vinden als je geen adem kon krijgen. Ik wil je niet laten stikken.'

'En hoe kan ik een stopwoord gebruiken als ik gekneveld ben?'

Hij aarzelt.

'Allereerst hoop ik dat je nooit een stopwoord hoeft te gebruiken. Maar als je gekneveld bent, gebruiken we gewoon handsignalen,' zegt hij simpelweg.

Ik knipper met m'n ogen. Maar hoe moet dat dan als ik vastgebonden ben? M'n hersens raken beneveld... *hmm, alcohol.*

'Ik vind dat knevelen eng.'

'Oké. Daar zal ik rekening mee houden.'

Ik kijk naar hem op en het dringt langzaam tot me door wat hij bedoelt.

'Bind je je slavinnen vast zodat ze jou niet kunnen aanraken?'

Hij staart me met grote ogen aan.

'Dat is een van de redenen,' zegt hij zacht.

'Was dat ook waarom je mijn handen vastbond?'

'Ja.'

'Je vindt het niet fijn om hierover te praten,' zeg ik.

'Nee, inderdaad. Wil je nog een kopje champagne? Het geeft je moed en ik wil weten hoe je tegenover pijn staat.'

Shit... dat is het lastigste onderdeel. Hij schenkt m'n theekopje nog eens bij en ik nip eraan.

'Vertel, hoe sta je in het algemeen tegenover het ondergaan van pijn?' Christian kijkt me verwachtingsvol aan. 'Je bijt op je lip,' zegt hij donker.

Ik stop direct, maar ik weet niet wat ik moet zeggen. Het bloed stijgt me naar de wangen en ik sla mijn ogen neer.

'Ben je als kind ooit fysiek gestraft?'

'Nee.'

'Dus je hebt geen enkel referentiekader?'

'Nee.'

'Het is niet zo erg als je denkt. Je verbeelding is hier je ergste vijand,' fluistert hij.

'Moet je het per se doen?'

'Ja.'

'Waarom?'

'Het hoort erbij, Anastasia. Het is wat ik doe. Ik kan zien dat je het eng vindt. Laten we even de methodes langslopen.'

Hij laat me de lijst zien. Mijn onderbewuste zoekt gillend een goed heenkomen achter de bank.

- Slaan met vlakke hand
- Zweepslagen
- Bijten
- Genitale klemmen
- Hete was
- Slaan met een peddel
- Ranselen
- Tepelklemmen
- IJs
- Overige pijnigingsmethoden

'Geen genitale klemmen, had je gezegd. Prima. Ranselen doet het meest zeer.'

Ik verbleek.

'Daar kunnen we naartoe werken.'

'Of gewoon helemaal niet doen,' fluister ik.

'Dit hoort er gewoon bij, schatje, maar we doen het rustig aan. Anastasia, ik zal niet te ver met je gaan.'

'Dat straffen, daar heb ik de meeste moeite mee,' zeg ik met een klein stemmetje.

'Nou, ik ben blij dat ik dat weet. We zullen ranselen voorlopig van de lijst afhalen. En zodra je je meer op je gemak voelt met alles, gaan we de intensiteit verhogen. We doen het rustig aan.'

Ik slik en hij leunt naar voren om m'n lippen te kussen.

'Zie je, zo erg was het niet, toch?' Ik haal m'n schouders op, mijn hart bonst weer als een gek.

'Luister, ik wil nog één ding met je bespreken en dan breng ik je naar bed.'

'Bed?' Ik knipper verwoed met m'n ogen en het bloed klopt door m'n hele lijf, vooral op die plekken waarvan ik het bestaan tot voor kort niet vermoedde.

'Kom op, Anastasia, door ons onderwerp van gesprek heb ik zin om je helemaal uit te wonen, en wel nú. Je gaat me toch niet vertellen dat dit jou koud laat?'

Ik friemel ongemakkelijk. Mijn innerlijke godin hijgt.

'Zie je wel? En trouwens, ik wil iets met je proberen.'

'Iets pijnlijks?'

'Nee – hou op met overal pijn te zien. Het is vooral lekker. Heb ik je al eens pijn gedaan?'

Ik bloos. 'Nee.'

'Nou dan... Zeg, vanochtend zei je dat je meer wilde.' Hij stokt, opeens onzeker.

O hemel... waar gaat dit heen?

Hij grijpt m'n hand.

'Misschien kunnen we het proberen, op de tijden dat je niet m'n Onderdanige bent. Ik weet niet of het gaat werken. Ik heb geen idee of het gaat lukken om die zaken te scheiden. Misschien niet. Maar ik wil het wel proberen. Eén avond per week. Zoiets.'

Krijg nou wat... m'n mond valt open, m'n onderbewuste valt in zwijm. *Christian Grey wil meer!* Hij wil het proberen! M'n onderbewuste steekt haar hoofd heel voorzichtig om het hoekje van de bank, de schrik nog zichtbaar op haar bleke snuitje.

'Op één voorwaarde.' Hij kijkt omzichtig naar mijn verbluftte gezicht.

'En dat is?' zucht ik. Maakt niet uit. Ik doe alles wat je wilt.

'Dat je mijn afstudeercadeau met beide handen aanneemt.'

'O.' En diep vanbinnen weet ik meteen wat het is. Angst schiet door me heen en nestelt zich in mijn ingewanden.

Met strakke blik registreert hij mijn reactie.

'Kom,' mompelt hij. Hij staat op en trekt me met zich mee. Hij doet z'n colbertje uit, slaat het om mijn schouders en loopt naar de voordeur. Buiten staat een knalrode, gloednieuwe driedeurs Audi coupé.

'Die is voor jou. Gefeliciteerd met je bul,' zegt hij terwijl hij me in z'n armen trekt en m'n haar kust.

Hij heeft verdomme gewoon een auto voor me gekocht, spiksplinternieuw zo te zien. Jemig... alsof ik al niet genoeg te stellen had met die boeken. Ik staar blanco voor me uit en probeer wanhopig uit te vogelen hoe ik me hierbij voel. Aan de ene kant ben ik van m'n stuk gebracht, geschokt dat hij zoiets heeft gedaan, aan de andere kant voel ik vooral boosheid. Ja, eigenlijk ben ik gewoon boos. Zeker na mijn hele uitleg over die boeken... maar ja, toen had hij die auto al lang gekocht natuurlijk. Hij trekt me mee het tuinpad af naar zijn aankoop.

'Anastasia, die Kever van jou is stokoud en ronduit gevaarlijk. Ik zou het mezelf nooit vergeven als je iets overkwam, terwijl het voor mij een kleine moeite is om er iets aan te doen...' verklaart hij.

Hij kijkt naar me, maar ik kan mezelf er op dat moment niet

toe brengen zijn blik te beantwoorden. Ik sta woordeloos te staren naar zijn fonkelnieuwe, felrode cadeau.

'Ik liet het vallen tegenover je stiefvader. Die was er honderd procent vóór,' zegt hij zacht.

Ik draai me naar hem om en staar hem vol afgrijzen aan.

'Heb je het hier met Ray over gehad? Hoe kun je dat nou doen?' Ik krijg de woorden bijna m'n strot niet uit. *Hoe durft hij?* Arme Ray, arme pap. Ik voel me beroerd; wat vernederend voor m'n vader.

'Het is maar een cadeautje, Anastasia. Kun je me niet gewoon bedanken?'

'Maar je weet dat het over de top is.'

'Voor mij niet, niet als het om mijn gemoedsrust gaat.'

Ik kijk hem fronsend aan, ik weet niet wat ik nog moet zeggen. Hij snapt het gewoon echt niet! Hij zwemt z'n hele leven al in het geld. Nou ja, oké, niet zijn hele leven – niet als peuter – en daar kantelt mijn wereldbeeld. Niet als peuter... die gedachte ontnuchtert me en mijn tegenwerpingen smelten als sneeuw voor de zon. Ik begin me schuldig te voelen over m'n gepikeerde reactie. Z'n bedoelingen zijn goed, misplaatst weliswaar, maar ze komen uit een goed hart.

'Oké. Ik ga akkoord als je me die auto leent, net als de laptop.'

Hij zucht diep. 'Oké. In bruikleen. Voor onbeperkte tijd.' Hij kijkt me waarschuwend aan.

'Nee, niet voor onbeperkte tijd, maar voorlopig. Dankjewel.'

Hij fronst. Ik ga op m'n tenen staan en kus hem op de wang.

'Dank u voor de auto, meneer,' zeg ik zo liefjes als ik kan.

Hij grijpt me onverhoeds vast en trekt me hardhandig tegen zich aan. Zijn ene hand duwt mijn onderrug tegen zijn lijf, met zijn andere woelt hij in mijn haar.

'Wat ben jíj een feeks, Ana Steele.' Hij kust me hartstochtelijk en dwingt met zijn tong mijn lippen van elkaar, laat zich door niets weerhouden.

Mijn bloed begint te kolken en ik kus hem vurig terug. Ik wil hem zó graag – ondanks de auto, de boeken, de zachte grenzen... het ranselen... wil ik hem.

'Het kost me al mijn zelfbeheersing om je niet hier ter plekke, op de motorkap van die auto, te neuken, al was het maar om te laten zien dat je van mij bent. En als ik verdomme een auto voor je wil kopen, dan koop ik verdomme een auto voor je,' gromt hij. 'En nu naar binnen en uit de kleren.' Hij plant een snelle, ruwe kus op m'n mond.

Wow, hij is echt boos. Hij grijpt m'n hand en trekt me mee terug naar binnen en rechtstreeks naar m'n slaapkamer... direct naar de gevangenis, ga niet langs start. Mijn onderbewuste is weer achter de bank gekropen, en ligt daar ineengedoken met haar armen over haar hoofd. Hij knipt m'n bedlampje aan, staat stil en kijkt naar me.

'Wees alsjeblieft niet boos op me,' fluister ik.

Z'n blik is harteloos, z'n ogen lijken ijzige splinters rookglas.

'Sorry voor wat ik zei over de auto en de boeken,' ga ik verder. Hij blijft zwijgen en kijkt broeierig voor zich uit. 'Je maakt me bang als je boos bent,' zucht ik terwijl ik hem aanstaar.

Hij sluit z'n ogen en schudt z'n hoofd. Als hij ze weer opent, is z'n uitdrukking zachter. Hij haalt diep adem en slikt.

'Draai je eens om,' fluistert hij. 'Ik wil je die jurk uitdoen.'

Weer zo'n onverwachte stemmingswisseling; ik heb moeite hem bij te houden. Gehoorzaam draai ik me om, m'n hart bonst, de angst maakt op slag plaats voor verlangen. Het jaagt door m'n aderen en baant zich donker en hunkerend een weg naar diep, diep in mijn onderlijf. Hij veegt m'n haar van mijn rug en over mijn rechterschouder, zodat het over m'n borst krult. Dan strijkt hij met z'n wijsvinger heel langzaam van m'n nek langs m'n ruggengraat naar beneden. Z'n vingernagel krast zacht over m'n huid.

'Geweldige jurk,' murmelt hij. 'Ik hou ervan je perfecte huid te zien.'

Halverwege m'n rug bereikt z'n vinger de bovenrand van m'n jurk. Hij haakt z'n vinger achter het elastiek en trekt me dichter naar zich toe, zodat ik achteruit stap en in m'n volle lengte tegen hem aan sta. Hij buigt voorover en snuift de geur van m'n haar op.

'Je ruikt zo lekker, Anastasia. Zo zoet.' Z'n neus scheert langs m'n oor en naar beneden langs m'n nek, en hij trekt een spoor van vederlichte kusjes over m'n schouder.

M'n ademhaling verandert, wordt oppervlakkig, gehaast, vol verwachting. Z'n vingers aarzelen bij m'n rits. Dan trekt hij de rits plagerig langzaam naar beneden, terwijl zijn lippen al likkend en kussend en zuigend hun pad vervolgen naar m'n andere schouder. Hij is hier zo verrekte goed in. Mijn lichaam reageert als een strak gespannen snaar en ik begin loom te kronkelen onder z'n aanraking.

'Jij. Moet. Leren. Dat. Je. Je. Stil. Moet. Houden,' fluistert hij, terwijl hij tussen elk woord mijn nek bij de haarlijn kust.

Hij trekt de knoop die de bovenkant van mijn halterjurk omhooghoudt los en de jurk valt in een hoopje rond m'n enkels.

'Geen bh, mevrouw Steele. Daar hou ik van.'

Hij reikt om me heen en legt z'n handen om m'n borsten. Mijn tepels trekken samen bij zijn aanraking.

'Doe je armen omhoog en sla ze om m'n nek,' fluistert hij in m'n nek.

Ik gehoorzaam onmiddellijk. M'n borsten komen omhoog en vullen zijn handen, terwijl m'n tepels nog harder worden. Mijn vingers verstrengelen zich in zijn haar en ik trek zachtjes aan zijn zijdezachte, sexy lokken. Ik rol m'n hoofd opzij, zodat hij nog beter bij m'n nek kan.

'Mmm...' kreunt hij in het kuiltje achter m'n oor, terwijl zijn slanke vingers met mijn tepels spelen, zijn bewegingen synchroon met mijn handen in zijn haar.

Ik kreun luid als de sensatie messcherp voelbaar wordt in m'n kruis.

'Zal ik je zo laten klaarkomen?' fluistert hij.

Ik welf m'n rug om z'n handen nog beter toegang te geven tot m'n borsten.

'Dit vindt u lekker, of niet, mevrouw Steele?'

'Mmm...'

'Zeg het me.' Hij gaat door met z'n langzame, sensuele marteling en trekt zachtjes aan m'n tepels.

'Ja.'

'Ja, wat.'

'Ja... Meneer.'

'Braaf meisje.' Hij knijpt me hard en m'n lichaam schokt krampachtig tegen de voorkant van het zijne.

Ik snak naar adem bij de acute mengeling van genot en pijn. Ik voel hem tegen me aan. Ik kreun en m'n handen grijpen z'n haar steviger vast.

'Volgens mij ben je nog niet zover, ik laat je nog niet klaarkomen,' fluistert hij, terwijl z'n bewegingen verstillen. Hij bijt zachtjes in m'n oorlel. 'Bovendien heb je iets gedaan wat me niet aanstaat.'

O... nee, wat betekent dat? M'n brein registreert vagelijk iets in de nevel van behoeftig verlangen. Ik kreun.

'Dus misschien laat ik je wel helemáál niet klaarkomen.' Hij richt z'n aandacht weer op m'n tepels, trekt, draait, kneedt. Ik schuur m'n billen tegen hem aan... heen en weer, op en neer.

Ik voel z'n grijns tegen m'n nek en z'n handen glijden naar beneden naar m'n heupen. Hij haakt z'n vingers in m'n slipje, rekt het uit en steekt dan z'n duimen dwars door het dunne materiaal. Met een ruk scheurt hij m'n ondergoed uit elkaar en gooit het bewijsmateriaal voor me neer... *holy shit*. Z'n handen glijden naar beneden, naar m'n dijen, naar m'n billen, en dan naar m'n vagina. Hij brengt achterlangs een vinger naar binnen.

'O ja. Mijn hete meisje is er klaar voor,' hijgt hij en hij draait me met een ruk om zodat we elkaar aankijken. Z'n adem gaat sneller. Hij stopt de vinger in z'n mond. 'U smaakt zo lekker, mevrouw Steele.' Hij zucht. 'Kleed me uit,' commandeert hij zacht, terwijl hij met geloken ogen op me neerkijkt.

Het enige wat ik aanheb zijn m'n schoenen – oké, Kates hoge hakken. Ik sta er wat beteuterd bij. Ik heb nog nooit een man uitgekleed.

'Je kunt het wel,' moedigt hij me zachtjes aan.

O hemel. Ik knipper nerveus met m'n ogen. Waar moet ik beginnen? Ik strek m'n hand uit naar z'n T-shirt, maar hij grijpt die en glimlacht slinks naar me.

'Niks ervan.' Hij schudt z'n hoofd, grijnst. 'Laat dat T-shirt maar aan. Want misschien moet je me aanraken voor wat ik in gedachten heb.' Z'n ogen dansen van opwinding.

O... dit is nieuw... met kleren aan mag ik hem wél aanraken. Hij pakt een van m'n handen en legt die op z'n erectie.

'Dit is wat u met me doet, mevrouw Steele.'

Ik snak naar adem en vouw m'n vingers om hem heen. Hij grijnst.

'Ik wil je voelen. Doe m'n spijkerbroek uit. Jij hebt de leiding.'

O. Mijn. God. Ik... de leiding. M'n mond valt open.

'Wat ga je met me doen?' vraagt hij plagerig.

O, legio mogelijkheden... m'n innerlijke godin brult als een leeuwin. En uit frustratie, verlangen en ongekende moed, duw ik hem achterover. Hij lacht terwijl hij op bed neervalt, en ik kijk triomfantelijk op hem neer. Mijn innerlijke godin barst bijna uit elkaar. Ik ruk z'n schoenen uit, snel, onhandig, en daarna z'n sokken. Hij kijkt naar me op en z'n ogen lichten op van genot en verlangen. Hij is... geweldig... en hij is helemaal van mij. Ik kruip op het bed en ga schrijlings op hem zitten om z'n spijkerbroek uit te doen. Ik laat m'n vingers onder z'n broekband glijden en voel z'n buikhaar, net boven z'n schaamhaar. Hij sluit z'n ogen en tilt z'n heupen op.

'Je zult je moeten leren stilhouden,' zeg ik berispend, en ik trek bestraffend aan het haar onder zijn broekriem.

Z'n adem stokt en hij grijnst naar me.

'Ja, mevrouw Steele,' mompelt hij, z'n ogen vurig. 'Condoom, in m'n zak,' zegt hij buiten adem.

Plagerig grondig doorzoek ik zijn broekzak terwijl ik hem in de ogen blijf kijken. Zijn mond is halfopen. Ik vis twee condooms uit z'n zak en leg ze op bed, ter hoogte van zijn heupen. *Twee!* Mijn gretige vingers gaan naar de knoop van z'n broekband en maken hem, ietwat onhandig, open. Ik ben meer dan opgewonden.

'Zo gulzig, mevrouw Steele,' mompelt hij, met een spoor van humor. Ik trek de rits naar beneden, en vraag me dan vertwijfeld af hoe ik hem uit z'n broek moet krijgen... *hmm.* Ik schuif verder naar beneden en trek. Geen beweging in te krijgen. Ik frons. Hoe kan dit nou zo moeilijk zijn?

'Het wordt wel heel moeilijk om stil te blijven liggen als jij op die lip blijft bijten,' waarschuwt hij en dan tilt hij behulpzaam z'n bekken op zodat ik z'n broek naar beneden kan trekken en meteen ook z'n boxershort, en hem, whoa... de ruimte geef. Hij schopt z'n kleren op de grond.

Allemachtig, hij is helemaal van mij, ik kan met 'm doen wat ik wil, en opeens lijkt het wel pakjesavond.

'Wat ga je nu met me doen?' vraagt hij ademloos en nu zonder een greintje humor. Ik steek m'n hand uit en grijp hem vast, terwijl ik hem diep in de ogen kijk om de uitdrukking op z'n gezicht te zien. Z'n mond vormt de letter O terwijl hij naar adem snakt. Zijn huid is zo glad en fluweelzacht... en hard... hmm, wat een goddelijke combinatie. Ik buig voorover, m'n haar valt om m'n hoofd en ik neem hem in m'n mond. Ik zuig, hard. Hij sluit z'n ogen, ik voel z'n heupen onder me schokken.

'Jemig, Ana, rustig aan,' kreunt hij.

Ik voel me zo machtig; het is zo'n opwindend gevoel, hem plagen en gek maken met m'n mond en tong. Ik voel hoe zijn lichaam zich spant als ik met m'n mond op en neer over hem heen glijd, hem diep achter in m'n keel neem met m'n lippen strak om hem heen... en nog een keer en nog een keer.

'Stop, Ana, stop. Ik wil nog niet klaarkomen.'

Ik ga rechtop zitten en knipper met m'n ogen. Ik hijg, net als hij, en ik ben in de war. *Ik dacht dat ik het voor het zeggen had?* M'n innerlijke godin staat erbij alsof iemand net haar ijsje gestolen heeft.

'Je onschuld en enthousiasme zijn bijzonder ontwapenend,' hijgt hij. 'Jij bovenop... dat is wat we gaan doen.'

O.

'Hier, doe die maar om.' Hij geeft me een condoom, nog in de verpakking.

Shit. Hoe moet dat? Ik scheur de verpakking open, en voel hoe het rubberachtige condoom aan m'n vingers kleeft.

'Knijp het topje samen en rol 'm dan af. Je wilt geen lucht aan de bovenkant van dat rotding,' hijgt hij.

Heel langzaam en met volle concentratie doe ik wat me wordt gezegd.

'Jezus christus, je maakt het me wel heel moeilijk, Anastasia,' kreunt hij.

Ik bewonder mijn handwerk en hem. Hij is echt een prachtexemplaar van een man. En naar hem kijken is heel, heel erg opwindend.

'En nu wil ik je helemaal vullen,' prevelt hij. Ik kijk geïntimideerd op hem neer en dan gaat hij plotseling rechtop zitten, zodat we neus aan neus zitten.

'Zo bedoel ik,' hijgt hij en hij schuift een hand om m'n heupen, tilt me op en brengt zichzelf in positie onder me. Dan laat hij me heel, heel langzaam over zich heen zakken.

Ik kreun als hij me opent, oprekt en dan helemaal vult. M'n mond hangt open van verrassing bij deze zalige kwelling, dit sublieme, overvolle gevoel. *O... alsjeblieft.*

'Goed zo, schatje, voel me in je, helemaal in je,' gromt hij en hij sluit even z'n ogen.

En ik voel hem diep, diep in me, als een zwaard dat helemaal tot het heft in de schede is gestoken, en hij houdt me op m'n plek, secondes lang... of misschien wel minuten... ik heb geen idee, terwijl we elkaar diep in de ogen kijken.

'Het is lekker diep zo,' hijgt hij. Hij spant z'n spieren en draait tegelijkertijd met z'n heupen, en ik kreun luid... o mijn god – ik voel het door m'n hele buik... overal. *Fuck!*

'Nog een keer,' fluister ik. Hij grijnst lui naar me en doet wat ik vraag.

Kreunend gooi ik m'n hoofd in m'n nek, zodat m'n haar langs m'n rug valt. Heel langzaam laat hij zich achterover op het bed zakken.

'Beweeg jij maar, Anastasia, op en neer, hoe jij wil. Pak m'n handen maar vast,' hijgt hij. Z'n stem is hees en laag en ongelooflijk sexy.

Ik sla m'n handen in de zijne en klamp me aan hem vast alsof m'n leven ervan afhangt. Voorzichtig zet ik me af en laat me weer zakken. *O wat lekker.* Z'n ogen gloeien van verwachting. Zijn adem komt in horten en stoten, net als die van mij, en op mijn neergaande beweging duwt hij z'n bekken omhoog, zodat ik terugveer. We pakken een ritme op... op, neer, op, neer... en weer en weer... en het voelt zo... lekker. Tussen mijn zwoegende ademhaling en het volle, tot barstens toe gevulde gevoel diep in me, voel ik een heftig, kloppend gevoel dat snel aanzwelt. Ik kijk naar hem, onze blikken aaneengesmeed en ik zie verwondering in zijn ogen, verwondering over mij.

Ik neuk hem. Ik heb de leiding. Hij is van mij en ik ben van hem. Die gedachte duwt me tuimelend over de rand en ik kom heel heftig, onsamenhangende kreten slakend, klaar met hem in me... Hij grijpt m'n heupen, doet z'n ogen dicht, strekt z'n hoofd achterover, spant z'n kaken en komt geluidloos klaar. Ik zak in elkaar op z'n borst, overdonderd, zwevend tussen fantasie en werkelijkheid, ergens waar harde en zachte grenzen er niet toe doen.

Zestien

Langzaam dringt de buitenwereld tot me door, en o wauw, wat een heerlijk gevoel! Ik zweef, m'n ledematen zacht en loom, ik ben helemaal op. Ik lig boven op hem, mijn hoofd op zijn borst en hij ruikt goddelijk: naar fris gewassen kleding en een dure douchegel en de heerlijkste, meest verleidelijke geur op aarde... Christian. Ik wil nooit meer bewegen, ik wil dit elixer voor altijd blijven opsnuiven. Zachtjes wrijf ik m'n neus tegen z'n borst. Ik wou dat dat hinderlijke T-shirt er niet tussen zat. En terwijl ik langzaam weer bij zinnen kom in de rest van mijn lijf, strek ik mijn hand uit op zijn borstkas. Dit is de eerste keer dat ik hem hier aanraak. Hij voelt stevig... sterk. Meteen grist hij m'n hand weg, maar hij verzacht het gebaar door hem naar z'n mond te brengen en de rug van mijn hand te kussen. Hij rolt om zodat hij op me neer kan kijken.

'Niet doen,' zegt hij en hij kust me zachtjes.

'Waarom wil je niet worden aangeraakt?' fluister ik, terwijl ik opkijk in zijn zachte, grijze ogen.

'Omdat ik vijftig tinten van verneukt ben, Anastasia.'

O... z'n eerlijkheid is ontzettend ontwapenend. Ik knipper met m'n ogen.

'Mijn leven is gewoon heel ruig begonnen. Ik wil je niet vermoeien met de details. Gewoon niet doen.' Hij knuffelt met z'n neus tegen de mijne, dan trekt hij zich terug en gaat rechtop zitten.

'Nou, daarmee hebben we alle basisdingen wel gehad, denk ik. Hoe vond je het?'

Hij ziet er behoorlijk zelfingenomen uit, maar klinkt tegelijkertijd nogal nuchter en zakelijk, alsof hij zojuist weer een item op zijn lijstje heeft afgevinkt. Ik zit nog bij te komen van wat hij zei over dat ruige begin van z'n leven. Het is zo frustrerend – ik wil zo graag meer te weten komen. Maar hij wil het me niet vertellen. Ik hou m'n hoofd scheef, net als hij soms, en doe enorm m'n best om hem lief toe te lachen.

'Als jij denkt dat ik ook maar één seconde geloof dat jij mij echt de leiding gaf, dan heb je het goed mis. Je vergeet dat ik een behoorlijk hoog cijfergemiddelde heb.' Ik glimlach verlegen naar hem. 'Maar bedankt voor de illusie.'

'Mevrouw Steele, u bent meer dan een leuk koppie. Tot dusver heeft u zes orgasmes beleefd en die zijn allemaal van mij,' zegt hij opschepperig, maar speels.

Ik bloos en knipper tegelijkertijd verwoed met m'n ogen. *Hij houdt de score bij!* Hij trekt rimpels in z'n voorhoofd.

'Moet je me iets te vertellen?' vraagt hij plotseling scherp.

Ik frons. *Shit.*

'Ik had vanochtend een droom.'

'O?' Hij kijkt me streng aan.

Shit shit shit. Krijg ik nu straf?

'Eh... ik ben in m'n slaap klaargekomen.' Ik gooi een arm over m'n gezicht. Hij zegt niets. Ik gluur voorzichtig naar hem van onder m'n arm en zie dat hij geamuseerd naar me kijkt.

'In je slaap?'

'Ik werd er wakker van.'

'Dat zal best. Waar droomde je over?'

Shit.

'Jou.'

'Wat deed ik dan?'

Ik leg m'n arm weer over m'n gezicht. En net als een kleuter denk ik heel even dat als ik hem niet kan zien, hij mij ook niet kan zien.

'Anastasia, wat deed ik? Dit is de laatste keer dat ik het je vraag.'

'Je had een rijzweepje.'

Hij trekt m'n arm weg.

'O, echt?'

'Ja.' Ik ben vuurrood.

'Er is dus nog hoop voor je,' mompelt hij. 'Ik bezit verschillende rijzweepjes.'

'Van bruin gevlochten leer?'

Hij lacht hardop. 'Nee, maar ik weet zeker dat die wel ergens te krijgen is.'

Hij leunt voorover, geeft me een snel kusje en gaat dan staan om z'n boxershort aan te doen. *O nee... hij gaat weg.* Ik kijk snel op de klok – het is pas tien over halftien. Ik spring ook snel uit bed, grijp m'n joggingbroek en een hemdje en ga dan in kleermakerszit op bed zitten. Ik kijk naar hem. Ik wil niet dat hij weggaat. Wat kan ik doen?

'Wanneer moet je ongesteld worden?' onderbreekt hij m'n gedachten.

Wat?!

'Ik heb zo'n hekel aan deze dingen,' moppert hij. Hij houdt het condoom omhoog, legt het dan in een hoopje op de grond en trekt z'n jeans aan.

'Nou?' vraagt hij nog eens als ik geen antwoord geef, en hij kijkt me verwachtingsvol aan, alsof hij van me wil horen wat ik van het weer vind. Holy shit... dat is wel heel intiem.

'Volgende week.' Ik kijk naar beneden, naar m'n handen.

'Je moet bedenken welk anticonceptiemiddel je wilt gaan gebruiken.'

Hij is zo bazig. Ik kijk hem wezenloos aan. Hij gaat weer op bed zitten en trekt z'n sokken en schoenen aan.

'Heb je een huisarts?' Ik schud m'n hoofd. We zijn weer terug bij de afdeling fusies en overnames – weer een stemmingswisseling van 180 graden.

Hij fronst.

'Ik kan mijn huisarts naar jouw appartement laten komen – zondagochtend, voordat je naar mij toe komt. Of ik kan een consult met hem regelen bij mij thuis. Wat heb je liever?'

Gelukkig legt hij er totaal geen druk op. Nog iets waar hij voor betaalt... maar uiteindelijk heeft hij hier ook voordeel van.

'Bij jou thuis.' Dat betekent dat ik hem zondag in elk geval weer zie.

'Oké. Ik laat je nog wel weten hoe laat.'

'Ga je weg?'

Niet weggaan... blijf alsjeblieft nog even bij me.

'Ja.'

Waarom?

'Hoe kom je dan thuis?' fluister ik.

'Taylor komt me ophalen.'

'Ik kan je ook thuisbrengen. Ik heb sinds kort een prachtige nieuwe auto.' Hij kijkt me warm aan. 'Zo mag ik het horen. Maar volgens mij heb je iets te veel gedronken.'

'Heb je me met opzet aangeschoten laten worden?'

'Ja.'

'Waarom?'

'Omdat je overal veel te veel over nadenkt en net zo gereserveerd bent als je stiefvader. Maar met een slok wijn op begin je te praten. En ik wil dat je alles eerlijk en oprecht tegen me zegt. Anders sla je dicht en heb ik geen idee wat er in je omgaat. In vino veritas est, Anastasia.'

'En jij denkt dat je ook altijd eerlijk tegen mij bent?'

'Dat probeer ik in elk geval wel.' Hij kijkt me behoedzaam aan. 'Dit gaat alleen werken als we volkomen eerlijk zijn tegen elkaar.'

'Oké, dan wil ik graag dat je hier blijft en deze gebruikt.' Ik houd het tweede condoom omhoog.

Hij glimlacht en z'n ogen glimmen van pret.

'Anastasia, ik heb al zo veel grenzen overschreden vanavond. Ik moet echt weg. Ik zie je aanstaande zondag. Ik zorg dat er dan een nieuwe versie van het contract klaarligt en dan kunnen we echt gaan spelen.'

'Spelen?' *Holy shit*. M'n hart springt in m'n keel.

'Ik wil graag een scène met je doen. Maar dat doen we pas als je hebt getekend, zodat ik weet dat je er klaar voor bent.'

'O. Dus ik zou dit stadium nog even kunnen rekken, als ik niet teken?'

Hij kijkt me taxerend aan, en dan vertrekt z'n mond in een glimlach.

'Tja, vermoedelijk wel, maar ik zou best wel eens kunnen bezwijken onder de spanning.'

'Bezwijken? Op wat voor manier?' M'n innerlijke godin is ineens klaarwakker en is er met haar volle aandacht bij.

Hij knikt traag en dan grijnst hij plagerig. 'Kon wel eens heel gevaarlijk worden.'

Z'n grijns werkt aanstekelijk.

'Gevaarlijk in welk opzicht?'

'O nou, explosies, achtervolgingen met auto's, ontvoering, opsluiting, dat soort dingen.'

'Jij zou mij ontvoeren?'

'Echt wel.' Hij grijnst.

'En me tegen m'n wil vasthouden?' *Jemig, dat is geil.*

'Jazeker.' Hij knikt. 'En dan hebben we het over TPE 24/7.'

'Dat volg ik niet,' zeg ik ademloos en met bonzend hart... *meent hij dit serieus?*

'Total Power Exchange, vrijwillige overgave van alle macht en zeggenschap – de klok rond.' Z'n ogen glinsteren en zijn opwinding is zelfs vanaf mijn plek voelbaar.

Holy shit.

'Dus je hebt geen keus,' zegt hij sardonisch.

'Da's meer dan duidelijk.' Ik kan het sarcasme in m'n stem niet onderdrukken en mijn ogen heffen zich als vanzelf ten hemel.

'Hm, Anastasia Steele, zag ik je daar met je ogen rollen?'

Shit.

'Nee,' piep ik.

'Volgens mij wel. En wat had ik gezegd dat ik zou doen als je nog één keer met je ogen zou rollen?'

Shit. Hij gaat op de rand van het bed zitten.

'Kom hier,' zegt hij zacht.

Ik verbleek. Jemig... hij neemt zichzelf echt serieus. Ik blijf bewegingloos naar hem staren.

'Ik heb nog niet getekend,' fluister ik.

'Maar ik heb je gewaarschuwd. En ik ben een man van mijn woord. Je krijgt billenkoek en daarna ga ik je heel snel en heel hard neuken. Dus we gaan dat condoom toch nog gebruiken.'

Z'n stem is zo zacht en dreigend, en *het is zo godvergeten sexy.*

M'n ingewanden wringen zich in bochten en smelten praktisch van heet, vloeibaar verlangen. Hij kijkt afwachtend naar me, z'n ogen fonkelen. Voorzichtig vouw ik m'n benen uit. *Moet ik het op een lopen zetten?* Dit is het cruciale moment, waarop onze relatie staat of valt. Laat ik hem dit doen? Of zeg ik nee, en dat was het dan? Want ik weet maar al te goed dat het voorbij is als ik nee zeg. *Ik zeg: doen!* moedigt m'n innerlijke godin me aan. M'n onderbewuste zit er net zo verlamd bij als ik.

'Ik wacht,' zegt hij. 'Ik sta niet bekend om mijn geduld.'

O, in godsnaam. Ik hijg, van angst en van opwinding. Het bloed pompt door m'n lichaam, m'n benen voelen aan als slappe elastiekjes. Langzaam kruip ik naar hem toe, tot ik naast hem zit.

'Braaf meisje,' mompelt hij. 'En nu gaan staan.'

O shit... kan hij niet een beetje tempo maken? Ik weet niet of m'n benen me wel willen dragen. Aarzelend ga ik staan. Hij houdt z'n hand op en ik leg het condoom in z'n handpalm. Dan grijpt hij me plots beet en gooit me over z'n benen. Met één vloeiende beweging buigt hij z'n lichaam zo dat mijn bovenlichaam op het bed naast hem rust. Hij gooit z'n rechterbeen over mijn beide benen heen en steunt met z'n linkeronderarm op m'n onderrug, zodat ik me niet kan bewegen. *O fuck.*

'Handen omhoog, naast je hoofd,' beveelt hij.

Ik gehoorzaam onmiddellijk.

'Waarom doe ik dit, Anastasia?' vraagt hij.

'Omdat ik met m'n ogen rolde,' weet ik met moeite uit te brengen.

'Vind je dat beleefd?'

'Nee.'

'Doe je dat ooit nog eens?'

'Nee.'

'Elke keer dat je het doet, krijg je billenkoek, heb je me goed begrepen?'

Heel langzaam trekt hij m'n joggingbroek naar beneden. O, hoe vernederend is dit? Vernederend, en eng, en geil. Hij maakt er zo'n vertoning van. M'n hart klopt in m'n keel. Ik kan bijna geen adem krijgen. *Shit, gaat dit pijn doen?*

Hij legt z'n hand op m'n blote billen, en streelt me zachtjes, liefkozend aait hij in rondjes met z'n platte hand. En dan is z'n hand opeens weg... en hij slaat me – keihard. Au! M'n ogen springen open in reactie op de pijn en ik probeer overeind te komen, maar hij legt z'n hand tussen m'n schouderbladen en duwt me terug. Hij streelt me weer op de plek waar hij me net geslagen heeft. Z'n ademhaling is anders nu – luider, scherper. Hij slaat me nog een keer en nog een keer, snel achter elkaar. *Mijn god, dat doet pijn.* Ik geef geen kik, maar m'n gezicht vertrekt van de pijn. Ik probeer me onder z'n slagen uit te wurmen, aangespoord door de adrenaline die door m'n lichaam stuwt.

'Stil liggen,' gromt hij, 'of ik ga langer door.'

Hij wrijft over m'n billen en dan volgt de volgende klap. Ik ontdek een bepaald ritme, een patroon: strelen, wrijven, harde klap. Ik moet me concentreren om de pijn aan te kunnen. M'n hoofd wordt leeg terwijl ik probeer de pijn te absorberen. Hij slaat me nooit twee keer achter elkaar op dezelfde plek – hij spreidt de pijn.

'Aargh!' Bij de tiende klap schreeuw ik het uit – en ik realiseer me dan pas dat ik onbewust de tel heb bijgehouden.

'Ik raak net een beetje op dreef.'

Hij slaat me weer en streelt me dan zacht. De mix van die harde, stekende pijn en zijn zachte aanraking werkt bewustzijnsvernauwend. Hij slaat me weer... het wordt moeilijker om de pijn te negeren. Ik krijg kramp in m'n kaken, zo stevig hou ik ze op elkaar geklemd. Hij streelt me weer zachtjes en daar is de volgende klap. Ik schreeuw het weer uit.

'Niemand die je hoort, schatje, alleen ik.'

En hij slaat me nog eens en nog eens. Ergens diep vanbinnen voel ik de drang opwellen om hem te smeken op te houden. Maar ik doe het niet. Ik gun hem het genoegen niet. Hij slaat er lustig op los, nog acht keer. Achttien in totaal. Mijn lichaam trilt en zingt van zijn genadeloze pak slaag.

'Genoeg,' hijgt hij hees. 'Goed gedaan, Anastasia. En nu ga ik je neuken.'

Hij liefkoost m'n billen zachtjes en het geeft een branderig gevoel als hij me zacht streelt, en dan tussen m'n benen. Hij steekt opeens twee vingers in me, wat me totaal verrast. Ik snak naar adem. Deze nieuwe tactiek breekt door de nevel in m'n brein heen.

'Voel dit maar eens. Voel maar hoe lekker je lijf dit vindt, Anastasia. Je bent drijfnat, dat doe ik met je.' Ik hoor ontzag in z'n stem. Hij beweegt z'n vingers snel in en uit me.

Ik kreun. *Het zal me toch niet gebeuren?* En dan zijn z'n vingers plotseling weg... en hunker ik naar meer.

'De volgende keer laat ik je tellen. Waar is dat condoom gebleven?'

Hij reikt naar het condoom naast hem en tilt me voorzichtig op zodat m'n gezicht in het matras wordt geduwd. Ik hoor hoe hij z'n rits naar beneden trekt en dan de folieverpakking van het condoom scheurt. Hij trekt m'n joggingbroek helemaal uit en legt me dan in een knielende positie. Hij streelt m'n nu wel heel erg zere billen.

'Ik ga je van achteren nemen. Klaarkomen is toegestaan,' zegt hij.

Hoe bedoel je? Alsof ik een keus heb.

En dan voel ik hem in me, hij vult me. Ik kreun luid. Hij beweegt, hij ramt keihard en snel tegen m'n pijnlijke kont. Het is een onbeschrijflijk gevoel, rauw en ontaard en tegelijkertijd extatisch. Mijn zintuigen zijn gesloopt, uitgeschakeld, puur gefocust op wat hij met me doet. Ik voel hoe hij die aantrekkingskracht diep in m'n buik aanwakkert, dat pulserende gevoel dat steeds sterker wordt. NEE... en mijn lijf verraadt me, explroderend in een intens, allesverpletterend orgasme.

'O, Ana!' roept hij hardop terwijl hij z'n ontlading vindt. Hij houdt me stevig op m'n plek terwijl hij zichzelf leegspuit in me. Zwaar hijgend valt hij naast me neer, mij meetrekkend zodat ik boven op hem beland. Hij begraaft z'n gezicht in m'n haar en drukt me dicht tegen zich aan.

'O schatje,' hijgt hij. 'Welkom in mijn wereld.'

We liggen samen uit te hijgen tot onze ademhaling weer wat normaler wordt. Hij strijkt teder door mijn haar. Ik lig weer op z'n borst. Maar dit keer heb ik de kracht niet om m'n hand op te tillen en z'n lijf te voelen. *Jeetje... ik heb het overleefd.* En het viel mee. Ik ben stoïcijnser dan ik dacht. M'n innerlijke godin buigt zich in het stof... of althans, ze houdt zich gedeisd. Christian steekt z'n neus in m'n haar en snuift diep.

‘Goed gedaan, schatje,’ fluistert hij zacht. Z’n woorden omhullen me als een warme, zachte handdoek uit het Heathman en ik ben zo blij dat hij tevreden is.

Hij friemelt aan het bandje van m’n hemdje.

‘Slaap je hierin?’ vraagt hij lief.

‘Ja,’ antwoord ik slaperig.

‘Je zou zijde en satijn moeten dragen, mooi meisje. We gaan binnenkort winkelen.’

‘Ik ben verknocht aan m’n joggingbroek,’ mompel ik. Ik doe m’n best geïrriteerd te klinken, maar het lukt niet erg.

Hij kust me nog eens op m’n hoofd.

‘We zullen zien,’ zegt hij.

We blijven nog een paar minuten, of wie weet, uren liggen en ik geloof dat ik wegdoezel.

‘Ik moet weg,’ zegt hij, en hij leunt voorover om me licht op m’n voorhoofd te kussen. ‘Alles goed met jou?’ Z’n stem is zacht.

Ik denk na over zijn vraag. M’n kont doet zeer. Nou ja, m’n kont gloeit en verbazingwekkend genoeg voel ik me, behalve uitgeput, ook stralend. Dat inzicht werkt ontnuchterend, het komt onverwacht. Ik begrijp het niet.

‘Prima,’ fluister ik. Meer wil ik even niet zeggen. Hij staat op.

‘Waar is de badkamer?’

‘Eind van de gang links.’

Hij pakt het andere condoom op en loopt de slaapkamer uit. Stijf sta ik op om m’n joggingbroek aan te trekken. Hij schuurt een beetje ongemakkelijk tegen mijn nog altijd pijnlijke billen. Ik ben zo in de war van mijn eigen reactie. Ik herinner me dat hij tegen me gezegd heeft – ik weet even niet meer wanneer – dat ik me veel beter zou voelen na een goed pak slaag. *Dat kan toch niet waar zijn?* Ik snap er echt niets van. Maar vreemd genoeg is het wel zo. Ik kan niet zeggen dat ik genoten heb van de ervaring. Sterker nog, ik zou er nog steeds alles voor geven om dit te vermijden, maar nu... heb ik dit veilige, rare, heerlijk nagloeiende, voldane gevoel. Ik stop m’n hoofd in m’n handen. Ik begrijp er niks van.

Christian komt weer binnen. Ik kan hem niet recht aankijken. Ik staar naar m’n handen.

'Ik heb wat babyolie gevonden. Dat ga ik even in je billen masseren.'

Pardon?

'Nee. Het gaat wel.'

'Anastasia,' waarschuwt hij, en ik sta op het punt met m'n ogen te rollen, maar bedenk me net op tijd. Ik ga met m'n gezicht naar het bed toe staan. Christian gaat naast me zitten en trekt m'n joggingbroek weer naar beneden. *Je gaat net zo vaak uit je broek als een echte hoer*, merkt m'n onderbewuste bitter op. In gedachten vertel ik haar waar ze zich kan vervoegen. Christian spuit babyolie in z'n handpalm en wrijft de olie vervolgens teder over m'n billen – van make-upremover tot kalmerende lotion voor een blauwgeslagen bips, nooit geweten dat het zo'n veelzijdig product was!

'Ik vind het lekker om m'n handen op je te voelen,' zegt hij zacht, en ik moet toegeven: ik ook.

'Zo,' zegt hij als hij klaar is en m'n broek weer omhoogtrekt.

Ik kijk op de klok. Het is halfelf.

'Ik ga nu.'

'Ik zal je even uitlaten.' Ik kan hem nog steeds niet aankijken.

Hij pakt m'n hand en leidt me naar de voordeur. Gelukkig is Kate nog steeds niet thuis. Ze zal nog wel zitten eten met haar ouders en Ethan. Ik ben enorm blij dat ze niet thuis was en dat pak slaag dus niet heeft gehoord.

'Moet je Taylor niet bellen?' vraag ik, nog steeds oogcontact vermijdend.

'Taylor is hier al vanaf negen uur. Kijk me eens aan,' zegt hij zacht.

Met moeite kijk ik hem in de ogen, maar ik zie hem in verwondering op me neerkijken.

'Je hebt niet gehuild,' mompelt hij en dan grijpt hij me onverwacht vast om me hartstochtelijk te kussen. 'Zondag,' fluistert hij tegen m'n lippen en het is een belofte en een dreiging tegelijk.

Ik kijk hem na als hij het tuinpad afloopt en in de grote zwarte Audi klimt. Hij kijkt niet om. Ik doe de deur dicht en sta hulpeloos in de huiskamer van het appartement waar ik nog maar twee nachten zal doorbrengen. Een plek waar ik bijna vier jaar gelukkig ben geweest... en juist vandaag voel ik me er voor het eerst eenzaam en ongemakkelijk, ongelukkig in m'n eigen gezelschap. Ben ik zo ver afgedwaald van wie ik ben? Ik weet dat er zich onderhuids, niet al te diep onder mijn gevoelloze uiterlijk, een poel van tranen bevindt. Wat ben ik aan het doen? Ironisch genoeg kan ik niet eens even gaan zitten om een lekker potje te janken. Ik zal moeten blijven staan. Ik weet dat het laat is, maar ik besluit toch m'n moeder te bellen.

'Lieverd, hoe is het? Hoe was de diploma-uitreiking?' Haar enthousiasme golft over de lijn. Haar stem werkt als een kalmerende lotion.

'Sorry dat ik zo laat bel,' fluister ik.

Ze pauzeert.

'Ana? Wat is er?' Ze is een en al bezorgdheid nu.

'Niks, mama. Ik wou alleen even je stem horen.'

Ze valt even stil.

'Ana, wat is er aan de hand? Vertel alsjeblieft wat er is.' Haar stem is zacht en troostend, en ik weet dat ze zich zorgen maakt. Ongewild beginnen m'n tranen te stromen. Ik heb nog nooit zoveel gehuild als de laatste dagen.

'Alsjeblieft, Ana,' zegt ze, en haar bezorgde toon is precies hoe ik me voel.

'O, mam, ik heb een man ontmoet.'

'Heeft hij je iets aangedaan?' Haar schrik is voelbaar.

'Nee, dat is het niet.' *Stiekem wel eigenlijk...* O shit. Ik wil niet dat ze zich zorgen maakt. Ik wil alleen dat iemand even groot en sterk is en voor me opkomt.

'Ana, alsjeblieft, ik maak me zorgen.'

Ik haal diep adem. 'Ik ben min of meer gevallen voor een kerel die zó anders is dan ik, dat ik niet weet of we wel iets met elkaar moeten beginnen.'

'Ach liefje. Ik wou dat ik bij je was. Het spijt me zo dat ik je diploma-uitreiking gemist hebt. Dus je bent verliefd, eindelijk. Ach meisje toch, mannen zijn soms zo typisch. Het is gewoon een apart soort, lieverd. Hoe lang ken je hem al?'

Christian is absoluut van een apart soort... *andere planeet.*

'O, drie weken of zo.'

'Ana, liefje, dat is nog maar zo kort. Hoe kun je iemand überhaupt goed leren kennen in zo korte tijd? Doe het gewoon rustig aan en hou hem een beetje op afstand totdat je zeker weet dat hij goed genoeg is voor je.'

Wauw... het maakt me altijd nerveus als mijn moeder de zaken zo goed door heeft, maar dit keer is ze wel een beetje te laat. Of hij *goed genoeg* is voor mij? Dat is een interessante invalshoek. Ik vraag me de hele tijd af of ík wel goed genoeg ben voor hém.

'Lieverd, je klinkt zo ongelukkig. Kom toch lekker thuis, gezellig op bezoek. Ik mis je, liefje. En Bob wil je ook graag zien. Dan kun je wat afstand nemen en dat geeft je misschien ook een andere kijk op de zaak. Je moet er gewoon even tussenuit. Je hebt zo hard gewerkt.'

O jee, dit is verleidelijk. Even ontsnappen naar Georgia. Een beetje zon pakken, cocktails drinken. M'n moeders opgewekte humeur... haar warme omhelzing.

'Ik heb maandag twee sollicitatiegesprekken in Seattle.'

'O, dat is geweldig nieuws.'

De deur gaat open en Kate komt binnen, met een grote grijns op haar gezicht. Die verdwijnt meteen als ze ziet dat ik gehuild heb.

'Mama, ik moet ophangen. Ik zal kijken of ik kan komen. Dankjewel.'

'Lieverd, laat geen man je zo gek maken. Daar ben je veel te jong voor. Ga gewoon een beetje genieten.'

'Ja, mama, hou van je.'

'O, Ana, ik hou ook van jou. Heel veel. Zorg goed voor jezelf, liefje.' Ik hang op en draai me om naar Kate, die me boos aankijkt.

'Heeft die obsceen rijke klootzak je alweer van streek gemaakt?'

'Nee... nou ja... een beetje... eh... ja dus.'

'Waarom schop je hem er niet gewoon uit, Ana? Je bent een emotioneel wrak sinds je hem ontmoet hebt. Ik heb je nog nooit zo meegemaakt.'

Voor Katherine Kavanagh is de wereld heel duidelijk, heel zwartwit. Niet die ongrijpbare, mysterieuze, vage nuances grijs die mijn wereld kleuren. *Welkom in mijn wereld.*

'Ga zitten en vertel. Glaasje wijn erbij? O, je hebt al champagne op.' Haar oog valt op de fles. 'En behoorlijk goeie ook.'

Ik glimlach halfslachtig en kijk bezorgd naar de bank. Ik loop er aarzelend heen. *Hmm... zitten.*

'Gaat het?'

'Ik ben op m'n kont gevallen.'

Ze twijfelt geen moment aan mijn uitleg. Ik ben immers een van de onhandigste mensen in de staat Washington. Nooit gedacht dat ik dat nog eens als een zegen zou beschouwen. Ik ga voorzichtig zitten en ontdek tot m'n opluchting dat het meevalt. Ik richt m'n aandacht op Kate, maar m'n ogen worden glazig en ik denk terug aan het Heathman – *'Als je de mijne zou zijn, zou je een week lang niet op je billen kunnen zitten na wat je gisteren hebt uitgespookt.'* Hij zei het toen gewoon, maar het enige waar ik aan kon denken was dat ik de zijne wilde zijn. Waarschuwingssignalen te over, maar ik was veel te naïef en verliefd om ze te zien.

Kate komt terug naar de zithoek met een fles rode wijn en de omgespoelde theekopjes.

'Daar gaan we.' Ze geeft me een kopje wijn aan. Dat zal stukken minder smaken dan de luxe bubbels.

'Ana, als hij een hufter is met bindingsangst, dump hem dan. Hoewel ik niet begrijp waar hij last van heeft. Hij kon z'n ogen niet van je afhouden in de tent, hij hield je als een havik in het oog. Volgens mij is hij tot over z'n oren verliefd op je, maar misschien laat hij dat op een rare manier blijken?'

Tot over z'n oren verliefd? Christian? Op een rare manier laten blijken? Nogal ja.

'Kate, het ligt ingewikkeld. Hoe was jouw avond?' vraag ik.

Ik kan hier niet met Kate over praten zonder te veel prijs te geven. Maar één vraag over haar dag en Kate steekt van wal en is niet meer te stoppen. Het is geruststellend om naar haar gewone geklets te luisteren. Het grote nieuws is dat Ethan na de vakantie misschien bij ons intrekt. Dat wordt gezellig – Ethan is supergrappig. Ik frons. Ik denk niet dat Christian dit goed gaat vinden. *Nou... pech.* Hij moet zich maar aanpassen. Ik drink een paar kopjes wijn en besluit dan dat het bedtijd is. Het is een heel lange dag geweest. Kate omhelst me en grijpt dan de telefoon om Elliot te bellen.

Ik poets m'n tanden en check nog even mijn laptop. Er is een e-mail van Christian.

Van: Christian Grey
Onderwerp: Jij
Datum: 26 mei 2011 23:14
Aan: Anastasia Steele

Beste mevrouw Steele,
U bent in één woord onvergelijkbaar. De mooiste, intelligentste, grappigste en moedigste vrouw die ik ooit ontmoet heb.
Neem een ibuprofen – en dat is geen verzoek. En rij nooit meer in die Kever.
Ik kom erachter.

Christian Grey
Directeur, Grey Enterprises Holdings, Inc.

O, nooit meer in m'n auto rijden! Ik typ m'n antwoord.

Van: Anastasia Steele
Onderwerp: Vleierij
Datum: 26 mei 2011 23:20
Aan: Christian Grey

Beste meneer Grey,
Met vleierij komt u nergens, maar aangezien u al overál bent geweest valt dit argument in het niets.
Ik moet m'n Kever toch nog naar een garage rijden om haar te verkopen – dus ik leg mij heel elegant niet zonder slag of stoot neer bij uw onzinnige wensen in dezen.
Rode wijn is altijd lekkerder dan ibuprofen.
Ana
PS Ranselen is een HARDE grens voor mij.

Ik klik op 'verzenden'.

Van: Christian Grey
Onderwerp: Frustrerende vrouwen die niet weten hoe ze een compliment moeten accepteren

Datum: 26 mei 2011 23:26
Aan: Anastasia Steele

Beste mevrouw Steele,
Ik doe niet aan vleierij. U moet naar bed.
Ik ga akkoord met uw toegevoegde harde grens.
Drink niet te veel.
Taylor zorgt wel voor de verkoop van je auto en ook dat je er een goede prijs voor krijgt.

Christian Grey
Directeur, Grey Enterprises Holdings, Inc.

Van: Anastasia Steele
Onderwerp: Taylor – is hij de juiste man voor deze klus?
Datum: 26 mei 2011 23:40
Aan: Christian Grey

Meneer,
Ik vind het intrigerend dat u het prima vindt dat uw trouwe rechterhand in mijn auto rijdt – maar niet de vrouw die u zo nu en dan neukt. Hoe weet ik dat Taylor de man is die me de beste deal gaat bezorgen voor voornoemde auto? Vroeger, waarschijnlijk voordat ik u tegen het lijf liep, stond ik bekend als een geducht onderhandelaar die de tegenpartij nog wel eens het vel over de oren haalde.
Ana

Van: Christian Grey
Onderwerp: Opgepast!
Datum: 26 mei 2011 23:44
Aan: Anastasia Steele

Beste mevrouw Steele,
Ik neem aan dat hier de RODE WIJN spreekt. En het feit dat u zo'n lange dag heeft gehad.
Hoewel ik er veel voor voel om terug te rijden en ervoor te zorgen dat u een week lang niet kunt zitten in plaats van één avond.

Taylor komt uit het leger en kan overal in rijden, of het nou een motor is of een Sherman-tank. Uw auto vormt geen gevaar voor hem. En wil je verder niet aan jezelf refereren als 'een vrouw die ik zo nu en dan neuk', want eerlijk gezegd word ik daar PISSIG van, en je weet dat je me een stuk minder leuk vindt als ik boos ben.

Christian Grey
Directeur, Grey Enterprises Holdings, Inc.

Van: Anastasia Steele
Onderwerp: Pas zelf op
Datum: 26 mei 2011 23:57
Aan: Christian Grey

Beste meneer Grey,
Ik weet niet zeker of ik u überhaupt wel leuk vind, vooral nu niet.
Mw. Steele

Van: Christian Grey
Onderwerp: Pas zelf op
Datum: 27 mei 2011 00:03
Aan: Anastasia Steele

Waarom vind je me niet leuk?

Christian Grey
Directeur, Grey Enterprises Holdings, Inc.

Van: Anastasia Steele
Onderwerp: Pas zelf op
Datum: 27 mei 2011 00:09
Aan: Christian Grey

Omdat je nooit bij me blijft.

Zo, nu heeft hij tenminste iets om over na te denken. Ik sluit de computer af met een overtuiging die weinig te maken heeft met hoe ik me voel en kruip in bed. Ik doe m'n bedlampje uit en staar naar het plafond. Het was een lange dag, met de ene na de andere emotionele wending. Het was fijn om wat tijd met Ray door te brengen. Hij zag er goed uit en gek genoeg vond hij Christian oké. Jemig, Kate ook met haar grote waffel. En Christian horen praten over honger lijden. Waar ging dat in godsnaam over? En dan die auto, mijn god. Ik heb Kate nog niet eens verteld van de nieuwe auto. Hoe haalt Christian het in z'n hoofd?

En dan dat pak slaag. Ik ben nog nooit van m'n leven geslagen. Waar heb ik me mee ingelaten? Heel langzaam beginnen de tranen, die tijdelijk gestremd waren door Kates thuiskomst, weer langs m'n wangen en in m'n oren te rollen. Ik ben gevallen voor iemand die emotioneel zo gesloten is dat ik wel gekwetst móet worden – diep vanbinnen weet ik dat dit zo is –, iemand die naar eigen zeggen totaal verknipt is. Waarom is hij zo verknipt? Het moet afschuwelijk zijn om zo beschadigd te zijn als hij. Bij de gedachte dat hij als peuter onbeschrijflijk wreed is behandeld, moet ik nog harder huilen. *Maar als hij normaler was geweest, zou hij jou misschien niet eens zien staan*. Fijn, m'n onderbewuste doet ook nog een hatelijke duit in het zakje. En het ergste is, dat ik in het diepst van mijn hart weet dat ze gelijk heeft. Ik draai me om en stop m'n hoofd onder m'n kussen, en dan gaan de sluisdeuren open. Voor het eerst in jaren snik ik onbedaarlijk.

Ik word tijdelijk afgeleid van mijn Donkere Nacht van de Ziel door Kates geschreeuw.

'Wat denk jij verdomme dat je hier komt doen?'

'Nou, dat mag dus niet!'

'Klootzak, wat heb je haar nu weer aangedaan?'

'Sinds ze jou kent, huilt ze alleen nog maar.'

'Nee, je mag hier niet naar binnen!'

Christian stormt mijn slaapkamer binnen en doet zonder plichtplegingen de plafonnière aan, zodat ik verblind in z'n richting knipper.

'Jezus, Ana,' moppert hij. Hij knipt het licht weer uit en loopt naar het bed.

'Wat kom je hier doen?' breng ik tussen een paar snikken uit. Klote. Ik kan niet ophouden met huilen.

Hij knipt het bedlampje aan, zodat ik m'n ogen weer tot spleetjes moet knijpen. Kate komt in de deuropening staan.

'Wil je dat ik deze klootzak eruit gooi?' vraagt ze en ze straalt een flinke dosis thermonucleaire vijandigheid uit.

Christian trekt z'n wenkbrauwen op, ongetwijfeld verrast door haar vleiende bewoordingen en haar ongeremde antagonisme. Ik schud van nee, en ze rolt met haar ogen. *Oeps... niet verstandig in de buurt van dhr. G.*

'Geef maar een gil als je me nodig hebt,' zegt ze iets kalmer. 'Grey – je staat op mijn zwarte lijst en ik hou je in de gaten,' sist ze hem toe. Hij knippert met z'n ogen en zij draait zich om en trekt de deur dicht, maar niet in het slot.

Christian staart met een ernstig, lijkbleek gezicht op me neer. Hij draagt een krijtstreepjasje en uit z'n binnenzak haalt hij een zakdoek, die hij aan me geeft. Ik vermoed dat ik z'n andere zakdoek ook nog ergens heb liggen.

'Wat is er aan de hand?' vraagt hij zacht.

'Wat doe je hier?' vraag ik, zijn vraag negerend. Mijn tranen zijn grappig genoeg ineens opgedroogd, maar ik blijf hevig nasnikken, met grote droge snikken.

'Het hoort bij mijn rol om voor jou te zorgen. Je zei dat je wilde dat ik bleef, dus hier ben ik. Maar dan tref ik jou hier zo aan.' Hij knippert met z'n ogen, werkelijk verbijsterd. 'Ik weet zeker dat het door mij komt, maar ik heb geen idee wat ik misdaan heb. Is het omdat ik je geslagen heb?'

Ik ga rechtop zitten en trek een gezicht vanwege m'n pijnlijke kont. Ik ga tegenover hem zitten.

'Heb je een ibuprofen genomen?'

Ik schud m'n hoofd. Hij knijpt z'n ogen tot spleetjes en loopt de kamer uit. Ik hoor hem wat zeggen tegen Kate, maar kan niet verstaan waar het over gaat. Een paar tellen later is hij terug met een paar pillen en een theekopje met water.

'Neem deze maar in,' zegt hij en hij gaat naast me op bed zitten.

Ik doe wat me gezegd wordt.

'Zeg eens wat,' fluistert hij. 'Je zei dat alles prima was. Ik zou je nooit alleen gelaten hebben als ik wist dat je er zo aan toe was.'

Ik staar naar m'n handen. Wat moet ik nog zeggen? Ik heb alles al gezegd. Ik wil meer. Ik wil dat hij bij me blijft omdat híj wil blijven, niet omdat ik een snotterend hoopje ellende ben. En ik wil niet dat hij me slaat, is dat nou zo onredelijk?

'Ik neem aan dat toen je zei dat alles goed was, dat niet het geval was.'

Ik bloos.

'Ik dacht dat ik oké was.'

'Anastasia, je kunt niet tegen me zeggen wat je denkt dat ik wil horen. Dat is niet erg eerlijk,' zegt hij vermanend. 'Hoe weet ik anders wat ik moet geloven als je iets tegen me zegt?'

Ik gluur naar hem en zie dat hij fronst. Hij kijkt somber. Hij haalt beide handen door z'n haar.

'Hoe voelde je je toen ik je sloeg, en daarna?'

'Ik vond het niet prettig. En ik heb liever dat je het niet nog een keer doet.'

'Het was ook niet de bedoeling dat je het prettig zou vinden.'

'Waarom vind jij het lekker?' Ik kijk hem aan.

Mijn vraag verrast hem.

'Wil je dat echt weten?'

'O, geloof me, ik ben een en al oor.' En ik kan het sarcasme niet helemaal uit m'n stem houden. Hij knijpt z'n ogen weer samen.

'Pas op jij,' waarschuwt hij.

Ik verbleek.

'Ga je me weer slaan?'

'Nee, vanavond niet.'

Pfiew... m'n onderbewuste en ik slaken beiden een onhoorbare zucht van verlichting.

'Nou... waarom?' spoor ik hem aan.

'Ik hou van de controle die ik dan heb, Anastasia. Ik wil dat jij je op een bepaalde manier gedraagt en als je dat niet doet, dan geef ik je straf. Zo leer je je te gedragen zoals ik wil. Ik vind het lekker om je te straffen. Ik wilde je al over de knie leggen vanaf het moment dat je vroeg of ik homo was.'

Ik bloos bij de herinnering. *Ja nou! Ik wilde mezelf ook een pak slaag geven na die vraag.* Dus Katherine Kavanagh is hier verantwoordelijk voor, en als zij dat interview had gedaan en die vraag had gesteld, zou zij hier gezeten hebben met een zere kont. Die gedachte staat me helemaal niet aan. Ik snap er steeds minder van.

'Dus je vindt me niet leuk zoals ik ben.'

Hij staart me weer niet-begrijpend aan.

'Ik vind je heerlijk zoals je bent.'

'Maar waarom probeer je me dan te veranderen?'

'Ik wil je helemaal niet veranderen. Ik wil alleen graag dat jij je hoffelijk gedraagt en je aan een aantal regels houdt. En dat je niet tegen me ingaat. Simpel,' zegt hij.

'Maar je wilt me ook straffen?'

'Ja, dat is zo.'

'Dat begrijp ik dus niet.'

Hij zucht en haalt z'n handen weer door z'n haar.

'Zo zit ik gewoon in elkaar, Anastasia. Ik moet de controle hebben over je. Je moet je op een bepaalde manier gedragen, en als je dat niet doet – dan vind ik het heerlijk om te zien hoe je prachtige albasten huid rood en heet wordt onder mijn handen. Dat windt me op.'

Holy shit. Nu komen we tenminste ergens.

'Dus het gaat niet om de pijn die je me bezorgt?'

Hij slikt.

'Een beetje wel, om te zien of je het aankunt, maar niet alleen daarom. Het gaat erom dat je van mij bent en dat ik met je kan doen wat ik wil – totale controle over iemand anders. Dat windt me op. Daar geil ik op, Anastasia, heel erg. Luister, ik vind het moeilijk om dit goed uit te leggen... ik heb me nog nooit hoeven verantwoorden. Ik heb hier gewoon nog nooit zo diep over nagedacht. Tot nu toe was ik altijd met iemand samen die ook zo in elkaar stak.' Hij haalt verontschuldigend z'n schouders op. 'En je hebt nog steeds mijn vraag niet beantwoord – hoe voelde je je daarna?'

'Verward.'

'Je werd er seksueel opgewonden van, Anastasia.' Hij sluit z'n ogen even en als hij ze weer opendoet, branden zijn ogen in de mijne.

Zijn blik haakt aan bij dat donkere deel van mij, dat diep in m'n buik begraven ligt – mijn libido, door hem gewekt en getemd, maar onverzadigbaar, zelfs nu.

'Kijk niet zo naar me,' mompelt hij.

Ik frons. *Jezus, wat heb ik nou weer gedaan?*

'Ik heb geen condooms meer bij me, Anastasia, en jij bent overstuur. In tegenstelling tot wat je huisgenootje denkt, ben ik geen priapisch monster. Dus je was in de war?'

Ik friemel ongemakkelijk onder z'n intense blik.

'Op papier heb je er helemaal geen moeite mee om eerlijk te zijn tegen me. In je e-mails leg je glashelder uit hoe jij je voelt. Waarom kun je dat niet ook in een gesprek? Vind je me zo intimiderend?'

Ik pluk aan een denkbeeldig draadje in m'n moeders blauwwitte quilt.

'Je hebt me betoverd, Christian. Totaal bedwelmd. Ik voel me net Icarus die te dicht bij de zon vliegt,' fluister ik.

Hij hapt naar adem.

'Nou, ik denk dat je dat net verkeerd om ziet,' fluistert hij.

'Wat?'

'O, Anastasia, je hebt me behekst. Zie je dat dan niet?'

Nee, ik zie niks. *Behekst...* m'n innerlijke godin staat met open mond te staren. Zelfs zij kan het niet geloven.

'Je hebt me nog steeds geen antwoord gegeven. Schrijf me maar een e-mail dan. Maar nu wil ik eerst slapen. Mag ik blijven?'

'Wil je blijven?' Ik kan de hoop in m'n stem niet verbergen.

'Jij wilde me hier.'

'Dat is geen antwoord op mijn vraag.'

'Ik schrijf je wel een e-mail,' mompelt hij kriegel.

Hij staat op om z'n zakken leeg te maken: BlackBerry, sleutels, portemonnee en kleingeld. Allemachtig, wat hebben mannen een hoop rotzooi in hun zakken. Hij doet z'n horloge af, en dan z'n schoenen, sokken en jeans uit en hangt z'n jasje over mijn stoel. Hij loopt naar de andere kant van het bed en schuift onder het dekbed.

'Ga liggen,' beveelt hij.

Ik glijd onder het dekbed en grimas van de pijn, en staar dan naar hem. Jeetje... hij blijft slapen. Ik ben enigszins verdoofd van de schok. Maar ook euforisch. Hij leunt op een elleboog en kijkt op me neer.

'Als je moet huilen, huil dan uit bij mij. Ik moet het weten.'

'Je wilt graag dat ik huil?'

'Nee, dat niet. Ik wil alleen weten hoe jij je voelt. Ik wil niet dat je me door de vingers glipt. Doe het licht maar uit. Het is laat en we moeten morgen allebei werken.'

Dus hij komt hier wel naartoe... en dan nog zo bazig, maar ik mag niet klagen; hij ligt bij mij in bed. Ik begrijp niet helemaal waarom... misschien moet ik vaker uithuilen bij hem. Ik doe het bedlampje uit.

'Ga op je zij liggen, met je rug naar me toe,' mompelt hij in het donker.

Ik rol met m'n ogen omdat ik zeker weet dat hij me niet kan zien, maar ik doe wel wat me gezegd wordt. Voorzichtig schuift hij dichterbij, hij slaat z'n armen om me heen en trekt me tegen zich aan... *o hemel, hmm.*

'Ga slapen, schatje,' fluistert hij, en ik voel hoe hij z'n neus in m'n haar steekt en mijn geur opsnuift.

Ongelooflijk. Christian Grey slaapt bij me, en in zijn warme armen zink ik heerlijk weg in een vredige slaap.

Zeventien

De kaarsvlam is te heet. Hij flikkert en danst in de veel te warme wind, een wind die niet helpt tegen de hitte. Zachte, ragfijne vleugels fladderen heen en weer in het donker en laten kleine stofdeeltjes dansen in de lichtcirkel. Ik verzet me, worstel om weg te komen, maar ik word onweerstaanbaar aangetrokken. En dan zit ik midden in die helverlichte cirkel en vlieg ik te dicht bij de zon, verblind door het licht, verzengd en smeltend van de hitte, te moe om nog te pogen in de lucht te blijven. Ik heb het zo warm. De hitte... het is smoorheet, overweldigend. Ik word er wakker van.

Ik doe m'n ogen open en vind Christian Grey over me heen gedrapeerd. Hij hangt om me heen als een overwinningsvlag. Hij is diep in slaap, z'n hoofd rust op mijn borst. Hij houdt me dicht tegen zich aan, met één arm over me heen en één been over mijn beide benen geslagen. Hij verstikt me met z'n lichaamswarmte en hij is loodzwaar. Ik gun mezelf een moment om te beseffen dat hij nog steeds bij me in bed ligt en nog slaapt. Het is licht buiten, ochtend dus. Hij heeft de volledige nacht met mij doorgebracht.

Mijn rechterarm hangt buitenboord, ongetwijfeld op zoek naar een beetje koelte. Terwijl ik langzaam wen aan het idee dat hij er nog steeds is, komt de gedachte in me op dat ik hem nu kan aanraken. Hij slaapt. Voorzichtig til ik m'n hand op en strijk met m'n vingertoppen over z'n rug. Diep in z'n keel hoor ik een zacht gekreun, een noodsignaal, en hij beweegt. Hij wrijft z'n neus tegen m'n borst en snuift mijn geur op terwijl hij wakker wordt. Slaperig knipperende grijze ogen onder een slordige bos haar ontmoeten de mijne.

'Goedemorgen,' mompelt hij en hij fronst. 'Ongelooflijk, zelfs in m'n slaap kan ik niet van je afblijven.' Hij beweegt traag, en pelt z'n ledematen langzaam van me af terwijl hij zich oriënteert. Dan voel ik zijn erectie tegen m'n heup. Hij ziet de verbaasde reactie in mijn ogen en lacht z'n trage, sexy glimlach.

'Hmm... dit biedt perspectieven, maar ik denk dat we tot zondag moeten wachten.' Hij leunt voorover en wrijft met z'n neus langs m'n oor.

Ik voel het bloed naar m'n wangen stijgen, maar ja, ik was al zeven tinten rood van de hitte die hij afstraalt.

'Je bent zo ontzettend heet,' prevel ik.

'Je mag er zelf anders ook wezen,' mompelt hij en hij duwt zichzelf suggestief tegen me aan.

Ik bloos nog een tintje dieper. *Dat bedoelde ik niet.* Hij steunt op een elleboog en kijkt geamuseerd op me neer. Dan buigt hij zich naar me toe en plant tot m'n verbazing een tedere kus op m'n lippen.

'Lekker geslapen?' vraagt hij.

Ik knik en kijk naar hem op. Ik realiseer me dat ik heerlijk geslapen heb, behalve misschien het laatste halfuur toen ik het zo warm had.

'Ik ook.' Hij fronst. 'Ja, heel lekker eigenlijk.' Verrast en verward trekt hij z'n wenkbrauwen op. 'Hoe laat is het?'

Ik kijk op m'n wekker. 'Halfacht.'

'Halfacht... shit.' Hij springt uit bed en trekt z'n spijkerbroek aan.

Ik ga rechtop zitten. Nu is het mijn beurt om geamuseerd te kijken. Christian Grey is laat en van z'n stuk gebracht. Dat heb ik nog nooit gezien. Ietwat laat realiseer ik me dat m'n billen niet langer pijn doen.

'Je hebt zo'n slechte invloed op mij. Ik heb een vergadering. Ik moet weg – ik moet om acht uur in Portland zijn. Zit je me uit te lachen?'

'Ja.'

Hij grijnst. 'Ik ben hartstikke laat. Ik ben nooit te laat. Nóg een primeur, mevrouw Steele.' Hij trekt z'n jasje aan, buigt zich voorover en neemt m'n hoofd tussen z'n handen.

'Zondag,' zegt hij, en het woord staat bol van de onuitgesproken beloftes. Ik voel hoe diep in mijn lichaam alles zich ontrolt en vervolgens samenbalt in zalige verwachting. Het is een onbeschrijflijk gevoel.

Goeie genade, als mijn hersens mijn lijf nou eens konden bijbenen. Hij leunt voorover en geeft me een snelle kus. Hij grijpt z'n spullen van m'n nachtkastje en z'n schoenen – die hij niet aandoet.

'Taylor komt straks om zich over je Kever te ontfermen. Ik meende wat ik zei. Ik wil niet dat je er nog in rijdt. Ik zie je zondag, bij mij thuis. Ik mail je nog over de tijd.' En als een wervelwind is hij vertrokken.

Lieve hemel, Christian Grey is de hele nacht gebleven en ik voel me uitgerust. En we hebben geen seks gehad, maar alleen geknuffeld. Hij zei dat hij nooit bij iemand bleef slapen – maar hij heeft al drie keer met mij geslapen. Ik grijns en klim langzaam uit bed. Ik voel me optimistischer dan de afgelopen paar dagen. Ik loop richting keuken, ik heb een kop thee nodig.

Na het ontbijt ga ik douchen en dan kleed ik me snel aan voor m'n laatste dag bij Clayton's. Het is het einde van een tijdperk. Dag meneer en mevrouw Clayton, dag universiteit, dag Vancouver, dag appartement, dag Kever. Ik werp een blik op mijn laptop. Het is pas 7.52 uur. Ik heb tijd zat.

Van: Anastasia Steele
Onderwerp: Mishandeling: de nawerking
Datum: 27 mei 2011 08:05
Aan: Christian Grey

Beste heer Grey,
U wilde weten waarom ik in de war was nadat u mij – welk eufemisme zal ik eens gebruiken – gecorrigeerd, gestraft, geslagen, mishandeld had. Nou, gedurende het hele nare proces voelde ik me vernederd, gedenigreerd en misbruikt. En tot mijn eigen

schaamte moet ik u gelijk geven, het wond me ook op en dat had ik niet verwacht. Zoals u heel goed weet zijn alle zaken die met seksualiteit te maken hebben nieuw voor mij – ik zou echt willen dat ik meer ervaring had en dus beter voorbereid was. Ik was geschokt dat het me opwond.
Wat me pas echt zorgen baarde, was hoe ik me naderhand voelde. En dat is lastiger onder woorden te brengen. Ik was blij dat u blij was. Ik was opgelucht, omdat het minder pijn deed dan ik had gedacht. En toen ik in uw armen lag, voelde ik me... voldaan. Maar ik voel me heel ongemakkelijk, nee zelfs schuldig, dat ik me zo voel. Het zit me niet lekker, en daarom ben ik in de war. Heb ik u hiermee voldoende geïnformeerd?
Ik hoop dat de wereld van Fusies en Overnames even spannend is als altijd... en dat u niet al te laat was.
Dankjewel dat je vannacht gebleven bent.
Ana

Van: Christian Grey
Onderwerp: Bevrijd je geest
Datum: 27 mei 2011 08:24
Aan: Anastasia Steele

Interessante, hoewel enigszins overdreven onderwerpsregel, mevrouw Steele.

In antwoord op uw punten:
Ik hou het op billenkoek – omdat dat de juiste benaming is.
Dus u voelde zich vernederd, gedenigreerd en misbruikt – wat ontzettend Tess Durbeyfield van u. Ik meen me te herinneren dat jij zelf voor deze vernedering hebt gekozen. Voel je je echt zo of denk je alleen maar dat je je zo hóórt te voelen. Dat zijn twee heel verschillende dingen. En als je je inderdaad echt zo voelt, denk je dan dat je zou kunnen proberen hierin mee te gaan, ermee in het reine te komen, voor mij? Dat is wat een Onderdanige zou doen.
Ik waardeer je onervarenheid. Ik zie het als een kostbaar goed en ik begin pas net te beseffen wat het inhoudt. Simpel gezegd betekent het dat je echt totaal van mij bent, op elke denkbare manier.

Ja, je raakte opgewonden en dat was op zijn beurt weer heel opwindend, daar is niets mis mee.
'Blij' beschrijft voor geen meter hoe ik me voelde. 'Uitzinnig van vreugde' komt meer in de buurt.
Billenkoek die als straf bedoeld is, is veel pijnlijker dan sensuele billenkoek – dus veel harder dan dit zal het niet worden, tenzij je een grote misstap begaat natuurlijk, want dan pak ik er een hulpmiddel bij om je mee te straffen. Mijn hand deed namelijk behoorlijk pijn. Maar daar hou ik wel van.
Ik voelde me ook voldaan – meer dan je ooit zult weten.
Verspil je energie niet aan schuldgevoelens, clichés over goed en fout, etc. We zijn beiden volwassen, dus wat wij achter gesloten deuren doen, gaat alleen ons aan. Je moet leren je geest te bevrijden en naar je lichaam te luisteren.
De wereld van F&O is niet half zo spannend als u, mevrouw Steele.

Christian Grey
Directeur, Grey Enterprises Holdings, Inc.

Holy shit... *op elke denkbare manier van mij.* M'n adem stokt.

Van: Anastasia Steele
Onderwerp: Volwassen
Datum: 27 mei 2011 08:26
Aan: Christian Grey

Zat jij niet in een vergadering?
Ik ben uitermate blij dat je hand pijn deed.
En als ik naar mijn lichaam luisterde, zou ik al in Alaska zijn.
Ana
PS Ik ga nadenken of ik hierin mee kan gaan.

Van: Christian Grey
Onderwerp: Je hebt de politie niet gebeld
Datum: 27 mei 2011 08:35
Aan: Anastasia Steele

Mevrouw Steele,
Ik zit in een vergadering over de termijnmarkt, als u het echt wilt weten.
Voor de goede orde – u stond naast mij en wist precies wat ik van plan was.
U hebt mij op geen enkel moment gevraagd te stoppen – u heeft geen van beide stopwoorden gebruikt.
U bent volwassen – u hebt een keus.
Eerlijk gezegd kijk ik uit naar de volgende keer dat mijn handpalm weer brandt van de pijn. U luistert duidelijk niet naar het juiste deel van uw lichaam.
Alaska is ijskoud en een slecht toevluchtsoord. Ik zou je zó vinden.
Ik kan je mobiel laten traceren – weet je nog?
Ga naar je werk.

Christian Grey
Directeur, Grey Enterprises Holdings, Inc.

Ik kijk vuil naar het scherm. Hij heeft gelijk natuurlijk. Het is mijn eigen keus. *Hmm.* Zou hij me serieus achternakomen? Moet ik misschien een tijdje vluchten? M'n moeders aanbod flitst door m'n hoofd. Ik klik op 'beantwoorden'.

Van: Anastasia Steele
Onderwerp: Stalker
Datum: 27 mei 2011 08:36
Aan: Christian Grey

Ooit gedacht aan therapie voor je stalkneigingen?
Ana

Van: Christian Grey
Onderwerp: Stalker? Ik?
Datum: 27 mei 2011 08:38
Aan: Anastasia Steele

Ik betaal de eminente dr. Flynn een klein fortuin inzake mijn stalk- en andere neigingen.
Ga naar je werk.

Christian Grey
Directeur, Grey Enterprises Holdings, Inc.

Van: Anastasia Steele
Onderwerp: Dure kwakzalvers
Datum: 27 mei 2011 08:40
Aan: Christian Grey

Mag ik opperen dat u wellicht een second opinion zou kunnen gebruiken?
Ik weet niet zeker of dr. Flynn enig effect sorteert.
Mw. Steele

Van: Christian Grey
Onderwerp: Second opinions
Datum: 27 mei 2011 08:43
Aan: Anastasia Steele

Niet dat het je aangaat, hoe vriendelijk bedoeld ook, maar dr. Flynn ís de second opinion.
Je moet nu te hard rijden, in je nieuwe auto, waarmee je jezelf onnodig in gevaar brengt – wat volgens mij tegen de regels is.
GA NAAR JE WERK.

Christian Grey
Directeur, Grey Enterprises Holdings, Inc.

Van: Anastasia Steele
Onderwerp: SCHREEUWERIGE HOOFDLETTERS
Datum: 27 mei 2011 08:47
Aan: Christian Grey

Als het lijdend voorwerp van uw stalkneigingen, gaat het mij wel degelijk aan, lijkt mij.
Ik heb nog niks getekend. Dus regels, ammehoela. En ik hoef pas om 9:30 uur te beginnen.
Mw. Steele

Van: Christian Grey
Onderwerp: Beschrijvende taalwetenschap
Datum: 27 mei 2011 08:49
Aan: Anastasia Steele

Ammehoela? Staat volgens mij niet in het woordenboek.

Christian Grey
Directeur, Grey Enterprises Holdings, Inc.

Van: Anastasia Steele
Onderwerp: Beschrijvende taalwetenschap
Datum: 27 mei 2011 08:52
Aan: Christian Grey

Je vindt het ergens vóór controlfreak en stalker.
En beschrijvende taalwetenschap is een harde grens voor mij.
Hou je dan nu eindelijk op me lastig te vallen?
Ik wil graag naar m'n werk, in m'n nieuwe auto.
Ana

Van: Christian Grey
Onderwerp: Uitdagende maar amusante jonge vrouwen
Datum: 27 mei 2011 08:56
Aan: Anastasia Steele

Mijn handen jeuken.
Doe voorzichtig op de weg, mevrouw Steele.

Christian Grey
Directeur, Grey Enterprises Holdings, Inc.

De Audi rijdt geweldig. Hij heeft stuurbekrachtiging. Wanda, m'n Kever, had geen enkele bekrachtiging – waar dan ook – dus het rijden was een dagelijkse krachttraining, die ik vanaf nu kwijt ben. O, maar ik krijg binnenkort te kampen met een persoonlijke trainer, alweer een van Christians regels. Ik frons. Ik haat fitnessen.

Onderweg probeer ik onze e-mailcorrespondentie te analyseren. Hij kan zo'n arrogante klootzak zijn soms. Alleen... dan denk ik aan Grace en voel ik me schuldig. Maar zij is natuurlijk niet zijn biologische moeder. Hmm, wat een hoop onverwerkte ellende. Oké, arrogante klootzak beschrijft hem dus aardig. Ja. Ik ben volwassen, bedankt dat je me daaraan herinnert, Christian Grey, en het is inderdaad mijn keuze. Het probleem is alleen dat ik Christian wel wil, maar niet al zijn... bagage – en momenteel heeft hij genoeg bagage om het ruim van een Boeing 747 te vullen. Kan ik niet gewoon m'n schouders erover ophalen en erin meegaan? Zoals een slavin zou doen? Ik heb gezegd dat ik het wil proberen. Maar ik voel me wel ontzettend overvraagd.

Ik rij het parkeerterrein bij Clayton's op. Als ik naar binnen loop, heb ik moeite te geloven dat dit m'n laatste dag is. Gelukkig is het druk en vliegt de tijd voorbij. Tussen de middag roept meneer Clayton me uit het magazijn. Naast hem staat een motorkoerier.

'Mevrouw Steele?' vraagt de koerier. Ik trek vragend m'n wenkbrauwen op naar meneer Clayton, die zijn schouders ophaalt. Kennelijk weet hij ook niet waar dit over gaat. Het hart zinkt me in de schoenen. Wat heeft Christian me nu weer gestuurd? Ik zet een handtekening voor ontvangst van het kleine pakketje en open het meteen. Het is een BlackBerry. M'n hart zinkt nog wat verder. Ik zet hem aan.

Van: Christian Grey
Onderwerp: BlackBerry TE LEEN
Datum: 27 mei 2011 11:15
Aan: Anastasia Steele

Ik moet je altijd en overal kunnen bereiken en aangezien jij via dit medium het eerlijkst communiceert, heb ik bedacht dat je een BlackBerry nodig hebt.

Christian Grey
Directeur, Grey Enterprises Holdings, Inc.

Van: Anastasia Steele
Onderwerp: Dolgedraaide kooplust
Datum: 27 mei 2011 13:22
Aan: Christian Grey

Volgens mij is het hoog tijd dat je dr. Flynn belt. Je stalkneigingen lopen uit de hand.
Ik ben aan het werk. Ik mail je als ik thuis ben.
Bedankt voor nóg een apparaat.
Ik had gelijk toen ik je de ultieme consument noemde.
Waarom doe je dit?
Ana

Van: Christian Grey
Onderwerp: Scherpzinnig voor zo jong iemand
Datum: 27 mei 2011 13:24
Aan: Anastasia Steele

Goed punt, raak geformuleerd, mevrouw Steele.
Dr. Flynn is op vakantie.
En ik doe dit, omdat ik het kan doen.

Christian Grey
Directeur, Grey Enterprises Holdings, Inc.

Ik stop het ding in m'n achterzak. Ik heb er nu al een hekel aan. Mailen met Christian is verslavend, maar ik ben aan het werk. Hij trilt één keer, tegen m'n billen... Wat toepasselijk, denk ik ironisch, en het kost me al m'n wilskracht om 'm te negeren.

Om vier uur roepen meneer en mevrouw Clayton alle werknemers op de werkvloer bij elkaar en verblijden zij me niet alleen met een tenenkrommend gênante speech, maar ook met een check van driehonderd dollar. Op dat moment komen alle gebeurtenissen van de afgelopen drie weken naar boven: drie weken tentamens, de diploma-uitreiking, intense, verknipte miljardairs, ontmaagden, harde en zachte grenzen, speelkamers zonder gameconsoles, helikoptervluchten en het feit dat ik morgen ga verhuizen. Verbazingwekkend genoeg weet ik mezelf in de hand te houden. Mijn onderbewuste kijkt vol ontzag toe. Ik omhels de Claytons stevig. Wat een stel aardige en vrijgevige mensen, prima werkgevers, en ik zal ze echt missen.

Kate stapt net uit haar auto als ik thuiskom.

'Wat is dat?' vraagt ze en wijst beschuldigend naar de Audi. Ik kan de verleiding niet weerstaan.

'Dat is een auto,' zeg ik schertsend. Ze knijpt haar ogen samen en heel even vraag ik me af of zij me ook over de knie gaat leggen. 'Een cadeautje voor het behalen van m'n graad.' Ik probeer nonchalant te doen. *Ja, ik vind het heel gewoon om dure auto's cadeau te krijgen.* Haar mond valt open.

'Vrijgevig, maar nogal overdreven van die eikel, vind je niet?'

Ik knik.

'Ik heb nog geprobeerd het af te slaan, maar eerlijk gezegd is het de moeite niet waard om hier ruzie over te maken.'

Kate tuit haar lippen.

'Geen wonder dat je hem overweldigend vindt. Maar hij is wel blijven slapen, zag ik.'

'Ja.' Ik glimlach smachtend.

'Zullen we de laatste dingetjes nog even inpakken?'

Ik knik en loop achter haar aan naar binnen. Ik check de mail van Christian.

Van: Christian Grey
Onderwerp: Zondag
Datum: 27 mei 2011 13:40
Aan: Anastasia Steele

Zien we elkaar zondag om 13.00 uur?
De dokter komt om 13.30 uur voor jou naar het Escala-gebouw.
Ik ga nu naar Seattle.
Succes met de verhuizing!
Ik heb zin in zondag.

Christian Grey
Directeur, Grey Enterprises Holdings, Inc.

Jemig, je zou denken dat hij het over het weer heeft. Ik besluit hem pas terug te mailen als we klaar zijn met inpakken. Het ene moment is hij zo grappig en het volgende zo formeel en uitgestreken. Het is lastig om hem bij te houden. Dit lijkt wel een mail aan een werknemer, toch? Ik rol er provocerend naar met m'n ogen en ga Kate helpen met inpakken.

Kate en ik zijn in de keuken als er wordt aangebeld. Taylor staat voor de deur, onberispelijk gekleed in een pak. Ik zie nog sporen van zijn legerverleden in zijn stekelhaar, z'n lichaamsbouw en z'n koele blik.

'Mevrouw Steele,' zegt hij, 'ik kom uw auto halen.'

'O ja, natuurlijk. Kom binnen, dan pak ik de autosleutels.'

Dit gaat wel verder dan dienstplicht. Ik vraag me opnieuw af hoe Taylors taakomschrijving eruitziet. Ik geef hem de sleutels en er valt een wat ongemakkelijke stilte als we samen naar de lichtblauwe Kever lopen. Ik doe de deur open en haal de zaklamp uit het dashboardkastje. Dat is alles. Verder liggen er geen persoonlijke dingen in Wanda. *Dag, Wanda. Bedankt.* Ik strijk over haar dak en doe de deur aan de passagierskant dicht.

'Hoe lang werk je al voor meneer Grey?' vraag ik.

'Vier jaar, mevrouw Steele.' Plotseling voel ik de aandrang om hem te overstelpen met vragen. Wat deze man al niet weet over Christian, hij kent vast al zijn geheimen! Maar ja, hij heeft ongetwijfeld een geheimhoudingsverklaring moeten tekenen. Ik kijk hem nerveus aan. Hij heeft dezelfde, gereserveerde uitstraling als Ray en opeens begin ik hem wat aardiger te vinden.

'Hij heeft het hart op de juiste plaats, mevrouw Steele,' zegt hij met een glimlach. Dan geeft hij me een kort knikje, stapt in mijn auto en rijdt weg.

Appartement, Kever, Clayton's – alles wordt nu echt anders. Ik schud m'n hoofd als ik terugloop naar het huis. En de grootste verandering is Christian Grey. Volgens Taylor heeft hij het hart op de juiste plaats. Moet ik hem geloven?

José komt om acht uur langs met Chinees afhaaleten. We zijn klaar. We zijn helemaal ingepakt en klaar voor vertrek. José heeft ook een paar flesjes bier meegenomen. Kate en ik zitten op de bank, hij zit in kleermakerszit op de grond en leunt tussen ons in tegen de bank. We kijken lekker slechte programma's op tv, drinken een biertje en naarmate de avond vordert en de alcohol z'n werk doet, halen we steeds luider, met veel plezier en gevoel voor nostalgie, oude verhalen op. We hebben vier leuke jaren gehad.

De sfeer tussen mij en José is weer normaal, de mislukte kuspoging vergeten. Nou ja, onder het tapijt geveegd waarop mijn innerlijke godin druiven ligt te eten en met haar vingers trommelt. Ze wacht ongeduldig tot het zondag is. Er wordt weer aangebeld en m'n hart klopt in m'n keel. Zou het...?

Kate doet de deur open en wordt bijna ondersteboven gelopen door Elliot. Hij neemt haar in een Hollywood-achtige greep die al snel overgaat in een zoenpartij die niet zou misstaan in een Europese arthousefilm. *Nee, serieus jongens... huur een kamer.* José en ik staren elkaar aan. Ze generen zich echt nergens voor.

'Zullen wij even ergens een borrel gaan pakken?' vraag ik José, die koortsachtig ja knikt. We voelen ons nogal opgelaten door het ongeremde geseks dat zich voor onze ogen afspeelt. Kate kijkt blozend en met glanzende ogen naar me op.

'José en ik gaan even ergens wat drinken.' Ik rol met m'n ogen. Ha! In m'n eigen tijd mag ik nog steeds gewoon met m'n ogen rollen.

'Oké.' Ze grijnst.

'Hallo, Elliot. Doei, Elliot.'

Hij knipoogt met een van z'n grote blauwe ogen en giechelend als een stel pubers trekken José en ik de deur achter ons dicht.

Op weg naar de kroeg steek ik mijn arm door die van José. Mijn god, wat is hij lekker ongecompliceerd – daar heb ik eerder nooit zo bij stilgestaan.

'Je komt toch nog wel naar de opening van mijn expositie?'

'Tuurlijk, José, wanneer is het?'

'9 juni.'

'Welke dag is dat?' Ik ben plotseling even in paniek.

'Dat is een donderdag.'

'Oké, dat moet lukken... en jij komt ons toch wel opzoeken in Seattle?'

'Probeer me maar eens tegen te houden.' Hij grijnst naar me.

Het is al laat als ik terugkom uit de kroeg. Kate en Elliot zijn nergens te bekennen, maar mijn god, ze zijn des te beter te horen. *Holy shit*. Ik hoop dat ik niet zo luidruchtig ben. Christian in elk geval niet, dat weet ik inmiddels. Ik bloos bij de gedachte en vlucht naar m'n kamer. Ik heb afscheid genomen van José met een korte en gelukkig-totaal-niet-ongemakkelijke omhelzing. Ik weet niet wanneer ik hem weer zal zien, waarschijnlijk pas bij zijn foto-expositie. Ik ben er nog steeds ondersteboven van dat hij eindelijk de gelegenheid heeft gekregen om z'n werk tentoon te stellen. Ik zal hem en z'n jongensachtige charme missen. Ik kon mezelf er niet toe brengen om hem te vertellen over de Kever. Hij raakt vast over z'n toeren als hij erachter komt, maar twee mannen die over de rooie gaan, is me iets te veel. Eenmaal op m'n kamer, check ik m'n mail en natuurlijk is er een bericht van Christian.

Van: Christian Grey
Onderwerp: Waar ben je?
Datum: 27 mei 2011 22:14
Aan: Anastasia Steele

'Ik ben aan het werk. Ik mail je als ik thuis ben.'

Ben je nog steeds aan het werk, of heb je je telefoon, BlackBerry en MacBook inmiddels ingepakt?
Bel me, anders moet ik Elliot bellen.

Christian Grey
Directeur, Grey Enterprises Holdings, Inc.

O shit... *José*... shit.

Ik gris m'n telefoon van tafel. Vijf gemiste oproepen en een voicemail. Voorzichtig luister ik naar het voicemailbericht. Het is Christian.

Jij moet beter met mijn verwachtingen leren omgaan. Ik ben van nature geen geduldig man. Als jij zegt dat je na je werk contact met me op zult nemen, dan moet je ook het fatsoen hebben om dat te doen. Anders ga ik me zorgen maken en dat is een emotie die ik niet ken en die ik niet goed verdraag. Bel me terug.

Shit shit shit. Laat hij me nou nooit eens met rust. Ik trek een vies gezicht tegen de telefoon. Hij verstikt me. Met een misselijkmakend gevoel van angst scroll ik naar beneden naar z'n nummer en druk op 'bellen'. Mijn hart bonst in m'n keel terwijl ik wacht tot hij de telefoon opneemt. Hij wil me waarschijnlijk zo hard slaan dat ik zeven kleuren stront schijt. Wat deprimerend.

'Hoi,' zegt hij zachtjes, en zijn reactie brengt me uit balans, want ik verwachtte dat hij kwaad zou zijn, maar hij klinkt eigenlijk eerder opgelucht.

'Hoi,' mompel ik.

'Ik maakte me zorgen over je.'

'Weet ik. Sorry dat ik niet eerder terugbelde. Alles is goed met me hoor.'

Hij blijft heel even stil.

'Heb je een fijne avond gehad?' Z'n toon is afstandelijk en beleefd.

'Ja. We hebben de laatste dingen ingepakt en toen hebben Kate en ik Chinees gegeten met José.' Ik knijp m'n ogen dicht als ik Josés naam uitspreek. Christian zegt niks.

'En jij?' vraag ik om de oorverdovende stilte op te vullen. Ik weiger me schuldig te gaan zitten voelen over José.

Uiteindelijk slaakt hij een zucht.

'Ik moest naar een fondsenwervingsdiner. Het was dodelijk saai. Ik ben vertrokken zo gauw als ik met goed fatsoen weg kon.'

Hij klinkt zo treurig en gelaten. M'n hart trekt samen. Ik zie hem weer voor me zoals hij die ene keer achter de piano zat in z'n gigantische woonkamer en ik hoor weer de bitterzoete melancholie van de muziek die hij toen speelde.

'Ik wou dat je hier was,' fluister ik, want ik voel de behoefte om hem vast te houden. Te troosten. Ook al wil hij dat niet. Ik wil dicht bij hem zijn.

'Is dat zo?' mompelt hij slapjes. *Wat is dit?* Dit klinkt totaal niet zoals hij normaal klinkt. Mijn hoofdhuid prikt als het tot me doordringt.

'Ja,' zeg ik heel zacht. Na een eeuwigheid zucht hij.

'Zie ik je zondag?'

'Ja, zondag,' prevel ik, en een gevoel van opwinding schiet door mijn lijf.

'Slaap lekker.'

'Slaap lekker, meneer.'

De aanspreektitel overvalt hem, dat hoor ik aan de manier waarop hij scherp inhaleert.

'Succes met de verhuizing morgen, Anastasia.' Z'n stem is zacht. En we blijven allebei aan de telefoon hangen als een stel pubers, die geen van beiden als eerste op willen hangen.

'Hang jij eerst maar op,' fluister ik. Ik heb 'm aan het glimlachen, eindelijk.

'Nee, jij moet ophangen.' Nu hoor ik hem grijnzen.

'Wil ik niet.'

'Ik ook niet.'

'Was je erg boos op me?'

'Ja.'

'Nog steeds?'

'Nee.'

'Dus ik krijg geen straf?'

'Nee. Ik ben meer iemand die leeft in het moment.'

'Dat heb ik gemerkt.'

'U mag nu wel ophangen, mevrouw Steele.'

'Is dit werkelijk wat u wilt, meneer?'

'Ga naar bed, Anastasia.'

'Ja, meneer.' We blijven allebei aan de lijn.

'Denk je dat je ooit kunt doen wat je gezegd wordt?' Hij is tegelijkertijd geamuseerd en geërgerd.

'Misschien. Dat zal na zondag wel blijken.' En ik druk op 'beeindigen' op de telefoon.

Elliot doet een stap achteruit en bewondert z'n kluswerk. Hij heeft onze tv aangesloten op de decoder in ons appartement in de Pike Place Market. Kate en ik ploffen giechelend op de bank, onder de indruk van zijn vaardigheid met de boormachine. Het platte scherm steekt vreemd af tegen de bakstenen muur van het verbouwde warenhuis, maar daar zal ik uiteindelijk wel aan wennen.

'Zie je wel, schatje, een makkie.' Hij grijnst zijn brede tandpastaglimlach naar Kate, die zo ongeveer letterlijk wegsmelt in de bank. Ik rol met m'n ogen. Wat een stel.

'Ik zou het liefst willen blijven, schatje, maar m'n zusje is net terug uit Parijs. Verplicht familie-etentje vanavond.'

'Kun je daarna dan langskomen?' vraagt Kate aarzelend. Haar stem is zacht en on-Kate-achtig.

Ik sta op en loop richting de open keuken, onder het voorwendsel dat ik nodig nog even een doos moet uitpakken. Ze gaan weer eng klef doen.

'Ik zal kijken of ik weg kan komen,' belooft hij.

'Ik loop wel even mee naar beneden.' Kate glimlacht.

'Later, Ana.' Elliot grijnst.

'Doei, Elliot. Doe de groeten aan Christian.'

'Alleen de groeten?' Z'n wenkbrauwen schieten suggestief omhoog.

'Ja.' Ik word rood. Hij knipoogt naar me, en mijn wangen worden nog roder terwijl hij met Kate naar beneden loopt.

Elliot is zo charmant en zo anders dan Christian. Hij is warm, open, en fysiek, heel fysiek, te fysiek met Kate. Ze kunnen hun handen nauwelijks van elkaar afhouden – eerlijk gezegd is het nogal gênant – en ik zie groen van jaloezie.

Kate komt een minuut of twintig later terug met pizza en we ploffen midden tussen de verhuisdozen neer om onze pizza's op te eten, rechtstreeks uit de doos. Kates vader heeft ons op onze wenken bediend. Het appartement is niet gigantisch, maar groot genoeg. Het heeft drie slaapkamers en een grote woonruimte die uitkijkt over Pike Place Market zelf. Het is een en al planken vloeren en rode baksteen, en de werkvlakken in de keuken zijn van glad beton, superpraktisch en superhip. We vinden het allebei heerlijk dat we midden in de stad zitten.

Om acht uur gaat de zoemer van de intercom. Kate springt op en mijn hart klopt in m'n keel.

'Bestelling voor mevrouw Steele en mevrouw Kavanagh.' Ik voel me onverwacht diep teleurgesteld. Het is niet Christian.

'Tweede verdieping, appartement twee.'

Kate drukt op de zoemer om de bezorger binnen te laten. Zijn mond valt open als hij Kate ziet, in haar strakke spijkerbroek, T-shirt en haar slordig opgestoken haar, met allerlei ontsnappende krulletjes. Dat effect heeft ze nou eenmaal op mannen. De bezorger heeft een fles champagne bij zich, met een ballon eraan in de vorm van een helikopter. Kate schenkt hem een oogverblindende glimlach en stuurt hem weer naar beneden. Dan leest ze het kaartje voor.

> Dames,
> Veel geluk in jullie nieuwe huis.
> Christian Grey

Kate schudt afkeurend haar hoofd.

'Waarom kan hij niet er niet gewoon op zetten "van Christian"? En wat moet die rare helikopterballon erbij?'

'Charlie Tango.'

'Wat?'

'Christian heeft me in zijn helikopter naar Seattle gevlogen.' Ik haal m'n schouders op.

Kate staart me met open mond aan. Ik moet toegeven dat ik stiekem geniet van deze gelegenheden – Katherine Kavanagh, het zwijgen opgelegd, gevloerd – dat gebeurt zelden. Ik gun mezelf een kort, glorieus moment.

'Jep, hij heeft een helikopter en die vliegt hij zelf,' zeg ik trots.

'Ja hoor, natuurlijk, die obsceen rijke eikel heeft een helikopter. Waarom heb je me dat niet verteld?' Kate kijkt me beschuldigend aan, maar ze moet ook lachen en vol ongeloof schudt ze haar hoofd.

'Ik heb nogal veel aan m'n hoofd de laatste tijd.'

Ze fronst.

'Ga je het wel redden als ik weg ben?'

'Tuurlijk,' antwoord ik geruststellend. *Nieuwe stad, geen baan... gestoord vriendje.*

'Heb je hem ons adres gegeven?'

'Nee, maar stalken is een van z'n specialiteiten,' zeg ik nuchter.

Kates frons wordt dieper.

'Op de een of andere manier verbaast dat me niks. Het staat me niet aan, Ana. Maar het is tenminste goede champagne én hij is gekoeld.'

Uiteraard. Alleen Christian stuurt gekoelde champagne, of laat z'n secretaresse dat doen... of misschien wel Taylor. We openen de fles terplekke en gaan op zoek naar onze theekopjes – de laatste huisraad die we hebben ingepakt.

'Bollinger Grande Année Rosé 1999, een uitstekend jaar.' Ik grijns naar Kate en we toosten met onze kopjes.

Ik word vroeg wakker op een grijze zondagochtend. Ik heb een verrassend verfrissende nacht slaap achter de rug en blijf nog even liggen staren naar mijn verhuisdozen. *Eigenlijk moet je die dozen nu meteen uitpakken*, zeurt mijn onderbewuste en ze knijpt haar lippen streng samen. *Nee... vandaag is de grote dag*. Mijn innerlijk godin is buiten zinnen, en wiebelt van de ene op de andere voet. Mijn verwachtingen voelen aan als een zware, beladen wolk boven mijn hoofd, net zo'n donkere lucht voor een tropische regenstorm. Vlinders zwermen in mijn buik – maar ook een donkerder, dierlijker, intrigerend verlangen dat zich roert als ik denk aan wat hij met me zou kunnen gaan doen... en bovendien moet ik dat verdomde contract ook nog tekenen, of juist niet? Ik hoor de *ping* van een binnenkomend mailtje op de laptop die op de vloer naast m'n bed ligt.

Van: Christian Grey
Onderwerp: Mijn leven in getallen
Datum: 29 mei 2011 08:04
Aan: Anastasia Steele

Als je met de auto komt, dan heb je de toegangscode tot de ondergrondse parkeergarage van het Escala-gebouw nodig: 146963.

Parkeer in vak 5 – dat is een van mijn plekken.
Code voor de lift: 1880.

Christian Grey
Directeur, Grey Enterprises Holdings, Inc.

Van: Anastasia Steele
Onderwerp: Een uitstekend wijnjaar
Datum: 29 mei 2011 08:08
Aan: Christian Grey

Jawel, meneer. Begrepen.
Bedankt voor de champagne en de opblaasbare Charlie Tango, die ik aan mijn bed gebonden heb.
Ana

Van: Christian Grey
Onderwerp: Jaloezie
Datum: 29 mei 2011 08:11
Aan: Anastasia Steele

Graag gedaan.
Kom niet te laat.
Jaloers op Charlie Tango.

Christian Grey
Directeur, Grey Enterprises Holdings, Inc.

Ik rol met m'n ogen om z'n bazige woorden, maar z'n laatste zin maakt me aan het lachen. Ik loop naar de badkamer en vraag me af of Elliot nog teruggekomen is gisteravond. Ik probeer uit alle macht mijn zenuwen de baas te blijven.

Ik kan met hoge hakken in de Audi rijden! Precies om 12.55 uur rijd ik de garage van het Escala-gebouw binnen en ik parkeer in vak vijf. Hoeveel vakken zijn er eigenlijk van hem? De grote Audi MPV en de R8 staan er, en dan nog twee kleinere Audi MPV's... *hmm.*

Ik controleer mijn zelden gedragen mascara in het verlichte spiegeltje in mijn zonneklep. Dat zat niet in mijn Kever.

Go girl! Mijn innerlijke godin staat met haar pompons in de aanslag – klaar om zich uit te leven in haar rol als cheerleader. In de eindeloze spiegels van de lift kijk ik kritisch naar mijn pruimkleurige jurk – nou ja, Kates pruimkleurige jurk dus. De laatste keer dat ik die droeg, wilde hij 'm van me afstropen. M'n lichaam knijpt samen bij de gedachte. Het is een heerlijk gevoel dat nergens mee te vergelijken valt, en ik snak naar adem. Ik draag het ondergoed dat Taylor voor me gekocht heeft. Ik bloos bij de gedachte dat hij met z'n stekelkapsel de rekken bij La Perla heeft doorzocht, of waar hij dat ondergoed dan ook vandaan heeft. De liftdeuren gaan open en ik sta in de hal voor appartement nummer één.

Taylor staat bij de dubbele deuren als ik uit de lift stap.

'Goedemiddag, mevrouw Steele,' zegt hij.

'O, noem me alsjeblieft Ana.'

'Ana.' Hij glimlacht. 'De heer Grey verwacht u.'

Dat zal best.

Christian zit op de bank in de huiskamer en leest de zondagskranten. Hij kijkt vluchtig op als Taylor me in de richting van het zitgedeelte wijst. De kamer is precies zoals ik me hem herinner – het is een week geleden dat ik hier was, maar het voelt veel langer. Christian ziet er koel en kalm uit – eigenlijk ziet hij eruit om op te eten. Hij heeft een los vallende, wit linnen blouse aan en een spijkerbroek, geen schoenen of sokken. Z'n ongekamde haren zitten warrig en z'n ogen twinkelen vervaarlijk. Hij is vreselijk knap. Hij staat op en slentert naar me toe, een geamuseerde, taxerende blik op zijn mooie gebeeldhouwde lippen.

Ik sta als aan de grond genageld bij de ingang van de kamer, verlamd door zijn schoonheid en de spanning over wat er komen gaat. De bekende elektrische lading tussen ons is er weer, vonkend en langzaam opvlammend in mijn buik, me naar hem toe trekkend.

'Hmm... die jurk,' mompelt hij goedkeurend, terwijl hij op me neerkijkt. 'Welkom terug, mevrouw Steele,' fluistert hij en met z'n hand om m'n kin leunt hij voorover om me een zachte, lichte kus op m'n lippen te geven. De aanraking van zijn lippen op de mijne resoneert in mijn hele lijf. Mijn adem stokt.

'Hai,' fluister ik terwijl het bloed naar m'n wangen stijgt.

'Je bent op tijd. Ik hou van punctueel. Kom.' Hij neemt me bij de hand en leidt me naar de bank. 'Ik wou je wat laten zien,' zegt hij, terwijl we gaan zitten. Hij geeft me *The Seattle Times*. Op pagina acht staat een foto van ons samen bij de buluitreiking. *Goeie god*. Ik sta in de krant. Ik lees het bijschrift.

> Christian Grey en een vriendin bij de diploma-uitreiking op de WSU Vancouver.

Ik lach.

'Dus nu ben ik "een vriendin" van je.'

'Daar lijkt het wel op. En het staat in de krant, dus zal het wel waar zijn.' Hij glimlacht zelfgenoegzaam.

Hij zit naast me, zijn hele lichaam naar me toe gedraaid, een van z'n benen dubbelgevouwen onder het andere. Hij reikt voorover om m'n haar achter m'n oor te strijken met z'n slanke wijsvinger. Zijn aanraking brengt m'n hele lichaam in staat van paraatheid, wachtend en smachtend.

'Dus, Anastasia, je hebt nu een veel beter idee waar het mij om draait dan de vorige keer dat je hier was.'

'Ja.' *Waar wil hij naartoe?*

'En toch ben je teruggekomen.'

Ik knik verlegen, en zijn ogen vlammen. Hij schudt z'n hoofd alsof hij worstelt met het idee.

'Heb je gegeten?' vraagt hij uit het niets.

Shit.

'Nee.'

'Heb je zin in iets?' Hij doet echt z'n best er niet nijdig uit te zien.

'Ja, maar niet in eten,' fluister ik en ik zie z'n neusgaten opensperren in reactie.

Hij leunt voorover en fluistert in m'n oor. 'U bent weer even snel uit de startblokken als altijd, mevrouw Steele, en om eerlijk te zijn, zou ik dat ook wel willen. Maar dr. Greene staat zo voor de deur.' Hij gaat rechtop zitten. 'Ik wou dat je gewoon at,' zegt hij licht vermanend. Mijn verhitte bloed koelt af. Hè shit – de dokter. Die was ik vergeten.

'Wat kun je me vertellen over dr. Greene?' vraag ik, om ons allebei af te leiden.

'Ze is de beste gynaecologe in Seattle. Wat kan ik nog meer zeggen?' Hij haalt z'n schouders op.

'Ik dacht dat ik een consult had met jouw huisarts, en ga me niet vertellen dat je eigenlijk een vrouw bent, want dat geloof ik toch niet.'

Hij kijkt me aan van doe-niet-zo-belachelijk.

'Het leek me handiger als je een specialist zag, jou niet?' zegt hij mild.

Ik knik. Allemachtig, als zij de beste gynaecologe in Seattle is en hij laat haar op zondag rond lunchtijd opdraven voor een huisconsult – dan durf ik nauwelijks te denken aan hoeveel dat wel niet moet kosten. Christian fronst plotseling, alsof hij zich ineens iets vervelends herinnert.

'Anastasia, mijn moeder heeft gevraagd of je vanavond komt eten. Volgens mij vraagt Elliot Kate ook. Ik weet niet of je er wat voor voelt? Het zal voor mij heel raar zijn om je aan mijn familie voor te stellen.'

Raar? Hoezo?

'Schaam je je voor mij?' Ik slaag er niet in de gewonde gekwetstheid uit m'n stem te houden.

'Natuurlijk niet.' Hij rolt met z'n ogen.

'Waarom is het dan raar?'

'Omdat het de eerste keer is.'

'Waarom mag jij wel met je ogen rollen en ik niet?'

Hij knippert met z'n ogen. 'Ik wist niet dat ik dat deed.'

'Nee, ik meestal ook niet,' zeg ik bits.

Christian kijkt me sprakeloos aan. Taylor verschijnt in de deuropening.

'Dr. Greene is er, meneer.'

'Breng haar maar naar mevrouw Steeles kamer.'

Mevrouw Steeles kamer!

'Klaar voor de anticonceptie?' vraagt hij terwijl hij gaat staan en z'n hand uitsteekt naar mij.

'Je gaat toch niet mee, hè?' vraag ik geschokt.

Hij lacht.

'Ik zou er aardig wat voor over hebben om te mogen toekijken, Anastasia, maar ik denk niet dat de dokter dat goedvindt.'

Ik leg mijn hand in de zijne en hij trekt me in zijn armen en kust me diep. Ik klamp me vast aan z'n armen, ik ben totaal verrast. Zijn hand woelt door m'n haar, houdt m'n hoofd vast en trekt me tegen zich aan, zijn voorhoofd tegen het mijne.

'Ik ben zo blij dat je er bent,' fluistert hij. 'Ik kan niet wachten tot ik je uit die kleren kan helpen.'

Achttien

Dr. Greene is lang, blond en onberispelijk gekleed in een koningsblauw mantelpak. Ze doet me denken aan de vrouwen die in Christians kantoor werken. Zo'n dertien-in-een-dozijntype – nog een blondine uit *The Stepford Wives*. Haar lange haar is in een elegante rol opgestoken. Ik schat haar begin veertig.

'Meneer Grey.' Ze schudt de uitgestoken hand van Christian.

'Wat fijn dat u zo snel kon komen,' zegt Christian.

'Bedankt dat u het voor mij de moeite waard maakt, meneer Grey. Mevrouw Steele.' Ze glimlacht, maar haar blik is koel en taxerend.

We schudden elkaar de hand, en ik weet dat ze een vrouw is die zich niet makkelijk in de maling laat nemen, ze is net zoals Kate. Ik vind haar meteen aardig. Ze kijkt Christian kort en indringend aan, en na een ongemakkelijk ogenblik begrijpt hij de hint en verlaat ons.

'Ik ben beneden,' bromt hij en hij verlaat het vertrek dat mijn slaapkamer zal zijn.

'Vertel, mevrouw Steele. Meneer Grey betaalt mij een klein fortuin om u te bezoeken. Wat kan ik voor u betekenen?'

Na een uitgebreid onderzoek en een langdurig gesprek besluiten dr. Greene en ik dat het een lichte pil moet worden. Ze schrijft een recept voor me uit en zegt dat ik de pillen morgen moet afhalen. Haar no-nonsensehouding bevalt me wel – ze heeft me eindeloos op het hart gedrukt dat ik de medicijnen elke dag om dezelfde tijd moet innemen. Het is duidelijk dat ze barst van nieuwsgierigheid naar mijn zogeheten relatie met meneer Grey. Ik geef haar geen details. Om de een of andere reden denk ik dat ze niet zo kalm en vastberaden zou zijn als ze zijn Rode Kamer van Pijn zou hebben gezien. Ik slik als we langs de gesloten deur van de kamer lopen en ga terug naar beneden, naar de kunstgalerij, oftewel Christians woonkamer.

Christian zit op de bank te lezen. Uit de luidsprekers klinkt een adembenemende aria, de tonen vlijen zich om hem heen, lijken zich om hem heen te wikkelen en vullen de kamer met een zoet lied vol emotie. Hij lijkt een zekere sereniteit uit te stralen. Als we binnenkomen draait hij zich naar ons toe en schenkt mij een warme lach.

'Zijn jullie klaar?' vraagt hij alsof hij oprecht geïnteresseerd is. Hij richt zijn afstandsbediening op een klein wit doosje onder de haard – het docking station van zijn iPod. De prachtige melodie klinkt vervolgens aanmerkelijk zachter maar is nog steeds hoorbaar op de achtergrond. Dan staat hij op en loopt rustig naar ons toe.

'Ja, meneer Grey. Wees zuinig op haar; ze is een mooie, slimme jonge vrouw.'

Christian kijkt verbaasd op – net als ik trouwens. Wat ongepast voor een arts om zoiets te zeggen. Of geeft ze hem een niet-zo-subtiele waarschuwing? Christian herpakt zich.

'Dat ben ik zeker van plan,' zegt hij geamuseerd.

Ik staar hem aan en haal gegeneerd mijn schouders op.

'Ik stuur mijn factuur nog na,' zegt ze terwijl ze hem de hand schudt.

'Een fijne dag, en veel geluk, Ana.' Ze lacht en er verschijnen lachrimpeltjes rond haar ogen als we elkaar de hand schudden.

Taylor lijkt uit het niets tevoorschijn te komen en gaat haar voor, door de dubbele deuren en naar buiten, richting de lift. Hoe doet hij dat toch? Waar houdt hij zich verscholen?

'Hoe was dat?' vraagt Christian.

'Prima, dank je. Ze zei dat ik me de komende vier weken verre van alle mogelijke seksuele activiteiten moet houden.'

Christians mond valt open van verbazing, ik kan mijn gezicht niet langer in de plooi houden en grijns naar hem.

'Gefopt!'

Hij knijpt zijn ogen tot spleetjes, en mijn lach bevriest. Hij ziet er eigenlijk nogal afschrikwekkend uit. *O shit.* Terwijl het bloed uit mijn gezicht wegtrekt, gaat mijn onderbewuste angstig in een hoekje staan. Ik stel me voor dat hij me weer over de knie legt.

'Gefopt!' zegt hij met een grijns. Hij slaat zijn armen om mijn middel en trekt me tegen zich aan. 'U bent onverbeterlijk, mevrouw Steele,' lacht hij. Hij kijkt me diep in de ogen en haalt zijn vingers door mijn haar, terwijl hij me stevig in zijn greep houdt. Hij kust me hard en ik moet zijn armen vasthouden om niet om te vallen.

'Hoe graag ik je hier ter plekke ook zou nemen, je moet eten – en ik ook. Ik zou niet willen dat je later boven op mij flauwvalt,' mompelt hij met zijn lippen tegen de mijne.

'Is dat het enige waar het om draait – mijn lichaam?' fluister ik.

'Dat, en je bijdehante mond,' zucht hij.

Hij kust me nog eens, vol passie, en dan laat hij mij opeens los. Hij pakt mijn hand en neemt me mee naar de keuken. Mijn hoofd tolt; het ene moment maken we grapjes en het volgende... Ik wapper met mijn handen voor mijn verhitte gezicht. Die man ís gewoon seks en nu moet ik ook nog mijn evenwicht terug zien te krijgen om wat te eten. Op de achtergrond klinkt nog steeds de aria.

'Welke muziek is dit?'

'"Villa Lobos", een aria van Bachianas Brasileiras. Mooi hè?'

'Echt wel,' zeg ik instemmend.

De ontbijtbar is gedekt voor twee. Christian pakt een kom sla uit de koelkast.

'Heb je zin in caesarsalade met kip?'

Godzijdank, geen zware kost.

'Ja, lekker.'

Ik kijk naar hem hoe hij met een zekere sierlijkheid door zijn keuken loopt. Hij lijkt op een bepaalde manier zo tevreden met zijn lichaam, maar hij wil niet worden aangeraakt... dus misschien is hij het diep vanbinnen juist weer niet. *No man is an island*, bedenk ik – met uitzondering van Christian Grey misschien.

'Waar zit je aan te denken?' vraagt hij. Ik schrik op uit mijn dagdroom. Ik bloos.

'Ik kijk gewoon naar de manier waarop je beweegt.'

Hij trekt geamuseerd één wenkbrauw op.

'En?' zegt hij droogjes.

Nu krijg ik echt een kleur.

'Je bent heel gracieus.'

'Nou, dank u wel, mevrouw Steele,' zegt hij plagerig. Hij gaat naast me zitten met een fles wijn in zijn handen. 'Chablis?'

'Graag.'

'Neem wat van de salade,' zegt hij met zachte stem. 'Vertel – welke methode is het geworden?'

Even ben ik in verwarring en dan realiseer ik me dat hij het heeft over het bezoek van dr. Greene.

'De minipil.'

Hij fronst.

'En jij gaat eraan denken om die elke dag op de juiste tijd in te nemen?'

Jemig... duhuh. Hoe weet hij dat? Ik bloos bij de gedachte, waarschijnlijk van een of meer van de vijftien.

'Jij gaat me er ongetwijfeld aan helpen herinneren,' merk ik droogjes op.

Hij glimlacht naar me, geamuseerd en een beetje neerbuigend.

'Ik zal een alarm instellen in mijn agenda.' Hij grijnst spottend. 'Eten.'

De salade is heerlijk. Tot mijn verbazing heb ik echt trek en voor het eerst sinds we samen zijn heb ik mijn eten eerder op dan hij. De wijn smaakt droog, fris en fruitig.

'Gulzig als altijd, mevrouw Steele?' zegt hij lachend als hij naar mijn lege bord kijkt.

Ik kijk hem van onder mijn wimpers aan.

'Ja,' fluister ik.

Zijn adem stokt. En terwijl hij naar me blijft staren voel ik dat de lucht om ons heen langzaam verandert... oplaadt. Zijn smeulende blik sleurt me zijn gedachtewereld in. Hij staat op, overbrugt de ruimte die er tussen ons was en trekt me zo van de barkruk in zijn armen.

'Wil je dit echt?' vraagt hij. Hij ademt zwaar en kijkt me aandachtig aan.

'Ik heb niets ondertekend.'

'Dat weet ik – maar ik heb alle regels nu al wel zo'n beetje gebroken.'

'Ga je me slaan?'

'Ja, maar niet om je pijn te doen. Ik wil je nu niet straffen. Gisteravond zou dat wel anders zijn geweest.'

Ongelooflijk. Hij wíl me pijn doen... Hoe moet ik hiermee omgaan? De angst is van mijn gezicht af te lezen en ik kan het niet onderdrukken.

'Laat niemand je van het tegendeel proberen te overtuigen, Anastasia. Mensen zoals ik doen dit omdat ze ervan houden pijn te doen of te ondergaan. Het is heel eenvoudig. Jij houdt er niet van, en daar heb ik gisteren een groot deel van de dag over nagedacht.'

Hij trekt me tegen zich aan en drukt zijn erectie tegen mijn onderbuik. Ik zou moeten wegrennen, maar ik kan het niet. Ik voel me tot hem aangetrokken op zo'n diep, elementair niveau dat ik er helemaal niets van begrijp.

'Heb je je conclusie al getrokken?' vraag ik.

'Nee. Maar nu wil ik je alleen maar vastbinden en je keihard neuken. Ben je daar klaar voor?'

'Ja,' hijg ik, terwijl mijn hele lichaam zich aanspant... *wauw*.

'Mooi. Kom.' Hij pakt mijn hand, we laten de ontbijttafel voor wat hij is en gaan naar boven.

Mijn hart klopt als een bezetene. Het is zover. Ik ga het echt doen. Mijn innerlijke godin draait als een ballerina op haar tenen, de ene pirouette na de andere. Hij maakt de deur naar zijn speelkamer open, doet een stap opzij om mij erdoor te laten en dan sta ik voor de tweede keer in zijn Rode Kamer van Pijn.

Alles is hetzelfde gebleven: de geur van leer, citroen, boenwas en donker hout; allemaal even sensueel. Het bloed stroomt als hete lava door mijn aderen – een mix van adrenaline, lust en verlangen. Het is een sterke, bedwelmende cocktail. Christians houding is compleet en van het ene moment op het andere veranderd; hij is harder, gemener. Hij kijkt op me neer met een verhitte, wellustige blik... hypnotiserend.

'Als je in deze kamer bent, ben je helemaal van mij,' zegt hij op fluistertoon, elk woord langzaam en weldoordacht uitsprekend, 'en moet je doen wat ik wil. Is dat duidelijk?'

Zijn blik is zo intens. Ik knik, mijn mond is droog en mijn hart bonst alsof het uit mijn borstkas wil springen.

'Trek je schoenen uit,' commandeert hij me zachtjes.

Ik slik en volg zijn bevel nogal onhandig op. Hij bukt, pakt mijn schoenen op en zet ze bij de deur.

'Goed zo. Niet twijfelen als ik je vraag iets te doen. Ik ga nu je jurk langzaam uittrekken. Dat wil ik al een paar dagen doen, kan ik me herinneren. Ik wil dat je je goed voelt over je lichaam, Anastasia. Je hebt een prachtig lichaam, ik kijk er graag naar. Het is een genot om je te zien. Ik zou de hele dag wel naar je kunnen kijken, en ik wil niet dat je je schaamt voor je naaktheid of je ongemakkelijk voelt. Is dat duidelijk?'

'Ja.'

'Ja, wat?' Hij buigt zich over me heen, zijn ogen schitteren.

'Ja, meneer.'

'Meen je dat?' vraagt hij kortaf.

'Ja, meneer.'

'Mooi. Doe je armen omhoog.'

Ik doe wat hij zegt, en hij bukt om de zoom van mijn jurk vast te pakken. Heel langzaam schuift hij mijn jurk over mijn dijen, mijn heupen, mijn buik, mijn borsten, mijn schouders en ten slotte over mijn hoofd. Hij doet een stap achteruit om me te bekijken en vouwt gedachteloos mijn jurk op; zijn blik laat me niet los. Hij legt hem op de grote kast naast de deur. Hij tilt m'n kin iets op. Zijn aanraking voelt schroeiend aan.

'Je bijt op je lip,' snuift hij. 'Je weet wat dat met me doet,' voegt hij er op een diepe toon aan toe. 'Draai je om.'

Ik draai me onmiddellijk om, zonder te aarzelen. Hij maakt mijn bh los en dan, terwijl hij de bandjes over mijn schouders laat glijden, strijkt hij met zijn vingers en duimtoppen over mijn huid. Zijn aanrakingen bezorgen me rillingen langs mijn ruggenwervel; elke zenuw staat op scherp. Hij staat achter me, zo dichtbij dat ik de hitte van zijn lichaam kan voelen en het er zelf warm van krijg. Hij pakt mijn haar bij elkaar en laat het weer los zodat het over mijn rug hangt. Dan pakt hij een streng haar aan de zijkant van mijn hoofd en trekt er zacht aan, zodat mijn hoofd iets scheef staat. Dan gaat hij met zijn neus langs mijn hals naar beneden en ademt diep in, om vervolgens dezelfde weg omhoog af te leggen. De spieren in mijn buik spannen zich aan, ik ben opgewonden en gewillig. Jemig, hij heeft me nauwelijks aangeraakt en ik wil hem alweer.

'Je ruikt even heerlijk als altijd, Anastasia,' fluistert hij en hij kust me zacht achter mijn oor.

Ik kreun.

'Stil,' gebiedt hij me. 'Geen geluid.'

Hij houdt mijn haar achter mijn rug vast en begint het te vlechten, zijn vingers werken snel en precies. Aan het uiteinde bindt hij de vlecht bijeen met een streng haar en dan geeft hij er een rukje aan zodat ik achterover tegen hem aan val.

'Ik vind het fijn als je je haar hier in een vlecht draagt,' fluistert hij.

Hmm... want?

Hij laat mijn haar los.

'Draai je om,' commandeert hij me.

Ik doe wat me gezegd wordt. Mijn ademhaling is oppervlakkig door de combinatie van angst en opwinding. Het is een bedwelmende mix.

'Als ik zeg dat je hiernaartoe moet komen, dan is dit hoe je je kleedt. Je hebt alleen een slipje aan. Is dat duidelijk?'

'Ja.'

'Ja, wat?' Zijn ogen schitteren.

'Ja, meneer.'

Heel even lijkt hij een mondhoek op te trekken alsof hij gaat glimlachen.

'Braaf meisje.' Zijn blik brandt in de mijne. 'Als ik zeg dat je hiernaartoe moet komen, dan verwacht ik van je dat je daar knielt.' Hij wijst naar een plek vlak bij de deur. 'Doe het nu.'

Ik knipper met mijn ogen, verwerk wat hij zojuist heeft gezegd, draai me om en kniel zoals hij zegt – zij het nogal onhandig.

'Je mag rechtop zitten, met je billen op je hakken.'

Ik doe wat hij zegt.

'Leg je handen en je onderarmen plat op je dijen. Goed zo. Nu wil ik dat je je benen spreidt. Wijder. Wijder. Perfect. Kijk naar de grond.'

Hij loopt op me af en ik kan zijn voeten en onderbenen net zien vanuit mijn positie. Naakte voeten. Ik zou dingen moeten opschrijven om het allemaal te kunnen onthouden. Hij strekt zijn arm uit en grijpt mijn vlecht weer, dan trekt hij mijn hoofd achterover zodat ik hem aankijk. Maar het doet net geen pijn.

'Zal je deze positie onthouden, Anastasia?'

'Ja, meneer.'

'Goed zo. Blijf hier, je mag niet bewegen.' Hij loopt de kamer uit.

Ik wacht, op mijn knieën. Waar is hij naartoe? Wat gaat hij met me doen? De tijd verstrijkt. Ik heb geen idee hoe lang hij me zo zal laten zitten... een paar minuten, vijf, tien? Mijn ademhaling wordt steeds oppervlakkiger, een verwachtingsvol gevoel vult me helemaal vanbinnen.

Dan opeens is hij terug – en ik ben kalm en opgewonden tegelijk. *Zou ik nóg opgewondener kunnen zijn?* Ik kan zijn voeten zien. Hij heeft een andere spijkerbroek aangetrokken. Deze is oud, versleten, zacht en verwassen. Godbewaarme, deze broek is sexy. Hij doet de deur dicht en hangt er iets aan.

'Braaf meisje, Anastasia. Je ziet er heerlijk uit zo. Goed gedaan. Sta op.'

Ik ga staan, maar kijk nog steeds naar beneden.

'Je mag me aankijken.'

Ik kijk naar hem op en zie dat hij intens naar me staart, me taxeert – toch is zijn blik zacht. Hij heeft zijn shirt uitgetrokken. O mijn god... ik wil hem aanraken. De bovenste knoop van zijn broek staat open.

'Nu ga ik je vastketenen, Anastasia. Geef me je rechterhand.'

Ik reik hem mijn hand. Hij draait mijn handpalm naar boven en voordat ik het goed en wel in de gaten heb, geeft hij mij een tik met een zweepje waarvan ik niet eens had gezien dat hij het vast had. Het gebeurt zo snel dat ik nauwelijks schrik. En nog verbazingwekkender is dat het geen pijn doet. Nou ja, niet echt, het is meer een prikkelend gevoel.

'Hoe voelt dat?' vraagt hij.

Ik kijk naar hem, knipper verward met mijn ogen.

'Geef antwoord.'

'Oké.' Ik frons.

'Niet fronsen.'

Ik knipper nog eens met mijn ogen en probeer onbewogen te kijken. Dat lukt.

'Deed het pijn?'

'Nee.'

'Dit gaat geen pijn doen. Is dat duidelijk?'

'Ja.' Mijn stem is onvast. *Zal hij me echt geen pijn doen?*

'Ik meen het,' zegt hij.

Jemig, mijn ademhaling is zo oppervlakkig. Zou hij weten wat ik denk? Hij laat me het zweepje zien. Het is gemaakt van bruin, gevlochten leer. Ik sla mijn ogen naar hem op en zie dat zijn ogen zijn gevuld met passie en een spoortje vermaak.

'We doen ons best u te behagen, mevrouw Steele,' mompelt hij. 'Kom.'

Hij pakt mijn elleboog en leidt me naar een plek pal onder het rooster. Hij strekt zich uit om een ijzeren keten te kunnen pakken met zwartleren boeien aan het uiteinde.

'Dit rooster is zo gemaakt dat de kettingen over het rooster bewegen.'

Ik kijk omhoog. Holy shit – het lijkt wel een plattegrond van de metro.

'We beginnen hier, maar ik wil je staand neuken. Uiteindelijk komen we hier bij deze muur uit.' Hij wijst met het zweepje naar de grote houten x op de wand.

'Houd je handen boven je hoofd.'

Ik gehoorzaam onmiddellijk, het voelt alsof ik uit mijn lichaam treed en slechts nog een toeschouwer ben van wat zich om mij heen afspeelt. Dit gaat verder dan fascinatie, verder dan erotiek. Het is tegelijk het meest opwindende en engste wat ik ooit heb gedaan. Ik geef me volledig over aan een knappe man die over zichzelf roept dat hij vijftig tinten van verneukt is. Ik probeer mijn angstgevoelens te onderdrukken. Kate en Elliot weten dat ik hier ben.

Hij staat heel dicht bij me als hij de boeien vastmaakt. Ik staar naar zijn borst. Hij is zo lekker dichtbij. Hij ruikt naar zeep en Christian, een bedwelmende mix die me terugbrengt naar het nu. Ik wil met mijn neus en tong door zijn borsthaar woelen. En daarvoor hoef ik alleen maar iets naar voren te buigen...

Hij doet een stap achteruit en kijkt me aan met een geloken en geile, wellustige blik. Ik ben weerloos, mijn handen zijn vastgebonden, maar alleen al het kijken naar zijn mooie gezicht en te zien hoe graag hij me wil, maakt me vochtig tussen mijn benen. Hij loopt langzaam om me heen.

'U ziet er vastgebonden echt verrukkelijk uit, mevrouw Steele. En je houdt je grote mond op dit moment, daar ben ik ook blij om.'

Hij staat inmiddels weer recht voor me, en haakt zijn vingers achter de rand van mijn slipje. Tergend langzaam trekt hij mijn broekje naar beneden en buigt zijn knieën zodat hij uiteindelijk geknield voor me zit. Hij laat mijn blik niet los als hij mijn slipje uit doet, het naar zijn neus brengt en de geur ervan diep opsnuift. *Jezus. Deed hij dat echt?* Met een gemene grijns op zijn gezicht stopt hij mijn slipje in de achterzak van zijn eigen spijkerbroek.

Hij richt zich langzaam op, sierlijk als een lynx, en drukt het zweepje tegen mijn navel aan en draait er rondjes omheen – het wekt een begeerte in me op die niet te vervullen lijkt. Als ik het leer voel, gaat er een rilling door me heen en begin ik zachtjes te hijgen. Hij loopt nog een keer om mee heen terwijl hij ondertussen met de knop van het zweepje langs mijn middel strijkt. Bij het tweede rondje laat hij opeens los en geeft me een tik onder mijn billen waarbij hij net mijn vagina raakt. Verrast slaak ik een gilletje en al mijn zenuwen hebben nu zijn volle aandacht. Ik geef een ruk aan de ketting. Er gaat een schokgolf van genot door me heen, en ik realiseer me dat dit het lekkerste en vreemdste en genotzuchtigste gevoel is dat ik ooit heb ervaren.

'Stil,' fluistert hij terwijl hij weer om me heen loopt. De kop van het zweepje houdt hij nu iets hoger dan net. Als hij me weer een tik geeft op dezelfde plek, zal ik er niet meer van schrikken... O, wat geil. Mijn lichaam kronkelt van verwachting.

Hij loopt weer om me heen en geeft me weer een tik, dit keer tegen een van mijn tepels. Ik gooi mijn hoofd achterover, mijn zenuwuiteinden tintelen. Dan is mijn andere borst aan de beurt… een korte maar zoete straf. Mijn tepels staan stijf rechtop van deze onverwachte aanval en ik kreun hardop, onderwijl aan mijn handboeien trekkend.

'Voelt dat lekker?' vraagt hij met een donkere stem.

'Ja.'

Hij slaat me nog een keer op mijn kont, nu geeft het een brandend gevoel.

'Ja, wat?'

'Ja, meneer,' zeg ik zachtjes jammerend.

Hij houdt stil… maar ik kan hem niet zien. Ik houd mijn ogen gesloten als ontelbare vibraties door mijn lichaam suizen. Hij geeft nu piepkleine tikjes over mijn hele buik, steeds lager. Ik weet waar dit naartoe gaat en ik probeer me erop voor te bereiden – maar als hij eenmaal mijn clitoris raakt, schreeuw ik het uit.

'O… alsjeblieft!' kerm ik.

'Stil,' commandeert hij me en hij geeft me nog een tik op mijn billen.

Ik had nooit kunnen bedenken dat het zo zou zijn… ik ben helemaal de weg kwijt. Ik drijf op een zee van genot. Tot hij opeens het topje van het zweepje tegen mijn venusheuvel drukt en door het donshaar richting mijn vagina gaat.

'Kijk eens hoe nat je ervan wordt, Anastasia. Open je ogen en je mond.'

Als verdoofd doe ik wat hij me opdraagt. Hij duwt het uiteinde van het zweepje in mijn mond, net als in mijn droom. *Holy shit.*

'Proef hoe je smaakt. Lik eraan en zuig. Zuig er hard op, schatje.'

Mijn lippen sluiten zich om de zweep terwijl ik hem aankijk. Ik proef een mix van smaken: het leer en het zilt van mijn eigen opwinding. Zijn ogen schieten heen en weer, hij is duidelijk in zijn element.

Dan haalt hij het topje van de zweep uit mijn mond, doet nog een stap dichterbij en grijpt me vast. Hij kust me hard, zijn tong dringt mijn mond binnen. Hij slaat zijn armen om me heen en drukt me stevig tegen zich aan. Hij drukt me bijna fijn en ik wriemel en draai om hem aan te kunnen raken, maar ik kan niets – mijn handen zitten vast in de boeien.

'O Anastasia, je smaakt zo heerlijk,' fluistert hij. 'Zal ik je laten klaarkomen?'

'Alsjeblieft,' smeek ik hem.

Het zweepje tikt tegen mijn billen. *Au!*

'Alsjeblieft, wat?'

'Alstublieft, meneer,' jammer ik.

Hij glimlacht triomfantelijk naar me.

'Hiermee?' Hij houdt het zweepje omhoog, zodat ik het kan zien.

'Ja, meneer.'

'Weet je het zeker?' Hij kijkt me ernstig aan.

'Ja, alsjeblieft, meneer.'

'Doe je ogen dicht.'

Ik sluit me af voor alles om me heen; de kamer, hem, het zweepje. Hij begint met kleine tikjes tegen mijn buik en daalt dan af naar mijn clitoris – één keer, twee keer, drie keer, en nog eens en nog eens. En dan is er geen houden meer aan, ik kom schreeuwend en kronkelend klaar. Mijn benen worden week en hij vangt me op als ik dreig te vallen. Ik verdwijn helemaal in zijn omhelzing, mijn hoofd ligt tegen zijn borst, en ik stoot korte snikjes uit terwijl mijn orgasme wegebt. Hij tilt me op en opeens zijn we in beweging, mijn armen zitten nog vastgebonden boven me en dan voel ik het koele hout van het gepolijste kruis tegen mijn rug. Hij maakt de knopen van zijn spijkerbroek los, en parkeert mij tegen het kruis aan terwijl hij vlug een condoom omdoet. Dan pakt hij mijn dijen vast en tilt me weer op.

'Til je benen op, schat, en sla ze om me heen.'

Ik voel me slapjes maar ik doe wat hij zegt. Hij houdt mijn benen vast om zijn middel en positioneert zichzelf net onder me. Met één stoot is hij diep in mij en ik schreeuw het opnieuw uit, terwijl ik hem zachtjes hoor kreunen tegen mijn oor. Mijn armen rusten op zijn schouder als hij terugtrekt en weer stoot. Mijn god, wat komt hij diep op deze manier. Hij stoot en stoot, zijn gezicht rust tegen mijn nek en ik voel zijn hete adem tegen mijn keel. Ik voel dat zich opnieuw een spanningsveld opbouwt in mij. O god, nee hè... niet nog een keer... ik denk niet dat mijn lichaam nog zo'n allesverpletterend orgasme aankan. Maar ik heb geen keus... en met de onontkoombaarheid waar ik al enigszins aan begin te wennen, laat ik mezelf gaan en beleef nóg een hoogtepunt. En weer is het opwindend en intens. Ik kan niet langer helder denken en verlies mezelf in het moment. Christian komt ook klaar, hij kreunt met zijn kaken stijf op elkaar en houdt me hard en stevig vast.

Hij trekt zich snel uit me terug en zet me op de grond, tegen het kruis waarbij hij mij overeind houdt met zijn eigen lichaam. Hij maakt mijn handboeien los en we zakken samen op de vloer. Hij trekt me op zijn schoot en wiegt me zachtjes heen en weer terwijl mijn hoofd tegen zijn borst ligt. Ik zou hem willen liefkozen, maar ik heb er de kracht niet voor. Dan realiseer ik me opeens dat hij zijn spijkerbroek nog aanheeft.

'Goed gedaan, schatje,' mompelt hij. 'Deed het pijn?'

'Nee,' zeg ik zachtjes. Ik kan mijn ogen nauwelijks openhouden. *Waarom ben ik opeens zo moe?*

'Had je verwacht dat het pijn zou doen?' fluistert hij terwijl hij me stevig tegen zich aan houdt en een paar losgeraakte haartjes uit mijn gezicht haalt.

'Ja.'

'Weet je, de angst zit vooral in je hoofd, Anastasia.' Hij wacht even. 'Zou je het nog een keer doen?'

Ik probeer na te denken, maar dat is niet eenvoudig met het wolkendek dat zich momenteel in mijn hoofd bevindt... *Nog een keer?*

'Ja,' zeg ik nauwelijks hoorbaar.

Hij omarmt me stevig.

'Mooi. Ik ook,' mompelt hij. Dan zakt hij wat verder onderuit en drukt een zachte kus boven op mijn hoofd.

'En ik ben nog lang niet met je klaar.'

Nog lang niet met me klaar. Lieve help. Meer dan dit kan ik echt niet aan. Ik voel me leeg en vecht tegen de slaap. Ik leun tegen zijn borst, mijn ogen gesloten, en hij omhult me letterlijk – met zijn armen en benen – en ik voel me... veilig en totaal ontspannen. Zal hij me laten slapen, misschien om een nieuwe droom te beleven? Mijn mondhoeken krullen op bij deze malle gedachte. Ik draai mijn hoofd naar Christians borst en snuif zijn heerlijke eigen geur op, maar dan opeens spant hij zich... *o shit.* Ik open mijn ogen en kijk glazig naar hem omhoog. Hij staart me indringend aan.

'Niet doen,' fluistert hij waarschuwend.

Ik slik en kijk vol verlangen weer naar zijn borst. Ik wil met mijn tong door zijn borsthaar woelen. Ik kus hem en voor het eerst zie ik de kleine, ronde littekentjes op zijn borstkas. *Waterpokken? Mazelen?* Mijn gedachten dwalen af.

'Ik wil dat je knielt bij de deur,' zegt hij terwijl hij achteroverleunt en zijn handen op zijn knieën zet, waardoor ik weer vrij kan bewegen. Zijn stem klinkt kil, niet meer warm zoals net.

Onhandig kom ik overeind, ik haast me naar de deur en kniel zoals hij me heeft bevolen. Ik ben trillerig, gruwelijk moe en volkomen in de war. Wie had kunnen vermoeden dat ik zo veel genot in deze kamer zou beleven? Wie had kunnen vermoeden dat het zo *uitputtend* zou zijn? Mijn benen voelen zwaar en onvast. Mijn innerlijke godin heeft zojuist een bordje NIET STOREN aan haar deur gehangen.

Vanuit mijn ooghoeken zie ik Christian bewegen. Mijn ogen vallen bijna dicht van de slaap.

'Verveeld, mevrouw Steele?'

Ik schrik wakker en zie dat Christian pal voor me staat, zijn armen gekruist voor zijn borst. Hij kijkt naar me. O shit, betrapt op een tukje – dat belooft niet veel goeds. Zijn blik wordt zachter als ik hem aankijk.

'Sta op,' zegt hij.

Moeizaam kom ik overeind. Hij kijkt naar me en om zijn lippen verschijnt een glimlach.

'Je hebt genoeg gehad, hè?'

Ik slik en knik verlegen.

'U bent een volhouder, mevrouw Steele.' Hij knijpt zijn ogen samen. 'Ik heb nog niet genoeg gehad. Houd je handen voor je alsof je bidt.'

Ik knipper met mijn ogen. *Bidden! Bidden dat je nog wat van me heel laat, zal je bedoelen!* Ik doe wat hij zegt. Hij pakt een plastic kabelbinder en bindt die om mijn polsen. Jezusmina. Ik kijk hem verschrikt aan.

'Herken je ze?' vraagt hij. Hij kan een lach niet onderdrukken.

Jemig... de kabelbinders. Vakken vullen bij Clayton's! Opeens wordt het me allemaal duidelijk. Ik kijk volkomen verdwaasd naar hem op terwijl de adrenaline door mijn lijf giert. Oké – je hebt de volledige aandacht – ik ben wakker.

'Ik heb een schaar.' Hij laat me de schaar zien. 'Ik kan het bandje elk gewenst moment doorknippen.'

Ik probeer mijn handen los te wurmen uit het bandje maar als ik dat doe, voel ik het plastic branden in mijn vlees. Het doet pijn, maar als ik mijn handen stil houdt gaat het prima – het bandje snijdt dan niet in mijn huid.

'Kom.' Hij neemt me bij de hand en leidt me naar het hemelbed. Ik zie nu pas dat er donkerrode lakens op liggen en dat er ketens aan elke hoek hangen.

Hij buigt naar me toe en fluistert in mijn oor: 'Ik wil meer – veel, veel meer.'

Mijn hart gaat weer als een bezetene tekeer. *O hemel.*

'Maar dit wordt een vluggertje. Je bent moe. Houd je vast aan de bedstijl.'

Ik frons. *Niet op het bed dus?* Ik merk dat ik mijn handen kan spreiden als ik de fraai uitgesneden stijl vastpak.

'Lager,' beveelt hij. 'Goed zo. Niet loslaten. Als je dat wel doet, krijg je slaag. Is dat duidelijk?'

'Ja, meneer.'

'Mooi.'

Hij gaat achter me staan en pakt mijn heupen vast. Dan trekt hij me met een ruk achteruit zodat ik voorover gebogen sta met mijn handen aan het bed.

'Je laat niet los, Anastasia,' zegt hij waarschuwend. 'Ik ga je hard van achteren nemen. Houd je vast aan het bed zodat je niet valt. Is dat duidelijk?'

'Ja.'

Hij slaat me met vlakke hand op mijn achterste. *Au*... dat doet zeer.

'Ja, meneer,' zeg ik snel.

'Doe je benen uit elkaar.' Hij zet een been tussen de mijne en terwijl hij mijn heupen vasthoudt, zet hij mijn rechterbeen iets opzij.

'Dat is beter. Hierna mag je slapen.' Slapen? Ik hijg. Ik denk helemaal niet aan slapen. Hij strekt zijn arm uit en streelt zacht mijn rug.

'Je hebt echt een prachtige huid, Anastasia,' fluistert hij, ondertussen plant hij zachte, vederlichte kussen langs mijn hele ruggenwervel. Tegelijkertijd omsluiten zijn handen mijn borsten, hij kneedt ze en neemt mijn tepels tussen zijn wijsvinger en duim en knijpt er zacht in.

Ik onderdruk een zucht van genot en voel dat mijn lichaam antwoordt op zijn handelingen; ik kom opnieuw tot leven voor hem.

Hij bijt me zachtjes in mijn flanken en zuigt eraan, terwijl hij ondertussen mijn tepels masseert. Mijn handen spannen zich om het prachtig houtsnijwerk van het bed.

Zijn handen laten me even los en ik hoor het inmiddels bekende geluid van een kleine verpakking die wordt opengescheurd. Hij doet zijn spijkerbroek uit.

'Je hebt echt een verrukkelijke kont, Anastasia Steele. Je moest eens weten wat ik daar allemaal mee zou willen doen.' Zijn handen kneden en vormen mijn billen, één voor één. Dan gaan zijn handen naar beneden en voel ik dat hij voorzichtig met twee vingers bij me naar binnen glijdt.

'Zo nat. U stelt me nooit teleur, mevrouw Steele,' fluistert hij en ik hoor een licht verbaasde toon in zijn stem. 'Hou je vast... dit gaat een vluggertje worden, schat.'

Hij houdt mijn heupen vast, brengt zichzelf in de juiste positie en ik zet me schrap voor de aanval die komen gaat. Maar dan grijpt hij mijn vlecht bij het uiteinde en draait hem helemaal om zijn vuist, waardoor mijn hoofd iets achterover wordt gehouden. Heel langzaam dringt hij bij me binnen, ondertussen aan mijn haar trekkend... *God, wat is dit opwindend.* Langzaam trekt hij zich terug, met zijn vrije hand omklemt hij mijn heup en dan stoot hij zijn keiharde lid zo hard en diep in me dat ik bijna naar voren schiet.

'Hou je vast, Anastasia!' sist hij tussen zijn opeengeklemde kaken door.

Ik probeer nog meer grip te krijgen op de bedspijl en druk mijn lichaam achterwaarts tegen hem aan. Hij gaat maar door met stoten, in een vast ritme, zijn vingers als klauwen in mijn heup. Mijn armen doen pijn, mijn benen voelen zwabberig, mijn hoofd doet pijn van het voortdurend aan mijn haar trekken... en dan voel ik een vloedgolf in me opkomen. O nee... voor het eerst ben ik werkelijk bang voor een orgasme… als ik klaarkom... klap ik in elkaar. Christian beukt ondertussen maar door, zijn ademhaling klinkt diep, raspend en onheilspellend. Mijn lichaam beantwoordt elke beweging die hij maakt... *hoe is het mogelijk?* Hij lijkt verder te versnellen. En dan opeens houdt hij stil... om vervolgens dieper in me te stoten dan ooit.

'Kom op, Ana, doe het,' gromt hij, hem mijn naam horen zeggen is het laatste zetje dat ik nodig heb. Ik ben alleen nog mijn lichaam en voel eerst een verrukkelijke bevrijding en euforie, direct gevolgd door complete mentale leegte.

Als ik weer bij mijn positieven ben, merk ik dat ik boven op hem lig. Hij ligt op de vloer, ik lig met mijn rug op zijn borst en ik staar wezenloos naar het plafond. Ik gloei helemaal. *O... de karabijnhaken aan het bed*, bedenk ik half bij bewustzijn – ik was ze helemaal vergeten. Christian smoezelt wat in mijn oor.

'Hou je handen omhoog,' zegt hij liefdevol.

Ondanks het feit dat mijn armen loodzwaar voelen, til ik ze op. Hij zet de schaar op de kabelbinder en knipt hem door terwijl hij zegt: 'Ik verklaar deze Ana voor geopend.'

Ik giechel en wrijf over mijn polsen. Hij grinnikt.

'Dat vind ik zo'n schattig geluid,' zegt hij een beetje weemoedig. Hij gaat snel zitten maar laat me niet los, zodat ik net als eerder bij hem op schoot zit.

'En dat is mijn schuld,' zegt hij, onderwijl behoedzaam mijn armen en schouders knedend. Voorzichtig masseert hij weer wat leven in mijn ledematen.

Wat?

Ik draai mijn hoofd een beetje en kijk hem aan, ik begrijp niet wat hij bedoelt.

'Dat je niet vaker giechelt,'

'Ik ben niet zo'n giechelaar,' antwoord ik slaperig.

'Maar áls het gebeurt, is het een voorrecht en genot om naar te luisteren.'

'Wat kunt u zich toch bloemrijk uitdrukken, meneer Grey,' prevel ik en ik probeer mijn ogen open te houden.

Zijn blik wordt zachter en hij glimlacht.

'Ik zou zeggen dat je geneukt bent tot je geen pap meer kunt zeggen en dringend moet slapen.'

'Dat is allerminst bloemrijk,' zeg ik quasiboos.

Hij lacht weer en zet me op de grond. Dan gaat hij staan, in al zijn naakte glorie. Ik zou willen dat ik op dit moment iets helderder was om van het uitzicht te kunnen genieten. Hij pakt zijn spijkerbroek en schiet er snel in, zonder ondergoed.

'Ik wil Taylor niet bang maken, en mevrouw Jones ook niet, wat dat betreft.'

Hmm... zij moeten weten hoe pervers hij eigenlijk is. Ik verzink in gedachten.

Hij bukt om mij overeind te helpen en leidt me naar de deur, waar aan een haakje een katoenen badjas hangt. Hij helpt me erin alsof ik een klein kind ben. Ik heb de kracht niet meer om mijn armen in de mouwen te steken.

Nu ik enigszins fatsoenlijk gekleed ben, buigt hij zich naar me toe en geeft me een liefdevolle kus. Hij glimlacht.

'Naar bed, jij,' zegt hij.

O... niet weer toch?...

'Om te slapen,' voegt hij er snel aan toe als hij mijn verschrikte gelaatsuitdrukking ziet.

Dan, ineens, tilt hij me op en hij draagt me als een kind naar de kamer verderop in de gang, waar ik eerder die dag ben onderzocht door dr. Green. Mijn hoofd zakt tegen zijn borstkas. Ik ben uitgeput, ik kan me niet herinneren dat ik ooit zó moe ben geweest.

Hij slaat het dekbed terug en legt me in bed. Tot mijn verbazing kruipt hij naast me en houdt me dicht tegen zich aan.

'En nu slapen, lekker ding,' fluistert hij en hij kust mijn haar.

En nog voordat ik hem van gevatte repliek kan dienen, val ik in slaap.

Negentien

Zachte lippen strelen over mijn slaap en voorhoofd, overladen me met liefdevolle kusjes. Mijn hoofd wil zich omdraaien en reageren, maar mijn lichaam besluit toch dat het liever wil blijven slapen. Ik kreun en begraaf mijn gezicht in het kussen.

'Wakker worden, Anastasia.' Christians stem klinkt smekend.

'Nee,' kreun ik.

'Over een halfuur moeten we weg om te gaan eten bij mijn ouders.' Hij vindt dit leuk.

Met tegenzin open ik mijn ogen. Het is schemerig buiten. Christian hangt over me heen en kijkt me indringend aan.

'Kom, slaapkopje, je moet echt opstaan nu.' Hij bukt zich en geeft me nog een kus.

'Ik heb wat te drinken voor je meegenomen. Ik ben beneden. Niet meer in slaap vallen, want dan heb je een probleem,' dreigt hij, maar zijn toon is mild. Hij geeft me nog snel een kusje en loopt de kamer uit, terwijl ik de slaap uit mijn ogen wrijf in de koele, verlaten kamer.

Ik voel me stukken beter, maar opeens ook nerveus. Lieve help, ik ga zijn ouders ontmoeten! Hij heeft me nog maar een paar uur geleden bewerkt met een rijzweepje en me vastgebonden met kabelbinders die ik hem nota bene zelf heb verkocht – en nu ga ik kennismaken met zijn pa en ma. Het zal voor Kate ook een eerste kennismaking met hen zijn – nou ja, dan heb ik in elk geval iemand voor morele steun. Ik rol met mijn schouders, ze voelen stijf. Zijn idee van een personal trainer lijkt opeens niet meer zo buitenissig. Sterker nog, ik zal er hard een nodig hebben, wil ik hem kunnen bijhouden.

Ik klim voorzichtig uit bed en zie dat mijn jurk aan de kast hangt en mijn bh op de stoel ligt. Waar is mijn slipje? Ik kijk onder de stoel. Niks. Dan weet ik het opeens weer – hij heeft het in zijn broekzak gefrommeld. Ik bloos bij de herinnering, dat was nadat hij... ik durf er nauwelijks nog aan terug te denken, hij was zo – bruut. Ik frons. *Waarom heeft hij me mijn slipje niet teruggegeven?*

Ik sluip naar de badkamer, een beetje van mijn stuk gebracht door de afwezigheid van ondergoed. Als ik mezelf afdroog na een heerlijke maar veel te korte douche, bedenk ik dat hij het expres heeft gedaan. Hij wil dat ik me geneer en om mijn slipje kom vragen, zodat hij kan besluiten het al dan niet terug te geven. De godin in mij grinnikt. *Wacht maar... dit spel kun je ook met z'n tweeën spelen.* Ik besluit resoluut dat ik hem niet het plezier ga gunnen om mijn ondergoed terug te vragen. Dan ontmoet ik zijn ouders maar in mijn blote kont. *Anastasia Steele!* Mijn onderbewustzijn schreeuwt berispend om aandacht, maar ik besluit haar te negeren – eigenlijk ben ik best trots op mezelf, in de wetenschap dat mijn besluit hem helemaal gek zal maken.

Eenmaal terug in de slaapkamer doe ik mijn bh aan, schiet ik in mijn jurk en trek mijn schoenen aan. Ik maak de vlecht in mijn haar los en borstel het haastig door. Dan zie ik het drankje dat hij voor me heeft neergezet. Het is lichtroze. Wat zou het zijn? Cranberrysap met bruisend water. Hmm... het smaakt heerlijk en lest mijn dorst.

In de badkamer bekijk ik mezelf in de spiegel: heldere ogen, een lichte blos op de wangen en een zelfvoldaan lachje om mijn lippen vanwege mijn ondergoedplan. Dan haast ik mij naar beneden. Vijftien minuten, niet slecht, al zeg ik het zelf.

Christian staat bij het grote raam en draagt de grijze broek die ik hem zo lekker vind staan, de broek die zo heerlijk sexy op zijn heupen hangt, met daarop – uiteraard – een witte linnen blouse. Draagt hij nooit andere kleuren? Muziek van Frank Sinatra klinkt zacht uit de luidsprekers.

Christian draait zich om en glimlacht als ik de kamer binnenstap. Hij neemt me op met een indringende blik.

'Hoi,' zeg ik zachtjes en ik lach sfinxachtig naar hem.

'Hoi,' antwoordt hij. 'Hoe voel je je?' In zijn ogen bespeur ik een geamuseerde schittering.

'Goed, dank je. En jij?'

'Ik voel me uitstekend, mevrouw Steele.'

Hij wacht duidelijk tot ik iets ga zeggen.

'The Voice. Dat had ik niet achter je gezocht.'

Zijn wenkbrauwen gaan omhoog, zijn blik is peinzend.

'Uiteenlopende smaak, weet u nog wel, mevrouw Steele,' zegt hij zacht en hij sluipt naar me toe met de gang van een panter, tot hij vlak voor me staat. Zijn blik is zo intens dat ik bijna geen lucht meer krijg.

Frank steekt weer van wal... een oud liedje, een van Rays favorieten, 'Witchcraft'. Christian streelt met zijn vingertoppen mijn wangen en ik voel het tot helemaal *daarbeneden*.

'Dans met me,' fluistert hij, zijn stem is fluweelzacht.

Hij haalt de afstandsbediening uit zijn zak, zet de muziek harder, en strekt zijn hand naar me uit; uit zijn oogopslag spreken belofte, verlangen en genot. Hij is betoverend, en heeft mij volledig in zijn macht. Ik leg een hand in de zijne. Hij tovert een luie grijns tevoorschijn en trekt me naar zich toe, waarbij hij een van zijn armen rond mijn middel houdt.

Ik leg mijn vrije hand op zijn schouder en glimlach naar hem, blij met zijn aanstekelijke, speelse stemming. Hij maakt een zwaai met me en daar gaan we dan. Jeetje, hij kan echt goed dansen. De hele ruimte is onze dansvloer, van het raam naar de keuken en weer terug. We draaien en zwieren op de maat van de muziek. Hij leidt zo goed dat het me geen enkele moeite kost om zijn passen te volgen. We dansen rond de eettafel richting de piano, heen en weer voor het grote raam langs, terwijl de stad onder ons schittert – een magisch decor voor onze dans. Ik lach, voel me zorgeloos. En hij lacht naar mij als de muziek wegsterft.

'Er is geen leukere heks dan jij,' mompelt hij en hij geeft me een kus. 'Zo, dat heeft weer wat kleur op je wangen gebracht, mevrouw Steele. Bedankt voor de dans. Zullen we nu mijn ouders gaan ontmoeten?'

'Graag gedaan, en ja, ik kan niet wachten om kennis met hen te maken,' antwoord ik buiten adem.

'Heb je alles wat je nodig hebt?'

'Ja hoor,' antwoord ik liefjes.

'Weet je dat zeker?'

Ik knik zo nonchalant mogelijk in antwoord op zijn onderzoekende blik. Op zijn gezicht verschijnt een brede grijns en hij schudt zijn hoofd.

'Oké. Als je het zo wilt spelen, mevrouw Steele.'

Hij neemt mijn hand, pakt met zijn andere hand zijn jasje van een barkruk en leidt me door de salon naar de lift. Ach, de vele gezichten van Christian Grey. *Zal ik deze schijnbaar ondoorgrondelijke man ooit kunnen begrijpen?*

In de lift kijk ik steels naar hem. Hij heeft een binnenpretje, een spoortje van een lach speelt om zijn zinnelijke mond. Ik heb zo het gevoel dat ik de aanleiding ben. *Hoe kon ik het ook bedenken?* Ik ga zijn ouders ontmoeten en ik heb geen slipje aan. Mijn onderbewustzijn kijkt naar me met een ik-heb-het-je-toch-gezegd-blik. In de relatieve veiligheid van het appartement leek het een grappig, spannend idee. Maar nu ben ik bijna buiten en is het niet meer lollig, *zonder slipje*! Hij kijkt op me neer en dan is het er weer, die vreemde spanning die zich tussen ons opbouwt. Zijn geamuseerde blik verdwijnt van zijn gezicht en zijn ogen worden donker... *o hemel.*

De lift stopt op de begane grond. Christian schudt even met zijn hoofd, alsof hij zijn gedachten wil ordenen en met een handgebaar laat hij me voorgaan. *Wie houdt hij voor de gek?* Hij is geen heer, hij heeft mijn slipje.

Taylor rijdt de grote Audi voor. Christian opent het achterportier en ik probeer zo elegant mogelijk in te stappen, gegeven mijn ongewild sliploze status. Gelukkig komt Kates jurk tot mijn knieën en waait de stof niet op.

We gaan de snelweg op, geen van ons zegt een woord, ongetwijfeld ook door de aanwezigheid van Taylor voorin. Christians humeur verandert voelbaar, elke kilometer noordelijker lijkt hij minder vrolijk te zijn. Hij staart diep in gedachten naar buiten, en ik weet dat er een afstand tussen ons ontstaat. Waar denkt hij aan? Ik kan het hem niet vragen. Wat kan ik zeggen waar Taylor bij is?

'Waar heb je leren dansen?' vraag ik voorzichtig. Hij draait zijn hoofd naar me toe, maar ik kan zijn ogen niet goed zien in het flikkerende licht van de lantaarnpalen waar we langs schieten.

'Wil je dat echt weten?' vraagt hij zacht.

M'n hart verzakt, en nu wil ik het eigenlijk niet meer weten, want ik kan het wel raden.

'Ja,' prevel ik met enige tegenzin.

'Mrs. Robinson hield veel van dansen.'

O, mijn ergste vermoedens worden bewaarheid. Hij heeft veel van haar geleerd, en van die wetenschap word ik wat somber – er is niets wat ik hem kan leren. Ik heb geen speciale vaardigheden of talenten.

'Ze was vast een goede onderwijzeres.'

'Dat is zo,' zegt hij zacht.

Ik pieker. Heeft zij hem op z'n best gekend? Voordat hij zo gesloten werd? Of is zij juist degene die hem aanmoedigde extravert te zijn? Hij heeft zo'n leuke, speelse kant. Ik lach onwillekeurig als ik terugdenk aan het dansen door de kamer in zijn armen, zo onverwacht, en hij heeft mijn slipje nog, ergens.

En dan is er de Rode Kamer van Pijn. In een reflex wrijf ik over mijn polsen – dat is wat plastic koordjes doen met meisjesarmen. Dat heeft ze hem ook allemaal geleerd, of ze heeft hem ermee geruïneerd, afhankelijk van hoe je ernaar kijkt. Misschien was hij evengoed op dat punt beland, met of zonder Mrs. R., bedenk ik, en ik realiseer me op dat moment dat ik haar haat. Het is voor haar te hopen dat we elkaar nooit zullen ontmoeten, want dan sta ik niet voor mezelf in. Ik kan me niet herinneren dat ik ooit zo emotioneel en instinctief ben geweest over iemand die ik niet eens ken. Terwijl ik naar buiten staar, wentel ik me in mijn gevoelens van irrationele angst en jaloezie.

Ik denk terug aan die middag. Afgaande op wat ik weet van zijn voorkeuren, denk ik dat hij nog mild voor me is geweest. *Zou ik het nog eens doen?* Ik kan niet eens doen alsof ik argumenten tegen heb. Natuurlijk doe ik het nog een keer als hij het me zou vragen – tenminste, als hij me geen pijn doet en het de enige manier is om bij hem te zijn.

Want daar draait het uiteindelijk allemaal om: ik wil bij hem zijn. Mijn innerlijke godin slaakt een zucht van verlichting. Ik kom tot de conclusie dat zij maar zelden haar hersens gebruikt om na te denken, waar zij een ander deel van haar lichaam voor inzet – en op dit moment ligt dat deel een beetje open en bloot.

'Niet doen,' mompelt hij.

Ik frons en draai me naar hem om.

'Wat niet?' Ik heb hem niet eens aangeraakt.

'Te lang over dingen nadenken, Anastasia.' Hij strekt zijn hand uit, pakt mijn hand en brengt die naar zijn lippen. Voorzichtig kust hij de rug van mijn hand. 'Ik heb een geweldige middag gehad. Dank je.'

Hij is weer bij me terug. Ik kijk naar hem op en glimlach verlegen. Hij brengt me in de war. Ik besluit hem iets te vragen wat me nogal bezighoudt.

'Waarom gebruikte je een kabelbinder?'

Hij grijnst naar me.

'Snel, makkelijk en weer iets heel anders om jou te laten ervaren. Ik weet dat ze vrij wreed zijn, en daar hou ik eigenlijk wel van als het om bondagemiddelen gaat.' Hij schenkt me een milde lach. 'Zeer effectief om jou op je plek te houden.'

Ik bloos en kijk schichtig naar Taylor, die onbeweeglijk naar de weg voor zich kijkt. *Wat moet ik hier nou op zeggen?* Christian haalt onschuldig zijn schouders op.

'Het hoort allemaal bij mijn wereld, Anastasia.' Hij geeft een kneepje in mijn hand en laat hem los om vervolgens weer uit het raam te staren.

Zijn wereld ja, en ik wil daar deel van uitmaken, maar of dat ook op zijn voorwaarden kan? Ik weet het gewoon niet. Hij heeft niets gezegd over dat stomme contract. Mijn innerlijke muzen doen niets om me op te vrolijken. Ik staar uit het raam en zie dat het landschap is veranderd. We gaan een brug over en zijn omhuld door diepe duisternis. Het ziet er buiten net zo uit als ik me vanbinnen voel, het voelt verstikkend.

Ik werp een vluchtige blik op Christian en zie dat hij naar me zit te staren.

'Mag ik weten waar je aan denkt?' vraagt hij.

Ik slaak een diepe zucht en frons mijn wenkbrauwen.

'Is het zo erg?' zegt hij.

'Ik zou wel eens willen weten waar jíj aan denkt.'

Hij grijnst. 'Ik ook, schatje,' antwoordt hij, terwijl Taylor ons langs pikdonkere wegen naar Bellevue brengt.

Even voor achten draait de Audi de oprit op van een landhuis in koloniale stijl. Het huis is adembenemend mooi, zelfs rozenstruiken bij de voordeur. Perfectie zoals je dat alleen in woonmagazines ziet.

'Ben je hier klaar voor?' vraagt Christian, terwijl Taylor de auto pal voor de imposante voordeur parkeert.

Ik knik, en hij knijpt nog eens bemoedigend in mijn hand.

'Voor mij is het ook nieuw,' fluistert hij, om er met een gemeen lachje aan toe te voegen: 'Ik wil wedden dat je nu wel heel graag je ondergoed aan zou hebben.'

Ik bloos. Dat was ik heel even vergeten. Gelukkig is Taylor net uitgestapt en kan hij onze conversatie niet horen. Ik kijk boos naar Christian, die een lach van oor tot oor heeft als ik uit de auto stap.

Dr. Grace Trevelyan-Grey staat in de deuropening op ons te wachten. Ze ziet er elegant en geraffineerd uit in haar pastelblauwe zijden jurk. Achter haar staat meneer Grey... dat neem ik tenminste aan; groot, blond en op zijn eigen manier net zo knap als Christian.

'Anastasia, je kent mijn moeder al. Grace. En dit is mijn vader, Carrick.'

'Aangenaam kennis met u te maken, meneer Grey.' Ik lach en schud zijn uitgestoken hand.

'Het genoegen is geheel aan mij, Anastasia.'

'Alstublieft, noemt u mij Ana.'

Hij heeft blauwe ogen en zijn blik is zacht en vriendelijk.

'Ana, wat leuk om je weer te zien.' Grace geeft me een dikke knuffel. 'Kom binnen, lieverd.'

'Is ze er al?' hoor ik een meisjesstem ergens in het huis gillen. Nerveus kijk ik naar Christian.

'Dat zal Mia zijn, mijn zusje,' zegt hij bijna prikkelbaar, maar niet helemaal. In zijn stem klinkt een ondertoon van genegenheid en er verschijnen lachrimpels rond zijn ogen als hij haar naam noemt. Christian is duidelijk dol op haar. Het is een openbaring. En dan komt ze door de hal naar ons toe. Ze is van mijn leeftijd, lang, een beetje mollig en ze heeft gitzwart haar.

'Anastasia! Ik heb zoveel over je gehoord.' Ze geeft me een stevige knuffel.

Jezusmina. Ik moet lachen om haar hyperactieve enthousiasme.

'Zeg maar Ana, alsjeblieft,' zeg ik terwijl ze me de ruime hal in sleurt.

Overal waar ik kijk zie ik donkerhouten vloeren en antieke tapijten, en een wenteltrap naar de bovenverdieping.

'Hij heeft nog nooit eerder een vriendin mee naar huis genomen,' zegt Mia, en haar donkere ogen twinkelen van plezier.

Christian rolt met zijn ogen en ik trek een wenkbrauw op als ik hem aankijk. Hij knijpt zijn ogen tot spleetjes.

'Mia, doe even rustig,' zegt Grace vermanend. 'Dag schat,' zegt ze tegen Christian terwijl ze hem op beide wangen zoent. Hij schenkt haar een liefdevolle blik en geeft dan zijn vader een hand.

Het hele gezelschap gaat naar de woonkamer. Mia laat mijn hand niet los. De kamer is ruim, en smaakvol gedecoreerd met crème-, bruin- en lichtblauwtinten – comfortabel, ingetogen en heel stijlvol.

Kate en Elliot zitten tegen elkaar aan op een bank, ze hebben allebei een champagneglas in hun hand. Kate veert overeind om me te omhelzen, en dat is voor Mia het moment om mijn hand eindelijk los te laten.

'Ha, Ana!' Ze straalt. 'Christian.' Haar hoofd maakt een nors knikje.

'Kate.' Hij doet net zo formeel tegen haar.

Ik frons als ik hen zo zie. Elliot grijpt me beet voor een megaknuffel. Wat heeft dit te betekenen, is het de nationale knuffel-Ana-week of zo? Zo veel genegenheid – ik ben het gewoon niet gewend. Christian staat naast me en slaat een arm om me heen.

Dan legt hij zijn hand op mijn heup, spreidt zijn vingers en trekt me nog dichter naar zich toe.

Iedereen kijkt naar ons, het is zenuwslopend.

'Iemand wat drinken?' Meneer Grey herpakt zich. 'Prosecco?'

'Graag,' zeggen Christian en ik tegelijk.

O... dit is allemaal typischer dan typisch. Mia klapt verrukt in haar handen.

'Jullie zeggen zelfs hetzelfde! Ik haal het wel.' Ze schiet de kamer uit.

Ik krijg een dieprode kleur en terwijl ik naar Kate en Elliot kijk die samen op de bank zitten, realiseer ik me opeens dat Christian me alleen heeft uitgenodigd omdat Kate hier ook is. Elliot heeft Kate waarschijnlijk frank en vrij gevraagd zijn ouders te ontmoeten. Christian kon geen kant op – hij wist dat ik erachter zou komen via Kate. Ik frons bij de gedachte. Hij was gedwongen mij ook uit te nodigen. Een stom en deprimerend idee. Mijn onderbewuste knikt naar me met een wijze blik van nou-het-duurde-nog-best-lang-voor-je-dat-bedacht-muts.

'Het eten is bijna klaar,' zegt Grace en ze loopt Mia achterna de kamer uit.

Christian fronst en kijkt me aan.

'Ga zitten,' zegt hij, wijzend op een pluchen bank. Ik doe wat hij zegt, en sla daarbij heel voorzichtig mijn benen over elkaar. Hij gaat naast me zitten maar raakt me niet aan.

'We hadden het net over de vakantie, Ana,' zegt meneer Grey vriendelijk. 'Elliot heeft besloten om een weekje mee te gaan naar Barbados met Kate en haar familie.'

Ik kijk naar Kate; ze grijnst breed en haar ogen fonkelen. Ze is zo blij. Kom op, Katherine Kavanagh, houd je naam eens hoog!

Meneer Grey vraagt: 'En, ga je er even tussenuit nu je bent afgestudeerd?'

'Ik denk erover om een paar dagen naar Georgia te gaan,' antwoord ik.

Christian kijkt me verbaasd aan en knippert een paar keer met zijn ogen. Zijn blik is ondoorgrondelijk. *O shit.* Ik heb hem hier nog niets over verteld.

'Georgia?' mompelt hij.

'Daar woont mijn moeder, ik heb haar al een poosje niet gezien.'

'En wanneer denk je daarnaartoe te gaan?' Zijn stem klinkt diep.

'Morgen, in de avond.'

Dan stuitert Mia de kamer weer in en geeft ons allebei een champagneglas gevuld met lichtroze prosecco.

'Op jullie gezondheid!' zegt meneer Grey, en hij heft zijn glas. Een passende toost voor de echtgenoot van een dokter, bedenk ik lachend.

'Hoe lang blijf je weg?' vraagt Christian eng zacht.

O mijn god... hij is boos.

'Dat weet ik nog niet. Het hangt ervan af hoe mijn interviews morgen gaan.'

Hij perst zijn kaken op elkaar en ik zie die bemoeizuchtige blik in Kates ogen verschijnen. Ze glimlacht liefjes.

'Ze is er echt aan toe om er even uit te gaan,' zegt ze nadrukkelijk tegen Christian. Waarom doet ze zo tegendraads tegen hem? Wat mankeert haar?

'Dus je hebt sollicitatiegesprekken?' vraagt meneer Grey.

'Ja, morgen, voor traineeplaatsen bij twee uitgevers.'

'Nou, dan wens ik je vast veel succes.'

'We kunnen aan tafel,' zegt Grace.

Iedereen staat op. Kate en Elliot lopen met meneer Grey en Mia de kamer uit. Ik wil achter ze aan gaan, maar Christian pakt me bij mijn elleboog zodat ik abrupt tot stilstand kom.

'Wanneer was je van plan mij in te lichten over je vertrek?' vraagt hij gehaast. Hij spreekt op zachte toon, maar ik zie dat hij zijn woede probeert te onderdrukken.

'Ik ga niet weg, ik ga naar mijn moeder, en bovendien is het nog niet eens zeker.'

'En onze afspraak dan?'

'Wij hebben nog geen afspraak gemaakt.'

Hij knijpt met zijn ogen en lijkt dan bij z'n positieven te komen. Dan laat hij mijn hand los, en neemt me bij mijn elleboog mee de kamer uit.

'Hier zijn we nog niet over uitgesproken,' fluistert hij dreigend als we de eetkamer binnengaan.

O shit. Ik vraag hem toch niet het hemd van 't lijf?... *alleen mijn ondergoed terug.* Ik geef hem een verwaande blik.

De eetkamer doet me denken aan ons privédiner bij het Heathman. Boven de donkerhouten eettafel hangt een kristallen kroonluchter en aan de muur hangt een enorme, prachtig versierde spiegel. Midden op de tafel, die is gedekt met een wit linnen kleed, staat een enorme schaal met lichtroze pioenrozen. Het geheel ziet er echt prachtig uit.

Iedereen gaat zitten. Meneer Grey zit aan het hoofd van de tafel, ik zit rechts naast hem en Christian zit weer naast mij. Meneer Grey neemt de geopende fles rode wijn en biedt Kate een glas aan. Mia gaat naast Christian zitten, pakt zijn hand en knijpt er zachtjes in. Christian glimlacht liefdevol naar haar.

'Waar heb je Ana leren kennen?' vraagt Mia hem.

'Ze interviewde me voor de studentenkrant.'

'Die Kate redigeert,' voeg ik er snel aan toe, in de hoop de conversatie naar iemand anders te leiden

Mia straalt naar Kate, die tegenover haar naast Elliot zit, en ze beginnen te praten over het universiteitsblad.

'Wil je wijn, Ana?' vraagt meneer Grey.

'Graag.' Ik lach naar hem. Meneer Grey staat op om de glazen te vullen.

Ik werp een steelse blik op Christian en hij draait zich naar me toe, zijn hoofd een beetje opzij.

'Wat is er?' vraagt hij.

'Wees nou niet boos op me,' fluister ik.

'Ik ben ook niet boos op je.'

Ik kijk hem aan. Hij zucht.

'Oké, ik ben wel boos op je.' Hij doet zijn ogen even dicht.

'Jeukende-handen-boos?' vraag ik nerveus.

'Zeg, wat zitten jullie daar te smoezen?' vraagt Kate.

Ik bloos, en Christian werpt haar een hou-je-erbuiten-Kavanagh-blik toe. Zelfs Kate verstijft van deze blik.

'Gewoon, over mijn reisje naar Georgia,' zeg ik vrolijk, in de hoop dat ik daarmee hun vijandigheden tot stoppen kan brengen.

Kate lacht, haar ogen hebben een gemene glans.

'Was het nog gezellig met José vrijdag, toen je met hem naar de kroeg bent gegaan?'

Jezus christus, Kate. Ik sper mijn ogen naar haar open. Waar is ze mee bezig?

Zij spert haar ogen ook open als antwoord naar mij en ik realiseer me dat ze Christian jaloers probeert te maken. *Ze moest eens weten.* Ik dacht dat ik hier wel mee zou wegkomen.

'Prima,' prevel ik.

Christian buigt zich naar me toe.

'Jeukende-handen-boos,' bijt hij me toe. 'En nu helemaal.'

Nee hè. Ik krimp ineen.

Grace komt binnen met twee borden, gevolgd door een mooie jonge vrouw met blonde paardenstaartjes. Ze is in het lichtblauw gekleed en draagt een dienblad met borden. Haar ogen vinden Christian meteen. En zodra ze hem heeft gevonden, bloost ze en kijkt verlegen naar hem op van onder haar lange, mascarazwarte wimpers. *Pardon?!*

Ergens in huis gaat een telefoon over.

'Als jullie me even willen excuseren,' zegt meneer Grey, en hij staat op en verlaat de kamer.

'Dankjewel, Gretchen,' zegt Grace zachtjes, en ze fronst als meneer Grey de kamer uit loopt.

'Zet het dienblad maar op de kast.' Gretchen knikt en met een laatste stiekeme blik op Christian verlaat ze de kamer.

Zo, dus de Greys hebben personeel, en dat personeel zit een beetje te gluren naar *mijn* toekomstige Dominant. Kan het allemaal nog erger worden vanavond? Ik frons en kijk naar mijn handen in mijn schoot.

Meneer Grey komt terug.

'Het is voor jou, lieverd. Het ziekenhuis,' zegt hij tegen Grace.

'Jongens, begin allemaal alsjeblieft.' Grace glimlacht naar me als ze een bord voor me neerzet.

Het ruikt verrukkelijk. Sint-jakobsschelpen met chorizo, geroosterde rode paprika's en sjalotjes, versierd met bladpeterselie. En hoewel ik de kriebels in mijn buik heb van Christians dreigementen, de heimelijke blikken van die mooie kleine Juf Paardenstaart, en de toestand met mijn verdwenen slipje, voel ik me uitgehongerd. Ik bloos als ik besef dat de trek wordt veroorzaakt door de enorme fysieke prestatie die ik vanmiddag heb geleverd.

Even later komt Grace terug, ze fronst. Meneer Grey buigt zijn hoofd zijwaarts naar haar toe... net als Christian.

'Is alles in orde?'

'Weer iemand met de mazelen.' Grace zucht.

'Nee hè?'

'Ja, een kind. De vierde al deze maand. Als mensen hun kinderen nou eens lieten inenten...' Ze schudt somber haar hoofd en tovert dan een glimlach tevoorschijn. 'Ik ben zo blij dat onze kinderen dat nooit hebben hoeven doormaken. Het ergste wat zij ooit hebben gehad, zijn de waterpokken, godzijdank. Arme Elliot,' zegt ze terwijl ze gaat zitten en liefdevol haar zoon toelacht. Elliot stopt met kauwen en slaakt een getergde zucht.

'Christian en Mia hebben geluk gehad. Ze hebben het allebei in heel lichte vorm gehad, nauwelijks een plekje te zien.'

Mia giechelt, en Christian rolt met zijn ogen.

'Heb je de wedstrijd van de Mariners gezien, pa?' Elliot wil het gesprek duidelijk een andere wending geven.

De amuse is echt heerlijk en ik concentreer me op het eten, terwijl Elliot, meneer Grey en Christian over honkbal praten. Christian wekt een relaxte en kalme indruk bij zijn familie. Mijn brein draait echter overuren. Verdomme Kate, wat wil ze nou? *Gaat hij me straf geven?* Ik ril bij de gedachte. Ik heb het contract nog niet getekend. Misschien ga ik het niet doen ook. Misschien blijf ik wel in Georgia, ver weg van hem.

'Hoe bevalt het je in je nieuwe appartement, lieverd?' vraagt Grace beleefd.

Ik ben haar dankbaar voor haar vraag, want hij leidt me af van mijn gedachten, en ik vertel haar over de verhuizing.

Zodra we de amuses op hebben, verschijnt Gretchen weer, en opnieuw zou ik de moed willen hebben om Christian gewoon aan te raken om haar zo duidelijk te maken: hij mag dan wel vijftig tinten van verneukt zijn, maar hij is wel van mij. Ze ruimt de tafel af, waarbij ze iets te dicht langs Christian gaat naar mijn zin. Gelukkig lijkt hij zich niet eens bewust te zijn van haar aanwezigheid, maar mijn innerlijke godin heeft een bijzonder slecht humeur en er smeult een gevaarlijk vuurtje binnen in mij.

Kate en Mia voeren een geanimeerd gesprek over Parijs.

'Ben jij wel eens in Parijs geweest, Ana?' vraagt Mia in al haar onschuld, waarmee ze mij uit mijn jaloerse dagdromerij haalt.

'Nee, maar dat zou ik wel graag willen.' Ik weet dat ik aan deze tafel de enige ben die nog nooit het Amerikaanse continent heeft verlaten.

'Onze huwelijksreis ging naar Parijs.' Grace glimlacht naar meneer Grey, die op zijn beurt naar haar grijnst.

Het is bijna gênant om erbij te zijn. Ze houden duidelijk zielsveel van elkaar en even vraag ik me af hoe het is om op te groeien bij allebei je ouders.

'Het is een mooie stad,' zegt Mia instemmend, 'ondanks de Parijzenaars. Christian, je moet met Ana naar Parijs.'

'Ik denk dat Anastasia liever naar Londen gaat,' zegt Christian zacht. *O... hij weet het nog.* Hij legt zijn hand op mijn knie – zijn vingers kruipen langzaam omhoog. Mijn hele lichaam spant zich bij wijze van antwoord. *Nee... niet hier, niet nu.* Ik bloos en schuif wat heen en weer, probeer me van hem af te wenden. Met zijn hand houdt hij mijn benen stevig op hun plaats, ik kan geen kant op. Ik strek mijn hand uit naar mijn glas wijn, uit pure wanhoop.

Juf Europese Paardenstaartjes komt terug, flirtend en draaiend met haar heupen; ze heeft ons voorgerecht bij zich: beef Wellington, denk ik. Gelukkig vertrekt ze net zo snel als ze gekomen is, al treuzelt ze wel wat bij het bord van Christian. Hij kijkt vragend naar me wanneer ik haar nakijk als ze de deur uit loopt.

'Nou, wat was er nou mis met de Parijzenaars?' vraagt Elliot zijn zus. 'Liepen ze niet warm voor jouw bevalligheid?'

'Gatver, nee dat deden ze niet. En meneer Floubert, het gedrocht voor wie ik werkte, was echt een dominante tiran.'

Ik spuug abrupt een slok wijn terug in mijn glas.

'Anastasia, gaat het wel?' vraagt Christian bezorgd, terwijl hij zijn hand van mijn dij haalt.

Ik hoor humor in zijn stem. *Godzijdank!* Als ik knik, klopt hij zachtjes op mijn rug en hij stopt pas als hij zeker weet dat ik oké ben.

Het vlees is heerlijk en wordt geserveerd met geroosterde zoete aardappels, worteltjes, pastinaken en sperzieboontjes. En het smaakt me allemaal nog beter nu Christian weer in een goed humeur blijkt te zijn. Tenminste, ik denk dat dat de reden is dat ik zo zit te schransen. De gesprekken tussen de Greys zijn warm en liefdevol, met voortdurende plagerijtjes over en weer. Tijdens het dessert, een limoenschuimtoetje, vermaakt Mia ons met anekdotes over Parijs. Op een gegeven moment vervalt ze zelfs in vloeiend Frans. We staren haar allemaal verdwaasd aan, en daarop kijkt ze óns weer vragend aan. Dan vertelt Christian haar in al even vloeiend Frans wat er gaande is, waarop ze het uitgiechelt van pret. Haar lach is aanstekelijk, en binnen de kortste keren ligt iedereen aan tafel dubbel.

Elliot vertelt over zijn nieuwste bouwproject, een ecogemeenschap in een noordelijk stadsdeel van Seattle. Ik kijk naar Kate en zie hoe ze aan zijn lippen hangt, haar ogen glanzend van liefde of lust. Ik ben er nog niet uit welke van de twee. Hij kijkt naar haar en lacht, en het is alsof er een onuitgesproken belofte wordt gedaan. *Later, schatje*, zegt hij en ik krijg het er warm van, heel warm. Ik bloos terwijl ik zo naar hen kijk.

Ik zucht en kijk naar Vijftig Tinten. Hij is zo knap, ik zou uren naar hem kunnen kijken. Hij heeft stoppels op zijn kin en mijn vingers jeuken om eraan te voelen en om zijn kin tegen mijn wang te voelen, tegen mijn borsten... tussen mijn dijen. Ik bloos van mijn eigen gedachten. Met zijn hand houdt hij mijn kin een beetje omhoog.

'Niet op je lip bijten,' mompelt hij geil. 'Dat wil ik doen.'

Grace en Mia verzamelen de dessertglazen en gaan naar de keuken, en meneer Grey, Kate en Elliot hebben het over het nut van zonnepanelen in de staat Washington. Christian veinst interesse in het gesprek, maar zijn vingers zijn druk met iets heel anders: die gaan vanaf mijn knie steeds verder omhoog. Mijn adem stokt en ik druk mijn dijen stijf tegen elkaar in een poging hem tegen te houden. Ik zie hem zelfgenoegzaam lachen.

'Zal ik je rondleiden?' vraagt hij me.

Natuurlijk is het de bedoeling dat ik ja zeg, maar ik vertrouw hem niet. Hoe dan ook, voordat ik antwoord kan geven, staat hij al en hij houdt zijn hand uitnodigend op. Als hij mijn hand vastpakt, voel ik dat alle spieren in en rond mijn buik zich samentrekken, als antwoord op zijn donkere en hongerige blik.

'Als u me wilt excuseren,' zeg ik tegen meneer Grey, en ik volg Christian de kamer uit. We gaan via de hal naar de keuken, waar Mia en Grace de vaatwasser staan in te ruimen. Paardenstaartje is in geen velden of wegen te bekennen.

'Ik laat Anastasia de tuin zien,' zegt Christian op onschuldige toon tegen zijn moeder. Ze zwaait ons lachend na als Mia teruggaat naar de eetkamer.

We stappen naar buiten op het grijs natuurstenen terras dat wordt verlicht door lampjes in de tegels. In grijze stenen bakken staan heesters en in de hoek staat een chique tuinset van metaal. Christian loopt erlangs, gaat een paar treden op naar een pad dat rechtstreeks naar de baai leidt... *o hemel – het uitzicht is subliem.*

Aan de horizon schittert Seattle en het maanlicht vormt een schitterend zilveren pad op het water, dat leidt naar een steiger waar twee boten liggen aangemeerd. Naast de steiger staat een boothuis. Het is zo pittoresk, zo vredig hier. Ik houd even stil en kijk om me heen.

Christian trekt me tegen zijn rug aan en mijn hakken zakken weg in het zachte gras.

'Wacht even, alsjeblieft.' Ik struikel bijna over hem heen.

Hij staart me indringend aan met een blik waar ik niets uit kan opmaken.

'Mijn hakken. Ik moet even mijn schoenen uittrekken.'

'Doe geen moeite,' zegt hij, om vervolgens te bukken en me in één beweging over zijn schouder te slingeren. Ik slaak een gilletje van schrik en zijn reactie daarop is een tik op mijn achterste.

'Niet zo veel lawaai,' gromt hij.

O nee... dit is foute boel. Mijn onderbewustzijn heeft trillende knieën. Hij is ergens boos over – het zou José kunnen zijn, of Georgia, of dat ik geen slipje aanheb, of dat ik op mijn lip bijt. Jemig, wat kun je hem toch makkelijk op de kast krijgen.

'Waar gaan we heen?' vraag ik, buiten adem.

'Boothuis,' antwoordt hij afgemeten.

Ik dein op en neer op zijn heup, ondersteboven, en hij volgt doelbewust het door maanlicht beschenen tuinpad.

'Waarom?' Ik klink buiten adem, stuiterend op zijn schouder.

'Ik moet alleen met je zijn.'

'Waarom?'

'Omdat ik je eerst een pak slaag geef en je dan ga neuken. Daarom.'

'Waarom?' zeg ik, zachtjes jammerend.

'Je weet zelf wel waarom.'

'Ik dacht dat jij iemand was die in het moment leeft?' smeek ik buiten adem.

'Anastasia, dit is het moment, vertrouw daar maar op.'

Lieve help.

Twintig

Christian duwt de deur van het boothuis open en pauzeert even om wat lampen aan te klikken. Eén voor één knipperen de tl-lampen aan, waardoor het grote houten gebouw baadt in het licht. Ondersteboven zie ik achterin een indrukwekkend jacht liggen dobberen, maar ik kan er maar kort van genieten omdat hij me via een houten trap meeneemt naar een kamer op de bovenverdieping.

Hij stopt in de deuropening en doet ook hier het licht aan – dit keer halogeenverlichting met een dimmer, wat de ruimte veel zachter maakt dan beneden. We zijn op een zolder met schuin dak. De kamer is ingericht met een zeevaartthema: marineblauw en crème met rode accenten. Er staat maar weinig meubilair, ik zie alleen een paar banken.

Christian zet me neer op de houten vloer. Ik heb geen tijd om mijn omgeving te verkennen – ik kan mijn ogen niet van hem afhouden. Ik ben in trance... ik kijk naar hem zoals je naar een zeldzaam en gevaarlijk roofdier kijkt, dat op het punt van aanvallen staat. Hij ademt zwaar. Hij heeft me natuurlijk ook net een heel stuk door de tuin gedragen en daarna nog de trap op. Uit zijn grijze ogen spreekt woede, drang en pure, onvervalste lust.

Holy shit. Ik zou spontaan in brand kunnen vliegen, alleen al door naar hem te kijken.

'Sla me alsjeblieft niet,' smeek ik fluisterend.

Hij trekt zijn wenkbrauwen op, spert zijn ogen open en knippert twee keer.

'Ik wil niet dat je me slaat, niet hier, niet nu. Alsjeblieft, doe het niet.'

Zijn mond valt open van verbazing en ik raap de moed bij elkaar om met mijn hand omhoog te reiken, met mijn vingers langs zijn wang, langs zijn bakkebaard, naar de stoppeltjes op zijn kin – een vreemde mix van zacht en prikkelig. Hij sluit langzaam zijn ogen en houdt zijn gezicht voor me op; zijn adem stokt in zijn keel. Met mijn andere hand woel ik door zijn haar – god, wat hou ik van zijn haar. Hij zucht nauwelijks hoorbaar en als hij zijn ogen opent, kijkt hij verward, alsof hij niet begrijpt wat ik aan het doen ben.

Ik stap naar voren zodat ik tegen hem aan sta, trek voorzichtig aan zijn haar, breng zijn mond naar de mijne en kus hem – ik duw mijn tong tussen zijn lippen door, zijn mond in. Hij gromt zachtjes, slaat zijn armen om me heen en trekt me dicht tegen zich aan. Zijn handen woelen door mijn haar en hij beantwoordt mijn kus, hard en bezitterig. Het is alsof zijn tong en de mijne innig verstrengeld een dans uitvoeren. Hij smaakt verrukkelijk.

Opeens trekt hij zich terug. Onze ademhaling gaat onregelmatig gelijk op. Ik leg mijn handen op zijn armen en hij staart me aan.

'Wat doe je met me?' fluistert hij verward.

'Jou zoenen.'

'Je zei nee.'

'Hoe bedoel je?' *Waartegen?*

'Aan tafel, met je benen.'

O... daar gaat het om.

'Maar we zaten aan je ouders' eettafel.' Ik kijk totaal verbaasd naar hem op.

'Niemand heeft ooit nee tegen me gezegd. En dat is zo – geil.'

Zijn wijd geopende ogen zijn gevuld met verbazing en lust. Het is een aparte mix.

Ik slik instinctief. Zijn hand gaat naar mijn billen. Hij trekt me hard tegen zich aan, tegen zijn erectie.

O hemel...

'Je bent boos en opgewonden omdat ik nee zei?' hijg ik vol ongeloof.

'Ik ben boos omdat je het niet eerder over Georgia hebt gehad. Ik ben boos omdat je wat bent gaan drinken met die eikel die je probeerde te verleiden toen je dronken was en je achterliet bij een volslagen vreemde toen je ziek was. Welke vriend doet zoiets? En ik ben boos en opgewonden tegelijk omdat je je benen tegen elkaar klemde om mij af te weren.'

Zijn ogen hebben een gevaarlijke schittering en hij trekt langzaam de zoom van mijn jurk omhoog over mijn billen.

'Ik wil je, nu. En als ik je niet mag slaan – wat je wel verdient – dan neem ik je hier ter plekke op deze bank, voor mijn eigen genot en niet het jouwe.'

Mijn jurk bedekt nog maar nauwelijks mijn naakte billen. Met een razendsnelle beweging heeft hij opeens zijn hand op mijn vagina gelegd en hij duwt langzaam een vinger bij me naar binnen. Met zijn andere arm houdt hij me stevig vast bij mijn middel. Ik onderdruk een kreun.

'Dit is van mij,' fluistert hij met een agressieve ondertoon. 'Helemaal van mij. Is dat duidelijk?' Hij beweegt zijn vinger in en uit mijn schede en kijkt naar me. Hij wil zien hoe ik reageer. Zijn ogen branden.

'Ja, van jou,' hijg ik dik van verlangen. Het stroomt trefzeker door mijn hele lichaam. Mijn zenuwuiteinden, mijn ademhaling. Mijn hart klopt als een bezetene, probeert uit mijn borstkas te springen, en mijn oren gonzen.

Hij beweegt abrupt en doet van alles tegelijk: hij trekt zijn vingers terug, terwijl ik smacht naar meer, maakt zijn rits open en duwt me op de bank waarbij hij boven op me komt te liggen.

'Handen op je hoofd,' beveelt hij tussen zijn opeengeklemde kaken door. Hij knielt, houdt mijn benen wijd en graait een kleine verpakking uit de binnenzak van zijn jasje. Ondertussen houdt hij zijn donkere blik op mij gericht en wurmt zich uit zijn jasje waardoor het op de vloer valt. Hij rolt het condoom uit over zijn indrukwekkend grote lid.

Ik houd mijn handen op mijn hoofd en ik weet dat hij het zo wil omdat ik hem nu niet kan aanraken. Ik ben zo opgewonden. Ik voel dat mijn heupen zich als vanzelf omhoog duwen, naar hem toe – ik wil hem op deze manier in me voelen – ruw en hard. O... ik kan bijna niet wachten.

'We hebben maar weinig tijd. Dit wordt een vluggertje, voor mij – niet voor jou. Is dat duidelijk? Als je klaarkomt, sla ik je,' sist hij tussen zijn tanden door.

Holy shit... hoe houd ik dat dan tegen?

Met één ferme stoot is hij helemaal in me. Ik grom luid, het geluid komt vanuit mijn diepste en ik kronkel onder zijn lichaam. Hij legt zijn handen op de mijne boven op mijn hoofd, met zijn ellebogen houdt hij mijn armen laag, en met zijn benen houdt hij me op mijn plek. Ik ben gevangen. Hij is overal, het is bijna een verstikkende sensatie. Maar tegelijkertijd is het zo lekker; dit is mijn macht, dit is wat ik met hem doe, en dat is een hedonistisch, triomfantelijk gevoel. Hij beweegt snel en vurig in me, zijn adem raspend, en mijn lichaam geeft antwoord door zich om hem heen te vormen als een mal. *Ik mag niet klaarkomen.* Nee. Maar bij elke stoot kom ik hem tegemoet, we zijn zo perfect op elkaar afgestemd... Dan opeens, veel te snel naar mijn zin, stoot hij nog één keer diep in me en komt klaar. Hij rust heel even uit, zodat ik zijn totale, heerlijke gewicht in volle omvang kan voelen. Ik kan hem nog niet laten gaan, mijn lichaam schreeuwt om een orgasme, maar hij is zo zwaar en ik kan geen tegendruk geven. Plotseling trekt hij zich terug, terwijl ik nog gek van verlangen lig te smachten naar meer. Hij kijkt op me neer.

'Waag het niet om jezelf aan te raken. Ik wil dat je gefrustreerd raakt. Dat is wat jij met mij doet als je niet met me praat, als je me ontzegt wat van mij is.' Zijn ogen schieten weer vuur.

Ik knik hijgend. Hij staat op en rolt het condoom af, legt een knoopje in het uiteinde en stopt het in zijn broekzak.

Ik staar hem nog steeds schokkerig ademhalend aan, en onwillekeurig duw ik mijn dijen tegen elkaar in de hoop op enige verlichting, en in het beste geval een orgasme. Christian doet zijn rits dicht en schikt zijn haar terwijl hij zich bukt om zijn jasje te pakken. Vervolgens draait hij zich om naar mij, zijn blik is zachter dan eerst.

'We moesten maar eens terug naar het huis.'

Ik ga rechtop zitten, ben een beetje instabiel en beduusd.

'Hier. Deze mag je nu wel aantrekken.'

Uit zijn binnenzak tovert hij mijn slipje tevoorschijn. Ik lach niet als ik het slipje van hem aanneem, maar vanbinnen weet ik het – ik mag dan wel een vrijpartij als straf hebben gehad, maar mijn slipje heb ik mooi terug! Mijn innerlijke godin knikt goedkeurend, een genoegzaam lachje op haar gezicht – *Je hebt er niet om hoeven vragen.*

'CHRISTIAN!' roept Mia op de begane grond.

Hij draait zich om en zijn wenkbrauwen gaan omhoog. 'Net op tijd. Jemig, ze kan echt irritant zijn.'

Ik werp hem eenzelfde blik toe en trek mijn slipje omhoog; ik doe mijn best om er zo waardig mogelijk uit te zien in mijn pas-geneukt-toestand. Ik probeer snel mijn pas-geneukt-haar in fatsoen te brengen.

'We zijn hierboven, Mia,' roept hij naar beneden. 'Nou, mevrouw Steele, ik voel me een stuk beter nu, maar heb nog steeds zin om je een pak slaag te geven,' zegt hij zacht.

'Ik geloof werkelijk niet dat ik dat heb verdiend, meneer Grey, al helemaal niet na uw volkomen onterechte aanval.'

'Onterecht? Je hebt me gekust!' Hij doet zijn best om gekwetst te kijken.

Ik tuit mijn lippen. 'De aanval is de beste vorm van verdediging.'

'Verdedigen waartegen?'

'Jou en je jeukende handpalmen.'

Hij draait zijn hoofd en lacht naar me, terwijl Mia de trap op komt stormen.

'Maar het was wel te verdragen?'

Ik bloos. 'Nauwelijks,' fluister ik, maar ik kan een grijns niet onderdrukken.

'O, daar zijn jullie,' zegt Mia stralend.

'Ik geef Anastasia een rondleiding.' Christian reikt me zijn hand, met een intense blik in zijn grijze ogen.

Ik leg mijn hand in de zijne, en hij geeft er een zacht kneepje in.

'Kate en Elliot staan op het punt te vertrekken. Hebben jullie het ook gezien? Ze kunnen nauwelijks van elkaar afblijven!' Mia veinst walging en kijkt beurtelings naar Christian en naar mij. 'Wat hebben jullie hier eigenlijk gedaan?'

Jemig, best brutaal. Ik word vuurrood.

'Ik laat Anastasia de bekers zien die ik met roeien heb gewonnen,' zegt Christian met een pokerface die niets prijsgeeft. 'Kom, we gaan Kate en Elliot gedag zeggen.'

Bekers? Roeien? Hij duwt me zachtjes voor zich uit en als Mia zich omdraait, geeft hij mij een klap op mijn achterste. Ik slaak een gilletje van schrik.

'Dat ga ik weer doen, Anastasia, en snel ook,' fluistert hij op dreigende toon in mijn oor. Dan trekt hij me naar zich toe, met mijn rug tegen zijn borst, en geeft me een kus in mijn haar.

Eenmaal terug in het huis zien we dat Kate en Elliot juist afscheid nemen van Grace en meneer Grey. Kate omhelst me stevig.

'Ik moet je dringend spreken over het sarren van Christian,' fluister ik in haar oor als ze me omhelst.

'Iemand moet hem sarren, dat heeft hij nodig; pas dan zie je hoe hij echt is. Wees voorzichtig, Ana, hij is zo dominant,' fluistert ze. 'Ik zie je later.'

IK WEET HOE HIJ ECHT IS – JIJ NIET! schreeuw ik in mijn hoofd tegen haar. Ik ben ervan overtuigd dat ze het allemaal goed bedoelt, maar soms gaat ze echt buiten haar boekje – en nu gaat ze zo ver dat ze drie hoofdstukken verderop is. Ik werp haar een boze blik toe en bij wijze van antwoord steekt ze haar tong naar me uit, waardoor ik onwillekeurig moet lachen. Speelse Kate: dat is nieuw voor me. Vast de invloed van Elliot.

We zwaaien ze uit en Christian draait zich naar me toe.

'Wij moesten er ook maar eens vandoor – jij hebt morgen je gesprekken.'

Mia knuffelt me bijna dood als we gedagzeggen.

'We dachten dat hij nooit iemand zou vinden!' kwettert ze.

Ik bloos, en Christian rolt weer met zijn ogen. Ik tuit mijn lippen. Waarom mag hij dat wel en ik niet? Ik wil ook met mijn ogen naar hem rollen maar ik durf niet, niet na zijn dreigement in het boothuis.

'Pas goed op jezelf, lieve Ana,' zegt Grace vriendelijk.

Christian, die ofwel gegeneerd is, ofwel gefrustreerd door de liefdevolle aandacht die ik krijg van de andere Greys, pakt mijn hand en trekt me tegen zich aan.

'Laten we haar nou niet wegjagen of verwennen met te veel genegenheid,' gromt hij.

'Christian, plaag haar toch niet zo,' zegt Grace beschuldigend, maar haar blik is vol liefde voor hem.

Om de een of andere reden denk ik niet dat hij me plaagt. Heimelijk kijk ik toe hoe ze met elkaar omgaan. Het is duidelijk dat Grace overloopt van onvoorwaardelijke moederliefde voor hem. Hij buigt zich naar haar toe en kust haar gedag.

'Mama,' zegt hij, en er klinkt een ondertoon in zijn stem – is het eerbied?

'Meneer Grey, bedankt en tot ziens.' Ik strek mijn hand naar hem uit, maar ook hij omhelst me!

'Toe, noem me maar Carrick. Ik hoop dat we elkaar snel weer eens zien, Ana.'

Na het afscheid brengt Christian me naar de auto, waarin Taylor al zit te wachten. *Heeft hij hier al die tijd zitten wachten?* Taylor opent het portier voor me, en ik glijd op de achterbank van de Audi.

De spanning valt een beetje van mijn schouders. Jemig, wat een dag. Ik ben uitgeput, fysiek en emotioneel. Na een kort gesprekje met Taylor kruipt Christian naast me op de bank. Hij draait zijn gezicht naar me toe.

'Nou, het lijkt erop dat je ook bij mijn familie in de smaak valt,' murmelt hij.

Ook? De deprimerende gedachte van de manier waarop ik ben uitgenodigd dringt zich onaangekondigd en ongewenst in mijn hoofd op. Taylor start de auto en dan rijden we richting de duisternis van de weg. Ik kijk op naar Christian en zie dat hij naar me staart.

'Wat is er?' vraagt hij kalm.

Ik twijfel, zal ik het zeggen of niet? Ja, ik ga open kaart spelen. Hij zegt altijd dat ik zo gesloten ben.

'Ik denk dat jij je verplicht voelde me uit te nodigen om je ouders te ontmoeten.' Mijn stem is zacht, ik aarzel. 'Als Elliot Kate niet had gevraagd, had jij mij nooit gevraagd.' Ik kan zijn gezicht niet zien in het donker, maar dan buigt hij zich naar me toe en zie ik zijn verbaasde blik.

'Anastasia, ik ben juist blij dat je mijn ouders hebt leren kennen. Waarom ben je zo onzeker over jezelf? Dat verbaast me keer op keer. Je bent zo'n sterke en zelfstandige vrouw, maar je denkt zo negatief over jezelf. Als ik niet zou willen dat je ze zou ontmoeten, had je hier nu niet gezeten. Heb je dat de hele tijd dat we daar waren gedacht?'

O! Hij wilde me daar wel – wat een verademing. Hij meent het, als hij zou liegen zou ik het wel merken. Hij lijkt echt blij te zijn dat ik er ben... een warme gloed verspreidt zich door mijn lijf. Hij schudt zijn hoofd en reikt naar mijn hand. Ik werp een steelse, nerveuze blik op Taylor.

'Let niet op Taylor. Je bent met mij aan het praten.'

Ik huiver.

'Ja. Dat dacht ik. En dan nog iets, ik bracht Georgia alleen maar ter sprake omdat Kate het over Barbados had. Het is nog helemaal niet zeker of ik ga.'

'Wil je naar je moeder?'

'Ja.'

Hij heeft een vreemde blik in zijn ogen, alsof hij ergens over tobt.

'Mag ik met je mee?' vraagt hij uiteindelijk.

Pardon?

'Eh... ik denk niet dat dat een goed idee is.'

'Waarom niet?'

'Ik wil eigenlijk even weg van deze... intense tijd, om dingen te overdenken.'

Hij staart me aan.

'Ben ik te intens?'

Ik barst in lachen uit.

'Dat is nog voorzichtig uitgedrukt!'

In het licht van de lantaarnpalen zie ik zijn lippen krullen.

'Lacht u me uit, mevrouw Steele?'

'Ik zou niet durven, meneer Grey,' antwoord ik met geveinsde ernst.

'Ik denk wel dat je het durft, en ik denk dat je me uitlacht, vaak genoeg.'

'Je bent best wel grappig.'
'Grappig?'
'Zeker weten.'
'Grappig als in eigenaardig, of lollig?'
'Nou, veel van het een en een beetje van het ander.'
'Wat meer?'
'Dat mag je zelf uitvinden.'
'Ik weet niet of ik jou ooit ook maar een béétje zal begrijpen, Anastasia,' zegt hij sardonisch, om er stilletjes aan toe te voegen: 'Waar moet je eigenlijk over nadenken in Georgia?'
'Ons,' fluister ik.
Hij staart me aan, onbewogen.
'Je zei dat je het zou proberen,' mompelt hij.
'Dat weet ik.'
'Twijfel je nog?'
'Misschien.'
Hij schuift heen en weer, lijkt wat ongemakkelijk.
'Waarom?'
Shit. Hoe zijn we opeens in zo'n serieus en belangrijk gesprek terechtgekomen? Ik voel me erdoor overvallen, alsof ik een examen moet afleggen waar ik me niet op heb kunnen voorbereiden. Wat moet ik zeggen? Omdat ik denk dat ik van je hou, en ik voor jou alleen maar een speeltje ben? Omdat ik je niet kan aanraken, omdat ik te bang ben dat je, wanneer ik je genegenheid toon, terugdeinst, me afwijst of erger – zal slaan? Wat zal ik zeggen?

Ik staar even naar buiten. De auto helt wat achterover als we de brug op rijden. We houden ons allebei stil in het donker, en maskeren zo onze gedachten en gevoelens. Maar daar hebben we de duisternis van de nacht niet voor nodig.

'Waarom, Anastasia?' Christian forceert een antwoord van mij.

Ik huiver, voel me gevangen in zijn vraag. Ik wil hem niet kwijtraken. Ondanks zijn hoge eisen, zijn drang naar controle, zijn enge karaktertrekjes – ik heb me nog nooit zo levendig gevoeld als nu. Hier naast hem in de auto zitten geeft me al een kick. Hij is zo onvoorspelbaar, sexy, slim, en grappig. Maar zijn stemmingswisselingen... o – en hij wil me pijn doen. Hij zegt dan wel dat hij zal nadenken over de reserves die ik heb, maar toch vind ik het eng. Ik sluit mijn ogen. Wat kan ik zeggen? Diep vanbinnen wil ik méér, meer affectie, meer speelse Christian, meer... liefde.

Hij knijpt in mijn hand.

'Praat tegen me, Anastasia. Ik wil je niet kwijtraken. De afgelopen week...' Hij valt midden in z'n zin stil.

We naderen het einde van de brug, en de weg voor ons baadt in het licht van de straatlantaarns waardoor zijn gezicht voortdurend van licht naar donker gaat. Wat een passende metafoor... Deze man, die ik als een romantische held zag, een hoffelijke ridder – of de donkere ridder, zoals hij het zelf heeft gezegd. Hij is geen held; hij is een man met ernstige, diepgewortelde emoties en hij sleept mij mee zijn duisternis is. Kan ik hem niet naar het licht brengen?

'Ik wil nog steeds meer,' fluister ik.

'Dat weet ik,' zegt hij, 'ik doe mijn best.'

Ik sla mijn ogen naar hem op. Hij pakt met zijn vrije hand mijn kin en tilt hem iets omhoog, zodat ik niet langer op mijn lip kan bijten.

'Voor jou zal ik het proberen, Anastasia.' Hij lijkt zo oprecht.

En dat is het antwoord waar ik op heb gewacht. Ik maak mijn riem los, schuif over de achterbank naar hem toe en kruip, tot zijn grote verrassing, bij hem op schoot. Ik pak zijn hoofd tussen mijn handen en kus hem, lang en hard, en binnen een nanoseconde beantwoordt hij mijn kus.

'Blijf vannacht bij me,' zegt hij, zwaar ademend. 'Als je nu weggaat, zie ik je de hele week niet.'

'Ja,' stem ik toe. 'En ik ga ook mijn best doen. Ik zal je contract ondertekenen.' Dat laatste bedenk ik ter plekke.

Hij kijkt me aan.

'Teken het na Georgia. Je moet er eerst over nadenken, goed over nadenken, schatje.'

'Dat doe ik.' De volgende kilometers brengen we zwijgend door.

'Je moet echt je riem omdoen, hoor,' fluistert Christian op afkeurende toon in mijn haar, maar hij maakt geen aanstalten om me van zijn schoot te duwen.

Ik kruip dicht tegen hem aan, mijn ogen gesloten, mijn neus tegen zijn keel, mijn hoofd tegen zijn schouder, en neem gulzig die sexy Christian-en-gekruide-muskus-douchegel-geurenmix op. Ik laat mijn gedachten de vrij loop en fantaseer dat hij van me houdt. Het lijkt zo echt, bijna tastbaar, en dat mormel van een vervelend, bemoeizuchtig onderbewustzijn van me gedraagt zich heel anders dan normaal en *durft te hopen*. Ik pas op dat ik zijn borstkas niet aanraak en kroel alleen maar in zijn armen terwijl hij me stevig vasthoudt.

En dan, veel te snel naar mijn zin, word ik ruw uit mijn droom gehaald.

'We zijn thuis,' mompelt Christian en die zin omvat zoveel, biedt zo veel mogelijkheden.

Thuis, met Christian. Behalve dan dat zijn appartement meer een kunstgalerie is, geen thuis.

Taylor opent de deur voor ons en ik bedank hem verlegen, me ervan bewust dat hij op gehoorsafstand van ons gesprek was. Maar zijn vriendelijke lach stelt me gerust en verraadt niets. Eenmaal uit de auto, neemt Christian me kritisch op. *Nee hè, wat heb ik nu weer gedaan?*

'Waarom heb je geen jasje bij je?' zegt hij fronsend terwijl hij het zijne uittrekt en over mijn schouders legt.

Ik voel me enorm opgelucht.

'Dat ligt in mijn nieuwe auto,' antwoord ik slaperig.

Hij lacht naar me.

'Beetje moe, mevrouw Steele?'

'Ja, meneer Grey.' Zijn geplaag maakt me een beetje verlegen. Desondanks vind ik een toelichting wel op z'n plaats. 'Ik ben vandaag op zo veel manieren overgehaald, dat had ik zelf niet kunnen bedenken.'

'Nou, als je pech hebt, win ik nog een paar keer van je,' belooft hij, en we gaan hand in hand het gebouw binnen. *Holy shit?... Weer?!*

In de lift bekijk ik hem eens goed. Ik ging ervan uit dat hij wilde dat ik bij hem blijf slapen, en dan bedenk ik dat hij met niemand slaapt – hoewel wel een paar keer met mij. Ik frons en onmiddellijk trekt er een donker waas over zijn gezicht. Hij strekt zijn hand uit en pakt mijn kin, waarbij mijn tanden mijn onderlip loslaten.

'Er komt een dag dat ik je in deze lift ga neuken, Anastasia, maar nu ben je moe – dus ik denk dat we het maar bij een bed moeten houden.'

Hij buigt zijn hoofd en bijt zachtjes in mijn onderlip. Mijn benen worden week en mijn adem stokt, terwijl het verlangen in mij razendsnel groeit. Ik pak hem terug en zet mijn tanden plagerig in zijn bovenlip; hij bromt. Als de liftdeuren opengaan, pakt hij mijn hand en loopt met me door de foyer, en door de dubbele deuren de hal in.

'Wil je nog wat drinken?'

'Nee.'

'Mooi. Laten we naar bed gaan.'

Mijn wenkbrauwen gaan omhoog.

'Dus je neemt gewoon genoegen met vanille?'

Hij houdt zijn hoofd een beetje scheef.

'Niks mis met vanille – het is een intrigerende smaak,' antwoordt hij.

'Sinds wanneer?'

'Sinds afgelopen zaterdag. Hoezo, hoopte je op iets exotischers?'

Mijn innerlijke godin komt uit de coulissen tevoorschijn.

'O nee. Ik heb mijn portie exotisch wel gehad voor vandaag.' Mijn innerlijke godin pruilt naar me, ze kan haar teleurstelling niet verbergen.

'Zeker weten? Alle smaken zijn hier verkrijgbaar – of op z'n minst 31.' Hij lacht hitsig naar me.

'Dat heb ik gemerkt,' antwoord ik droogjes.

Hij schudt zijn hoofd.

'Kom op, mevrouw Steele. U heeft een belangrijke dag voor de boeg. Hoe sneller jij in bed ligt, hoe sneller je een beurt krijgt, en hoe sneller je mag slapen.'

'Meneer Grey, u bent een geboren romanticus.'

'Mevrouw Steele, u bent te bijdehand. Daar zal ik wat aan moeten doen. Kom.'

Hij leidt me door de gang naar zijn slaapkamer en trapt met een voet de deur dicht.

'Handen omhoog,' commandeert hij.

Ik gehoorzaam, en als een goochelaar pakt hij mijn jurk bij de zoom beet en trekt hem in één adembenemende, razendsnelle beweging over mijn hoofd.

'Ta-daaa!' zegt hij er lachend bij.

Ik giechel en klap beleefd. Hij buigt dankbaar, grijnzend. *Hoe kan ik hem weerstaan als hij zo doet?* Hij hangt mijn jurk over de stoel naast zijn ladekast.

'Wat is je volgende truc?' vraag ik op plagende toon.

'O, mijn lieve mevrouw Steele. Ga in bed liggen,' gromt hij, 'en ik zal het u laten zien.'

'Denk je dat ik voor één keer *hard to get* zou moeten spelen?' vraag ik koket.

Hij spert verbaasd zijn ogen open, en ik zie een spoortje opwinding.

'Nou... de deur is dicht. Je kunt geen kant op,' zegt hij gemeen. 'Ik ben de onvermijdelijke winnaar.'

'Ik kan anders heel goed onderhandelen.'

'Ik ook.' Hij kijkt op me neer, maar terwijl hij dat doet verandert zijn gezichtsuitdrukking. Hij lijkt verward en de sfeer in de kamer wordt op slag anders, gespannen. 'Wil je niet neuken?' vraagt hij.

'Nee,' zucht ik.

'O.' Hij fronst.

Oké, daar gaan we... diep inademen.

'Ik wil dat je de liefde met me bedrijft.'

Hij houdt stil en staart me uitdrukkingsloos aan. Dan wordt zijn blik donker. O shit, dat ziet er niet goed uit. *Even geduld!* snauwt mijn onderbewustzijn.

'Ana, ik...' Hij woelt met zijn handen door zijn haar. Twee handen. Goh, hij is echt in de war.

'Ik dacht dat we dat al deden?' vraagt hij na wat een eeuwigheid lijkt te zijn.

'Ik wil je aanraken.'

Hij doet onwillekeurig een stap achteruit. Hij lijkt geschrokken, maar dan herpakt hij zich.

'Alsjeblieft,' fluister ik.

'O nee, mevrouw Steele, ik heb u vanavond al genoeg toegegeven. En nu zeg ik nee.'

'Nee?'

'Nee.'

O... daar kan ik niets tegen inbrengen... toch?

'Weet je, jij bent moe, en ik ben moe. Laten we maar gewoon naar bed gaan,' zegt hij, me ondertussen waakzaam aankijkend.

'Dus aanraken is een harde grens voor jou?'

'Ja. Dat is oud nieuws.'

'Vertel me eens waarom dan.'

'O, Anastasia, alsjeblieft. Laten we het er niet meer over hebben,' zegt hij geërgerd.

'Voor mij is het belangrijk.'

Weer gaat hij met beide handen door zijn haar en hij vloekt zachtjes. Dan draait hij zich op zijn hakken naar de ladekast, pakt er een T-shirt uit, en gooit het naar me toe. Ik vang het geamuseerd.

'Doe dat aan en dan je bed in,' bijt hij me geïrriteerd toe.

Ik frons maar besluit toe te geven. Ik draai mijn rug naar hem toe, doe snel mijn bh uit en trek dan, zo snel als ik kan, het T-shirt over mijn hoofd zodat ik niet meer naakt ben. Mijn slipje houd ik aan, dat heb ik het grootste gedeelte van de avond niet aangehad.

'Ik zou graag even van de badkamer gebruikmaken,' zeg ik bijna onhoorbaar.

Hij fronst.

'En daar vraag je mij toestemming voor?'

'Eh... nee.'

'Anastasia, je weet waar de badkamer is. Vandaag, in dit stadium van onze vreemde overeenkomst, hoef je mij niet om toestemming te vragen die te gebruiken.'

Hij kan zijn irritatie niet onderdrukken. Hij wurmt zich uit z'n T-shirt en ik schiet de badkamer in.

Ik bekijk mezelf in de achterlijk grote spiegel, verbaasd dat ik niets ben veranderd. Na alles wat ik vandaag heb gedaan, is het nog steeds exact hetzelfde, onopvallende meisje dat naar me terug staart. *Wat had je dan verwacht – dat er vandaag horentjes en een staartje bij zouden zijn gekomen?* bijt mijn onderbewuste me toe. *En waar ben je in godsnaam mee bezig? Aanraken is zijn absolute grens. Je gaat te snel, idioot. Hij moet eerst leren lopen voordat-ie kan rennen.* Mijn onderbewuste is furieus, Medusa-boos, haren rechtop, handen van schrik rond haar hoofd zoals *De Schreeuw* van Edvard Munch. Ik negeer haar, maar ze wil niet terug in haar kooi. *Je maakt hem boos – denk eens aan wat hij allemaal heeft gezegd, heeft toegegeven.* Ik frons naar mijn eigen spiegelbeeld. Ik moet ervoor zorgen dat ik hem mijn liefde kan tonen – misschien dat hij er dan aan kan toegeven.

Ik schud met mijn hoofd, alsof ik het opgeef, en pak Christians tandenborstel. Natuurlijk heeft mijn onderbewuste gelijk. Ik jaag hem op. Hij is er nog niet klaar voor, en ik ook niet. We zitten op de wipwap van onze vreemde overeenkomst – ieder aan een uiteinde, wiebelend, terwijl het ding omhoog- en omlaag gaat. We moeten allebei wat meer naar het midden. Het is alleen te hopen dat geen van ons valt in onze poging dat ook te doen. Het gaat allemaal zo snel. Misschien moet ik wat afstand nemen. Georgia is aanlokkelijker dan ooit. Net als ik begin te poetsen, klopt hij op de deur.

'Kom binnen,' zeg ik, met een mond vol schuim.

Christian staat in de deuropening, zijn pyjamabroek half op zijn heupen waardoor elke cel in mijn lichaam wakker wordt en meteen alert is. Zijn borst is bloot en ik drink de aanblik van zijn lijf in alsof ik uitgedroogd ben en hij een heldere waterbron is. Hij kijkt me droogjes aan, dan grinnikt hij en komt naast me staan. Onze ogen ontmoeten elkaar in de spiegel, grijs en blauw. Ik spoel zijn tandenborstel schoon en geef 'm aan hem, zonder dat onze blikken elkaar loslaten. Zonder iets te zeggen pakt hij zijn tandenborstel aan en stopt hem in zijn mond. Ik lach terug naar hem en opeens zie ik zijn ogen vrolijk dansen.

'Gebruik gerust mijn tandenborstel.' Zijn stem klinkt zacht mopperend.

'Dank u wel, meneer,' antwoord ik lief lachend en dan ga ik de badkamer uit, op weg naar bed.

Een paar minuten later is hij terug. 'Je weet dat ik de avond niet zo wilde eindigen,' zegt hij morrend.

'Stel je eens voor dat ik tegen jou zou zeggen dat je me niet mag aanraken.'

Hij klimt op het bed en gaat zitten met gekruiste benen.

'Anastasia, ik heb het je al verteld. Vijftig tinten. Mijn leven heeft een moeilijk begin gehad – dat wil je echt niet weten. Waarom zou je ook?'

'Omdat ik je beter wil leren kennen.'

'Je kent me goed genoeg.'

'Hoe kun je dat nou zeggen?' Ik ga op mijn knieën zitten en kijk hem aan.

Hij rolt gefrustreerd met zijn ogen.

'Je rolt met je ogen. De laatste keer dat ik dat deed, legde je me over de knie.'

'Dat zou ik nu maar wat graag weer doen.'

Opeens krijg ik een idee.

'Vertel het me en dan mag het.'

'Wat?'

'Je hebt me gehoord.'

'Ben je aan het marchanderen?' In zijn stem klinkt ongeloof.

Ik knik. *Ja... dit is de manier.*

'Onderhandelen.'

'Zo werkt het niet, Anastasia.'

'Oké, vertel het me en ik rol met m'n ogen naar jou.'

Hij lacht en heel even zie ik een zorgeloze Christian, die heb ik al een tijdje niet gezien. Het is meteen ook weer weg.

'Je bent altijd zo gebrand op informatie.' Hij staart me nadenkend aan. Dan stapt hij gracieus uit bed. 'Niet weggaan,' zegt hij en hij loopt de kamer uit.

Zijn reactie geeft me een rilling en instinctief sla ik mijn armen om me heen. Wat is hij aan het doen? Heeft hij foute plannen? *Shit.* Stel je voor dat hij terugkomt met een roede, of een of ander kinky hulpstuk? *Holy shit, wat moet ik dan doen?*

Als hij terugkomt, heeft hij iets kleins in zijn handen. Ik kan niet zien wat het is en ik brand van nieuwsgierigheid.

'Hoe laat is je eerste gesprek morgen?' vraagt hij zacht.

'Twee uur.'

Een langzame valse grijns vormt zich op zijn gezicht.

'Mooi.' En dan verandert hij langzaam. Hij is harder, vastbesloten... geil. Dit is de Dominante Christian.

'Kom van het bed af. Kom hier staan.' Hij wijst naast het bed, en ik kom overeind en doe wat hij zegt. Zijn blik glinstert vol belofte. 'Vertrouw je me?' vraagt hij.

Ik knik. Hij doet zijn hand open en in zijn handpalm zie ik twee glanzende zilveren balletjes liggen, die met elkaar zijn verbonden door een dun zwart draadje.

'Deze zijn nieuw,' zegt hij.

Ik kijk hem vragend aan.

'Deze balletjes ga ik in jou stoppen en dan ga ik je slaan, niet om je te straffen maar voor ons beider genot.' Hij pauzeert even, peilt mijn reactie.

In mij! Ik snak naar adem, en alle spieren in mijn buik spannen zich samen. Mijn innerlijke godin danst een stuk uit het *Zwanenmeer*.

'Daarna gaan we neuken, en als je dan nog steeds wakker bent, zal ik je deelgenoot maken van mijn jongere jaren. Afgesproken?'

Hij vraagt mij om toestemming! Ik knik ademloos, praten gaat niet.

'Grote meid. Doe je mond open.'

Mond?

'Verder.'

Heel voorzichtig stopt hij de balletjes in mijn mond.

'Ze moeten vochtig zijn. Je moet erop sabbelen,' beveelt hij me met zachte stem.

De balletjes voelen koud, zacht, onverwacht zwaar, en smaken naar metaal. Zodra mijn tong de onbekende voorwerpen aftast, vult mijn mond zich al snel en overvloedig met speeksel. Christian laat mijn blik niet los. Mijn god, ik word hier geil van. Ik kronkel een beetje.

'Stilstaan, Anastasia,' waarschuwt hij.

'Stop.' Hij haalt de balletjes uit mijn mond, en loopt naar het bed. Vervolgens slaat hij het dekbedovertrek terug en gaat op een hoek van het bed zitten.

'Kom hier.'

Ik sta voor hem.

'Draai je om, buig voorover, en pak je enkels.'

Ik knipper met mijn ogen en zijn gelaatsuitdrukking wordt donkerder.

'Niet aarzelen,' spoort hij me zachtjes aan, zijn stem heeft een ondertoon, en dan stopt hij de balletjes in zijn eigen mond.

Halleluja, dit is geiler dan de tandenborstel. Ik gehoorzaam hem onmiddellijk. Jemig, kan ik bij mijn enkels? Het blijkt dat ik erbij kan, met gemak zelfs. Het T-shirt kruipt langs mijn rug omhoog, waardoor mijn achterwerk zichtbaar wordt. Godzijdank heb ik mijn slipje nog aan, al heb ik het vermoeden dat dat niet lang zo zal blijven.

Hij legt een hand op mijn billen en streelt ze zachtjes met volle hand. Mijn ogen zijn open, ik kan zijn benen zien tussen de mijne door, niets anders. Zodra hij mijn broekje opzijschuift en een vinger zachtjes bij me in en uit beweegt, knijp ik mijn ogen stijf dicht. Mijn lichaam staat onder hoogspanning door de mix van verwachting en opwinding. Hij draait langzame cirkeltjes binnen in me met zijn vinger – o, dit is zo lekker. Ik kreun.

Zijn adem stokt en ik hoor hem hijgen als hij hetzelfde nog een keer doet. Dan trekt hij zijn vinger terug en brengt hij langzaam, één voor één, de verrukkelijke balletjes bij me in. *O hemel.* Ze zijn warm, opgewarmd door onze monden. Het is een apart gevoel.

Nu ze in me zitten, kan ik ze niet echt voelen – maar ik weet dat ze *daar* zijn.

Hij schuift mijn slipje weer op zijn plek, en leunt voorover om me een kus te geven op mijn billen.

'Sta op,' zegt hij en mijn benen trillen als ik overeind kom.

O! Nu voel ik ze echt... min of meer. Hij grijpt mijn heupen beet om me te ondersteunen terwijl ik mijn evenwicht probeer te hervinden.

'Gaat het?' vraagt hij met een diepe, warme stem.

'Ja.'

'Draai je om.' Ik draai me naar hem toe en kijk hem aan.

De balletjes bewegen een beetje neerwaarts en onwillekeurig span ik mijn bekkenbodem aan om ze op hun plek te houden. Het voelt gek, maar zeker niet vervelend.

'Hoe voelt dat,' vraagt hij.

'Vreemd.'

'Onplezierig vreemd of lekker vreemd?'

'Lekker vreemd,' beken ik blozend.

'Mooi.' Een spoor van plezier op zijn gezicht. 'Ik wil graag een glas water. Kun jij dat voor me pakken, alsjeblieft?'

O.

'En als je terugkomt, leg ik je over de knie. Denk daar maar eens over na, Anastasia.'

Water? Hij wil water – nu – waarom?

Als ik de kamer uit loop, wordt me al snel duidelijk waarom hij wil dat ik loop – als ik dat doe, schommelen de balletjes in mij en geven zo een inwendige massage. Het is echt een heel apart gevoel en bepaald niet vervelend. Sterker, als ik een glas uit de kast pak, houd ik van schrik mijn adem in. *O lekker.* Ik denk dat ik ze ga houden. Ze maken me wellustig, hebberig naar meer seks.

Hij bekijkt me aandachtig als ik de kamer weer in loop.

'Dankjewel,' zegt hij als hij het glas van me overneemt.

Langzaam neemt hij een slok, en zet het glas dan op het nachtkastje. Daar ligt ook een klein pakje te wachten, het wacht net als ik op wat komen gaat. Ik weet dat hij het er alvast heeft neergelegd om de spanning op te bouwen. Mijn hart klopt als een bezetene. Zijn lichtgrijze ogen kijken naar me op.

'Kom. Ga naast me staan. Net als de vorige keer.'

Ik doe wat hij zegt en het bloed raast door mijn aderen, en deze keer... ben ik opgewonden. Hitsig.

'Vraag het me,' zegt hij zacht.

Ik begrijp het niet. Wat moet ik hem vragen?

'Vraag het me.' Zijn toon is nu wat harder.

Wat? Was je water lekker? Wat wil hij van me?

'Vraag het me, Anastasia. Ik ga het niet nog een keer zeggen.' In die woorden zit zo veel dreiging dat het me opeens begint te dagen. Ik moet hem vrágen of hij me een pak slaag wil geven.

Lieve help. Verwachtingsvol kijkt hij me aan, terwijl zijn blik steeds koeler wordt. *Shit.*

'Sla me, alstublieft... meneer,' fluister ik.

Heel even sluit hij zijn ogen, genietend van mijn woorden. Dan staat hij op, grijpt mijn linkerhand en trekt me over zijn knie. Ik val onmiddellijk en hij vangt me zo op dat ik op zijn schoot terechtkom. Mijn hart klopt in mijn keel als hij zacht mijn billen streelt. Hij heeft me zo neergelegd dat mijn bovenlijf op het bed ligt. Deze keer legt hij zijn been niet over de mijne, maar strijkt wat haar uit mijn gezicht achter mijn oor. Dan pakt hij mijn haar bijeen en houdt het vast om me op m'n plek te houden. Hij trekt er zacht aan waardoor mijn hoofd achterover gaat.

'Ik wil je gezicht zien als ik je sla, Anastasia,' zegt hij, ondertussen zachtjes mijn achterwerk masserend.

Zijn hand schuift eerst tussen mijn billen en dan wat naar voren. Zachtjes duwt hij tegen mijn schaamlippen aan en het gevoel is... ik kreun. Dit is echt een verrukkelijk gevoel.

'Deze is om van te genieten, Anastasia, voor mij en voor jou,' fluistert hij.

Hij brengt zijn hand omhoog en geeft me vervolgens een klap tegen de binnenkant van mijn dijen, mijn achterste en mijn geslachtsdeel. De balletjes schieten dieper in me en ik bevind me plotseling in een andere wereld, lijkt het. Het komt door de licht brandende pijn op mijn billen, het volle gevoel dat de balletjes me geven en het idee dat hij me vasthoudt. Ik draai mijn gezicht naar hem toe in extase terwijl ik alle gevoelens probeer te plaatsen. Ergens in mijn achterhoofd bedenk ik dat hij me minder hard heeft geslagen dan de vorige keer. Dan streelt hij mijn billen weer. Zijn vlakke hand gaat afwisselend over mijn huid en de stof van mijn broekje.

Waarom heeft hij mijn slipje niet uitgedaan? Dan gaat zijn hand weer omhoog om vrijwel meteen daarna hard te landen. Ik grom zachtjes als de klap door mijn hele lichaam lijkt te resoneren. Hij werkt volgens een patroon, van links naar rechts, en dan van onderen. Die laatste zijn het lekkerst. Bij elke tik schiet ik naar voren, en de balletjes binnen in mij ook. Tussendoor liefkoost hij me, hij kneedt me – ik word vanbinnen en vanbuiten tegelijk gemasseerd. Het is zo enorm erotisch en omdat dit gebeurt op mijn voorwaarden, vind ik de pijn acceptabel. Niet dat het geen pijn doet – dat doet het wel degelijk – maar het is niet ondraaglijk. Laten we zeggen, het is goed te doen, prettig... eigenlijk wel. Ik kreun. *O ja, dit kan ik wel.*

Hij stopt even om mijn slipje langzaam uit te doen. Ik kronkel heen en weer, niet omdat ik weg wil, maar omdat ik meer wil... een orgasme, iets. Zijn aanrakingen laten mijn gevoelige huid tintelen. En dan begint hij weer. Eerst een paar zachte klapjes, dan steeds harder en sneller; links, rechts en van onderen. O, die van onderen. Ik kreun van genot.

'Brave meid, Anastasia,' gromt hij en zijn ademhaling hapert.

Hij geeft me nog twee tikken en opeens trekt hij aan het touwtje dat de balletjes met elkaar verbindt, ze schieten naar buiten. Ik kom bijna klaar – dit is echt waanzinnig lekker. Hij beweegt zich snel en draait me om, ik hoor hem een condoomverpakking openen en een seconde later ligt hij naast me. Hij pakt mijn handen, houdt ze boven mijn hoofd en gaat boven op me liggen. Vervolgens schuift hij zichzelf langzaam bij me naar binnen, en waar eerst de balletjes waren, is hij nu. Ik grom en kreun nu duidelijk hoorbaar.

'O, schatje,' fluistert hij, terwijl hij heen en weer schuift op een langzaam, sensueel ritme, genietend, met gevoel.

Zo liefdevol is hij nog niet eerder geweest, en binnen de kortste keren ga ik de grens over en verlies ik mezelf in een weldadig, ruw en uitputtend hoogtepunt. Doordat ik me tegen hem aan klem is er voor hem ook geen weg meer terug; ook hij komt klaar – waarbij hij mijn naam uitschreeuwt in wanhopige verwondering.

'Ana!'

Hij ligt stil boven op me uit te hijgen en zijn handen zijn verstrengeld met de mijne, nog steeds boven mijn hoofd. Na wat een eeuwigheid lijkt, richt hij zich op en kijkt me indringend aan.

'Dat vond ik echt lekker,' fluistert hij, en hij geeft me dan een zachte kus.

Meer zachte kussen krijg ik helaas niet, want hij staat op, slaat het dekbed over me heen en verdwijnt in de badkamer. Als hij terugkomt, heeft hij een flesje witte lotion in zijn handen. Hij gaat naast me zitten op het bed.

'Draai je om,' zegt hij, en met tegenzin draai ik me op mijn buik.

Echt, doe geen moeite. Ik wil gewoon slapen.

'Je kont heeft echt een prachtige kleur,' zegt hij goedkeurend, om vervolgens mijn rozerode billen voorzichtig te masseren met de verkoelende lotion.

'Vertel op, Grey.' Ik gaap.

'Mevrouw Steele, u weet een bijzonder moment als geen ander te verpesten.'

'We hadden een afspraak.'

'Hoe voel je je?'

'Tekortgedaan.'

Hij zucht, gaat weer naast me liggen en neemt me in zijn armen. Voorzichtig, om mijn beurse billen te sparen, gaan we lepeltje lepeltje liggen. Hij kust me heel zacht achter mijn oor.

'De vrouw die mij heeft gebaard, was een heroïnehoer, Anastasia. En nu moet je gaan slapen.'

Jezus... wat betekent dat?

'Was?'

'Ze is overleden.'

'Wanneer?'

Hij zucht diep.

'Ze ging dood toen ik vier was. Ik kan me haar niet echt herinneren. Carrick heeft me het een en ander over haar verteld. Ik weet alleen nog bepaalde dingen. Ga alsjeblieft slapen, nu.'

'Slaap lekker, Christian.'

'Slaap lekker, Ana.'

En dan glij ik weg in een diepe slaap. Ik droom van een vierjarig jongetje met grijze ogen op een donkere, enge en ellendige plek.

Eenentwintig

Overal is licht. Helder, warm, doordringend licht. Ik probeer het een paar kostbare minuten lang te negeren. Ik wil me verschuilen, nog maar een paar minuutjes. Maar de gloed is te sterk en ten slotte geef ik me over en word wakker. Een prachtige morgen in Seattle begroet me – zonlicht stroomt door de hoge ramen heen en vult de ruimte met te fel licht. Waarom hebben we gisteren de rolgordijnen niet dichtgedaan? Ik lig in Christian Greys enorme bed, zonder ene Christian Grey.

Ik blijf nog even liggen en staar door de ramen naar het verheven vergezicht van de skyline van Seattle. Op de wolken leven voelt heel onwerkelijk. Een fantasie – een luchtkasteel, los van de grond, beschermd tegen de realiteit van het leven – ver van verwaarlozing, honger, en moeders die heroïnehoer zijn. Ik huiver als ik eraan denk wat hij als klein kind heeft meegemaakt en ik begrijp waarom hij hier woont, geïsoleerd en omgeven door mooie, kostbare kunstwerken – zo ver verwijderd van waar hij is begonnen... inderdaad een *mission statement*. Ik frons mijn wenkbrauwen, omdat het nog steeds niet verklaart waarom ik hem niet kan aanraken.

Ironisch genoeg voel ik me in zijn verheven toren precies hetzelfde. Ik ben los van de realiteit. Ik bevind me in dit denkbeeldige appartement, heb denkbeeldige seks met mijn denkbeeldige vriendje, terwijl de harde realiteit is dat hij een speciale overeenkomst wil. Hoewel hij heeft gezegd dat hij gaat proberen me meer te geven. Wat betekent dat eigenlijk? Ik moet dit ophelderen om te weten of we nog steeds lijnrecht tegenover elkaar op de wipwap zitten, of juist dichter bij elkaar komen.

Ik klauter uit bed. Ik ben stijf en, bij gebrek aan een betere uitdrukking, flink genomen. *Ja, dat krijg je van al die seks.* Mijn onderbewuste tuit haar lippen. Ik rol met mijn ogen naar haar, dankbaar dat een zekere controlfreak met jeukende handen niet in de kamer is, en besluit hem naar de personal trainer te vragen. Althans – als ik teken. Mijn innerlijke godin kijkt wanhopig naar me. *Natuurlijk teken je.* Ik negeer hen allebei en na een kort bezoek aan de badkamer ga ik op zoek naar Christian.

Hij is niet in de kunstgalerie, maar een elegante vrouw van middelbare leeftijd is de keuken aan het schoonmaken. Als ik haar zie, sta ik abrupt stil. Ze heeft kort blond haar en helderblauwe ogen; ze draagt een glad, wit, strak shirt en een marineblauwe kokerrok. Ze glimlacht hartelijk als ze me ziet.

'Goedemorgen, mevrouw Steele. Wilt u ontbijten?' Haar toon is warm maar zakelijk, en ik ben sprakeloos. Wie is deze aantrekkelijke blondine in Christians keuken? Ik heb alleen zijn T-shirt aan. Ik voel me verlegen en schaam me omdat ik zo bloot ben.

'Ik geloof dat u me een stapje voor bent.' Mijn stem is kalm maar bezorgd.

'O, het spijt me verschrikkelijk. Ik ben mevrouw Jones, de huishoudster van meneer Grey.'

O.

'Hoe maakt u het?' breng ik met moeite uit.

'Wilt u ontbijten, mevrouw?'

Mevrouw!

'Een kop thee graag, dank u wel. Weet u waar meneer Grey is?'

'In zijn studeerkamer.'

'Dank u.'

Ik druip vernederd af naar de studeerkamer. Waarom heeft Christian alleen aantrekkelijke blondines in dienst? Dan komt een onaangename gedachte in me op: *zouden het allemaal ex-Onderdanigen van hem zijn?* Ik moet er niet aan denken. Ik steek mijn hoofd voorzichtig om de hoek van de deur. Hij is aan de telefoon, met zijn gezicht naar het raam. Hij draagt een zwarte broek en een witte blouse. Zijn haar is nog nat van de douche en al mijn negatieve gedachten zijn op slag verdwenen.

'Als de resultatenrekening van dat bedrijf niet verbetert, ben ik niet geïnteresseerd, Ros. We gaan niet trekken aan een dood paard... Laat die slappe smoezen maar achterwege... Laat Marco mij bellen, het is erop of eronder... Ja, zeg tegen Barney dat het prototype er goed uitziet, hoewel ik twijfel over de interface... Nee, er mist gewoon iets... Ik wil hem vanmiddag hierover spreken... Zorg dat hij en zijn team bij elkaar komen, zodat we kunnen brainstormen... Oké. Schakel me maar weer terug naar Andrea...' Hij wacht en staart uit het raam, heerser in zijn universum, vanuit zijn luchtkasteel neerkijkend op de kleine mensen beneden. 'Andrea...'

Hij kijkt op en ziet me bij de deur staan. Een langzame, sexy lach verschijnt op zijn mooie gezicht. Ik ben sprakeloos en smelt vanbinnen. Hij is zonder twijfel de mooiste man op aarde, te mooi voor de kleine mensen daarbeneden en te mooi voor mij. *Nee*, spreekt mijn innerlijke godin vermanend, niet te mooi voor mij. *Hij is min of meer van mij*, voorlopig althans. Het idee geeft me een kick en verdrijft mijn irrationele onzekerheid.

Hij praat verder, maar kijkt me ononderbroken aan.

'Maak mijn agenda vrij voor deze morgen, maar zorg dat Bill mij belt. Ik ben er om twee uur. Ik moet vanmiddag minstens een halfuur met Marco praten... Plan Barney en zijn team in na Marco of anders morgen en zorg ervoor dat ik Claude deze week elke dag kan zien... Zeg hem dat hij moet wachten... O... Nee, ik wil geen publiciteit voor Darfur... Dat moet Sam regelen... Nee... Welk evenement?... Is dat aanstaande zaterdag?... Wacht even.'

'Wanneer kom je terug uit Georgia?' vraagt hij.

'Vrijdag.'

Hij vat zijn telefoongesprek kort samen.

'Ik heb een extra kaartje nodig want ik heb een date... Ja, Andrea, je hebt het goed gehoord: een date. Mevrouw Anastasia Steele gaat met me mee... Dat is alles.' Hij hangt op. 'Goedemorgen, mevrouw Steele.'

'Meneer Grey.' Ik lach verlegen.

Hij komt achter zijn bureau vandaan met zijn gebruikelijke charme en komt voor me staan. Hij ruikt zo lekker: schoon, net uit de was, zo Christian. Hij aait over mijn wang met de bovenkant van zijn vingers.

'Ik wilde je niet wakker maken, je zag er zo vredig uit. Heb je goed geslapen?'

'Ik ben heerlijk uitgerust, dank je. Ik kwam je even hallo zeggen voordat ik onder de douche stap.'

Ik kijk naar hem en zuig hem in me op. Hij buigt zich voorover en kust me zacht en ik kan hem niet weerstaan. Ik sla mijn armen om zijn nek en verstrengel mijn vingers in zijn nog vochtige haar. Ik druk mijn opgewonden lichaam tegen hem aan en kus hem terug. Ik wil hem. Mijn aanval verrast hem, maar dan beantwoordt hij mijn kus, terwijl hij diep kreunt. Zijn handen gaan door mijn haar en over mijn rug naar beneden waar ze mijn blote billen vastpakken, terwijl zijn tong mijn mond verkent. Dan trekt hij zich terug, zijn ogen zijn onderzoekend.

'Nou, nou... slaap doet jou blijkbaar goed,' zegt hij zacht. 'Ik stel voor dat je gaat douchen, of zal ik je maar meteen over mijn bureau leggen?'

'Ik kies het bureau,' fluister ik roekeloos, omdat het verlangen als adrenaline door mijn lichaam stroomt en mij hevig opgewonden maakt.

Hij kijkt een milliseconde verbijsterd op me neer.

'Je lust er echt wel pap van, of niet, mevrouw Steele? Je begint onverzadigbaar te worden,' mompelt hij.

'Ik lust alleen jou,' fluister ik.

Zijn pupillen worden wijder en donkerder terwijl zijn handen mijn blote achterste kneden.

'Dat is je geraden, alleen ik,' gromt hij en ineens veegt hij in één beweging alle planningen en papieren van zijn bureau, zodat deze zich over de grond verspreiden. Hij neemt me in zijn armen en legt me over de korte kant van het bureau heen, met mijn hoofd bijna over de rand.

'Als je het wilt, kun je het krijgen, schatje,' bromt hij, terwijl hij een verpakking uit zijn zak haalt en zijn broek losmaakt. *O, Meneer Padvinder*. Hij rolt het condoom over zijn erectie en kijkt op me neer. 'Ik hoop dat je er klaar voor bent,' hijgt hij met een geile glimlach. Het volgende moment vult hij me, terwijl hij mijn polsen stevig tegen mijn middel klemt en diep in me stoot.

Ik kreun... *o yes.*

'Jezus, Ana. Je bent zó geil,' fluistert hij aanbiddend.

Ik sla mijn benen om zijn middel en omklem hem op de enige mogelijke manier, omdat hij is blijven staan en op me neerkijkt met grijze gloeiende ogen; gepassioneerd en bezitterig. Hij begint nu echt te bewegen. Dit is niet de liefde bedrijven, dit is neuken – en ik vind het heerlijk.

Ik kreun. Het is zo rauw, zo vleselijk en ik smacht ernaar. Ik geniet van zijn bezitterigheid, zijn verlangen wakkert het mijne aan. Hij beweegt soepel, groeit in mij en geniet van mij. Zijn lippen zijn iets van elkaar af terwijl zijn ademhaling versnelt. Hij draait met zijn heupen – het is een heerlijk gevoel.

O hemel. Ik sluit mijn ogen en voel het spanningsveld opbouwen – dat heerlijke, langzame, stapsgewijs klimmende spanningsveld. Het duwt me hogerop, hoger richting het luchtkasteel. O yes... Zijn beweging wordt nog iets sneller. Ik kreun luid. Ik sta op scherp... ik ben helemaal één met hem, geniet van elke beweging, iedere stoot die mij vult. Hij voert het tempo op en stoot nog sneller... nog harder... Mijn hele lichaam volgt zijn ritme en ik voel dat mijn benen verstijven en dat ik inwendig tril en beef.

'Kom op, schatje, laat je gaan,' smeekt hij met opeengeklemde tanden, en het vurige verlangen in zijn vervormde stem trekt me over de streep.

Ik doe een woordeloze, gepassioneerde smeekbede als ik de zon aanraak en me brand, op hem terugval en verder naar beneden val, terug naar een ademloos, lumineus hoogtepunt op aarde. Hij stoot hard in me en komt dan meteen klaar, trekkend aan mijn polsen. Dan komt hij voorzichtig en zwijgend op me liggen.

Wauw... dat was onverwacht. Ik keer langzaam terug op onze planeet.

'Wat doe je in godsnaam met me?' hijgt hij en hij streelt mijn nek. 'Ik ben helemaal weg van je, Ana. Je hebt een betoverende macht over me.'

Hij laat mijn polsen los en ik streel met mijn vingers door zijn haar, terwijl ik terugkom uit hogere sferen. Ik klem mijn benen om hem heen.

'Ik ben degene die weg is van jou,' fluister ik.

Hij kijkt naar me met een verontruste, zelfs angstige uitdrukking. Hij pakt mijn gezicht met beide handen vast en houdt mijn hoofd stil.

'Jij. Bent. Van. Mij,' zegt hij, ieder woord staccato. 'Is dat duidelijk?'

Hij is zo ernstig, zo hartstochtelijk – fanatiek. De kracht van zijn smeekbede is onverwacht en ontwapenend. Waarom zou hij zich zo voelen? 'Ja, van jou,' fluister ik, van mijn stuk gebracht door zijn vurigheid.

'Weet je zeker dat je naar Georgia moet?'

Ik knik langzaam. Even zie ik zijn uitdrukking veranderen en komen de luiken naar beneden. Hij trekt zich abrupt terug en ik huiver.

'Heb je pijn?' vraagt hij en hij leunt over me heen.

'Een beetje,' beken ik.

'Dat vind ik een fijn idee.' Zijn ogen smeulen. 'Het herinnert je eraan dat ik daar ben geweest. Alleen ik.'

Hij pakt mijn kin en kust me ruw, staat dan op en steekt zijn hand uit om me overeind te helpen. Mijn oog valt op de verpakking naast me.

'Altijd voorbereid,' merk ik op.

Hij kijkt verward naar me en doet zijn gulp dicht. Ik houd de lege verpakking in mijn hand.

'Een man mag altijd hoop koesteren, Anastasia, en zelfs dromen. En soms worden zijn dromen werkelijkheid.'

Hij klinkt zo bizar. Zijn ogen branden. Ik snap het gewoon niet. Het nagloeien ebt snel weg. *Wat is zijn probleem?*

'Dus, op je bureau, dat was een droom?' vraag ik droog, in een poging met een grapje de spanning tussen ons weg te nemen.

Hij lacht raadselachtig, maar zijn ogen lachen niet mee. Ik weet meteen dat dit niet de eerste keer was dat hij seks had op zijn bureau. Een onwelkome gedachte. Ik krom ongemakkelijk mijn tenen terwijl de gloed vervaagt.

'Ik ga maar even douchen.' Ik sta op en wil hem passeren.

Hij fronst zijn wenkbrauwen en haalt een hand door zijn haar. 'Ik moet nog een paar telefoontjes plegen. Ik kom met je ontbijten zodra je onder de douche vandaan komt. Ik denk dat mevrouw Jones je kleren van gisteren gewassen heeft. Ze liggen in de kast.'

Wat? Wanneer heeft ze dat in godsnaam gedaan? Jemig, kan ze ons horen? Ik bloos.

'Dank je,' mompel ik.

'Heel graag gedaan,' antwoordt hij automatisch, maar zijn toon is scherp.

Ik zeg geen dankjewel voor het neuken. Alhoewel, dat was ook heel...

'Wat?' vraagt hij. Dan realiseer ik me hoe bezorgd ik kijk.

'Wat is er?' vraag ik zacht.

'Wat bedoel je?'

'Nou... je doet vreemder dan normaal.'

'Vind je me dan vreemd?' Hij probeert een glimlach te onderdrukken.

'Soms.'

Hij bekijkt me even, zijn ogen nemen me onderzoekend op.

'Je verbaast me eens te meer, mevrouw Steele.'

'Wat bedoel je met verbazen?'

'Laten we zeggen dat het een nogal onverwachte traktatie was.'

'We doen er alles aan om het u naar de zin te maken, meneer Grey.' Ik houd mijn hoofd schuin naar één kant zoals hij vaak bij mij doet en kaats de bal terug.

'U maakt het me zeker naar de zin,' zegt hij, maar hij kijkt er ongemakkelijk bij.

'Ik dacht dat je ging douchen.'

O, hij wijst me de deur.

'Ja... eh, ik zie je zo.' Ik verlaat haastig zijn kantoor, met stomheid geslagen.

Hij leek verward. *Waarom?* Eerlijk gezegd was de fysieke ervaring heel bevredigend. Maar emotioneel? Nou, ik ben behoorlijk in de war van zijn reactie en dat was emotioneel net zo verrijkend als een suikerspin voedzaam is.

Mevrouw Jones is nog steeds in de keuken bezig. 'Wilt u uw thee nu gebruiken, mevrouw Steele?'

'Ik neem eerst een douche, dank u,' prevel ik en ik schiet met mijn blozende kop de kamer uit.

Onder de douche probeer ik te bedenken wat er mis is met Christian. Hij is de meest gecompliceerde persoon die ik ken en ik begrijp zijn stemmingswisselingen niet. Hij leek in goede doen toen ik zijn kantoor binnenkwam, we hadden seks... en toen was hij dat ineens niet meer. Nee, ik snap 't niet. Ik kijk naar mijn onderbewuste. Ze staat te fluiten met haar handen op haar rug en kijkt alle richtingen op, behalve de mijne. Ze heeft geen idee en mijn innerlijke godin koestert nog steeds het laatste restje van de gloed die na de seks is achtergebleven. Nee – we hebben geen idee.

Ik maak m'n haar handdoekdroog, gebruik Christians enige kam en doe m'n haar in een knot. Kates pruimkleurige jurk hangt gewassen en gestreken in de kast, samen met mijn schone bh en slipje. Mevrouw Jones is een mirakel. Ik glip Kates schoenen in en strijk mijn jurk glad, haal diep adem en ga terug naar de grote kamer.

Christian is nergens te bekennen en mevrouw Jones controleert de inhoud van de voorraadkast.

'Thee, mevrouw Steele?' vraagt ze.

'Ja, graag.' Ik glimlach naar haar. Nu ik aangekleed ben voel ik me iets zekerder.

'Wilt u iets eten?'

'Nee, dank u.'

'Natuurlijk eet je iets,' snauwt Christian dreigend. 'Ze houdt van pannenkoeken, spek en eieren, mevrouw Jones.'

'Prima, meneer Grey. Waar heeft u zin in?'

'Een omelet en wat fruit, alstublieft.' Hij blijft me ondoorgrondelijk aankijken. 'Ga zitten,' beveelt hij, wijzend op een van de barkrukken.

Ik gehoorzaam en hij zit naast me, terwijl mevrouw Jones het ontbijt klaarmaakt. Jeetje, wat maakt het me nerveus als anderen ons gesprek kunnen horen.

'Heb je al een vliegticket geboekt?'

'Nee, dat doe ik wel als ik thuiskom – op internet.'

Hij leunt op zijn elleboog en wrijft over zijn kin.

'Heb je genoeg geld?'

O nee.

'Ja,' zeg ik met geveinsd geduld, alsof ik het tegen een kind heb.

Hij haalt afkeurend een wenkbrauw op. *Shit.*

'Ja, dat heb ik, dankjewel,' verbeter ik me snel.

'Ik heb een privéjet. Hij wordt de komende drie dagen niet gebruikt, dus hij staat voor je klaar.'

Ik gaap hem aan. Natuurlijk heeft hij een privéjet, en ik moet me beheersen om niet instinctief met mijn ogen naar hem te rollen. Ik wil lachen, maar ik doe het niet, want ik weet niet in wat voor stemming hij is.

'We hebben al behoorlijk misbruik gemaakt van de luchtvloot van je bedrijf. Dat wil ik niet weer doen.'

'Het is mijn bedrijf en mijn privéjet.' Hij klinkt bijna gekwetst. *O, mannen en hun speeltjes!*

'Dank je voor het aanbod, maar ik boek toch liever een vlucht.'

Hij ziet eruit alsof hij verder wil discussiëren, maar laat het dan zitten.

'Zoals je wilt.' Hij zucht. 'Moet je veel voorbereiden voor je sollicitatiegesprek?'

'Nee.'

'Mooi. Je wilt me nog steeds niet zeggen welke uitgeverijen het zijn?'

'Nee.'

Zijn lippen krullen zich in een koppige glimlach. 'Ik heb zo mijn middelen, mevrouw Steele.'

'Daar ben ik me volledig van bewust, meneer Grey. Gaat u mijn telefoon traceren?' vraag ik onschuldig.

'Ik ben eigenlijk erg druk vanmiddag, dus dat zal ik door iemand anders moeten laten doen.' Hij grijnst.

Grapje, zeker?

'Als u daarvoor iemand kunt missen, heeft u duidelijk te veel personeel.'

'Ik zal een mail sturen naar het hoofd personeelszaken en haar vragen om de headcount te evalueren.' Hij trekt zijn lippen samen om een lach te verbergen.

O, godzijdank... hij heeft zijn gevoel voor humor terug.

Mevrouw Jones brengt het ontbijt en we zitten een paar minuten zwijgend te eten. Nadat ze de pannen heeft schoongemaakt, trekt ze zich tactvol terug uit de woonkamer. Ik kijk naar hem op.

'Wat is er, Anastasia?'

'Nou, je hebt me nooit verteld waarom je niet aangeraakt wilt worden.'

Hij wordt bleek en ik voel me schuldig dat ik ernaar gevraagd heb.

'Ik heb jou meer verteld dan ik ooit aan iemand anders heb verteld.' Zijn stem klinkt rustig en hij staart me onbewogen aan.

Het is duidelijk dat hij nog nooit iemand in vertrouwen heeft genomen. Heeft hij dan geen boezemvrienden? Misschien heeft hij het wel aan Mrs. Robinson verteld? Ik wil het hem vragen, maar kan het niet – ik kan niet zo diep doorvragen. Ik besef dat hij zich echt isoleert.

'Zal je over onze overeenkomst nadenken als je weg bent?' vraagt hij.

'Ja.'

'Ga je me missen?'

Ik staar hem aan, verrast door zijn vraag.

'Ja,' zeg ik eerlijk.

Hoe kan het dat hij in zo korte tijd zoveel voor me is gaan betekenen? Hij heeft me letterlijk in zijn macht. Hij lacht en zijn ogen lichten op.

'Ik zal jou ook missen. Meer dan je denkt,' fluistert hij.

Ik word warm vanbinnen bij het horen van deze woorden. Hij doet heel erg zijn best. Hij streelt zachtjes mijn wang, buigt zich voorover en kust me zacht.

Het is laat in de middag en ik zit zenuwachtig draaiend in de hal te wachten op meneer J. Hyde van Seattle Independent Publishing. Dit is mijn tweede sollicitatie van vandaag en voor dit gesprek ben ik het meest zenuwachtig. Mijn eerste sollicitatiegesprek ging goed, maar was voor een groter conglomeraat van bedrijven die verspreid zijn over de Verenigde Staten. Ik zou daar een van de vele redactieassistenten worden. Ik kan me voorstellen dat ik in zo'n bedrijvenmachine heel snel opgeslokt en uitgespuwd zal worden. Ik wil het liefst voor SIP werken. Het is klein en onconventioneel, komt op voor lokale schrijvers en heeft een interessante, scherpzinnige klantenkring.

De omgeving is minimalistisch, maar ik vermoed dat het eerder een designstatement is dan zuinigheid. Ik zit op een van twee donkergroene, leren Chesterfield-banken – ze lijken een beetje op de bank die Christian in zijn speelkamer heeft. Ik streel het leer waarderend en mijmer doelloos over wat hij allemaal op die bank doet. Mijn gedachten dwalen af, terwijl ik de mogelijkheden naloop... nee, ik moet daar nu niet aan denken. Ik wuif mijn eigenwijze en ongepaste gedachten weg. De receptioniste is een jonge, donkere vrouw met grote zilveren oorringen en lang, steil haar. Ze heeft iets bohemienachtigs over zich en is het soort vrouw waar ik goed mee zou kunnen opschieten. De gedachte troost me. Elke keer als ze van haar computer naar me opkijkt en geruststellend glimlacht, probeer ik haar lach te beantwoorden.

Mijn vlucht is geboekt en mijn moeder is helemaal gelukkig dat ik langskom. Ik heb ingepakt en Kate brengt me naar de luchthaven. Christian heeft besloten dat ik mijn BlackBerry en de Mac mee moet nemen. Ik verbaas me over zijn dominante bazigheid, maar realiseer me dat hij gewoon zo is. Hij houdt ervan de controle over alles te hebben, ook over mij. En toch is hij ook zo onvoorspelbaar, zo ontwapenend vriendelijk. Hij kan gevoelig, goedgehumeurd en zelfs lief zijn. Als hij dat is, is het zo afwijkend en onverwacht. Hij stond erop om helemaal met me mee te gaan naar de garage waar mijn auto stond. Jemig, ik ga maar een paar dagen weg! Hij doet alsof het weken zijn. Hij brengt me altijd zo in de war.

'Ana Steele?' Een vrouw met lang, zwart, prerafaëlitisch haar die achter de receptie staat, haalt me uit mijn mijmering. Ze heeft dezelfde bohemienachtige, zweverige look als de receptioniste. Ze zal eind dertig zijn, misschien veertig. Van oudere vrouwen is dat moeilijk te zeggen.

'Ja,' antwoord ik ongemakkelijk.

Ze glimlacht beleefd naar me en neemt me met haar koele, lichtbruine ogen op. Ik heb een van Kates jurken aan, een zwarte overgooier over een witte blouse, en mijn zwarte pumps. Heel geschikt voor een sollicitatiegesprek, vind ik. Mijn haren zijn opgestoken in een strakke knot en voor de verandering blijven alle losse plukjes netjes op hun plek zitten. Ze steekt haar hand naar me uit.

'Hallo Ana, mijn naam is Elizabeth Morgan. Ik ben hoofd personeelszaken hier bij SIP.'

'Hoe maakt u het?' Ik schud haar de hand. Ze ziet er nogal casual uit voor een hoofd personeelszaken.

'Loop maar met me mee.'

We gaan door de dubbele deuren achter de receptieruimte en komen in een grote, vrolijk gedecoreerde kantoortuin en van daaruit in een kleine vergaderzaal. De muren zijn zachtgroen en behangen met afbeeldingen van boekomslagen. Aan het hoofd van de vergadertafel zit een jonge man met rood haar in een paardenstaart. Hij heeft kleine, ronde, zilveren ringetjes in beide oren. Hij draagt een lichtblauw shirt zonder stropdas en een grijze flanellen broek. Als ik dichterbij kom staat hij op en kijkt me aan met ondoorgrondelijke donkerblauwe ogen.

'Ana Steele, ik ben Jack Hyde, de acquisitieredacteur hier bij SIP en het is erg aangenaam kennis met u te maken.'

We schudden elkaar de hand. Zijn donkere uitdrukking is niet te ontcijferen, maar vriendelijk genoeg... hoop ik.

'Heeft u ver moeten reizen?' vraagt hij vriendelijk.

'Nee, ik ben pas verhuisd naar de buurt van Pike Street Market.'

'O, dat is niet zo ver weg inderdaad. Gaat u zitten.'

Ik ga zitten en Elizabeth neemt een stoel naast hem.

'Waarom wil je graag trainee worden bij SIP, Ana?' vraagt hij.

Hij spreekt mijn naam zacht uit en houdt zijn hoofd schuin, net als iemand anders die ik ken: het is zenuwslopend. Ik doe mijn best om de irrationele terughoudendheid die hij uitstraalt te negeren en begin aan mijn goed voorbereide praatje, maar ik ben me bewust van de roze blos op mijn wangen. Ik kijk naar hen beiden, zoals ik in de preek Techniek voor Succesvolle Sollicitaties van Katherine Kavanagh heb geleerd – *Houd oogcontact, Ana!* Jeetje, die vrouw kan soms ook zó bazig zijn. Jack en Elizabeth luisteren aandachtig naar me.

'Je hebt een geweldig gemiddelde. Aan welke buitenschoolse activiteiten heb je toegegeven bij WSU?'

Toegegeven? Ik knipper met mijn ogen. Wat een wonderlijke woordkeus. Ik vertel uitgebreid over mijn werk als bibliothecaresse bij de centrale campusbibliotheek en mijn unieke ervaring als interviewer van een schandalig rijke despoot voor de studentenkrant. Ik vertel maar niet dat ik het artikel eigenlijk niet zelf heb geschreven. Ik noem de twee literaire verenigingen waarvan ik lid ben geweest en ten slotte mijn werk bij Clayton's en alle nuttige kennis die ik nu in huis heb over hardware en doe-het-zelven. Ze moeten allebei lachen en dat was waar ik op hoopte. Langzaam ontspan ik en begin ik er plezier in te krijgen.

Jack Hyde stelt scherpzinnige, intelligente vragen maar ik ben niet uit het lood geslagen – ik blijf sterk en als we mijn leesvoorkeuren en favoriete boeken bespreken, houd ik me ook goed staande. Aan de andere kant lijkt het alsof Jack alleen van Amerikaanse literatuur van na 1950 houdt. Niets anders. Geen klassiekers – zelfs niet van Henry James, Upton Sinclair of F. Scott Fitzgerald. Elizabeth zegt niets, knikt soms en maakt aantekeningen. Hoewel Jack de strijd aangaat, is hij op een bepaalde manier ook juist beminnelijk en mijn aanvankelijke behoedzaamheid verdwijnt tijdens het gesprek.

'En waar zie jij jezelf over vijf jaar?' vraagt hij.

Met Christian Grey. De gedachte komt onwillekeurig in me op. Ik frons mijn voorhoofd, terwijl mijn gedachten afdwalen.

'Als eindredactrice, misschien? Of misschien als literair agent? Ik weet het nog niet. Ik sta open voor verschillende mogelijkheden.'

Hij grijnst. 'Heel goed, Ana. Ik heb verder geen vragen. Jij wel?' vraagt hij me.

'Wanneer zou de medewerker moeten beginnen?' vraag ik.

'Zo snel mogelijk,' zegt Elizabeth. 'Wanneer kun jij beginnen?'

'Vanaf volgende week.'

'Dat is goed om te weten,' zegt Jack.

'Als niemand meer iets toe te voegen heeft...' Elizabeth kijkt ons aan. '...dan is het gesprek hierbij afgerond.' Ze lacht vriendelijk.

'Heel aangenaam kennis met je te maken, Ana,' zegt Jack zacht als hij me een hand geeft. Hij knijpt er zacht in, zodat ik extra naar hem kijk als ik gedag zeg.

Ik voel me onzeker als ik terug naar de auto loop, maar weet niet waarom. Volgens mij is het gesprek goed gegaan, maar het is zo moeilijk te zeggen. Sollicitatiegesprekken zijn zulke gekunstelde situaties, waarin iedereen zijn best doet om zich zo goed mogelijk te gedragen en zich achter een professionele façade te verschuilen. Ben ik degene die ze zoeken? Ik moet het afwachten.

Ik stap in mijn Audi A3 en rijd in een rustig tempo terug naar het appartement. Ik heb een nachtelijke vlucht met tussenlanding in Atlanta, maar mijn vlucht vertrekt pas om 10:25 vanavond, dus ik heb tijd zat.

Kate staat in de keuken dozen uit te pakken als ik thuiskom.

'Hoe is het gegaan?' vraagt ze opgewonden. Alleen Kate kan er prachtig uitzien in een oversized shirt, gehavende jeans en een donkerblauwe hoofdband.

'Goed, dank je Kate. Ik wist niet of m'n kleding relaxed genoeg was voor het tweede gesprek.'

'O?'

'Boho-chic had misschien beter gewerkt.'

Kate trekt één wenkbrauw op.

'Jij en je boho-chic.' Ze houdt haar hoofd schuin – nou ja! Waarom herinnert iedereen me aan mijn favoriete Vijftig Tinten? 'Weet je, Ana, eigenlijk ben jij een van de weinige mensen die die look kunnen hebben.'

Ik grijns. 'Ik vond de tweede werkplek heel leuk. Daar zou ik goed passen, denk ik. Maar de jongen die mijn sollicitatie afnam werkte wel op mijn zenuwen...' Mijn stem sterft weg – shit, ik heb het hier tegen Megafoon Kavanagh. *Kop dicht, Ana!*

'O?' De Katherine Kavanagh-radar voor gevoelige informatie slaat aan, een gevoeligheid die alleen opduikt op misplaatste en gênante momenten – het herinnert me aan iets.

'Trouwens, zou je willen ophouden Christian op stang te jagen? Je opmerking over José bij het diner gisteravond was misplaatst. Hij is heel jaloers. Hier los je echt niets mee op.'

'Luister, als hij niet de broer van Elliot was, had ik nog veel ergere dingen gezegd. Hij is een echte controlfreak. Ik snap niet hoe je dat volhoudt. Ik probeerde hem jaloers te maken om hem een beetje van zijn bindingsangst af te helpen.' Ze houdt haar handen in een verdedigend gebaar omhoog. 'Maar als je niet wilt dat ik me ermee bemoei, dan doe ik dat niet meer,' zegt ze snel, als ze mijn gefronste voorhoofd ziet.

‘Mooi. Het leven met Christian is al gecompliceerd genoeg, neem dat maar van mij aan.’

Hemel, ik klink net als hij.

‘Ana,’ ze pauzeert en kijkt me aan. ‘Gaat het echt wel goed met je? Je gaat toch niet naar je moeder om te vluchten?’

Ik bloos. ‘Nee, Kate. Jij hebt zelf gezegd dat ik er even tussenuit moest.’

Ze komt dichter bij me staan en pakt mijn handen – helemaal niet Kate-achtig. *O nee...* ik dreig te gaan huilen.

‘Je bent gewoon, ik weet niet... anders. Ik hoop echt dat het goed met je gaat en wat voor problemen je ook hebt met Meneer Rijke Stinkerd, je kunt altijd bij mij terecht. Ik zal proberen hem niet meer op stang te jagen, hoewel het erg makkelijk scoren is bij hem. Luister, Ana, als er iets mis is, vertel het me dan. Ik zal je niet veroordelen. Ik zal proberen het te begrijpen.’

Ik vecht tegen mijn tranen.

‘O, Kate.’ Ik omhels haar. ‘Ik denk dat ik echt voor hem gevallen ben.’

‘Ana, dat ziet iedereen. En hij is voor jou gevallen. Hij is weg van je. Hij laat je niet uit zijn zicht verdwijnen.’

Ik lach onzeker. ‘Denk je dat?’

‘Heeft hij het je niet gezegd?’

‘Niet met zo veel woorden.’

‘Heb jij het hem gezegd?’

‘Niet met zo veel woorden.’ Ik haal verontschuldigend mijn schouders op.

‘Ana! Iemand moet de eerste zijn, anders kom je nooit verder.’

Wat... hem vertellen over mijn gevoelens?

‘Ik ben bang dat ik hem afschrik.’

‘Hoe weet je dan of hij hetzelfde voelt?’

‘Christian, bang? Ik kan me niet voorstellen dat hij ergens bang voor zou zijn.’ Maar terwijl ik het zeg, stel ik me hem voor als een klein kind. Misschien was hij toen overal bang voor. De schrik slaat me om het hart bij die gedachte.

Kate kijkt naar me met getuite lippen en dichtgeknepen ogen, net als mijn onderbewuste. Ze mist alleen de strenge juffenbril nog.

'Jullie moeten ervoor gaan zitten en met elkaar praten.'

'We hebben de laatste tijd nauwelijks gepraat,' bloos ik. Te druk met andere dingen. Non-verbale communicatie... en dat zit wel goed. Nou ja, wel wat meer dan goed.

Ze grijnst.

'Komt vast door al dat geseks! Als dat goed zit, ben je al een heel eind. Ik ga eten afhalen bij de Chinees. Ben je klaar om te vertrekken?'

'Ja, hoor. We hoeven pas over een paar uur weg.'

'Nee – over twintig minuten ben je klaar.' Ze pakt haar jas en vertrekt, waarbij ze de deur laat openstaan. Ik sluit die achter haar, ga naar mijn slaapkamer en overdenk wat ze heeft gezegd.

Is Christian bang voor zijn gevoelens voor mij? Heeft hij überhaupt wel gevoelens voor mij? Hij lijkt heel gek op me, zegt dat ik van hem ben – maar dat is vast gewoon onderdeel van zijn ik-moet-alles-hier-en-nu-bezitten, controlfreakerige en dominante karakter. Terwijl ik weg ben moet ik al onze gesprekken eens in gedachten nalopen om te zien of er tekenende signalen zijn.

Ik zal jou ook missen... Meer dan je denkt...

Ik ben helemaal weg van je...

Ik schud mijn hoofd. Ik wil er nu niet aan denken. De BlackBerry ligt aan de oplader, dus ik had hem de hele middag niet bij me. Ik pak hem zorgvuldig op en zie tot mijn teleurstelling dat ik geen berichten heb. Ik zet de computer aan, maar heb ook daarop geen berichten gekregen. *Dat is hetzelfde e-mailadres, Ana* – mijn onderbewuste rolt met haar ogen naar me en voor het eerst begrijp ik waarom Christian mij over de knie wil leggen als ik dat doe.

Oké, dan schrijf ik hém wel een mail.

Van: Anastasia Steele
Onderwerp: Sollicitatiegesprekken
Datum: 30 mei 2011 18:49
Aan: Christian Grey

Meneer,
Mijn sollicitatiegesprekken van vandaag zijn goed gegaan.

Ik dacht dat je dat wel wilde weten.
Hoe was jouw dag?
Ana

Ik ga zitten en staar naar het scherm. Christian antwoordt meestal meteen. Ik wacht... en wacht, en hoor dan eindelijk het langverwachte bliepje van mijn Postvak IN.

Van: Christian Grey
Onderwerp: Mijn dag
Datum: 30 mei 2011 19:03
Aan: Anastasia Steele

Beste mevrouw Steele,
Alles wat jij doet interesseert mij. Je bent de meest fascinerende vrouw die ik ken.
Ik ben blij dat je sollicitatiegesprekken goed zijn gegaan.
Mijn ochtend overtrof alle verwachtingen.
Mijn middag was daarentegen erg saai.

Christian Grey
Directeur, Grey Enterprises Holdings, Inc.

Van: Anastasia Steele
Onderwerp: Leuke morgen
Datum: 30 mei 2011 19:05
Aan: Christian Grey

Beste meneer,
Vanmorgen was voor mij ook perfect, behalve dat jij opeens heel gekkig deed na de precies goede seks op het bureau. Denk maar niet dat ik dat niet heb gemerkt.
Bedankt voor het ontbijt. Of bedank mevrouw Jones.
Ik wil je wat dingen over haar vragen. Zonder dat je weer gekkig tegen me doet.
Ana

Mijn vinger zweeft boven de knop 'verzenden' en ik ben blij dat ik morgen om deze tijd aan de andere kant van het continent zal zijn.

Van: Christian Grey
Onderwerp: Uitgeven en jij?
Datum: 30 mei 2011 19:10
Aan: Anastasia Steele

Anastasia,
'Gekkig' is geen woord en zou niet gebruikt moeten worden door iemand die wil gaan uitgeven. Precies goed? Ten opzichte van wat, vertel? En wat wil je weten over mevrouw Jones? Ik ben geïntrigeerd.

Christian Grey
Directeur, Grey Enterprises Holdings, Inc.

Van: Anastasia Steele
Onderwerp: Jij en mevrouw Jones
Datum: 30 mei 2011 19:17
Aan: Christian Grey

Beste meneer,
Taal is altijd in ontwikkeling. Het is iets organisch. Het zit niet opgesloten in een ivoren toren vol kunstwerken, met uitzicht over het grootste gedeelte van Seattle en met een heliplatform op het dak. Precies goed – vergeleken met de andere keren dat we hebben... hoe noem jij het ook alweer... o ja... geneukt. Hoewel, het neuken is ook precies goed, naar mijn bescheiden mening, maar je weet dat ik weinig ervaring heb.
Is mevrouw Jones een ex-Onderdanige van jou?
Ana

Mijn vinger zweeft weer boven de knop 'verzenden' en ik klik erop.

Van: Christian Grey
Onderwerp: Taal. Let op je woorden!
Datum: 30 mei 2011 19:22
Aan: Anastasia Steele

Anastasia,
Mevrouw Jones is een gewaardeerde werknemer. Ik heb nooit een relatie met haar gehad die verder gaat dan onze professionele relatie. Ik neem niemand aan waar ik een seksuele relatie mee heb gehad. Het choqueert me dat je dat denkt. Ik zou daarin alleen voor jou een uitzondering maken, omdat je een schitterende jonge vrouw bent met opmerkelijke onderhandelingskwaliteiten. Maar als je dit soort taal blijft gebruiken, moet ik daar misschien nog op terugkomen. Ik ben blij dat je ervaring beperkt is. En dat zal het blijven – tot mij. Ik zal 'precies goed' opvatten als een compliment, alhoewel ik bij jou nooit weet of dit is wat je bedoelt of dat je gevoel voor humor weer de kop opsteekt – zoals gewoonlijk.

Christian Grey
Directeur, Grey Enterprises Holdings, Inc. vanuit zijn Ivoren Toren

---

Van: Anastasia Steele
Onderwerp: Nog niet in ruil voor alle thee in China
Datum: 30 mei 2011 19:27
Aan: Christian Grey

Beste meneer Grey,
Ik heb u al verteld dat ik betwijfel of ik voor uw bedrijf wil werken. Ik denk hier nog steeds hetzelfde over en dat blijft zo. Ik moet nu gaan, omdat Kate er is met het eten. Mijn gevoel voor humor en ikzelf wensen u een goede nacht.
Ik neem contact met je op als ik in Georgia ben.
Ana

Van: Christian Grey
Onderwerp: Zelfs niet voor Twinings English Breakfast-thee?
Datum: 30 mei 2011 19:29
Aan: Anastasia Steele

Goedenacht, Anastasia.
Ik wens jou en je gevoel voor humor een veilige vlucht.

Christian Grey
Directeur, Grey Enterprises Holdings, Inc.

Kate en ik staan voor de vertrekterminal van Sea-Tac Airport. Ze buigt zich voorover en omhelst me.

'Geniet van Barbados, Kate. Een heel fijne vakantie.'

'Ik zie je als ik weer terug ben. Laat je niet op de kop zitten door die rijke stinkerd.'

'Beloofd.'

We knuffelen elkaar weer – en dan ben ik alleen. Ik loop naar de check-in en ga in de rij staan met mijn handbagage. Ik heb geen koffer bij me, alleen een handig rugzakje dat ik van Ray heb gekregen voor mijn verjaardag.

'Uw ticket, alstublieft?' Een verveelde jongeman achter de balie houdt zijn hand op zonder naar me te kijken.

Ik geef hem mijn ticket en rijbewijs als ID, waarbij ik hem met dezelfde beleefdheid behandel. Ik hoop op een plaats bij het raam als dat mogelijk is.

'Oké, mevrouw Steele. U heeft een upgrade naar de eerste klas.'

'Wat?'

'Mevrouw, wilt u plaatsnemen in de eersteklaslounge om op uw vlucht te wachten?' Het lijkt of hij opeens wakker is en hij glundert alsof ik een combinatie van de Kerstman en de paashaas ben.

'Dit is vast een misverstand.'

'Nee, nee.' Hij controleert zijn computerscherm opnieuw. 'Anastasia Steele – upgrade,' grijnst hij zelfvoldaan.

Gatver. Ik knijp mijn ogen samen. Hij geeft me mijn boarding pass en ik loop in mezelf mompelend naar de eersteklaslounge. Verdorie, Christian Grey, bemoeizuchtige controlfreak – hij kan dingen gewoon niet loslaten.

Tweeëntwintig

Ik heb een massage en manicure gehad en twee glazen champagne gedronken. De eersteklaslounge maakt veel goed. Bij ieder teugje Moët ben ik meer geneigd om Christian zijn bemoeizucht te vergeven. Ik open mijn MacBook in de hoop dat het waar is dat hij overal ter wereld werkt.

Van: Anastasia Steele
Onderwerp: Extra-extravagante gebaren
Datum: 30 mei 2011 21:53
Aan: Christian Grey

Beste meneer Grey,
Ik vind het erg verontrustend dat u wist op welke vlucht ik zat.
Blijkbaar kent uw stalken geen grenzen. Ik hoop maar dat dr. Flynn terug is van vakantie.
Ik heb een manicure, een rugmassage en twee glazen champagne gehad – een heerlijk begin van mijn vakantie.
Dankjewel.
Ana

Van: Christian Grey
Onderwerp: Heel graag gedaan
Datum: 30 mei 2011 21:59
Aan: Anastasia Steele

Beste mevrouw Steele,
Dr. Flynn is terug en ik heb deze week een afspraak.

Wie heeft jouw rug gemasseerd?

Christian Grey
Directeur van Grey Enterprises Holdings, Inc., met vrienden op de juiste plaatsen

Ha! Tijd om hem terug te pakken. Onze vlucht is omgeroepen, dus ik ga hem vanuit het vliegtuig terugmailen. Dat is veiliger. Ik geef mezelf bijna een knuffel van ondeugende blijdschap.

Er is zo veel ruimte in de eerste klas. Met een champagnecocktail in mijn hand nestel ik me in de luxueuze leren raamstoel, terwijl de cabine langzaam volstroomt. Ik bel Ray om hem te vertellen waar ik ben – we houden het gelukkig kort, want het is al laat.

'Ik hou van je, papa,' mompel ik.

'Ik ook van jou, Annie. Groetjes aan je moeder. Welterusten.'

'Welterusten.' Ik hang op.

Ray is in goede doen. Ik staar naar mijn Mac en met een groeiend gevoel van kinderlijke vreugde zet ik hem aan en open mijn mail.

Van: Anastasia Steele
Onderwerp: Sterke, kundige handen
Datum: 30 mei 2011 22:22
Aan: Christian Grey

Beste meneer,
Een heel aardige jongeman heeft mijn rug gemasseerd. Ja, echt heel aardig. Ik had Jean-Paul natuurlijk nooit in de gewone vertreklounge ontmoet – dus nogmaals bedankt.
Ik weet niet of ik mag mailen nadat we de lucht in zijn gegaan en ik moet een schoonheidsslaapje doen, omdat ik de laatste tijd niet zo goed heb geslapen.

Droom zacht, meneer Grey... ik denk aan je.
Ana

O, hij gaat echt flippen. En ik zal in de lucht zitten en onbereikbaar zijn. Net goed. Als ik in de gewone vertreklounge had gezeten had Jean-Paul me nooit aangeraakt. Het was een heel leuke jongen: blond en zonnebankbruin. Echt, wie is er nou nog zo bruin in Seattle? Dat is gewoon zó fout! Ik denk dat hij homo was, maar dat houd ik maar voor mezelf. Ik staar naar mijn mail. Kate heeft gelijk. Het is makkelijk scoren bij hem. Mijn onderbewuste staart naar me met een lelijke scheve mond – *wil je dat nou echt?* Hij heeft echt iets liefs voor je gedaan! Hij geeft om je en wil dat je in stijl reist. Ja, maar dat had hij me kunnen vragen of zeggen. Nu kwam ik als een complete kluns over bij de check-in. Ik klik op 'verzenden' en wacht, ik voel me een heel stout meisje.

'Mevrouw Steele, u moet uw laptop opbergen voor het opstijgen,' zegt de zwaar opgemaakte hostess beleefd. Ik schrik op. Mijn geweten speelt op.

'O, sorry.'

Shit. Nu kan ik niet meteen kijken of hij heeft geantwoord of niet. Ze geeft me een zacht laken en kussen en mijn oog valt op haar perfecte tanden. Ik drapeer het laken over mijn knieën. Soms is het heerlijk om te worden vertroeteld.

De eerste klas zit helemaal vol, behalve de stoel naast me. *O nee...* een alarmerende gedachte komt in me op. *Misschien is die stoel van Christian.* O shit... nee... dat zou hij niet doen. Toch? Ik heb gezegd dat ik niet wil dat hij meegaat. Ik kijk angstig op mijn horloge en hoor dan een onbekende stem vanuit de cockpit aankondigen: 'Cabin crew, doors to automatic and cross check.'

Wat betekent dat eigenlijk? Gaan ze de deuren sluiten? Mijn huid prikkelt van de hartkloppende verwachting. De stoel naast mij is de enige lege stoel van de zestien in de cabine. Het vliegtuig schokt en rijdt weg van de gate en ik voel opluchting, maar ook een vleugje teleurstelling... nu moet ik Christian vier dagen missen. Ik kijk stiekem op mijn BlackBerry.

Van: Christian Grey
Onderwerp: Geniet ervan zolang het kan
Datum: 30 mei 2011 22:25
Aan: Anastasia Steele

Beste mevrouw Steele,
Ik weet waar u op doelt – en geloof me – het is u gelukt.
De volgende keer sluit ik u op in de laadruimte, vastgebonden en gekneveld in een krat. Neem maar van me aan dat het plezieriger voor me is om zo aan m'n trekken te komen dan door alleen uw ticket te upgraden.
Ik kijk uit naar je terugkomst.

Christian Grey
Directeur van Grey Enterprises Holdings, Inc., met jeukende hand

Mijn hemel. Dat is het probleem met Christians humor – ik weet nooit zeker of hij een grapje maakt of echt kwaad is. Ik vermoed dat hij dit keer echt kwaad is. Ik typ stiekem een antwoord onder het laken, zodat de hostess het niet ziet.

Van: Anastasia Steele
Onderwerp: Maak je een grapje?
Datum: 30 mei 2011 22:30
Aan: Christian Grey

Weet je, ik heb echt geen idee of je een grapje maakt of niet.
Als dat niet zo is, dan denk ik dat ik maar in Georgia blijf.
Kratten zijn een harde grens voor mij. Sorry dat ik je kwaad heb gemaakt. Zeg dat je me vergeeft.
A

Van: Christian Grey
Onderwerp: Grapje
Datum: 30 mei 2011 22:31
Aan: Anastasia Steele

Hoe kun je nog mailen? Zet je het leven van alle passagiers, inclusief dat van jezelf, op het spel door je BlackBerry te gebruiken? Volgens mij is dat tegen de regels.

Christian Grey
Directeur van Grey Enterprises Holdings, Inc., met twee jeukende handen.

Twee handen! Ik leg mijn BlackBerry weg en leun achterover terwijl het vliegtuig naar de landingsbaan rijdt. Dan pak ik mijn aan flarden gescheurde exemplaar van *Tess* erbij: luchtig leesvoer voor op reis. Als we opgestegen zijn zet ik mijn stoel achterover en val al snel in slaap.

De hostess wekt me als we beginnen aan de landing naar Atlanta. De lokale tijd is 05.45 uur maar ik heb maar iets van vier uur geslapen. Ik voel me slap en ben blij als ik een glas sinaasappelsap krijg aangeboden. Ik kijk zenuwachtig op mijn BlackBerry. Ik heb geen mails van Christian meer. Het is bijna drie uur 's morgens in Seattle en hij wil misschien voorkomen dat ik het luchtvaartsysteem in de war schop – of wat er dan ook voor problemen kan zorgen als mobiele telefoons aan blijven staan in vliegtuigen.

Mijn overstaptijd in Atlanta is maar een uur. Ik laat me weer verwennen in de eersteklaslounge. Ik heb zin om in slaap te vallen op een van de pluchen, uitnodigende banken die zachtjes indeuken onder mijn gewicht. Maar ik heb te weinig tijd. Om mezelf wakker te houden, begin ik aan een lange bewustwordingsmail aan Christian op mijn laptop.

Van: Anastasia Steele
Onderwerp: Vind je het leuk om mij bang te maken?
Datum: 31 mei 2011 06:52
Aan: Christian Grey

Je weet best dat ik niet wil dat je geld aan mij uitgeeft. Je bent dan wel heel rijk, maar het geeft me toch een ongemakkelijk gevoel, alsof je me betaalt voor de seks. Ik vind het wel heerlijk om eersteklas te reizen, het is veel beschaafder dan economyclass. Dus bedankt. Ik meen het echt – en ik heb wel genoten van de massage van Jean-Paul. Hij was heel erg homo. Dat heb ik een beetje weggelaten in mijn mail om je te stangen, omdat je me irriteerde. Sorry daarvoor.

Maar jij reageert zoals altijd overdreven. Je kunt dit soort dingen niet aan me schrijven – vastgebonden en gekneveld in een krat – (was je serieus of was het een grapje?). Dat maakt me bang... Jij maakt me bang... Ik ben compleet in de ban van je, overweeg een levensstijl met jou, waarvan ik tot vorige week niet eens wist dat hij bestond en dan schrijf je me zoiets en wil ik alleen maar schreeuwend wegrennen. Dat doe ik natuurlijk niet, omdat ik je dan zou missen. Echt missen. Ik wil dat het werkt tussen ons, maar ik ben vreselijk bang voor de diepte van mijn gevoelens voor jou en het donkere pad waarlangs je me leidt. Je stelt me allerlei erotische en sexy dingen voor en ik ben nieuwsgierig maar ook bang dat je me pijn gaat doen – fysiek en emotioneel. Je zou me na drie maanden aan de kant kunnen zetten en wat moet ik dan? Maar ja, iedere relatie brengt natuurlijk dat risico met zich mee. Dit is gewoon niet het soort relatie dat ik altijd voor ogen had en zeker niet als mijn eerste. Het is een enorme sprong in het diepe voor mij.

Je had gelijk toen je zei dat ik geen enkel onderdanig botje in mijn lijf heb... Ik zie dat nu ook in. Toch wil ik bij jou zijn en als ik daarvoor onderdanig moet zijn, wil ik dat wel proberen. Maar ik denk dat ik er niks van bak en er bont en blauw uit kom – en dat idee spreekt me niet echt aan.

Ik ben zo blij dat je zei dat je zal proberen me meer te geven, ik moet alleen even bedenken wat 'meer' voor mij betekent en dat is een van de redenen waarom ik even afstand wilde nemen. Je verblindt me zo erg dat ik niet goed helder kan nadenken als we samen zijn.

Mijn vlucht wordt omgeroepen. Ik moet gaan.

Later meer.

Je Ana

Ik klik op 'verzenden' en loop slaperig naar de vertrekgate om aan boord te gaan van een ander vliegtuig. Hier zijn slechts zes stoelen in de eerste klas en zodra we opgestegen zijn, rol ik me op onder mijn zachte deken en val in slaap.

Veel te snel daarna word ik alweer door de hostess gewekt. Ze biedt me nog meer sinaasappelsap aan, terwijl de landing naar Savannah International wordt ingezet. Ik nip er langzaam van, met een doodmoe gevoel, en dan begin ik me een beetje opgewonden te voelen: na zes maanden ga ik mijn moeder weer zien. Ik kijk stiekem nog even op mijn BlackBerry en herinner me vagelijk dat ik een lange, onsamenhangende mail aan Christian heb gestuurd – maar ik heb nog geen antwoord. Het is vijf uur 's ochtends in Seattle. Hopelijk slaapt hij nog en zit hij niet wakker achter de piano treurige klaagzangen te spelen.

Het fijne van een rugzak als handbagage is dat je direct de luchthaven kan verlaten, zonder eindeloos op je bagage te hoeven wachten bij de bagagebanden. Het fijne van eersteklas reizen is dat je als eerste het vliegtuig mag verlaten.

Mijn moeder staat met Bob op me te wachten en ik ben heel blij om ze te zien. Ik weet niet of het komt doordat ik uitgeput ben, door de lange reis of door de hele situatie met Christian, maar zodra mijn moeder haar armen om me heen slaat barst ik in tranen uit.

'O, Ana, lieverd. Je bent vast uitgeput.' Ze kijkt bezorgd naar Bob.

'Nee, mama, het is gewoon – ik ben zo blij je te zien.' Ik omhels haar stevig.

Ze voelt zo goed en hartelijk aan, echt thuis. Ik laat haar onwillig los en Bob omhelst me onhandig met één arm. Hij lijkt onvast op zijn benen te staan en ik herinner me dat hij zijn been heeft bezeerd.

'Welkom terug, Ana. Waarom huil je?' vraagt hij.

'O, Bob, ik ben ook heel blij om jou te zien.' Ik kijk op naar zijn knappe gezicht met hoge jukbeenderen en twinkelende blauwe ogen die me innig aankijken. Ik mag deze man wel, mama. Je mag hem houden. Hij neemt mijn rugzak over.

'Jemig, Ana. Wat zit hierin?'

Dat zal de Mac zijn. Ze slaan allebei een arm om me heen en we lopen naar de parkeerplaats.

Ik vergeet altijd hoe onverdraaglijk warm het is in Savannah. We lopen van de koele aankomsthal met airconditioning de hitte van Georgia in, alsof je tegen een muur aanloopt. *Whoa!* Het is uitputtend. Ik worstel me los uit de omhelzing van mama en Bob om mijn capuchon af te doen. Ik ben blij dat ik een korte broek heb ingepakt. Soms mis ik de droge hitte van Las Vegas, waar ik met mama en Bob woonde toen ik zeventien was. Je went veel moeilijker aan deze vochtige hitte die om 08.30 uur 's morgens al zo sterk is. Wanneer ik in Bobs heerlijk koele Chevrolet Tahoe MPV zit, voel ik me zwak en is mijn haar helemaal kroezig van de hitte. Achter in de MPV stuur ik snel een berichtje naar Ray, Kate en Christian:

Veilig aangekomen in Savannah. A :)

Mijn gedachten dwalen even af naar José als ik op 'verzenden' druk en in een waas van moeheid herinner ik me dat hij volgende week zijn tentoonstelling heeft. Zal ik Christian uitnodigen, terwijl ik weet hoe hij over José denkt? Zou Christian me nog willen zien na die mail? Ik huiver bij het idee en zet het dan van me af. Daar houd ik me later wel mee bezig. Nu ga ik genieten van het gezelschap van mijn moeder.

'Lieverd, je bent vast erg moe. Wil je even slapen als we thuis zijn?'

'Nee, mam. Ik wil graag naar het strand.'

Ik lig in mijn blauwe haltertoptankini op een ligbed te nippen van een cola light, met uitzicht op de Atlantische Oceaan. En dan te bedenken dat ik gisteren nog uitzicht had op Pudget Sound richting Grote Oceaan. Mijn moeder ligt naast me met een belachelijk grote, flodderige zonnehoed en een Jackie O-zonnebril, en nipt van haar eigen cola. We zijn op Tybee Island Beach, drie straten van ons huis af. Ze houdt mijn hand vast. Mijn moeheid is verdwenen en ik geniet met volle teugen van de zon. Ik voel me prettig, veilig en warm. Voor het eerst sinds heel lange tijd begin ik te ontspannen.

'Zeg, Ana... vertel eens over die man van wie je zo in de ban bent.'

Ban! Hoe weet ze dat? Wat moet ik zeggen? Ik kan niet veel over Christian vertellen vanwege de geheimhoudingsverklaring, en dan nog... zou ik het er anders wel met mijn moeder over hebben gehad? Van het idee alleen al sla ik bleek uit.

'Nou?' dringt ze aan en ze knijpt in mijn hand.

'Hij heet Christian. Hij is heel knap. Hij is rijk... te rijk. Hij is heel gecompliceerd en veranderlijk.'

Yes – ik ben buitengewoon tevreden met deze beknopte, nauwkeurige samenvatting. Ik draai me op mijn zij om haar aan te kijken en zie dat zij precies hetzelfde doet. Ze kijkt naar me met haar kristalheldere blauwe ogen.

'Gecompliceerd en veranderlijk zijn twee dingen waar ik wat dieper op in wil gaan, Ana.'

O nee...

'O, mam, zijn stemmingswisselingen maken me gek. Hij heeft een moeilijke jeugd gehad, dus hij is erg gesloten en moeilijk te peilen.'

'Vind je hem leuk?'

'Meer dan dat.'

'Echt?' Ze staart me aan.

'Ja, mam.'

'Mannen zijn niet echt gecompliceerd, lieverd. Het zijn heel simpele, letterlijke wezens. Ze menen meestal wat ze zeggen. We piekeren urenlang om te analyseren wat ze bedoeld kunnen hebben – terwijl het eigenlijk overduidelijk is. Als ik jou was, zou ik hem letterlijk nemen, dat zou wel eens kunnen helpen.'

Ik staar naar haar. Dit lijkt me een uitstekend advies. Christian letterlijk nemen. Meteen schieten me een paar dingen te binnen die hij heeft gezegd.

Ik wil je niet kwijt...
Je hebt me betoverd...
Ik ben helemaal weg van je...
Ik zal jou ook missen... meer dan je denkt...

Ik kijk naar mijn moeder. Tenslotte ís ze bezig aan haar vierde huwelijk. Misschien heeft ze uiteindelijk toch iets van mannen begrepen.

'De meeste mannen hebben last van stemmingswisselingen, lieverd, de een meer dan de ander. Je vader, bijvoorbeeld...' Haar blik wordt zacht en verdrietig als ze aan mijn vader denkt. Mijn echte vader – de mythische man die ik nooit heb gekend – werd op wrede wijze van ons gescheiden toen hij bij de marine zat, in een ongeluk bij een gevechtstraining. Iets in mij verdenkt mijn moeder ervan dat ze altijd op zoek is geweest naar iemand zoals hij... Misschien heeft ze diegene eindelijk gevonden in Bob. Jammer dat ze het niet in Ray kon vinden.

'Ik was er altijd van overtuigd dat je vader humeurig was. Maar als ik terugkijk denk ik dat hij gewoon te veel opging in zijn werk en zijn pogingen om ons leven op de rails te krijgen.' Ze zucht. 'Hij was zo jong. Dat waren we allebei. Misschien was dat het probleem.'

Mmm... Christian is niet bepaald oud. Ik lach stralend naar haar. Ze kan heel emotioneel worden als ze het over mijn vader heeft, maar ik weet zeker dat zijn humeur in het niet valt bij dat van Christian.

'Bob wil ons vanavond mee uit eten nemen, naar zijn golfclub.'

'O nee! Speelt Bob golf?' spot ik ongelovig.

'Ja, vertel mij wat,' kreunt mijn moeder en ze rolt met haar ogen.

Nadat we thuis een lichte lunch hebben verorberd, begin ik uit te pakken. Ik vind dat ik wel een siësta heb verdiend. Mijn moeder is weg om kaarsen te gieten, of zoiets, en Bob is op zijn werk, dus ik heb tijd om even te slapen. Ik open mijn Mac en start hem op. In Georgia is het twee uur 's middags, in Seattle elf uur 's morgens. Zou ik een mail van Christian hebben? Zenuwachtig open ik mijn mail.

Van: Christian Grey
Onderwerp: Eindelijk!
Datum: 31 mei 2011 07:30
Aan: Anastasia Steele

Anastasia,
Ik vind het vervelend dat je open en eerlijk met me communiceert zodra we op afstand zitten. Waarom kun je dat niet als we samen zijn? Ja, ik ben rijk. Wen daar maar aan. Waarom zou ik geen geld aan

jou mogen uitgeven? Je vader weet nu toch ook dat ik je vriend ben. Doen vriendjes dat dan niet? Omdat ik je Dominant ben, verwacht ik dat je alles accepteert wat ik aan je uitgeef, zonder tegen te stribbelen. Vertel het trouwens ook maar aan je moeder.
Op jouw opmerking dat je je een hoer voelt, weet ik niet wat ik moet zeggen. Ik weet dat je het niet zo geschreven hebt, maar je bedoelt het wel. Ik weet niet wat ik moet zeggen of doen om die gevoelens uit te roeien. Ik wil voor jou alleen het beste. Ik werk keihard voor mijn geld dus kan het naar eigen inzicht uitgeven. Ik zou je alles kunnen geven wat je hartje begeert, Anastasia, en dat wil ik ook. Noem het maar een herverdeling van rijkdom, zo je wil. Of onthoud dat ik nooit zo over jou zou kunnen denken. Ik ben boos dat jij jezelf blijkbaar wel zo ziet. Als vrolijke, gevatte, mooie jonge vrouw heb je toch echt een minderwaardigheidscomplex en ik denk erover om een afspraak voor je te maken bij dr. Flynn.
Sorry dat ik je bang heb gemaakt. De gedachte om jou angst aan te jagen, vind ik afschuwelijk. Denk je nu echt dat ik je in het ruim zou laten reizen? Ik heb je verdorie zelfs mijn privéjet aangeboden! Ja, het was een grapje, blijkbaar niet zo'n goeie. Toch windt het idee dat jij vastgebonden en gekneveld bent me op (dit is geen grapje – het is waar). Het krat kun je vergeten – kratten doen me niks. Ik weet dat je knevelen niet leuk vindt, we hebben het daar al over gehad. En als/wanneer ik je knevel zullen we erover praten. Je lijkt te vergeten dat in Dominant/Onderdanige relaties de Onderdanige de macht heeft. Dat ben jij. Ik herhaal het nog maar een keer: jij bent degene die de touwtjes in handen heeft. Niet ik. In het boothuis zei je nee. Ik kan je niet aanraken als jij nee zegt. Daarom hebben we een overeenkomst – over wat je wel en niet wil doen. Als we dingen proberen en je vindt het niet fijn, dan passen we de overeenkomst aan. Het is aan jou – niet aan mij. En als je niet vastgebonden en gekneveld wilt worden in een krat, dan gebeurt het dus ook niet.
Ik wil mijn levensstijl met jou delen. Ik heb nog nooit iets zo graag gewild. Eerlijk gezegd ben ik onder de indruk van je, omdat zo'n onschuldig meisje het zou willen proberen. Dat betekent meer voor me dan je ooit zult weten. Je ziet niet dat ik ook betoverd ben door

jou, al heb ik je dit al eindeloos vaak gezegd. Ik wil je niet kwijt. Ik word er zenuwachtig van dat je vijfduizend kilometer hebt gevlogen om mij een paar dagen niet te zien, omdat je niet helder kunt nadenken als je bij me bent. Ik voel hetzelfde Anastasia. Mijn verstand laat me in de steek als ik bij jou ben – zo diep voel ik voor jou.
Ik begrijp je bezorgdheid. Ik heb geprobeerd uit je buurt te blijven. Ik wist dat je onervaren was, maar ik had nooit zo achter je aan gezeten als ik had beseft hoe onschuldig je was – toch slaag je er nog steeds in om me te ontwapenen zoals nooit eerder iemand heeft gedaan. Bijvoorbeeld je mail: ik heb hem eindeloos gelezen en overgelezen om jouw standpunt te begrijpen. Drie maanden is een willekeurige periode. We kunnen er zes maanden van maken, of een jaar? Hoe lang wil jij dat het duurt? Waar voel jij je prettig bij? Vertel het me.
Ik begrijp dat dit een enorme sprong in het diepe is voor je. Ik moet je vertrouwen verdienen, maar jij moet ook met me communiceren als ik dat niet doe. Je lijkt zo sterk en zelfstandig en dan lees ik wat je hier hebt geschreven en dan zie ik een andere kant van jou. We moeten elkaar leiden, Anastasia, en ik kan alleen maar jouw aanwijzingen opvolgen. Je moet eerlijk tegen me zijn en we moeten er allebei voor zorgen dat deze relatie werkt.
Je maakt je zorgen dat je niet onderdanig zou zijn. Misschien is dat inderdaad zo. Eigenlijk vertoon je alleen in de speelkamer het juiste gedrag voor een Onderdanige. Het lijkt alsof dat de enige plaats is waar je mij toestaat de juiste beheersing over je te hebben en de enige plaats waar je doet wat je gezegd wordt. 'Voorbeeldig', zou ik willen zeggen. Ik zou je nooit bont en blauw slaan. Ik ga voor roze. Buiten de speelkamer vind ik het leuk dat je me uitdaagt. Het is een nieuwe en verfrissende ervaring en ik zou dat niet willen veranderen. Dus ja, vertel me in wat voor opzicht je meer wilt. Ik zal proberen er open voor te staan en je de ruimte te geven die je nodig hebt en je alleen te laten terwijl je daar in Georgia bent. Ik verheug me op je volgende mail.
Geniet ervan in de tussentijd. Maar niet te veel.

Christian Grey
Directeur, Grey Enterprises Holdings, Inc.

Allemachtig. Hij heeft een essay geschreven zoals we vroeger op school deden – *en het merendeel ervan is goed.* Mijn hart klopt in mijn keel als ik de brief opnieuw lees. Dan kruip ik in elkaar op het logeerbed en knuffel mijn Mac zo ongeveer. Onze overeenkomst verlengen voor een jaar? Ik heb de macht! Jemig, daar moet ik nog wel over nadenken. *Neem zijn woorden letterlijk*, zegt mijn moeder. Hij wil me niet kwijt. Dat heeft hij twee keer gezegd! Hij wil ook dat dit werkt! *O Christian, dat wil ik ook!* Hij gaat proberen weg te blijven! Betekent dat dat het hem misschien niet lukt? Ineens hoop ik daarop, ik wil hem zien. We zijn nog maar minder dan vierentwintig uur uit elkaar en nu ik weet dat ik hem vier dagen niet kan zien, realiseer ik me hoe erg ik hem mis. Hoeveel ik van hem houd.

'Ana, lieverd.' Een zachte en warme stem, vol liefde en zoete herinneringen aan vervlogen tijden.

Een zachte hand streelt mijn gezicht. Mijn moeder wekt me. Ik lig te slapen in een innige omhelzing met mijn laptop.

'Ana, schatje,' hoor ik haar zachte, zangerige stem weer, terwijl ik langzaam wakker word en knipper in het bleke, paarse schemerlicht.

'Hoi mama.' Ik rek me glimlachend uit.

'We gaan over een halfuur naar het etentje. Wil je nog steeds mee?' vraagt ze vriendelijk.

'Ja, natuurlijk mama.' Ik probeer uit alle macht een geeuw te onderdrukken, maar tevergeefs.

'Wat een indrukwekkend staaltje technologie.' Ze wijst naar mijn laptop.

O shit.

'O... dit?' Ik probeer nonchalant en verbaasd te klinken.

Zal mama het merken? Ze lijkt veel scherpzinniger geworden te zijn sinds ik een 'vriendje' heb.

'Christian heeft hem me geleend. Je kunt er vast ook ruimteschepen mee besturen, maar ik gebruik hem alleen voor e-mail en internet.'

Echt, het stelt niets voor. Ze kijkt me achterdochtig aan, gaat achteroverzitten op mijn bed en strijkt een haarlok achter mijn oor.

'Heeft hij je gemaild?'

O shit shit shit.

'Jep.' Het klinkt niet erg nonchalant en ik bloos.

'Dus hij mist je een beetje?'

'Ik hoop het, mama.'

'Wat schrijft hij?'

O shitterdeshit! Ik probeer verwoed iets uit zijn mail te bedenken wat ik aan mijn moeder kan vertellen. Ze wil vast niets horen over Doms, bondage en knevelen, en dan is er natuurlijk ook nog de geheimhoudingsverklaring.

'Hij zei dat ik ervan moest genieten, maar niet te veel.'

'Dat klinkt redelijk. Ik laat je even alleen om je klaar te maken, lieverd.' Ze buigt voorover en kust mijn voorhoofd. 'Ik ben zo blij dat je er bent, Ana. Het is fantastisch om je te zien.' En met die liefdevolle verklaring laat ze me achter.

Hmm. Christian en redelijk... twee begrippen die ik als onverenigbaar beschouwde, maar na zijn mail is misschien niets onmogelijk. Ik schud mijn hoofd. Ik heb tijd nodig om te verwerken wat hij heeft geschreven. Waarschijnlijk na het eten – dan ga ik hem daarna antwoorden. Ik klim uit bed, trek snel mijn T-shirt en broekje uit en loop naar de douche.

Ik heb Kates grijze jurk met halternek meegenomen die ik bij mijn afstuderen aanhad. Het is de enige nette jurk die ik heb. Dankzij de hitte zijn alle kreukels eruit, dus ik denk dat hij wel geschikt is voor de golfclub. Terwijl ik me aankleed, klap ik de laptop open. Er is geen nieuws van Christian en ik voel een steek van teleurstelling. Razendsnel typ ik een mail naar hem.

Van: Anastasia Steele
Onderwerp: Langdradig?
Datum: 31 mei 2011 19:08
Aan: Christian Grey

Meneer, u bent een nogal praatzieke schrijver. Ik moet naar een etentje bij Bobs golfclub en ter informatie: ik rol met mijn ogen als ik eraan denk. Maar u en uw jeukende handjes zijn ver van mij

vandaan, dus mijn achterste is nu even veilig. Ik ben in de wolken met je mail. Antwoord je zodra ik kan. Ik mis je nu al.
Fijne middag.
Je Ana

Van: Christian Grey
Onderwerp: Je achterste
Datum: 31 mei 2011 16:10
Aan: Anastasia Steele

Beste mevrouw Steele,
Ik ben afgeleid door de titel van deze mail. Onnodig te zeggen dat hij *inderdaad* veilig is – voorlopig althans.
Geniet van je etentje. Ik mis jou ook, met name je achterste en je scherpe tong.
Mijn middag wordt saai, alleen opgevrolijkt door de gedachte aan jou en je rollende ogen. Ik geloof dat jij het was die me er terecht op wees dat ik dezelfde slechte eigenschap heb.

Christian Grey
Directeur & ogenroller
Grey Enterprises Holdings, Inc.

Van: Anastasia Steele
Onderwerp: Rollen met ogen
Datum: 31 mei 2011 19:14
Aan: Christian Grey

Beste meneer Grey,
Houd op met mailen. Ik probeer me klaar te maken voor het etentje. Je leidt me heel erg af, zelfs aan de andere kant van het continent. En nu we het er toch over hebben – wie legt jou eigenlijk over de knie als je met je ogen rolt?
Je Ana

Ik klik op 'verzenden' en meteen komt het beeld in me op van die duivelse heks van een Mrs. Robinson. Ik kan me gewoon niet voorstellen dat Christian geslagen wordt door iemand die zo oud is als mijn moeder. Het is gewoon zó slecht. Ik vraag me opnieuw af wat voor schade ze heeft aangericht. Mijn mond wordt een harde, grimmige lijn. Ik heb een pop nodig om naalden in te steken, dan kan ik misschien wat van de woede afreageren die ik voel jegens deze onbekende vrouw.

Van: Christian Grey
Onderwerp: Je achterste
Datum: 31 mei 2011 16:18
Aan: Anastasia Steele

Beste mevrouw Steele,
Ik prefereer mijn titel nog steeds, op zo veel verschillende manieren. Gelukkig ben ik baas over mijn eigen lot en word ik door niemand gekastijd. Behalve soms door mijn moeder en natuurlijk door dr. Flynn. En door jou.

Christian Grey
Directeur, Grey Enterprises Holdings, Inc.

Van: Anastasia Steele
Onderwerp: Kastijden... ik?
Datum: 31 mei 2011 19:22
Aan: Christian Grey

Meneer,
Wanneer heb ik het ooit in mijn hoofd gehaald u te kastijden, meneer Grey? Ik denk dat u me verwart met iemand anders... wat bijzonder zorgelijk is. Nu moet ik me echt klaar gaan maken.
Je Ana

Van: Christian Grey
Onderwerp: Je achterste
Datum: 31 mei 2011 16:25
Aan: Anastasia Steele

Beste mevrouw Steele,
Dat doe je de hele tijd al, ik heb het op papier staan. Mag ik je jurk dichtritsen?

Christian Grey
Directeur, Grey Enterprises Holdings, Inc.

Op de een of andere manier springen zijn woorden van het scherm af en snak ik naar adem. O... hij wil een spelletje spelen.

Van: Anastasia Steele
Onderwerp: Niet voor onder de 18
Datum: 31 mei 2011 19:28
Aan: Christian Grey

Ik zou liever willen dat je hem openritst.

Van: Christian Grey
Onderwerp: Pas op wat je wenst...
Datum: 31 mei 2011 16:31
Aan: Anastasia Steele

IK OOK.

Christian Grey
Directeur, Grey Enterprises Holdings, Inc.

Van: Anastasia Steele
Onderwerp: Hartkloppingen
Datum: 31 mei 2011 19:33
Aan: Christian Grey

Langzaam...

Van: Christian Grey
Onderwerp: Kreunend
Datum: 31 mei 2011 16:35
Aan: Anastasia Steele

Ik wou dat ik bij je was.

Christian Grey
Directeur, Grey Enterprises Holdings, Inc.

Van: Anastasia Steele
Onderwerp: Zuchtend
Datum: 31 mei 2011 19:37
Aan: Christian Grey

IK OOK.

'Ana!' Mijn moeder roept me en ik schrik op. *Shit.* Het is net of ik betrapt word!

'Ik kom al, mama!'

Van: Anastasia Steele
Onderwerp: Zuchtend
Datum: 31 mei 2011 19:39
Aan: Christian Grey

Ik moet gaan.
Later schatje.

Ik ren de hal in, waar m'n moeder en Bob al staan te wachten. Mijn moeder fronst haar voorhoofd.

'Lieverd, voel je je wel goed? Je ziet er een beetje rood uit.'

'Mama, ik voel me prima.'

'Je ziet er mooi uit, liefje.'

'O, deze jurk is van Kate. Vind je hem mooi?'

Haar frons wordt zwaarder.

'Waarom heb jij Kates jurk aan?'

O... nee.

'Nou, ik vind deze mooi en zij niet,' improviseer ik snel.

Ze bekijkt me onderzoekend, terwijl Bob er ongeduldig bij staat met de hongerige blik van een schooier.

'Ik neem je morgen mee winkelen,' zegt ze.

‘O mama, dat hoeft niet hoor. Ik heb genoeg kleren.’

‘Mag ik ook eens iets voor mijn dochter doen? Kom, we gaan, Bob is uitgehongerd.’

‘Echt wel,’ kreunt Bob, wrijvend over zijn buik en met een zogenaamd pijnlijk gezicht.

Ik giechel om zijn rollende ogen en dan gaan we.

Later, als ik onder de douche sta af te koelen onder het lauwwarme water, bedenk ik hoe sterk mijn moeder veranderd is. Ik zag dat ze echt in haar element was tijdens het diner: grappig en flirterig met al hun vrienden van de golfclub. Bob was warm en attent... ze lijken zo goed bij elkaar te passen. Ik ben echt blij voor haar. Het betekent dat ik me geen zorgen meer over haar hoef te maken en haar beslissingen niet meer hoef te bekritiseren. We kunnen de donkere dagen van Echtgenoot Nummer Drie dus achter ons laten. Bob is een blijvertje. En ze geeft me goede adviezen. *Sinds wanneer eigenlijk?* Sinds ik Christian heb ontmoet. *Waarom is dat?*

Als ik klaar ben, droog ik mezelf snel af en haast me om terug te gaan naar Christian. Er staat een mail voor me klaar, die geschreven is toen ik net de deur uit was, een paar uur geleden.

Van: Christian Grey
Onderwerp: Plagiaat
Datum: 31 mei 2011 16:41
Aan: Anastasia Steele

Je hebt mijn tekst gejat.
En liet me toen zakken.
Geniet van je etentje.

Christian Grey
Directeur, Grey Enterprises Holdings, Inc.

Van: Anastasia Steele
Onderwerp: Wat je zegt ben je zelf
Datum: 31 mei 2011 22:18
Aan: Christian Grey

Meneer, het is eigenlijk Elliots tekst.
Hoezo zakken?
Je Ana

Van: Christian Grey
Onderwerp: Onafgedane zaken
Datum: 31 mei 2011 19:22
Aan: Anastasia Steele

Mevrouw Steele,
Je bent terug. Je ging onverwacht weg – net toen het interessant werd.
Elliot is niet heel origineel. Hij heeft die tekst vast van iemand gejat.
Hoe was het etentje?

Christian Grey
Directeur, Grey Enterprises Holdings, Inc.

Van: Anastasia Steele
Onderwerp: Onafgedane zaken?
Datum: 31 mei 2011 22:26
Aan: Christian Grey

Het diner was heel vullend. Je bent vast blij om te horen dat ik véél te veel gegeten heb.
Hoe bedoel je, net toen het interessant werd?

Van: Christian Grey
Onderwerp: Onafgedane zaken, absoluut
Datum: 31 mei 2011 19:30
Aan: Anastasia Steele

Houd je je expres van de domme? Volgens mij vroeg je me net of ik je jurk wilde openritsen.
En ik zag er heel erg naar uit om dat te doen. Ik ben ook blij te horen dat je eet.

Christian Grey
Directeur, Grey Enterprises Holdings, Inc.

Van: Anastasia Steele
Onderwerp: Nou... gelukkig is het snel weer weekend
Datum: 31 mei 2011 22:36
Aan: Christian Grey

Natuurlijk eet ik... Als ik bij jou ben voel ik me gewoon zo onzeker, dat ik dan geen eetlust meer heb.
En ik houd me nooit onbewust van de domme, meneer Grey.
Dat heb je nou inmiddels wel door, denk ik. :)

Van: Christian Grey
Onderwerp: Ik kan niet wachten
Datum: 31 mei 2011 19:40
Aan: Anastasia Steele

Dat zal ik onthouden, mevrouw Steele, en er ongetwijfeld mijn voordeel mee doen.
Het spijt me dat ik je eetlust wegneem. Ik dacht dat ik juist een zinnenprikkelend effect op je had. Ik heb dat namelijk wel zo ervaren en dat was heel plezierig.
Ik verheug me heel erg op de volgende keer.

Christian Grey
Directeur, Grey Enterprises Holdings, Inc.

Van: Anastasia Steele
Onderwerp: Taalgymnastiek
Datum: 31 mei 2011 22:36
Aan: Christian Grey

Heb je weer met de thesaurus zitten spelen?

Van: Christian Grey
Onderwerp: Mopperend

Datum: 31 mei 2011 19:40
Aan: Anastasia Steele

Je kent me heel goed, mevrouw Steele.
Ik ga uit eten met een oude vriend dus zit zo achter het stuur.
Later, schatje©.

Christian Grey
Directeur, Grey Enterprises Holdings, Inc.

Welke oude vriend? Ik geloof niet dat Christian oude vrienden heeft, behalve... *haar*. Ik frons mijn voorhoofd en staar naar het scherm. Waarom blijft hij haar zien? Onverwacht schiet de jaloezie als schroeiende, groene gal door me heen. Ik heb zin om iemand te slaan, bij voorkeur Mrs. Robinson. In een opwelling zet ik de laptop uit en klim in bed.

Ik zou eigenlijk zijn lange mail van vanmorgen moeten beantwoorden, maar ik ben plotseling te kwaad. Waarom ziet hij haar niet zoals ze is – namelijk als iemand die kinderen heeft misbruikt? Ik doe kokend van woede het licht uit en staar in het donker. Hoe durft ze? Hoe durft ze een kwetsbare tiener te kiezen? Doet ze het nog steeds? Waarom zijn ze ermee gestopt? Verschillende scenario's komen in me op: als hij er genoeg van had, waarom is hij dan nog steeds vrienden met haar? Idem dito voor haar: is ze getrouwd? Gescheiden? Jemig, heeft ze misschien zelf kinderen? *Heeft ze kinderen van Christian?* Mijn onderbewuste duikt op met een nare grijns op haar gezicht en ik ben geschokt en misselijk bij het idee. Weet dr. Flynn van haar bestaan af?

Ik struikel uit bed en zet mijn computer weer aan. Ik heb een missie. Ik trommel ongeduldig met mijn vingers en wacht tot het blauwe scherm verschijnt. Ik klik op Google Afbeeldingen en typ 'Christian Grey' in de zoekmachine. Het scherm is ineens gevuld met afbeeldingen van Christian: zwarte das, strak in 't pak. Jemig – Josés foto's van het Heathman, in zijn witte shirt en flanellen broek. Hoe komen die nou op internet? Jeetje, wat ziet hij er goed uit.

Ik ga snel verder. Wat foto's met zakenpartners; de ene schitterende foto na de andere van de meest fotogenieke man die ik persoonlijk ken. *Ken ik Christian persoonlijk?* Ik ken hem op seksueel gebied en denk dat daar nog veel over te ontdekken valt. Ik weet dat hij stemmingswisselingen heeft, moeilijk is, grappig, koud, warm... Jemig, deze man is een vat vol tegenstrijdigheden. Ik klik door naar de volgende pagina. Op deze foto's staat hij steeds alleen en ik herinner me dat Kate zei dat ze geen foto van hem kon vinden met een date, waardoor ze zich afvroeg of hij homo was. Op de derde pagina vind ik een foto van ons samen, bij mijn afstuderen. Zijn enige foto met een vrouw; en dat ben ik.

Jezusmina! Ik sta op Google! Ik kijk naar ons. Ik lijk verrast door de camera, zenuwachtig en onevenwichtig. Dit was vlak voordat ik had gezegd dat ik het zou proberen. Christian ziet er ongelooflijk knap, kalm en onbewogen uit en hij draagt *die das*. Ik staar naar hem: zo'n mooi gezicht, het mooie gezicht dat nu misschien wel naar Mrs. Robinson kijkt. Ik sla deze afbeelding op in mijn favorieten en klik langs alle achttien pagina's met resultaten... niets. Mrs. Robinson staat niet op Google. Maar ik wil weten of hij nu bij haar is. Ik typ een snelle mail aan Christian.

Van: Anastasia Steele
Onderwerp: Geschikt gezelschap voor etentjes
Datum: 31 mei 2011 23:58
Aan: Christian Grey

Ik hoop dat het etentje met je vriend gezellig was.
Ana
PS Was het Mrs. Robinson?

Ik klik op 'verzenden' en kruip moedeloos weer in bed. Ik wil Christian uithoren over zijn relatie met die vrouw. Een deel van mij wil wanhopig meer weten, een ander deel wil vergeten dat hij het mij ooit verteld heeft. Ik ben ongesteld geworden, dus moet eraan denken om te beginnen met de pil. Ik stel een wekker in op de agenda van mijn BlackBerry en leg hem op mijn nachtkastje. Dan ga ik liggen en val in een onrustige slaap, wensend dat we in dezelfde stad waren en niet vierduizend kilometer van elkaar verwijderd.

Nadat we 's morgens gewinkeld en 's middags op het strand gelegen hebben, heeft mijn moeder besloten dat we die avond naar een bar gaan. We laten Bob voor de tv achter en gaan naar de chique bar van het mooiste hotel van Savannah. Ik zit aan mijn tweede Cosmopolitan. Mijn moeder aan haar derde. Ze geeft me meer inzicht in het fragiele, mannelijke ego. Het is erg verontrustend.

'Weet je, Ana... mannen denken dat alles wat vrouwen zeggen problemen zijn die opgelost moeten worden. Niet gewoon ideeën die we willen verspreiden en waar we even over willen praten om ze daarna weer te vergeten. Mannen houden meer van actie.'

'Mama, waarom vertel je me dit?' vraag ik. Ik slaag er niet in mijn ergernis te verbergen. Ze doet al de hele dag zo.

'Lieverd, je klinkt zo verloren. Je hebt nog nooit een vriendje mee naar huis genomen. Toen we in Las Vegas woonden, heb je ook nooit een vriendje gehad. Ik dacht dat er wat moois zou opbloeien met die jongen die je op de universiteit hebt ontmoet, die José.'

'Mama, José is gewoon een vriend.'

'Dat weet ik wel, schat. Maar er is iets aan de hand, en ik geloof nooit dat je me alles hebt verteld.' Ze kijkt naar me, met moederlijke bezorgdheid op haar gezicht.

'Ik moest even afstand nemen van Christian om mijn gedachten op een rijtje te zetten... dat is alles. Hij overweldigt me.'

'Hij overweldigt je?'

'Ja. En toch mis ik hem.' Ik frons mijn voorhoofd.

Ik heb de hele dag niets van Christian gehoord. Geen mail, niks. Ik zou hem willen bellen om te vragen of alles goed is. Mijn grootste angst is dat hij een auto-ongeluk heeft gehad. Mijn op één na grootste angst is dat Mrs. Robinson hem weer in haar klauwen heeft. Ik weet dat het onredelijk is maar als het om *haar* gaat kan ik het niet meer in perspectief zien.

'Lieverd, ik ga even naar het toilet.'

Ik maak van de kans gebruik om snel even op mijn BlackBerry te kijken. Ik probeer al de hele dag stiekem mijn mail te checken. Eindelijk – een antwoord van Christian!

Van: Christian Grey
Onderwerp: Gezelschap voor etentjes
Datum: 1 juni 2011 21:40
Aan: Anastasia Steele

Ja, ik ben gaan eten met Mrs. Robinson. Ze is gewoon een oude vriendin van me, Anastasia.
Ik zie ernaar uit je weer te zien. Ik mis je.

Christian Grey
Directeur, Grey Enterprises Holdings, Inc.

Hij is écht met haar gaan eten. Mijn haren gaan recht overeind staan en de adrenaline en woede gieren door mijn lijf nu mijn ergste nachtmerrie waarheid geworden is. *Hoe kon hij dat doen?* Ik ben twee dagen weg en hij gaat snel terug naar dat duivelse kutwijf.

Van: Anastasia Steele
Onderwerp: EX-gezelschap voor etentjes
Datum: 1 juni 2011 21:42
Aan: Christian Grey

Ze is niet gewoon een oude vriend.
Heeft ze een andere tiener gevonden om haar tanden in te zetten?
Werd je te oud voor haar?
Is dat de reden dat jullie relatie is gestrand?

Ik klik op 'verzenden' als ik mijn moeder zie.

'Ana, je ziet helemaal bleek. Wat is er gebeurd?'

Ik schud mijn hoofd.

'Niks. Laten we nog wat te drinken nemen,' mompel ik verbeten.

Ze fronst haar wenkbrauwen maar staat op en wenkt een van de obers, wijzend naar onze glazen. Hij knikt. Hij begrijpt het universele gebaar voor 'nog een rondje, graag'. Terwijl hij ons inschenkt, kijk ik snel op mijn BlackBerry.

Van: Christian Grey
Onderwerp: Voorzichtig...
Datum: 1 juni 2011 21:45
Aan: Anastasia Steele

Dit wil ik niet per e-mail bespreken.
Hoeveel Cosmopolitans ben je van plan te gaan drinken?

Christian Grey
Directeur, Grey Enterprises Holdings, Inc.

Holy fuck, hij is hier.

Drieëntwintig

Zenuwachtig kijk ik de kroeg rond, maar ik zie hem nergens.

'Ana, wat is er? Je kijkt alsof je een geest hebt gezien.'

'Christian is hier.'

'Wat? Echt?' Ze kijkt ook rond.

Ik was vergeten mijn moeder te vertellen dat Christian stalkneigingen heeft.

Ik zie hem. Mijn hart maakt een sprongetje en begint heftig te kloppen als hij op ons afkomt. *Hij is echt hier – voor mij.* Mijn innerlijke godin springt op van haar chaise longue. Christian beweegt zich soepel tussen de mensen door. Zijn haar schittert onder de verzonken halogeenlampen en heeft een koperrode gloed. Zijn heldere grijze ogen glimmen van – woede? Spanning? Zijn mond vormt een barse streep, zijn kaken zijn gespannen. *O shit... nee.* Ik ben boos op hem, maar hoe kan ik nou boos op hem zijn terwijl mijn moeder erbij is?

Hij staat nu bij onze tafel en kijkt me bedachtzaam aan. Hij is gekleed in een witte linnen blouse en een spijkerbroek.

'Hoi,' zeg ik met een piepstem. Het lukt me niet mijn gevoelens te verbergen nu ik hem hier zo in levende lijve voor me zie.

'Hoi,' antwoordt hij. Dan buigt hij voorover en verrast me volkomen door me een zoen op mijn wang te geven.

'Christian, dit is mijn moeder Carla.' Mijn goede manieren krijgen weer de overhand.

Hij draait zich om en begroet mijn moeder.

'Mevrouw Adams, het is een eer u te ontmoeten.'

Hoe weet hij haar naam? Hij toont haar zijn adembenemende, allesoverweldigende, Christian Grey-gepatenteerde glimlach. Het zal onmogelijk zijn voor haar om niet te bezwijken. Mijn moeders onderkaak valt bijna op tafel. *Jemig, doe normaal, mam.* Ze schudden elkaar de hand. Mijn moeder lijkt niets meer uit te kunnen brengen. Nooit geweten dat totale sprakeloosheid erfelijk is.

'Christian,' komt er dan eindelijk uit mijn moeders mond.

Zijn ogen schitteren en hij glimlacht veelbetekenend naar haar. Ik knijp mijn ogen toe en kijk naar ze.

'Wat doe je hier eigenlijk?' Mijn vraag klink een stuk breekbaarder dan de bedoeling is. Zijn glimlach verdwijnt en hij lijkt nu meer op zijn hoede. Ik vind het geweldig om hem te zien, maar ik ben wel helemaal van slag. De woede over Mrs. Robinson schiet door me heen. Ik weet niet of ik hem uit wil schelden of me in zijn armen wil storten. Ik geloof dat hij het allebei niet op prijs zou stellen. Ik zou wel eens willen weten hoe lang hij naar ons heeft staan kijken. Ik maak me ook enigszins zorgen om de e-mail die ik 'm zojuist heb gestuurd.

'Ik kwam voor jou natuurlijk.' Hij staart me onbewogen aan.

O, wat denkt hij wel niet? 'Ik logeer in dit hotel.'

'Logeer je hier?' Ik lijk wel een eerstejaars die amfetaminen heeft geslikt, zo schel klinkt mijn stem.

'Nou, gisteren zei je nog dat je wou dat ik hier was.' Hij pauzeert en probeert mijn reactie te peilen. 'We doen er alles aan om het u naar uw zin te maken, mevrouw Steele.' Zijn stem klinkt zacht zonder ook maar een spoortje humor.

Shit – is-ie nou helemaal gek geworden? Zijn het de opmerkingen over Mrs. Robinson? Of omdat ik al drie, bijna vier, Cosmopolitans heb gehad? Mijn moeder gluurt onrustig naar ons.

'Ga zitten, Christian en neem wat te drinken.' Ze zwaait naar de ober, die in een mum van tijd naast haar staat.

'Ik wil graag een gin-tonic,' zegt Christian. 'Hendricks, als je dat hebt, of anders Bombay Sapphire. Komkommer bij de Hendricks en limoen bij de Bombay.'

Goeie genade... alleen Christian kan een hele maaltijd maken van het bestellen van een drankje.

'En nog twee Cosmopolitans, alsjeblieft,' zeg ik, terwijl ik ongemakkelijk naar Christian kijk. Ik zit wat te drinken met mijn moeder – daar kan hij toch niet boos over zijn.

'Pak er een stoel bij, Christian.'

'Dank u, mevrouw Adams.'

Christian pakt een stoel en gaat naast me zitten.

'Dus je verblijft geheel toevallig in het hotel waar wij wat drinken?' vraag ik hem. Ik doe mijn best om zo luchtig mogelijk te klinken.

'Of jij zit toevallig net wat te drinken in het hotel waar ik verblijf,' antwoordt Christian. 'Ik heb net wat gegeten, loop hier naar binnen en zie jou plotseling. Ik was afgeleid, omdat ik liep te denken aan je laatste e-mail, ik kijk op en daar ben je. Als dat geen toeval is.' Hij draait zijn hoofd opzij en ik zie iets van een glimlach. *Godzijdank* – misschien dat we de avond toch nog kunnen redden.

'Mijn moeder en ik hebben vanmorgen gewinkeld en vanmiddag zijn we naar het strand geweest. Vanavond hadden we zin in een paar cocktails,' zeg ik. Ik heb het gevoel dat ik hem een verklaring schuldig ben.

'Heb je dat topje gekocht?' Hij knikt naar mijn gloednieuwe groenzijde topje. 'De kleur staat je goed. En je hebt ook een kleurtje van de zon. Je ziet er geweldig uit.'

Ik loop rood aan, sprakeloos door alle complimenten.

'Ik wilde je morgen komen opzoeken maar nu zie ik je hier al.

Hij strekt zijn arm uit, pakt mijn hand en knijpt er zachtjes in. Met zijn duim wrijft hij over mijn knokkels... Onder de zachte druk van zijn duim voel ik een elektrische lading door mijn huid heen schieten. Het gaat door mijn hele lichaam heen. Ik krijg het warm. Het is meer dan twee dagen geleden dat ik hem voor het laatst zag. *O hemel...* ik wil hem. Mijn adem stokt. Ik knipper met m'n ogen, verlegen lachend naar hem, en zie dat zich een lach vormt om zijn mooi gebeeldhouwde lippen.

'Ik dacht, laat ik je 's verrassen. Maar zoals altijd, Anastasia, ben je me weer voor.'

Ik kijk snel naar mijn moeder, die naar Christian staart... ja, staart! *Hou op, mam.* Alsof hij een buitenaards wezen is. Ik bedoel, ik weet wel dat ik nooit een vriendje heb gehad. En ik noem Christian alleen maar zo omdat dat makkelijker is – maar is het zo ondenkbaar dat een man zich tot mij aangetrokken voelt? *Deze man? Ja, waarom ook niet – kijk nou eens naar hem!* snauwt mijn onderbewustzijn. O, hou op! Wie heeft jou eigenlijk uitgenodigd? Ik kijk boos naar mijn moeder – maar ze lijkt het niet te merken.

'Ik wil jullie niet lastigvallen. Ik drink even snel wat en dan ga ik weer. Ik heb nog werk te doen,' klinkt het oprecht.

'Christian, het is geweldig je eindelijk te ontmoeten,' onderbreekt mijn moeder hem, ze kan eindelijk weer wat zeggen. 'Ana spreekt altijd vol liefde over je.'

Hij glimlacht naar haar.

'Echt waar?' Hij trekt een wenkbrauw op en kijkt geamuseerd naar me.

Ik loop weer rood aan.

De ober komt eraan met onze drankjes.

'Hendricks, meneer,' zegt hij met een triomfantelijk gebaar.

'Dank je,' mompelt Christian tevreden.

Zenuwachtig neem ik een slokje van mijn nieuwe Cosmopolitan.

'Hoe lang ben je nog in Georgia, Christian?' vraagt mijn moeder.

'Tot vrijdag, mevrouw Adams.'

'Heb je zin om morgenavond samen met ons te eten? En noem me alsjeblieft Carla.'

'Dat zou ik heel leuk vinden, Carla.'

'Uitstekend. Als jullie me even willen excuseren, ik moet naar het toilet.'

Mam... je bent net al geweest. Ik kijk haar wanhopig aan. Maar ze staat op en loopt weg. Christian en ik blijven alleen achter.

'Dus je bent boos op me, omdat ik wat ben wezen eten met een oude vriendin.'

Christian richt een bedachtzame blik op me. Hij pakt mijn hand op en kust zachtjes elke knokkel.

Jemig, moet dat nu?

'Ja,' mompel ik terwijl het hete bloed door mijn lichaam raast.

'We hebben allang geen seksuele relatie meer, Anastasia,' fluistert hij. 'Ik wil niemand anders dan jou. Snap je dat nu nog niet?'

Ik knipper met mijn ogen naar hem.

'Ik zie haar als een kinderlokker, Christian.' Ik hou mijn adem in en wacht op zijn reactie.

Christian trekt wit weg.

'Dat is erg bevooroordeeld. Zo zit het niet in elkaar,' fluistert hij gechoqueerd. Hij laat mijn hand weer los.

Bevooroordeeld?

'O, hoe zit het dan in elkaar?' vraag ik. De Cosmopolitans geven me moed.

Hij fronst verbijsterd. Ik ga verder.

'Ze heeft misbruik gemaakt van een vijftienjarige jongen. Als jij een vijftienjarig meisje zou zijn geweest en Mrs. Robinson een Mr. Robinson, die je zou verleiden tot bdsm, zou dat dan oké zijn geweest? Als het bijvoorbeeld Mia zou zijn geweest?'

Hij hapt naar adem en kijkt me boos aan.

'Ana, zo was het niet.'

Ik staar hem aan.

'Oké, zo was het niet wat mij betreft,' gaat hij zachtjes verder. 'Ze was de positieve invloed die ik op dat moment nodig had.'

'Ik begrijp het niet.' Nu is het mijn beurt om verbijsterd te kijken.

'Anastasia, je moeder komt zo weer terug. Ik vind het niet prettig om het er nu over te hebben. Later misschien. Als je me hier niet wilt hebben, ik heb een vliegtuig klaarstaan op Hilton Head. Ik kan zo weggaan.'

Nee, niet boos zijn.

'Nee – niet weggaan. Alsjeblieft. Ik ben blij dat je hier bent. Ik wil het je gewoon duidelijk maken. Ik ben boos omdat je zodra ik weg was, met haar uit eten ging. Denk eens na over hoe jij reageert wanneer ik bij José ben. José is een goede vriend. Ik heb nooit een seksuele relatie met hem gehad. Terwijl jij en zij...' Ik stop midden in de zin en wil er niet verder over nadenken.

'Ben je jaloers?' Hij staart verstomd naar me. Zijn ogen worden iets zachter en warmer.

'Ja, en boos om wat ze je heeft aangedaan.'

'Anastasia, ze heeft me geholpen. Dat is alles wat ik erover te zeggen heb. En wat betreft je jaloezie, bekijk het eens vanuit mijn positie. Ik heb mezelf de afgelopen zeven jaar bij niemand hoeven te verantwoorden. Bij niemand. Ik doe wat ik wil, Anastasia. Ik hou van mijn onafhankelijkheid. Ik ben niet naar Mrs. Robinson gegaan om je te kwetsen. Ik ben naar haar toegegaan omdat we zo nu en dan samen eten. Ze is een vriendin en een zakenpartner.'

Zakenpartner? Holy shit. Dat is nieuw voor me.

Hij staart me aan en probeert mijn gezichtsuitdrukking in te schatten. 'Ja, we zijn zakenpartners. We hebben geen seks meer. Al jaren niet meer.'

'Waarom eigenlijk niet?'

Zijn mond wordt smaller en zijn ogen glimmen. 'Haar man kwam erachter.'

Holy shit!

'Kunnen we het er een andere keer over hebben – ergens waar we wat meer privacy hebben?' zegt hij.

'Ik denk niet dat je me er ooit van kunt overtuigen dat ze niet een soort van pedofiel is.'

'Ik zie haar niet zo. Dat heb ik nog nooit gedaan. En nu is het genoeg!' snauwt hij.

'Hield je van haar?'

'En hoe gaat het hier?' Zonder dat we het gemerkt hebben is mijn moeder weer teruggekomen.

Ik laat haar een nepglimlach zien. Christian en ik leunen allebei snel achterover... schuldbewust. Ze staart me aan.

'Prima, mam.'

Christian neemt een slokje van zijn drankje. Hij kijkt naar me en is op zijn hoede. Waar denkt hij aan? Hield hij van haar? Als dat zo is flip ik, mega.

'Nou, dames, ik ga jullie verlaten.'

Nee... nee... hij kan me niet zo in onzekerheid achterlaten.

'Zet de drankjes maar op mijn naam, kamer 612. Ik bel je morgen even, Anastasia. Tot morgen, Carla.'

'O, het is zo geweldig dat iemand je bij je volledige naam noemt.'

'Een mooie naam voor een mooi meisje,' zegt Christian terwijl hij mijn moeder een hand geeft. Ze grimast zelfs naar hem.

O, mam – et tu, Brute? Ik sta op en staar hem aan, smekend om een antwoord. Hij geeft me een zoen op mijn wang.

'Later, schatje,' fluistert hij in mijn oor. En dan is hij weg.

Verdomde controlfreak – eikel. Ik word nog bozer. Ik zak onderuit in mijn stoel en kijk mijn moeder aan.

'Nou, je kunt me nog meer vertellen, Ana. Maar hij is een lot uit de loterij. Ik weet niet wat er tussen jullie speelt maar jullie moeten met elkaar praten. Pfiew – die seksuele spanning, het is onverdraaglijk.' Theatraal wappert ze zichzelf frisse lucht toe.

'MAM!'

'Ga met hem praten.'

'Dat kan niet. Ik ben hier voor jou.'

'Ana, je bent hier omdat je in de war bent wat betreft die jongen. Jullie zijn duidelijk gek op elkaar. Je moet met hem praten. Hij heeft net drieduizend kilometer gevlogen om je te kunnen zien. En je weet hoe erg dat vliegen is.'

Ik bloos. Ik heb haar niet verteld over zijn privévliegtuig.

'Wat?' snauwt ze.

'Hij heeft zijn eigen vliegtuig,' stamel ik schaamtevol, 'en het is maar vijfentwintighonderd kilometer, mam.'

Waar geneer ik me eigenlijk voor? Haar wenkbrauwen gaan omhoog.

'Wauw,' stamelt ze. 'Ana, er is iets aan de hand tussen jullie twee. Ik probeer er al achter te komen vanaf het moment dat je hier aankwam. Maar de enige manier waarop je het probleem kunt oplossen is door er met hem over te praten. Je kunt zoveel denken als je wilt, maar totdat je hebt gepraat, los je helemaal niks op.'

Ik frons naar haar.

'Ana, lieverd, je hebt altijd de neiging gehad dingen te veel te analyseren. Ga op je gevoel af. Wat zegt je gevoel, schat?'

Ik staar naar mijn handen.

'Ik denk dat ik verliefd op hem ben,' mompel ik.

'Dat weet ik, lieverd. En hij op jou.'

'Nee!'

'Ja, Ana. Jezus – wat is ervoor nodig om je dat duidelijk te maken? Neonletters op zijn voorhoofd?'

Ik staar haar aan en de tranen prikken in mijn ogen.

'Ana, lieverd. Niet huilen.'

'Ik denk niet dat hij van mij houdt.'

'Het maakt niet uit hoe rijk je bent, maar je laat niet zomaar alles vallen. Je stapt niet zomaar in je vliegtuig om naar de andere kant van het land te vliegen, alleen maar om wat te gaan drinken. Ga naar hem toe! Dit is een prachtige plek, heel romantisch. En neutraal terrein.'

Ik voel me ongemakkelijk. Ik wil wel gaan en ook weer niet.

'Lieverd, je hoeft niet het gevoel te hebben dat je met me mee terug hoeft. Ik wil dat je gelukkig bent. En op dit moment denk ik dat je jouw geluk kunt vinden in kamer 612. Als je later thuis mocht komen, de sleutel ligt onder de yucca op de veranda. En als je mocht blijven – nou ja... je bent een grote meid. Pas wel goed op jezelf.'

Ik word knalrood. *Jemig, mam.*

'Laten we eerst onze Cosmopolitans opdrinken.'

'Zo ken ik je weer.' Ze grinnikt.

Zachtjes klop ik op de deur van kamer 612. Christian doet de deur open. Hij is aan het bellen. Volkomen verrast kijkt hij me aan. Dan wenkt hij me binnen te komen.

'Zijn alle ontslagpakketten afgerond?... En de kosten?...' Christian fluit. 'Oef... dat is een duur foutje geweest... En Lucas?...'

Ik kijk de kamer rond. Het is een suite, net als die in het Heathman.

De inrichting is erg modern met donkerpaarse en goudbronzen sterrenregens op de muren. Christian opent de deur van een minibar en laat weten dat ik zelf maar iets moet inschenken. Dan loopt hij de slaapkamer in. Ik neem aan dat dat is zodat ik zijn gesprek niet meer kan horen. Ik haal mijn schouders op. Hij brak zijn gesprek ook niet af toen ik zijn studeerkamer binnenkwam. Ik hoor water stromen... hij laat het bad vollopen. Ik pak een flesje sinaasappelsap. Hij komt de kamer weer in.

'Laat Andrea de overzichten maar opsturen. Barney zei dat hij het probleem had opgelost...' Christian lacht. 'Nee, vrijdag... Er is een stuk land waar ik interesse in heb... Ja, laat Bill maar bellen... Nee, morgen... Ik wil zien wat Georgia te bieden heeft als we erheen verhuizen.' Christian blijft naar me kijken. Hij geeft me een glas en wijst op een emmer met ijs.

'Als hun beloningen aantrekkelijk genoeg zijn... Ik denk dat we het moeten overwegen, hoewel ik niet zeker ben over die verdomde hitte hier... Ik ben het ermee eens, Detroit heeft ook zo zijn voordelen en het is er een stuk koeler...' Eventjes betrekt zijn gezicht. *Waarom?* 'Laat Bill me morgen maar bellen... Niet te vroeg.' Hij hangt op en staart me aan. Zijn gezicht is uitdrukkingsloos. Er valt een stilte.

Oké...mijn beurt om te praten.

'Je hebt geen antwoord gegeven op mijn vraag,' zeg ik.

'Nee. Dat klopt,' zegt hij zachtjes. Zijn grijze ogen zijn waakzaam.

'"Nee", je hebt geen antwoord gegeven op mijn vraag, of "nee", je hield niet van haar.'

Hij vouwt zijn armen en leunt tegen de muur. Ik zie een flauwe glimlach rond zijn lippen.

'Wat doe je hier eigenlijk, Anastasia?'

'Dat zeg ik je net.'

Hij haalt diep adem.

'Nee. Ik hield niet van haar.' Hij fronst, geamuseerd maar ook verbaasd.

Ik hou mijn adem in. Ik kan het niet geloven. Ik zak onderuit wanneer ik weer uitadem. *Jezus, wat ben ik daar blij om.* Hoe zou ik me hebben gevoeld als hij wel van dat kreng had gehouden?

'Je bent echt een jaloers kreng, Anastasia. Wie zou dat gedacht hebben?'

'Steekt u de draak met mij, meneer Grey?'

'Ik zou niet durven.' Hij schudt plechtig zijn hoofd, maar hij heeft een ondeugende blik in zijn ogen.

'O, dat denk ik wel, en ik denk dat je dat vaak genoeg doet.'

Hij gniffelt wanneer hij merkt dat ik nu zijn eigen woorden gebruik.

Zijn ogen worden donkerder.

'Bijt nou niet op je lip. Je bent in mijn kamer. Ik heb je bijna drie dagen niet gezien en ik heb een heel eind moeten vliegen om je te kunnen zien.' Zijn toon is veranderd en hij klinkt zacht, sensueel.

Zijn BlackBerry zoemt. We zijn allebei afgeleid. Hij zet hem uit zonder te kijken wie er heeft gebeld. Ik hap naar adem. Ik weet waar dit heen gaat... *maar we zouden moeten praten*. Hij komt naar me toe met een sexy blik in zijn ogen.

'Ik wil je, Anastasia. Nu. En jij wilt mij. Daarom ben je ook hier.'

'Ik wilde het echt weten,' fluister ik ter verdediging.

'Nu je het weet, kom je of ga je?'

Ik bloos. Hij staat voor me.

'Ik kom,' mompel ik terwijl ik naar hem kijk.

'O, dat hoop ik wel.' Hij kijkt me aan. 'Je was zo boos op me,' hijgt hij.

'Ja.'

'Ik kan me niet herinneren dat er ooit iemand buiten mijn familie zo boos op me is geweest. Dat vind ik fijn.'

Met zijn vingertoppen streelt hij mijn wang. *O hemel*, het is zo dichtbij, die heerlijke Christian-geur. We zouden moeten praten, maar mijn hart gaat tekeer en mijn bloed schiet door mijn lichaam. Ik voel een intens verlangen. Christian draait zich om en gaat met zijn gezicht langs mijn schouder en mijn oor. Zijn vingers gaan door mijn haar.

'We moeten praten,' fluister ik.

'Later.'

'Ik heb je zoveel te vertellen.'

'Ik ook.'

Hij zoent me zachtjes onder mijn oorlel. Zijn vingers pakken mijn haar vast. Hij gooit mijn hoofd achterover en kust mijn kin en hals.

'Ik wil je,' zegt hij zwoel.

Ik kreun en pak zijn armen.

'Ben je ongesteld?' Hij blijft me zoenen.

Shit. Kan ik dan echt niets voor hem verborgen houden?

'Ja,' fluister ik gegeneerd.

'Heb je krampen?'

'Nee.' Ik bloos. *Jemig...*

Hij stopt en kijkt me aan.

'Heb je je pil ingenomen?'

'Ja.' Dit is gewoon gênant.

'Laten we een bad nemen.'

O?

Hij pakt mijn hand en neemt me mee de slaapkamer in. Er staat een enorme lits-jumeaux. Voor de ramen hangen gordijnen. We lopen verder, de badkamer in. Deze bestaat uit twee gigantische kamers van aquamarijn en witte kalksteen. In het tweede vertrek loopt een verzonken bad vol met water. Het is groot genoeg voor wel vier mensen. De stoom van het water stijgt boven het schuim uit. Ik zie een stenen bank die rondom het bad loopt. Aan de zijkant branden kaarsjes. Wauw... dat heeft-ie allemaal gedaan terwijl hij aan het telefoneren was.

'Heb je een haarbandje?'

Ik kijk hem aan en vis er een uit mijn broekzak.

'Steek je haar op,' commandeert hij zachtjes. Ik doe wat hij vraagt.

Het is warm in de badkamer en mijn topje begint te plakken. Hij buigt zich voorover en doet de kraan dicht. Hij neemt me mee terug naar het eerste deel van de badkamer. Hij staat achter me en we kijken in de gigantische spiegel boven de twee wastafels.

'Til je armen op,' zegt hij. Ik doe wat hij zegt en hij tilt mijn topje over mijn hoofd, zodat ik topless voor hem sta. Zonder zijn blik van me af te wenden slaat hij zijn arm om me heen en maakt hij de knoop en rits van mijn spijkerbroek los.

'Ik ga je hier in de badkamer nemen, Anastasia.'

Hij kust mijn nek. Ik buig mijn hoofd de andere kant op zodat hij meer ruimte heeft. Hij haakt zijn duimen in mijn spijkerbroek en schuift hem langzaam naar beneden. Hij trekt zowel mijn broek als mijn slipje naar beneden.

'Stap uit je spijkerbroek.'

Ik pak de rand van de wasbak beet. Ik ben nu helemaal naakt en staar naar mezelf. Christian knielt achter me neer. Hij zoent en bijt zachtjes in mijn billen. Ik snak naar adem. Hij kijkt nog een keer naar me in de spiegel. Ik doe mijn best om stil te blijven staan en negeer de natuurlijke neiging om mezelf te bedekken. Zijn hand gaat over mijn buik en reikt bijna van heup tot heup.

'Kijk nou eens. Je bent zo mooi,' zegt hij. 'Voel zelf eens hoe je voelt.' Hij pakt mijn handen beet, zijn vingers verstrengeld met de mijne. Hij legt mijn handen op mijn buik. 'Voel eens hoe zacht je huid is.' Zijn stem klinkt zachtjes en laag. Hij beweegt mijn handen in een cirkel en dan naar boven naar mijn borsten. 'Voel hoe vol je borsten zijn.' Hij plaatst mijn handen over mijn borsten. Zachtjes streelt hij mijn tepels met zijn duimen.

Ik kreun en ik krom mijn rug zodat mijn borsten mijn handen vullen. Hij knijpt in mijn tepels en trekt er zachtjes aan, zodat ze langer worden. Gefascineerd kijk ik naar het wezen dat voor me kronkelt. *O, wat voelt dit goed.* Ik kreun en doe mijn ogen dicht. Ik wil niet langer kijken naar die wellustige vrouw in de spiegel... zijn handen... Mijn huid voelen zoals hij dat doet, ervaren hoe opwindend dat is. Zijn aanraking en zijn kalme, zachte commando's.

'Goed zo, schatje,' zegt hij zachtjes.

Hij leidt mijn handen naar de zijkanten van mijn lichaam, via mijn middel naar mijn heupen en over mijn schaamhaar. Hij schuift een been tussen mijn benen en duwt mijn voeten uit elkaar. Ik sta nu met mijn benen gespreid. Hij gaat met mijn handen over mijn geslachtsdeel, één voor één, heel ritmisch. Het is zo erotisch. Het is duidelijk, ik ben de marionet en hij de poppenspeler.

'Kijk eens hoe je gloeit, Anastasia,' fluistert hij terwijl hij zachtjes mijn schouder kust en erin bijt. Ik kreun. Plotseling stopt hij.

'Ga door,' beveelt hij. Hij staat achter me te kijken.

Ik streel mezelf. *Nee.* Ik wil dat hij het doet. Als ik het doe voelt het niet hetzelfde.

Zonder hem ben ik verloren. Hij trekt snel zijn shirt en spijkerbroek uit.

'Heb je liever dat ik het doe?' Zijn grijze ogen kijken me aan in de spiegel.

'Echt wel... alsjeblieft,' hijg ik.

Hij slaat zijn armen weer om me heen en pakt mijn handen nogmaals beet. De sensuele strelingen gaan door. Over mijn geslachtsdeel, over mijn clitoris. Zijn borsthaar schuurt en zijn erectie duwt tegen mijn lichaam aan. *O, snel... alsjeblieft.* Hij bijt in mijn nek. Ik doe mijn ogen dicht en geniet van alle sensaties: mijn nek, mijn liezen... het gevoel dat hij achter me staat. Plotseling stopt hij en draait me om. Met een hand pakt hij mijn polsen beet en houdt ze achter mijn rug. Met zijn andere hand trekt hij aan mijn paardenstaart. Ik hang tegen hem aan en hij kust me gepassioneerd. Zijn mond begerig op de mijne. Hij houdt me vast.

Zijn ademhaling is onregelmatig en gaat tegelijk op met de mijne.

'Wanneer ben je ongesteld geworden, Anastasia?' vraagt hij plotseling.

'Eh... gisteren,' mompel ik in uiterst opgewonden staat.

'Goed.' Hij laat me los en draait me om.

'Hou je vast aan de wasbak,' beveelt hij. Hij trekt mijn heupen weer terug, zoals hij dat ook deed in de speelkamer. Ik sta nu voorovergebogen.

Hij steekt zijn hand tussen mijn benen en trekt aan het blauwe touwtje – *wat?!* – Zachtjes haalt hij mijn tampon eruit en gooit 'm in de wc. *Holy fuck*. Godallemachtig... Jemig. En dan is hij in me... ah! Huid tegen huid... hij beweegt langzaam... rustig. Hij test me, duwt me... *o hemel*. Ik hou me vast aan de wastafel. Ik hijg en dring mezelf aan hem op. Ik voel hem in me. O, die zoete kwelling... zijn handen pakken mijn heupen beet. Er volgt nu een strak ritme – erin, eruit. Zijn vingers zoeken en vinden mijn clitoris. Hij masseert me, o jemig. Ik word steeds geiler.

'Goed zo, schatje,' hijgt hij terwijl hij me nog harder neukt. Dat is genoeg om me te laten opstijgen, hoog de lucht in.

Whoa... en ik kom, luidruchtig, terwijl ik me uit alle macht vasthoud aan de wastafel. Het orgasme laat me door mijn knieën zakken. Alles draait. Hij volgt en houdt me stevig vast, zijn voorkant op mijn rug. Hij roept mijn naam uit als ware het een litanie of een gebed.

'O, Ana!' Zijn ademhaling klinkt in mijn oor, perfect afgestemd op de mijne. 'O, schatje. Zal ik ooit genoeg van je krijgen?' fluistert hij.

We zakken langzaam op de vloer. Hij slaat zijn armen om me heen en houdt me vast. Zal het altijd zo zijn? Zo overdonderend, zo allesverwoestend, zo verbijsterend en geil. Ik wilde praten maar nu ben ik bedwelmd en ik vraag me af of ík ooit genoeg van hém zal krijgen.

Ik lig opgerold op zijn schoot, mijn hoofd tegen zijn borst. Heel voorzichtig adem ik zijn heerlijke betoverende Christian-geur in.

Ik moet niet met hem knuffelen. Ik moet niet met hem knuffelen. Ik herhaal het mantra in mijn hoofd, hoewel ik in de verleiding ben het wel te doen. Ik wil met mijn vingers patronen tekenen in zijn borsthaar... maar ik doe het niet, omdat ik weet dat hij dat niet wil. We zijn allebei stil, verzonken in gedachten. Ik ben verloren in hem... verloren aan hem.

Ik bedenk ineens dat ik ongesteld ben.

'Ik bloed,' mompel ik.

'Kan me niet schelen,' zegt hij.

'Dat merk ik,' zeg ik enigszins droogjes.

Hij wordt gespannen.

'Heb jij er wel last van?' vraagt hij zachtjes.

Of ik er last van heb? Dat zou misschien wel moeten... niet? Nee, ik heb er geen last van. Ik leun achterover en kijk naar hem en hij kijkt naar mij. Zijn ogen hebben een zacht dromerige grijze kleur.

'Nee, helemaal niet.'

Hij grijnst.

'Mooi. Laten we in bad gaan.'

Hij maakt zich van me los en zet me neer op de vloer. Wanneer hij staat zie ik weer de kleine, ronde witte littekens op zijn borst. Dat is niet van de waterpokken.

Grace zei dat hij er amper last van had gehad. *Holy shit...* het moeten brandwonden zijn. Maar waarvan? Ik trek wit weg bij het besef en de afkeer die door me heen gaat. Van sigaretten? Mrs. Robinson, zijn biologische moeder, wie? Wie heeft dit gedaan? Misschien is er wel een logische verklaring en sla ik te ver door – ik hoop met alle macht dat ik geen gelijk heb.

'Wat is er?' reageert Christian gealarmeerd.

'Je littekens,' fluister ik. 'Die zijn niet van de waterpokken.'

Ik zie hoe hij zich in een fractie van een seconde helemaal afsluit. Van relaxed, kalm en ontspannen, gaat hij naar defensief – boos zelfs. Hij fronst, zijn gezicht betrekt en zijn mond wordt een dunne harde streep.

'Nee, dat klopt,' snauwt hij, maar verder zegt hij niks. Hij staat rechtop, strekt zijn hand naar me uit en trekt me op.

'Kijk me niet zo aan.' Zijn stem klinkt kouder en boos. Hij laat mijn hand los.

Ik bloos, afgestraft, en staar naar mijn handen. Ik weet dat iemand sigaretten heeft uitgedrukt op Christian. Ik voel me beroerd.

'Heeft zij dat gedaan?' fluister ik voordat ik mezelf kan tegenhouden.

Hij zegt niets en dus moet ik hem wel aankijken. Hij kijkt me dreigend aan.

'Zij? Mrs. Robinson? Ze is geen beest, Anastasia. Natuurlijk heeft zij dat niet gedaan. Ik snap niet waarom je het gevoel hebt dat je haar moet demoniseren.'

Daar staat hij dan. Prachtig naakt, met mijn bloed op zijn lichaam... en eindelijk praten we. Ik ben ook naakt – geen van ons kan zich verbergen, behalve misschien in het bad. Ik haal diep adem, loop langs hem en stap in het water. Het is heerlijk warm, verzachtend, en diep. Ik zak weg in het geurende schuim en kijk naar hem. Ik verstop mezelf onder de bubbels.

'Ik vroeg me gewoon af hoe je zou zijn geworden als je haar niet had ontmoet. Als ze je niet had geïntroduceerd tot jouw... eh, manier van leven.'

Hij zucht en stapt ook in het bad. Zijn kaken op elkaar geklemd, zijn ogen koud. Hij stapt in het water en doet zijn best me niet aan te raken. *Jemig – heb ik hem zo kwaad gemaakt?*

Hij staart me uitdrukkingsloos aan. Van zijn gezicht valt niets af te lezen. En weer is er die stilte tussen ons. Maar ik geef niet op. Nu is het jouw beurt, meneer Grey – ik zal niet opgeven dit keer. Onbewust ben ik zenuwachtig en bijt ik op mijn nagels – dit kan alle kanten op gaan. Christian en ik staren elkaar aan, maar ik geef niet op. Na wat wel een eeuw lijkt te duren schudt hij eindelijk zijn hoofd en grijnst.

'Ik zou waarschijnlijk de kant van mijn biologische moeder op zijn gegaan als Mrs. Robinson er niet was geweest.'

O! Ik kijk hem aan. Heroïneverslaafd of hoer? Misschien wel allebei?

'Ze hield van me op een manier die ik... acceptabel vond,' zegt hij schouderophalend.

Wat betekent dat in godsnaam?

'Acceptabel?' fluister ik.

'Ja.' Hij staart intens naar me. 'Ze leidde me af van het destructieve pad dat ik aan het volgen was. Het is heel moeilijk om op te groeien in een perfecte familie als je zelf niet perfect bent.'

O nee. Met een droge mond luister ik naar zijn woorden. Hij staart me aan, zijn blik is ongrijpbaar. Meer gaat hij me niet vertellen. Wat frustrerend. Vanbinnen duizel ik – hij klinkt zo vol walging van zichzelf. En Mrs. Robinson hield van hem. *Holy shit...* zou ze nog steeds van hem houden? Het voelt alsof ik een trap in mijn maag heb gehad.

'Houdt ze nog steeds van je?'

'Ik denk van niet, niet op die manier.' Hij fronst alsof hij daar nog niet eerder over heeft nagedacht. 'Ik blijf maar herhalen dat het allemaal lang geleden is. Het is voorbij. Zelfs als ik het zou willen, dan zou ik het niet kunnen veranderen. Maar dat wil ik ook niet. Ze heeft me van mezelf gered.' Hij is geërgerd en haalt een natte hand door zijn haar. 'Ik heb hier nog nooit eerder met iemand over gesproken.'

Hij pauzeert. 'Behalve met dr. Flynn natuurlijk. En de enige reden waarom ik er nu met jou over praat, is omdat ik wil dat je me vertrouwt.'

'Ik vertrouw je ook, maar ik wil je wel beter leren kennen. En telkens wanneer ik met je probeer te praten, leid je me af. Er is zoveel wat ik wil weten.'

'O, in hemelsnaam, Anastasia. Wat wil je dan weten? Wat moet ik doen?' Zijn ogen schieten vuur en hoewel hij zijn stem niet verheft, weet ik dat hij zijn best doet om zich in te houden.

Ik staar naar mijn handen. Ze zijn duidelijk te zien in het water nu de bubbels beginnen te verdwijnen.

'Ik probeer het gewoon te begrijpen; je bent zo'n raadsel. Zo anders dan wie dan ook. Ik ben blij dat je me vertelt wat ik wil weten.'

Jemig – misschien komt het wel door de Cosmopolitans, maar plotseling kan ik de afstand tussen ons niet meer verdragen. Ik ga naar hem toe en leun tegen hem aan. Onze lichamen raken elkaar, huid tegen huid. Hij wordt gespannen en kijkt behoedzaam naar me, alsof ik elk moment kan gaan bijten. *De rollen zijn dus lekker omgedraaid.* Mijn innerlijke godin staart hem aan.

'Niet boos worden alsjeblieft,' fluister ik.

'Ik ben niet boos op je, Anastasia. Ik ben gewoon niet gewend aan dit soort gesprekken, deze ondervragingen. Ik doe dat alleen maar met dr. Flynn en met...' Hij stopt en fronst.

'Met haar. Mrs. Robinson. Praat je met haar?' vraag ik, terwijl ik probeer kalm te blijven.

'Ja.'

'Waarover?'

Hij draait zich om en kijkt me aan. Het water loopt over de randen de vloer op. Hij legt zijn arm om mijn schouders.

'Volhardend typetje,' zegt hij met een spoor van lichte irritatie in zijn stem. 'Leven, het universum – zaken. Anastasia, Mrs. R. en ik kennen elkaar al heel lang. We kunnen overal over praten.'

'Over mij?' fluister ik.

'Ja.' Zijn grijze ogen houden me voorzichtig in de gaten.

Ik bijt op mijn onderlip en probeer de opkomende woede binnen te houden.

'Waarom praat je over mij?' Ik probeer niet te jammeren, maar slaag daar slecht in. Ik weet dat ik moet stoppen. Ik ga te ver. Mijn onderbewustzijn zet weer een Edvard Munch-gezicht op.

'Ik heb nog nooit iemand zoals jij ontmoet, Anastasia.'

'Wat bedoel je daarmee? Iemand die niet je papieren tekent, zonder vragen te stellen?'

Hij schudt zijn hoofd.

'Ik heb advies nodig.'

'En dat vraag je aan mevrouw Pedo?' Ik sla door. Het doet meer met me dan ik dacht.

'Anastasia – genoeg,' kapt hij me af. Hij knijpt zijn ogen toe.

Ik begeef me op glad ijs en ben in gevaar. 'Of je gaat over de knie. Ik heb geen enkele seksuele of romantische interesse in haar. Ze is een goede, gewaardeerde vriendin en een zakenpartner. Meer niet. We hebben een gedeeld verleden waar ik veel aan heb gehad, hoewel het haar huwelijk heeft verkloot – maar die kant van onze relatie is voorbij.'

Jemig – nog zoiets wat ik gewoon niet begrijp. Ze was nog getrouwd ook. Hoe hebben ze er zo lang mee door kunnen gaan?

'En je ouders hebben het nooit ontdekt?'

'Nee,' bromt hij. 'Dat heb ik je toch verteld.'

En dat is het dan. Meer vragen kan ik niet over haar stellen, want anders verknal ik het.

'Ben je klaar?' snauwt hij.

'Voorlopig wel.'

Hij haalt diep adem en ontspant zich. Het lijkt alsof er een grote last van zijn schouders is gevallen.

'Oké – mijn beurt,' zegt hij. Zijn blik wordt ijskoud. 'Je hebt niet gereageerd op mijn e-mail.'

Ik bloos. O, ik haat het wanneer alle aandacht op mij is gericht. Het lijkt wel of hij iedere keer boos wordt wanneer we een discussie hebben. Ik schud mijn hoofd. Misschien voelt hij zich wel net zo wanneer ik de vragen stel; hij is het niet gewend om te worden uitgedaagd. Deze gedachte is onthullend, afleidend en zenuwslopend.

'Ik was wel van plan te antwoorden, maar je bent nu toch al hier.'

'Had je liever gehad dat ik hier niet was geweest?' vraagt hij. Zijn gezicht is weer uitdrukkingsloos.

'Nee, ik ben er blij om,' zeg ik.

'Mooi zo.' Hij glimlacht opgelucht naar me. 'Ik ben ook blij dat ik hier ben – ondanks jouw verhoor. Maar goed, terwijl het dus is toegestaan dat jij mij uithoort, denk jij dat je een soort van diplomatieke onschendbaarheid geniet, omdat ik helemaal hierheen gevlogen ben om je te kunnen zien? Daar trap ik niet in, mevrouw Steele. Ik wil weten hoe jij je voelt.'

O help...

'Dat zeg ik toch, ik ben blij dat je er bent. Dank je dat je helemaal hierheen bent gekomen,' zeg ik enigszins zwakjes.

'Het genoegen is geheel wederzijds.' Zijn ogen glinsteren wanneer hij zich vooroverbuigt en me zachtjes kust. Ik merk dat ik meteen reageer. Het water is nog warm en de badkamer nog steeds dampig. Hij kijkt naar me.

'Nee. Ik denk dat ik eerst wat meer antwoorden wil hebben voor we nog meer doen.'

Meer? Weer dat woord. En hij wil antwoorden... waarop? Ik

heb geen geheim verleden – Ik heb geen vervelende jeugd gehad. Wat zou hij in godsnaam willen weten? Hij weet alles al.

Ik zucht en leg me erbij neer.

'Wat wil je weten?'

'Nou, bijvoorbeeld wat je denkt van onze toekomstige regeling.'

Ik kijk hem aan. Hij daagt me uit – mijn onderbewustzijn en innerlijke godin kijken elkaar nerveus aan. *Daar gaat-ie dan, ik vertel hem gewoon wat ik denk.*

'Ik denk niet dat ik dat lang kan volhouden. Een heel weekend iemand anders zijn.' Ik bloos en staar naar mijn handen.

Hij tilt mijn kin op en grijnst geamuseerd naar me.

'Nee, dat denk ik ook niet.'

Ik voel me enigszins beledigd en uitgedaagd.

'Lach je me nou uit?'

'Ja, maar op een goede manier,' zegt hij met een kleine glimlach.

Hij buigt zich voorover en zoent me zachtjes.

'Je bent geen goede Onderdanige,' zegt hij terwijl hij mijn kin vastheeft. Zijn ogen dansen.

Ik kijk hem gechoqueerd aan en dan barst ik in lachen uit – en hij ook.

'Misschien heb ik geen goede leraar.'

Hij snuift.

'Misschien moet ik inderdaad wat strenger voor je zijn.' Hij gooit zijn hoofd zijwaarts en laat me een gewiekst lachje zien.

Ik slik. Jemig, echt niet. Maar tegelijkertijd spannen mijn spieren diep vanbinnen zich aan. Het is zijn manier om te laten blijken dat hij om me geeft. Misschien is het wel de enige manier – en dat besef ik ook. Hij kijkt me aan en peilt mijn reactie.

'Was het zo erg toen ik je voor het eerst billenkoek gaf?'

Ik kijk hem aan. *Of het zo erg was?* Ik herinner me dat ik in de war was door mijn reactie. Het deed pijn, maar ook weer niet zo erg, achteraf gezien. Hij heeft een aantal keren gezegd dat het meer in mijn hoofd zit. En de tweede keer... Nou, dat was wel fijn... geil.

'Nee, niet echt,' fluister ik.

'Is het meer het idee erachter?' oppert hij.

'Ik denk het. Ergens van genieten, terwijl dat eigenlijk niet mag.'

'Ik herinner me hetzelfde gevoel. Het duurt even voor je het doorhebt.'

Allemachtig. Dit was toen hij nog een kind was.

'Je kunt altijd het stopwoord gebruiken, Anastasia. Vergeet dat niet. En, als je je aan de regels houdt, zodat ik controle heb en jij veilig bent, dan kunnen we misschien wel een stap vooruit doen.'

'Waarom wil je me onder controle houden?'

'Omdat het een behoefte vervult die ik niet heb gehad in mijn puberteit.'

'Dus het is een soort therapie?'

'Zo had ik het nog niet bekeken, maar ja, ik denk van wel.'

Dit snap ik wel. Dit kan helpen.

'Maar dat is het rare – het ene moment zeg je "daag me niet uit" en het volgende moment zeg je dat je graag wordt uitgedaagd. Het is zo moeilijk je grens te bepalen hierin.'

Hij staart me even aan en fronst.

'Dat begrijp ik, maar tot nog toe doe je het goed.'

'Maar ten koste van wat? Ik zit helemaal in de knoop.'

'Zo heb ik je graag.' Hij gniffelt.

'Dat is niet wat ik bedoelde!' Ik spetter hem nat.

Hij staart me aan en tilt een wenkbrauw op.

'Spetterde je nou net water op me?'

'Ja.' *Holy shit... die blik.*

'O, mevrouw Steele.' Hij pakt me beet en trekt me op zijn schoot. Het water vliegt alle kanten op. 'Wat mij betreft hebben we genoeg gepraat.'

Met beide handen pakt hij mijn hoofd beet en zoent me intens. Hij heeft alle controle over me. Ik kreun tegen zijn lippen aan. Dat vindt hij lekker. Hier is hij goed in. Mijn hele lichaam staat alweer in brand. Ik pak zijn haar vast en houd hem tegen me aan. Ik kus hem. Ik zeg hem dat ik hem ook wil op de enige manier die ik ken. Hij kreunt. Hij verplaatst me zodat ik over hem heen kniel en ik voel zijn erectie onder me. Hij kijkt me aan. Zijn ogen gloeien vol lust. Met mijn handen hou ik de rand van het bad vast. Maar hij pakt mijn polsen en duwt mijn handen achter mijn rug. Hij heeft ze met één hand vast.

'Ik ga je nu nemen,' fluistert hij. Hij tilt me op, zodat ik boven hem hang. 'Klaar?' hijgt hij.

'Ja,' fluister ik. Langzaam laat hij me op zich zakken. Heerlijk langzaam... vult hij me... Hij kijkt me aan terwijl hij me neemt.

Ik kreun en doe mijn ogen dicht. Een heerlijke sensatie. Hij buigt zijn heupen. Ik snak naar adem, leun voorover en laat mijn voorhoofd rusten tegen het zijne.

'Laat mijn handen los, alsjeblieft,' fluister ik.

'Raak me niet aan,' smeekt hij. Hij laat mijn polsen los en pakt mijn heupen.

Ik pak de rand van het bad beet en beweeg op en neer. Ik open mijn ogen en kijk naar hem. Hij kijkt naar mij. Zijn mond is open en zijn ademhaling stokt – zijn tong tussen zijn tanden. Hij ziet er zo... sexy uit. We zijn nat en glibberig en bewegen tegen elkaar aan. Ik buig voorover en kus hem. Hij doet zijn ogen dicht. Voorzichtig ga ik met mijn handen door zijn haar, mijn lippen nog steeds op de zijne. Dit mag, dit vindt hij lekker. En ik ook. We bewegen tegelijkertijd. Ik trek aan zijn haar, duw zijn hoofd achterover en ik zoen hem nog dieper. Ik rijd hem – sneller en sneller. Ik kom in een ritme. Ik kreun tegen zijn mond aan. Hij tilt me op, sneller, sneller... Hij heeft mijn heupen vast en kust me op mijn rug. Onze monden zijn nat, onze tongen verstrengeld, onze heupen bewegen. Die sensatie... die me overmeestert. Ik ben er bijna... ik begin de heerlijke aanspanning te herkennen... opwellen. En het water... kolkt wild om ons heen, onze eigen whirlpool. Een zalige werveling terwijl onze bewegingen steeds wilder worden... het spat overal heen, precies wat er binnen in me gebeurt... het maakt me allemaal niet meer uit.

Ik hou van deze man. Ik hou van zijn passie, het effect dat ik op hem heb.

Ik vind het geweldig dat hij zo ver is gevlogen om me te kunnen zien. Ik vind het geweldig dat hij om me geeft... en dat doet hij. Het is zo onverwacht, zo bevredigend. Hij is de mijne en ik ben de zijne.

'Goed zo, schatje,' hijgt hij.

Ik kom klaar. Mijn orgasme schiet door me heen. Een turbulent, gepassioneerd hoogtepunt dat me compleet verslindt. Christian heeft zijn armen om me heen geslagen en hij komt ook.

'Ana, schatje!' schreeuwt hij uit. Het raakt me diep in mijn ziel.

We liggen in het gigantische bed en kijken elkaar aan. Grijze ogen versmelten met blauwe ogen. We houden allebei een kussen tegen ons aan. We zijn naakt. We raken elkaar niet aan. We kijken en bewonderen elkaar, slechts bedekt door een laken.

'Wil je slapen?' vraagt Christian met een zachte bezorgde stem. Hij is zo mooi; de kleuren in zijn haar steken levendig af tegen het witte Egyptische linnen. Grote grijze ogen, smeulend, indrukwekkend.

'Nee. Ik ben niet moe.' Ik voel me vol energie. Het was zo goed om te praten – ik wil eigenlijk niet stoppen.

'Wat wil je doen?' vraagt hij.

'Praten.'

Hij lacht.

'Waarover?'

'Dingen.'

'Wat voor dingen?'

'Jou.'

'Wat is er met mij?'

'Wat is je favoriete film?'

Hij grijnst. 'Vandaag is dat *The Piano*.'

Zijn grijns is besmettelijk.

'Natuurlijk. Dom van me. Zulke trieste, opwindende filmmuziek, die je ongetwijfeld ook kunt spelen? Je kent zo veel successen, meneer Grey.'

'En het grootste ben jij, mevrouw Steele.'

'Dus ik ben nummer zeventien.'

Hij fronst en kijkt me niet-begrijpend aan.

'Zeventien?'

'Het aantal vrouwen waar je eh... seks mee hebt gehad.'

Zijn lippen krullen op en zijn ogen glimmen.

'Niet precies.'

'Je zei vijftien.' Ik ben duidelijk in de war.

'Ik had het over het aantal vrouwen in mijn speelkamer. Ik dacht dat je dat bedoelde. Je hebt me niet gevraagd met hoeveel vrouwen ik seks heb gehad.'

'O.' *Holy shit... het zijn er nog meer... Hoe dan?* Ik staar hem aan. 'Vanille?'

'Nee. Jij bent mijn enige vanilleverovering.' Hij schudt zijn hoofd en grijnst.

Waarom vindt hij dat grappig? En waarom lig ik hier als een idioot naar hem te grijnzen?

'Ik kan je geen aantallen noemen. Ik heb de score niet bijgehouden.'

'Om hoeveel gaat het – tientallen, honderden... duizenden?' Mijn ogen worden groter naarmate de aantallen groter worden.

'Tientallen. Het gaat om tientallen, doe maar rustig.'

'Allemaal Onderdanigen?'

'Ja.'

'Zit niet zo te grijnzen,' zeg ik tegen hem, terwijl ik probeer zelf niet te lachen.

'Ik kan er niets aan doen. Je bent zo grappig.'

'Grappig als in eigenaardig of als in lollig?'

'Een beetje van beide, denk ik.' Hij gebruikt mijn woorden.

'De brutaliteit! Had ik niet van je verwacht.'

Hij buigt zich naar me toe en kust me op het puntje van mijn neus.

'Dit zal je choqueren, Anastasia. Ben je er klaar voor?'

Ik knik. Mijn ogen staan wijd open en ik heb nog steeds die stomme grijns op mijn gezicht.

'Allemaal Onderdanigen in opleiding toen ik in opleiding was. Er zijn plaatsen rondom Seattle waar je kunt leren wat ik doe,' zegt hij.

Wat?

'O.' Ik knipper naar hem.

'Jep, ik heb betaald voor seks, Anastasia.'

'Dat is niet iets om trots op te zijn,' mompel ik hooghartig. 'En je hebt gelijk... ik ben diep gechoqueerd. En boos omdat ik jou niet kan choqueren.'

'Je hebt mijn ondergoed gedragen.'
'Heeft dat je gechoqueerd?'
'Ja.' Mijn innerlijke godin springt met een poolstok over de vierenhalve meter hoge lat.
'Je droeg geen slipje toen je mijn ouders ontmoette.'
'Heeft dat je gechoqueerd?'
'Ja.'
Jemig zeg, de lat ligt nu op vijf meter.
'Het lijkt alsof ik je alleen kan choqueren als het om ondergoed gaat.'
'Je vertelde me dat je nog maagd was. Dat is de grootste shock die ik ooit heb gehad.'
'Ja, je had je gezicht eens moeten zien, een Kodak-momentje.' Ik giechel.
'Je liet me je bewerken met een rijzweepje.'
'Heeft dat je gechoqueerd?'
'Jep.'
Ik grijns.
'Misschien laat ik het je nog wel een keer doen.'
'O, dat hoop ik wel, mevrouw Steele. Aankomend weekend?'
'Oké,' stem ik verlegen in.
'Oké?'
'Ja. Dan ga ik weer naar de Rode Kamer van Pijn.'
'Je spreekt mijn naam uit.'
'Choqueert dat je?'
'Het feit dat ik dat leuk vind, ja.'
'Christian.'
Hij grijnst. 'Ik wil morgen iets gaan doen.' Zijn ogen glimmen van opwinding.
'Wat?'
'Een verrassing. Voor jou.' Zijn stem is laag en zacht.
Ik trek een wenkbrauw op en geeuw tegelijkertijd.
'Verveel ik u, mevrouw Steele?' Hij klinkt sardonisch.
'Nooit.'
Hij buigt zich naar me toe en kust me zachtjes op mijn lippen.
'Ga slapen,' commandeert hij en hij doet het licht uit.
In dit stille moment waarop ik mijn ogen sluit, geloof ik dat

ik me in het oog van de storm bevind. En ondanks alles wat hij heeft gezegd en niet heeft gezegd, geloof ik niet dat ik ooit zo gelukkig ben geweest.

Vierentwintig

Christian staat in een kooi met stalen tralies. Hij draagt zijn zachte, gescheurde spijkerbroek en zijn borst en voeten zijn bloot. Hij staart me aan. Zijn binnenpretjes-glimlach staat op zijn prachtige gezicht gebeiteld. Zijn ogen zijn van gesmolten grijs. Hij heeft een schaal met aardbeien in zijn handen. Met atletische gratie loopt hij soepel naar de voorkant van de kooi. Hij staart me aan met een intense blik. Hij heeft een grote rijpe aardbei vast en hij steekt zijn hand door de tralies.

'Eet,' zegt hij. Zijn tong streelt de voorkant van zijn verhemelte wanneer hij de T uitspreekt.

Ik probeer naar hem toe te gaan, maar ik word tegengehouden door een onzichtbare kracht om mijn polsen. *Laat me los.*

'Kom, eet,' zegt hij met zijn zalige, geniepige glimlach.

Ik trek en trek... *laat me los!* Ik wil gillen en schreeuwen, maar ik kan geen geluid uitbrengen. Ik ben doofstom. Hij steekt zijn arm nog wat verder uit en de aardbei raakt mijn lippen.

'Eet, Anastasia.' Zijn mond vormt mijn naam. Elke lettergreep klinkt sensueel.

Ik doe mijn mond open en bijt. De kooi verdwijnt en mijn handen zijn vrij. Ik strek mijn hand uit en raak hem aan, met mijn vingers woel ik door zijn borsthaar.

'Anastasia.'

Nee. Ik kreun.

'Kom schatje.'

Nee. Ik wil je aanraken.

'Wakker worden.'

Nee. Alsjeblieft. Mijn ogen zijn een fractie van een seconde open. Ik lig in bed en iemand kriebelt aan mijn oor.

'Wakker worden, schatje,' fluistert hij. Zijn zoete stem verspreidt zich als warme gesmolten karamel door mijn aderen.

Christian. Jemig, het is nog donker. Ik zie de beelden van hem uit mijn droom nog steeds voor me, verontrustend en zinnenprikkelend.

'O... nee,' kreun ik. Ik wil terug naar zijn borst, terug naar mijn droom. Waarom maakt hij me wakker? Het is midden in de nacht, tenminste, zo voelt het wel. *Holy shit.* Wil hij seks – nu?

'Tijd om op te staan, schatje. Ik ga het kleine lampje aandoen.' Zijn stem is rustig.

'Nee,' grom ik.

'Ik wil de zon op zien komen met je,' zegt hij. Hij zoent mijn gezicht, mijn oogleden, het puntje van mijn neus, mijn mond en ik doe mijn ogen open. Het licht is aan. 'Goedemorgen, schoonheid,' zegt hij.

Ik grom en hij glimlacht.

'Je bent geen ochtendmens,' merkt hij op.

Ik knijp mijn ogen toe en zie dat Christian zich glimlachend over me heen buigt. Geamuseerd. Om mij. Aangekleed! In zwart.

'Ik dacht dat je seks wilde,' mok ik.

'Anastasia, ik wil altijd seks met jou. Het is hartverwarmend om te weten dat jij hetzelfde voelt,' zegt hij droogjes.

Ik staar hem aan terwijl mijn ogen aan het licht wennen. Hij ziet er nog steeds geamuseerd uit... gelukkig.

'Ja, natuurlijk. Alleen niet op dit late uur.'

'Het is niet laat, het is vroeg. Kom op – uit bed. We gaan weg. Ik hou de seks van je tegoed.'

'Ik had zo'n heerlijke droom,' jammer ik.

'Waarover?' vraagt hij geduldig.

'Jou.' Ik bloos.

'Wat deed ik dit keer?'

'Je probeerde me aardbeien te voeren.'

Er speelt een glimlach rond zijn lippen.

'Daar zouden we dr. Flynn eens flink op los kunnen laten, vindt-ie leuk. Opstaan – aankleden. Douchen hoeft niet, dat doen we later wel.'

We!

Ik ga overeind zitten. Het laken valt naar beneden en onthult mijn lichaam. Hij maakt ruimte voor me. Zijn ogen zijn donker.

'Hoe laat is het?'

'Halfzes 's ochtends.'

'Het voelt als drie uur 's nachts.'

'We hebben niet veel tijd. Ik heb je zo lang mogelijk laten slapen. Kom.'

'Kan ik niet eerst even douchen?'

Hij zucht.

'Als jij gaat douchen, dan wil ik ook en we weten allebei wat er dan gaat gebeuren – dan is de dageraad zo voorbij. Kom.'

Hij is opgewonden. Als een klein jongetje bruist hij vol verwachting en opwinding. Ik moet erom glimlachen.

'Wat gaan we doen?'

'Het is een verrassing, dat heb ik je toch gezegd.'

Ik kan het niet helpen maar ik moet grijnzen.

'Oké.' Ik klim uit bed en pak mijn kleren bij elkaar. Uiteraard liggen ze netjes opgevouwen op de stoel naast mijn bed. Hij heeft ook zijn boxershort klaargelegd – Ralph Lauren, maar liefst. Ik trek 'm aan en hij grijnst naar me. Hmm, weer ondergoed van Christian Grey – een trofee die ik aan mijn collectie kan toevoegen – samen met de auto, de BlackBerry, de Mac, zijn zwarte jasje, en een setje zeer waardevolle eerste edities. Ik schud mijn hoofd bij al deze vrijgevigheid en denk aan een stuk uit *Tess* dat me te binnen schiet: de aardbeienscène. Het haalt mijn droom naar boven. Dr. Flynn kan de pot op – Freud zou het geweldig vinden – en hij zou waarschijnlijk het loodje leggen terwijl hij Vijftig Tinten probeert te behandelen.

'Ik laat je even je gang gaan nu je toch wakker bent.' Christian gaat naar het woonvertrek en ik loop de badkamer in. Ik heb nu eenmaal bepaalde behoeftes waar ik aan moet toegeven en ik wil me snel even wassen. Zeven minuten later sta ik in het woonvertrek, gepoetst, geborsteld en gekleed in spijkerbroek, mijn topje en het ondergoed van Christian Grey. Christian kijkt op vanachter de kleine eettafel waar hij zit te ontbijten. Ontbijt! Jemig, op dit uur.

'Eet,' zegt hij.

Allemachtig... mijn droom. Ik staar hem aan en denk aan zijn tong tegen zijn verhemelte. *Hmm, zijn ervaren tong.*

'Anastasia,' zegt hij streng. Hij haalt me uit mijn dagdroom.

Het is echt veel te vroeg voor mij. Hoe zal ik hier eens mee omgaan?

'Ik neem een kop thee. Kan ik een croissantje meenemen voor later?'

Hij kijkt me achterdochtig aan en ik kijk hem lief aan.

'Verknal het niet, Anastasia,' waarschuwt hij zachtjes.

'Ik eet later wel wanneer mijn maag wakker is. Om een uurtje of halfacht... oké?'

'Oké.' Hij kijkt me aan.

Werkelijk waar. Ik moet mijn best doen om niet een gekke bek naar hem te trekken.

'Ik wil graag met mijn ogen rollen naar je.'

'Ga vooral je gang, dan kan m'n dag helemaal niet meer stuk,' zegt hij ernstig.

Ik staar naar het plafond.

'Nou, van billenkoek zou ik denk ik wel wakker worden.' Ik tuit mijn lippen en doe alsof ik nadenk.

Christians mond valt open.

'Aan de andere kant wil ik ook weer niet dat je je helemaal in het zweet werkt; het is al warm genoeg in dit klimaat.' Nonchalant haal ik mijn schouders op.

Christian doet zijn mond weer dicht en doet zijn uiterste best om ontevreden te kijken. De poging gaat hem zeer slecht af. Ik kan zien dat hij geamuseerd is.

'Je daagt me weer eens uit, zoals gebruikelijk, mevrouw Steele. Drink je thee.'

Ik zie dat het Twinings is. Mijn hart maakt een sprongetje van vreugde. *Zie je nou wel, hij geeft echt wel om me*, zegt mijn onderbewustzijn tegen me. Ik zit tegenover hem en ga op in zijn schoonheid. Zal ik ooit genoeg krijgen van deze man?

Wanneer we de kamer uitgaan, gooit Christian een sweater naar me toe.

'Die zal je nodig hebben.'

Ik kijk hem verrast aan.

'Geloof me nou maar.' Hij grijnst en geeft me een zoen op mijn lippen. Dan pakt hij mijn hand beet en gaan we op weg.

Buiten is het lekker koel in het halve licht net voor de zonsopkomst. De bediende geeft Christian de sleutels van een snelle sportauto met open dak. Ik trek een wenkbrauw op en Christian grijnst naar me.

'Weet je, soms is het geweldig om mij te zijn.' Hij grijnst samenzweerderig naar me. Hij heeft zo'n hoog aaibaarheidsgehalte als hij zo vrolijk en zorgeloos is. Met een buiging doet hij het portier van de auto voor me open. Ik stap in. Hij heeft een ontzettend goeie bui.

'Waar gaan we heen?'

'Dat zal je wel zien.' Hij grijnst. We rijden de Savannah Parkway op. Hij stelt zijn gps in en drukt een knopje op zijn stuur in. Klassieke muziek schalt door de auto.

'Wat is dit?' vraag ik. De lieflijke klanken van honderden vioolsnaren komen uit de luidsprekers.

'Het is uit *La Traviata*. Een opera van Verdi.'

O hemel... het is prachtig.

'*La Traviata*? Daar heb ik wel eens van gehoord, ik weet alleen niet meer waar. Wat betekent het?'

Christian kijkt me grijnzend aan.

'Letterlijk betekent het "de vrouw die op het verkeerde pad is". Het is gebaseerd op het boek van Alexandre Dumas, *La Dame aux Camélias*.'

'Ah. Dat heb ik gelezen.'

'Dat dacht ik al wel.'

'De gedoemde courtisane.' Ik voel me plots ongemakkelijk. *Probeert hij me iets te vertellen?* 'Hmm, dat is nogal een depressief verhaal,' zeg ik zacht.

'Te depressief? Wil jij wat muziek uitkiezen? Dit staat op mijn iPod.' Christian laat zijn geheimzinnige glimlach weer zien.

Ik zie zijn iPod nergens. Hij tikt op het scherm op het paneel tussen ons in, en kijk – een afspeellijst.

'Kies maar wat.' Zijn lippen vormen een glimlach. Ik weet dat het een hele uitdaging is.

Christian Greys iPod. Interessant. Ik scroll over het schermpje, vind het perfecte nummer en druk op 'play.' Ik had nooit kunnen bedenken dat hij een Britney-fan zou zijn. De clubmix, technobeat, knalt uit de luidsprekers en Christian zet het geluid zachter. Misschien is het wel een beetje te vroeg hiervoor. Britney zingt op haar schelst.

'*Toxic*, of niet?' grijnst Christian.

'Ik weet niet waar je het over hebt.' Ik kijk hem onschuldig aan.

Hij zet de muziek nog wat zachter. Vanbinnen geef ik mezelf een flinke knuffel. Mijn innerlijke godin staat op het podium in afwachting van haar gouden medaille. Victorie! Hij heeft de muziek zachter gezet!

'Ik heb dat nummer niet op mijn iPod gezet,' zegt hij luchtig. Dan drukt hij het gaspedaal in en word ik teruggeduwd in mijn stoel.

Wat? Hij weet dondersgoed waar hij mee bezig is, eikel. *Wie heeft het erop gezet?* En ik luister ondertussen naar Britney die maar door blijft gaan. *Wie... wie?*

Het nummer loopt af en de iPod shuffelt naar een nummer van Damien Rice in een depri bui. *Wie? Wie?* Ik staar uit het raam. Ik heb een knoop in mijn maag. Wie?

'Het was Leila,' zegt hij als antwoord op mijn onuitgesproken gedachten. *Hoe doet hij dat toch?*

'Leila?'

'Een ex. Die heeft het nummer erop gezet.'

Damien zakt weg naar de achtergrond en ik zit daar stomverbaasd. Een ex... ex-Onderdanige? Een ex...

'Een van de vijftien?' vraag ik.

'Ja.'

'Wat is er gebeurd?'

'Het is over tussen ons.'

'Waarom?'

O, jemig. Het is veel te vroeg voor dit soort gesprekken. Maar hij ziet er ontspannen uit, gelukkig. En hij wil zelfs praten.

'Ze wilde meer.' Zijn stem klinkt laag. De zin blijft tussen ons hangen. Weer is daar dat sterke kleine woordje.

'En jij niet?' flap ik eruit, zonder na te denken. Shit, wil ik het wel weten?

Hij schudt zijn hoofd.

'Ik heb nooit meer gewild, totdat ik jou tegenkwam.'

Ik snak naar adem. Is dit niet wat ik wil? Hij wil meer. *Hij wil het ook!* Mijn innerlijke godin is zojuist in een flikflak van het podium gesprongen en doet nu radslagen rond het stadion. Ik wil het niet alleen.

'Wat is er met de andere veertien gebeurd?' vraag ik.

Jemig, hij praat – maak er gebruik van.

'Zal ik een lijstje maken? Gescheiden, onthoofd, overleden?'

'Je bent Hendrik VIII niet.'

'Oké, maar ik heb maar vier langdurige relaties gehad, afgezien van Elena.'

'Elena?'

'Mrs. Robinson voor jou.' Hij toont zijn binnenpretjes-glimlach.

Elena! Holy fuck. De slechterik in het verhaal heeft dus een naam en die klinkt nog buitenlands ook. Een visioen van een vamp met een bleke huid, pikzwart haar en rode lippen doemt voor me op. Ik weet dat ze mooi is. *Ik moet er niet te lang over nadenken. Ik moet er niet te lang over nadenken.*

'Wat is er met die vier gebeurd?' vraag ik ter afleiding.

'Je bent ook zo nieuwsgierig en op zoek naar informatie, mevrouw,' zegt hij speels.

'O, Meneer Wanneer Moet je Ongesteld Worden?'

'Anastasia – een man moet dit soort dingen weten.'

'Is dat zo?'

'Ik wel.'

'Waarom?'

'Omdat ik niet wil dat je zwanger wordt.'

'Dat wil ik ook niet! In elk geval niet de komende paar jaar.'

Christian reageert geschrokken en ontspant dan zichtbaar. Oké. Christian wil geen kinderen. Nu niet of nooit? Ik duizel van deze plotselinge blijk van openhartigheid. Misschien komt het omdat het zo vroeg is? Of zit er iets in het water in Georgia?

Of is het de lucht in Georgia? Wat wil ik verder nog weten? *Carpe diem.*

'Dus, die andere vier, wat is er met hen gebeurd?' vraag ik.

'Eentje heeft iemand anders ontmoet. De andere drie wilden – meer. Ik was toen niet op zoek naar meer.'

'En de anderen?' ga ik verder.

Hij kijkt me kort aan en schudt dan zijn hoofd.

'Dat is gewoon niks geworden.'

Whoa, dat is heel wat informatie om te verwerken! Ik kijk in de zijspiegel en zie een zachte gloed van roze en aquamarijn in de lucht achter ons. De zonsopkomst achtervolgt ons.

'Waar gaan we heen?' vraag ik, terwijl ik uitkijk over de snelweg. Ik weet alleen dat we naar het zuiden rijden.

'Een vliegveld.'

'We gaan toch niet terug naar Seattle?' vraag ik gealarmeerd. Ik heb niet eens afscheid genomen van mijn moeder. Jemig, ze verwacht ons voor het avondeten.

Christian lacht. 'Nee, Anastasia. We gaan ons wagen aan mijn op één na grootste hobby.'

'Op één na?' Ik kijk hem fronsend aan.

'Jep. Ik heb je vanmorgen al over mijn favoriet verteld.'

Ik kijk naar zijn geweldige profiel en vraag me af waar hij het over heeft.

'Genieten van jou, mevrouw Steele. Dat staat zonder twijfel boven aan mijn lijstje. Op welke manier dan ook.'

O.

'Nou, dat staat ook hoog boven aan mijn lijstje van vermakelijke, perverse prioriteiten,' stamel ik blozend.

'Blij dat te horen,' merkt hij droogjes op.

'Dus, vliegveld?'

Hij grijnst naar me.

'Zweven.'

Heel in de verte rinkelt er een belletje. Hij heeft het er eerder over gehad.

'We gaan het ochtendgloren tegemoet, Anastasia.' Hij kijkt me aan en grijnst naar me. De navigatie laat weten dat hij rechtsaf moet slaan, naar een soort van bedrijvencomplex. Hij stopt bij een groot wit gebouw. Er hangt een bordje waarop staat Brunswick Zweef Vereniging.

Zweefvliegen! Gaan we zweefvliegen?

Hij zet de motor af.

'Ben je er klaar voor?' vraagt hij.

'Vlieg jij?'

'Ja.'

'Ja, graag!' Ik aarzel niet. Hij buigt zich voorover en zoent me.

'Weer een primeur, mevrouw Steele.' Hij stapt uit de auto.

Primeur? Wat voor primeur? Eerste keer vliegen in een zweefvliegtuig... shit! Nee – hij zei dat hij het al eerder heeft gedaan. Ik ontspan. Hij opent mijn portier. De hemel is nu subtiel opaal gekleurd en glimt zachtjes achter de weinige kleine wolkjes. De dageraad kondigt zich aan.

Christian pakt mijn hand vast en neemt me mee naar de andere kant van het gebouw. Op een grote landingsstrip staan verschillende vliegtuigen geparkeerd. Er staat een man te wachten. Zijn hoofd is geschoren en hij heeft een wilde blik in zijn ogen. Hij wordt vergezeld door Taylor.

Taylor! Kan Christian niet zonder die man? Ik kijk hem aan en hij lacht vriendelijk naar me.

'Meneer Grey, dit is uw sleeppiloot, meneer Mark Benson,' zegt Taylor. Christian en Benson schudden elkaar de hand. Er volgt een gesprek over technische zaken als windsnelheid, richtingen en nog meer van dat soort dingen.

'Hallo, Taylor,' zeg ik verlegen.

'Mevrouw Steele.' Hij knikt naar me. Ik kijk hem fronsend aan. 'Ana,' corrigeert hij zichzelf. 'Het was vreselijk om bij hem in de buurt te zijn de afgelopen dagen. Blij dat we hier zijn,' zegt hij samenzweerderig.

O, dat is nieuw. Waarom? Toch niet vanwege mij! Openbaringsdonderdag! Het moet iets zijn dat in het water in Savannah zit waardoor die mannen ineens zo loslippig worden.

'Anastasia,' roept Christian. 'Kom.' Hij steekt zijn hand uit naar me.

'Tot later.' Ik glimlach naar Taylor, hij groet me en gaat richting parkeerplaats.

'Meneer Benson, dit is mijn vriendin Anastasia Steele.'

'Aangenaam,' mompel ik terwijl we elkaar de hand schudden.

Benson toont een betoverende glimlach.

'Insgelijks,' zegt hij. Aan zijn accent te horen is het een Engelsman.

Ik pak Christians hand vast. Ik voel een kriebeling in mijn buik. *Wauw... zweefvliegen!* We lopen achter Mark Benson aan richting de startbaan. Hij en Christian zijn druk aan het praten. Ik snap de essentie van het verhaal wel. We krijgen een Blanik L-23, die beter schijnt te zijn dan de L-13, hoewel de meningen hierover verschillen. Benson vliegt in een Piper Pawnee. Hij vliegt nu al zo'n vijf jaar. Mij zegt het allemaal niets. Maar Christian gaat er helemaal in op. Het is duidelijk dat hij in zijn element is.

Het vliegtuig is langgerekt, slank en wit met oranje strepen. De cockpit is klein een heeft twee zitjes achterelkaar. Met een lange witte kabel zit het vast aan een gewoon, enkelvoudig propellervliegtuigje. Benson opent de grote koepel van perspex zodat we kunnen instappen.

'Eerst moeten we je parachute vastbinden.'

Parachute!

'Dat doe ik wel,' onderbreekt Christian hem en hij pakt het harnas aan van Benson, die vriendelijk naar hem lacht.

'Ik zorg wel voor de ballast,' zegt Benson en hij loopt naar het vliegtuig.

'Je vindt het heerlijk om me vast te binden,' zeg ik droogjes tegen hem.

'Mevrouw Steele, je hebt geen idee. Hier, stap maar in deze bandjes.'

Ik doe wat hij zegt en pak zijn schouder vast. Christian verstijft enigszins maar beweegt niet. Zodra ik mijn voeten door de lussen heb heen gestoken trekt hij de parachute op. Vervolgens schuif ik mijn armen door de schouderbanden. Behendig maakt hij de gordels vast.

'Zo moet het lukken,' zegt hij. Zijn ogen glimmen.

'Heb je dat haarbandje nog dat je gisteren had?'

Ik knik.

'Wil je dat ik mijn haar opsteek?'

'Ja.'

Ik doe wat hij vraagt.

'Nou, instappen dan maar,' commandeert Christian. Hij is zo ontzettend bazig. Ik wil op de achterste stoel gaan zitten.

'Nee, voorin. De piloot zit achterin.'

'Maar dan kun je toch niets zien?'

'Ik zie genoeg,' zegt hij grijnzend.

Ik geloof niet dat ik 'm ooit zo gelukkig heb gezien – bazig, maar gelukkig. Ik klim het vliegtuig in en ga in de leren stoel zitten. Ik had niet gedacht dat het zo comfortabel zou zitten. Christian buigt zich voorover, trekt de gordels over mijn schouders en pakt de onderste riem die tussen mijn benen in ligt om de boel nogmaals aan te trekken. Dan trekt hij alle overige bandjes aan.

'Hmm, twee keer op een ochtend. Ik ben een geluksvogel,' fluistert hij terwijl hij me snel een zoen geeft. 'Het zal niet lang duren – twintig, dertig minuten hooguit. De thermiek is niet zo groot rond deze tijd, maar het is adembenemend mooi op dit tijdstip. Je bent toch niet zenuwachtig?'

'Opgewonden.' Ik straal helemaal.

Waar komt deze belachelijke grijns nou weer vandaan? Eigenlijk ben ik doodsbang. Mijn innerlijke godin ligt onder een dekentje achter de bank.

'Mooi.' Hij grijnst terug en verdwijnt dan.

Ik hoor en voel hem achter me in het vliegtuig klimmen. Hij heeft me zo strak vastgebonden dat ik me niet kan omdraaien... typisch iets voor hem! We liggen zeer laag tegen de grond aan. Voor me zie ik een paneel met wijzerplaten en instrumenten en een groot joystickachtig ding. Ik blijf overal van af.

Dan zie ik Mark Benson die grijnzend mijn bandjes controleert en de vloer van de cockpit bekijkt. Dat zal de ballast wel wezen.

'Ja, dat zit allemaal vast. Eerste keer?' vraagt hij.

'Ja.'

'Je zult het geweldig vinden.'

'Dank u, meneer Benson.'

'Noem me maar Mark.' Hij roept naar Christian. 'Oké?'

'Jep. We kunnen.'

Ik ben blij dat ik vanmorgen niks heb gegeten. Ik ben zo opgewonden en denk niet dat mijn maag tegen de combinatie voedsel, opwinding en opstijgen zou kunnen. Wederom leg ik mijn lot in de vaardige handen van deze prachtige man. Mark doet de klep van de cockpit dicht. Dan loopt hij naar het vliegtuig voor ons en stapt ook in.

De propeller van de Piper begint te draaien en de zenuwen in mijn maag verplaatsen zich naar mijn keel. *Jemig... ik kan niet geloven dat ik dit echt doe.* Mark taxiet langzaam over de startbaan. Zodra er spanning op de kabel staat, worden we naar voren getrokken. Daar gaan we. Ik hoor gepraat over de radio achter me. Ik denk dat het Mark is die met de toren praat – maar ik kan niet verstaan wat hij zegt. De Piper gaat steeds sneller en wij ook. Het is erg hobbelig en het vliegtuigje voor ons is nog steeds niet in de lucht. Zullen we ooit opstijgen? En plotseling verdwijnt mijn maag uit mijn keel en duikelt door mijn lichaam naar beneden – we zitten in de lucht.

'Daar gaan we, schatje!' schreeuwt Christian achter me. We zitten nu in onze eigen bubbel, alleen wij tweetjes. Het enige wat ik hoor is het geluid van de wind en in de verte het gezoem van de motor van de Piper.

Ik hou mijn zitting zo strak vast dat mijn knokkels helemaal wit zijn. We vliegen richting het westen, landinwaarts dus. Weg van de opkomende zon. We vliegen steeds hoger en over velden en huizen en de snelweg. *O hemel.* Dit is geweldig. Boven ons is alleen maar lucht te zien. Het licht is overweldigend, diffuus en warm. Ik moet aan José denken die het onlangs had over het 'magische uurtje', een tijdstip waar fotografen gek op zijn – en dit is het... net na zonsopkomst, en ik zit er middenin, met Christian.

Plotseling moet ik denken aan Josés tentoonstelling. Hmm. Ik moet het Christian nog vertellen. Ik vraag me even af hoe hij zal reageren. Maar daar wil ik nu niet aan denken – ik geniet nu te veel. Mijn oren ploppen wanneer we nog hoger gaan. De aarde is steeds verder weg. Het is hier zo vreedzaam. Ik snap volkomen waarom Christian dit graag doet. Weg van zijn BlackBerry en alle druk van zijn werk.

De radio kraakt en Mark heeft het over drieduizend voet. Wauw, dat klinkt hoog. Ik kijk even naar beneden maar ik kan bijna niets meer onderscheiden.

'Vrijgeven,' roept Christian in de radio. Plotseling is de Piper verdwenen. Het trekkende gevoel verdwijnt ook. We zweven nu boven Georgia.

Holy fuck – dit is spannend. Het vliegtuig helt over en draait. We draaien richting de zon. *Icarus. Dit is het.* Ik vlieg te dicht bij de zon, maar hij is bij me, en geeft aan waar we heen moeten. Ik snak naar adem bij de gedachte. Het uitzicht in dit ochtendlicht is spectaculair.

'Hou je goed vast!' schreeuwt Christian. We duiken weer naar beneden – maar dit keer stoppen we niet. Plotseling hang ik ondersteboven en kijk ik naar de aarde door het bovenste gedeelte van de koepel.

Ik gil luidkeels. Mijn armen vallen automatisch de andere kant op en ik hou me vast aan het plexiglas zodat ik niet kan vallen. Ik hoor hem lachen. *Eikel!* Maar zijn lol is besmettelijk en ik moet ook lachen. Hij laat het vliegtuig weer recht vliegen.

'Ik ben blij dat ik vanmorgen niets heb gegeten!' schreeuw ik naar hem.

'Ja, achteraf gezien is dat maar goed, want ik ga het nog een keer doen.'

En nogmaals draait hij het vliegtuig zo dat we op z'n kop hangen. Dit keer ben ik voorbereid en houd ik me vast aan de gordels, maar ik krijg er ontzettend de slappe lach van. Hij brengt het vliegtuig weer in horizontale positie.

'Prachtig, hè?' roept hij.

'Ja.'

We vliegen op majestueuze wijze door de lucht en luisteren naar de wind en de stilte. Wat kan een mens meer wensen?

'Zie je de joystick voor je?' schreeuwt hij weer.

Ik kijk naar de stick die heen en weer schiet tussen mijn benen. *O nee*, wat is hij van plan?

'Pak 'm maar beet.'

O shit. Hij wil dat ik het vliegtuig bestuur. *Nee!*

'Vooruit, Anastasia. Pak 'm beet,' dringt hij nogmaals aan.

Ik pak de stick beet en voel de bewegingen, die klaarblijkelijk van de roeren en peddels zijn, of wat het dan ook is dat dit ding in de lucht houdt.

'Goed vasthouden... hou 'm recht. Zie je de middelste wijzerplaat voor je? Hou de naald precies in het midden.'

Mijn hart klopt in mijn keel. *Holy shit.* Ik bestuur een zweefvliegtuig... Ik zweef.

'Goed zo.' Christian klinkt opgetogen. 'Ik had nooit gedacht dat je me zou laten vliegen,' schreeuw ik.

'Je weet niet half wat ik je allemaal zou laten doen, mevrouw Steele. Ik neem het weer over.'

Ik voel de joystick plotseling bewegen en zodra ik 'm loslaat duikelen we een paar meter naar beneden. Mijn oren beginnen meteen weer te ploppen. De grond komt steeds dichterbij. Het lijkt wel alsof we elk moment kunnen neerstorten. Mijn god, wat is dat eng.

'BMA, dit is BG N Papa Three Alpha, links aanvliegend met de wind mee, *runway* zeven tot het gras, BMA.' Christian klinkt net zo autoritair als anders. De toren zegt wat terug maar ik versta niet wat ze zeggen. We vliegen rond in een brede cirkel en gaan langzaam richting de grond. Ik kan het vliegveld zien, de landingsbanen. We vliegen weer over de snelweg.

'Hou je vast, schatje. Dit is best hobbelig.'

Na nog een rondje duiken we naar beneden. En plotseling, na een kleine dreun, zijn we geland en glijden we door het gras – *holy shit.* Mijn tanden klapperen, terwijl we met verontrustende snelheid over de grond glijden. Dan stoppen we plotseling en zakt het vliegtuig naar rechts. Ik haal diep adem. Christian opent de klep van de cockpit, klimt uit het vliegtuig en strekt zich uit.

'En hoe vond je dat?' vraagt hij. Zijn grijze ogen glimmen. Hij buigt zich voorover om me los te koppelen.

'Dat was buitengewoon. Dankjewel,' fluister ik.

'Was het meer dan dat?' vraagt hij hoopvol.

'Veel meer,' zeg ik tegen hem. Hij grijnst.

'Kom.' Hij steekt zijn hand naar me uit en ik klim ook uit het vliegtuig.

Zodra ik naast het vliegtuig sta, pakt hij me beet en houdt me tegen zich aan. Zijn hand gaat door mijn haar. Hij trekt eraan, zodat mijn hoofd achterover gaat. Met zijn andere hand gaat hij langs mijn ruggengraat naar beneden. Hij zoent me lang, hard en gepassioneerd, zijn tong in mijn mond. Zijn ademhaling wordt steeds zwaarder, hartstochtelijker... *Mijn god* – zijn erectie... we staan midden in een veld. Maar het kan me niet schelen. Ik ga met mijn handen door zijn haar en trek hem naar me toe. Ik wil hem, hier, nu, op de grond. Hij maakt zich los en staart me aan. Zijn ogen zijn donker en helder, vol van rauwe, arrogante sensualiteit. Wauw. Hij is adembenemend.

'Ontbijt.' Fluistert hij, zoals hij het zegt klinkt het heerlijk erotisch.

Hoe kan hij eieren met spek laten klinken alsof het verboden vruchten zijn. Het is een buitengewone gave. Hij draait zich om en pakt mijn hand beet. Samen lopen we terug naar de auto.

'En het vliegtuig dan?'

'Daar zorgt iemand wel voor,' zegt hij neerbuigend. 'We gaan nu eten,' zegt hij ondubbelzinnig.

Eten! Hij heeft het over eten, terwijl ik eigenlijk alleen hem maar wil.

'Kom,' zegt hij lachend.

Ik heb hem nog nooit zo gezien en ik geniet ervan. We lopen hand in hand, ik met een stompzinnige, maffe grijns op mijn gezicht. Het doet me denken aan toen ik tien was en een dagje naar Disneyland ging met Ray. Het was een geweldige dag en dat lijkt het nu ook te gaan worden.

We zitten in de auto en rijden op de snelweg terug richting Savannah. Dan gaat het alarm van mijn mobiel af. O ja... mijn pil.

'Wat is dat?' vraagt Christian nieuwsgierig.

Ik rommel wat in mijn tas, op zoek naar de strip.

'Alarm voor mijn pil,' mompel ik blozend.

Hij glimlacht.

'Goed zo. Ik haat condooms.'

Ik bloos nog meer. Hij is even neerbuigend als altijd.

'Ik vond het fijn dat je me voorstelde aan Mark als je vriendin,' zeg ik.

'Dat ben je toch ook?' Hij trekt een wenkbrauw op.

'O ja? Ik dacht dat je een Onderdanige wilde.'

'Dat dacht ik ook, Anastasia, en dat wil ik ook. Maar ik heb je al gezegd dat ik ook meer wil.'

Lieve hemel. Hij draait bij. Ik heb weer hoop.

'Ik ben erg blij dat je meer wilt,' zeg ik.

'We proberen het u naar de zin te maken, mevrouw Steele.' Hij grinnikt. Dan draaien we het parkeerterrein van het International House of Pancakes op.

'IHOP.' Nu is het mijn beurt om te grinniken. Ik geloof mijn ogen niet. Wie zou dat gedacht hebben...? Christian Grey bij de IHOP.

Het is halfnegen 's ochtends, maar nog erg rustig in het restaurant. Het ruikt er naar zoet beslag, gefrituurd eten, en ontsmettingsmiddel. *Hmm... niet echt een opwindende geur.* We gaan in een cabine zitten.

'Ik had nooit kunnen bedenken dat we hier nog eens heen zouden gaan,' zeg ik, terwijl we gaan zitten.

'Mijn vader nam ons hier vaak mee naartoe als mijn moeder weg was voor een medische conferentie. Het was ons geheimpje.' Hij kijkt me glimlachend aan. Zijn ogen dansen. Dan pakt hij een menukaart en haalt een hand door zijn weerbarstige haar.

O, wat wil ik graag met mijn handen door dat haar gaan. Ik pak een menukaart en bestudeer de inhoud. Plotseling besef ik dat ik rammel van de honger.

'Ik weet al wat ik wil,' hijgt hij met een lage hese stem. Hij kijkt naar me op een manier die ervoor zorgt dat alle spieren in mijn buik zich aanspannen. Zijn ogen zijn donker en doen me smelten. *Holy shit.* Ik staar naar hem. Het bloed raast door mijn aderen.

'Ik wil wat jij wilt,' fluister ik.

Hij hijgt zwaar.

'Hier?' vraagt hij. Hij trekt een wenkbrauw op en glimlacht ondeugend naar me, het puntje van zijn tong tussen zijn tanden.

O mijn god... seks in de IHOP. Zijn uitdrukking verandert en wordt donkerder.

'Niet op je lip bijten,' beveelt hij. 'Niet hier, niet nu.' Eventjes ziet hij er zo heerlijk gevaarlijk uit. 'Als ik je hier niet kan nemen, breng me dan ook niet in de verleiding.'

'Hoi, mijn naam is Leandra. Wat kan ik voor jullie... eh... doen, vandaag?' Haar stem zakt weg en ze struikelt over haar woorden wanneer ze Mr. Beautiful tegenover me ziet. Ze loopt rood aan. Ik voel een vorm van sympathie voor haar, want hij heeft nog steeds hetzelfde effect op mij. Haar aanwezigheid zorgt ervoor dat ik even kan ontsnappen aan zijn sensuele blik.

'Anastasia?' zegt hij. Hij negeert het meisje compleet. Ik denk niet dat iemand mijn naam met zo veel lust kan uitspreken als hij dat kan.

Ik slik en hoop dat ik niet dezelfde kleur krijg als die arme Leandra.

'Dat zei ik toch, ik wil hetzelfde als jij.' Mijn stem klinkt zacht en laag en hij kijkt me hongerig aan. *Jemig*, mijn innerlijke godin valt in katzwijm. *Kan ik dit spelletje wel aan?*

Leandra kijkt eerst mij aan, dan hem en dan mij weer. Ze heeft bijna dezelfde kleur als haar glanzend rode haar.

'Zal ik zo nog even terugkomen?'

'Nee. We weten al wat we willen.' Christian toont een sexy glimlach.

'We willen graag twee porties van de karnemelkpannenkoeken met ahornsiroop en bacon erbij, twee jus d'orange, een zwarte koffie met afgeroomde melk, en English Breakfast-thee als je dat hebt,' zegt Christian, terwijl hij naar me blijft kijken.

'Dank u wel, meneer. Is dat het?' zegt Leandra. Ze kijkt ons niet aan. Wij kijken haar nu wel aan en ze loopt weer rood aan en gaat snel weg.

'Het is eigenlijk niet eerlijk.' Ik staar naar het formica tafelblad en teken er met mijn vinger een patroon op. Ik probeer nonchalant te klinken.

'Wat is niet eerlijk?'

'Hoe ontwapenend je kunt zijn. Tegenover vrouwen. Mij.'

'Ben ik ontwapenend tegen jou?'

Ik snuif. 'Altijd.'

'Het zijn maar blikken, Anastasia,' zegt hij mild.

'Nee, Christian, het is veel meer dan dat.'

Zijn wenkbrauw gaat omhoog. 'Jij kunt me volledig ontwapenen, mevrouw Steele. Je onschuld. Het snijdt door alle onzin heen.'

'Is dat waarom je van gedachten bent veranderd?'

'Van gedachten ben veranderd?'

'Ja – over... eh... ons?'

Met zijn lange vingers wrijft hij nadenkend over zijn kin.

'Ik geloof niet dat ik echt van gedachten ben veranderd. We moeten gewoon onze eisen bijstellen, onze scheidslijnen opnieuw definiëren. Dit kan zeker wat worden. Ik wil dat je onderdanig bent in mijn speelkamer. Ik zal je straffen wanneer je de regels aan je laars lapt. Maar verder... nou ja, het is allemaal bespreekbaar. Dat zijn mijn vereisten, mevrouw Steele. Wat heb je daar op te zeggen?'

'Dus ik mag bij je slapen? In jouw bed?'

'Is dat wat je wilt?'

'Ja.'

'Goed dan. Ik slaap uitstekend wanneer jij in mijn bed ligt. Ik had geen idee dat het zo kon zijn.' Zijn stem zakt weg.

'Ik was bang dat je bij me weg zou gaan als ik niet overal mee zou instemmen,' fluister ik.

'Ik ga nergens heen, Anastasia. En trouwens...' Hij denkt na en voegt eraan toe: 'We volgen jouw advies, jouw definitie: compromis. Je hebt het me gemaild. En tot dusver kan ik er wel mee leven.'

'Ik vind het heerlijk dat je meer wilt,' mompel ik verlegen.

'Dat weet ik.'

'Hoe weet je dat?'

'Geloof me nou maar, ik weet het gewoon.' Hij grijnst naar me. Hij houdt iets verborgen voor me. *Maar wat?*

Op dat moment komt Leandra weer terug met ons ontbijt en ons gesprek wordt afgebroken. Mijn maag knort, ik heb ontzettende honger. Christian kijkt naar me hoe ik alles op mijn bord verslind.

'Mag ik je trakteren?' vraag ik Christian.

'Hoe bedoel je?'

'Nou, op dit ontbijt.'

Christian snuift.

'Ik dacht het niet,' schimpt hij.

'Alsjeblieft, ik wil het graag.'

Hij kijkt me fronsend aan.

'Probeer je me volledig te ontmannen?'

'Dit is waarschijnlijk de enige plek waar ik het me kan veroorloven je te trakteren.'

'Anastasia, ik waardeer het zeer. Echt waar. Maar nee.'

Ik tuit mijn lippen.

'Niet boos worden,' waarschuwt hij me. Hij kijkt dreigend uit zijn ogen.

Natuurlijk vraagt hij niet om het adres van mijn moeder. Hij kent het al, de stalker. Ik zeg er niets over als we voor de deur staan. Wat zou dat voor zin hebben?

'Wil je binnenkomen?' vraag ik verlegen.

'Ik moet aan het werk, Anastasia, maar vanavond kom ik terug. Hoe laat?'

Ik negeer de teleurstelling. Waarom zou ik elke minuut met deze overheersende seksgod willen doorbrengen? O ja, ik ben verliefd op hem geworden en hij kan vliegen.

'Dank je... voor meer.'

'Graag gedaan, Anastasia.' Hij zoent me en ik inhaleer zijn sexy Christian-geur.

'Ik zie je straks.'

'Probeer me maar eens tegen te houden,' fluistert hij.

Ik zwaai naar hem en hij rijdt weg. Ik heb nog steeds zijn sweater en zijn ondergoed aan. Ik heb het warm.

Mijn moeder is in de keuken. Ze is volledig in paniek. Het gebeurt dan ook niet elke dag dat ze een multimiljardair mag entertainen. Ze is compleet gestrest.

'Hoe gaat het, lieverd?' vraagt ze. Ik word rood, omdat ze wil weten wat ik gisteravond heb gedaan.

'Het gaat goed. Ik ben met Christian wezen zweefvliegen vanmorgen.' Ik hoop dat deze nieuwe informatie haar zal afleiden.

'Zweefvliegen? In zo'n klein vliegtuigje zonder motor? Bedoel je dat?'

Ik knik.

'Wauw.'

Ze is sprakeloos – iets wat niet vaak gebeurt bij mijn moeder. Ze staart me aan, maar herstelt zich en gaat verder met haar ondervraging.

'Hoe ging het gisteravond? Hebben jullie gepraat?'

Jemig. Ik word knalrood.

'We hebben gepraat – gisteravond en vandaag. Het gaat steeds beter.'

'Goed zo.' Ze richt haar aandacht weer op de vier kookboeken die voor haar op de keukentafel liggen.

'Mam... als je wilt kook ik vanavond wel.'

'O, schat. Dat is heel lief van je, maar ik wil het zelf graag doen.'

'Oké.' Ik kijk afkeurend omdat ik dondersgoed weet dat de kookkunsten van mijn moeder wel eens heel verkeerd kunnen uitpakken. Maar misschien is ze er wel op vooruitgegaan sinds ze met Bob naar Savannah is verhuisd. Er is een tijd geweest waarin ik niemand aan haar maaltijden durfde bloot te stellen... zelfs niet – wie haat ik? O ja – Mrs. Robinson – Elena. Nou ja, haar misschien wel. *Zal ik dat verdomde mens ooit ontmoeten?*

Ik besluit snel nog even een bedankje te sturen naar Christian.

Van: Anastasia Steele
Onderwerp: Zweven in tegenstelling tot zwepen
Datum: 2 juni 2011 10:20
Aan: Christian Grey

Jij weet tenminste hoe je een meisje moet vermaken.
Dank je,
Ana x

Van: Christian Grey
Onderwerp: Zweven tegenover zwepen
Datum: 2 juni 2011 10:24
Aan: Anastasia Steele

Ik heb beide liever dan je gezwets. Ik heb het ook naar mijn zin gehad.
Maar dat is altijd zo wanneer jij bij me bent.

Christian Grey
Directeur, Grey Enterprises Holdings, Inc.

Van: Anastasia Steele
Onderwerp: ZWETSEN
Datum: 2 juni 2011 10:26
Aan: Christian Grey

IK ZWETS NIET. En als dat wel zo was, dan is het niet erg galant van je om me daar op te wijzen.
Je bent geen heer van stand, meneer Grey! En je bent nog wel in het verre zuiden!
Ana

Van: Christian Grey
Onderwerp: Praten in je slaap
Datum: 2 juni 2011 10:28
Aan: Anastasia Steele

Ik heb nooit beweerd een heer te zijn, Anastasia. Ik denk dat ik je dat meerdere malen heb bewezen. Ik ben niet onder de indruk van je SCHREEUWERIGE hoofdletters.
Maar ik moet wel iets bekennen: nee – je zwetst niet, maar je praat in je slaap. Heel fascinerend.
Wat is er met mijn kusje gebeurd?

Christian Grey
Boef & directeur, Grey Enterprises Holdings, Inc.

Holy shit. Ik weet dat ik praat in mijn slaap. Kate heeft me dat al zo vaak verteld. Wat heb ik in godsnaam gezegd? *O nee.*

Van: Anastasia Steele
Onderwerp: Spraakwaterval
Datum: 2 juni 2011 10:32
Aan: Christian Grey

Je bent een vuilak en een boef – zeker geen heer.
En wat heb ik dan gezegd? Geen kusjes voordat je het me hebt verteld!

Van: Christian Grey
Onderwerp: Een pratende Doornroosje
Datum: 2 juni 2011 10:35
Aan: Anastasia Steele

Het zou niet erg galant van me zijn om dat te vertellen. Daarvoor heb ik al op m'n kop gekregen. Maar als je je gedraagt, dan vertel ik het je misschien vanavond wel. Ik heb nu een bespreking. Later, schatje.

Christian Grey
Directeur, vuilak & boef, Grey Enterprises Holdings, Inc.

Oké dan! Radiostilte tot vanavond. Stoom komt uit m'n oren. *Jemig.* Stel je voor dat ik in mijn droom tegen hem heb gezegd dat ik hem haat, of nog erger, dat ik van hem hou. O god, ik hoop van niet. Daar ben ik nog helemaal niet klaar voor. En ik ben er ook niet zeker van of hij er wel klaar voor is om dat te horen en of hij het ooit wel wil horen. Ik staar boos naar mijn computer. Ik besluit dat wat er ook gebeurt, ik het zal rechtbreien.

Mijn moeder heeft besloten dat het gazpacho gaat worden, gevolgd door een barbecue met biefstuk gemarineerd in olijfolie, knoflook en citroen. Christian houdt van vlees en het is eenvoudig voor te bereiden. Bob heeft zich aangemeld om de barbecue te bemannen. *Wat is dat toch met mannen en vuur?* Mijn gedachten dwalen af, terwijl ik met een karretje achter mijn moeder aan loop door de supermarkt.

We zoeken een goed stuk vlees uit. Dan gaat mijn mobiel. Ik rommel wat in mijn tas, denkend dat het Christian misschien wel is. Het is een onbekend nummer.

'Hallo?' vraag ik ademloos.

'Anastasia Steele?'

'Spreekt u mee.'

'Ik ben Elizabeth Morgan van SIP.'

'O – hallo.'

'Ik bel je om je de baan van assistent van meneer Jack Hyde aan te bieden. We willen je vragen of je maandag kunt beginnen.'

'Wauw. Dat is geweldig. Dank je!'

'Je kent de salarisvoorwaarden?'

'Ja. Dat wil zeggen – ik ga ermee akkoord. Ik wil dolgraag voor jullie komen werken.'

'Uitstekend. Dan zien we je maandagmorgen om halfnegen?'

'Oké, tot dan. En nog bedankt.'

Ik kijk mijn moeder stralend aan.

'Heb je de baan?'

Ik knik opgewekt. Ze geeft een gilletje en vliegt me midden in de winkel om mijn nek.

'Gefeliciteerd, lieverd! We moeten champagne kopen om het te vieren!'

Ze klapt in haar handen en springt op en neer. *Is ze nou tweeënveertig of twaalf?*

Ik kijk op mijn mobiel en zie dat ik een gemiste oproep heb van Christian. Hij belt me normaal gesproken nooit. Ik bel hem meteen terug.

'Anastasia,' zegt hij onmiddellijk.

'Hi,' zeg ik verlegen.

'Ik moet terug naar Seattle. Er is iets tussengekomen. Ik ben nu op weg naar Hilton Head. Verontschuldig me alsjeblieft bij je moeder. Ik moet het avondeten overslaan.' Hij klinkt zeer zakelijk.

'Niets ernstigs, hoop ik?'

'Er is een probleem waar ik echt even mijn aandacht op moet richten. Ik zie je morgen. Ik stuur Taylor wel om je van de luchthaven op te halen als ik zelf niet kan komen.' Zijn stem klinkt koud. Boos zelfs. Maar voor het eerst denk ik niet meteen dat het vanwege mij is.

'Oké. Ik hoop dat je het allemaal kunt oplossen. Goeie vlucht.'

'Jij ook, schatje,' zegt hij. En met die woorden is mijn Christian weer terug. Hij hangt op.

O nee. De laatste 'situatie' die hij had was mijn maagdelijkheid. *Jemig, ik hoop niet dat het zoiets is.* Ik kijk mijn moeder aan. Haar eerdere jubelstemming heeft nu plaatsgemaakt voor bezorgdheid.

'Dat was Christian. Hij moest plotseling terug naar Seattle. Hij verontschuldigt zich.'

'O, dat is jammer, lieverd. Maar we kunnen toch gewoon gaan barbecueën. We hebben per slot van rekening iets te vieren – je nieuwe baan! Je moet me er alles over vertellen.'

Het is laat in de middag en mam en ik liggen naast het zwembad. Mijn moeder is volledig ontspannen nu ze weet dat Meneer Triljonair niet komt eten. Ik lig in de zon en probeer de laatste witte plekken op mijn lichaam kwijt te raken. Ik denk na over gisteravond en over het ontbijt van vanmorgen. Ik denk aan Christian en ik raak die belachelijke grijns maar niet kwijt. Hij blijft maar terugkeren wanneer ik denk aan onze gesprekken en aan wat we hebben gedaan... wat hij heeft gedaan.

Er lijkt een verandering in Christians houding te hebben plaatsgevonden. Hij ontkent het – maar hij geeft wel toe dat hij meer wil. Wat zou er veranderd zijn? Wat is er veranderd in de periode dat hij me die lange e-mail heeft gestuurd en toen ik hem gisteren zag? Wat heeft hij gedaan in de tussentijd? Plotseling zit ik rechtop en gooi bijna mijn frisdrank omver. Hij heeft gedineerd met... *haar*. Elena.

Holy fuck!

Plotseling realiseer ik het me. Heeft ze iets tegen hem gezegd? O... wat zou ik ze graag hebben afgeluisterd. Ik zou haar met liefde de nek hebben omgedraaid.

'Wat is er, Ana, lieverd?' vraagt mijn moeder geschrokken.

'Er schiet me zojuist iets te binnen, mam. Hoe laat is het?'

'Een uur of halfzes, lieverd.'

Hmm... dan is hij nog niet geland. Zal ik het hem vragen? Moet ik het hem vragen? Misschien heeft ze er wel helemaal niets mee te maken. Ik hoop het van harte. Wat zou ik in mijn slaap hebben gezegd? *Shit...* vast een of andere onachtzame opmerking, terwijl ik aan het dromen was. Maar wat het ook is of was, ik hoop dat de verandering vanuit hem komt en niet vanwege *haar*.

Ik smelt weg in deze vreselijke hitte. Ik ga weer even een duik nemen.

Ik ben bijna klaar om naar bed te gaan en zet nog even mijn computer aan. Ik heb niets meer van Christian gehoord. Niet eens een berichtje dat hij veilig is aangekomen.

Van: Anastasia Steele
onderwerp: Veilig aangekomen?
Datum: 2 juni 2011 22:32
Aan: Christian Grey

Meneer,
Laat me alsjeblieft even weten of je veilig bent aangekomen. Begin me een beetje zorgen te maken. Denk aan je.
Je Ana x

Drie minuten later hoor ik de *ping* van mijn Postvak IN.

Van: Christian Grey
Onderwerp: Sorry
Date: 2 juni 2011 19:36
Aan: Anastasia Steele

Beste mevrouw Steele,
Ik ben veilig aangekomen. Het spijt me dat ik je dat niet even heb laten weten. Ik wil niet dat je je zorgen maakt. Het is geweldig te weten dat je zoveel om me geeft. Ik denk ook aan jou en ik kijk ernaar uit je morgen weer te zien.

Christian Grey
Directeur, Grey Enterprises Holdings, Inc.

Ik zucht. Christian is weer formeel als altijd.

Van: Anastasia Steele
Onderwerp: De situatie
Datum: 2 juni 2011 22:40
Aan: Christian Grey

Beste meneer Grey,
Het is zeer duidelijk dat ik veel om je geef. Hoe kun je daar aan twijfelen?
Ik hoop dat je 'situatie' is opgelost.
Je Ana x
PS Ga je me nog vertellen wat ik zei in mijn slaap?

Van: Christian Grey
Onderwerp: Het Recht tot Zwijgen
Datum: 2 juni 2011 19:45
Aan: Anastasia Steele

Beste mevrouw Steele,
Ik vind het zeer prettig dat je je zorgen om me maakt. De 'situatie' hier is nog niet opgelost.
Wat betreft je PS is het antwoord – nee.

Christian Grey
Directeur, Grey Enterprises Holdings, Inc.

Van: Anastasia Steele
Onderwerp: Ontoerekeningsvatbaarheid
Datum: 2 juni 2011 22:48
Aan: Christian Grey

Ik hoop dat het leuk was, maar je moet weten dat ik geen enkele verantwoording kan accepteren voor iets wat ik zeg wanneer ik niet bij bewustzijn ben. Je zult me wel verkeerd hebben verstaan. Een man van jouw leeftijd moet wel enigszins doof zijn.

Van: Christian Grey
Onderwerp: Schuld bekennen
Datum: 2 juni 2011 19:52
Aan: Anastasia Steele

Beste mevrouw,
Sorry, maar kunt u wat harder praten. Ik kan u niet verstaan.

Christian Grey
Directeur, Grey Enterprises Holdings, Inc.

Van: Anastasia Steele
Onderwerp: Weer ontoerekeningsvatbaar
Datum: 2 juni 2011 22:54
Aan: Christian Grey

Je maakt me helemaal gek.

Van: Christian Grey
Onderwerp: Dat hoop ik wel...
Datum: 2 juni 2011 19:59
Aan: Anastasia Steele

Beste mevrouw Steele,
Dat is precies wat ik vrijdagavond van plan ben om te doen. Ik kijk ernaar uit.
;)

Christian Grey
Directeur, Grey Enterprises Holdings, Inc.

Van: Anastasia Steele
Onderwerp: Grrrrrr
Datum: 2 juni 2011 23:02
Aan: Christian Grey

Ik ben nu officieel boos op je. Een goedenacht.
Mevrouw A.R. Steele

Van: Christian Grey
Onderwerp: Wild Katje
Datum: 2 juni 2011 20:05
Aan: Anastasia Steele

Je gaat toch niet tegen me snauwen, mevrouw Steele?

Ik heb een eigen kat tegen mopperpotjes.

Christian Grey
Directeur, Grey Enterprises Holdings, Inc.

Een kat? Ik heb nog nooit een kat bij hem gezien. Nee, ik ga niet reageren. O, hij kan soms zo onuitstaanbaar zijn. Vijftig tinten van onuitstaanbaarheid. Ik klim in bed en staar naar het plafond, terwijl mijn ogen aan het donker wennen. Ik hoor nog een *ping* uit mijn computer komen. Ik ga niet kijken. Nee, absoluut niet. Nee, ik ga niet kijken. Ah! Wat een idioot ben ik ook, ik kan de aantrekkingskracht van Christian Greys woorden gewoon niet weerstaan.

Van: Christian Grey
Onderwerp: Wat Je Zei In Je Slaap
Datum: 2 juni 2011 20:20
Aan: Anastasia Steele

Anastasia,
Ik heb liever dat je de woorden die je zei in je slaap zegt wanneer je niet bij bewustzijn bent. Daarom zeg ik het je niet. Ga slapen. Je moet goed uitgerust zijn voor wat ik morgen voor je in petto heb.

Christian Grey
Directeur, Grey Enterprises Holdings, Inc.

O nee... Wat heb ik gezegd? Het is vast net zo erg als ik denk dat het is.

Vijfentwintig

Mijn moeder houdt me stevig vast.

'Volg je hart, lieverd, en alsjeblieft, ik smeek je – probeer niet te veel na te denken. Wees ontspannen en geniet van jezelf. Je bent nog zo jong, lieverd. Je moet nog zoveel meemaken in het leven. Laat het allemaal maar over je heenkomen. Je verdient het beste van het beste.' Ze fluistert haar innige woorden in mijn oor en kust mijn haar.

'O, mama.' Warme ongewenste tranen prikken in mijn ogen. Ik houd haar vast.

'Lieverd, je weet wat ze zeggen. Je moet heel wat kikkers kussen voordat je je prins tegenkomt.'

Ik lach een halfbakken, bitterzoete lach.

'Ik denk dat ik mijn prins al heb gekust, mam. Ik hoop alleen dat hij niet in een kikker zal veranderen.'

Ze laat me haar meest liefdevolle, totaal onvoorwaardelijke moederlijke glimlach zien. Ik verwonder me over hoeveel liefde ik voor deze vrouw voel.

'Ana – je vlucht wordt omgeroepen,' zegt Bob ongerust.

'Kom je me opzoeken, mam?'

'Natuurlijk, lieverd – gauw. Hou van je.'

'Ik ook van jou.'

Mijn moeder laat me los. Mijn ogen zijn rood van de ingehouden tranen. Ik vind het verschrikkelijk haar te moeten achterlaten.

Ik geef Bob een knuffel, draai me om en loop naar de gate. Ik heb nu geen tijd voor de eersteklaslounge. Ik dwing mezelf om niet om te kijken. Maar ik doe het toch... Bob heeft mijn moeder vast. De tranen stromen over haar wangen. Ik kan de mijne ook niet langer tegenhouden. Met mijn waterige ogen op de glimmende witte vloer gericht, loop ik naar de gate.

Eenmaal aan boord maak ik het me gemakkelijk en probeer ik mezelf te hervinden. Het is altijd pijnlijk om mezelf van mam los te maken... ze is dan wel verstrooid en ongeorganiseerd, maar ze is ook inzichtelijk en ze houdt van me. Onvoorwaardelijke liefde – iets wat elk kind behoort te krijgen van zijn ouders. Ik staar moedeloos naar mijn BlackBerry.

Wat weet Christian van de liefde? Het lijkt erop dat hij als kind niet de onvoorwaardelijke liefde heeft gekregen waar hij recht op had. Mijn hart maakt een sprongetje en de woorden van mijn moeder schieten door mijn hoofd: *ja, Ana. Jezus – wat is ervoor nodig om je dat duidelijk te maken? Neonletters op zijn voorhoofd?* Ze denkt dat Christian van me houdt, maar goed, ze is dan ook mijn moeder, natuurlijk denkt ze dat. Ze wil het allerbeste voor me. Ik frons weer. Het is waar. In een moment van helderheid zie ik het. Het is zo eenvoudig: ik wil zijn liefde. Ik heb de liefde van Christian Grey *nodig*. Daarom ben ik zo terughoudend over onze relatie – omdat ik op de een of andere manier een diepgewortelde behoefte heb ontdekt om te worden gekoesterd.

En door zijn vijftig tinten ben ik heel terughoudend. De bdsm is een afleiding van de echte kwestie. De seks is geweldig, hij is rijk, hij is knap, maar dit betekent allemaal niets zonder zijn liefde, en het probleem is, dat ik niet weet of hij wel in staat is tot het geven van liefde. Hij houdt niet eens van zichzelf. Ik denk aan de walging die hij voelt voor zichzelf. En *haar* liefde is het enige soort dat hij *acceptabel* vond. Gestraft – geslagen met een zweep, wat hun liefde ook maar betekende. Hij voelt zich alsof hij geen liefde verdient. Maar waarom? Hoe is het mogelijk? Zijn woorden achtervolgen me: *Het is heel moeilijk om op te groeien in een perfecte familie als je zelf niet perfect bent.*

Ik doe mijn ogen dicht en stel me zijn pijn voor. Maar ik kan het niet bevatten. Ik denk eraan dat ik misschien wel te veel heb onthuld.

Wat heb ik gezegd in mijn slaap? Welke geheimen heb ik onthuld?

Ik staar naar mijn BlackBerry in de hoop dat deze me een paar antwoorden verschaft. Maar er gebeurt niets. Omdat we nog niet zijn opgestegen, besluit ik mijn Vijftig Tinten maar te mailen.

Van: Anastasia Steele
Onderwerp: Op weg naar huis
Datum: 3 juni 2011 12:53
Aan: Christian Grey

Beste meneer Grey,
Ik zit wederom eersteklas, waarvoor ik je dank. Ik tel de minuten tot ik je weer zie vanavond. Misschien moet ik je wel martelen om achter de waarheid te komen over mijn nachtelijke bekentenissen.
Je Ana x

Van: Christian Grey
Onderwerp: Op weg naar huis
Datum: 3 juni 2011 09:58
Aan: Anastasia Steele

Anastasia, ik kijk ernaar uit je weer te zien.

Christian Grey
Directeur, Grey Enterprises Holdings, Inc.

Zijn reactie is niet zoals ik had verwacht. Formeel en kortaf, in plaats van grappig en scherp, zoals normaal.

Van: Anastasia Steele
Onderwerp: Op weg naar huis
Datum: 3 juni 2011 13:01
Aan: Christian Grey

Liefste meneer Grey,
Ik hoop dat alles goed is betreffende de 'situatie'. De toon in je e-mail baart me zorgen.

Van: Christian Grey
Onderwerp: Op weg naar huis
Datum: 3 juni 2011 10:04
Aan: Anastasia Steele

Anastasia,
De 'situatie' is nog niet goed. Ben je al in de lucht? Zo ja, dan moet je niet e-mailen. Je brengt jezelf in gevaar en bent in directe overtreding van de regels betreffende je persoonlijke veiligheid. Ik meende wat ik zei over straffen.

Christian Grey
Directeur, Grey Enterprises Holdings, Inc.

Shit. Oké. Jemig. Wat zit hem in hemelsnaam dwars? Misschien de 'situatie'? Misschien is Taylor wel gedeserteerd, misschien heeft hij wel een paar miljoen verloren op de beurs – er kan wel van alles zijn.

Van: Anastasia Steele
Onderwerp: Overdreven
Datum: 3 juni 2011 13:06
Aan: Christian Grey

Beste meneer Mopperkont,
De deuren van het vliegtuig zijn nog steeds open. We hebben ongeveer tien minuten vertraging. Mijn veiligheid en die van mijn medepassagiers is gegarandeerd. Je kunt je jeukende handjes weer in je broekzak steken, hoor.
Mevrouw Steele

Van: Christian Grey
Onderwerp: Verontschuldigingen – Jeukende handjes weer opgeborgen
Datum: 3 juni 2011 10:08
Aan: Anastasia Steele

Ik mis jou en je bijdehante opmerkingen, mevrouw Steele.
Ik wil dat je veilig thuiskomt.

Christian Grey
Directeur, Grey Enterprises Holdings, Inc.

Van: Anastasia Steele
Onderwerp: Verontschuldigingen geaccepteerd
Datum: 3 juni 2011 13:10
Aan: Christian Grey

De deuren gaan nu dicht. Je zult niks meer van me horen, zeker gezien je doofheid.
Later.
Ana x

Ik zet mijn BlackBerry uit. Ik ben nog steeds onrustig. Er is iets aan de hand met Christian. Misschien is de 'situatie' uit de hand gelopen. Ik ga achteroverzitten en kijk naar het bagagerek waar mijn tassen zijn opgeborgen. Ik heb vanmorgen samen met mijn moeder een klein cadeautje gekocht voor Christian om hem te bedanken voor het eersteklasvliegticket en voor het zweefvliegen. Ik glimlach wanneer ik daar aan denk – dat was echt geweldig. Ik weet nog niet of ik mijn gekke cadeautje aan hem zal geven of niet. Misschien vindt hij het wel kinderachtig, als hij in een rare bui is misschien niet. Aan de ene kant kan ik niet wachten tot ik terug ben, maar aan de andere ben ik ook ongerust over wat me te wachten staat. Ik ga na wat de 'situatie' allemaal zou kunnen zijn. Dan merk ik opeens dat de enige lege stoel weer die naast mij is. Ik schud mijn hoofd bij de gedachte dat Christian misschien dat ticket ook heeft gekocht zodat ik met niemand kan praten. Ik zeg tegen mezelf dat het een belachelijk idee is – niemand kan toch zo overheersend of jaloers zijn? Het vliegtuig taxiet naar de startbaan en ik doe mijn ogen dicht.

Acht uur later staat Taylor me op te wachten met een bordje waarop staat MW. A. STEELE. *Werkelijk!* Maar het is goed hem te zien.

'Hallo, Taylor.'

'Mevrouw Steele,' klinkt het formeel. Maar ik zie iets van een glimlach in zijn scherpe bruine ogen. Hij ziet er zoals altijd onberispelijk uit – een keurig donkergrijs pak, wit overhemd en donkergrijze das.

'Ik weet wel hoe je eruitziet, hoor, Taylor. Je had echt geen bordje op hoeven houden. En ik zou echt willen dat je me Ana noemde.'

'Ana. Kan ik je tassen aannemen?'

'Nee hoor, het lukt wel. Dank je.'

Hij perst zijn lippen op elkaar.

'Maar als jij je daar prettiger bij voelt, dan mag jij ze ook pakken,' stotter ik.

'Dank je.' Hij pakt mijn rugzak en mijn gloednieuwe koffer op wieltjes voor de kleren die mijn moeder voor me heeft gekocht. 'Deze kant op, mevrouw.'

Ik zucht. Hij is zo beleefd. En dit is nog wel de man die me ondergoed heeft gebracht. Een gedachte die ik graag uit mijn geheugen wil wissen. Hij is zelfs de enige man die me ooit ondergoed heeft gebracht. Een gedachte die me nogal van mijn stuk brengt. Zelfs Ray heeft die ontberingen nog nooit hoeven doorstaan. In stilte lopen we naar de zwarte Audi MPV die op het parkeerterrein staat. Hij houdt de deur voor me open en ik stap in. Ondertussen vraag ik me af of het wel handig was om zo'n korte rok aan te trekken. In Georgia was het lekker fris en uitnodigend om zo'n rokje te dragen, maar hier in Seattle voel ik me bijna naakt. Zodra de tassen in de kofferbak zitten, gaan we op weg naar Escala.

De rit gaat langzaam, want we zitten midden in de spits. Taylor heeft zijn aandacht volledig op de weg voor hem gericht. Zwijgzaamheid is nog zwakjes uitgedrukt.

Ik kan de stilte niet langer verdragen.

'Hoe gaat het met Christian, Taylor?'

'Meneer Grey is nogal afwezig, mevrouw Steele.'

O, dat zal dan wel te maken hebben met de 'situatie'.

'Afwezig?'

'Ja, mevrouw.'

Ik kijk Taylor fronsend aan en hij kijkt naar me in de achteruitkijkspiegel. Onze ogen ontmoeten elkaar. Meer gaat hij niet zeggen. Jemig, hij kan net zo gesloten zijn als z'n baas, de controlfreak zelf.

'Gaat het wel goed met hem?'

'Volgens mij wel, mevrouw.'

'Vind je het prettiger om me mevrouw Steele te noemen?'

'Ja, mevrouw.'

'O, oké dan.'

Nou, dat was ons gesprek dan. In stilte rijden we verder. Ik begin te denken dat Taylors loslippigheid van een paar dagen geleden, toen hij me vertelde dat Christian behoorlijk van slag was geweest, een uitzondering is geweest. Misschien schaamt hij zich er wel voor en maakt hij zich zorgen dat hij niet loyaal is geweest. De stilte is verstikkend.

'Zou je een muziekje op kunnen zetten?'

'Maar natuurlijk. Wat wilt u horen?'

'Iets rustgevends.'

Ik zie een glimlach op Taylors lippen wanneer onze ogen elkaar weer even kruisen in de spiegel.

'Goed, mevrouw.'

Hij drukt een paar knopjes in op het stuur en de kalme klanken van Pachelbels *Canon in D* klinken door de auto. *O yes...* dit is precies wat ik nodig heb.

'Dank je.' Ik ga achteroverzitten en langzaam rijden we over de snelweg Seattle binnen.

Vijfentwintig minuten later zet hij me af voor de indrukwekkende ingang van Escala.

'Zo, we zijn er, mevrouw,' zegt hij. Hij doet het portier voor me open. 'Ik breng uw bagage naar boven.' Zijn gezicht straalt zachtheid, warmte uit, alsof we een familieband hebben.

Jeetje... Oom Taylor, wat een gedachte.

'Fijn dat je me hebt opgehaald.'

'Graag gedaan, mevrouw Steele.' Hij glimlacht en loopt het gebouw binnen. De portier van het gebouw knikt. Terwijl ik op weg ben naar de dertiende verdieping, vliegen er wel duizenden vlinders door mijn buik. *Waarom ben ik zo zenuwachtig?* Ik weet dat het komt omdat ik geen idee heb in wat voor bui Christian is. Mijn innerlijke godin hoopt dat het wel mee zal vallen; mijn onderbewustzijn denkt er net zo over als ik en stikt van de zenuwen.

De deuren van de lift gaan open en ik sta in de foyer. Het is raar dat ik niet word opgevangen door Taylor, maar hij is nu natuurlijk de auto aan het wegzetten. Christian staat in de kamer met zijn BlackBerry aan zijn oor. Hij praat zachtjes en staart door de glazen deuren naar de skyline van Seattle en haar avondgloed. Hij heeft een grijs pak aan en het jasje zit los. Hij haalt zijn hand door zijn haar. Hij is geërgerd, gespannen zelfs. *O nee – wat is er aan de hand?* Geërgerd of niet, hij is nog steeds mooier dan mooi. Hoe kan het toch dat hij er elke keer zo aantrekkelijk uitziet?

'Geen spoor... Oké.. Ja.' Hij draait zich om en ziet me. Zijn hele houding verandert. Van gespannen naar opluchting naar iets anders: een blik die direct mijn innerlijke godin aanspreekt, een blik van sensuele lust, zijn ogen branden.

Mijn mond wordt droog en hartstochtelijk verlangen trekt door mijn lichaam... *whoa.*

'Hou me op de hoogte,' commandeert hij. Dan loopt hij naar mij toe. Ik sta als aan de grond genageld, terwijl hij steeds dichterbij komt en me verslindt met die blik. *Holy shit...* er is iets aan de hand – de spanning in zijn gezicht, de onrust in zijn ogen. Hij trekt zijn jasje uit, maakt zijn das los en gooit ze op de bank. Dan pakt hij me beet en trekt me naar zich toe, hard, snel. Hij pakt mijn paardenstaart beet om mijn hoofd naar achteren te trekken. Hij zoent me alsof zijn leven ervan afhangt. *Krijg nou wat!* Hij doet me pijn wanneer hij het haarbandje uit mijn haar trekt, maar het maakt me niks uit. Zijn kus is wanhopig. Hij heeft me nodig, om wat voor reden dan ook. En ik heb me nog nooit zo gewenst en begeerd gevoeld. Het is sensueel en alarmerend tegelijkertijd. Ik zoen hem met net zo veel hartstocht, terwijl ik met mijn handen door zijn haar ga. Onze tongen zijn verstrengeld. De passie en hartstocht tussen ons exploderen. Hij smaakt heerlijk, heet, sexy, en zijn geur – een combinatie van bodylotion en Christian – is zo opwindend. Hij trekt zijn mond terug en staart me aan.

'Wat is er?' hijg ik.

'Ik ben zo blij dat je terug bent. Ga met me douchen – nu.'

Ik weet niet of het nou een verzoek is of een commando.

'Ja,' fluister ik. Hij pakt mijn hand beet en neemt me mee naar zijn slaapkamer en zijn badkamer. Dan laat hij me los en draait de kraan open in de veel te ruime douche. Hij draait zich langzaam om en staart me aan. Zijn ogen afgeschermd.

'Leuk rokje. Lekker kort,' zegt hij met een lage stem. 'Je hebt mooie benen.'

Hij doet zijn schoenen en zijn sokken uit, zonder zijn blik van me af te wenden. Ik ben sprakeloos door de lust in zijn ogen. *Wauw...* om zo gewild te worden door deze Griekse god. Ik trek ook mijn schoenen uit. Plotseling pakt hij me beet en drukt me tegen de muur. Hij kust mijn haar, mijn gezicht, mijn hals, mijn lippen... zijn handen gaan door mijn haar. Ik voel de koude, gladde muur tegen mijn rug. Hij drukt zichzelf tegen me aan. Ik word geplet tussen de hitte van zijn lichaam en de koelte van de tegels. Ik pak zijn bovenarmen vast en hij kreunt zachtjes.

'Ik wil je nu. Hier... snel en hard,' hijgt hij. Hij heeft zijn handen op mijn dijen en duwt mijn rokje omhoog.

'Ben je nog ongesteld?'

'Nee.' Ik bloos.

'Mooi.'

Hij haakt zijn duimen in mijn witte katoenen slipje en trekt 't uit. Dan gaat hij plotseling op zijn knieën zitten. Ik ben nu naakt vanaf mijn middel. Ik hijg. Hij pakt mijn heupen beet en drukt me tegen de muur. Hij kust mijn dijen. Hij duwt mijn benen uit elkaar. Ik kreun luidkeels wanneer hij met zijn tong over mijn clitoris gaat. *O hemel.* Ik ga met mijn vingers door zijn haar.

Zijn tong is sterk en aanhoudend. Hij maakt rondjes, steeds maar weer en nog meer – hij weet van geen ophouden. Het is heerlijk, wat een intensiteit – het is bijna pijnlijk. Mijn lichaam begint te schokken en dan laat hij me los. *Wat? Nee!* Mijn ademhaling is onregelmatig. Ik hijg. Hij pakt mijn gezicht beet en houdt me stevig vast. Hij kust me wild en heeft mijn gezicht nu met beide handen vast. Hij duwt zijn tong in mijn mond zodat ik mijn eigen opwinding kan proeven. Hij doet zijn rits open, grijpt de achterkant van mijn dijen beet en tilt me op.

'Sla je benen om me heen, schatje,' beveelt hij. Zijn stem klinkt dwingend. Ik doe wat hij vraagt en sla mijn armen om zijn nek. Hij vult me. *Ah!* Hij snakt naar adem en ik hijg. Hij heeft mijn billen vast en knijpt in mijn zachte huid. Hij begint langzaam – een gelijkmatig tempo... maar hoe meer hij de controle verliest, des te sneller hij gaat... harder en harder. *Ahhh!* Ik gooi mijn hoofd achterover en concentreer me op dit zalige gevoel... hij duwt me steeds weer omhoog... Wanneer ik het niet meer tegen kan houden, explodeer ik in een hevig en hartstochtelijk orgasme. Hij duwt zijn hoofd in mijn nek en kreunt luidkeels en dan komt hij zelf ook klaar, diep in mij. Zijn ademhaling is onregelmatig maar hij kust me teder. Hij is nog steeds in me. Ik kijk hem aan en hij komt langzaam weer bij. Voorzichtig trekt hij zich terug. Ik zet mijn voeten op de vloer. De badkamer is nu gevuld met stoom. Het is bloedheet.

'Het lijkt wel alsof je blij bent me te zien,' mompel ik glimlachend.

Hij glimlacht ook.

'Ja, mevrouw Steele. Volgens mij is dat wel duidelijk. Kom – dan gaan we douchen.'

Hij doet zijn overhemd uit en maakt zijn manchetknopen los en gooit ze op de grond. Daarna doet hij zijn boxershort uit en gooit die ook aan de kant. Dan maakt hij de knoopjes van mijn blouse los, terwijl ik naar hem kijk. Ik verlang ernaar zijn borst aan te raken, maar ik hou me in.

'Hoe was je reis?' vraagt hij. Hij lijkt nu stukken kalmer. Zijn ongerustheid is verdwenen door de seks.

'Goed, dank je,' mompel ik nog steeds buiten adem. 'Bedankt nog voor het eersteklasticket. Het is echt een veel prettiger manier van reizen.' Ik glimlach verlegen naar hem. 'Ik heb een nieuwtje,' voeg ik er zenuwachtig aan toe.

'O?' Hij kijkt me aan. Hij maakt de laatste knoopjes lost, trekt mijn blouse naar beneden en gooit 'm boven op zijn kleren.

'Ik heb een baan.'

Hij is stil en dan glimlacht hij naar me. Zijn ogen zijn warm en zacht.

'Gefeliciteerd, mevrouw Steele. Ga je me ook nog vertellen waar?' zegt hij plagend.

'Weet je dat dan niet?'

Hij schudt zijn hoofd.
'Waarom zou ik dat weten?'
'Nou, met jouw stalkerscapaciteiten. Ik dacht dat je misschien wel...'
Mijn woorden sterven weg.
'Anastasia, ik zal me nooit bemoeien met jouw carrière, tenzij je het me vraagt natuurlijk.' Hij ziet er gekwetst uit.
'Dus je weet niet bij welk bedrijf?'
'Nee. Ik weet dat er vier uitgeverijen zijn in Seattle – ik neem aan dat het een van die vier is.'
'SIP.'
'O, de kleinste. Goed gedaan.' Hij buigt en kust mijn voorhoofd. 'Slimme meid. Wanneer begin je?'
'Maandag.'
'Zo snel al? Dan kan ik er beter van profiteren dat je nu nog hier bent. Draai je om.'
Zijn terloopse bevel maakt me in de war maar ik doe wat hij zegt. Hij trekt mijn bh uit en maakt mijn rokje los en trekt het naar beneden. Hij kust mijn schouder en leunt tegen me aan. Hij duwt zijn gezicht in mijn haar en snuift mijn geur op. Hij knijpt in mijn billen.
'Je bedwelmt me, mevrouw Steele, en je kalmeert me ook. Wat een heerlijke combinatie.' Hij kust mijn haar. Dan pakt hij mijn hand en trekt me de douche in.
'Au,' gil ik. Het water is kokendheet. Christian kijkt me aan en grijnst.
'Het is alleen maar een beetje heet water.'
En hij heeft eigenlijk gelijk. Het voelt heerlijk om de plakkerigheid van Georgia en van onze vrijpartij van me af te spoelen.
'Draai je om,' commandeert hij. Ik doe wat hij zegt. 'Ik wil je wassen,' zegt hij. Hij pakt de douchegel en doet een beetje op zijn hand.
'Ik moet je nog iets vertellen,' zeg ik, terwijl hij mijn schouders inzeept.
'O ja?' vraagt hij vriendelijk.
Ik haal diep adem. 'De fototentoonstelling van mijn vriend José wordt donderdag in Portland geopend.'

Hij staat stil, zijn handen voor mijn borsten. Ik heb het woord 'vriend' benadrukt.

'Ja, en?' vraagt hij streng.

'Ik heb gezegd dat ik kom. Zou je met me mee willen gaan?'

Na wat een eeuwigheid lijkt te duren, gaat hij langzaam weer verder met wassen.

'Hoe laat?'

'Het begint om halfacht 's avonds.'

Hij zoent mijn oor.

'Oké.'

Mijn onderbewustzijn ontspant zich en zakt ineen in een oude, afgesleten leunstoel.

'Vond je het moeilijk om het me te vragen?'

'Ja. Hoe weet je dat?'

'Anastasia, je hele lijf ontspande zich zojuist,' merkt hij droogjes op.

'Nou ja, je bent ook nogal, eh... aan de jaloerse kant.'

'Dat klopt,' zegt hij. 'En dat kun je maar beter goed onthouden. Maar dank je voor de uitnodiging. We gaan wel met Charlie Tango.'

O ja, de helikopter natuurlijk, stom van me. Nog meer vliegen... cool! Ik grijns.

'Zal ik jou nu wassen?' vraag ik.

'Nee, doe maar niet,' zegt hij. Hij geeft me een kus om de angel uit zijn weigering te halen. Ik sta te pruilen terwijl hij verder gaat met het inzepen van mijn rug.

'Zal ik je ooit mogen aanraken?' vraag ik dapper.

Hij stopt weer, zijn hand op mijn billen.

'Zet je handen tegen de muur Anastasia. Ik ga je nog een keer nemen,' mompelt hij in mijn oor. Dan pakt hij mijn heupen en weet ik dat het gesprek voorbij is.

We zitten samen aan de ontbijtbar, gekleed in badjassen. Mevrouw Jones heeft een heerlijke pasta alle vongole klaargemaakt.

'Nog wat wijn?' vraagt Christian. Zijn grijze ogen gloeien.

'Een klein beetje, alsjeblieft.' De sancerre is zalig fris. Christian vult onze glazen bij.

'Hoe gaat het met de eh... situatie?' vraag ik aarzelend.

Hij fronst. 'Uit de hand gelopen,' zegt hij bitter. 'Maar dat is niet iets waar jij je zorgen om hoeft te maken, Anastasia. Ik heb plannen met jou vanavond.'

'O?'

'Ja. Ik wil dat je over een kwartier klaarstaat in mijn speelkamer.' Hij staat op en kijkt me aan.

'Je kunt je voorbereiden in je kamer. Trouwens, de inloopkast hangt nu vol met kleren voor jou. En ik wil er geen discussie over.' Hij knijpt zijn ogen toe en daagt me uit om iets te zeggen. Wanneer ik niets zeg, loopt hij naar zijn werkkamer.

Ik? Discussie? Met jou, Vijftig Tinten? Vergeet het maar. Even zit ik verbijsterd voor me uit te staren en probeer ik alle informatie te verwerken. Hij heeft kleren voor me gekocht. Ik rol overdreven met mijn ogen. Hij kan me toch niet zien. Auto, telefoon, computer... kleren, straks koopt hij verdomme nog een appartement voor me, en dan ben ik echt zijn maîtresse.

Hoer! Mijn onderbewustzijn heeft haar elegante masker opgezet. Ik negeer het en ga naar boven naar míjn kamer. Die is dus nog steeds van mij... waarom? Ik dacht dat hij ermee had ingestemd dat ik bij hem mocht slapen. Hij zal het wel niet gewend zijn om persoonlijke ruimte met iemand te delen. Maar dat geldt ook voor mij.

Ik troost mezelf met de gedachte dat ik tenminste nog ergens heen kan gaan om aan hem te ontsnappen. Ik zie dat de deur van de kamer wel een slot heeft, maar dat er geen sleutel is. Ik vraag me even af of mevrouw Jones misschien een reservesleutel heeft. Ik zal het haar vragen. Ik doe de deur van de kast open en gooi hem net zo snel weer dicht. *O mijn god – hij heeft een vermogen uitgegeven*. De kleren lijken op die van Kate – zo veel kleren die allemaal netjes aan de rails hangen. Ik weet diep vanbinnen dat ze allemaal zullen passen. Maar ik heb nu geen tijd om daarover na te denken – ik moet namelijk vanavond op mijn knieën in de Rode Kamer van... Pijn... of van Genot, hoop ik.

Ik kniel neer bij de deur, naakt, op mijn slipje na. Mijn hart klopt in mijn keel. Jemig, je zou denken dat hij na onze vrijpartij in de badkamer wel genoeg zou hebben gehad. Die man is onverzadigbaar, of misschien zijn alle mannen wel zoals hij. Ik heb geen idee, ik heb niemand om hem mee te vergelijken. Ik doe mijn ogen dicht en probeer mezelf te kalmeren. Verbinding te zoeken met mijn innerlijke Onderdanige. Ze is daar wel ergens binnen en verstopt zich achter mijn innerlijke godin.

De spanning giert door mijn lijf. Wat zal hij van plan zijn? Ik haal diep adem en kan niet ontkennen dat ik opgewonden ben, nat al zelfs. Dit is zo... ik wil zeggen *fout*, maar dat is het niet. Het is goed voor Christian. Het is wat hij wil – en na de laatste dagen... na alles wat hij heeft gedaan, moet ik me maar vermannen en alles ondergaan waarvan hij denkt dat hij het nodig heeft.

De gedachte aan zijn blik vanavond, het verlangen in zijn gezicht. Zijn vastbeslotenheid toen hij op mij afliep. Ik heb er bijna alles voor over om die blik weer te zien. Ik pers mijn dijen tegen elkaar bij die heerlijke herinnering. Het doet me eraan denken dat ik mijn knieën moet spreiden. Ik schuif ze uit elkaar. Hoe lang zal hij me laten wachten? Ik word gek van verlangen. Ik kijk snel de schemerige kamer rond: het kruis, de tafel, de bank, de sofa... dat bed. Het ziet er zo groot uit en er liggen rode satijnen lakens op. Welk apparaat zal hij gebruiken?

De deur gaat open en Christian wandelt naar binnen. Hij negeert me volledig. Ik kijk naar beneden, naar mijn handen die keurig gespreid op mijn dijen liggen. Hij legt iets op de grote kast naast de deur en loopt dan nonchalant naar het bed. Ik gluur snel even naar hem en ik krijg bijna een hartverzakking. Behalve zijn zachte gescheurde spijkerbroek heeft hij niets aan. De bovenste knoopjes van zijn broek staan open. *Jezus, hij ziet er zo geil uit.* Mijn onderbewustzijn is helemaal van de kook en mijn innerlijke godin zwaait heen en weer op een primair, vleselijk ritme. Ze is er zo klaar voor. Instinctief lik ik mijn lippen. Mijn bloed raast door mijn lichaam. *Wat gaat hij met me doen?*

Hij loopt nonchalant weer terug naar de ladekast. Hij trekt een lade open en haalt er een aantal voorwerpen uit die hij vervolgens boven op de kast legt. Ik kan mijn nieuwsgierigheid bijna niet meer bedwingen, maar ik weersta de overweldigende aandrang om toch even snel te gluren. Wanneer hij klaar is met wat hij aan het doen is, gaat hij voor me staan. Ik zie zijn blote voeten en wil zijn hele lichaam kussen... met mijn tong zijn wreef likken en aan al zijn tenen zuigen. *Holy shit.*

'Je ziet er prachtig uit,' hijgt hij.

Ik hou mijn hoofd omlaag omdat ik weet dat hij naar me staart. Ik ben vrijwel helemaal naakt en ik voel hoe ik langzaam rood aanloop. Hij buigt zich en pakt mijn kin beet, zodat ik gedwongen ben hem in de ogen te kijken.

'Je bent een mooie vrouw, Anastasia. En je bent helemaal van mij,' zegt hij. 'Sta op.' Zijn commando is zacht, sensueel.

Ik sta wankel op.

'Kijk me aan,' hijgt hij. Ik kijk op en staar in zijn smeltende ogen. Dit is zijn Dom-blik – koud, hard, en sexy als de pest, zeven tinten zonde in een verleidelijke blik. Mijn mond wordt droog en ik weet dat ik alles zal doen wat hij van me vraagt. Een bijna wrede glimlach speelt om zijn lippen.

'We hebben geen contract ondertekend, Anastasia. Maar we hebben wel grenzen afgesproken. En ik wil onderstrepen dat we stopwoorden hebben, oké?'

Allemachtig... wat heeft hij in gedachten waar ik een stopwoord voor nodig kan hebben?

'Noem ze op,' commandeert hij.

Ik frons even en zijn blik wordt zichtbaar harder.

'Wat zijn de stopwoorden, Anastasia?' zegt hij langzaam en doelbewust.

'Geel,' mompel ik.

'En?' vraagt hij verder.

'Rood,' hijg ik.

'Onthoud ze goed.'

Ik kan het niet helpen... Ik trek een wenkbrauw op en ik sta op het punt hem te herinneren aan mijn cijfergemiddelde, maar de plotselinge koude blik in zijn grijze ogen doet me besluiten het niet te doen.

'Hierbinnen hoef je niet zo'n grote mond te hebben, mevrouw Steele. Of ik zal je erin neuken terwijl je op je knieën zit. Begrepen?'

Ik slik. *Oké.* Ik knipper even. Het is eigenlijk meer de klank in zijn stem dan de dreiging zelf die me intimideert.

'Nou?'

'Ja, meneer,' mompel ik snel.

'Brave meid,' zegt hij. Hij staart me aan.

'Mijn bedoeling is niet dat je het stopwoord gebruikt wanneer je pijn hebt. Wat ik met je van plan ben zal heftig zijn. Heel heftig, en je zult me moeten leiden. Heb je dat begrepen?'

Niet echt. Heftig? Wauw.

'Dit gaat om aanraking, Anastasia. Je zult me niet kunnen zien of horen. Maar je zult me wel kunnen voelen.'

Ik frons – *hem niet horen?* Hoe werkt dat? Hij draait zich om. Ik had nog niet gezien dat boven de kast een platte matzwarte doos ligt. Wanneer hij met zijn hand ervoor zwaait gaat de doos open: er zit een cd-speler in en een heleboel knoppen. Christian drukt een aantal van de knoppen in. Er gebeurt niets maar hij schijnt tevreden te zijn. Ik snap er niets van. Wanneer hij me weer aankijkt heeft hij die binnenpretjes-glimlach om zijn lippen.

'Ik ga je aan het bed vastbinden, Anastasia. Maar eerst doe ik je een blinddoek om en,' zegt hij met zijn iPod in zijn hand, 'je zult me niet kunnen horen. Je zult alleen maar de muziek kunnen horen die ik voor je afspeel.'

Oké. Een muzikale onderbreking. Niet precies wat ik had verwacht. Maar is het dat ooit? *Jeetje, ik hoop dat het geen rapmuziek is.*

'Kom.' Hij pakt mijn hand vast en neemt me mee naar het antieke hemelbed. In elke hoek zitten handboeien bevestigd. Metalen kettingen met leren banden.

O jee, mijn hart slaat op hol en springt bijna uit mijn borstkast van verlangen. Opgewondener dan dit kan niet.

'Ga hier staan.'

Ik sta met mijn gezicht naar het bed. Hij buigt zich voorover en fluistert in mijn oor.

'Wacht hier. Hou je ogen op het bed gericht. Stel jezelf voor dat je hier vastgebonden ligt, helemaal overgeleverd aan mijn genade.'

O hemel.

Hij loopt even weg. Ik kan horen dat hij bij de deur ergens mee bezig is. Ik ben hyperalert, mijn gehoor is beter dan normaal. Hij heeft een voorwerp gepakt van het rek met zweepjes en spatels bij de deur. *Goeie genade. Wat gaat hij doen?*

Ik voel hem nu weer achter me. Hij pakt mijn haar beet en maakt een vlecht.

'Hoewel ik van je vlechten hou, Anastasia, ben ik nu veel te ongeduldig. Dus daarom moeten we het maar met eentje doen.' Zijn stem klinkt laag, zacht. Terwijl hij aan het vlechten is raakt hij zo nu en dan mijn rug aan. Elke aanraking is een zalige, elektrische schok die door mijn huid gaat. Hij bindt het einde van de vlecht vast met een elastiekje. Dan trekt hij zachtjes aan de vlecht, zodat ik gedwongen ben een stap naar achter te doen en tegen hem aankom. Nu trekt hij de vlecht naar de zijkant, zodat mijn hoofd opzij gaat en hij makkelijker bij mijn nek kan komen. Hij buigt zich voorover en snuffelt in mijn nek. Dan gaat hij met zijn tanden en tong over mijn oor naar mijn schouder. Daarbij neuriet hij zachtjes. Het geluid gaat door merg en been en helemaal naar beneden... *daarheen*. Ik kreun zachtjes. Ongevraagd.

'Ssst,' hijgt hij. Hij houdt zijn handen omhoog, zijn armen raken de mijne. In zijn rechterhand heeft hij een strengenzweep. Ik weet de naam nog, omdat ik hem heb gezien toen ik voor het eerst in deze kamer was.

'Pak 'm beet,' fluistert hij met duivelse stem.

Mijn lichaam staat in brand. Aarzelend pak ik de borstel met lange draden vast. Ze zijn van zacht suède met kleine kraaltjes aan het eind.

'Dit ga ik gebruiken. Het doet geen zeer, maar het brengt je bloed naar de oppervlakte van je huid en zorgt ervoor dat je zeer gevoelig wordt.'

O, hij zegt dat het geen pijn doet.

'Wat zijn de stopwoorden, Anastasia?'

'Eh... geel en rood, meneer,' fluister ik.

'Brave meid. En denk erom, het grootste deel van je angst zit in je hoofd.'

Hij gooit de strengenzweep op het bed en zijn handen gaan richting mijn middel.

'Die zal je niet nodig hebben,' zegt hij en hij trekt mijn slipje naar beneden. Ik doe 't uit, terwijl ik mezelf staande houd aan de pilaar van het bed.

'Sta stil,' commandeert hij. Dan kust hij mijn billen en bijt me zachtjes. 'Liggen, op je rug,' zegt hij en hij slaat me hard tegen m'n billen, waardoor ik een sprongetje maak. Ik kruip snel op de harde matras en ga liggen. Ik kijk naar hem. Het satijnen laken voelt zacht en koel tegen mijn huid. Zijn gezicht is uitdrukkingsloos, behalve zijn ogen die gloeien van opwinding.

'Handen boven je hoofd,' klinkt het bevel en ik doe wat hij van me vraagt.

Mijn god, mijn lichaam heeft zo'n zin in hem. Hij draait zich om en vanuit mijn ooghoeken zie ik dat hij weer bij de ladekast staat. Hij komt terug met de iPod en iets wat eruitziet als het oogmasker dat ik heb gebruikt tijdens mijn vlucht naar Atlanta. Ik moet er bijna om lachen maar mijn lippen willen niet echt meewerken. Ik ben veel te vol van verwachting. Ik weet dat mijn gezicht volledig onbeweeglijk is en mijn ogen groot wanneer ik naar hem staar.

Hij gaat op de rand van het bed zitten en laat me de iPod zien. Er zit een rare antenne op en oortjes. Erg vreemd. Ik kijk er fronsend naar.

'Hierdoor wordt datgene wat op de iPod staat doorgestuurd naar het systeem in de kamer,' is het antwoord van Christian op mijn niet-gestelde vraag. Hij wijst naar de antenne. 'Ik hoor hetzelfde als wat jij hoort want ik kan het bedienen met een afstandsbediening.' Hij lacht zelfgenoegzaam en houdt een klein, plat apparaatje omhoog dat eruitziet als een heel hippe rekenmachine. Hij buigt zich over me heen en doet voorzichtig de oortjes in mijn oren. Hij legt de iPod ergens op het bed neer, ergens boven mijn hoofd.

'Til je hoofd op,' commandeert hij. Ik volg zijn commando onmiddellijk op.

Langzaam schuift hij het masker voor m'n ogen en trekt het elastiekje over mijn hoofd. Ik kan nu niets meer zien. Het elastiek van het masker zorgt ervoor dat de oordopjes op hun plaats blijven zitten. Ik kan hem nog steeds horen maar het geluid klinkt gedempt. Ik voel dat hij opstaat. Ik hoor niets meer door mijn eigen ademhaling – die is oppervlakkig en onregelmatig, als gevolg van mijn opwinding. Christian pakt mijn linkerarm en maakt mijn pols vast met de leren handboei. Met zijn lange vingers streelt hij vervolgens mijn arm. *O!* Zijn aanraking zorgt voor een heerlijke siddering. Ik hoor hoe hij zachtjes aan de andere kant bezig is. Hij maakt mijn rechterarm ook vast. En weer strelen zijn lange vingers mijn arm. *O hemel…* Ik sta nu al op knappen. Waarom is dit zo erotisch? Hij pakt nu mijn beide enkels beet.

'Til je hoofd nog eens keer op,' klinkt het.

Ik gehoorzaam en hij trekt me naar beneden, zodat mijn armen nu volledig zijn uitgerekt. Shit. Ik kan ze niet meer bewegen. Een rilling en een gevoel van verleidelijke stimulatie trekken door mijn lichaam. Ik word nog natter. Ik kreun.

Hij schuift mijn benen uit elkaar en maakt dan mijn rechterbeen vast en vervolgens mijn linker. Ik lig nu met mijn armen en benen uitgespreid en ben volledig aan hem overgeleverd. Het is zo zenuwslopend dat ik hem niet kan zien. Ik probeer te luisteren… wat is hij aan het doen? Ik hoor niets, alleen mijn eigen ademhaling en het kloppen van mijn hart, doordat het bloed als een gek tegen mijn trommelvliezen giert.

Plotseling hoor ik gesis en komt de iPod tot leven. In mijn oren klinkt een eenzame engelachtige stem, ze zingt een lange, mooie noot. Kort daarna komt er nog een stem bij en dan nog meer – allemachtig, een hemels koor, dat a capella een eeuwenoude hymne zingt. *Wat is dit in hemelsnaam?* Ik heb nog nooit zoiets gehoord. Dan voel ik iets ongelooflijk zachts in mijn nek. Langzaam gaat het langs mijn hals, over mijn borsten. Het streelt me en trekt aan mijn tepels. Het is zo ontzettend zacht. Het is zo *onverwacht. Het is bont! Een handschoen van bont?*

Christian gaat heel langzaam met zijn hand over mijn buik. Hij draait rondjes om mijn navel, en dan vervolgens tussen mijn heupen. Ik probeer te voelen waar hij nu heen gaat… maar de muziek… het zit in mijn hoofd… en neemt me mee… het bont gaat nu over mijn bikinilijn… tussen mijn benen, langs mijn dijen, langs een been naar beneden… en via de andere weer naar boven… het kietelt bijna… maar niet helemaal… er komen nog meer stemmen bij… hemelse zangers zingen allemaal verschillende stukken. Hun stemmen vloeien goddelijk in elkaar over. Het is een melodie die ik nog nooit heb gehoord. Ik versta slechts één woord – *deus* – en ik besef dat ze in het Latijn zingen. Het bont gaat nog steeds op en neer over mijn lichaam, mijn armen, rond mijn middel… en dan weer naar mijn borsten. Mijn tepels worden harder door de zachte aanraking... ik hijg en vraag me af waar zijn hand nu weer heen zal gaan. Plotseling is het weg en voel ik de stroken van de strengenzweep op mijn huid. Het is zo moeilijk om me te concentreren door die muziek – het lijkt wel alsof er honderden stemmen door mijn hoofd zweven, een hemels gezang gecombineerd met het gevoel van het zachte suède tegen mijn huid... *o hemel...* plotseling is het weg. En dan, ineens, bijt het me in mijn buik.

'Aargghh!' schreeuw ik het uit. Ik ben erdoor verrast, maar het doet niet echt pijn, het tintelt alleen. Hij slaat me nog harder. En harder.

'Aaah!'

Ik wil bewegen, kronkelen... ontsnappen, of juist niet... Ik weet het niet – het is zo overdonderend... Ik kan mijn armen niet bewegen... mijn benen zitten vastgebonden... Ik lig stevig op mijn plek... en hij slaat nogmaals op mijn borsten – ik gil het uit. Het is een zoete pijn – net te verdragen, gewoon... fijn – nee, niet meteen. Maar zodra mijn huid gewend is aan de klappen, word ik meegenomen naar een duistere plek in mijn ziel die zich overgeeft aan deze zeer erotische sensatie. *Ja – dit snap ik.* Hij slaat me op mijn heup en gaat dan met snelle klappen over mijn schaamhaar en naar beneden richting de binnenkant van mijn dijen... en weer omhoog naar mijn heupen. Hij gaat verder, terwijl de muziek een climax bereikt. En dan plotseling is het stil. De muziek is opgehouden. En hij houdt ook op. Dan begint het zingen weer... steeds verder opbouwend, ik krijg steeds meer klappen... en ik kreun en kronkel. En weer stopt het en is alles stil... behalve mijn wilde ademhaling... en wilde verlangen. Naar... o... wat gebeurt er? Wat gaat hij nu doen? De opwinding is bijna ondraaglijk. Ik ben terechtgekomen op een zeer duistere, dierlijke plek.

Het bed gaat heen en weer en ik voel hem over me heen klimmen. De muziek begint weer. Het staat op repeat... dit keer nemen zijn neus en lippen de plaats van het bont in... langs mijn nek en hals, kussend, zuigend, richting mijn borsten... Ah! Mijn tepels staan strak... zijn tong draait rondjes om de een en met zijn vingers stimuleert hij de ander... Ik kreun, luid denk ik, hoewel ik het niet kan horen. Ik ben totaal verloren. Verloren aan hem... verloren in de hemelse stemmen... verloren aan alle sensaties. Ik kan niet ontsnappen... Ik ben volledig overgeleverd aan de genade van zijn vakkundige aanraking. Hij zakt af naar mijn buik – zijn tong maakt rondjes om mijn navel... Ik kreun. Hij kust en zuigt en knabbelt... hij gaat verder naar beneden... en dan gaat zijn tong *daarheen*. Op de kruising van mijn dijen. Ik gooi mijn hoofd achterover en gil het uit. Ik ontplof bijna... Ik zit op het randje van een orgasme en dan stopt hij.

Nee! Het bed schuift weer heen en weer. Hij knielt neer tussen mijn benen. Hij buigt zich richting de pilaar van het bed en plotseling is een van mijn benen los. Ik schuif mijn been naar het midden van het bed... en laat het tegen hem aanleunen. Dan maakt hij mijn andere been los. Met alle twee zijn handen masseert hij mijn beide benen. Dan pakt hij mijn heupen beet en tilt hij me op, zodat mijn rug niet langer op het bed ligt. Ik leun op mijn schouders. Hij staat nu tussen mijn benen... en met een harde beweging zit hij in me... *o fuck*... en ik gil het weer uit. Ik voel de siddering van mijn opkomende orgasme en dan stopt hij. De siddering verdwijnt... *o nee*... hij gaat me nog meer martelen.

'Alsjeblieft!' jammer ik.

Hij pakt me nog harder beet... als waarschuwing? Ik weet het niet. Zijn vingers grijpen het vlees van mijn billen vast... ik hijg. Heel langzaam begint hij weer te bewegen... eruit en er weer in... pijnlijk langzaam. *O mijn god – alsjeblieft!* Vanbinnen schreeuw ik het uit... Terwijl het aantal stemmen toeneemt, gaat hij ook sneller, gelijk met het ritme van de muziek... wat een controle. En ik kan er niet langer tegen.

'Alsjeblieft,' smeek ik hem. En met een snelle beweging laat hij me weer op het bed zakken. Hij ligt nu boven op me, zijn handen naast me, zijn gewicht rust op mijn borsten. Dan duwt hij zich weer bij me naar binnen. De muziek bereikt een climax en ik maak een vrije val... beleef het meest intense, pijnlijke orgasme dat ik ooit heb gehad. Christian komt erachteraan... duwt zichzelf nog drie keer bij me naar binnen. Dan valt hij stil, boven op me.

Mijn bewustzijn komt langzaam weer terug en Christian trekt zich uit me terug. De muziek is gestopt. Ik voel hoe hij zich boven me uitstrekt om de handboei om mijn rechterpols los te maken. Ik kreun zodra mijn hand los is. Dan maakt hij ook mijn linkerpols los, haalt het masker van mijn gezicht en de oordopjes uit mijn oren. Ik knipper tegen het zachte licht en kijk hem in zijn grijze ogen.

'Hoi,' zegt hij zacht.

'Hoi terug,' zeg ik tegen hem. Zijn lippen vormen een glimlach. Hij buigt zich voorover en geeft me zachtjes een zoen.

'Goed gedaan,' fluistert hij. 'Draai je om.'

Lieve hemel – wat gaat hij nu weer doen? Zijn ogen worden zachter.

'Ik ga alleen je schouders masseren.'

'O... oké.'

Stijfjes draai ik me om. Ik ben zo moe. Christian knielt naast me neer en begint mijn schouders te masseren. Ik kreun luid – hij heeft zulke sterke en vakkundige vingers. Hij buigt zich voorover en kust mijn hoofd.

'Wat was dat voor muziek?' mompel ik bijna onhoorbaar.

'Het heet *Spem in alium*, en het is van Thomas Tallis.'

'Het was... overdonderend.'

'Ik heb er altijd al een keer op willen neuken.'

'Nog een primeur, meneer Grey?'

'Inderdaad, mevrouw Steele.'

Ik kreun wanneer zijn vingers hun ding doen met mijn schouders.

'Het is voor mij ook de eerste keer dat ik erop geneukt heb,' mompel ik slaperig.

'Hmm... jij en ik, we geven elkaar heel wat primeurs.'

Zijn stem klinkt zakelijk.

'Wat heb ik tegen je gezegd in mijn slaap, Chris – eh, meneer?'

Zijn handen stoppen even met masseren.

'Je hebt heel veel dingen gezegd, Anastasia. Je had het over kooien en aardbeien... dat je meer wilde... en dat je me miste.'

O, godzijdank.

'Is dat alles?' De opluchting klinkt duidelijk door in mijn stem.

Christian stopt met zijn hemelse massage en gaat naast me liggen met zijn hoofd op zijn elleboog. Hij fronst.

'Wat dacht je dan dat je had gezegd?'

O shit.

'Dat ik vond dat je lelijk was, verwaand, en dat je waardeloos was in bed.'

Zijn frons wordt nog dieper.

'Nou, natuurlijk ben ik dat ook allemaal, maar nu ben ik pas echt geïntrigeerd. Wat verberg je voor me, mevrouw Steele?'

Ik knipper onschuldig met mijn ogen.

'Ik verberg helemaal niets.'

'Anastasia, je bent een hopeloze leugenaar.'

'Ik dacht dat je me aan het lachen zou gaan maken na de seks, maar dit is niet echt grappig.'

Zijn lippen krullen omhoog.

'Ik kan geen moppen vertellen.'

'Meneer Grey! Eindelijk iets wat je niet kunt?' Ik grijns naar hem en hij grijnst terug.

'Nee, ik ben een waardeloze moppentapper.' Hij ziet er zo trots uit dat ik moet lachen.

'Ik kan ook geen moppen vertellen.'

'Dat is geweldig om te horen,' zegt hij en hij geeft me een zoen. 'En je houdt iets voor me verborgen, Anastasia. Misschien moet ik je wel martelen om het eruit te krijgen.'

Zesentwintig

Met een schok word ik wakker. Ik heb net gedroomd dat ik van een trap ben gevallen en ik vlieg plotseling overeind. Ik ben even gedesoriënteerd. Het is donker en ik lig alleen in Christians bed. Ik ben ergens wakker door geworden, iets wat me dwarszit. Ik kijk op de wekker aan zijn kant van het bed. Het is vijf uur 's ochtends, maar ik voel me toch uitgerust. Hoe kan dat nou? O – het tijdsverschil – in Georgia is het nu acht uur 's morgens. *Holy shit... ik moet mijn pil innemen.* Ik stap uit bed en ben blij dat ik wakker ben geworden. Ik hoor vage pianoklanken. Christian is aan het spelen. Dit moet ik zien. Ik vind het heerlijk om hem te zien spelen. Ik ben naakt en pak mijn badjas van de stoel. Stilletjes loop ik de gang in, luisterend naar de magische klanken van de klaagzang die uit de grote kamer komen.

Christian is omgeven door duisternis, maar zit zelf in het licht. Zijn koperkleurige haar glanst. Het lijkt alsof hij naakt is, maar ik weet dat hij zijn korte pyjamabroek aanheeft. Hij speelt prachtig en gaat helemaal op in de melancholie van de muziek. Ik kijk naar hem vanuit de schaduw. Ik twijfel, want ik wil hem niet storen. Ik wil hem vasthouden. Hij ziet er verloren uit, triest zelfs, en erg eenzaam. Maar misschien komt het ook allemaal wel door de muziek. Hij pauzeert eventjes. Dan gaat hij weer verder met hetzelfde stuk. Ik ga voorzichtig naar hem toe, als een mot die wordt aangetrokken door het licht... ik moet lachen om het idee. Hij kijkt naar me op en fronst. Dan richt hij zijn blik weer op zijn handen.

O shit, is hij nu boos omdat ik hem heb gestoord?

'Je zou nog in bed moeten liggen,' klinkt het licht verwijtend.

Ik merk dat hij met zijn gedachten ergens anders zit.

'Jij ook,' zeg ik een stuk minder mild.

Hij kijkt weer op en ik zie iets van een glimlach om zijn lippen.

'Krijg ik nu op m'n kop, mevrouw Steele?'

'Ja, meneer Grey, dat klopt.'

'Ik kan niet slapen.' Hij fronst weer naar me en ik zie iets van irritatie of boosheid op zijn gezicht. Vanwege mij? Vast niet.

Ik negeer de uitdrukking op zijn gezicht en ga naast hem op de pianokruk zitten. Ik leg mijn hoofd op zijn blote schouder en kijk hoe zijn vingers over de toetsen glijden. Hij pauzeert even en speelt dan het stuk uit.

'Wat was dat?' vraag ik zachtjes.

'Chopin. Prelude Opus 28, nummer 4. In E-mineur, mocht het je interesseren,' zegt hij.

'Ik ben altijd geïnteresseerd in wat je doet.'

Hij draait zich om en drukt zachtjes zijn lippen tegen mijn haar.

'Ik wilde je niet wakker maken.'

'Dat heb je ook niet gedaan. Speel dat andere stuk eens.'

'Welk andere?'

'Dat stuk van Bach dat je speelde toen ik hier voor het eerst was.'

'O, de Marcello.'

Zachtjes begint hij te spelen. Ik voel de beweging van zijn handen in zijn schouders. Ik leun tegen hem aan en doe mijn ogen dicht. De trieste noten klinken om ons heen. Het is een prachtig rondspokend stuk, nog triester dan dat van Chopin. Ik verlies mezelf in de schoonheid van de klaagzang. Tot op zekere hoogte geeft het weer hoe ik me voel. Het diepe verlangen dat ik heb om deze buitengewone man beter te leren kennen. Om zíjn triestheid te proberen te begrijpen. Dan is het stuk ten einde.

'Waarom speel je alleen maar van die trieste muziek?'

Ik ga rechtop zitten en kijk hem aan. Hij haalt zijn schouders op en kijkt bedachtzaam.

'Dus je was pas zes toen je begon te spelen?' zeg ik tegen hem.

Hij knikt en kijkt nog bedachtzamer. En dan zegt hij. 'Ik ben piano gaan leren spelen om mijn nieuwe moeder te plezieren.'

'Zodat je beter in die perfecte familie zou passen?'

'Zo zou je het kunnen zeggen,' zegt hij ontwijkend. 'Waarom ben je eigenlijk wakker? Moet je niet herstellen van de inspanningen van gisteren?'

'Voor mij is het al acht uur. En ik moet mijn pil innemen.'

Hij is verrast.

'Goed onthouden,' zegt hij. Ik merk dat hij onder de indruk is.

'Alleen jij kan zoiets verzinnen als tijdsgebonden anticonceptiepillen slikken in een andere tijdszone. Misschien moet je een halfuurtje wachten en dan morgen nog een halfuurtje. Zodat je ze uiteindelijk op een fatsoenlijk tijdstip kunt slikken.'

'Goed idee,' zegt ik. 'Maar wat kunnen we dan in dat halve uur doen?' Ik kijk hem onschuldig aan.

'Ik kan wel een paar dingen bedenken,' zegt hij met een wellustige grijns. Ik kijk hem onbewogen aan, maar vanbinnen smelt ik door zijn veelbetekenende blik.

'Aan de andere kant zouden we ook kunnen praten,' stel ik stilletjes voor.

Hij trekt zijn wenkbrauw omhoog.

'Ik geef de voorkeur aan wat ik in gedachten heb.' Hij trekt me op zijn schoot.

'Je hebt altijd liever seks dan een gesprek.' Ik lach en houd me vast aan zijn bovenarmen.

'Dat klopt. En vooral met jou.' Hij knuffelt me en kust me. 'Misschien wel boven op de piano,' fluistert hij.

O hemel. Mijn hele lichaam spant zich aan bij de gedachte alleen al. *Piano. Wauw.*

'Ik wil wel eerst even iets duidelijk hebben,' fluister ik tegen hem. Mijn hart gaat steeds sneller kloppen. Mijn innerlijke godin doet haar ogen dicht en geniet van het gevoel van zijn lippen op mijn lichaam.

Hij stopt even en gaat dan weer verder met zijn sensuele aanrakingen.

'Altijd zo happig op informatie, mevrouw Steele. Wat wil je duidelijk hebben?' hijgt hij in mijn nek.

‘Ons,’ fluister ik terwijl ik mijn ogen dichtdoe.

‘Hmm. Wat is er met ons?’ Hij stop met het zoenen van mijn schouder.

‘Het contract.’

Hij beurt zijn hoofd op en kijkt me enigszins geamuseerd aan. Hij zucht en streelt met zijn vingertoppen mijn nek.

‘Nou, ik denk dat het contract nietig is, jij niet?’ Zijn stem klinkt laag en hees, zijn ogen zijn zacht.

‘Nietig?’

‘Nietig.’ Hij glimlacht. Ik staar hem verwonderd aan.

‘Maar je wilde zo graag.’

‘Nou, dat was ervoor. Hoe dan ook, de Regels zijn niet nietig en gelden nog steeds.’ Zijn gezicht wordt iets harder.

‘Ervoor? Voor wat?’

‘Voor...’ Hij pauzeert. De bedachtzame blik is terug. ‘Meer.’ Hij haalt zijn schouders op.

‘O.’

‘Trouwens, we zijn nu twee keer in de speelkamer geweest en je hebt het nog niet op een lopen gezet.’

‘Verwacht je dat dan van me?’

‘Jij doet niets verwacht, Anastasia,’ zegt hij droogjes.

‘Dus voor de goede orde: je wilt dat ik me alleen aan de Regels in het contract houd, maar niet aan de rest van het contract?’

‘Behalve in de speelkamer. Ik wil dat je de geest van het contract volgt in de speelkamer, en ja, ik wil dat je te allen tijde de Regels volgt. Dan weet ik dat je veilig bent. En dan kan ik je hebben wanneer ik wil.’

‘En als ik een van de Regels breek?’

‘Dan zal ik je moeten straffen.’

‘Maar heb je daar mijn toestemming niet voor nodig?’

‘Ja, dat klopt.’

‘En als ik nee zeg?’

Met een verwarde blik staart hij me aan.

‘Als je nee zegt dan zeg je nee. Dan moet ik een manier vinden om je over te halen.’

Ik sta op. Ik heb wat afstand nodig. Hij kijkt me fronsend aan. Hij heeft weer die verwarde en bedachtzame blik in zijn ogen.

'Dus het straffen blijft.'

'Ja, maar alleen wanneer je de Regels overtreedt.'

'Die moet ik dan nog maar eens herlezen,' zeg ik en probeer het me te herinneren.

'Ik zal ze wel voor je pakken.' Plotseling klinkt hij veel zakelijker.

Whoa. Dit is plotseling wel heel serieus geworden. Hij staat op en loopt lichtvoetig naar zijn studeerkamer. Jemig, ik heb thee nodig. De toekomst van onze zogenaamde relatie wordt besproken om kwart voor zes in de ochtend op een moment dat hij eigenlijk iets anders aan zijn hoofd heeft – is dit wel verstandig? Ik ga naar de keuken waar het nog steeds pikkedonker is. Waar zijn de lichtknoppen? Ik vind ze, doe het licht aan en vul de waterkoker. *Mijn pil!* Ik rommel wat in mijn handtas die nog op de ontbijttafel staat en neem hem snel in. Op dat moment is Christian ook weer terug. Hij is aan de ontbijttafel gaan zitten en kijkt indringend naar me.

'Alsjeblieft.' Hij schuift een getypt vel papier naar me toe. Ik zie dat hij een aantal dingen heeft doorgestreept.

REGELS

<u>Gehoorzaamheid</u>:

De Onderdanige volgt onmiddellijk en snel alle instructies van de Dominant op, zonder aarzeling of terughoudendheid. De Onderdanige stemt in met alle seksuele handelingen die de Dominant geschikt en aangenaam acht, met uitzondering van handelingen die worden genoemd onder harde grenzen (Bijlage 2). Dit doet ze met enthousiasme en zonder aarzeling.

<u>Slapen</u>:

De Onderdanige zorgt dat ze minimaal ~~acht~~ zeven uur per nacht slaapt wanneer ze niet bij de Dominant is.

<u>Eten</u>:

~~De Onderdanige eet regelmatig om haar gezondheid en welzijn op peil te houden en houdt zich daarbij aan een lijst met voorgeschreven voedingsmiddelen (Bijlage 4). De Onderdanige eet geen tussendoortjes tussen de maaltijden, met uitzondering van fruit.~~

<u>Kleding</u>:

Gedurende de looptijd van het contract draagt de Onderdanige alleen kleding die is goedgekeurd door de Dominant. De Dominant verstrekt een kledingbudget aan de Onderdanige en de Onderdanige zal daar gebruik van maken. De Dominant vergezelt de Onderdanige op ad-hocbasis om kleding te kopen. Als de Dominant dat wenst, draagt de Onderdanige gedurende de looptijd van het contract alle accessoires die de Dominant voorschrijft, in aanwezigheid van de Dominant en op enig ander moment dat geschikt wordt geacht door de Dominant.

Lichaamsbeweging:

De Dominant zorgt ervoor dat de Onderdanige ~~vier~~ drie keer per week de beschikking heeft over een personal trainer voor sessies van een uur op tijdstippen die de personal trainer en de Onderdanige in onderling overleg afspreken. De personal trainer rapporteert aan de Dominant over de vooruitgang van de Onderdanige.

Persoonlijke hygiëne/schoonheid:

De Onderdanige zorgt dat zij te allen tijde schoon en geschoren en/of onthaard is. De Onderdanige bezoekt een schoonheidssalon naar keuze van de Dominant, op momenten die worden bepaald door de Dominant, en ondergaat daar elke behandeling die de Dominant geschikt acht. Alle kosten worden gedragen door de Dominant.

Persoonlijke veiligheid:

De Onderdanige mag niet overmatig drinken, roken, drugs gebruiken of zichzelf onnodig in gevaar brengen.

Persoonlijke kwaliteiten:

De Onderdanige zal geen seksuele relaties aangaan met een andere persoon dan de Dominant. De Onderdanige gedraagt zich te allen tijde op respectvolle en bescheiden wijze. Zij moet erkennen dat haar gedrag een directe weerslag heeft op de Dominant. Zij wordt aansprakelijk gehouden voor alle wandaden, wangedragingen en misdragingen die zij uitvoert als zij niet in het gezelschap van de Dominant is.

Het niet naleven van het bovenstaande leidt onverwijld tot straf, waarvan de aard wordt bepaald door de Dominant.

'Dus ik moet je nog steeds gehoorzamen?'

'O. Ja.' Hij grijnst.

Geamuseerd schud ik mijn hoofd en voordat ik het zelf in de gaten heb rol ik weer met mijn ogen.

'Rolde je nou zojuist met je ogen, Anastasia?' vraagt hij.

O shit.

'Mogelijk, het hangt ervan af wat je reactie is.'

'Dezelfde als altijd,' zegt hij hoofdschuddend, zijn ogen opgewonden.

Ik slik en een gevoel van opwinding gaat door mijn lijf.

'Dus...' *Holy shit. Wat ga ik nu doen?*

'Ja?' Hij likt zijn onderlip.

'Je wilt me nu billenkoek geven.'

'Ja. En dat ga ik doen ook.'

'O, echt waar meneer Grey?' Ik daag hem uit en kijk 'm grijnzend aan. Dat spelletje kan ik ook spelen.

'Ga je me tegenhouden?'

'Je zult me eerst te pakken moeten zien te krijgen.'

Zijn ogen gaan iets verder open en hij grijnst. Dan staat hij langzaam op.

'O, echt waar, mevrouw Steele?'

De ontbijttafel staat tussen ons in. Ik ben nog nooit zo blij geweest met die tafel als op dit moment.

'En je bijt weer op je lip,' hijgt hij terwijl hij langzaam naar links stapt.

'Dat durf je niet,' zeg ik plagend. 'Jij rolt per slot van rekening ook met je ogen.'

Ik probeer met hem te praten. Maar hij loopt steeds verder naar links, en ik ook.

'Ja, maar met dit spelletje heb je zojuist de lat weer wat hoger gelegd wat betreft opwinding.' Zijn ogen schitteren en hij straalt opwinding uit.

'Ik ben behoorlijk snel, hoor,' opper ik zo nonchalant mogelijk.

'Dat ben ik ook.'

Hij stalkt me, in zijn eigen keuken.

'Zal je ooit eens rustig meekomen?' vraagt hij.

'Doe ik dat ooit?'

'Mevrouw Steele, wat bedoel je?' Hij grijnst. 'Voor jou zal het erger zijn als ik je moet komen halen.'

'Maar dan moet je me wel eerst te pakken zien te krijgen, Christian. En ik ben zeker niet van plan me te laten pakken door jou.'

‘Anastasia, je kunt vallen en jezelf pijn doen. En daarmee ben je in directe overtreding van regel nummer zeven.’

‘Ik ben al in gevaar sinds ik jou heb ontmoet, meneer Grey, regels of geen regels.’

‘Ja, dat klopt.’ Hij pauzeert en er verschijnen diepe rimpels in zijn voorhoofd.

Plotseling duikt hij op me af. Ik sla een gilletje en ren naar de eetkamertafel. Het lukt me te ontsnappen en de tafel tussen ons in te krijgen. Mijn hart gaat tekeer en de adrenaline schiet door mijn lijf... hemel... dit is opwindend. Ik ben weer kind, alhoewel, niet precies. Ik houd hem nauwlettend in de gaten. Hij komt langzaam op me af. Ik neem iets meer afstand.

‘Je weet wel hoe je een man moet afleiden, Anastasia.’

‘We doen ons best, meneer Grey. Waar leid ik je dan van af?’

‘Het leven. Het universum.’ Hij maakt een zwaaiende beweging met zijn hand.

‘Je leek met je gedachten heel ver weg toen je piano aan het spelen was.’

Hij stopt en vouwt zijn armen over elkaar. Hij kijkt geamuseerd.

‘We kunnen dit wel de hele dag blijven doen, schatje. Maar ik krijg je toch wel te pakken en dan zal het voor jou alleen maar erger zijn.’

‘Nee hoor, dat lukt je toch niet.’ Ik moet niet overmoedig zijn. Ik herhaal dit als een mantra. Mijn onderbewustzijn heeft haar Nikes aangetrokken en staat nu in de startblokken.

‘Je zou bijna denken dat je helemaal niet wilt dat ik je te pakken krijg.’

‘Dat wil ik ook niet. Daar gaat het nu juist om. Ik denk over straf op dezelfde manier als dat jij denkt over mijn aanraking.’

Binnen een nanoseconde is zijn hele houding veranderd. Weg is de speelse Christian. Hij kijkt me aan alsof ik hem zojuist heb geslagen. Hij is asgrauw.

‘Denk je er zo over?’ fluistert hij.

Die paar woorden en de manier waarop hij ze uitspreekt zeggen alles. *O nee.* Ze zeggen me zoveel meer over hem en hoe hij zich voelt. Ze zeggen me iets over zijn angst en walging. Ik frons. Nee, zó slecht voel ik me nou ook weer niet. Absoluut niet. Of wel?

'Nee. Zoveel doet het me niet, maar het geeft je een idee,' stamel ik. Ik staar hem ongerust aan.

'O,' zegt hij.

Shit. Hij ziet er volslagen verloren uit, alsof ik 'm net keihard onderuit heb gehaald.

Ik adem diep in, ga voor hem staan en kijk hem diep in zijn angstige grijze ogen.

'Heb je er zo'n hekel aan?' vraagt hij met afschuw in zijn ogen.

'Nou... nee,' stel ik hem gerust. *Jemig – voelt hij het zo als mensen hem aanraken?* 'Nee. Ik heb er tegenstrijdige gevoelens over. Ik vind het niks, maar ik heb er ook geen hekel aan.'

'Maar gisteravond in de speelkamer, toen...' zijn stem sterft weg.

'Ik doe het voor jou, Christian, omdat jij het nodig hebt. Ik niet. Je hebt me gisteravond geen pijn gedaan. Dat was in een heel andere context en dat kan ik wel rationaliseren. Ik vertrouw je. Maar wanneer je me wilt straffen ben ik bang dat je me pijn gaat doen.'

Zijn ogen worden donker. Na een tijdje geeft hij antwoord.

'Ik wil je pijn doen. Maar niet zo erg dat je het niet meer zou kunnen verdragen.'

Fuck!

'Waarom?'

Hij haalt zijn hand door zijn haar en haalt zijn schouders op.

'Ik heb het gewoon nodig.' Hij staart me aan met pijn in zijn ogen. Dan doet hij zijn ogen dicht en schudt zijn hoofd. 'Dat kan ik je niet vertellen,' zegt hij.

'Kun je dat niet of wil je dat niet?'

'Ik wil 't niet.'

'Dus je weet wel waarom.'

'Ja.'

'Maar je gaat het me niet vertellen.'

'Als ik dat doe, dan ren je gillend weg en kom je nooit meer terug.' Hij staart me bedachtzaam aan. 'Dat risico kan ik niet nemen, Anastasia.'

'Je wilt dat ik blijf.'

'Meer dan je weet. Ik zou het niet kunnen verdragen je te verliezen.'

Lieve hemel.

Hij kijkt me aan en plotseling neemt hij me in zijn armen en begint hij me vol passie te zoenen. Ik word er volledig door verrast. Ik voel zijn paniek en behoefte.

'Ga niet bij me weg. Je zei in je slaap dat je me nooit zou verlaten en je smeekte me jou nooit te verlaten,' mompelt hij tegen mijn lippen.

O... mijn nachtelijke bekentenissen.

'Ik wil ook niet weggaan.' Mijn hart slaat over.

Dit is een man in nood. Zijn angst is duidelijk, maar hij is verloren... ergens in zijn duisternis. Zijn ogen zien er gefolterd uit. Ik kan hem troosten en even bij hem zijn in zijn duisternis en hem dan naar het licht brengen.

'Laat het me zien,' fluister ik.

'Wat?'

'Laat me zien hoeveel pijn het kan doen.'

'Wat?'

'Straf me. Ik wil weten hoe erg het kan zijn.'

Christian stapt naar achteren, volledig in de war.

'Wil je het proberen?'

'Ja. Dat zei ik toch.' Maar ik heb wel een bijbedoeling. Als ik dit voor hem doe, mag ik hem misschien wel aanraken.

Hij kijkt me aan.

'Ana, je bent zo verwarrend.'

'Ik ben ook in de war. Ik probeer het te snappen. En dan zullen jij en ik voor altijd weten of ik dit aankan. En als ik het aankan, dan kan jij misschien...' Ik weet niet meer wat ik moet zeggen. Hij kijkt me fronsend aan. Hij weet dat ik het over het aanraken heb. Eventjes twijfelt hij, maar dan zie ik een ijzige vastberadenheid op zijn gezicht. Hij kijkt me aan, alsof hij over de alternatieven nadenkt.

Dan pakt hij plotseling mijn arm beet. Hij neemt me mee de kamer uit, de trap op en dan gaan we naar de speelkamer. Genot en pijn, beloning en straf – zijn woorden van toen weerklinken in mijn gedachten.

'Ik zal je laten zien hoe erg het kan zijn en dan kun je zelf beslissen.' We stoppen bij de deur. 'Ben je er klaar voor?'

Ik knik. Ik ben vastbesloten. Ik voel me enigszins licht in mijn hoofd, alsof al het bloed uit mijn gezicht is weggetrokken.

Hij doet de deur open en pakt iets van het rek naast de deur. Het ziet eruit als een riem. Dan neemt hij me mee naar de rode leren bank in de verste hoek van de kamer.

'Buig over de bank heen,' zegt hij met zachte stem.

Oké, dat kan ik wel. Ik buig over het zachte gladde leer. Ik heb mijn badjas nog aan. Ergens ben ik wel verbaasd dat hij hem nog niet uit heeft getrokken. *Jezus nog aan toe, dit gaat pijn doen... Ik weet het zeker.* Mijn onderbewuste is flauwgevallen en mijn innerlijke godin doet hard haar best om moedig te zijn.

'We zijn hier omdat je ja hebt gezegd, Anastasia. En je bent van me weggerend. Ik ga je zes keer slaan, en je moet samen met mij tellen.'

Waarom schiet hij verdomme niet op? Hij maakt er altijd zo'n toestand van als hij me straft. Ik rol weer met mijn ogen. Ik weet dat hij het toch niet kan zien. Hij tilt het randje van mijn badjas op. Op de een of andere manier voelt dit veel intiemer dan naakt zijn. Met zijn warme handen streelt hij zachtjes mijn billen. En dan gaat hij naar de bovenkant van mijn dijen.

'Ik doe dit zodat je weet dat je nooit meer van me weg moet rennen, hoe opwindend dat ook is,' fluistert hij.

Ik snap de ironie van wat hij zegt. Ik rende weg om dit te vermijden. Als hij zijn armen had opengehouden, dan was ik naar hem toe gerend en niet weg van hem.

'En je rolde ook nog met je ogen. Je weet wat ik daarvan vind.' Plotseling is die zenuwachtige angst in zijn stem weg. Christian is weer helemaal terug. Ik hoor het in zijn stem, voel het aan de manier waarop hij mijn rug aanraakt. De sfeer in de kamer is plotseling anders.

Ik doe mijn ogen dicht en bereid mezelf voor op de klap. Het is een harde knal op mijn achterste. Het is even pijnlijk als ik me had voorgesteld. Ik gil het uit en haal dan diep adem.

'Tellen, Anastasia!' commandeert hij.

'Eén!' schreeuw ik naar hem. Het klinkt als een vloek.

Hij slaat me nog een keer en de klap weerklinkt door de kamer. *Holy shit... dat doet pijn.*

'Twee!' schreeuw ik uit. Het voelt zo heerlijk om zo te schreeuwen.

Zijn ademhaling is onregelmatig en hard, de mijne bijna niet bestaand. Ik ben wanhopig op zoek naar innerlijke kracht. Dan snijdt de riem weer in mijn vlees.

'Drie!' De tranen springen in mijn ogen. Jemig – dit is harder dan ik had gedacht – zoveel erger dan een pak slaag. Hij leeft zich helemaal uit.

'Vier!' gil ik het uit. De riem raakt me weer en de tranen stromen nu over mijn wangen. Ik wil niet huilen. Ik word er boos om dat ik moet huilen. Hij slaat me nog een keer.

'Vijf.' Mijn stem stokt en ik snik. Op dit moment haat ik hem echt. Nog eentje. Eentje kan ik er nog wel hebben. Mijn billen lijken wel in brand te staan.

'Zes,' fluister ik terwijl de snijdende pijn door me heen gaat. Ik hoor hoe hij de riem laat vallen. Dan neemt hij me vol medelijden in zijn armen... maar ik wil niets van hem weten.

'Laat me los... nee...' En ik worstel mezelf los uit zijn armen. Ik duw hem weg. Vechtend.

'Raak me niet aan!' sis ik. Ik sta rechtop en kijk hem in de ogen. Hij staart me aan alsof ik op de vlucht wil slaan. Hij is verbijsterd. Boos veeg ik de tranen uit mijn ogen.

'Is dit nu echt wat je graag ziet? Mij, zo? Op deze manier?' Met de mouw van mijn badjas veeg ik mijn neus af.

Hij staart me bedachtzaam aan.

'Je bent een gestoorde idiote klootzak, weet je dat?'

'Ana,' smeekt hij me.

'Niks "Ana"! Je moet je shit eens gaan oplossen, Grey!' En dan loop ik de speelkamer uit en sluit de deur zachtjes achter me.

Ik hou de deurknop even vast en leun even tegen de deur. Waar moet ik heen? Loop ik weg? Blijf ik? Ik ben zo kwaad. De tranen lopen over mijn wangen. Ik veeg ze boos weg. Ik wil alleen nog maar in een hoekje kruipen en bijkomen van dit alles. Mijn vertrouwen laten herstellen. Hoe kon ik zo stom zijn? Natuurlijk doet het pijn.

Ik wrijf over mijn achterste. Aah! Het doet zeer. Waar kan ik heen gaan? Niet zijn kamer. Mijn kamer, of de kamer die van mij zal zijn, nee, van mij ís... van mij wás. Daarom wilde hij dat ik de kamer hield. Hij wist dat ik me van hem zou willen distantiëren.

Ik loop in de richting van de kamer, me ervan bewust dat Christian me wel eens zou kunnen achtervolgen. Het is nog donker in de slaapkamer, de dageraad is ergens in de verte in aantocht. Onhandig stap ik het bed in, voorzichtig dat ik niet op mijn pijnlijke achterste ga zitten. Ik hou de badjas aan en sla 'm om me heen. Nu pas laat ik me helemaal gaan en huil hard in mijn kussen.

Hoe kon ik ook zo stom zijn? Waarom heb ik hem dat laten doen? Ik wilde die duisternis, om te ontdekken hoe erg het kon zijn – maar het is veel te duister voor mij. Ik kan dit niet. Dit is wat hij doet, waar hij op kickt.

Ik ben flink met mijn neus op de feiten gedrukt. En eerlijk is eerlijk, hij heeft me meerdere keren gewaarschuwd. Hij is niet normaal. Hij heeft behoeftes die ik niet kan vervullen. Dat besef ik nu ook. Ik wil niet dat hij me ooit nog zo slaat. Ik denk aan de keren dat hij me heeft geslagen. Ik huil nog harder. Ik ga hem kwijtraken. Hij zal niet meer bij me willen zijn als ik hem dit niet kan geven. Waarom ben ik in hemelsnaam verliefd geworden op Vijftig Tinten. Waarom? Waarom kan ik niet houden van José, of van Paul Clayton, of iemand die net als ik is?

O, die angstige blik toen ik wegging. Ik was zo gemeen, zo gechoqueerd door het pak slaag... zal hij me vergeven... zal ik hem vergeven? Ik ben helemaal in de war en weet niet meer wat ik moet denken. Mijn onderbewustzijn schudt triest haar hoofd en mijn innerlijke godin is in geen velden of wegen te zien. O, dit is een duistere morgen voor mijn ziel. Ik voel me zo alleen. Ik wil mijn moeder. Ik moet denken aan haar woorden vol snikken toen we afscheid namen op het vliegveld:

> Volg je hart, lieverd, en alsjeblieft, ik smeek je – probeer niet te veel na te denken. Wees ontspannen en geniet van jezelf. Je bent nog zo jong, lieverd. Je moet nog zoveel meemaken in het leven. Laat het allemaal maar over je heenkomen. Je verdient het beste van het beste.

Ik heb mijn hart gevolgd. En het gevolg is een zere kont en een gebroken geest. Ik moet gaan. Zo is het... Ik moet weggaan. Hij is niets voor mij en ik ben niets voor hem. Hoe kan dit in hemelsnaam ooit wat worden? De gedachte dat ik hem niet meer zou kunnen zien, verstikt me bijna... mijn Vijftig Tinten.

Ik hoor de deur opengaan. *O nee – hij is hier*. Hij legt iets op de tafel. Dan voel ik het bed inzakken onder zijn gewicht en voel ik dat hij naast me gaat liggen. 'Stil maar,' zegt hij. Ik wil uit zijn buurt blijven maar ik ben als verlamd. Ik kan niet bewegen en lig volkomen stil. 'Maak geen ruzie met me, Ana, alsjeblieft,' fluistert hij. Hij neemt me voorzichtig in zijn armen. Hij verbergt zijn gezicht in mijn haar en kust mijn nek.

'Haat me niet,' zegt hij zachtjes. Zijn stem klinkt verschrikkelijk triest. Mijn hart slaat weer een slag over en begint weer stilletjes te huilen. Hij kust me nog steeds maar ik ben afstandelijk en bedachtzaam.

Zo liggen we een hele tijd, zonder iets te zeggen. Hij heeft me vast en heel geleidelijk ontspan ik en stop ik met huilen. De dag breekt aan en het zachte ochtendlicht wordt steeds feller.

'Ik heb ibuprofen en arnicazalf voor je meegenomen,' zegt hij na lange tijd.

Heel langzaam draai ik me om, zodat ik hem kan zien. Mijn hoofd ligt op zijn arm. Zijn ogen staan waakzaam.

Ik staar naar zijn prachtige gezicht. Hij laat zijn gevoelens niet zien en kijkt alleen maar in mijn ogen. O, wat is hij toch knap. In zo'n korte tijd is hij zo ontzettend belangrijk voor me geworden. Ik streel zijn wang en wrijf over zijn stoppeltjes. Hij doet zijn ogen dicht en ademt uit.

'Het spijt me,' fluister ik.

Hij doet zijn ogen weer open en kijkt me met verbazing aan. 'Hoezo?'

'Om wat ik heb gezegd.'

'Je hebt me helemaal niets nieuws verteld.' Hij lijkt opgelucht. 'Het spijt me dat ik je pijn heb gedaan.'

Ik haal mijn schouders op.

'Ik heb erom gevraagd.' En nu weet ik het. Ik slik. Daar gaat-ie dan. Ik moet zeggen wat ik op mijn hart heb. 'Ik denk niet dat ik alles kan zijn wat jij wilt,' fluister ik. Zijn ogen zijn opengesperd, zijn angstige blik komt terug.

'Je bent alles wat ik wil dat je bent.'

Wat?

'Ik begrijp het niet. Ik ben niet gehoorzaam, en je kunt er verdomd zeker van zijn dat ik dát nooit meer toesta. En dat is wat je nodig hebt, dat heb je zelf gezegd.'

Hij doet zijn ogen weer dicht en ik zie ontelbare emoties op zijn gezicht. Wanneer hij zijn ogen weer opendoet is zijn blik zwaarmoedig. *O nee.*

'Je hebt gelijk. Ik moet je laten gaan. Ik ben niet goed voor je.'

Elk haartje op mijn lichaam staat nu rechtop. De wereld zakt onder mijn voeten weg en ik staar in een diepe afgrond. *O nee.*

'Ik wil niet weg,' fluister ik. Fuck – dit is het. D'r op of d'r onder. De tranen staan weer in mijn ogen.

'Ik wil ook niet dat je gaat,' fluistert hij met rauwe stem. Hij streelt zachtjes mijn wang en veegt een traan weg met zijn duim. 'Ik ben weer gaan leven sinds ik jou heb ontmoet.' Met zijn duim volgt hij de omtrek van mijn onderlip.

'Ik ook,' fluister ik. 'Ik ben verliefd op je geworden, Christian.'

Zijn ogen sperren zich nog verder open. Dit keer is het van pure angst.

'Nee,' zegt hij en hij hapt naar adem.

O nee.

'Je kunt niet van me houden, Ana. Nee... dat is fout.' Hij is met afschuw vervuld.

'Niet goed? Waarom is het niet goed?'

'Kijk nou eens naar jezelf. Ik kan je niet gelukkig maken.' Zijn stem klinkt gekweld.

'Maar je maakt me wel gelukkig.' Ik frons.

'Niet op dit moment, niet door te doen wat ik doe.'

O mijn god. Dit is het grote moment. Hier komt het allemaal op neer – onverenigbaarheid – en ik moet denken aan al die arme Onderdanigen.

'We komen er nooit uit, hè?' fluister ik angstig.

Somber schudt hij zijn hoofd. Ik doe mijn ogen dicht. Ik kan hem niet aankijken.

'Nou... dan kan ik maar beter gaan,' mompel ik en ik ga huiverend rechtop zitten.

'Nee, niet weggaan.' Het klinkt paniekerig.

'Het heeft geen zin om te blijven.' Plotseling voel ik me moe. Echt ontzettend moe. En ik wil weg. Ik stap uit bed, gevolgd door Christian.

'Ik ga me aankleden en ik wil graag wat privacy,' zeg ik met vlakke stem. Ik laat hem achter in de slaapkamer.

Op weg naar beneden, kijk ik naar de grote kamer. Ik bedenk dat het slechts een paar uur geleden is dat ik mijn hoofd hier op zijn schouder had liggen toen hij piano speelde. Er is zoveel gebeurd in de tussentijd. Mijn ogen zijn opengegaan en ze hebben de mate van zijn verdorvenheid gezien. Ik weet nu dat hij niet in staat is tot liefde – het geven of ontvangen ervan. Mijn grootste angsten zijn werkelijkheid geworden. En vreemd genoeg voelt het bevrijdend.

De pijn is zo erg dat ik weiger het toe te geven. Ik voel me verdoofd. Ik ben op de een of andere manier ontsnapt uit mijn lichaam en ben nu slechts een toeschouwer van deze tragedie. Ik neem snel en volgens een vaste methodiek een douche en denk na over elke seconde die voor me ligt. Knijp nu in fles douchegel. Zet fles terug in rekje. Wrijf doekje over gezicht, over schouders... enzovoort. Heel eenvoudige, mechanische handelingen die simpele, mechanische gedachten vereisen.

Ik ben klaar met douchen – omdat ik mijn haar niet heb gewassen ben ik snel klaar met afdrogen. Ik haal mijn spijkerbroek en T-shirt uit mijn kleine koffertje en kleed me in de badkamer aan. De spijkerstof schuurt tegen mijn achterwerk. Maar eerlijk gezegd is het een pijn die ik verwelkom, zodat ik niet hoef te denken aan mijn in stukken gebroken hart.

Ik doe de koffer dicht. Dan zie ik de tas met daarin Christians cadeau. Het is een modelzweefvliegtuig, de Blanik L-23, dat hij zelf in elkaar moet zetten. Ik voel tranen opkomen. *O nee...* gelukkiger tijden, toen er nog hoop was op meer. Ik haal het cadeau uit de tas. Ik moet het hem geven. Snel scheur ik een velletje papier uit mijn notitieboekje waarop ik een boodschap voor hem achterlaat. Ik leg het boven op de doos.

Dit deed me denken aan een gelukkige tijd.
Dank je.
Ana

Ik kijk mezelf aan in de spiegel. Een bleke geest staart terug. Ik doe mijn haar in een paardenstaart en ik negeer het feit dat mijn ogen opgezwollen zijn van het huilen. Mijn onderbewustzijn knikt goedkeurend. Zelfs zij weet dat het nu niet het moment is om bits te zijn. Ik kan nog steeds niet geloven dat mijn wereld ineen is gestort en dat al mijn hoop en mijn dromen op gruwelijke wijze zijn vernietigd. Nee, nee, daar moet ik nu niet aan denken. Niet nu, nog niet. Ik leg de doos met het modelzweefvliegtuig en het briefje op zijn kussen. Dan haal ik diep adem, pak mijn koffer en loop naar de grote kamer.

Christian is aan het bellen. Hij draagt een zwarte spijkerbroek en een zwart T-shirt en loopt op blote voeten.

'Wát zei hij?' schreeuwt hij zo hard dat ik ervan schrik. 'Nou, dan had hij ons verdomme wel eens de waarheid mogen vertellen. Wat is zijn nummer? Ik moet hem bellen... Welch, dit is godverdomme een gigantische blunder.' Hij kijkt op naar me en blijft me aanstaren met zijn dreigende blik. 'Zoek haar,' snauwt hij en hij hangt op.

Ik loop naar de bank om mijn rugzak te pakken. Ik doe m'n best om hem te negeren.

Ik haal de Mac uit de tas. Dan loop ik terug naar de keuken en leg 'm op de ontbijttafel samen met de BlackBerry en de autosleutel. Wanneer ik me omdraai, staart hij me aan met een blik van verbijstering en horror.

'Ik heb het geld nodig dat Taylor kreeg voor mijn Kever.' Mijn stem klinkt duidelijk en kalm, zonder een spoortje emotie... *buitengewoon.*

'Ana, ik wil die dingen niet, ze zijn voor jou,' zegt hij met ongeloof. 'Neem ze alsjeblieft van me aan.'

'Nee, Christian. Ik heb ze alleen maar geaccepteerd omdat het moest – en ik wil ze niet meer.'

'Ana, wees redelijk,' commandeert hij, zelfs nu nog.

'Ik wil niets wat me herinnert aan jou. Ik heb alleen het geld nodig dat Taylor voor mijn auto heeft gekregen.' Mijn stem klinkt monotoon.

Hij snakt naar adem.

'Probeer je me nu echt pijn te doen?'

'Nee.' Ik kijk hem fronsend aan. Natuurlijk niet... Ik hou van je. 'Dat doe ik niet. Ik probeer mezelf te beschermen,' fluister ik. Omdat jij mij niet wilt zoals ik jou wil.

'Alsjeblieft Ana, neem die spullen mee.'

'Christian, ik heb geen zin in ruzie – Ik heb alleen het geld nodig.'

Hij knijpt zijn ogen toe, maar ik laat me niet langer door hem intimideren.

Nou ja, een klein beetje dan. Ik staar nietszeggend terug, zonder te knipperen of toe te geven.

'Is een cheque ook goed?' zegt hij met ijskoude stem.

'Ja. Ik denk wel dat die wordt gedekt.'

Hij lacht niet; hij draait zich alleen om en loopt zijn studeerkamer in. Ik kijk nog een keer zijn appartement rond – naar de kunst aan de muren – allemaal abstract, sereen, koel... koud eigenlijk. Toepasselijk, denk ik afwezig. Ik kijk naar de piano. Jeetje – had ik toen maar mijn mond gehouden, dan hadden we de liefde bedreven op de piano. Nee, geneukt, dan zouden we geneukt hebben op de piano. Nou ja, ik zou de liefde hebben bedreven. De gedachte eraan maakt me triest. Hij heeft me nog nooit liefgehad, of wel soms? Voor hem is het altijd neuken geweest.

Christian komt weer terug en geeft me een envelop. 'Taylor heeft er een goede prijs voor gekregen. Het is een klassieker. Vraag het hem maar. Hij zal je naar huis brengen.' Hij knikt in de richting van mijn schouder. Ik draai me om en daar staat Taylor in de deuropening. Hij draagt een pak en ziet er zoals altijd onberispelijk uit.

'Dank je, maar ik kan zelf wel thuiskomen.'

Ik kijk Christian aan en zie dat hij amper zijn woede in kan houden.

'Ga je me nou in alles tarten?'

'Waarom zou ik een levenslange gewoonte veranderen?' Ik haal verontschuldigend mijn schouders op.

Hij sluit zijn ogen gefrustreerd en haalt een hand door zijn haar.

'Alsjeblieft Ana, laat Taylor je naar huis brengen.'

'Ik haal de auto, mevrouw Steele,' zegt Taylor gebiedend. Christian knikt naar hem en wanneer ik omkijk is Taylor weg.

Ik draai me om en kijk Christian in z'n gezicht. We staan nog geen anderhalve meter van elkaar vandaan. Hij stapt naar voren, en ik stap instinctief naar achteren. Hij stopt. De pijn in zijn gezicht is duidelijk te zien.

'Ik wil niet dat je gaat,' zegt hij met een stem die vol verlangen klinkt.

'Ik kan niet blijven. Ik weet wat ik wil en jij kunt me niet geven wat ik wil, en ik kan jou niet geven wat jij wilt.'

Hij doet nog een stap voorwaarts en ik steek mijn handen op.

'Niet doen, alsjeblieft.' Ik deins terug. Ik kan nu met geen mogelijkheid zijn aanraking tolereren, dat zou ondraaglijk zijn. 'Ik kan dit niet.'

Ik pak mijn koffer en mijn rugzak en loop naar de foyer. Hij volgt me op veilige afstand. Hij drukt op het knopje van de lift en de deuren gaan open. Ik stap in.

'Dag, Christian,' mompel ik.

'Ana, tot ziens,' zegt hij zachtjes. Hij ziet eruit als een gebroken man. Een man met pijn, pijn die ik vanbinnen ook voel. Ik kijk de andere kant op, voordat ik me bedenk en hem ga troosten.

De liftdeuren sluiten en de lift brengt me naar beneden, naar de kelder en naar mijn persoonlijke hel.

Taylor houdt de deur voor me open en ik stap achter in de auto. Ik vermijd oogcontact. Schaamte spoelt over me heen. Ik ben een volslagen mislukkeling. Ik had gehoopt dat ik mijn Vijftig Tinten het licht had kunnen laten zien. Maar die poging is jammerlijk mislukt. Wanhopig probeer ik mijn emoties op afstand te houden. We draaien een straat in en ik staar uit het raam. Het besef van wat ik heb gedaan spoelt over me heen. *Shit – ik ben bij 'm weggegaan*. De enige man van wie ik ooit heb gehouden. De enige man met wie ik ooit heb geslapen. De pijn snijdt door mijn lichaam en ik snak naar adem. Dan gaan de sluizen open. De tranen lopen over mijn wangen. Ik veeg ze snel weg en rommel wat in mijn handtas op zoek naar mijn zonnebril. Wanneer we moeten stoppen voor een stoplicht geeft Taylor me een linnen zakdoek. Hij zegt niets en kijkt me ook niet aan. Dankbaar pak ik 'm aan.

'Dank je,' stamel ik. En deze kleine, discrete daad van vriendelijkheid wordt me te veel. Ik zak achterover in het luxueuze leer en huil.

Het appartement is pijnlijk leeg en onbekend. Ik heb hier nog niet zo lang gewoond dat het als thuis aanvoelt. Ik loop meteen mijn slaapkamer in. Daar aan het voeteneinde van mijn bed ligt een trieste leeggelopen helikopterballon. Charlie Tango kijkt me aan en voelt zich net zo leeg als ik. Boos trek ik 'm van mijn bedstijl. Het koordje knapt en ik druk 'm tegen me aan. *O – wat heb ik gedaan?*

Ik val op mijn bed neer, schoenen en alles nog aan, en begin te janken. De pijn is onbeschrijfelijk... fysiek, mentaal... metafysisch... het is overal, en sijpelt in het merg van mijn botten. Verdriet. Dit is verdriet – en ik heb het aan mezelf te wijten. Diep vanbinnen voel ik een geniepige en ongenode gedachte bij me opkomen. Het is mijn innerlijke godin, haar lippen in een gemene grijns... de fysieke pijn van de riem is niets, niets vergeleken bij deze vernietiging. Ik krul mezelf op, wanhopig vasthoudend aan de platte ballon en de zakdoek van Taylor, en geef mezelf over aan mijn verdriet.

Woord van dank

De volgende mensen ben ik dank verschuldigd voor hun hulp en ondersteuning:

Mijn man, Niall, dank je dat je mijn obsessie hebt getolereerd, een huishoudelijke god bent en de eerste redactie hebt gedaan.

Mijn baas, Lisa, dank je dat je me in het afgelopen jaar hebt verdragen, terwijl ik me overgaf aan deze waanzin.

CCL, ik zal het aan niemand vertellen, maar dank je.

De oorspronkelijke *bunker babes*, dank voor jullie vriendschap en constante steun.

SR, dank je voor al het nuttige advies vanaf het begin en dat je als eerste ging.

Sue Malone, dank je dat je me zo hebt geholpen.

Amanda en iedereen bij TWCS, dank jullie voor het wagen van de gok.